Das Buch

Der Verdacht, daß eine Gruppe islamischer Fundamentalisten drei Atomsprengköpfe in ihren Besitz gebracht haben könnte, löst eine aufgeregte internationale Krise aus. Die USA fühlen sich verantwortlich, da sie während des Afghanistankrieges islamische Rebellen ausgebildet und mit Waffen beliefert haben. Jim Duffy, Exagent des CIA und Experte für den Nahen Osten, soll ihr Mann sein, um die »Operation Khalid«, die vom Regime der Mullahs im Iran mit den enormen Gewinnen aus dem weltweiten Drogenhandel finanziert wird, zu verhindern. Drahtzieher dieser Operation ist der »Professor«, ein islamischer Intellektueller, der über seine gläubigen Extremisten mit der Parole »Die Zukunft gehört uns« beliebig verfügen kann - er setzt die Religion geschickt zum Erreichen seiner politischen Ziele ein. Aber der »Professor« ahnt nicht, daß Jim Duffy ihm und den Atomsprengköpfen, die Tel Aviv dem Erdboden gleichmachen sollen, auf der Spur ist.
Khalid ist »eine exquisite Mischung aus Fiktion und beeindruckender Recherche: ein explosiver Cocktail, der einem Schauer über den Rücken laufen läßt«. *(La Lanterne)*

Der Autor

Larry Collins, geboren in West Hartford, Connecticut, studierte in Yale, war Journalist in Paris, Rom und im Mittleren Osten. Er leitete die Büros von *Newsweek* in Beirut und Saigon. Zusammen mit Dominique Lapierre verfaßte er zahlreiche sehr erfolgreiche Thriller und Romane wie *Brennt Paris?*, *O Jerusalem* oder *Um Mitternacht die Freiheit*.

In unserem Hause ist von Larry Collins bereits erschienen:
Die Marionette

Larry Collins

Khalid

Das Schwert Gottes

Roman

Aus dem Amerikanischen
von Peter Hahlbrock

Ullstein

Der Ullstein Taschenbuchverlag ist ein Unternehmen
der Econ Ullstein List Verlag GmbH & Co. KG, München
1. Auflage 2001
© 2001 für die deutsche Ausgabe by Econ Ullstein List Verlag
GmbH & Co. KG, München
© 1999 by Ullstein Buchverlage
© 1998 by Larry Collins
Published by Agreement with
Renaissance Literary Agency, Los Angeles, California.
Titel der englischen Originalausgabe:
Tomorrow belongs to us (Harper Collins Publishers, London)
Übersetzung: Peter Hahlbrock
Umschlagkonzept: Lohmüller Werbeagentur
GmbH & Co. KG, Berlin
Umschlaggestaltung: Bauer+Möhring, Berlin
Titelabbildung: Carlos Saito/photonica, Nabeel Turner/Tony Stone
Gesetzt aus der Sabon
Satz: MPM, Wasserburg
Druck und Bindearbeiten: Clausen & Bosse, Leck
Printed in Germany

ISBN 3-548-25202-8

*Für meine Nichte Lauretina,
die Tochter,
die ich mir immer wünschte
und nie hatte.*

Inhalt

ERSTES BUCH
Fünf Besucher im Januar 15

ZWEITES BUCH
Nancy 69

DRITTES BUCH
Ein Fuß im Paradies 139

VIERTES BUCH
Die Turkish Connection 177

FÜNFTES BUCH
Rien ne va plus 227

SECHSTES BUCH
Die Agonie der Belinda F. 267

SIEBENTES BUCH
Das trojanische Pferd von Menwith Hill 345

ACHTES BUCH
Die Höhle der Märtyrer 391

NEUNTES BUCH
Der Segen des Engels 461

Danksagungen

Wie jedem Leser dieses Buches klar sein sollte, wären die Recherchen, die ihm zugrunde liegen, ohne die Hilfe von Fachleuten und Kennern der Materie, die es behandelt, nicht möglich gewesen. Leider kann ich ihnen nicht allen namentlich danken, denn eine Anzahl solcher Fachleute und Kenner waren nur unter der Bedingung bereit, mir zu helfen, daß sie selbst ungenannt bleiben würden. Das gilt natürlich in erster Linie für eine Anzahl meiner Freunde, die Beamte der Central Intelligence Agency oder verwandter Nachrichtendienste sind oder waren.

Zu Dank verpflichtet für Auskünfte über den von Afghanistan ausgehenden Heroinschmuggel bin ich Jim McGivney von der United States Drug Enforcement Administration, Phil Connolly, dem ehemaligen Leiter der Heroin Investigations für Her Majesty's Custom and Excise, der jetzt in Wien für das United Nations Drug Control Program tätig ist, Monsieur Gilles Leclair vom Französischen Zentralamt für die Unterdrückung des Rauschgiftschmuggels, Oberst Moshe Roderick, dem Chef der israelischen Rauschgiftpolizei, sowie Mr. Ray Kendall, dem sehr tüchtigen Generalsekretär der Interpol in Lyon. Diese Herren vermittelten mir überdies Kontakte zu den Vertretern ihrer Organisationen und Behörden in New York, Washington, Paris, London, Amsterdam, Den Haag, Nikosia, Istanbul, Ankara, Islamabad, Taschkent und Almaty (dem früheren Alma Ata) in Kasachstan.

Zu Dank verpflichtet bin ich auch Bobby Nieves, dem früheren Chef der internationalen Operationen der DEA, und Arkadiusz Majsyk, dem Bezirksdirektor des zentralasiatischen Büros der UNDCP in Taschkent (dessen Name zu dem passenden Spitznamen *Mr. Magic* Gelegenheit gab), für die erhellende Erläuterung der Probleme, mit denen sie befaßt sind.

Das durch den schnell wachsenden internationalen Rauschgifthandel geschaffene Problem beschäftigt natürlich nicht allein die Polizei- und Strafverfolgungsbehörden. Es gilt auch, denen zu helfen, die versuchen, sich aus der schrecklichen Abhängigkeit von den Drogen zu befreien. Auf diesem Gebiet haben mich zwei führende Fachleute beraten, Dr. Richard Millman, der Direktor des New York Hospital Rehabilitation Center, und Dr. Brian Wells vom Centre for Research on Drugs and Health Behaviour in London. Durch sie habe ich die Bekanntschaft einer Reihe von ehemaligen Drogenabhängigen machen können, die mir geholfen haben, das Leid und das Elend zu verstehen, die die Rauschgiftsucht in ihr Leben gebracht hat. Zu Dank verpflichtet bin ich auf diesem Gebiet überdies meinem alten Freund Jim Burke, dem Gründer und langjährigen Direktor der Partnership for a Drug Free America, und dessen tüchtigen und hilfsbereiten Mitarbeitern.

Der Rauschgifthandel wird zunehmend als nicht national zu beschränkendes, sondern globales Problem erkannt, und dessen Internationalisierung wird zu Beginn des nächsten Jahrtausends noch spürbarer werden. Bei dem Bemühen um Verständnis dieser geopolitischen Verzweigungen des Problems fand ich wertvolle Unterstützung durch Alain Labrousse und dessen ausgezeichnete Mitarbeiter beim Observatoire Politique de la Drogue in Paris. Besonders wertvoll war mir in dieser Hinsicht auch die Hilfe des Direktors des US Senate Caucus on International Narcotics Control sowie die einer Reihe von Beamten des United States National Security Council, darunter Randy Beers, jetzt der Drug Control Officer des State Departments. Der kolumbianische Präsident Ernesto Samper lud mich freundlicherweise ein, die kolumbianischen Polizeikräfte bei ihrer Arbeit zur Unterdrückung des Rauschgifthandels unter den schwierigen und gefährlichen Bedingungen, die im kolumbianischen Teil des Amazonasbeckens gegeben sind, beobachtend zu begleiten.

Ein wichtiger Aspekt der Globalisierung des Rauschgifthandels ist die Praxis der Drogenbarone, die ungeheuren Summen, die sie dabei einnehmen, durch die Einspeisung in das Bankensystem zu legitimieren oder, wie es heißt, zu waschen. Ehe nicht durch internationale Vereinbarungen Geldwäscheanstalten wie die Grand Caymans einer strengen Kontrolle unterworfen werden, wird es nicht möglich sein, den Rauschgifthändlern das Geschäft zu verderben. Aufklärung über diesen Aspekt des Problems erhielt ich von Rayburn Hess, dem Geldwäscheexperten des US State Departments, und von Jack Blum, einem mit allen Wassern gewaschenen Anwalt in der Bundeshauptstadt Washington.

Verständliche Erklärungen zur Technik der Nuklearwaffen verdankt mein wissenschaftlich nicht sonderlich vorgebildeter Geist Dr. Frank Barnaby, der einst einer der führenden Kernwaffendesigner Großbritanniens war, Professor J. H. vom Imperial College in London und David Kay, der nach dem Golfkrieg die ersten Bestrebungen zur Untersuchung des irakischen Kernwaffenprogramms koordinierte, und dem Direktor des Nuclear Control Institute in Washington, Paul Leventhal.

Mein Verständnis des dornigen Problems des islamischen Fundamentalismus und der Bedrohung, die von ihm ausgeht – oder nicht – wurde durch lange Gespräche gefördert mit Mohammed Ait Ahmed, Fahmy Hovedi und Saad Eddin Ibrahim in Kairo sowie mit Dr. Khalid Duran vom National Strategy Information Center in Washington und Dr. Martin Kramer, Gastprofessor an der School of International Studies in Georgetown (ebenfalls Washington, D.C.).

Meine eigenen Recherchen in Afghanistan konnte ich bereichern durch die Beobachtungen von Stefan Allix, einem der glänzendsten jungen französischen Reporter, und von Anthony Fitzherbert, der früher für die UNDCP in Afghanistan tätig war, jetzt an dem landwirtschaftlichen Programm der EEC in Bischkek in Kirgisistan mitarbeitet. Dem ehemaligen Kongreßabgeordneten Charley Wilson und Jim Rooney, einem Veteranen der Green Berets, der dem ersteren bei seinen häufigen Besuchen der Mudschaheddin in Pakistan als Verbindungsoffizier der US Army diente, habe ich für ihre nützlichen (und oft humorvollen) Berichte über die Verhältnisse, die sie damals dort vorfanden, zu danken.

Recherchen im Iran verboten sich mir, weil ich mit einer Titelgeschichte für den Pariser *Express* über die iranische Fälschung der US-Hundertdollarnote die Mullahs schon gegen mich aufgebracht hatte. Ich erfuhr aber vieles über die dortigen Verhältnisse von Iranern im Exil. Ihre Majestät Farah Diba Pahlavi gab mir diesbezüglich gleich zu Beginn meiner Recherchen wertvolle Hinweise. Abol Hassan Banisadr, der erste Premierminister des revolutionären Iran, gewährte mir in seinem Exilwohnsitz bei Paris ein langes und für mich sehr erhellendes Interview. Vertreter der Freiheitsflagge von Manuscheher Ganji in Paris, der Volksmudschaheddin in Deutschland und eine royalistische Organisation in London gaben mir willkommenen Rat und vermittelten wertvolle Kontakte. Dr. Esham Naraghi von der UNESCO in Paris, der Verfasser eines faszinierenden Berichts über seine kluge, leider aber nicht beachtete Beratung des letzten Schahs und seine Gefangenschaft in den Kerkern der Mullahs, ließ mich großzügig von seinen Beobachtungen profitieren. Bernd Schmidbauer, der nachrichtendienstliche Berater des ehemaligen deutschen Bundeskanzlers Helmut Kohl, ein Mann, der in Verhandlungen mit dem gegenwärtigen iranischen Regime auf lange Erfahrung zurückblickt, desgleichen. Sehr hilfreich waren mir auch die Informationen, die ich von Uri Lubrani erhielt, dem führenden Iranexperten Israels. Die Erkenntnisse hinsichtlich der Besitzverhältnisse an dem kleinen Flugplatz bei Hartenholm in Schleswig-Holstein verdanke ich zwei an dem Geschäft unmittelbar Beteiligten und einem der Männer, die mit der amtlichen Untersuchung der fraglichen Verhältnisse betraut waren; keiner der drei wünscht allerdings hier beim Namen genannt zu werden.

Bei den entlegeneren technischen Problemen, die in meinem Roman zur Sprache kommen, habe ich eine Anzahl von Sachverständigen zu Rate ziehen können. Was ich von der Funktion jenes für meine Geschichte so wichtigen kleinen Geräts, des Kryotrons, mitteilen kann, verdanke ich der entgegenkommenden Belehrung durch mehrere leitende Angehörige der Herstellerfirma EG & G. Ich nenne nur den CEO derselben, John Kuchjarski, die Vice President für Communications Deborah Lorenz, den Director of the Electric Switches Division Paul Beech und Ray Clancy vom Vertriebsbüro der Firma in Shannon. Den Einbau eines Geheimsenders in ein solches Gerät erklärte mir Matthew Schorr von den Eagle Eye Technologies.

John Coo, der ehemalige Commander of Operations des vierten Bezirks der Londoner Metropolitan Police, geleitete mich durch die Routine einer Morduntersuchung des Scotland Yard. Glenn Bangs von der US Parachute Association schilderte mir die Wonnen eines Absprungs aus einer Höhe von 35 000 Fuß. Wayne Madsen erklärte mir das Verfahren beim Abhorchen des internationalen Funkverkehrs. Ein hochdekorierter Offizier der amerikanischen Armee, dessen Name ungenannt bleiben muß, erläuterte mir die Verfahrensweise der Delta Force.

Diesen Personen und allen anderen, die mir geholfen haben, möchte ich hier herzlich Dank sagen und nicht versäumen zu betonen, daß die Meinungen, Schlußfolgerungen und Irrtümer, die man in meinem Buch findet, mir allein zuzuschreiben sind.

Schließlich muß ich auch meiner geliebten Frau Nadia danken, die mir während all der langen Monate meiner Beschäftigung mit diesem Buch treu zur Seite gestanden und die schlechte Laune und die Sorgen, die immer mit dem schöpferischen Prozeß einhergehen, stets geduldig ertragen hat.

ERSTES BUCH

Fünf Besucher
im Januar

Da war es wieder, dieses Geräusch, das er schon in anderen mondlosen Nächten gehört hatte. Es schien mit den wirbelnden mitternächtlichen Nebeln aufzusteigen, die vor den Fenstern seines kleinen Bauernhauses um die hoch aufragenden Fichtenstämme des Staatsforsts waberten. Das Dröhnen eines Flugzeugs, das am äußeren Rand des Waldes auf der Rollbahn des kleinen privaten Flugplatzes von Hartenholm landete.

Er lauschte dem Geräusch, das sich erst näherte, dann wieder verschwand, und in der Stille dieses einsamen Winkels der sich von Hamburg zur dänischen Grenze erstreckenden schleswig-holsteinischen Tiefebene nur das klagende Seufzen des Windes hinterließ. Knapp drei Minuten später wurde die Maschine erneut angeworfen. Er hörte, wie sie über die Rollbahn auf sein abgelegenes Bauernhaus zuraste, ehe der Pilot sie in die Höhe zog und dann zum offenen Meer hin abdrehte. Wohin war er unterwegs? Nach Polen? Zu einem der neuen baltischen Staaten? Zu einem kleinen Flugplatz im östlichen Deutschland?

»Heinrich!« Seine Frau legte ihren gebieterischsten Tonfall in die Stimme. »Willst du dir da draußen in der Kälte den Tod holen? Komm sofort ins Bett zurück.«

Der Bauer seufzte, verriegelte die Fenster und tappte barfüßig zum Bett zurück.

»Wie oft muß ich dir noch sagen, daß uns das, was auf dem Flugplatz da drüben passiert, nicht zu interessieren hat?« grollte seine Frau. »Vergiß es. Leute wie uns geht das nichts an.«

Der Landwirt schlüpfte gehorsam unter das warme Federbett, bis er spürte, daß seine Zehen dessen unteres Ende erreichten. Einen Augenblick lang starrte er in die Schatten, in denen schemenhaft die Deckenbalken seiner Schlafkammer auszumachen waren. Dann murmelte er auf plattdeutsch – und es war nicht ganz klar, ob er mit seiner Frau, mit den Schatten oder mit sich selbst sprach: »De Voss de brut allwedder – Der Fuchs ist wieder auf der Pirsch.«

Eine knappe Meile, keine zwei Kilometer von seinem Bett entfernt, rollte ein schwarzer Volkswagenbus mit abgeschalteten Scheinwerfern aus der Einfahrt des kleinen Flugplatzes, von dem soeben die Maschine gestartet war. Der Fahrer hielt an der N 206 und blickte vorsichtig nach rechts, während der Beifahrer neben ihm nach links hinaussah. Die Straße war in beiden Richtungen frei, kein Fahrzeug in Sicht. Um halb drei Uhr morgens wäre das auf dieser abgelegenen Landstraße auch höchst ungewöhnlich gewesen.

»Okay«, befahl der Mann auf dem Beifahrersitz. »Also los.« Der Fahrer schaltete die Scheinwerfer an und fuhr in westlicher Richtung, wo es in etwa fünf Kilometer Entfernung eine Auffahrt zur Autobahn A 7 gab. Der Mann neben ihm zog eine Marlboro aus der Tasche, zündete sie an und wandte sich dann zu den fünf jungen Männern um, die hinter ihm in dem Minibus saßen. Sie saßen schweigend da und zeigten offenbar nicht das mindeste Interesse für die ihnen vollkommen fremde Landschaft, die draußen an den Fenstern vorbeizog.

Sie benahmen sich absolut vorschriftsmäßig, genau wie man sie es gelehrt hatte: Den Mund halten, im Hintergrund bleiben, nichts tun, was die Aufmerksamkeit auf sie selbst oder die Freunde lenken könnte. Zufrieden inhalierte er einen tiefen Zug aus seiner Zigarette. Ihre Cessna C 210 sollte inzwischen schon auf Südkurs sein, unterwegs zu ihrer Heimatbasis, einem privaten Flugplatz auf einem Landgut ungefähr hundert Meilen von Wien entfernt.

Wie leicht war es doch gewesen, diese fünf ins Land zu schmuggeln! So leicht wie jedesmal bisher! Diese Europäer! Sie bildeten sich ein, ihre Himmel wären ein geheiligter Bezirk, den ständig die wachsamen Augen Tausender Radaranlagen unter Kontrolle hielten. Welch ein Witz! So war es ihm zum Beispiel in Norddeutschland verboten, nachts mit einer Privatmaschine zu fliegen, wenn nicht der Antwortsender je nach Flughöhe auf den Frequenzen 0022 oder 0021 ständig Laut gab. Auf diese Weise konnten die gigantischen Radarschirme am Hamburger Flughafen Fuhlsbüttel die Maschine automatisch als sekundäres Objekt registrieren. Diese Radarsysteme nahmen nachts nur sekundäre Objekte zur Kenntnis, denn schaltete man sie auf Primärwahrnehmung, würden sie jeden Vogelschwarm zwischen Hamburg und der dänischen Grenze melden.

Was tat man also als Pilot? Man schaltete seinen Antwortsender ab, und die Maschine konnte ungesehen wie eine schwarze Motte durch die nördliche Nacht fliegen. Es war nicht schwerer, ein Privatflugzeug unentdeckt über Europa zu steuern, als einen Wagen über die zollfreien Autobahnen dieses gemeinsamen Markts, den sie da hatten, zu fahren.

Er schüttelte den Kopf und staunte wieder einmal über die Weitsicht, die der Professor bewiesen hatte, als er beschloß, diesen privaten Flugplatz zu kaufen. Der Professor hatte natürlich gewußt, daß es in Europa nicht sonderlich schwierig war, etwas zu erwerben, wozu man eigentlich nicht berechtigt war. Es gab immer einen Deutschen, Schweizer, Italiener oder Franzosen, der bereit war, einem die eigene Mutter zu verkaufen, wenn nur der richtige Preis geboten wurde. Das Problem war der Abtransport der Waren in den Iran. Und mit dem Erwerb des kleinen Flugplatzes war auch diese Hürde genommen. Inzwischen hatten sie schon elf in Teile zerlegte Hubschrauber in den Iran ausgeflogen, Ersatzteile für die F 14, Führungsköpfe für Hawkeye-Flugkörper, kurz alles, was der Westen sich weigerte, seinem Volk offiziell zu verkaufen.

Er blickte noch einmal zurück auf seine fünf schweigenden Passagiere. Andere Zeiten, andere Frachten. Der Fahrer fuhr nun auf die A 7 in Richtung Hamburg. Eine knappe Stunde später rollten sie über die Kennedybrücke zwischen Außenalster und Binnenalster auf die Stahl- und Glashalle des Hauptbahnhofs zu, wandten sich nach Süden und fuhren den Klosterwall hinunter zum Elbufer bis zu einer Reihe grauer zwölfgeschossiger Hochhäuser, die zu den höchsten der Stadt zählten, denn eingedenk der schweren Phosphorbombenangriffe, die Hamburg im Juli und August 1943 verheert hatten, waren die Stadtväter 1946 zu der Entscheidung gelangt, daß keines der neuen Gebäude den höchsten Kirchturm überragen dürfe. Der Fahrer hielt vor dem zweiten dieser Hochhäuser.

Der Mann auf dem Beifahrersitz stieg aus, warf einen prüfenden Blick in die Runde und forderte dann mit einer Kopfbewegung die fünf jungen Männer auf, ihm in die Halle des Gebäudes zu folgen. Er schaltete die Treppenbeleuchtung nicht an. Vielmehr rief er per Knopfdruck den Aufzug und bedeutete seinen Schutzbefohlenen, die Kabine zu betreten. Im zweiten Stockwerk stiegen sie aus. Hinter der Glasscheibe in der oberen Hälfte der einzigen Tür auf dieser Etage, die als Eingang zu den Geschäftsräumen der IRAN TEPPICH GmbH ausgewiesen war, brannte Licht. Der Führer klopfte dreimal kurz an diese Tür.

Ein Mann Ende Dreißig öffnete und blickte an ihm vorbei auf die im Schatten wartenden fünf jungen Männer. Ein Lächeln hellte seine finstere Miene auf. »Meine Brüder«, rief er mit dem frommen Eifer eines Baptistenpredigers, der sich anschickt, seine Sonntagspredigt zu halten. »Willkommen! Willkommen! Allah hat euch mir geschickt! Seid willkommen!« Er breitete überdies einladend die Arme aus und begrüßte jeden der fünf mit einer Umarmung sowie einem festen Kuß auf die Wange.

Vier gehämmerte Messinglampen hingen unter der Decke des Hauptraums und warfen Tausende von farbigen Lichtpünktchen auf die Stapel von Teppichen am Fußboden. Die Kostbarkeiten aus Schiras, Isfahan, Kaschgai und Nain schimmerten violett, scharlachrot, himmelblau, lila und golden.

»Setzt euch! Setzt euch!« lud der Hausherr die Neuankömmlinge ein.

Die fünf jungen Männer ließen sich im Halbkreis um ihn auf dem Teppich nieder, der den Fußboden bedeckte. Er seinerseits stand ihnen mit dem Rücken zu Wand gegenüber wie ein Scheich seinen Schülern in einer Medrese, einer islamischen Hochschule. Der Vergleich war übrigens keineswegs unpassend, denn der Eigentümer der Iran Teppich GmbH gehörte der niederen Geistlichkeit an und genoß zudem erhebliches Ansehen unter den Helden der iranischen Revolution. Als Khomeinis Anhängerschaft am Thron des Schahs zu rütteln begonnen hatte, war Hussein Faremi eilends nach Teheran zurückgekehrt und hatte sich den revolutionären Garden angeschlossen.

Seine Begeisterung für die Rücksichtslosigkeit, mit der die

neuen Machthaber die Kollaborateure des gestürzten Regimes ohne viel Federlesens aburteilten, war mit einer Ernennung an den Gerichtshof des »Henker-Mullahs« Sadegh Khalkhali belohnt worden. Dort hatte man ihm die Aufgabe anvertraut, die Opfer der Willkürjustiz des »Henker-Mullahs« durch Genickschüsse zu liquidieren. Der Fanatismus, mit dem er seine grausige Pflicht erfüllte, brachte ihm den Beinamen »Hammer Gottes« ein und den Ruf, vor keiner Aufgabe – und sei sie noch so blutig – zurückzuschrecken. Sie mußte nur geeignet sein, die Sache der Revolution zu fördern. Deshalb war er auch mit der Mission in Hamburg betraut worden, dem Sitz der größten Gemeinde iranischer Emigranten in Westeuropa. Seit sechs Jahren betrieb er nun schon in der Hansestadt ein Importgeschäft zeitlos schöner persischer Teppiche und nebenher eine kleine Buchhandlung, wo Bücher in Farsi erhältlich waren, *Nashravan* hieß der Laden. Tatsächlich aber war dem »Hammer Gottes« an der Schönheit alter persischer Teppiche oder der Farsipoesie ungefähr soviel gelegen wie dem Ayatollah Khomeini an schottischem Whisky und pornographischen Filmen.

Denn er war in Wirklichkeit der Führer des deutschen Arms einer terroristischen iranischen Geheimorganisation, die unter der Oberleitung des VEVAK stand, des Vezarate Etelaat va Aminyate Keschvar, des Ministeriums für Information und Sicherheit der Nation, der Behörde, die das Erbe des berüchtigten SAVAK Schah Reza Pahlevis angetreten hatte. Die Hauptaufgabe der auswärtigen Abteilung dieses Amtes war die Liquidierung von Gegnern des Regimes der Mullahs, die in den Vereinigten Staaten oder in Europa Zuflucht gesucht hatten, sowie die Eliminierung von vermeintlichen Verrätern der Revolutionsregierung in Teheran. Innerhalb von knapp drei Jahren hatten Agenten der Organisation, die in Farsi als die *Guruhe Sarbat*, die Kampfabteilung, bezeichnet wurde, in Frankreich, Deutschland, Italien, England und den USA mehr als sechzig Menschen ermordet. Nur wenige der Täter hatten verhaftet und zur Rechenschaft gezogen werden können.

Faremis Teppichimportfirma war ein perfektes Beispiel für die Funktionsweise der Organisation. Teheran gab Faremi quasi das Monopol für den Import persischer Teppiche nach Norddeutschland. Die Ware wurde ihm von seinen Auftraggebern zum Selbstkostenpreis geliefert. Er verkaufte die Teppiche dann mit Gewinn an ein Dutzend in Deutschland ansässiger iranischer Händler weiter, und mit dem Gewinn finanzierte er seine Geheimoperationen. So war er in der Lage, eine Reihe von sicheren Häusern zu unterhalten, in denen seine Agenten Zuflucht finden und sich die benötigten falschen Ausweispapiere, Waffen und Sprengstoff verschaffen konnten. Überdies gestattete ihm der Gewinn aus seinem lukrativen Teppichhandel, über dreißig Informanten zu bezahlen, die sich in der deutschen Geschäftswelt nach Leuten umsahen, die geneigt sein mochten, sich gegen eine entsprechende Entschädigung über die für Waffen und Rüstungsgüter bestehenden Ausfuhrbeschränkungen hinwegzusetzen.

Faremi betrachtete die fünf jungen Männer, die da vor ihm saßen. Ihre Gesichter waren seltsam leer, unbeschriebene Blätter, auf denen das Leben bislang weder Spuren von Triumphen noch von Tragödien hinterlassen hatte. Sie alle schienen von einer Aura der Unschuld umgeben – oder war das, fragte er sich, die Ausstrahlung ihres keinen Zweifel kennenden Glaubens?

Sie alle waren Anfang oder Mitte Zwanzig. Alle waren in den Elendsquartieren Teherans angeworben worden, in jenen Sickergruben der Armut und Verzweiflung, wo man am ehesten bereit ist, für eine Hoffnung auf eine bessere Zukunft das Leben hinzugeben. Aus Bewohnern dieser Orte hatte man die Mehrzahl der bewaffneten Rächer der Revolution rekrutiert. Sie waren in gewissem Sinne die jüngeren Brüder jener tapferen Jünglinge, die mit dem heiligen Namen Alis auf den Lippen auf die irakischen Minenfelder hinausgestürmt waren, dem Tode und dem Paradies entgegen. Faremi wußte, daß man diese fünf jungen Männer sorgfältig ausgewählt und auf die Aufgaben, die sie hier erwarteten, vorbereitet hatte.

Alle fünf trugen den gläubigen Muslimen vorgeschriebenen Bart, lang genug, daß die Spitze gerade noch über die Biegung des kleinen Fingers hinausragen würde, wenn der Besitzer ihn am Kinn mit der Faust umklammerte. So können sie sich hier natürlich nicht zeigen, dachte Faremi. Es empfahl sich nicht, den Ungläubigen derart auf die Nase zu binden, daß man ein frommer Muslim war.

Er klatschte in die Hände. Ein Diener betrat den Empfangssaal mit einer Messingschale, einer feinziselierten Kanne Rosenwasser und einem frisch gebügelten Leinentuch. Jeder der fünf wusch sich mit einem Tropfen Rosenwasser rituell die Hände, wie es die im Orient traditionelle Begrüßungszeremonie bei der Ankunft nach langer Reise erfordert.

»Nun, meine Brüder«, sagte Faremi lächelnd, »eine lange Reise endet hier, und eine andere beginnt. Eure Aufgabe, die große Aufgabe, für die ihr ausgewählt und ausgebildet wurdet, steht euch hier bevor.« Er hielt einen Augenblick inne, beugte leicht den Kopf, scheinbar ergriffen von der Bedeutung dessen, das er nun zu sagen hatte, dann faßte er sein kleines Publikum wieder fest ins Auge. »Muslimische Jünglinge wie ihr müssen lernen, das Martyrium zu lieben und sich über die Versuchungen dieser sündigen Welt zu erheben. Gedenkt der Worte unseres großen Führers, des Ayatollah Khomeini, Friede sei mit ihm, der da sprach: ›Das Schwert ist der Schlüssel zum Paradies.‹« Er schwieg einen Augenblick, um den folgenden Worten besondere Würde zu verleihen, und fuhr dann fort: »Heute, meine Brüder, seid ihr zum Tragen des Schwerts berufen. Euch wird nun die historische Pflicht zuteil, die Gerechten an den Ungerechten zu rächen.«

Faremi stand in Strümpfen da. Auch die jungen Männer hatten beim Betreten des Raumes die Schuhe abgestreift. Er trug eine schlichte schwarze Hose und ein nach iranischer Art bis zur Kehle zugeknöpftes weißes Hemd ohne Krawatte. Ein fünf Tage alter Bart bedeckte seine Wangen. Mit gemessenen Gebärden zog er ein Stück Papier aus der Brusttasche seines Hemdes und entfaltete es auf dem Teppich zu seinen Füßen. Es war ein Todesurteil, unterschrieben von Sadegh Izaddine, dem stellvertretenden Direktor des VEVAK, der die Kampfabteilung befehligte. Es war das Todesurteil, das zu vollstrecken die fünf jungen Männer nach Europa entsandt worden waren.

Mordanschläge waren, so erklärte Faremi ihnen, für Muslime natürlich ohne direkte Anweisung seitens eines religiösen Führers, wie etwa durch die vom höchsten Führer persönlich gegen den abtrünnigen Salman Rushdie ausgesprochene *Fatwah*, keineswegs zulässig.

»Ihr werdet diesen Befehl ausführen«, erläuterte Faremi nach

Verlesung des Textes, »als ein religiöses Gebot. Bedenkt immer, daß ein Volk, das nicht bereit ist, für die Schaffung einer gerechten Gesellschaft zu töten und zu sterben, von Allah keine Hilfe erwarten darf. Und«, fügte er nun in feierlichem Ton hinzu, »wenn einer von euch bei der Ausführung dieses Befehls sterben sollte, so wißt, daß er damit als *Shadid*, als Märtyrer, stirbt. Hur al-Ayn, die schönste der Jungfrauen, wird ihn am Tor des Todes erwarten und zur Pforte des Paradieses führen. Weit wird sich ihm diese zu den blühenden Gärten der Lüste und den Liebkosungen der Huris auftun, die sein Eigentum sein werden in alle Ewigkeit.«

Gebt ihnen eine Feuerwaffe und versprecht ihnen das Paradies, das war der Grundsatz, den eine Kamarilla zynischer alter Mullahs in Teheran befolgte, wenn es galt, verzweifelte junge Männer dazu zu überreden, ihr Leben für das Regime zu riskieren. Die Wonnen des Jenseits wurden der Zielgruppe aufs Ansprechendste ausgemalt.

Faremi wußte von einem oberägyptischen Scheich, der seinen Getreuen im Paradies ausdrücklich immerwährende Erektionen versprach und für den Fall, daß ihnen an Abwechslung gelegen wäre, außer den Diensten der *Huris* auch die einer Schar bartloser glatter Knaben.

»Zwei von euch werden mich in der Morgendämmerung zum Bahnhof begleiten«, erklärte er und wies mit dem rechten Zeigefinger auf die beiden Auserwählten. »Ich werde euch in den Zug nach Düsseldorf setzen.« Faremi griff in die Tasche und zog ein Stück Papier heraus, Teil eines Stadtplans von Düsseldorf. »Hier habe ich eingezeichnet, wie ihr vom Hauptbahnhof am besten zur Prinz-Georg-Straße 87 gelangt. Seht euch dort sehr aufmerksam das Messingschild an, auf dem die Namen der Bewohner des Hauses verzeichnet sind. Ihr werdet feststellen, daß der letzte dieser Namen ›Nabi‹ lautet. Klingelt dreimal bei ihm und geht dann auf die andere Straßenseite. Eine Hand wird einen Geranientopf hinter die Spitzengardine des Fensters im ersten Stock schieben. Das bedeutet, daß man eure Botschaft empfangen hat. Kurz danach wird einer unserer Leute mit dieser Zeitschrift in der Hand vorbeikommen.« Faremi zog ein Exemplar einer Ausgabe des Magazins *Der Spiegel* unter dem Teppich hervor. »Er wird auf farsi nach dem Weg zum Bahnhof fragen. Ihr werdet darauf auf englisch antworten, daß ihr selbst soeben von dem Bahnhof kämt, und daraufhin wird er euch in unser sicheres Haus bringen.«

»Ihr drei anderen«, wandte Faremi sich nun an diese, »werdet heute nachmittag einen Zug nach Frankfurt nehmen. Alles, was ihr wissen müßt, werde ich euch später mitteilen. Ihr alle werdet Geld und neue Ausweise erhalten, aber die Papiere werdet ihr nur zur Einreise in England brauchen, sonst wird nirgends danach gefragt. Ihr werdet euch alle fünf in unserem sicheren Haus in London wiedertreffen. Dort wird man euch gründlich über alle Einzelheiten eurer Mission unterrichten, und ihr werdet dann Gelegenheit erhalten, euch mit dem Gebäude vertraut zu machen, in dem sich das Ziel eures Anschlags befindet. Sobald ihr euren Auftrag ausgeführt habt, werdet ihr sofort und getrennt über Frankreich nach Düsseldorf zurückreisen. Von dort kehrt ihr dann hierher zurück, und ich werde dafür sorgen, daß ihr auf dem Weg, auf dem ihr gekommen seid, nach Teheran zurückfliegen könnt. Fragen?«

»Waffen?« fragte einer der fünf.

»Die wird man euch in London aushändigen. Weite Reisen mit Waffen im Gepäck sind hier nicht zu empfehlen.«

»Sprengstoff?« fragte ein anderer.

»Wir hoffen, daß bei dieser Mission keiner benötigt wird.«

»Aber wie sollen wir dann in das Gebäude kommen?« bohrte der Sprengstoffanhänger weiter.

»Das wird man euch in London erklären. Es steht zwar eine kleine Semtexladung zur Verwendung im Inneren des Gebäudes zur Verfügung, aber davon solltet ihr nur im äußersten Notfall Gebrauch machen, denn der Lärm der Explosion könnte eure Mission gefährden. Vergeßt nie, was euer Kommandeur euch in London im einzelnen erklären wird: Daß ihr eine doppelte Aufgabe zu erfüllen habt. Denn erstens sollt ihr islamische Rache nehmen an einem, der uns verraten hat, und zweitens, und das ist sogar noch wichtiger, sollt ihr uns wiederbeschaffen, was von Rechts wegen unser Eigentum ist.« Er stand auf und beendete diesen Teil seiner Anweisungen. »Weiß einer von euch, was die Lehre von der *taqiyeh* besagt?«

Zwei der fünf meldeten sich.

Faremi nickte zufrieden. »Das ist«, erklärte er zur Information der drei anderen, »die Lehre von den Bedingungen, unter denen es angezeigt ist, den Glauben zu verbergen. Die Väter der Schia haben damit der Verfolgung ihres Glaubens durch die abbasidischen Kalifen und die ottomanischen Sultane Rechnung getragen. Dieser Lehre entsprechend dürft ihr von diesem Augenblick an die Wahrheit eures Glaubens verbergen, um euch gegen eure Feinde zu schützen und es diesen zu erschweren, euch als die zu erkennen, die ihr wirklich seid. Zum Beispiel werdet ihr euch umgehend die Bärte abnehmen und euch bis zum Tage eurer Rückkehr in die Heimat glattrasiert zeigen. Wenn euch Engländer oder Deutsche fragen, ob ihr Muslime seid, leugnet das, sagt, daß ihr Christen seid – oder sogar Juden. Wenn euch Verbotenes angeboten wird, soll euch das während der Zeit eures Aufenthalts unter den Ungläubigen nicht *haram* oder, wie sie hier sagen, tabu sein. Eßt Schweinefleisch, wenn es sein muß, trinkt das Bier, zu dem man euch einlädt. Ihr werdet euch kleiden wie sie und benehmen wie sie, so daß sie nicht merken, wer ihr wirklich seid, und euch an der Durchführung eurer Aufgabe nicht hindern können.«

Noch während Faremi sprach, hatte sein Gehilfe Kleidung und Schuhe auf den Teppich geworfen: Reebok- und Adidas-Basketballstiefel, Springerstiefel, Bluejeans, Sweatshirts, Lederjacken, Parkas.

»Also los«, sagte Faremi. »Sucht euch hier was Passendes aus. Putzt euch auf wie die verkommene Jugend des Westens, die ihr eines Tages beherrschen werdet.«

Zum ersten Mal, seit sie auf dem versteckten Flugplatz Hartenholm aus ihrer Cessna geklettert waren, verzogen nun die jungen Perser lächelnd die Mienen, ja, brachen sogar in Gelächter aus, als sie nun unter den auf Faremis Teppiche gehäuften Kleidungsstücken ihre Wahl trafen. Einer zog ein dunkelblaues Sweatshirt über den Kopf. Selbst Faremi stimmte in das Lachen der jungen Leute ein, als er die Inschrift auf der Vorderseite las, die den jungen Mann als Mitglied des Damen-Basketball-Teams der Universität von Notre Dame identifizierte.

»Das geht ein bißchen zu weit, fürchte ich«, meinte er.

Nachdem alle sich kostümiert hatten, konnten sie, wenigstens auf den ersten Blick, als eine Gruppe junger Amerikaner durchgehen, die sich anschickten, an einem Samstagabend das Einkaufszentrum einer Kleinstadt im mittleren Westen der USA unsicher zu machen. Als nächstes befahl Faremi ihnen, sich in dem an sein Büro grenzenden Waschraum die Bärte abzunehmen.

Als die fünf rasiert aus dem Badezimmer zurückkehrten, ergriff Faremi eine Schatulle aus blankpoliertem Zedernholz mit Perlmuttintarsien und öffnete sie, damit die jungen Leute sehen konnten, was sie enthielt. Es befanden sich fünf kleine Messingschlüssel darin, an jedem war eine Schleife aus Plastikband befestigt. Er nahm einen aus dem Kasten und hielt ihn in die Höhe. »Das«, verkündete er, »ist ein Schlüssel zum Paradies. Es ist genau so ein Schlüssel, wie ihn Millionen tapferer *Basiji* getragen haben, die sich während unseres Krieges gegen den Irak freiwillig meldeten, um die Minenfelder des Feindes zu stürmen. Auf jedem dieser Schlüssel werdet ihr einen Namen eingraviert finden, den Namen eines *Basiji*, der euch ins Paradies vorausgegangen ist und sich dort der Belohnung seines Martyriums erfreut.«

Er erhob sich und hängte feierlich jedem der fünf jungen Männer einen Schlüssel um den Hals. »Möge das Andenken der tapferen Jünglinge, deren Namen auf diesen Schlüsseln verewigt sind, euch bei der Durchführung eures Auftrages beflügeln. Vergeßt nie, daß Allah euch zwar die Waffe in die Hand gibt, sie aber nicht für euch abfeuern wird, wenn ihr selber zu feige dazu seid.« Nach dieser Ermahnung winkte er die beiden jungen Leute herbei, die nach Düsseldorf reisen sollten. »Kommt, für euch ist es Zeit.«

Er ergriff einen Koran und hielt ihn den beiden jungen Männern hin. Jeder küßte das heilige Buch ehrerbietig. Dann hielt er es mit ausgestreckten Armen in die Höhe, so daß die beiden darunter durchgehen konnten. Mit diesem Ritus wurde der Schutz Gottes für die ihnen bevorstehende Reise erbeten.

Dann umarmten die beiden ihre drei Gefährten, die sie nun verlassen sollten, und folgten Faremi hinaus in die winterliche Kälte. Über den dunklen und wie ausgestorben wirkenden Klosterwall gelangten sie zur Rückseite des Hamburger Hauptbahnhofs, dessen hohes verglastes Stahlträgergewölbe schon fast hundert Jahre alt war und wundersamerweise die Luftangriffe des Zweiten Weltkriegs im wesentlichen unversehrt überstanden hatte. Vielleicht, wie manche ältere Bürger der Stadt meinten, weil die Bomber, die damals Tausende von Tonnen Sprengstoff über Hamburg abwarfen, ihr Geschäft nicht besonders gut verstanden und nicht zielen konnten.

Faremi führte seine Schutzbefohlenen zur Rückseite des Bahnhofs, vorbei am U-Bahn-Eingang zu einem Platz, der sich vor einem der beiden Haupteingänge des Fernbahnhofs erstreckte. Dieses Areal war das Zentrum der Hamburger Drogenszene, der Hauptmarkt für Rauschgift, und sogar jetzt, um fünf Uhr früh, sah man dort Süchtige wie verlorene Seelen herumirren und unter ihnen, wie Schlangen im Grase, die Dealer, die murmelnd nicht nur Heroin und Haschisch anboten, sondern auch eine Neuheit, »Skonk«, Zigaretten, in denen nicht nur Haschisch, sondern auch Heroin mit Tabak gemischt war.

Eine Gruppe von Süchtigen drängte sich an der Betonwand hinter dem U-Bahn-Eingang zusammen, schützend über einen der ihren gebeugt, der sich in einem Löffel einen Schuß kochte. Zur Rechten des Bahnhofsausgangs umklammerten ein Junge und ein Mädchen einander zitternd vor Kälte und der Qual des Entzugs, nichts fehlte ihnen so sehr wie die nächste Dosis Heroin. Am Bordstein war ein grün-weißer Polizeiwagen geparkt. Der Fahrer schlief über das Lenkrad gebeugt.

Als die drei Iraner sich anschickten, den Vorplatz zu überqueren, drängte sich ein Mädchen in einem zerrissenen roten Parka und gelben Skihosen, dem das ungewaschene Haar in die Stirn fiel wie die Fransen eines Mops, an den zweiten von Faremis designierten Racheengeln heran. Sie griff ihm in den Schritt und flüsterte: »Suck and a fuck, fifty Deutschmarks.«

Das war so recht nach Faremis Herzen! Da hatte man eine augenfällige Demonstration der Schwäche, Verkommenheit und Unmoral des Westens, dessen Werte und Gesellschaft er zutiefst verachtete.

»Seht sie euch an«, zischte er seinen beiden Revolverhelden zu. »Das ist ihre berühmte Freiheit, mit der sie überall prahlen.

Freiheit wozu? So tief zu sinken wie der Abschaum, den man hier sieht?« Angesichts des Elends, in das die Sucht nach Rauschmitteln so viele Söhne und Töchter des stolzen Westens gestürzt hatte, schritt er mit frischer Energie voran. »Sie sagen, daß wir sie zerstören wollen«, knurrte er. »Wie komisch! Wir brauchen sie gar nicht zu zerstören. Mit ihren ekelhaften Lastern zerstören sie sich selbst. Nur«, lachte er, »daß wir ihnen, wo wir können, ein bißchen behilflich sind dabei.«

Dann kaufte er den beiden Fahrkarten und geleitete sie auf den Bahnsteig neun, wo der IC nach Düsseldorf in fünf Minuten abfahren sollte. Er umarmte beide. »Mit Gottes Hilfe«, versprach er ihnen, »werdet ihr euren heiligen Auftrag erfolgreich ausführen. Tapfere junge Männer wie ihr werden dafür sorgen, daß morgen die Welt uns gehört.«

»Lake Sabago's Windsurfing Headquarters« stand auf dem Schild über dem Schreibtisch des Besitzers der Texaco-Tankstelle kurz hinter der Kreuzung von Route 11 und 14, wo Route 14 ihren normalerweise idyllischen Verlauf entlang des Seeufers nahm. Normalerweise, denn an diesem bitterkalten Januarmorgen war die Aussicht nicht sonderlich anziehend. Eine dicke Schicht vereisten Schnees bedeckte den Highway. Darauf zu fahren, erforderte die gleiche Sorgfalt, wie man sie walten lassen sollte, wenn man mit Ledersohlen über einen spiegelblank zugefrorenen Teich gehen will. Die Zweige der Tannen am Ufer wurden von der Last der Schneemassen zu Boden gedrückt. Der See selbst war bis in die Tiefe vereist und mit einer geschlossenen weißen Decke überzogen. Der tiefhängende, schneeschwere dunkle Himmel vervollständigte das bedrückende Bild.

Die Füße auf seinem Schreibtisch, schaute sich der Besitzer der Tankstelle und des Lake Sabago's Windsurfing Headquarters die wer weiß wievielte Wiederholung einer Episode der Serie *General Hospital* auf seinem Fernsehgerät an, als er einen schwarzen Honda von der Landstraße auf die Tankstelle rollen sah. Der Fahrer hielt nicht bei den Zapfsäulen, sondern fuhr weiter auf den Parkplatz hinter der Werkstatt mit den Hebebühnen.

Als der Wagen vorbeifuhr, bemerkte der Tankstellenbesitzer,

daß er seinem Nummernschild zufolge in Georgia zugelassen war. Wahrscheinlich ein Leihwagen aus Portland oder vom Logan Airport, dachte er, unterwegs nach Boston. Einige Minuten später, als eben ein Team von Ärzten in grünen Kitteln das Wiederbelebungsgerät in den TV-Notaufnahmesaal rollten, öffnete der Fahrer des Wagens die Bürotür der Tankstelle.

Er war ein hochgewachsener, gutgekleideter Mann, der Typ, der Anzüge und Krawatten bevorzugte. Seine Koteletten waren schon grau, das Haar trug er kurz und ordentlich gestutzt, wie es in der Jugend des Tankstellenbesitzers bei den Studenten der Ivy-League-Universitäten üblich gewesen war. Er trug glänzend geputzte schwarze Schuhe mit Ledersohlen.

Mit denen wird er auf die Fresse fallen, wenn er nicht aufpaßt, sinnierte der Tankstellenbesitzer. Seine eigenen Füße blieben, wo sie waren, nämlich auf der Schreibtischplatte, als er nun brummte: »Hallo.«

»Guten Morgen«, erwiderte sein Besucher.

»Kann nicht sagen, daß ich ihn besonders gut finde.«

»Allerdings.« Der Mann rieb die behandschuhten Hände aneinander. »Muß ungefähr zwanzig Grad unter Null sein da draußen.«

»Fünfundzwanzig.«

»Na, meinetwegen. Ich frage mich, ob Sie mir vielleicht behilflich sein können.«

»Wenn ich's kann.«

»Ich suche einen guten alten Freund. Er ist vor kurzem hierher gezogen. Windsurfen ist eine seiner Leidenschaften.«

Der Blick des Besuchers wanderte durch den Ausstellungsraum hinter dem Schreibtisch. Da standen ein paar mit schwarzen Thermoanzügen aus Gummi bekleidete Schaufensterpuppen, ein Stapel Surfbretter lag daneben. Die hintere Wand des Raums wurde eingenommen von einer Reihe grellfarbiger aufgerollter Surfsegel, die Regenschirmen glichen, die der Hand eines Riesen harrten.

»Ich bin sicher, daß er einer Ihrer treuesten Kunden ist.«

Der Tankstellenbesitzer blickte auf das Eis des Sees hinaus. »Um diese Jahreszeit wird hier nicht viel gesurft.«

»In der Tat«, erwiderte sein Besucher, sichtlich bemüht, sich seine Verachtung für die ihm damit angebotene Volksweisheit nicht anmerken zu lassen. »Er ist allerdings schon im August hier heraufgezogen und hat für das ganze Jahr ein Haus am Seeufer gemietet. Bestimmt hat er genug Gelegenheit zum Surfen gehabt, ehe es kalt wurde.«

»Sicher.«

»Er heißt Duffy, Jim Duffy. Ein ziemlich großer Mann, über einsachtzig, fünfzig Jahre alt, vorne ist er schon ziemlich kahl. Er hat vor Jahren Football für die Mannschaft von Oklahoma gespielt, und man hört ihm seine Herkunft aus dem Süden noch immer ein bißchen an.«

»Kann nicht behaupten, daß ich weiß, wie die Leute da unten reden. Was macht er denn beruflich?« Die gerunzelte Stirn des Tankstellenbesitzers sollte seinem Besucher bedeuten, daß er sein Gedächtnis nach dem Bild jenes Mr. Duffy durchforschte. Tatsächlich dachte er aber: Was zum Teufel will dieser Kerl? Warum stellt er all diese Fragen?

»Er ist schon im Ruhestand.«

»Im Ruhestand? Mit fünfzig?«

»Er hat etliche Jahre für die Regierung gearbeitet.«

»Kann ich mir vorstellen. Wie hätte er sonst schon mit fünfzig in Ruhestand gehen können? Haben Sie denn nicht seine Adresse?«

»Nur die Anschrift eines Schließfachs.«

»Telefonnummer?«

»Unter seinem Namen ist hier oben kein Anschluß angemeldet.«

»Also, das Postamt ist nicht weit von hier an der Main Street. Sie könnten da vorbeigehen und hallo sagen, wenn er seine Post abholen kommt.«

»Ich habe leider nicht soviel Zeit. Und es geht um wirklich dringende Angelegenheiten.«

»Vielleicht kann Miss Hurd, die Postmeisterin, Ihnen helfen. Sie muß wissen, wo er wohnt.«

»Postbeamten ist es gesetzlich untersagt, die Adressen von Schließfachbesitzern preiszugeben. Und ich lege Wert auf Diskretion bei meinen Nachforschungen. Sie wissen doch, wie schwatzhaft Postmeisterinnen sind.«

»Yeah.« Wie die Mehrzahl der Bürger des Staates Maine war der Tankstellenbesitzer nicht geneigt, viele Worte zu machen, wo eines genügte. Dieser Kerl ist bestimmt ein Rechtsverdreher aus Boston, der hier versucht, irgendwelche Unterhaltsforderungen bei dem armen alten Duffy einzutreiben, überlegte er, oder irgend so was. Er dachte gar nicht daran, dabei behilflich zu sein.

Sein Besucher hatte inzwischen eine Plakette der American Legion, Bezirksverband 37, ins Auge gefaßt, die neben dem Schreibtisch an der Wand hing. »Sie sind Kriegsveteran?«

»Ich war in Nam.«

Der Besucher griff in seine Brieftasche, entnahm ihr eine Karte und reichte sie dem Mann. »Wissen Sie, Duffy und ich sind ehemalige Kollegen. Wir haben eine Zeitlang zusammen gearbeitet. Er ist auch drüben in Vietnam gewesen. Nehmen Sie das als Hinweis darauf, warum's mir so wichtig ist, ihn zu finden.«

Der Tankstellenbesitzer betrachtete die Karte. In deren Mitte prangte ein blaues Siegel, über dem auf einem Wappenschild ein weißköpfiger Seeadler im Profil dargestellt war. Um das Siegel verlief der Schriftzug: CENTRAL INTELLIGENCE AGENCY.

Nun war der Tankstellenbesitzer zwar wie die Mehrzahl seiner Mitbürger eher wortkarg als redselig, aber wie seine Nachbarn am See war er auch Patriot, und er wußte, daß Duffy in Vietnam gedient hatte. Er richtete sich auf.

»Fahren Sie die Route 14 hinunter bis zur dritten Ampel. Da biegen Sie nach rechts zum See ab, dort ist es dann die erste Straße links, das dritte Haus auf der rechten Seite. Direkt am Ufer.«

Sein Besucher nickte. »Vielen Dank für Ihre Hilfe, Sir«, sagte er und war schon unterwegs zur Tür.

Der Tankstellenbesitzer wandte seine Aufmerksamkeit wieder dem Bildschirm zu. Mein Gott, dachte er, da massieren sie immer noch das Herz von diesem armen Kerl. Das ist aber auch wirklich alles, was sie in diesem Fernsehkrankenhaus können.

Der Lärm der Zivilisation drang dieser Tage so selten in Jim Duffys stille Existenz, daß ihn das Knirschen der Reifen im Schnee seiner Auffahrt erschreckte. Mißtrauisch sah er, wie der ihm unbekannte schwarze Honda etwa vierzig Schritte von ihm entfernt anhielt, und bei dem Gedanken an die 38er, die in seinem Haus eingeschlossen war, fühlte er sich unbehaglich nackt. Wer, zum Teufel, kann das sein? fragte er sich, bis er die Gestalt erkannte, die aus dem Wagen kletterte.

»Jesus Christus!« schrie er. »Was, zum Teufel, führt dich an einem Tag wie diesem hierher?«

»Du.«

»Scheiße.« Duffy schlug die Axt, mit der er Brennholz für seinen Kamin gespalten hatte, wuchtig in den Hackklotz. »Was, zum Teufel, soll denn das nun wieder heißen?«

»Warum lädst du mich nicht auf eine Tasse Kaffee in dein Haus ein, dann erkläre ich's dir.«

»Okay.« Duffy streifte die Lederhandschuhe ab, stopfte sie in seine Hüfttasche und trat seinem Besucher mit breitem Grinsen und ausgestreckter Rechter entgegen. »Ich nehme an, das ist das mindeste, was ich für dich tun kann.«

Er führte seinen Gast in das Häuschen am Seeufer. Die Einrichtung war einfach, fast spartanisch, ihre Spärlichkeit schien geradezu lauthals zu versichern: Hier wohnt ein alleinstehender Mann. Als Duffy ihn durch die Küche führte, bemerkte sein Besucher auf der Arbeitsplatte eine entkorkte, halb geleerte Flasche Silver Oak Cabernet Sauvignon und im Mülleimer zwei wahrscheinlich leere Bierdosen der Marke Coors Lite.

Ein schwacher Geruch von kaltem Zigarrenrauch schien an den Vorhängen und dem Teppich des Wohnzimmers zu haften. Auf dem Boden neben einem Armsessel mit Schonbezug lag aufgeschlagen der Sportteil eines Exemplars des *Boston Globe*. Das dort abgedruckte Spielergebnis der *Celtics* verriet dem Besucher, daß die Zeitung zwei Tage alt war.

Ein Teil des Brennholzes, das Duffy draußen gespalten hatte, lag säuberlich aufgestapelt neben dem Kamin, in dem bereits eine Anzahl Scheite fertig zum Anzünden aufgehäuft waren. Duffy ergriff ein zehn Zoll langes Streichholz und legte Feuer an ein halbes Dutzend sorgfältig ausgewählter Stellen des Scheiterhaufens, der dann auch bald in lodernden Flammen stand.

»Der Kaffee läuft schon durch. Mach's dir bequem, während ich ihn hole.«

Er kehrte mit zwei dampfenden Bechern zurück, deren blaugoldenen Emblemen man entnehmen konnte, daß sie aus der Offiziersmesse des Oberkommandos der 6. US-Flotte stammten. Mittlerweile hatte ein über dem Kamin aufgehängtes Ölgemälde das Interesse des Besuchers geweckt. Es war das Bildnis einer Frau Anfang Vierzig, die ihr Haar wie eine goldene Krone trug und deren blaßblaue Augen sehnsüchtig einen fernen Horizont zu suchen schienen.

»Entzückend«, sagte der Besucher leise zu Duffy. »Es ist vollkommen lebensecht.«

»Ja.« Duffy reichte ihm einen Becher Kaffee und setzte seinen eigenen auf den Tisch neben den Armsessel. »Es wurde nur drei Monate, ehe der Krebs sie kriegte, gemalt.« Auch er starrte nun das Bild an. »Er hat wirklich was Besonderes eingefangen, oder? Manchmal kommt's mir so vor, als wäre sie da schon einen halben Schritt im Jenseits und würde sich von dort nach mir umschauen.«

»Um zu sehen, ob du auch artig bist. Hast du hier oben schon Ersatz für sie gefunden?«

»Sie ist unersetzlich.«

»Wie lange ist das nun schon her?«

»Fast sieben Monate.«

»Dieser Versuch, ein neues Leben ohne sie anzufangen, muß verdammt schwierig sein.«

»Ja. Die Einsamkeit bringt einen um.«

»Kommst du überhaupt nicht raus?«

Duffy antwortete mit einem unfrohen Lachen. »Wozu? Soll ich dem Bridgeclub beitreten? Die Treffen am Donnerstagabend im Gemeindesaal der Congregational Church besuchen? Denn das ist ungefähr alles, was das gesellschaftliche Leben hier an Aufregung zu bieten hat.«

»Warum, zum Teufel, bleibst du hier?«

»Ich mag das Surfen und die Wälder. Und weißt du, auf eine komische Weise machen gerade die Isolation und Einsamkeit, über die ich eben gemeckert habe, mir's auch leichter. Irgendwie habe ich hier in der Stille dieses kleinen Hauses, des Sees und des Waldes das Gefühl, als ob sie noch bei mir wäre, verstehst du? Wenn ich aber runter in die Stadt fahren würde, könnte mir diese Illusion dort im Lärm und unter den Leuten unwiderruflich verlorengehen.« Er lachte noch einmal, nicht weniger freudlos als das erste Mal, und deutete mit seinem Kaffeebecher in Richtung der Bücher, die sich völlig ungeordnet im Regal stapelten. »Außerdem werde ich jetzt endlich ein gebildeter Mann. Zum ersten Mal in meinem Leben habe ich Zeit, etwas anderes zu lesen als Memos der Agency.« Duffy blies in seinen heißen Kaffee und blickte dann sein Gegenüber fest an. »Also welchem Grund verdanke ich die Ehre deines unerwarteten Besuchs?«

»Ich bin sozusagen hier, um dir die Gelegenheit zu geben, in das aufregende Leben zurückzukehren, das du früher geführt hast. Wir wollen, daß du wieder für uns arbeitest, Jim.«

»Was?« Das Wort klang wie die Zündung eines soeben gestarteten Außenbordmotors. »Zurück in diesen Zoo? Nach der Art und Weise, wie mich dieses Schwein Woolsey rausgeschmissen hat? Nachdem er mich so gedemütigt hat? Absichtlich und in aller Öffentlichkeit?«

»Vergiß Woolsey, Jim. Wir haben schon drei Direktoren verbraucht, seit er weg ist, um wieder Testamente für kleine alte Damen aufzusetzen oder, was zum Teufel, er sonst gemacht hatte, ehe Clinton ihm die CIA gab. Mann, jeder bei der Agency weiß, daß sie dich ganz mies in die Pfanne gehauen haben. Immerhin haben wir deinen vollen Pensionsanspruch durchgesetzt, oder etwa nicht?«

»Ja, ja, natürlich.« Noch einmal überwältigte ihn die Verletzung, die Kränkung, die er bei seiner Entlassung nach sechsundzwanzig Dienstjahren seitens der CIA erfahren hatte.

Buenos Aires, Bagdad, Khartoum, der Krieg in Afghanistan – überall war er gewesen, der höchstdekorierte Offizier der Einsatzleitung. Liebling Caseys in den Achtzigern. An der Wand über seinem Schreibtisch hingen Gratulationsschreiben sowohl des israelischen Mossad als auch des saudischen Geheimdienstes. Wie viele Beamte der Agency konnten sich solcher Anerkennung ihrer Verdienste rühmen?

Dann, als der afghanische Krieg einzuschlafen schien, hatten sie ihn nach Langley zurückgeholt und an einen Schreibtisch in der Abteilung für sowjetische Angelegenheiten gesetzt. Er war kaum drei Wochen in dem Job, als ihm sein Assistent einen Stapel Papierkram zur Unterschrift vorlegte: Gutachten für die

201-Akte eines Beamten, Bargeldanweisungsbelege, Personalversetzungsformulare, die Sorte Scheiße, um die er sich draußen nie hatte zu kümmern brauchen. Eines dieser Dokumente hatte die Versetzung eines gewissen Aldrich Ames in das neue Rauschgiftdezernat genehmigt. Ames, ein Typ, der ihm nie zu Gesicht gekommen war. Und dann, Jahre später, als der Kongreß Woolsey zur Schnecke machte, weil er es versäumt hatte, die alten Knaben der Agency wegen dieser Ames-Geschichte hinreichend zu disziplinieren, war was passiert? Woolsey hatte ihn den Hunden zum Fraß hingeworfen, wie einen Knochen, der die Kongreßschnüffler von seiner eigenen Spur ablenken sollte.

»Warum, zum Teufel, sollte ich zurückkommen?«

»Wie ich schon sagte, damit du wieder ein bißchen mehr Spaß am Leben hast. Und weil wir dich brauchen.«

»Um Himmels willen, aber wozu denn?«

»Erinnerst du dich noch an deinen Kumpel Said Dschailani?«

Ein Lächeln huschte über die finstere Miene, zu der Duffys Züge erstarrt waren, als sein Besucher ihn an seine Entlassung aus der Agentur erinnert hatte. »Der Gucci-Mudsch«, meinte er.

Er sah Dschailani wieder vor sich, wie er auf der Höhe des afghanischen Bürgerkriegs in seinem Pajero durch die Hintergassen Peschawars kurvte, einer seiner Pajero-Kommandeure, wie Duffy sie zu nennen pflegte. Dschailani, dessen Gewandsaum und Sandalen mit Goldfäden bestickt waren, was ihm seinen Spitznamen eingetragen hatte: Der Gucci-Mudschahed.

»Dieser dunkeläugige alte Schurke. Was hat er denn nun wieder ausgefressen?«

»Er hat die Reservation verlassen und sich dünne gemacht.«

»Wie denn das?«

»Mir wäre es lieber, wenn du bis zur Einsatzbesprechung in Langley warten könntest.«

»He, Frank, komm schon. Du sprichst mit Jim Duffy, erinnerst du dich? Wir beide kennen uns seit fünfundzwanzig Jahren und länger.«

Tatsächlich waren Duffy und sein Besucher, Frank Williams, im gleichen Jahr angeworben worden, hatten gemeinsam ihr »Pfadfindertraining« im Camp Peary absolviert und sich bei dem Phoenix-Programm in Vietnam gemeinsam die Feuertaufe geholt. Williams hatte dann seine Laufbahn im Hauptquartier fortgesetzt, während Duffy bei Einsätzen in Übersee geglänzt hatte. Während der drei Jahre, in denen Duffy für die CIA den afghanischen Krieg vor Ort in Pakistan koordiniert hatte, war Williams seine helfende Hand im Hauptquartier gewesen. Williams hatte in der siebenten Etage die gesträubten Federn geglättet, wenn Operationen schiefgingen. Williams hatte Charlie Wilson, dem Kongreßabgeordneten aus Texas, der in den Hallen des Kongresses die Flamme der Mudsch am Brennen hielt, immer wieder die richtigen Worte zugeflüstert. Er hatte das streng geheime Programm der Agency geleitet, das den Ankauf der Waffen, mit denen der Krieg geführt wurde, direkt unter der Nase der Russen in Polen, der Tschechoslowakei und in Rumänien regelte. Dann hatte er deren Verschiffung auf griechischen Frachtern aus Danzig nach Pakistan organisiert, die diese Waffen angeblich jenen braven Leuten liefern sollten, die auch von den Sowjets mit Waffen versorgt wurden, also etwa den Syrern oder der PLO. Tatsächlich wurden aber dann, je nach Befehl der CIA, ganz andere Häfen angelaufen. Wie überglücklich waren doch manche von diesen Tschechen und Polen gewesen, der Agency Waffen zu verkaufen, die in Afghanistan eingesetzt wurden, um ihre russischen Brüder zu töten! Der afghanische Krieg war eine Operation, die nach wie vor strengster Geheimhaltung unterlag. Frank Williams und Jim Duffy waren vielleicht die beiden einzigen Menschen, die in jedes der diesbezüglichen Geheimnisse eingeweiht waren.

»Natürlich, Jim, ich weiß. Ich hätte es aber lieber, wenn jemand dir die Sache auseinandersetzt, der dabei mehr auf dem laufenden ist als ich. Wie der neue Direktor, der dich wieder im Dienst haben will. Nur soviel: Dschailani hat sich auf die Seite der Iraner geschlagen, diese Bastarde mit den Pasdaran, den revolutionären Garden und diesen durchgedrehten Mullahs.«

»Das wundert mich nicht. Er und sein Kumpel Gulbuddin Hekmatayar waren schon immer vernarrt in Khomeini und dessen Anhang von besengten Mullahs. Wir wußten das, verdammt noch mal! Hat uns das je gehindert, sie bis an die Zähne zu bewaffnen? Ihnen all die Stingerraketen zu liefern, die sie haben wollten? Zum Teufel, nein, kein bißchen.«

»Fakt ist aber, Jim, die extremistischen, fanatischen Mullahs stecken in der Scheiße.«

»Na, das ist mal 'ne gute Neuigkeit.«

»Wie das Leben so spielt, sind Leute in dieser Lage aber auch am gefährlichsten. Dieser Khatami hat die Unterstützung der Massen. Die haben die Nase voll, und die Mullahs kriegen es allmählich mit der Angst zu tun. Außerdem geht ihnen allmählich die Knete aus.«

»Mir kommen gleich die Tränen.«

»Wie du willst. Fest steht jedenfalls, daß das Pro-Kopf-Einkommen im Iran nur noch ein Drittel von dem ist, was es unter dem Schah war. Millionen von Menschen sind arbeitslos, die Öleinnahmen decken nur knapp die Hälfte des Haushalts, und trotzdem schmeißen die Mullahs das Geld zum Fenster raus, als sollte es morgen abgeschafft werden, um sich Kernwaffen und Flugkörpertechnologie zu verschaffen. Außerdem zahlen sie jährlich hundert Millionen Dollar allein an ihre terroristischen Chorknaben wie die Hisbollah. Wo, zum Teufel, kriegen sie die Mäuse her?«

»Durch den Verkauf von Pistazien?«

»Wir vermuten, daß ein großer Teil davon aus dem Rauschgifthandel stammt. Der Anbau von Schlafmohn in deinem alten Revier Afghanistan hat kolossal zugenommen.«

»Ach, Scheiße, Frank.« Duffy schwenkte seinen Kaffeebecher. »Was gibt's denn sonst noch neues? Die Afghanen können nur zwei Sachen: kämpfen und Drogen anbauen.«

»Mag sein. Vor zehn Jahren kam's auf das Kämpfen an. Heute ist wieder das Rauschgift dran. Heroin ist wieder ganz groß da, aber wirklich groß, sage ich dir. Niemand wollte darüber reden, bis der Präsident endlich Wind von der sogenannten Heroinschickeria kriegte, als dieser Modefotograf in New York sich eine Überdosis verpaßte. Teufel, das lief schon seit fünf Jahren, als Clinton endlich beschloß, es zur Kenntnis zu nehmen. Das Zeug überschwemmt dieses Land und Europa auch. In Washington tuschelt man schon: ›An dieser Sauerei ist die CIA mindestens teilweise schuld, denn eine Menge von diesem Stoff kommt aus Gegenden, wo Typen das Sagen haben, die ihr bewaffnet und ausgebildet habt.‹«

Duffy erhob sich aus seinem Stuhl, ging zum Kamin und rammte ein Holzscheit mit solcher Wut in die Flammen, daß ein wahrer Funkenregen den Schornstein aufstieg.

»Ich habe diese Clinton-Linksliberalen in Washington zum Kotzen satt, die heutzutage dauernd über all das Böse seufzen und jammern, das die Agency in der Welt verschuldet haben soll. Aber wenn sie jetzt abends ins Bett gehen, brauchen diese Säcke sich keine Sorgen zu machen, daß womöglich die Sowjetunion in Westdeutschland einmarschiert und einen Atomkrieg anfängt, während sie den Schlaf der Gerechten schlafen, stimmt's? Und warum ist das so? Wegen uns, wegen dem, was die Agency in Afghanistan geleistet hat. Als diese blauäugigen russischen Soldaten anfingen, in Leichensäcken an den Busen des heiligen Mütterchens Rußland zurückzukehren, war das der Moment, wo die Sowjets endlich begriffen, daß die Scheiße am Dampfen war. Der afghanische Krieg war für die Rote Armee die erste ernsthafte Kraftprobe seit fünfundvierzig Jahren. Und was passierte? Ein Haufen analphabetischer Bauern und Schäfer hat sie in den Arsch getreten. Da in Afghanistan haben wir den kalten Krieg gewonnen, ob das diesen linksliberalen Arschlöchern in Washington nun paßt oder nicht.«

»Vergiß nicht, daß Gorbatschow uns auch ein bißchen behilflich gewesen ist.«

»Gorbatschow hätte sich nie getraut, sich mit der Roten Armee anzulegen, wenn wir ihm nicht zuvor gezeigt hätten, daß von der nichts mehr zu befürchten ist.«

Duffy war von seinem Zorn zu aufgepeitscht, um in die Bequemlichkeit seines Armsessels zurückzukehren. Er ging vor den im Kamin lodernden Flammen auf und ab und sah in ihrem Züngeln Bilder einer zehn Jahre zurückliegenden Vergangenheit: Landi Kotal und den Khyber-Paß, die nackten Bergrücken Afghanistans, die stoischen, schweigenden afghanischen Verwundeten, die auf Maultieren aus den Bergen zurückgebracht wurden, von Schmerzen gekrümmt, doch über ihre Lippen kam nicht der leiseste Seufzer, der eingestanden hätte, daß sie litten. Der Kongreßabgeordnete Charlie Wilson hatte einmal gesagt, daß er die sichere Niederlage der Roten Armee in den trotzigen Blicken der verwundeten Mudsch in einem Feldlazarett vor den

Toren Peschawars zuerst gesehen hätte. Und jetzt versuchten diese Idioten in Washington mit all diesem Gezeter über Drogen und islamistischen Fundamentalismus die Glanzzeit der CIA zu besudeln. Gewiß, manche von den Typen, die damals die meisten Russen töteten, brachten heute das meiste Heroin auf den Markt. Aber, was zum Teufel, hätte er dagegen machen können? Hätte er ihnen keine Waffen geben sollen, damals, als sie Russen damit erledigten? Eines Tages hatte er Charlie Wilson darauf angesprochen, um zu erfahren, wie man im Kongreß darüber dachte.

»Ein paar von diesen Typen pflanzen Rauschgift an«, hatte er gesagt.

»Ist mir scheißegal«, hatte der Kongreßabgeordnete erwidert.

Williams riß ihn aus seinen Erinnerungen. »Jimbo, ob du's nun magst oder nicht, das Gespenst Afghanistans wird uns so bald nicht in Frieden lassen. Jetzt heißt es, daß wir die Gefahren nicht richtig eingeschätzt haben, die wir heraufbeschworen, als wir diese ganzen islamischen Fundamentalisten aufrüsteten und bestärkten. Das Anti-Terrorismus-Dezernat hat gerade ein streng geheimes siebenundsechzigseitiges Papier darüber erstellt, das ich dir zeigen werde, wenn wir zurück nach Langley kommen. Wir haben das Ding intern als die ›Ballade vom wandernden Mudsch‹ betitelt. Denn da liest du, wie diese Typen heutzutage überall auftauchen, in Algerien Kehlen durchschneiden, in Kairo Autobomben hochjagen und in Saudi-Arabien schiitischen Staatsfeinden zeigen, wie sie unsere Jungs auf dem Luftwaffenstützpunkt Dharhan kaltmachen können.«

Duffy marschierte zu seinem Sessel zurück und ließ sich in die weichen Polster fallen. Der Zorn, der ihn noch wenige Augenblicke zuvor beherrscht hatte, war erloschen. »Und welche Rolle spielt mein alter Kumpel, der Gucci-Mudsch, bei alledem?«

»Rauschgift. Drogen unterminieren die geistige und körperliche Gesundheit der Kinder Satans, stimmt's? Gleichzeitig bringen sie das Geld, das die Mullahs brauchen, um ihre terroristischen Vorhaben zu finanzieren. Sie schaden dem Westen und beschleunigen den Triumph des Islam. Prima also. Seine Aufgabe besteht darin, dafür zu sorgen, daß die Mullahs ihren Anteil an jedem verdammten Kilo afghanischen Opiums kriegen, das über den Iran in die Türkei geschafft wird, um dort zu Heroin verarbeitet zu werden.«

»Aber warum ich? Warum willst du mich aus meinem idyllischen Dasein als Holzhacker hier oben in Maine herausreißen?«

»Weil niemand die Verhältnisse da unten besser kennt als du, Jim. Niemand kennt die Teams und die Spieler so gut wie du. Der Direktor meint, daß wenn es jemanden gibt, der rauskriegen könnte, von wo aus dieser Bastard Dschailani operiert, jemand, der es schaffen könnte, sich in seine Organisation einzuschleichen, dann bist du der Mann und kein anderer. So können wir vielleicht, wenn wir großes Glück haben, auch in Erfahrung bringen, wohin das Geld, das er für die Mullahs macht, am Ende fließt und wofür sie es ausgeben. Irgendwo muß es da eine Geldspur geben. Und wenn wir die finden und ihr folgen, führt sie uns vielleicht zu ihrem geheimen Rüstungsprogramm, ihren Plänen zur Beschaffung von Massenvernichtungsmitteln.«

Williams nippte an seinem Kaffee, um seinem alten Freund Zeit zum Nachdenken zu lassen. »Außerdem wollen wir natürlich, wie ich schon sagte, dafür sorgen, daß du wieder mal ein bißchen Spaß am Leben hast. Leben in der Hauptstadt der Nation, am pochenden Herzen der einzigen überlebenden Supermacht der Welt. Lunch in dem für Direktoren reservierten Speisesaal, Besuche im Weißen Haus mit Chauffeur. Mann, so viel Spaß!«

»Spaß? Für einen Chef arbeiten, dem mehr daran liegt, seinen Arsch in Sicherheit zu bringen, als einen iranischen Terroristen zu entlarven, selbst wenn der Kerl vor seiner eigenen Tür herumlungert? Mich von Kongreßabgeordneten nerven lassen, die glauben, etwas von nachrichtendienstlicher Tätigkeit zu verstehen, weil sie mal einen James-Bond-Roman gelesen haben? Mir die Ermahnungen neunmalkluger Zeitungen gefallen lassen, die keinen blassen Schimmer von der wirklichen Welt haben? Das nennst du Spaß?«

»Ach, Jimbo, du erinnerst dich doch an das alte Rekrutenwerbeplakat, wo Onkel Sam mit dem Finger auf einen zeigt und sagt: ›Dein Land braucht dich!‹ Ja? Genau diese Situation ist jetzt wieder gegeben. Du hast bisher nie nein gesagt, wenn dein Land dich brauchte, stimmt's? Wirst du also ablehnen?«

»Du Hurensohn. Ich hasse Leute, die emotional argumentieren anstatt logisch.«

»Soll das heißen, daß du kommst?«

»Wohin?«

»Zurück nach Washington. Ein Lear-Jet der Agency erwartet uns auf dem Flughafen von Portland.«

»So wichtig?«

»So wichtig.«

»Habe ich wenigstens noch Zeit, eine Zahnbürste und ein bißchen frische Unterwäsche einzupacken?«

»Na klar. Willkommen bei der alten Firma.«

Die Männer saßen im Kreis auf der gestampften Erde des Hüttenbodens, mit den Rücken an die weißgetünchten Wände gelehnt, die Beine unter den knöchellangen Röcken ihrer *Tschalwars*, dem traditionellen afghanischen Männergewand, gekreuzt. Vor ihnen standen die Reste der Mahlzeit, die sie soeben verzehrt hatten. Die Tontöpfe, die die Speisen enthalten hatten, standen in der Mitte des Kreises neben der Kohlenpfanne, deren spärliche Glut neben der Körperwärme der dort Versammelten zur Heizung des Raums nicht eben viel beitrug.

Natürlich waren in dieser Runde keine Frauen zugegen. Sie hatten das Feuer entfacht, die Töpfe mit Speisen hereingebracht und sich dann in die Küche zurückgezogen. Sie würden den Raum erst wieder betreten, wenn der letzte Gast gegangen war. Die kleine Versammlung beim Abendessen hätte eine kleine *Schura* oder eine Stammes-*Dschirga* sein können, eine in Afghanistan traditionelle Form öffentlicher Beratung. Alle Anwesenden waren natürlich Muslime. Die meisten befleißigten sich nun, da ihre Provinz in der Gewalt der Taliban war, sogar auffälligerer Frömmigkeit als in jener Zeit, bevor diese Eiferer für den reinen Islam die Macht bei ihnen ergriffen hatten. Indessen war das Anliegen, das sie an diesem kalten Januarabend in der Hütte zusammengeführt hatte, kein geistliches, sondern ein wirtschaftliches. Sie alle waren auf die eine oder andere Weise in den Opiumhandel verwickelt.

Ihr Dorf Regay lag in der afghanischen Provinz Helmand, von den Grenzen Pakistans und Irans fast gleich weit entfernt. Es war nur eines von 5000 Dörfern des Landes, in denen man sich hauptsächlich dem Anbau von *papaver somniferum*, Schlafmohn, widmete, aus dem Opium, Morphium und Heroin, die zerstörerischsten und suchterregendsten Formen dieses Pflanzengifts, gewonnen werden. Auf den gut bewässerten Feldern, die das halbe Dutzend Häuser des Dorfs umgaben, wuchs freilich nur ein winziger Teil des einer Statistik der Vereinten Nationen zufolge in ganz Afghanistan auf nicht weniger als 71 433 Hektar angebauten Schlafmohns. Afghanistan insgesamt war demnach unzweifelhaft der führende Rohopiumproduzent der Welt und stellte – entgegen der frommen Beteuerungen seitens des Außenministeriums der USA – bereits das berüchtigte goldene Dreieck im Norden Burmas in den Schatten.

Zehn der Männer, die an den Wänden lehnten, waren Landbesitzer oder Pächter, die ihre Felder bestellten. Zwei waren *Tudscharha-e-afin*, Händler aus dem Basar des nahe gelegenen Sangin. Neben ihnen saß der örtliche Fuhrunternehmer, der zugleich der Cousin eines dieser Händler war, und neben diesem der von den Taliban ernannte Mullah des Gebiets.

Auch seine Anwesenheit in dieser Runde beruhte nicht auf geistlichen, sondern finanziellen Interessen. Die Führer der Taliban, der radikalen Islamisten, die inzwischen den größten Teil Afghanistans beherrschten, hatten sich anfänglich gegen den Opiumhandel ausgesprochen. Nach der Machtübernahme war ihnen jedoch klargeworden, daß die aus diesem resultierenden Gewinne nicht zu verachten waren. Also bekämpften sie jetzt den Opiumhandel nicht länger, sondern besteuerten ihn. Fünfzehn Prozent der Einnahmen jedes Bauern mußten an die Taliban abgeführt werden, die das Geld hauptsächlich zum Kauf der Waffen verwendeten, die sie benötigten, afghanische Mitbürger zu töten, die es wagten, sich den Forderungen des islamischen Staats zu widersetzen.

Zwischen den beiden Händlern saß der Ehrengast des Abends, dem diese Versammlung galt. Er hieß Ghulam Hamid und war ein aus Persien gebürtiger Belutsche. Während des letzten Jahrzehnts des Schah-Regimes hatte er der SAVAK angehört und war dort vor allem für den Opiumhandel verantwortlich gewesen. Verantwortlich in dem Sinne, daß er die Schmuggler, die ihm keinen angemessenen Tribut zahlten, verhaftete und ins Gefängnis steckte und gleichzeitig denjenigen, die seinen Forderungen entsprachen, die Geschäftsführung erleichterte.

Bei Ausbruch der Revolution war er über die iranische Grenze nach Quetta in Pakistan geflüchtet. Inzwischen verwandte er seine Kenntnisse über den Opiumschmuggel nicht mehr zu dessen Unterdrückung, sondern nur noch zur Förderung des Geschäfts.

»Brüder«, begann er, als der Augenblick gekommen war, von den politischen Themen, die während der Mahlzeit erörtert worden waren, zu wichtigeren Angelegenheiten überzugehen. »Ich bin hier, um aufzukaufen, was ihr mir an Opium anzubieten habt.« Er hielt inne, und in Erwartung der Freude, die sein nächster Satz seinem Publikum bereiten würde, leckte er sich genüßlich die Lippen. »Ihr werdet einen sehr guten Preis erhalten, einen sehr, sehr guten Preis, das verspreche ich euch in aller Aufrichtigkeit.«

»Wie hoch sind Sie gewillt zu gehen?« fragte einer der Landbesitzer.

Hamid musterte die Gruppe mit einem gönnerhaften Lächeln. »Ich werde für das Kilo 1500 pakistanische Rupien zahlen«, erklärte er in einem Ton, als wäre sein Angebot so extravagant wie der Vorschlag, das Opium in Gold aufzuwiegen.

Der Landbesitzer jedoch fand die Offerte keineswegs überzeugend. So abgeschieden dieses Dorf in Helmand vom Rest der großen weiten Welt auch liegen mochte, so wußte der Landbesitzer doch, was man in Quetta für Rohopium zahlte. »Wir haben sehr zu kämpfen, Bruder, unsere Kinder zu ernähren und nach diesem schrecklichen Krieg unsere Häuser wieder aufzubauen.« Für ein Weilchen sah es so aus, als würde er angesichts der ihn deswegen quälenden Sorgen in Tränen ausbrechen. »Gewiß können Sie uns ausnahmsweise noch ein bißchen weiter entgegenkommen. Sagen wir 1900 Rupien das Kilo.«

Hamid sah aus, als würde ihm schon die bloße Vorstellung eines derartig in die Höhe getriebenen Preises Schwindel verursachen und ihn mit Herzversagen bedrohen. Dann erläuterte er ausführlich und geduldig, weshalb es ihm absolut unmöglich sei, einen so exorbitanten Preis auch nur in Betracht zu ziehen, selbst wenn er es um seiner hier versammelten Brüder willen riskieren wollte, seine Kinder verhungern zu lassen. Dann bot er 1650 Rupien pro Kilo.

Unter den um die Kohlenpfanne gescharten Männer lauschte ihm keiner aufmerksamer als der Neffe des Landbesitzers, der das Feilschen mit der Forderung von 1900 Rupien eröffnet hatte. Als junger Mann hatte dieser, Ahmed Khan war sein Name, unter den von Hadschi Abdul Khader geführten Mudschaheddin überaus tapfer gekämpft, bis ihm ein Splitter einer von einem sowjetischen Hind-Hubschrauber abgefeuerten Rakete das linke Bein am Knie abgerissen hatte.

Jahrelang war er in dem Flüchtlingslager Girdschangal an der afghanisch-pakistanischen Grenze bei der dürftigen medizinischen Betreuung, die die Mudschaheddin ihm bieten konnten, dahinvegetiert. Völlig verzweifelt über die Aussicht, nie wieder ein normales Leben führen und seine Frau und seine beiden Töchter ernähren zu können, war er dem Selbstmord nahe gewesen, bis ihn eines Tages ein Onkel in dem Lager aufgespürt hatte.

Komm an deinen Geburtsort zurück, hatte der Onkel ihm geraten. Er habe fünf *Dscheribs* Land, also etwas mehr als einen Hektar, und die wolle er Ahmed überlassen. Der Boden sei für den Schlafmohnanbau hervorragend geeignet, sagte der Onkel, es fehle dort auch weder an Wasser noch an Sonne. Saatgut und das erforderliche landwirtschaftliche Gerät würde er dem Neffen zur Verfügung stellen. Ahmed sollte ihm dafür die Hälfte der Ernte überlassen, den Rest könne er selber auf den Markt bringen.

Für Ahmed war dieses Angebot, als hätten sich plötzlich die Tore der Hölle in die Pforten des Paradieses verwandelt. Mit seiner Familie bezog er eine von den Kampfhandlungen halbzerstörte Hütte in der Nähe des ihm verpachteten Ackers und machte sich an die Arbeit. Auf seinen hölzernen Krücken über den Acker humpelnd, hatte er beobachtet, wie die Saat in grünen Trieben aufging, zu über einem Meter hohen Stengeln aufschoß und Anfang April die Knospen aufplatzten. Drei Wochen später fielen die rosa Blütenblätter von den Samenkapseln, die jeden der Stengel bekrönten, und die Samenkapseln begannen zu schwellen, bis ihr leuchtendes Grün in trockenem Grau erstarb.

Eine Woche nachdem die Blütenblätter abgefallen waren, gingen Ahmed, seine Frau und seine beiden Töchter bei Sonnenuntergang auf den Acker. Jeder hatte ein *netschtar* bei sich, ein Gerät, dessen sechs Messerklingen dazu dienten, die Samenkapseln zu ritzen. Aus jedem der nur Millimeter tiefen Einschnitte floß ein milchiger rosa Saft: Opium in seiner primitivsten Form. Am nächsten Morgen gingen sie alle wieder aufs Feld, um den über Nacht dunkelbraun und zäh gewordenen Saft von den Kapseln in Tontöpfe zu kratzen.

Es war eine reiche Ernte gewesen. Ahmeds Anteil daran belief sich auf zweiundvierzig kiloschwere Tafeln der schwarzbraunen, klebrigen Masse, die er zum Trocknen in die Sonne gelegt hatte. Nun lauschte er fasziniert seinem Onkel und den beiden Basarhändlern, die sich redlich bemühten, den von dem Besucher gebotenen Preis in die Höhe zu treiben.

»Eintausendachthundert pakistanische Rupien«, rief Hamid – der Afghani, die nationale Währung, wurde bei solchen Geschäften kaum benutzt. »Das ist mein letztes Angebot. Nur für euch, weil ihr meine Freunde, meine Brüder seid. Bitte erzählt niemandem von diesem Sonderpreis, den ich euch zahle, liebe Freunde. Ihr würdet mich ruinieren.«

In der Mittagszeit des folgenden Tages hielt der Lastwagen des örtlichen Transportunternehmers mit dem Mullah und einem der beiden Basarhändler vor Ahmeds Hütte. Gemeinsam wogen und zählten sie dessen zweiundvierzig Tafeln Opium. Dann zog der Händler ein dickes Bündel pakistanischer Rupien aus der Tasche und zählte 75 600 daraus für Ahmed ab. Der verkrüppelte Kriegsveteran hatte in seinem ganzen Leben noch nie so viel Geld auf einem Haufen gesehen. Er hatte es jedoch kaum in der Hand, als schon der Mullah fünfzehn Prozent für die Taliban davon einforderte.

»Mein Sohn«, schnurrte er, »was du getan hast, verstößt gegen kein Gebot des heiligen Korans, solange du nicht etwa selbst Opium nimmst oder es an Muslime zu deren eigenem Gebrauch verkaufst. Solange das Gift, das du geerntet hast, uns hilft, die Kraft unserer Feinde zu schwächen, liegt in deinem Handel damit kein Verstoß gegen das heilige Gesetz.«

»Feinde?« fragte Ahmed. »Welche Feinde? Wir haben so viele.«

»Die *Kafirs*. Die sollen das Zeug letztlich kriegen.«

Zeit seines Lebens hatte Ahmed nur zwei *Kafirs* – Ungläubige – gesehen, und beide waren tot gewesen, russische Soldaten, die in Pansher in einen Hinterhalt geraten waren. Er zuckte also gleichgültig die Schultern, als der Mullah und der Händler wieder auf den Lastwagen stiegen, um zum Basar von Sangin zurückzufahren. Er blickte ihnen nach, als sie den ungepflasterten Pfad von seiner Hütte entlangrumpelten und die Ernte seiner fünf *Dscheribs* auf den langen, gefährlichen Weg brachten, an dessen Ende sich irgendwelche gesichtslosen *Kafirs* in London oder Liverpool, New York oder Philadelphia, Paris oder Marseille, Madrid oder Barcelona, Hamburg oder Frankfurt das Gift in die Adern spritzen würden, um ihre Hirne damit zu betäuben und sich letztlich zugrunde zu richten. Die 64 620 pakistanischen Rupien, die ihm blieben, nachdem er die Steuern an die Taliban abgeführt hatte, waren Kleingeld, verglichen mit den Summen, die in nicht allzu ferner Zukunft andere Leute an fernen Straßenecken der westlichen Welt an der von ihm verkauften Ware verdienen würden.

Aber das war Ahmed Khan vollkommen gleichgültig. Für ihn kam es darauf an, daß er mit dem Verkauf jener zweiundvierzig Kilo seine Würde zurückgewonnen hatte. Mit diesen Rupien konnte er Frau und Töchter während des nächsten Jahres ernähren und die verfallene Hütte, in der sie alle hausten, wieder herrichten. Ahmed wandte sich um und kehrte in jene Hütte zurück. Zum ersten Mal, seitdem ihm die sowjetische Rakete das Bein abgerissen hatte, fühlte er sich fast wieder wie ein glücklicher Mann.

»Hier in diesem Zimmer zu sitzen, bringt teure Erinnerungen zurück, was, Jimbo?« Frank Williams wies auf die zurückhaltende Eleganz des Empfangszimmers, in dem er und Jim Duffy saßen.

Es war dies einer von zwei gleichartigen Räumen, die neben dem Büro des Direktors auf der siebenten Etage des Hauptquartiers der CIA in Langley, Virginia, lagen. In dem ersten empfing man wichtige Besucher vom anderen Ufer des Potomac: Kongreßabgeordnete, Senatoren, Beamte des Weißen Hauses, Geschäftsleute. Der zweite diente dem Empfang von Besuchern, deren Gesichter aus diversen Gründen nicht bekannt werden sollten: Vertreter der Dienste befreundeter Staaten, Agenten, deren Beziehungen zur Agency noch ein streng gehütetes Geheimnis waren, und mit verdeckten Operationen befaßte Beamte gingen dort ein und aus.

»Na ja, manche sind mir teuer, andere weniger«, grollte Duffy. »Ich erinnere mich zum Beispiel an einen Tag im Jahr 1985, als du und ich in genau diesem Zimmer auf Casey gewartet haben. Ich war gerade aus Pakistan zurück, weißt du noch?«

»Ja. Du bist hereinmarschiert und hast Casey erklärt, daß wir den gottverdammten Krieg in Afghanistan gewinnen können, wenn er dir endlich Stinger-Raketen zur Verfügung stellen würde, was niemand, aber auch niemand in dieser Stadt geglaubt hat.«

»Ach, verdammt, es hat sich niemand träumen lassen, daß wir diesen Krieg tatsächlich gewinnen konnten. Es hieß immer nur: ›Kämpft gegen die Sowjets bis zum letzten afghanischen Blutstropfen.‹ Denn das war das Geschäft: unser Gold gegen deren Blut.«

»Ja.« Frank Williams wand sich in seinem Sessel. Offensichtlich waren ihm die Erinnerungen, die sein alter Kamerad da wachrief, unbehaglich. »Vergiß aber nicht, daß die Mudschs immer wußten, daß wir nicht aus reiner Nächstenliebe dort draußen waren.«

Der schwarz lackierte Tisch vor ihnen war mit Exemplaren der Zeitschriften *Time* und *Newsweek* bedeckt. Eine umsichtige und fürsorgliche Sekretärin hatte bereits Kaffee und eine Schale gesalzener Nüsse gebracht.

Williams warf sich eine Handvoll in den Mund. »Weißt du was, Jimbo? Dieser Sieg, den wir in Afghanistan errungen haben, hatte zwei Gesichter. Dummerweise haben wir immer nur eines davon zur Kenntnis genommen.«

»Was willst du damit sagen?«

»Okay, was uns interessierte, war die Niederlage der Roten Armee, das Ende des kalten Krieges, der Zusammenbruch des Kommunismus. Aber was hat dieser Sieg für die Mudschs bedeutet? Für all diese islamischen Fundamentalisten, die in der Welt herumlaufen? Haben wir uns je gefragt, wie sie die Sache sehen?«

Duffy nahm sich ebenfalls ein paar Nüsse. »Ich weiß, daß du

darauf brennst, es mir zu erzählen, ich werde dir also nicht den Spaß verderben.«

»Für sie sah die Sache so aus: Sie hatten die mächtige Rote Armee mit wenig mehr als ihrem Glauben – und, naja, ein paar Stingers zusätzlich – vernichtet. Dieser Triumph bewies ihnen und allen Extremisten in der islamischen Welt, daß die Gläubigen in einem *Dschihad*, einem heiligen Krieg, unbesiegbar waren, genau wie es ihnen der Prophet verheißen hatte, und daß das auch im zwanzigsten Jahrhundert noch gegen Feinde möglich war, die mit all diesen technischen Wunderwerken gerüstet sind. *Du kannst siegen, wenn dein Glaube stark genug ist*. Glaube mir, diese Überzeugung steckt hinter vielen der Alpträume, die uns heute plagen.«

Eine mit zurückhaltender Eleganz gekleidete Frau in mittleren Jahren, gefolgt von einem Sicherheitsbeamten im blauen Blazer der Agency, erschien in der Tür des Empfangszimmers. »Der Direktor erwartet Sie, meine Herren.«

»Und von einigen dieser Alpträume wirst du nun hören«, murmelte Williams, als Duffy und er sich erhoben.

Der gegenwärtige Direktor der Agency war ein schmächtiger, fast gebrechlich wirkender Mann, dessen überdimensionale Hornbrille den ohnedies respekteinflößenden Ernst seines Gesichtsausdrucks noch verstärkte. Sieht aus wie ein Lateinlehrer auf der Unterstufe einer jener vornehmen neuenglischen Privatschulen, dachte Duffy und war versucht, ihn mit dem gemurmelten Zitat *Gallia est omnis divisa in partes tres* zu begrüßen, nahm dann aber doch des Direktors schmächtiges Händchen in die eigene massive Pranke und sagte: »Sir.«

»Wir sind sehr froh, daß Sie wieder an Bord gekommen sind, Mr. Duffy«, erwiderte der Direktor. »Ich glaube, unser DDO, Jack Lohnes, ist Ihnen schon bekannt?« Er deutete auf den Mann zu seiner Linken.

Duffy nickte. Jack war ein guter Kerl, dem er es nicht verübelte, daß er jetzt als Direktor der Geheimoperationen auf dem Posten saß, der eigentlich ihm selbst zugestanden hätte.

»Tim Harvey hier«, nun wies der Direktor auf den Mann zu seiner Rechten, »leitet das Iranreferat.« Und dann führte er sie zum Konferenztisch, der sich auf einer leicht erhöhten Plattform links von dem massiven Schreibtisch befand. Dort stand schon frischer Kaffee für sie bereit – der Direktor war so süchtig danach wie ein Oberbootsmann der Marine. »Ich möchte zunächst Tim Harvey Gelegenheit geben, Sie darüber zu unterrichten, was die Perser gegenwärtig so treiben.«

Harvey drehte seinen Kaffeebecher kurz in der Hand, dann sah er zu Duffy auf. »Jim, es besteht nicht mehr der geringste Zweifel daran, daß die Iraner inzwischen auf Biegen und Brechen bestrebt sind, sich Massenvernichtungswaffen und die Mittel, solche zu kaufen, zu verschaffen.« Er zuckte die Schultern, als wolle er andeuten, daß er damit natürlich hier niemandem etwas Neues sagte. »Das versuchen sie mit zwei Methoden. Die erste ist der weitere, aber besser ausgebaute Weg über Pakistan: sich eigene Zentrifugen verschaffen, langsam einen eigenen Vorrat spaltbaren Materials anhäufen und dann Atomwaffen in Serie produzieren. Bei dieser Alternative können sie hoffen, bis zum Jahr 2005 dem Club der Atommächte beizutreten.«

»Das sind ja keine tröstlichen Aussichten für die Zukunft.«

»Gleichzeitig versuchen sie aber auch Zeit zu sparen, indem sie sich bemühen, an bereits existierende Waffensysteme heranzukommen, insbesondere durch enttäuschte russische Offiziere, die Zugang zum nuklearen Arsenal haben. Das ist für die Iraner natürlich das ideale Verfahren, denn wenn es ihnen gelingt, die eine oder andere fertige Bombe in die Finger zu kriegen, wäre damit für sie das Implosionsproblem bereits gelöst. Deshalb ist unseres Erachtens die unmittelbare Bedrohung aus dieser Richtung am größten. Sie sind in diesem Bereich auf Einkaufstour, dafür haben wir Beweise.«

»Zum Teufel«, warf Lohnes ein, »die Sowjets wissen nicht mal selber, wie viele nicht strategische nukleare Gefechtsköpfe sie haben. Nach ihren eigenen Schätzungen sind es zwischen acht- und dreizehntausend, die in 155 verschiedenen Bunkern lagern. Alexander Lebed sagt, daß mindestens von hundert jede Spur verlorengegangen ist.«

»Habt ihr irgendwelche Beweise dafür, daß ein paar von diesen verdammten Dingern in die Hände der Perser gelangt sind?«

»Ich wünschte, wir könnten Ihnen diese Frage ganz eindeutig beantworten«, erwiderte Harvey. »Aber leider können wir das nicht. Bisher liegen uns fünf Reports vor, die wir alle sehr ernst genommen haben. Den glaubwürdigsten erhielten wir Ende 1992. Unsere Quelle behauptete, daß den Iranern beim Abzug der Sowjets aus Kasachstan drei nukleare Sprengsätze in die Hände gefallen seien. Wir, MI 6, die Franzosen, die Deutschen und der Mossad haben alles versucht, um herauszufinden, ob wir der Information trauen können oder nicht. Wir haben deswegen sogar Agenten im Iran eingesetzt ... Aber Gewißheit haben wir letztlich doch nicht erhalten.« Harvey zuckte resigniert die Schultern. Die typische Reflexgebärde eines Mannes, für den Nachrichten fast unvermeidlich schlechte Nachrichten waren. »Wir wissen einfach nicht, ob wir dem Bericht glauben sollen. Allerdings habe ich dabei das ungute Gefühl, daß er wahr sein könnte, und wenn ich recht habe, werden wir eines schönen Tages in nicht allzu ferner Zukunft voll in der Scheiße stecken.«

»Aber für den Augenblick schwimmen wir hier also in einem Vakuum?« fragte Duffy.

»Mr. Duffy, äh, Jim ...« Das war wieder der Direktor, dem es sichtlich schwerfiel, seine Mitarbeiter mit dem Vornamen anzureden. »Ich möchte eines klarstellen: Der schlimmste Alptraum, der uns heute nach Ende des kalten Krieges noch heimsuchen kann, besteht darin, daß es einer Handvoll fanatischer Terroristen wie diesen islamistischen Radikalen gelingt, sich ein paar Atombomben zu verschaffen. Der Präsident hat das ganz deutlich gemacht, als er in seiner PDD-39 sagte, daß es für uns absolute Priorität hat, dies zu verhindern. Können Sie sich die Konsequenzen vorstellen, die es hätte, wenn solche Leute eines von diesen Dingern im Kofferraum eines Autos nach New York schmuggeln würden? Oder nach Tel Aviv? Wenn die Burschen, die die Bombe im World Trade Center haben hochgehen lassen, ihren Sprengsatz mit radioaktivem Material angereichert hätten, wäre das untere Ende von Manhattan für die nächsten 25 000 Jahre unbewohnbar gewesen.«

»Gewiß, Sir, wir haben all diese Szenarios durchgespielt, aber wir sind dabei immer wieder zu dem Schluß gelangt, daß der Besitz von ein paar Atombomben noch nicht ausreicht, um einen Staat zur Nuklearmacht zu machen. Denn man muß auch auf Vergeltungsschläge vorbereitet sein. Lassen sie so ein Ding in Tel Aviv hochgehen, würde das sofort den Masada-Effekt auslösen. Die Israelis würden töten und töten, bis niemand mehr übrig wäre, den sie töten könnten, bis es keinen einzigen Iraner mehr gäbe.«

»Sie sind hinter der Zeit zurück, Jim. Das ist die strategische Doktrin des kalten Krieges – gegenseitige garantierte Vernichtung. Du bringst mich um, ich bringe dich um, keiner überlebt. Das System beruhte auf dieser brutalen einfachen Logik. Die Atomwaffen haben damals den Status quo gewissermaßen eingefroren. Unsere Sorge ist aber, daß diese Lehre auf die heutigen Verhältnisse nicht mehr anwendbar sein könnte.«

»Warum nicht?«

»Weil für manche von diesen Fanatikern in der radikalen islamischen Welt Völkermord der wahre Zweck der Massenvernichtungswaffen ist. Sie wollen die Zerstörung und damit die Reinigung der Welt in großem Maßstab. Für die ist gegenseitig garantierte Vernichtung nicht abschreckend. Im Gegenteil, sie erflehen genau dazu die Gelegenheit vom Himmel. Wenn denen auch nur ein paar Atomwaffen in die Hände fallen, wird man vielleicht feststellen, daß die Praktiken, die man während des kalten Krieges noch anwenden konnte, nicht mehr gelten.«

»Herr Direktor, wären diese iranischen Mullahs wirklich verrückt genug, eine Atombombe in Tel Aviv zu zünden? Oder in irgendeiner amerikanischen Stadt?«

»Jim, diese iranischen Mullahs spielen ein sehr schlaues, berechnendes Spiel mit dem Terrorismus. Sie sind die Trainer im Hintergrund, die die Spieler ins Feld schicken. Sie selber rühren den Ball nie an. Wer stand hinter den Anschlägen auf das World Trade Center, das jüdische Zentrum in Buenos Aires oder die Kaserne unserer Luftwaffe in Saudi-Arabien? Jedesmal die Iraner. Aber jedesmal haben sie Strohmänner vorgeschoben. In Buenos Aires ließen sie eine Terroristengruppe tätig werden, von der noch nie jemand gehört hat und die sie einzig für diese Operation geschaffen haben, damit die Israelis den Anschlag nicht ihnen zur Last legen können. Wenn also ein paar in der Wolle gefärbte Fanatiker im Iran eine Chance bekommen, mit Atomwaffen zu spielen, wächst das Risiko enorm, daß sie eine Bande von Halbstarken damit ausrüsten, auf New York oder Tel Aviv zeigen und sagen: ›Na los, da lang geht's ins Paradies.‹«

»Jim«, sagte nun wieder Jack Lohnes, »Leute wie Präsident Khatami und die Männer in dessen Umgebung würden sich auf so was niemals einlassen. Aber was ist mit den Fanatikern, die ihren Führungsanspruch durch Khatami bedroht sehen? Die davon träumen, dem israelischen Feind einen vernichtenden Schlag zu versetzen, damit sie sich als Erlöser und Herrscher der gesamten islamischen Welt aufwerfen können? Manche von diesen Mullahs verstehen sich prima darauf, den ungebildeten, entmutigten Jugendlichen, die die Zielgruppe ihrer Kampagnen sind, goldene Träume vorzuspiegeln, in denen es möglich ist, mit einer Bombe die Welt zu retten. Wenn ein Scheich in einer Moschee in Nablus irgendeinen zwanzigjährigen Bengel überreden kann, sich zehn Kilo Plastiksprengstoff um den Bauch zu binden und sich in einem überfüllten Bus in Tel Aviv damit in die Luft zu sprengen, warum soll derselbe Mann nicht einen anderen gleichermaßen naiven Burschen dazu motivieren können, ein Auto mit einem nuklearen Sprengsatz ins Stadtzentrum von Tel Aviv zu fahren und zur Mutter aller heroischen Märtyrer zu werden, indem er mit einem einzigen glorreichen Knall den bösen Schergen des großen Satans vernichtet und die Weltherrschaft des militanten Islam für das kommende Jahrtausend festigt?«

»Okay«, räumte Duffy ein. »Ich gebe zu, daß da Grund zur Sorge besteht. Aber ich begreife wirklich nicht, was ich damit zu tun haben soll.«

Harvey lachte. »Wir dachten, Sie würden sich nie danach erkundigen.« Er beugte sich vor und nahm einen Schluck Kaffee, ehe er weitersprach. »Am Ende läuft das Ganze auf eine Geldfrage hinaus.«

»Ist das nicht immer so?«

»Ideologie ist eine feine Sache, doch nichts ernährt eine terroristische Organisation so befriedigend wie eine regelmäßige Einkommensquelle. Wenn man aber ständig eine Menge flüssige Mittel braucht, empfiehlt sich zur Deckung dieses Bedarfs heutzutage nichts mehr als der Rauschgifthandel. Jede beknackte Guerillagruppe seit dem Zweiten Weltkrieg hat deshalb versucht, ihre Aktivitäten mit Drogen zu finanzieren. Ich möchte jetzt allerdings nicht näher auf die Details der gegenwärtigen Lage am internationalen Rauschgiftmarkt eingehen, wir haben ein paar Leute unten, die das nachher erledigen werden.«

Harvey erhob sich und trat vor eine an der Wand aufgehängte Landkarte. Er nahm einen Stock und deutete damit auf Afghanistan. Wie es die Leute in dieser Stadt genießen, mit diesen verdammten Zeigestöcken zu hantieren, dachte Duffy. Penisersatz für frustrierte Bürokraten.

»Was ich Ihnen sagen will, ist folgendes: Die Mohnfelder Afghanistans produzieren gegenwärtig mehr als dreitausend Tonnen Rohopium jährlich. Und fast die gesamte Ernte wird exportiert.« Harvey ließ die Spitze des Stocks der iranischen Grenze folgen. »Das VEVAK, der iranische Staatssicherheitsdienst, hat hinter der Grenze eine vierzig Meilen tiefe Schutzzone eingerichtet. In dieser Region haben sie unbeschränkte Vollmachten, die Agenten können jederzeit jeden Beliebigen anhalten, durchsuchen und verhaften.

Wir, das DEA, Interpol, die europäischen Polizeibehörden und die Vereinten Nationen sind übereinstimmend der Meinung, daß heutzutage ungefähr achtzig Prozent des afghanischen Opiums auf diesem Wege«, er deutete auf Herat im Nordwesten Afghanistans, »durch den Nordiran in die Türkei transportiert werden, wo man es dann zu Heroin raffiniert, oder aber man bringt es nach Turkmenistan im Norden und von dort zum Kaspischen Meer, auf dem es dann per Schiff in den Iran gelangt und dann in die Türkei.« Harvey wandte sich von der Landkarte ab, um zum Höhepunkt seines Vortrags zu kommen. »Aber gleich welche Route nun eingeschlagen wird, ohne Wissen, Genehmigung und Mittäterschaft der iranischen Sicherheitskräfte würde es niemandem gelingen, das ganze Rauschgift durch die von den Iranern eingerichtete Schutzzone zu schmuggeln.«

»Sie nehmen also an, daß die ihren Anteil an dem Geschäft kriegen.«

»Genau.«

»Wie hoch könnten ihre Gewinne daraus sein?«

»Wir schätzen in aller Vorsicht, daß sie jährlich mindestens fünfunddreißig Millionen Dollar bei dem Handel verdienen.«

Duffy pfiff leise durch die Zähne und dachte an seine Erfahrungen im afghanischen Krieg. »Ein Drittel ihres Terrorbudgets.

Mit soviel Geld kann man da unten eine ganze Menge ausrichten.«

»Oder in Europa High-Tech-Gerät dafür kaufen.« Der Direktor ergriff erneut das Wort. »Wir wollen versuchen, diesem Geldfluß auf die Spur zu kommen, und herausfinden, wohin er fließt. So könnte es uns gelingen, ihre Waffenbeschaffungsprogramme, ihre terroristischen Organisationen und letztlich vielleicht sogar ihr Nuklearpläne zu enttarnen. Und dazu brauchen wir Sie.«

»Sie schmeicheln mir, aber warum gerade ich?«

Der Direktor drehte auf dem vor ihm liegenden Stapel ein Blatt Papier um. »Seit diese Bomben in unseren Botschaften in Daressalam und Nairobi hochgingen, beschäftigt uns am meisten die Frage, wo, zum Teufel, dieser Osama Bin Laden seine Knete herkriegt. Nun, inzwischen wissen wir immerhin, daß er durch seine persönlichen Beziehungen zu den iranischen Revolutionsgarden bis zum Hals in den Absatz der Opiumernten der Taliban verwickelt ist. Und einige kürzlich von unserer NSA abgefangene Funksprüche weisen darauf hin, daß Ihr alter Freund Said Dschailani als Mittelsmann bei diesem Handel eine Schlüsselrolle spielt. Was für ein Typ ist dieser Dschailani?«

»Total rücksichtslos. Absolut autoritär. Denkt völlig eingleisig. Seiner Meinung nach bedarf es keiner weiteren Rechtfertigung, wenn es gilt, die Feinde des Iran durch Blutvergießen und Zerstörung zu bestrafen. Außerdem ist er hochintelligent. Kann sehr charmant sein, wenn er will. Er weiß, mit welcher Gabel man ißt – Tyrannen haben ja oft gute Manieren. Äußerst reizbar und nervös. Er spielte dauernd mit den Perlen seiner Fingerkette.«

»Offiziell werden wir so verfahren«, verkündete der Direktor. »Sie werden dem Antirauschgiftdezernat zugeteilt. Sie wissen, wen dieser Dschailani kennen könnte, mit wem er möglicherweise Kontakt aufnehmen würde, um mit ihm zusammenzuarbeiten, Geschäfte zu machen und so weiter. Und natürlich kennen Sie seine Stimme. Sie werden sich also alles anhören, was wir an Funksprüchen abgefangen haben, und nach irgendeinem Hinweis auf ihn suchen. Wenn Sie irgendwo seine Stimme erkennen, können wir die auf dem Band analysieren, ein Profil erstellen, um dann damit unser Archiv durchzukämmen, ob wir sie noch irgendwo gespeichert haben. Wer weiß, was dabei herauskommt?

Vielleicht öffnet sich ja auf diese Weise ein Fenster, durch das wir dann sehen können, wo die ganzen Drogendollars landen.

Das ist also Ihre offizielle Aufgabe. Tatsächlich werden Sie aber mit Jack hier in der Operationsabteilung tätig sein. Wir möchten nur nicht an die große Glocke hängen, daß Sie wieder an Bord sind. Schließlich wollen wir nicht den Verdacht unserer Freunde erregen. Aber ich kann Ihnen versichern, daß Ihnen diesmal sämtliche Ressourcen der Abteilung für geheime Operationen unbeschränkt zur Verfügung stehen werden. Gehen Sie hin, wo Sie wollen, um Ihre Aufgabe zu erledigen, aber vergessen Sie nicht, daß Sie offiziell nur mit der Bekämpfung der Rauschgiftkriminalität befaßt sind, und was die Leute von DEA, FBI, Zoll- und Finanzbehörden betrifft, mit denen Sie da unten zusammenarbeiten werden, so hat dieses Treffen nie stattgefunden. Was Sie hier gehört haben, darf nicht nach draußen dringen.«

Jenseits des Atlantiks brach schon die Nacht über der winterlichen Londoner City herein, als ein hochgewachsener Mann im makellosen blauen Kaschmirmantel auf die Tür des Hauses Nr. 4 in der Victoria Street zuschritt. Kaum zweihundert Schritte entfernt bleckten die grinsenden Dämonen der Westminster-Abtei die Zähne. Auf dem Türschild war die Warnung zu lesen: »Dieser Bereich wird rund um die Uhr bewacht. Eindringlinge werden strafrechtlich verfolgt.«

Der Mann, der sich an diesem Winterabend der bewußten Tür näherte, ließ sich von der drohenden Anzeige allerdings nicht abschrecken, sondern bewegte sich wie jemand, der es gewohnt war, daß man ihm Respekt entgegenbrachte und seine Befehle unverzüglich ausführte. Seine schwarzen Schuhe waren auf Hochglanz poliert, und trotz der Kälte trug er keine Kopfbedeckung. Lediglich die Tatsache, daß er es während der letzten drei oder vier Tage offenbar versäumt hatte, sich zu rasieren, stand in gewissem Widerspruch zu seiner ansonsten makellosen Erscheinung. Noch ehe er die Tür erreicht hatte, wurde sie von einem diskret dahinter postierten Wächter zuvorkommend geöffnet.

Mit einem knappen Nicken in Richtung des Bediensteten ging der Mann an einem großen Foto der iranischen Ölraffinerien in Abadan vorbei und betrat den Aufzug am Ende des kleinen

Vorraums. Der Lift beförderte ihn ohne Aufenthalt auf die sechste Etage des Hauses, das offiziell der NIOC, der National Iranian Oil Company, gehörte. Das während des Ölbooms der späten siebziger Jahre vom Schah erworbene Gebäude aus Stahl und Glas hatte der brennstoffhungrigen Bevölkerung Londons nachdrücklich vor Augen führen sollen, welch bedeutsame Rolle das Erdöl, Persien und die Pahlevi-Dynastie in ihrem Alltag spielten. Seit in Teheran eine revolutionäre Regierung am Ruder war, befand sich hier zwar noch immer das Hauptquartier der nationalen iranischen Ölgesellschaft, der Haupteingang allerdings lag nun abseits der Seitentür, durch die der Mann eingetreten war.

Öl war jedoch inzwischen nicht mehr das einzige Aufgabengebiet, mit dem sich die Leute im NIOC-Gebäude befaßten. Ein iranischer Dissident hatte das Hauptquartier der Ölgesellschaft kürzlich nicht unzutreffend als »Spionagenest« bezeichnet. Die sechste Etage war nur Besuchern zugänglich, die die intensiven Kontrollen des iranischen Sicherheitsdiensts passiert hatten. Dort befanden sich die Archive, das Kommunikationszentrum und drei spartanische, wenngleich mit allem Nötigen eingerichtete Wohnungen. Die geräumigste stand dem Mann während seiner Besuche in London als geheimer Schlupfwinkel zur alleinigen Verfügung.

Angeblich war der von seinen Freunden und Untergebenen »der Professor« genannte Kair Bollahi der Leiter der Londoner NIOC-Niederlassung – allerdings nur dem Namen nach. In Wirklichkeit gehörte er dem kleinen Kreis von Männern an, die die Geschicke des revolutionären Iran lenkten. Seit Jahren hatte seine Hauptaufgabe darin bestanden, das zu beschaffen, was dem Iran offiziell verweigert werden sollte, es zu kaufen, die Bezahlung zu organisieren und es dann, auf welchen Wegen auch immer, in die Heimat transportieren zu lassen.

»Wo ist Mehdi?« fragte er den Wachhabenden, als er auf der sechsten Etage aus dem Aufzug stieg. Mehdi »Mike«, wie er sich nach amerikanischem Geschmack gern nannte, Mashad war einer seiner wichtigsten Mitarbeiter.

»Er ist im *Inn on the Park*«, antwortete der Wachhabende, »er wartet dort auf Ihren Anruf.«

Natürlich hat sich Mike im luxuriösesten, teuersten Hotel der Stadt eingemietet, dachte der Professor. »Vielleicht können Sie ihn bitten, für ein paar Minuten auf die Gesellschaft seiner Chelsea Escort Service-Girls zu verzichten und mich hier zu besuchen.«

Und damit ging er in seine Privatwohnung. Die für ihn eingetroffenen Nachrichten waren ordentlich auf seiner Bettdecke ausgebreitet. Teheran hatte ihm für die bevorstehende Unterredung mit Mike noch ein paar zusätzliche Informationen zukommen lassen. Wichtiger noch war aber die Meldung, daß die fünf jungen Männer aus Teheran inzwischen wohlbehalten in London gelandet waren.

Er öffnete seine Aktentasche, die sein kostbarstes Besitztum enthielt, ein Exemplar des Korans mit einer persönlichen Widmung seines Freundes und geistlichen Beistands, des Ayatollah Khomeini: »Mögest Du Dich immer hiervon leiten lassen.« Behutsam legte er das Buch auf den Nachttisch, wo es seinen festen Platz hatte. Dann stellte er seinen Laptop daneben.

Bollahi repräsentierte einen Typus, der unter den Befürwortern der iranischen Revolution häufiger war, als es die westlichen Feinde des Regimes sich vorstellen konnten oder wahrhaben wollten. Er verfügte über eine beachtliche Intelligenz, hatte an der Universität von Teheran in Maschinenbautechnik promoviert und dann trotz seiner Opposition zum Schah-Regime als leitender Ingenieur an verschiedenen grandiosen Projekten mitgewirkt. Er hatte Europa ausgiebig bereist und sprach fließend Englisch und Deutsch.

Als Sohn eines niederen Geistlichen in Isfahan geboren, war er ganz dem Zauber des Ayatollah verfallen und hatte sich dessen strenge Auslegung der ohnehin dogmatischen Philosophie der Zwölfer-Schia angeeignet. Im Gegensatz zu vielen Leuten in Teheran, die er verächtlich als »Mercedes-Mullahs« bezeichnete und die er vermutlich nicht zu Unrecht für opportunistische Heuchler hielt, glaubte er dem Wort des heiligen Koran von Herzen und unerschütterlich. Und er war fest davon überzeugt, daß nun nach dem Ende des kalten Krieges von dem wiedergeborenen Islam die stärkste ideologische Macht in der Welt ausginge.

»Objektiv betrachtet liegt es auf der Hand«, pflegte er seinen Gefährten stets zu erklären, »daß die Zukunft uns gehört. Was hat den Abendländern das Leugnen Gottes, die Demokratie und der Liberalismus am Ende eingebracht? AIDS, Homosexualität, jede erdenkliche Art sexueller Promiskuität, Gier, die Anbetung des materiellen Besitzes. Mit ihren Satelliten, ihrem Reichtum, ihrer Macht, mit ihrer sogenannten Kultur und grenzenlosen Arroganz versuchen sie, ihre Werte dem Rest der Welt aufzuzwingen. Aber das wird ihnen nicht gelingen. Der Islam wird das nicht zulassen. Der Islam wird Geist und Herz der Menschen im Namen der Gerechtigkeit erobern, nicht die materialistischen Verlockungen des Westens, sondern die geistigen Werte des Ostens werden den Sieg davontragen.«

Dem Kampf für diesen Sieg hatte der Professor sein Leben geweiht, und er führte ihn mit der Begeisterung eines Zeloten und dem ganzen Scharfsinn, dessen sein durchtrainierter Geist fähig war.

Als er seine wenigen mitgebrachten Habseligkeiten ausgepackt hatte, traf wie gerufen sein Untergebener Mehdi »Mike« Mashad ein. Die beiden Männer umarmten einander, nicht sonderlich herzlich, aber höflich.

Der Professor bedeutete Mike, auf einem Stuhl Platz zu nehmen. »Tee? Kaffee? Orangensaft?«

Mike wäre Whisky lieber gewesen, aber in Gegenwart des Professors wagte er es nicht, offen Alkohol zu bestellen. In Madrid oder Marbella, wo er sozusagen zu Hause war, konnte er sich seelenruhig einen Orangensaft bestellen, wenn der Professor bei ihm war, und die Dienstboten würden wissen, daß sie seinen mit einem ordentlichen Schuß Wodka anreichern mußten. Davon konnte er hier aber nur träumen.

»Kaffee, bitte«, antwortete er.

Der Kontrast zwischen den beiden Männern hätte krasser kaum sein können. Der Professor war ein steifer, ziemlich humorloser Mann, dessen Lebensstil genauso asketisch war wie es der seines großen Vorbilds, des Ayatollah Khomeini, gewesen war. Mike dagegen hatte eine Schwäche für das süße Leben und Extravaganzen, also jene Untugenden, für die der Professor die Abendländer aus tiefster Seele verachtete. Hinterlist und Doppelzüngigkeit lagen Mikes Natur so nahe wie die treue Anhänglichkeit einem Labradorwelpen. Der Professor andererseits war mit einem geradezu unerträglichen Hang zur Offenheit gestraft.

Nichtsdestotrotz arbeiteten die beiden nun schon einige Jahre lang recht harmonisch zusammen: der Professor zum Wohle der Ziele des militanten Islam, Mike, um sich die Mittel zu beschaffen, die er zur Finanzierung seines aufwendigen Lebensstils an der Costa del Sol benötigte. Der Professor genoß Mikes Ergebenheit, seit dieser 1990 in den USA verhaftet worden war, weil er – in Teherans Auftrag – dort versucht hatte, Raketenleitsysteme unter dem Ladentisch zu kaufen.

Der Professor war damals zu den Schweizern gegangen, hatte diese davon überzeugt, daß Mike ihn vor seiner Verhaftung in den Vereinigten Staaten um fünfundfünfzig Millionen Dollar beschwindelt habe, und dessen Auslieferung verlangt, damit er in Genf vor Gericht gestellt werden könne. Auf Druck der Schweizer stimmte das US-Justizministerium endlich zögernd der Abschiebung zu. Mike verbrachte vierzehn Tage im Gefängnis, der Professor zog seine Klage zurück, und die beiden waren wieder im Geschäft.

Mike war der einzige Angestellte einer in Panama ansässigen Firma namens ARMEX mit einem eingetragenen Kapital von einer Million Dollar. Tatsächlich bestand die Firma im wesentlichen nur aus einem Bündel Papiere in einer Schreibtischschublade in der luxuriösen Villa, die er in Marbella bewohnte. Die Inhaberaktien von ARMEX waren im Besitz einer anderen panamesischen Gesellschaft namens Falcon, deren Inhaberaktien wiederum dem Professor und von diesem der iranischen Regierung übereignet worden waren. ARMEX plazierte auf Anweisung des Professors innerhalb des gemeinsamen Marktes Bestellungen von kriegswichtigem technischem Gerät.

Mike hatte auch die Idee gehabt, den kleinen Flugplatz von Hartenholm nördlich von Hamburg zu kaufen. Zusammen mit dem Flugplatz erwarb er zwei deutsche Firmen, NORDAIR, eine Flugzeug-Reparatur- und -Wartungsfirma, und LFE, Luftfahrt Elektronik, ein Unternehmen, das auf Luftfahrttelektronik und Navigationsgeräte spezialisiert, aber seit einiger Zeit nicht mehr am Markt präsent war. »Kaufen wir den Flugplatz, dann kann

ARMEX sich als Makler für NORDAIR und LFE betätigen«, hatte Mike dem Professor geraten. ARMEX würde dann spezielles technisches Equipment für die beiden Firmen bestellen und die Anlieferung nach Hartenholm verlangen. Da die beiden Firmen in Deutschland registriert waren, würde niemand peinliche Fragen nach Ausfuhrgenehmigungen und Endempfängern stellen. Warum auch? Vorgeblich war das Material ja zum Verkauf innerhalb des gemeinsamen Marktes bestimmt. Für derartige Bestellungen wurden keine diesbezüglichen Dokumente verlangt. Und wenn sie die Sachen erst auf ihrem kleinen Flugplatz hatten, konnten sie sie von dort nach Teheran verfrachten, ohne daß ein Hahn danach krähte.

Der Professor wartete, bis ihnen der Wachhabende den bestellten Kaffee serviert hatte, ehe er auf die Geschäfte zu sprechen kam. Dies tat er ohne die üblichen höflichen einleitenden Fragen nach Frau und Kindern. Solche Fragen wären in Mikes Fall sowieso ein wenig unpassend gewesen. Seine Frau war erst kürzlich bei einem Sturz aus seiner in der zwölften Etage gelegenen Madrider Wohnung ums Leben gekommen, und man munkelte, daß Mike bei diesem Unfall wohl ein wenig nachgeholfen habe.

Der Professor öffnete seine Nachttischschublade und entnahm ihr einen Metallzylinder von der Größe eines Füllfederhalters. Ein dünnes Kabel wand sich unter der oberen Kappe des Behälters heraus. Behutsam legte er diesen auf den Tisch.

»Was, zum Teufel, ist das?« fragte Mike und griff danach.

Der Professor hielt ihn zurück. »Lassen Sie das«, befahl er, »wenn Sie das Ding falsch anfassen, bringt es uns um.«

Mike zog die Hand zurück und richtete sich kerzengerade auf. »Irgendein neuartiger hochexplosiver Sprengkörper, nehme ich an, was?« Er pfiff leise durch die Zähne.

»Keineswegs.« Der Professor trank einen Schluck Kaffee, um sich an Mikes Überraschung zu weiden. Dann entnahm er der Schublade den Katalog einer amerikanischen Firma namens EG & G. Er wies auf die Abbildung einer winzigen Glasbirne, an der drei isolierte Drähte hingen, jeder an die zweieinhalb Zoll lang, einer rot, einer grün, einer weiß. Liebevoll legte er den Prospekt auf den Tisch.

»Also, was ist das?« fragte Mike. »Eine Kaulquappe mit gläsernem Kopf?«

»Nicht ganz«, entgegnete der Professor, während sich ein gutgelauntes Lächeln auf seinen Zügen ausbreitete. »Sie lesen doch von Zeit zu Zeit in unserem heiligen Buch und haben sich hoffentlich auch schon gelegentlich mit der wunderbaren Geschichte unseres Glaubens befaßt?« fragte er dann in einem Ton, der verriet, daß er von der Bedeutung des Themas zutiefst durchdrungen war.

»Na klar.«

»Dann wissen Sie von Khalid, dem so treffend als das ›Schwert Gottes‹ bezeichneten Heerführer, der mit siebenhundert Mann binnen achtzehn Tagen vom Euphrat durch die Wüste nach Damaskus marschierte, dort das Heer des römischen Kaisers Heraclius schlug und ganz Palästina den Gläubigen öffnete?«

»Natürlich«, versicherte Mike nachdrücklich, um seine völlige Ahnungslosigkeit bezüglich Khalid und dessen Triumphen zu verbergen.

»Unsere Führer in Teheran haben einen Sinn für historische Parallelen, der Ihnen vielleicht fehlt.« Der Professor lächelte nachsichtig. »Deshalb haben sie dem Plan, bei dessen Ausführung diese kleinen Apparate eines Tages eine entscheidende Rolle spielen werden, den Codenamen ›Operation Khalid‹ gegeben. Wie die historische Operation, an die der Name erinnert, soll auch diese den Menschen die Tore Palästinas öffnen, auf daß sie ein für allemal die Israeliten aus dem Land vertreiben können, das diese unseren palästinensischen Brüdern geraubt haben, und Palästina insgesamt wieder werde, was es war, ein *Dar al-Islam*, ein Land des Islam.«

»Und sie glauben, daß sie das zuwege bringen können, mit ...« Mike suchte nach Worten, »... einem Füllfederhalter, der beißt, und einer glasköpfigen Kaulquappe? Irgend jemand in Teheran muß den Verstand verloren haben.«

»Ich glaube nicht«, erwiderte der Professor mit der ruhigen Überlegenheit eines Geistlichen, dessen Glaube unerschütterlich ist. »Unsere eigene Aufgabe bei der Operation Khalid wird es sein, unseren Brüdern in Teheran diese wichtigen Apparate in der benötigten Menge zu beschaffen. Und diese Aufgabe wird die allerwichtigste und die allerschwierigste sein, die wir je auf uns genommen haben.«

»Also was, zum Teufel, ist der Verwendungszweck dieser Dinger?«

Der Professor wies auf die kleine Glasbirne, die Mike als »gläserne Kaulquappe« bezeichnet hatte und betrachtete sie mit der gleichen andächtigen Versunkenheit, die ein griechischer Mönch seiner heiligsten Ikone gewidmet hätte. »Das ist ein Kryotron. Genaugenommen ist es nur ein Schalter, der eine sehr, sehr starke Ladung elektrischer Energie zu einem entfernten Ziel gelangen lassen kann, und zwar in einer Zeitspanne, die so unendlich kurz ist, daß wir sie uns nicht einmal vorstellen können.«

»Okay. Ich werde mir also nicht die Mühe machen, es zu versuchen. Und wozu dient das Ding?«

»So wie unsere kleine Kaulquappe hier gebaut ist, hat sie nur drei Verwendungszwecke. Erstens in Verbindung mit hochintensiven Laserstrahlen. Diese werden zum Schneiden oder Schweißen sehr schwerer Metalle eingesetzt. Zweitens bei Forschungsaufgaben, in deren Einzelheiten wie uns hier nicht zu verlieren brauchen.«

»Und drittens?«

Die elegante, gepflegte Hand des Professors deutete vage in ein moralisches Niemandsland, was verriet, daß er diese Frage nicht zu beantworten gedachte. »Vor ein paar Jahren haben die geldgierigen Genies im Westen geglaubt, daß die Herstellung von Hochenergielasern sich als eine von diesen modernen Technologien erweisen würde, an denen man mühelos reich werden könnte.« Ein Schmunzeln, das von tiefem Vergnügen zeugte, huschte über seine strenge Miene. »Tatsächlich jedoch sind dann eine Menge Leute daran bankrott gegangen.«

Mike sagte gar nichts. Er hatte nun schon genug Vorträge des Professors gehört, um zu wissen, daß er von ihm keine neugierigen Fragen, sondern respektvolles Schweigen erwartete.

»Einer davon ist Rudolf Steiner, der Besitzer einer Firma namens ›Lasertechnik‹ in Pinneberg bei Hamburg. Von unseren Leuten höre ich, daß Steiner in, gelinde gesagt, erheblichen finanziellen Schwierigkeiten steckt.«

Diesmal konnte Mike der Versuchung nicht widerstehen. »Wie dieser Zahnarzt, den wir in Hamburg kannten? Der Mann, der statt der Zähne seiner Patienten die Taschen seiner Freundin füllte?«

»Vielleicht. Jedenfalls bringt uns Ihre Frage zu Ihrer Aufgabe. Fahren Sie nach Hamburg, und bringen Sie über Steiner in Erfahrung, was Sie können. Welche politische Anschauungen vertritt er? Hat er irgendeine Meinung zu der Situation im Nahen Osten, und wenn ja, welche? Wie kritisch ist seine finanzielle Lage wirklich? Wie bedroht ist er und seine Familie? Könnte er zu jenen deutschen Geschäftsleuten gehören, die nichts dagegen haben, sich über staatliche Bestimmungen hinwegzusetzen und mit uns zusammenzuarbeiten, wenn ihnen der richtige Preis geboten wird?« Bollahi hob warnend den Finger. »Seien Sie diskret. Ohne meine ausdrückliche Genehmigung dürfen Sie unter gar keinen Umständen selbst mit Herrn Steiner sprechen. Nehmen Sie auch keinen Kontakt zu unseren Leuten in der Buchhandlung auf. Sie sollen nicht erfahren, daß Sie überhaupt in der Stadt sind – und schon gar nicht, zu welchem Zweck.« Der Professor schloß die Augen, als wolle er einen Denkprozeß beschleunigen. »Untersuchen Sie seinen familiären Hintergrund. Gibt es da irgendeinen Hinweis auf ein unterschwelliges Ressentiment gegen Juden? Hatte er vielleicht einen SS-Angehörigen in seiner Verwandtschaft? Einen, der nach dem Krieg als Kriegsverbrecher behandelt wurde, weil er vielleicht als Posten in einem Todeslager eingesetzt war?«

»Und was ist mit seinem Privatleben – Sex, zum Beispiel?« fragte Mike. »Manche von diesen deutschen Geschäftsleuten haben nämlich gerade auf diesem Gebiet die seltsamsten Neigungen.«

»Sehen Sie sich um, Mike, aber es wäre mir alles in allem lieber, wenn wir mit Herrn Steiner auf freundschaftlicher Basis ins Geschäft kommen könnten. Keine Erpressung. Was wir wollen, ist ein Mann, der uns für unsere Hilfe dankbar ist, und zwar so dankbar, daß dabei behilflich ist, uns mit diesen von Ihnen so treffend als Kaulquappen bezeichneten kleinen Apparaten einzudecken.«

»Wann soll ich anfangen?«

»Sofort. Aber das wichtigste, Mike, ist Diskretion. Totale Diskretion. Ich weiß, das fällt Ihnen nicht ganz leicht, aber Sie müssen wirklich begreifen, daß niemand, absolut niemand etwas von unserem Interesse an Herrn Steiner und seiner Firma erfahren darf.«

Als Mike die spartanisch eingerichtete Wohnung des Professors verließ, wurde diesem ein verschlüsselter Funkspruch aus Teheran gebracht. Bollahi entschlüsselte ihn mit sichtlichem Vergnügen. Alles war bereit für heute nacht. Mit dem Feuerzeug entzündete er das Formular, auf dem der Funkspruch abgesetzt war und ließ es im Aschenbecher verbrennen. Dabei kam ihm ein Gedanke. Für die Operation Khalid würden sie ein neues, absolut sicheres Kommunikationssystem benötigen, etwas, das die Amerikaner auch mit ihrem verdammten NSA und dessen elektronischem Abfangprogramm nicht zu knacken imstande sein würden.

Kaum zwei Meilen vom Schlafzimmer des Professors entfernt, in einem vornehmen Wohnhaus am Chester Square Nr. 5, betrachtete eine attraktive blonde Frau sich in dem Spiegel auf ihrer im 19. Jahrhundert von Pierre Philippe Thomire geschaffenen Frisierkommode. Sie musterte das Spiegelbild mit einer Intensität, die einem Amsterdamer Diamantenhändler bei der Prüfung eines Tabletts voll ungeschliffener Steine wohl angestanden hätte. Nancy Burke Harmian war bezaubernd, da gab es nicht den geringsten Zweifel. Seit ihrem fünften Lebensjahr war Nancy das Bewußtsein ihrer Schönheit stets gegenwärtig. Eine Art geisterhaftes zweites Ich, das sie auf all ihren Wegen begleitete. Als Kind hatten die Reaktionen der Erwachsenen auf ihre Schönheit sie grenzenlos amüsiert, und es war ihr nicht entgangen, daß sie dafür stets mit Plätzen in der ersten Reihe, einer zusätzlichen Portion Schokoladeneis und anderen kleinen Vergünstigungen belohnt wurde. Instinktiv wie ein Kätzchen lernt, sich bei Fremden einzuschmeicheln, lernte sie, die Erwachsenen zu ahnungslosen Erfüllungsgehilfen ihrer geheimen Wünsche zu machen.

Später, als junges Mädchen, wartete sie nicht darauf, daß man sie um eine Verabredung bat. Sie selber suchte sich die jungen Männer aus, mit denen sie sich zeigte. Der Kapitän des Football-

Teams, der es später bis zum All-American-Quarterback an der UCLA brachte, der Präsident des Schülerrats, der dunkle, nachdenkliche, gutaussehende jüdische Junge, der für die Reize seiner Klassenkameradinnen blind zu sein schien. Nancy hatte sie alle gehabt. Sie war einer der sehr wenigen Menschen, die ohne Eitelkeit oder Prahlerei behaupten können, eine vollkommen glückliche Kindheit verlebt zu haben.

An der Universität von Kalifornien hatten sich ihre Anschauungen dann grundlegend geändert. Vom Feminismus der frühen achtziger Jahre mitgerissen, lernte sie plötzlich, ihre Schönheit als ein Hindernis zu erkennen, das ihr die Verwirklichung ihrer inneren Werte erschwerte. Sie ließ sich also die Haare abschneiden und warf ihre BHs weg. Handschuhe waren fortan die einzigen enganliegenden Kleidungsstücke, die sie duldete. Jeder Mann, der es wagte, ihr ein Kompliment über ihr Aussehen zu machen oder ihr die Tür aufzuhalten, wurde von ihr mit Verachtung gestraft. Mittlerweile lag glücklicherweise auch diese Phase hinter ihr. Nun akzeptierte sie ihre Schönheit einfach als eine Seite ihres Wesens, als einen angeborenen Vorzug, den sie dank ihrer postfeministischen Gesinnung zwar zu nutzen, aber nicht zu mißbrauchen gelernt hatte.

Als sie sich aber an diesem Januarabend im Spiegel betrachtete, entdeckte sie etwas, das ihr die größte Schönheit allein nicht hätte geben können – sie war glücklich. Nichts, dachte sie, steht einer Frau so gut wie Glück, und eben das war das Gefühl, in dessen sanftem Glanz sie heute abend schwelgte.

Instinktiv hob sie die Hand zum linken Ohr. Sie hatte sich für die Lapislazuliohrringe entschieden, die sie auf der Reise nach Usbekistan gekauft hatte. Sie schob sich das blonde Haar über die Schultern, um die Steine besser sehen zu können. Sie waren wunderschön, und ihr blauer Glanz betonte das tiefe Blau ihrer Augen, von denen ihr Vater früher immer behauptet hatte, sie seien so blau wie das Meer bei Connemara an einem Sommermorgen. Das war ein schönes Beispiel für die irische Phantasterei ihres Vaters. Lange nach seinem Tod hatte sie an einem Sommermorgen die Küste bei Connemara besucht. Blau hatte sie das Meer dort beim besten Willen nicht nennen können.

Aber trotzdem – waren die Ohrringe passend für den heutigen

Abend? Es war schließlich ein besonderer Anlaß. Es galt, den Grund für ihr Glück zu feiern, denn heute war Nancys erster Hochzeitstag. Bei dem Gedanken daran mußte sie fast lachen. Die Vorstellung, daß ausgerechnet sie in der Ehe so glücklich werden sollte, wie sie sich an diesem kalten Januarabend fühlte, war ihr einst so fremd gewesen wie etwa einem Naturkind des Amazonasgebietes die Geheimnisse der höheren Mathematik. Sie wollte ihr neues, hinreißend geschnittenes mitternachtsblaues Armani-Jackett mit einer dazu passenden Seidenbluse zu dem Abendessen tragen, zu dem sie und ihr Mann neun ihrer engsten Freunde in den *Mark's Club* eingeladen hatten.

»Darling!« rief sie.

Der Gerufene erschien kurz darauf in der Tür zwischen dem ehelichen Schlafzimmer und ihrem Ankleidekabinett. Tari Harmian, seine angelsächsischen Freunde nannten ihn Terry, war zehn Jahre älter als Nancy, fast sechs Fuß groß und noch immer schlank genug, den Neid weniger erfolgreich um ihre schlanke Linie bemühter Altersgenossen zu erregen. Er hatte einen dunklen Teint, den er selber scherzhaft als charakteristisch für den »typischen Levantiner unbestimmter Abstammung« bezeichnete, obwohl er persönlich aus seiner Herkunft kein Geheimnis machte. Er war Iraner oder, wie er lieber sagte, Perser, und vor Khomeinis Revolution in den Westen geflohen. Auf seiner Brust kräuselte sich dichtes schwarzes Haar, und sein Gesicht hatte die Züge einer halbvollendeten Skulptur. Seine Adlernase bog ungefähr in der Mitte scharf nach Osten ab. Seine Augen lagen in tiefen Höhlen, was seinem Blick einen permanent unzufriedenen Ausdruck verlieh. Sein Kinn sprang vor wie der Bug einer auf dem Meer des Lebens segelnden Galeone. Er küßte die nackte Schulter seiner Frau.

»Mmm«, schnurrte sie. »Liebling, ich glaube, ich möchte heute abend doch lieber die Gold- und Diamantohrringe tragen, die du mir zum Geburtstag geschenkt hast.«

»Natürlich. Holen wir sie.«

Gemeinsam stiegen sie die zwei mit Teppich belegten Treppen ihres Hauses hinab zu Terrys Büro, das sich gleich hinter der Eingangstür zur Rechten des Entrees befand. Er ging zu dem Wandsafe, drehte das Schloß viermal, bis er das leise Klicken hörte, und zog die schwere Tür auf.

Nancy kniete nieder und griff in den Tresor. Abgesehen von ihrem mit grünem Leder bezogenen Schmuckkasten beinhaltete er ausschließlich Sachen ihres Mannes. Heute war der Schmuckkasten teilweise von einem dicken Briefumschlag aus braunem Papier bedeckt. Sie schob ihn beiseite und bemerkte einen arabischen Schriftzug – ob es sich um Arabisch oder Farsi handelte, hätte sie nicht sagen können, so tief war sie in die Geheimnisse des Orients nie eingedrungen. Dann stellte sie die Schatulle auf den Boden, schloß sie auf und nahm die Ohrringe, die sie tragen wollte, heraus. Mit schnellen, geübten Bewegungen legte sie die Juwelen an und schüttelte dann den Kopf, um sich zu vergewissern, daß sie sicher befestigt waren.

»Okay, ich weiß, mein Aufzug ist ein bißchen theatralisch, Liebling, aber schließlich ist doch der heutige Abend wirklich was Besonderes, oder nicht?« Sie lachte.

Zwanzig Minuten später gingen sie aus dem Haus. »Rebecca«, rief Nancy der Haushälterin zu, »warten Sie nicht auf uns. Wir kommen vermutlich erst spät zurück.«

Sie gingen die Stufen ihres im achtzehnten Jahrhundert erbauten georgianischen Hauses – eine Londoner Sehenswürdigkeit – hinunter zur Straße.

»Der Wagen steht ein Stück entfernt«, sagte Terry.

Die Parkplatzsuche am Chester Square war selbst für Fahrer, die ihre Windschutzscheibe mit einer Parkerlaubnis für Anwohner schmücken konnten, stets mühsam und nicht immer erfolgreich. Hand in Hand machten sie sich auf den Weg zu ihrem Wagen.

Zwei Augenpaare beobachteten sie aus den dunklen Privatgärten in der Mitte des kleinen Platzes.

»In Ordnung«, flüsterte eine Stimme, als Terrys Jaguar losrollte. »Hol die anderen. Es ist Zeit.«

ZWEITES BUCH

Nancy

Aus dem Thronsaal in die Knechtekammer, dachte Jim Duffy, als er von der Vorstandsetage der CIA, der siebenten, in den Keller herunterfuhr, wo die Chefs der Agency das Rauschgiftdezernat installiert hatten, was, wie zumindest die Zyniker behaupten, zu beweisen schien, daß sie dessen Aktivitäten keinen großen Rang beimaßen. Das Dezernat war gleich nach dem Fall der Berliner Mauer eingerichtet worden, als die Agency verzweifelt bemüht war, sich neue Aufgabenbereiche zu erschließen, die beim Kongreß und in der Öffentlichkeit zur Rechtfertigung der enormen Haushaltsmittel dienen konnten, die von der Agency beansprucht wurden.

Nun, dachte er, als er unten aus dem Aufzug trat, da bin ich, der neueste Rekrut in dem Krieg gegen die Drogen. Ich, ein Kerl, der schon in Vietnam und in Afghanistan für die Agency gearbeitet hat, wo man uns ja bekanntlich beschuldigte, den Rauschgifthandel eher zu fördern als zu unterdrücken.

Seine künftigen Kollegen saßen wartend um einen der in den amerikanischen Behörden allgegenwärtigen Konferenztische. Es handelte sich jedoch nicht nur um Vertreter der CIA, sondern auch einer Reihe anderer Bundesdienststellen, so des FBI, der DEA, der Zoll- und der Finanzbehörden. Eine Frau befand sich auch darunter, eine Zollbeamtin. Jeder hatte einen Kaffeebecher vor sich, der mit dem Emblem der jeweiligen Behörde geschmückt war, der er oder sie angehörte. Im Staatsdienst scheint sich nie etwas zu ändern, dachte Duffy.

Die Begrüßung verlief ein wenig sonderbar. Die neuen Kollegen hießen ihn halb wie einen siegreich heimgekehrten Helden willkommen, halb wie einen verlorenen Sohn. Der Leiter des Dezernats – theoretisch Duffys Vorgesetzter – war fünf Jahre jünger als er. Er bat Jim, am Kopfende des Tisches Platz zu nehmen. Seine Körpersprache verriet, daß er entweder von echter Hochachtung für seinen neuen Mitarbeiter beseelt oder ein Meister jener lebenswichtigen bürokratischen Kunst, der Speichelleckerei, war.

»Jim«, begann er, nachdem er die am Tisch Versammelten dem Neuling vorgestellt hatte, »man hat uns gebeten, Sie hinsichtlich der Lage am Heroinmarkt aufs laufende zu bringen.« Er drehte seinen Kaffeebecher, als würde das schwarze Gebräu die hoffnungslose Lage widerspiegeln, die er Duffy zu schildern hatte. »Wir sind mit der brutalen und unerfreulichen Tatsache konfrontiert, Jim, daß während der drei letzten Jahre der Heroinverbrauch auf der ganzen Welt dramatisch angestiegen ist, und zwar am rasantesten hier in den USA und in Westeuropa. Global gesehen stellt der Heroinverbrauch das ernsteste Drogenproblem dar, mit dem die Welt fertig werden muß. Erst kürzlich hat Präsident Clinton darauf hingewiesen, daß Heroin auf lange Sicht die Gesellschaft auf gefährlichere Weise bedroht als selbst das Crack-Kokain.«

Diese Burschen verwenden noch immer gern einen Spruch aus dem Weißen Haus, der dann wie ein Gütesiegel das Produkt empfiehlt, das sie einem gerade aufschwatzen wollen, dachte Duffy. Ihn erinnerte das an die Jesuiten in seiner Schule, die immer den heiligen Augustinus über die Weisheit der Ehelosigkeit zitierten, um einem Haufen erlebnishungriger Halbwüchsiger den Wert der Tugendhaftigkeit schmackhaft zu machen.

»Das Heroin ist nicht wie ein Feuersturm über uns hereingebrochen wie damals Crack im Jahr 1985. Es hat sich vielmehr ganz allmählich eingeschlichen, während unsere Aufmerksamkeit anderen Dingen galt. Die Weltproduktion von Schlafmohn hat sich während der letzten fünf Jahre verdoppelt. Das bedeutet, daß heute praktisch doppelt soviel Heroin auf dem Markt ist wie vor fünf Jahren. Unseres Erachtens hat die Interpol in Lyon die genauesten Daten über diese Entwicklung. Nach ihrer Schätzung ist die Heroinproduktion von 125 Tonnen im Jahr 1984 auf 500 Tonnen im Jahr 1994 angestiegen, in nur zehn Jahren also fast auf das Fünffache.«

»Wow!« Duffy hatte sich mit Rauschgift nie näher befaßt, aber zählen konnte er, und diese Zahlen waren allerdings ein Hammer.

»Und das ist nicht alles. Von 1985 bis 1996, also fast in der gleichen Zeitspanne, sind die Beschlagnahmungen von Heroin in Europa von 2,1 Tonnen auf 11 Tonnen gewachsen. Und diese Mengen sind keine Schätzungen, sondern wurden von der Polizei ermittelt.«

»Heißt das, daß im Laufe des letzten Jahrzehnts der Verbrauch von Heroin sich verfünffacht hat?« fragte Duffy staunend.

»Diese Schlußfolgerung drängt sich einem auf.«

»Jesus«, sagte Duffy leise, »das haut einen ja um.«

Auch er hatte, während er den afghanischen Krieg deichselte, hin und wieder gekifft – und im Gegensatz zu manchen Leuten, den Rauch sogar inhaliert. Er fand Hasch nicht übel, aber nicht gut genug, seinen Lebensstil deshalb zu ändern. Er bevorzugte weiterhin Scotch und Wodka. Seine Vorstellung von Rauschgiftsüchtigen war ziemlich stereotyp, wie es in seinem sozialen Umfeld mehr oder weniger üblich war. Der Standardrauschgiftsüchtige war für ihn der Typ, den man in den sechziger Jahren manchmal auf dem Boden der Bedürfnisanstalt einer Greyhound-Station fand, mit einem Gummiband um den Bizeps und einer Nadel im Unterarm. Er hatte für diese Leute weder Mitleid noch Verachtung übrig, er weigerte sich einfach, sich ihretwegen Sorgen zu machen. Irgend jemand anders sollte sich darum kümmern, ihn gingen sie nichts an. Aber nun?

»Afghanistan«, sagte der Direktor, »Ihr alter Spielplatz, ist zum größten Schlafmohnproduzenten der Welt aufgestiegen. Nach Schätzungen der Interpol wird sich die dortige Opiumernte im Jahre 2000 auf 5000 Tonnen belaufen, was mehr ist, als im Jahr 1994 auf der ganzen Welt hergestellt wurde.« Er sah Duffy mit einem gequälten, resignierten Lächeln an. »Als Regierungsbehörde nehmen wir jedoch diese traurigen Fakten lieber nicht offiziell zur Kenntnis. Es wäre uns schließlich peinlich, die öffentliche Aufmerksamkeit auf die Tatsache zu lenken, daß Pakistan und die Türkei bis über die Ohren in dieses schmutzige Geschäft verwickelt sind. Wir können es uns nämlich nicht leisten, die Regierungen dieser beiden Länder zu verärgern.«

Duffy lachte. »Die Stunde der Wahrheit. Haben Sie sonst noch was Neues? Ohne die Burschen vom pakistanischen militärischen Nachrichtendienst, die bis über die Ohren im Rauschgiftgeschäft steckten, hätten wir nie in Afghanistan Krieg führen können.«

»Ja, ja.« Der Direktor verzog das Gesicht. »Und ohne das Geld, das ihnen der Rauschgifthandel einbringt, könnten sie auch den Guerillakrieg in Kaschmir nicht weiterführen.«

Duffy zuckte die Achseln. Auf einen Streit über das Für und Wider der früheren CIA-Politik wollte er sich nicht einlassen. »Also, wer, zum Teufel, verbraucht dieses ganze Heroin?«

»Jim«, sagte die Zollbeamtin. Sie war eine untersetzte, kräftige Person und sah aus, als könnte sie sich mühelos einen Kabinenkoffer voller Rauschgift auf die Schultern laden und damit losmarschieren. »Heutzutage haben wir es mit einer neuen Generation von Heroinkonsumenten zu tun. Die Süchtigen der alten Schule, die Typen, die wie Lenny Bruce aussahen und sich die Nadeln in jede Ader ihres Körpers stachen, die sie nur finden konnten, diese Typen sind nicht mehr auf der Höhe der Zeit. Heutzutage sind die Abhängigen jung, die meisten von ihnen unter dreißig. Aus irgendeinem Grund, den wir uns einstweilen noch nicht erklären können, ist der Anteil der Frauen in dieser Gruppe überproportional hoch.«

»Haben Sie die Statistik gelesen, die im vorigen Jahr herauskam und derzufolge immer mehr Teenager Heroin nehmen?« fragte jemand.

»Heroin ist keine Droge für eine bestimmte soziale Schicht wie Crack, dessen Verbreitung weitgehend auf das afroamerikanische Ghetto beschränkt blieb«, fuhr die Zollbeamtin fort, ohne Duffys Antwort abzuwarten. »Heroinkonsumenten gibt es heute quer durchs ganze soziale Spektrum. Jeder kann es sein. Rockstars, Wallstreet-Makler, zweitklassige Drehbuchautoren und Regisseure in Hollywood, Maskenbildner, Modedesigner, Fotografen und viele Models, weil sie glauben, daß das Zeug sie wenigstens davor bewahrt zuzunehmen. Wie der Präsident gesagt hat, hat dieses Arschloch Calvin Klein mit diesen spindeldürren, geistesabwesend aus der Wäsche glotzenden Models, die er für sein Zeug posieren ließ, den ›Heroinschick‹ in Mode gebracht. Heute gilt es wirklich als *in,* Heroin zu konsumieren.«

»Jim«, warf der Direktor ein. »Tatsächlich hat sich die Drogenszene im Laufe der letzten drei Jahre radikal gewandelt. Früher mußte man das Zeug injizieren, man mußte sich also eine Nadel in eine Ader stechen, um sich zu bedröhnen. Diese sogenannte ›Nadelschranke‹ ließ viele Leute zögern. Niemand piekt sich ja gern in die Venen. Aber die neuen Konsumenten spritzen sich das Zeug nicht mehr.«

»Na und? Wie nehmen sie's denn jetzt? Essen sie's?«

»Sie rauchen es oder schnupfen es wie Koks. Unter diesen jungen Leuten kursiert nämlich das fatale Gerücht, daß Heroin nicht süchtig macht, wenn man's nur schnupft oder raucht anstatt es sich zu injizieren. Das ist natürlich die reine Scheiße, aber eine Menge Leute, die es eigentlich besser wissen sollten, sind willens, sie zu schlucken.«

»Mr. Duffy.« Auch der DEA-Beamte, ein Mann, den man Duffy als Mike Flynn vorgestellt hatte, wollte nun zu Wort kommen. Flynn hatte schwarze Haare und blaue Augen und stammte offensichtlich wie Duffy selbst von der grünen Insel. Anfang Dreißig, schätzte Duffy. Und daß er ihn mit »Mister« angeredet hatte, ließ darauf schließen, daß er seine Jugend in der Obhut von Nonnen und Priestern an irgendeiner katholischen Privatschule verbracht hatte.

»Diese neue Heroinepidemie, wenn man so sagen will, kann auf drei Hauptursachen zurückgeführt werden. An erster Stelle rangiert der ungeheure Produktionsanstieg, auf den der Direktor bereits hingewiesen hat. An zweiter Stelle und im Zusammenhang damit muß aber der Verfall des Marktpreises genannt werden. Traditionell war auf der Straße Heroin drei- bis viermal teurer als Kokain. Doch 1991 begann überall auf der Welt der Heroinpreis zu sinken. Heutzutage sind die beiden Drogen fast überall zum ungefähr gleichen Preis erhältlich.

Der wahre Grund dieses neuen Ausbruchs der Heroinsucht ist aber nicht im wachsenden Angebot und dem fallenden Preis zu suchen, sondern in der wesentlich größeren Reinheit des Produkts, das heute an den Straßenecken erhältlich ist. Damals, in den späten Fünfzigern und frühen Sechzigern, als wir unsere letzte Heroinepidemie hatten, lag das Reinheitsniveau bei drei bis zehn Prozent, man mußte sich das Zeug injizieren, um eine

Dröhnung zu kriegen. Wenn man es schnupfte, mußte man niesen und damit hatte es sich. Heute ist hier an der Ostküste das Reinheitsniveau der auf der Straße gehandelten Ware auf durchschnittlich fünfundsechzig Prozent gestiegen, demnach ist das Zeug sechsmal stärker als das, was man in den sechziger Jahren kaufen konnte. Aus Gründen, die wir uns noch nicht erklären können, wird in Boston sogar schon achtzigprozentiges Heroin angeboten. Deshalb wird es von den neuen Konsumenten nicht mehr injiziert. Wenn das Zeug ihnen so rein geliefert wird, können sie es nach Herzenslust schnupfen oder es mit dem Tabak von ein paar Marlboros gemischt qualmen.«

»Mir kommt das so vor«, bemerkte Duffy, »als hätte da eine professionelle Werbeagentur das Marketing auf eine neue Schicht von Konsumenten abgestellt.«

»Der Verdacht ist uns tatsächlich nicht neu«, erwiderte Flynn.

»Jim«, meinte die Dame vom Zoll. »Lassen Sie mich Ihnen ein kleines Video zeigen, das die New Yorker Polizei vor kurzem im VIP-Raum eines New Yorker Nachtklubs namens *The Limelight* aufgenommen hat, natürlich geheim. Ich glaube, was da zu sehen ist, wird Ihnen ein Gefühl für das Problem vermitteln.«

Sie drückte auf ein paar Knöpfe, die Beleuchtung erlosch, und von der Decke sank ein Monitor herab, über den kurz darauf ein körniges Schwarzweißbild flimmerte. »Diese Aufnahmen wurden gegen drei Uhr früh an einem Samstagmorgen gemacht. Das sind alles Kids der Oberschicht, aus der Musikindustrie, Entertainment. In diesen VIP-Raum kommt man ohne Geld und Beziehungen nicht rein. Jetzt achten Sie mal auf die Arme dieser Kids. Sehen Sie, alle kratzen sich. Man könnte meinen, daß jemand ein Ameisenheer auf dieses Zimmer losgelassen hätte. Dieses Kratzen ist typisch für Heroinkonsumenten. Alle müssen also was von dem Zeug intus haben. Und dieses Lokal ist eins der schicksten, die es gibt in New York, absolut *in* bei den jungen Swingern.«

Sie schaltete die Deckenbeleuchtung wieder ein. »Ich neige dazu, mir solche Sachen vom Gesichtspunkt des Amateursoziologen aus anzusehen. Koks war die Droge der Achtziger. Hyper – das paßte zu den Wallstreet Gogo-Typen, den Boomjahren der Reagan-Regierung. Heroin scheint besser auf die Werte der

Neunziger abgestimmt. Als sagten die Kids heute: ›Heroin macht sanft und gelassen, du wirst nicht hyper-irgendwas, sondern einfach nur nett.‹ Sie haben's geschafft, sich einzureden, daß Heroin, wenn man's nur raucht oder schnupft, ungefährlicher ist als Crack. Es ist lustig, super-cool.« Sie schnaubte verächtlich. »Leider werden eine Menge von diesen Kids entdecken, daß der lustige Trip für sie in der Hölle endet.«

»Was ist mit Sex?« fragte Duffy. »Macht das Zeug sie darauf scharf?«

»Nicht Heroin. Ein Typ, der wirklich darauf steht, wird vielleicht ganz weich und kuschelig, aber eben weich, er kriegt keinen hoch. Zuhälter versuchen oft, ihre Mädchen von dem Zeug abhängig zu machen. Es gibt ihnen irgendwie das Gefühl, neben sich zu stehen, über ihrem Körper zu schweben, und da fällt's ihnen leichter, sich von jedem Ekel bumsen zu lassen, das ein paar Scheine dafür hinlegen kann.«

Jetzt weiß ich, warum ich das Zeug nie benutzt habe, dachte Duffy. »Wie viele Süchtige gibt's schätzungsweise?«

Flynn, der DEA-Mann, antwortete auf diese Frage. »Offizielle Schätzungen beziffern die Drogengemeinde auf 600 000 spritzende Süchtige. Aber die Zahl wird allgemein für zu niedrig gehalten. Und was uns wirklich Sorgen bereitet, sind nicht die Leute, die schon rettungslos an der Nadel hängen, sondern diejenigen, die mit Heroin experimentieren, die Freizeitheroinschnüffler und -raucher. Man nimmt an, daß es davon mindestens drei Millionen gibt.« Flynn zuckte mit den Schultern. »Genau wissen wir natürlich gar nichts. Die Heroinsucht entwickelt sich unter Umständen fast unmerklich. Sie haut einen nicht um wie Crack, sie ergreift einen ganz langsam, während man noch denkt, mit dem Zeug kann ich umgehen. Unglücklicherweise gibt es keine Kriterien, an Hand derer man beurteilen könnte, wer süchtig wird und wer nicht, oder wie lange der Einzelne das Zeug nehmen muß, um davon abhängig zu werden. Wenn man aber einmal abhängig ist, sind die Chancen, die Sucht wieder loszuwerden, nicht besser, als eine schwere Krebserkrankung zu überleben.«

»Aber welcher zeitliche Rahmen wird da angenommen?«

»Drei, vier, fünf Jahre bei intravenös injiziertem Heroin. Mit den Schnupfern haben wir noch nicht genügend Erfahrung. Viele Schnupfer und Raucher gehen, um Geld zu sparen, zum Spritzen über, wenn die Sucht sie wirklich packt. Wie viele der drei Millionen Amerikaner werden also schließlich bei den Profis landen? Welche Leute werden der Droge verfallen? Welche werden sich die Kraft bewahren, eines Tages auf das Zeug zu verzichten? Ehrlich gesagt, haben wir keine Ahnung. Aber wenn sie anfangen, sich so an das Zeug zu gewöhnen, daß sie nicht mehr davon lassen können, dann, Mr. Duffy, ist die Kacke echt am Dampfen.«

Duffy dachte an die Instruktionen, die er im Büro des Direktors erhalten hatte. »Was ist mit den islamistischen Radikalen? Sind die Ihres Erachtens in den Handel verwickelt?«

»Wir wissen, daß die es für ein gottgefälliges Werk halten, nette Kinder im Westen zum Drogenkonsum zu verführen. In Brüssel gibt es marokkanische Straßenhändler, die ihren Schwestern niemals erlauben würden, mit einem Christen auszugehen, und sie zwingen, sich auf der Straße mit diesen Kopftüchern zu verschleiern, aber ohne die geringsten Skrupel den Belgiern Rauschgift verkaufen. Die Franzosen haben beobachtet, daß in zunehmendem Maße Algerier und Marokkaner des FIS, der islamischen Heilsfront, an dem Geschäft beteiligt sind, die nur an Europäer, nicht aber an ihre muslimischen Brüder verkaufen. In der Schweiz und in Italien haben palästinensische Gruppen mit Italienern um den Markt gekämpft. Aber inwieweit spielt dabei Ideologie eine Rolle und inwieweit nur die gute alte Geldgier? Wir wissen es nicht. Vielleicht können Sie es für uns herausfinden.«

»Na, schönen Dank.« Duffy seufzte, trank den Rest seines Kaffees aus und sah auf die Uhr. Es war fünfzehn Minuten nach vier. Seine neuen Kollegen waren sämtlich Regierungsangestellte, Beamte. Ihnen war daran gelegen, pünktlich um halb fünf Feierabend zu machen. Es war also Zeit für das letzte Wort. »Es ist schön, wieder an die Arbeit zu gehen«, sagte er. »Macht jedenfalls mehr Spaß als Holzhacken in Maine ... nehme ich an.«

Der *Mark's Club* in London befand sich in einem gegen Ende des 18. Jahrhunderts erbauten Wohnhaus an der Charles Street Nr. 46, nur wenige Schritte vom Berkeley Square entfernt, jenem mit

Platanen bepflanzten Rasenoval, wo ehemals die legendäre Nachtigall gesungen haben soll. Man weiß übrigens nicht, ob der Vogel nicht heute immer noch singt, da ihn jedenfalls in dem Verkehrslärm, der den Platz heute erfüllt, niemand mehr hören könnte.

Der Fassade des Gebäudes war auf den ersten Blick nicht anzumerken, daß sich dahinter etwas anderes verbarg als das private Wohnhaus einer wohlhabenden englischen Familie. Die unaufdringliche Eleganz der Inneneinrichtung sollte Mitglieder und Besucher des Clubs an jene anderen Etablissements erinnern, denen *Mark's* nacheifern wollte – *White's, Brook's, Boodles's*. *Mark's* unterschied sich von ihnen – und allen anderen Exemplaren dieser altehrwürdigen englischen Institutionen – in einer wesentlichen Hinsicht. Bei *Mark's* wurde nämlich der Tatsache Rechnung getragen, daß die Menschheit aus zwei Geschlechtern besteht. Auf der Höhe der swingenden Sechziger hatte nämlich der Gründer dieses neuen Clubs, Mark Burley, die Erleuchtung gehabt, daß einige der Gentlemen seiner Kreise vielleicht lieber in Gesellschaft einiger anziehender Frauen speisen würden als in der wenig aufregenden ihrer alten Schulkameraden aus Eton oder Harrow.

Billy, der Türsteher des Clubs, erkannte das Grollen von Terry Harmians Jaguar, als dieser kurz nach neun vor dem Club anhielt. Von Billy erzählten sich die Mitglieder des Clubs, daß er im November 1983 bei dem Brinks-Mat-Raub den Fluchtwagen gefahren hätte. Die Geschichte war zwar vielleicht apokryph, aber geeignet, das Ansehen des Clubs zu heben. Billy öffnete die Tür an der Beifahrerseite und reichte Nancy die Hand, um ihr aus dem niedrigen Wagen herauszuhelfen, wobei er ihre wohlgeformten Schenkel, die dabei zum Vorschein kamen, ausgiebig bewunderte.

»'n Abend, Mr. Harmian«, sagte er und ging zur Fahrerseite, um den Wagen auf einen sicheren Parkplatz zu fahren. »Genießen Sie das Dinner.«

James, der Portier des Clubs, glitt aus seiner Loge, um Nancy und Terry zu begrüßen. »Wie nett, daß Sie sich entschlossen haben, Ihren Hochzeitstag bei uns zu feiern«, sagte er lächelnd und nahm Nancys Mantel. James, ein Ire von Mitte Sechzig, strahlte eine Würde aus, deren sich von den adligen Clubmitgliedern nur wenige rühmen konnten. »Ich glaube, daß Ihre Gäste schon alle oben auf Sie warten«, fuhr er fort und wies mit einem knappen Nicken auf die Treppe neben dem Eingang zum Hauptspeisesaal.

Terry und Nancy hatten sich in Anbetracht der Art des heute zu feiernden Jubiläums für den intimen privaten Speiseraum im ersten Obergeschoß des Clubs über der Bar entschieden. Arm in Arm gingen sie die Treppe hinauf, an deren Wänden Ölgemälde aus dem neunzehnten Jahrhunderts hingen. Die dargestellten Motive – Hunde, Kinder und Jagdszenen – zeigten, auf welchen Themenkreis die künstlerischen Interessen des Eigentümers beschränkt waren.

Bruno, der Maître d'hotel, erwartete sie an der Tür und begrüßte sie mit dem gedämpften Überschwang, der unter den Umständen geboten schien. Der lange Tisch an der Seite des Raums war für elf Personen gedeckt. Drei diskrete Bouquets aus Kamelien und Azaleen schmückten, wie es Nancy angeregt hatte, die Tafel. Ihre Gäste, die auf Sesseln und Sofas am Kamin gesessen hatten, waren schon auf den Füßen und eilten ihnen entgegen.

»Heute abend wird Henrietta sich um Sie kümmern.« Bruno deutete auf eine Frau mittleren Alters, die in dem schwarzen Seidenkleid und der weißen Schürze aussah, als wollte sie sich um die Rolle des Stubenmädchens in einem viktorianischen Drama bewerben.

Der Rest seiner Worte wurde von dem Chor von Grüßen und guten Wünschen übertönt, mit dem das Paar von den Freunden empfangen wurde. Terry im Uhrzeigersinn, Nancy im entgegengesetzten, gingen im Kreis herum und umarmten jeden einzelnen, einen nach dem anderen.

Da war Said Abu Abrazzi, ein Saudi. Wie Terry war er der private Anlageberater einer auserwählten Gruppe reicher Kunden. Seine syrische Frau Mona glich einer soeben einer byzantinischen Ikone entstiegenen Madonna. Dann der Anwalt Raymond Harris, genannt »BT« für »Big Time«. Seine Spezialität waren die verzwickten gesetzlichen Regelungen für Steueroasen und die Gründung von Firmen zur Wahrnehmung der Vorteile, die solche Orte zu bieten haben. Ihn begleitete seine Frau Gilda.

David Nathan war Australier, er hatte den größten Teil des heimischen Kontinents fürs Kabel-TV erschlossen und dabei ein Vermögen angehäuft, das sich mit dem Rupert Murdochs oder Kerry Packers messen konnte. An seinem Arm hing stolz Giselle, seine neue französische Frau. Der nächste war Dimitri »Grischa« Zumbrowski, ein Russe von ungewisser ethnischer Herkunft, aber unstrittiger finanzieller Durchschlagskraft, mit dem hinreißenden blonden polnischen Model, das gegenwärtig seine offizielle Geliebte war. Und schließlich der Baron Theodor »Teddy« van Weissendradt, ein flämischer Edelmann aus Antwerpen, der einzige, dem Terry zugestand, besser Poker spielen zu können als er selber.

Eine typische Londoner Dinnerparty, dachte Nancy, als sie sich dem letzten ihrer Gäste zuwandte, ein Alibi-Engländer inmitten einer Arche Noah unterschiedlicher Nationalitäten.

Terry und Nancy begaben sich mit ihren Gästen zum Kamin, wo Henrietta ihnen Dom Perignon kredenzte. Terry stieß mit Nancy an, legte ihr den Arm um die Taille und hob das Glas.

»Cheers, liebe Freunde. Auf uns und auf euch alle.« Und dann mit dem Blick eines bis über beide Ohren in seine Lehrerin verliebten Schülers wandte er sich wieder an seine junge Frau. »Und auf dich, mein Liebling, auf all das wunderbare Glück, das den heutigen Tag von vergangenen Zweifeln und künftigen Sorgen befreit.«

Der Kreis der Freunde murmelte bestätigend. Nancy nippte an ihrem Champagner und sah lachend zu ihrem Mann auf. »Terry, du hast wohl wieder in Bartletts Zitatenschatz herumgestöbert, was?«

»Keineswegs, Liebling. Die Verse sind aus Omar Khayams *Rubaiyat*, den ich, wie alle guten Perser, praktisch auswendig zitieren kann.«

Noch eine halbe Stunde lang plauderten und lachten sie miteinander, ehe sie sich zu Tisch begaben. Nancy hatte das Menü zusammengestellt. Zunächst Kaviar, Räucherlachs und Blinis und dann, da am ersten Februar die Jagdsaison endete, die letzten Fasane des Jahres. Alles Hennen, wie es Nancy vom Küchenchef erbeten hatte, denn wie beim Menschen sind auch bei diesen Vögeln die weiblichen Exemplare zarter als die männlichen.

Bruno hatte ihnen dazu einen neuseeländischen Chardonnay ausgesucht und drei Flaschen 1961er Château Figeac, die er noch in einem verborgenen Winkel des Weinkellers gefunden hatte.

Es war ein üppiger, köstlicher und von Gelächter erfüllter Abend, einer der denen, die ihn miteinander genossen, noch lange in Erinnerung bleiben würde. Als Henrietta dann Portwein und Cognac serviert und den Herren Zigarren angeboten hatte, klopfte Terry mit einem Löffel an sein Glas und erhob sich. »Eine Gelegenheit wie die heutige macht einen Trinkspruch erforderlich«, erklärte er. »Zuerst auf euch alle, die ihr heute abend hier seid, unser Glück mit uns zu teilen. Wollen wir hoffen, daß wir mit diesem Fest eine Tradition begründet haben, die wir in den kommenden Jahren fortsetzen können, mit einem Treffen zu einem gemeinsamen Abend in Liebe und Freundschaft jedes Jahr um diese Zeit.« Dann nahm er Nancys Hand. »Vor allem aber will ich einen Trinkspruch ausbringen auf meine Frau, die soviel Freude und Glück in mein einst so einsames Jungesellendasein gebracht hat ...«

»Und wie einsam!« lachte Said Abrazzis in Anspielung auf Terrys fideles Junggesellenleben.

Als endlich das Gelächter verstummt war, sah Terry schweigend seine junge Frau an. »›Sie sehen heiß, sie lieben, sie allein lieben, sie lieben für immer.‹ Das ist von einer von euch, Liebling, Emily Dickinson.«

Nancy stieß einen Freudenschrei aus, stand auf und umarmte ihren Mann, während die Gäste sich von ihren Stühlen erhoben und applaudierten.

Es war schon nach eins, als sie zum Chester Square zurückkehrten. Wie gewöhnlich fanden sie vor dem Haus keine Parklücke. »Geh schon hinein, Liebling«, meinte Terry. »Ich werde unten am Platz weitersuchen.«

Kein Londoner, der auf sich hält, dachte Nancy, während sie auf den Stufen zur Eingangstür in ihrer Handtasche nach dem Hausschlüssel fahndete, will in einem Haus wohnen, das in diesem Jahrhundert gebaut wurde. Deshalb haben wir alle keine Garagen und müssen jeden Abend wie die Verrückten auf Parkplatzsuche gehen. Sie schlug die Tür hinter sich zu und warf mit einer Kopfbewegung das Haar zurück, um dann den Mantel auszuziehen.

In diesem Augenblick umklammerte ein Arm ihren Hals und riß sie dann so heftig zurück, daß sie den Boden unter den Füßen verlor. Zugleich spürte sie die scharfe Spitze eines Messers an der Schläfe.

»Still!« zischte die Stimme. »Keinen Laut.«

Der Würgegriff war so fest, daß Nancy einen Augenblick fürchtete, erdrosselt zu werden. Sie konnte nicht mehr schlucken, und die Augen begannen, ihr aus den Höhlen zu treten. In ihrem Schrecken und Entsetzen durchzuckte sie ein Gedanke. Einbrecher! Das waren also diese bösartigen Londoner Einbrecher, von denen man dauernd in der Zeitung las.

Ein zweiter Eindringling, dessen Züge sich hinter einer schwarzen Skimütze verbargen, tauchte nun aus dem Schatten hinter der Treppe auf. Er hielt einen Bogen Heftpflaster, von dem er ein Stück von der Größe einer halben Serviette abriß, das er ihr von Ohr zu Ohr übers Gesicht klebte und dabei so straff anzog, daß sie Lippen und Kiefer kaum noch bewegen konnte. Mehr als ein klägliches kleines Stöhnen würde sie unter diesen Umständen nicht mehr von sich geben können. Ihr wurden die Knie weich, Übelkeit packte ihren Magen – wo ist Terry? dachte sie hoffnungslos.

Unterdessen hatte der zweite Eindringling ein Paar Handschellen von seinem Gürtel genommen und ihr diese fest angelegt.

»Bring sie nach oben«, befahl er.

Ihr erster Angreifer lockerte den Griff, drehte sie herum, packte sie bei den Handschellen und begann, sie mit rücksichtsloser Gewalt halb die Treppe hinaufzuziehen und halb zu schleppen. Auch er trug eine schwarze Skimütze mit Löchern für Nase und Augen.

Nach einem halben Dutzend Stufen fiel Nancy auf die Knie.

»Aufstehen!« knurrte der Mann.

Erschöpft und mit einem stechenden Schmerz im Knie gelang es ihr irgendwie, hinter dem Mann bis in die erste Etage herzuhumpeln. Er öffnete die Schlafzimmertür und stieß Nancy mit einem brutalen Stoß ins Kreuz zu Boden. Dann knallte er die Tür zu und kam dann zu ihr.

Mein Gott, dachte sie, das Gesicht auf dem Bettvorleger, das Schwein wird mich hier vor meinem eigenen Bett vergewaltigen.

Doch sie irrte sich.

»Aufstehen!« bellte er sie an.

Als sie mit zerrissenen Strümpfen, das verletzte Knie begann schon anzuschwellen, auf die Füße kam, sah sie Rebecca, ihre Haushälterin, an einen der Schlafzimmerstühle gefesselt und, wie sie selbst, mit Klebeband geknebelt. Der Einbrecher stieß nun auch sie auf einen Stuhl. Nancy bemerkte, daß das Bett nicht aufgeschlagen war. Das hieß, daß Rebecca schon, kurz nachdem Terry und Nancy das Haus verlassen hatten, gefesselt worden war. Die Räuber waren also schon seit einer ganzen Weile im Haus, hatten es aber noch nicht durchgewühlt, wie es Einbrecher gewöhnlich zu tun pflegen, Fernsehgerät, Stereoanlage, Tafelsilber schienen unangetastet. Warum? Hatten die Verbrecher nur ihr und Terry aufgelauert?

Dann begriff Nancy. Es war ihr Schmuck. Irgendein Bastard von der Versicherung hatte diesen Schweinen einen Tip gegeben, und so wußten die, daß hier mehr zu holen war als Stereoanlagen und Tafelsilber.

Diese Erleuchtung beschwichtigte einen Moment lang ihre panische Angst. Wenigstens waren die Leute keine Lustmörder. Sie würden sich den Schmuck geben lassen und abhauen. Aber was ist mit Terry? fragte sie sich ängstlich. Wo war er? Er mußte inzwischen schon zu Hause sein. Die Schlafzimmertür war schallisoliert, um den Lärm der Straße und des Hauses von ihren Träumen fernzuhalten. Nun saß sie hier wie in einer stillen Gruft gefangen, kein Geräusch, kein Schreien, kein Murmeln aus der Welt jenseits dieses Raumes drang an ihr Ohr. Himmel, Liebling, betete sie, sei kein Held. Gib ihnen den verdammten Schmuck und mach, daß sie damit abhauen.

Unterdessen hatte der Einbrecher ihr die Handschellen abgenommen und begonnen, sie mit einem langen Strick an den Stuhl zu fesseln. Trotz des Schreckens, der ihren Verstand und ihre Glieder lähmte, fiel ihr ein nützlicher Trick ein, den sie ein- oder zweimal im Fernsehen gesehen hatte. Als sich also ihr Peiniger zum Bett umdrehte, um ein weiteres Seil zu holen, atmete sie ein, so tief sie konnte, und hielt die Luft an. Wenn sie dann, nachdem er mit der Fesselung fertig war, ausatmete, würden sich die Stricke ein wenig lockern.

Der Einbrecher prüfte sein Werk, durchquerte dann das Zimmer, schaltete das Licht aus und öffnete die Tür. Eine Sekunde lang stand er vor der Treppenbeleuchtung auf der Schwelle, ehe er die Tür schloß und Nancy ihrem Schrecken in der Finsternis überließ. Während der wenigen Augenblicke, in denen die Tür offen gewesen war, hatte sie angestrengt gelauscht, in der Hoffnung, irgendein Geräusch aus dem Untergeschoß des Hauses aufzufangen. Vergeblich. Sie sah sich in ihrem dunklen Schlafzimmer um, das von dem spärlichen Widerschein der Straßenlaternen des Chester Square kaum erhellt wurde. Ungefähr fünf Meter von ihr entfernt befand sich der Nachttisch. Auf diesem stand, Erlösung verheißend, das Telefon. Fünf Meter. Unter den gegebenen Umständen war das nicht näher als fünfzig oder fünfhundert Kilometer – eine Ewigkeit. Wenn es ihr doch nur irgendwie gelingen würde, diese Strecke zu überwinden! Die Finger konnte sie bewegen. Vielleicht schaffte sie es ja, den Hörer abzuheben und die magische Nummer 999 einzutippen. Ob man das gedämpfte Blöken, das sie bestenfalls von sich geben konnte, als echten Notruf identifizieren würde? Oder würde man es als einen dummen Streich abtun?

Aber wie sollte sie an das Telefon herankommen? Konnte sie womöglich durch Verlagerung des Körpergewichts den Stuhl über den Teppich ruckeln?

Plötzlich wurde die Schlafzimmertür aufgerissen. Nancy zwinkerte ängstlich in dem unvermittelt hereinströmenden grellen Licht. Zwei Männer standen im Türrahmen. Nun traten sie zu ihr, packten den Stuhl und trugen sie, behutsam wie Krankenpfleger, die einen Patienten auf eine andere Station verlegen, die Treppe hinab. Sie sah Licht aus der Tür des Büros ihres Mannes fallen. Und da hinein trugen sie die beiden Männer.

Bei dem Anblick, der sich ihr bot, stieß sie einen erstickten Schrei aus. Sie fürchtete, sich übergeben und an dem Festmahl ihres ersten Hochzeitstages ersticken zu müssen.

Terry lag in seinem Bürosessel, sein Gesicht war zu einer gestaltlosen Masse von Blut, Fleisch und Knochen zerschlagen. Der linke Augapfel war teilweise aus der Höhle getreten und hing auf der Oberkante des Wangenknochens. Die Nase war zerschmettert, und das daraus strömende Blut lief ihm über Mund und Kinn. Es tropfte auf das weiße Hemd seines Abendanzugs, das nun einem durchtränkten rotbraunen Lappen glich. Terrys Mund stand offen, und sie sah, daß ihm die meisten Vorderzähne fehlten. Entsetzt entdeckte sie einen dieser Zähne auf dem dunklen Stoff seiner Smokingjacke. Er atmete durch den offenen Mund, in dem sich im Rhythmus seiner Atemzüge blutiger Schaum bildete.

Zwei weitere Männer mit schwarzen Masken rechts und links von ihm. Ein dritter lehnte am Schreibtisch und schien bei der Folterung ihres armen geschundenen Terry die Aufsicht zu führen. Plötzlich richtete er sich auf und ging aus dem Raum. Aus den Augenwinkeln sah Nancy, wie er im Korridor ihren venezianischen Renaissancespiegel von der Wand riß. Den Spiegel im Triumph wie ein Formel-1-Fahrer den soeben gewonnenen Pokal vor sich her tragend, kehrte er ins Büro zurück und hielt ihn Terry vor das zerschmetterte Gesicht.

»Sehen Sie gut hin!« befahl er. Er zeigte auf Nancy. »Wenn Sie nicht sofort den Safe aufschließen, wird sie in fünf Minuten genauso aussehen.«

Terry stöhnte etwas durch den blutigen Schaum, der ihm die Atemwege verstopfte. Plötzlich wurde Nancy klar, daß er nicht auf Englisch geantwortet hatte. Er versuchte, Farsi zu sprechen. Diese Schweine waren also keine gewöhnlichen Einbrecher, die sich nur für ihren Schmuck interessierten. Sie waren Iraner. Das hatte Terry ihr zu verstehen geben wollen, als er seine Folterer in dieser Sprache anredete. Ihr schwanden die Sinne. Waren das Leute der Mullahs? Wenn, ja, waren sie Mörder. Jeder Iraner kannte die Geschichten von den Kellern des VEVAK, die überall im Westen Feinde des Regimes abschlachteten. Hatte Terry zu irgendeiner geheimen Widerstandsbewegung gegen das Regime der Mullahs gehört, von der sie nichts wußte?

Auch der Mann mit dem Spiegel hatte verstanden, weshalb Terry ihm in Farsi geantwortet hatte. »Hurensohn!« brüllte er und schmetterte den Spiegel zu Boden. Er nahm eine Pistole von Terrys Schreibtisch und schlug ihrem Mann den Griff mit aller Wucht gegen die Schläfe.

Dann wandte er sich um, war mit drei Schritten bei Nancy und versetzte ihr einen krachenden rechten Haken auf den Wangenknochen. Ihr Schmerzensschrei wurde durch das Heftpflaster zu einem dumpfen Stöhnen gedämpft, und sie dachte: Mach den Safe auf, Terry, um Himmels willen! Gib ihm, was immer er haben will! Was macht das schon? Was macht das schon?

Fast als hätte er kraft irgendeiner geheimnisvollen außersinnlichen Wahrnehmung verstanden, was sie von ihm wollte, murmelte Terry: »Okay, okay. Nach rechts bis siebzig.«

Der Mann neben Terry fiel vor dem Safe auf die Knie und begann, langsam das Ziffernblatt des Schlosses zu drehen.

»Jetzt nach links bis zweihundertunddreißig.«

Der Mann drehte den Knopf des Schließmechanismus nach links.

»Wieder nach rechts bis fünfundachtzig.«

Der Eindringling folgte auch dieser Anweisung.

»Jetzt nach links bis dreihundert.«

Langsam drehte der Mann den Knopf wieder nach links. Als er dreihundert erreichte, war ein Klicken zu hören. Die schwarze Tür des Tresors öffnete sich einen Spaltbreit.

»Gut«, sagte der Anführer der Eindringlinge. Dann warf er den beiden Männern, die Nancy aus dem Schlafzimmer heruntergetragen hatten, einen Blick zu. »Bringt sie wieder rauf.«

Diesmal setzten sie den Stuhl nur grob im Schlafzimmer ab und verschwanden sofort wieder. Ein paar Sekunden lang saß Nancy keuchend in der Dunkelheit und bemühte sich, ihr Zittern zu beherrschen und die Übelkeit zu unterdrücken, die ihr die soeben erlebte grauenhafte Szene verursachte.

Jedes gräßliche Detail – der zerschlagene Körper ihres armen Mannes, das ihm aus Mund und Nase strömende Blut, der knackende Laut des ihm auf den Schädel geschlagenen Pistolengriffs – all das hatte sich ihr unauslöschlich eingeprägt. Das Schwein hatte ihm bestimmt den Schädel zertrümmert. Terry würde in seinem Stuhl verbluten, an den Folgen der Schläge sterben, wenn sie ihn nicht vorher erschossen. Wenn ihr geliebter Terry überleben sollte, mußte sie ihm das Leben retten.

Erst jetzt bemerkte sie, daß die beiden Männer in ihrer Eile, wieder nach unten zu kommen, sie nur gerade eben über die

Schwelle des Schlafzimmers gesetzt und damit die Ewigkeit, die Nancy von ihrem Nachttisch trennte, fast um die Hälfte verkürzt hatten. Jetzt war sie nur noch knapp zweieinhalb Meter vom Telefon entfernt. Du kannst es schaffen, Mädchen, redete sie sich ein, du kannst das verdammte Telefon erreichen, du mußt!

Langsam, so daß sie nicht hintenüber kippte und dann ganz bewegungsunfähig auf dem Teppich läge, kippelte sie auf dem rechten Hinterbein des Stuhles zurück. Einen schlimmen Augenblick lang fürchtete sie, die Balance zu verlieren. Dann gelang es ihr, mit dem linken Knie und der linken Hüfte das linke Vorderbein des Stuhls ein Stück nach vorn zu drehen und zu schieben. Dann lehnte sie sich auf das linke Hinterbein des Stuhls zurück und wiederholte das Manöver in entgegengesetzter Richtung. Es funktionierte! Sie war etwa fünfzehn Zentimeter vorwärts gekommen.

Einen Augenblick blieb sie still in der Dunkelheit sitzen und lauschte. Aus dem Haus war kein Geräusch zu hören. Würden sie zurückkommen, um Rebecca und sie zu töten? Oder waren sie schon geflohen?

Sie mußte es tun, sie konnte es tun, sie würde dieses Telefon erreichen. Wenn sie zurückkamen, um sie zu töten, würde sie wenigstens bei dem Versuch sterben, sich und ihren Mann zu retten.

Und so verdoppelte sie ihre Anstrengungen, die Verheißung von Hilfe zu erreichen, die der Nachttisch für sie bereithielt. Bei jedem Ruck vorwärts schnitten ihr die Stricke in die Taille und Kniekehlen. Jedesmal, wenn ihr linkes Bein auf den Boden stieß, schoß ihr ein stechender Schmerz durch das verletzte Knie.

Wie lange dauerte diese qualvolle Reise? Sie wußte es nicht. Sie wußte nur eines, und das hämmerte sie sich unablässig ein, während sie sich Zentimeter für Zentimeter vorwärtskämpfte. »Wenn ich das Telefon nicht erreiche, müssen Terry und ich sterben.«

Als sie nur noch einen knappen Meter vom Nachttisch entfernt war, konnte sie endlich die Umrisse des Telefons erkennen. Seine sichtbare Nähe verlieh ihr neue Kraft, den noch verbleibenden trennenden Abstand zu überwinden.

Sie packte die Schnur und zog den Apparat langsam an den

Rand des Nachttischs und nahm den Hörer ab. Die Leitung war tot.

Die Schweine hatten sie durchgeschnitten. Einen Augenblick war sie von der Enttäuschung wie gelähmt, aber dann kam ihr – strahlend und verheißungsvoll wie ein Silvesterfeuerwerk – eine Erleuchtung. Ihr Handy! Sie hatte bei der Feier von niemanden gestört werden wollen und deshalb das Funktelefon aus ihrer Handtasche genommen und in die Nachttischschublade gelegt, ehe sie das Haus verließ. In jene Schublade, neben der sie jetzt glücklich saß. Danach hatten sie bestimmt nicht gesucht. Wahrscheinlich wußten sie nicht mal, was ein Handy war.

Sie drehte ihren Stuhl zurück, bis sie imstande war, mit den Fingerspitzen die Schublade aufzuziehen. Dann lehnte sie ihren Stuhl seitlich dagegen, um möglichst viel Bewegungsfreiheit zu haben.

Da war es! Sie nahm das rettende Gerät aus der Schublade, ließ den Stuhl wieder in senkrechte Stellung zurückfallen und beugte den Kopf, so weit sie konnte, vor, um die Entfernung zwischen dem Telefon und ihrem verklebten Mund möglichst zu verringern.

Das Schöne am Handy war natürlich, daß man es mit einer Hand bedienen konnte. Sie schaltete es ein, tippte 999 und lauschte dem Freizeichen. Bereits nach dem dritten meldete sich eine weibliche Stimme mit den wunderbarsten Worte, die Nancy je gehört hatte. »Notruf. Welchen Dienst benötigen Sie? Feuerwehr, Polizei oder Krankenwagen?«

Nancy bat mit dreimaligem Grunzen um Hilfe und Verständnis.

Weniger als eine Meile von ihr entfernt, im Nachrichtenzentrum von Scotland Yard, lauschte Doris Maloney mit gerunzelten Brauen diesen unverständlichen Lauten. Der Bildschirm ihres Computers verriet ihr, daß der Anruf von einem unter der Nummer 08 36 37 25 87 registriertem Funktelefon kam. Als dessen Eigentümer eingetragen war eine Mrs. Nancy Harmian, wohnhaft Chester Square 5.

»Sind Sie Mrs. Harmian?« fragte sie also.

Auch auf diese Frage gab Nancy die einzige Antwort, zu der sie fähig war. Sie hoffte inständig, ihr Stöhnen möge als Bestätigung verstanden werden.

Doris Maloney war für ihren Posten am Notruftelefon selbstverständlich gründlich ausgebildet worden. An manchen Freitag- oder Samstagabenden wurde die Nummer 999 nicht weniger als 10 000 Mal angerufen, und die Vermittlerinnen mußten zu unterscheiden wissen, ob sie es mit einem echten Notruf zu tun hatten oder dem schlechten Scherz eines Verrückten oder Betrunkenen. Doris traf eine schnelle Entscheidung.

»Mrs. Harmian«, sagte sie. »Bitte versuchen Sie, am Apparat zu bleiben. Ich werde Sie mit der Polizei verbinden, die Ihnen wahrscheinlich am besten helfen kann.«

»Ich habe jemanden, der unverständliche Laute über ein Funktelefon ausstößt, das unter der Adresse Chester Square 5 eingetragen ist«, erklärte sie dem Kollegen bei der Polizei, zu dem sie Nancys Anruf durchstellte. »Ich vermute, daß diese Geräusche von der Besitzerin des Apparats stammen.«

Jake Cowe im Commissioner's Office, Constable 1023, nahm den Anruf an und studierte die über seinen Bildschirm flimmernden Daten. Chester Square 5 war sauber. Kein Warnsymbol, das darauf hingewiesen hätte, daß irgend jemand unter dieser Anschrift der Polizei aus irgendeinem Grunde auffällig geworden wäre, daß zum Beispiel der Hausherr zur Gewalttätigkeit gegen die Hausfrau neigte.

»Mrs. Harmian«, fragte er. »Rufen Sie aus Ihrer Wohnung Chester Square 5 an?«

Wieder erfolgte als Antwort nur ein unverständliches Grunzen.

»Mrs. Harmian«, sagte der Beamte. »Bitte bleiben Sie am Apparat. Ich schicke einen Polizeiwagen zu Ihrer Wohnung.«

Jetzt mußte Cowe eine Entscheidung treffen. Er konnte einen Wagen von Scotland Yard schicken oder den Auftrag an die Wache an der Gerald Road weitergeben, die für die Gegend zuständig war. Schließlich konnte es sich bei dem Anruf ja doch um einen dummen Streich handeln, und die Wagen des Yard wurden für die dringenderen Einsätze gebraucht. Besser also, die Gerald Road zu alarmieren. Mit dem Kippen eines Schalters gab er die Information auf seinem Bildschirm weiter an einen Computer in der Gerald Road mit dem Hinweis zur unverzüglichen Erledigung. Der Wachhabende nahm die Information zur Kenntnis und rief sofort den Funkwagen seines Reviers.

»Alpha Bravo drei. Sind Sie frei für einen Einsatz?«

»Ja, wir hören«, kam die Antwort.

»Wir kriegen komische Geräusche aus einem Funktelefon, das unter Chester Square 5 eingetragen ist. Könnte häusliche Gewalttätigkeit sein. Sehen Sie bitte mal nach. Ihre Einsatznummer ist 19. Bitte melden Sie Ihre Ankunft.«

Der Einsatzleiter wandte sich dann wieder der offenen Verbindung zu. »Mrs. Harmian? Sind Sie noch da? Bitte bleiben Sie am Apparat«, sagte er und erhielt neuerlich ein unverständliches Grunzen zur Antwort.

Der Funkwagen war zu Beginn des Einsatzes nur etwa eine halbe Meile vom Chester Square entfernt gewesen. Der Beamte meldete sich deshalb schon nach knapp zwei Minuten wieder. »Hier Einsatz 19. Wir sind an der genannten Adresse. Das Haus ist dunkel. Constable Dansey kümmert sich darum.«

Dansey, der Fahrer des Funkwagens und ranghöchste Beamte der zweiköpfigen Besatzung, stieg aus, eine Taschenlampe in der Hand. »Bleiben Sie am Funkgerät für den Fall, daß es Ärger gibt«, befahl er seinem Kollegen, der an diesem Abend zum ersten Mal in einem Funkwagen Dienst tat. Langsam ging Dansey um das Gebäude und suchte nach Hinweisen auf einen Einbruch. Er fand keine. Dann leuchtete er durch die Fenster im Erdgeschoß, um irgend ein Lebenszeichen im Inneren des Hauses aufzuspüren. Doch auch damit kam er nicht weit. Alle Fenster waren mit Vorhängen versehen. Er preßte das Ohr an die Fensterscheibe, zu hören war aber auch nichts.

»Hören Sie, Charley«, sagte er zu dem Einsatzleiter, als er zum Wagen zurückkam. »Das Haus ist dunkel. Zu hören ist auch nichts. Ich weiß nicht, ob ich nun einfach die Tür aufbrechen und da reingehen soll. Haben Sie noch immer diese unverständliche Stimme in der Leitung?«

»Ja.«

»Okay. Ich schlage also folgendes vor: Ich werde jetzt an der Tür Sturm klingeln. Sobald ich anfange, gebe ich Timmy ein Zeichen. Sie sagen der Stimme am Telefon, daß sie zweimal stöhnen soll oder was immer das für ein Geräusch ist, das sie macht, wenn sie die Türklingel hört. Auf die Weise erfahren wir wenigstens, ob da drinnen wirklich jemand in Not ist oder man uns nur an der Nase rumführen will.«

Dansey ging zur Haustür, wandte sich um und winkte seinem Kollegen zu, bevor er fest auf den Klingelknopf drückte.

»Sie hören Sie, sie hören Sie!« schrie Timmy.

Dansey kam zum Wagen zurück und griff nach dem Funkgerät. »Kennen wir jemanden, der einen Schlüssel zu dem Haus hat?« fragte er.

»Nein«, erwiderte der Einsatzleiter.

»Dann werden wir die Tür aufbrechen müssen, Charley.«

»Klettern Sie lieber durch ein Fenster. Eine Scheibe zu ersetzen ist billiger als eine Tür.«

»Es gibt ein Fenster direkt neben der Haustür. Ich kann es mit meiner Taschenlampe einschlagen und einsteigen, aber schicken Sie mir zuvor noch einen Streifenwagen für den Fall, daß es da drin Probleme gibt.«

Die Constables in den Revierfunkwagen waren unbewaffnet, einige der Streifenwagenbesatzungen trugen Waffen.

»Alpha Bravo sechs ist unterwegs«, sagte der Einsatzleiter zu Dansey.

Kaum eine Minute später hielt der kleine Panda mit eingeschaltetem Blaulicht auf dem Dach hinter seinem Rover. Dansey instruierte die Insassen und wandte sich dann an seinen Beifahrer.

»Kommen Sie, Timmy, mein Junge, gehen wir mal rein.«

Dansey hielt vor der Haustür für einen Augenblick inne und lauschte noch einmal nach Geräuschen aus dem Haus. Dann begann er seufzend, das Glas aus dem Fenster neben der Tür zu schlagen. Als er damit fertig war, griff er hinein, zog den Vorhang beiseite und leuchtete mit der Taschenlampe in den Raum. Er blickte in Terry Harmians Büro.

»Heiliger Jesus!«

»Was gibt's, Chef?« fragte ihn Timmy und spähte ebenfalls in den Raum hinter der zertrümmerten Scheibe. Er richtete den Lichtkegel seiner Taschenlampe auf das gleiche Ziel wie sein Vorgesetzter und entdeckte nun auch den auf einen Stuhl gefesselten Körper, das blutige Fleisch, das einst ein Gesicht gewesen war, und die Spritzer von Blut und grauer Hirnmasse an der Wand dahinter.

»Gott!« Timmy verschlug es den Atem.

»Was ist denn? Haben Sie noch nie 'ne Leiche gesehen?«

»So eine noch nicht.«

Dansey sprach über sein persönliches Funkgerät mit der Einsatzleitung der Polizeiwache an der Gerald Road. »Hier Einsatz 19, ich brauche einen Krankenwagen und die Kriminalpolizei. Wir haben hier einen ernsten Fall. Ein Toter, soweit ich sehen kann.« Er schaltete das Funkgerät ab und wandte sich zu Tim um. »Eines ist sicher. Diese komischen Geräusche hat nicht der da gemacht. Da muß irgendwo noch jemand anders sein.«

Der Wachhabende an der Gerald Road hatte inzwischen bereits einen Krankenwagen vom Westminster Hospital angefordert, den Oberinspektor in seinem Revierfunkwagen erreicht und sprach nun über sein persönliches Funkgerät mit dem Kriminalbeamten, der, von einem Constable begleitet, in einem ungekennzeichneten Wagen Streife fuhr.

»AB 1«, informierte er diesen. »Wir haben Meldung über eine schwere Straftat, die Ihre sofortige Anwesenheit erforderlich macht. Chester Square 5.«

»Hier AB 1. Wir sind am Sloane Square und fahren sofort hin.«

An der Haustür Chester Square 5 überlegte Dansey noch, wie er durch das zerbrochene Fenster in Terry Harmians Büro einsteigen sollte, als der Fahrer des Streifenwagens rief. »Das CID und der Chef sind schon hierher unterwegs.« Fast gleichzeitig hörte Dansey das Heulen einer Sirene durch die Nacht dringen.

Sollte er trotzdem schon einsteigen? Oder sollte er auf seine Vorgesetzten und die Kriminalbeamten vom Criminal Investigation Department warten? Timmy sah ihn ängstlich fragend an. Dansey hatte während der fünfundzwanzig Jahre seines Dienstes reichlich Gelegenheit gehabt zu lernen, unter welchen Umständen er selbständig handeln durfte und unter welchen Umständen es klüger war, das Erscheinen des Chefs abzuwarten.

Er wies in die Richtung des sich nähernden Sirenengeheuls. »Die werden gleich hier sein. Warten wir noch den Augenblick.«

Und dann sprang auch schon der Chefinspektor aus seinem Wagen, rannte die Treppe zur Haustür hinauf und musterte die gräßliche Szene im Büro, während Dansey ihm Bericht erstattete.

»Okay«, sagte der Oberinspektor. »Sie steigen ein und machen uns die Tür auf. Aber, um Himmels willen, fassen Sie drinnen nichts an.«

Dansey tat wie geheißen.

»Constable«, sagte der Inspektor zu Timmy, als sich die Haustür öffnete. »Sie stellen sich hier direkt neben die Tür. Nehmen Sie ihren Notizblock, und schreiben Sie den Namen jeder Person auf, die reingeht, sowie die Zeit des Eintritts und des Ausgangs. Lassen Sie aber außer den Beamten der Kriminalpolizei und den Ärzten niemanden rein ohne meine persönliche Genehmigung, ist das klar?«

»Jawohl, Sir«, erwiderte Timmy gehorsam.

Von Dansey in respektvollen Abstand gefolgt, betrat nun der Chefinspektor das Büro, fand mit der Taschenlampe den Lichtschalter und knipste, nachdem er seine Hand mit einem Taschentuch bedeckt hatte, das Licht an. Ein paar Sekunden lang sahen die beiden Polizeibeamten sich mit geübtem Blick im Raum um und musterten die an den Stuhl gefesselte, gräßlich zugerichtete Gestalt, den offenen Safe, die Spiegelscherben auf dem Fußboden. Dann näherte sich der Inspektor vorsichtig dem Opfer, zog einen Spiegel aus der Tasche und hielt ihn vor den blutigen Stumpf, der alles war, was von der Nase des Mißhandelten übrig geblieben war. Nicht der geringste Hauch trübte die Oberfläche des Spiegels.

»Krankenwagen erübrigt sich«, bemerkte er. »Der ist tot.«

Die beiden Männer verließen das Büro und schlossen die Tür hinter sich. »Sie«, sagte er zu einem der Constables aus dem Panda-Streifenwagen, »stellen sich vor diese Tür.« Während der Mann seinen Befehl ausführte, erschien ein Sergeant des CID.

»Sir«, wandte er sich höflich an den Inspektor, »was gibt es hier?«

Obwohl der Inspektor der ranghöhere Beamte war, lag die Untersuchung des Tatorts in der Zuständigkeit des CID, der Kriminalpolizei, und bereitwillig erstattete also der Inspektor dem Sergeanten Bericht.

»Gut«, meinte dieser. »Bisher haben Sie also das Haus nicht durchsucht?«

»Nein.«

»Dann sehen wir uns mal um.«

Dansey, der Inspektor und der CID-Sergeant durchkämmten methodisch das Haus, und zwar einen Raum nach dem anderen. Im Schlafzimmer fanden sie Rebecca und Nancy, die noch immer ihr Handy umklammerte. Dansey schickte sich an, Nancy das Pflaster vom Gesicht zu reißen, doch der Mann von der Kripo gebot ihm Einhalt.

»So macht man das.« Er zupfte am Ende des Heftpflasters unter Nancys linkem Ohr und Kinn, ehe er es langsam abzupellen begann. Durch diese Sorgfalt wollte er wohl weniger der Geknebelten Schmerzen ersparen als vielmehr die Verwertbarkeit des Beweisstückes sichern.

»Mein Mann!« schrie Nancy, sobald ihre Lippen vom Klebeband befreit waren. »Wo ist mein Mann? Lebt er? Haben diese Schweine ihn getötet? Wo ist er, o mein Gott, wo ist er?«

Dansey und der Chefinspektor sagten kein Wort. Der Sergeant der Kriminalpolizei war hier auch für die Entscheidung zuständig, was diese verzweifelte Frau unter den Umständen erfahren durfte und was nicht.

»Wir suchen noch nach Ihrem Mann, Mrs. Harmian«, erklärte der CID-Sergeant so beruhigend, er irgend konnte. »Ich spreche doch mit Mrs. Harmian, nicht wahr?«

»Ja, ja«, schluchzte Nancy. »Wo ist er? Bringen Sie mich zu ihm. Ich muß ihn sehen.«

Der Sergeant war jedoch zu der Überzeugung gelangt, daß diese vollkommen verstörte Frau die Szene des gräßlichen Verbrechens im Erdgeschoß nicht zu sehen brauchte. Der Anblick würde sie nur zusätzlich traumatisieren. Jetzt galt es, zunächst ihr und der anderen Frau ärztliche Betreuung zu verschaffen. Danach war immer noch Zeit, sie vom Tod ihres Mannes zu informieren und ihre Aussage aufzunehmen.

»Schneiden Sie die Stricke durch«, befahl er Dansey. »Nicht aufknoten, denn manche von diesen Leuten haben eine ganz individuelle Art, ihre Knoten zu binden. Das ist quasi eine Unterschrift.«

Während Dansey begann, sie zu befreien, kniete der CID-Sergeant neben Nancy nieder. »Sie haben Furchtbares durchgemacht, Ma'am. Wie ich bereits erwähnte, suchen wir nach Ihrem Gatten. Aber jetzt müssen wir erst mal Ihnen und der anderen

Dame ärztliche Hilfe zukommen lassen. Am besten fahren wir mit dem Krankenwagen, der unten steht, ins Hospital.«

Aber Nancy ließ sich nicht verladen. »Nein! Ich bin okay, mir geht's gut. Ich will nur meinen Mann sehen. Wo ist er? Haben Sie ihn schon ins Krankenhaus gebracht?«

Das gab dem Kriminalbeamten die Gelegenheit zu der kleinen Notlüge, die er brauchte, Nancys Einwilligung zu der Fahrt ins Krankenhaus zu erhalten. »Ja, Ma'am, wie ich schon sagte, um Ihren Mann kümmern wir uns, jetzt müssen Sie uns nur gestatten, auch Sie und Ihre Freundin zu versorgen.«

»Aber mein Mann ...«

»Wie ich schon sagte, Ma'am, um den kümmern wir uns bereits. Nun sind Sie an der Reihe.«

Sanitäter mit Falttragen betraten das Schlafzimmer.

»Es kommt alles wieder in Ordnung«, sagte der CID-Sergeant beruhigend zu Nancy. »Dieser Beamte«, er wies auf Dansey, »wird Sie ins Krankenhaus begleiten. Ich komme nach, sobald ich mich hier freimachen kann.«

»Aber mein Mann ...«

Noch immer protestierend, ließ Nancy sich auf eine Trage helfen und zu dem draußen wartenden Krankenwagen transportieren. Als dieser abfuhr, untersuchten der Chefinspektor und der CID-Sergeant bereits das Büro des Toten, die Hände in den Hosentaschen, um nicht in Versuchung zu geraten, etwas anzufassen und Spuren zu verwischen.

»Ich habe das sonderbare Gefühl, daß irgend jemand diesen armen Kerl nicht besonders mochte, finden Sie nicht auch?« sagte der Kriminalbeamte. »Wissen Sie irgend etwas über ihn?«

»Nicht viel. Iraner. Lebt seit ungefähr einem Dutzend Jahre hier. Unbefristete Aufenthaltserlaubnis. Genau weiß ich's nicht, aber ich glaube, er hat hier nach dem Sturz des Schahs um politisches Asyl nachgesucht. Geld hat er, denn das Haus hat er auf siebzig Jahre gemietet.«

»Und seine Frau?«

»Amerikanerin.«

»Okay.« Der Kriminalbeamte wandte sich seinem Constabler zu. »Setzen Sie sich mit dem Yard in Verbindung. Wir brauchen das Spurensicherungsteam, einen Gerichtsmediziner, einen Pathologen, den Fotografen und den Fingerabdruckmann. Und wenn Sie schon dabei sind, sagen Sie auch in der Pressestelle Bescheid, daß die uns jemanden schicken sollen, der uns diese Geier vom Leibe hält.«

Zwei Ausländer und ein gräßlicher Mord in einer eleganten Wohngegend, das war, wie der Detective Sergeant wußte, für ihn eine Nummer zu groß. Die Zuständigkeit des CID in London war auf vier Bezirke verteilt. Jede dieser vier Abteilungen verfügte über eine eigenständige Untersuchungskommission mit einem Dutzend hochrangiger CID-Beamter, von denen ständig einer Bereitschaftsdienst hatte. Und mit dieser Sache muß ein Bezirks-*Superintendent* befaßt werden, dachte der Detective Sergeant, als er sein persönliches Funkgerät einschaltete.

Der Detective Superintendent Fraser MacPherson schlief fest in seinem Schlafzimmer im ersten Stock seines Einfamilienhauses in Clapham, als der Anruf des Sergeanten ihn erreichte. Halb automatisch, mit noch geschlossenen Augen, griff er nach dem Funkgerät auf dem Nachttisch.

»Entschuldigen Sie, Sir«, begann der Sergeant, »aber wir haben hier einen Mordfall, der eklig verwickelt zu werden droht.«

Sie fallen immer mit der Tür ins Haus, dachte MacPherson, als er dann mit weit offenen Augen dem Bericht seines Untergebenen lauschte. Seine an Kummer dieser Art gewöhnte Frau war schon auf dem Weg nach unten in die Küche, um ihm den schwarzen Kaffee zu bereiten, den er brauchen würde, um zu dieser nachtschlafenden Zeit in die Gänge zu kommen.

»In Ordnung«, sagte MacPherson, als der Anrufer geendet hatte. »Rufen Sie meinen Sergeanten an und sagen ihm, daß er mich abholen soll. Wir kommen sofort.«

»Scheiße«, murmelte er unterwegs ins Badezimmer, »wieder mal die Nachtruhe geopfert für die beschissene englische Krone.« MacPherson war, wie schon sein Name verriet, natürlich kein Engländer, sondern Schotte.

Er hielt auch Wort. Kaum dreißig Minuten später betrat er, von seinem Sergeanten gefolgt, das Haus am Chester Square 5. Die uniformierten Beamten gingen ihm respektvoll aus dem Weg. MacPherson war ein kräftig gebauter Mann mit dem wiegenden Schritt eines Seemanns auf schwankendem, glitschigem

Deck. Dieser Gang verlieh ihm eine sonderbar drohende Haltung, obwohl er tatsächlich die Folge eines Rückenleidens war, das er sich zugezogen hatte, als er bei den Fallschirmjägern diente und bei einem Absprung unglücklich gelandet war.

»Guten Morgen, Sir«, sagte der Sergeant, der ihn aus dem Schlaf gerissen hatte, respektvoll.

MacPherson antwortete nicht. Er war schon mit der Untersuchung des Tatorts beschäftigt, wobei er zur Kenntnis nahm, was in der letzten Stunde schon getan worden war, wie sorgfältig man dabei zu Werke gegangen und was noch zu tun war. Die Beamten vom Gerald-Road-Revier hatten das Haus weiträumig abgesperrt. Ein Mann von der Spurensicherung legte eine Liste der Beweisstücke an, die zur Laser- und Fingerabdruckanalyse ins Labor geschickt werden sollten. Seine Arbeit war von höchster Wichtigkeit. Ein Fehler bei diesem Verzeichnis – sei es aus Unerfahrenheit oder Unachtsamkeit – konnte fatal sein, ein gefundenes Fressen für die Verteidigung beim Prozeß. Der Gerichtsmediziner, bei dem es sich in diesem Fall um eine Gerichtsmedizinerin handelte, hatte bereits den Tod des Opfers festgestellt. Dazu hätte sie allerdings keinen akademischen Grad gebraucht, dachte MacPherson, aber diese Formalitäten mußten eben sein.

Er betrachtete den offenen Tresor. »Ich möchte, daß dieser Safe aus jedem nur erdenklichen Winkel fotografiert wird, ehe Sie irgend etwas anfassen«, befahl er dem Mann von der Spurensicherung. Als junger Detective hatte MacPherson es sich angewöhnt, nach der Devise »langsam, aber sicher« zu verfahren. Er wollte zwar nicht dauernd predigen, aber manchmal hatte er das Gefühl, die eifrigen jungen Burschen, die neuerdings im Polizeidienst auftauchten, an die Prioritäten bei der Untersuchung eines Verbrechens erinnern zu müssen.

Er wollte sich gerade dem Opfer zuwenden, als der Detective, der ihn angerufen hatte, sich mit besorgter Miene an ihn wandte.

»Chef«, sagte er, »wir haben ein Problem. Eben hat sich der Beamte, der mit der Frau des Opfers ins Krankenhaus gefahren ist, über Funk gemeldet. Er sagt, sie dreht durch. Physisch fehlt ihr nichts, aber sie schreit dauernd nach ihrem Mann. ›Wo ist mein Mann? Bringen Sie mich sofort zu ihm.‹ So in der Art.«

In eben diesem Augenblick wurde ihr Mann zur Überführung in das Leichenschauhaus an der Horseferry Road in einen mit Gummi imprägnierten Leichensack gesteckt.

»Irgend jemand muß ihr sagen, daß er tot ist.«

»Aye«, seufzte MacPherson und runzelte die buschigen schwarzen Augenbrauen, die er sich wie sein Haupthaar alle vierzehn Tage bei seinem griechisch-zypriotischen Barbier färben ließ. Er wußte, daß er selbst der Betreffende sein würde. Er hatte den höheren Rang, also fielen ihm in solchen Fällen immer die unangenehmsten Aufgaben zu. »Rufen Sie meinen Sergeanten und fahren wir.«

»Er ist tot! Er ist tot! Ich weiß es!« schrie Nancy, als die drei Kriminalbeamten mit ernsten Mienen das Zimmer im Westminster Hospital betraten. MacPherson kam an ihr Bett und legte ihr mit einer Zartheit, die man ihm bei seiner Erscheinung gar nicht zugetraut hätte, die Hand auf den Unterarm. »Ich habe die sehr traurige Pflicht, Sie von dem Tode Ihres geliebten Gatten in Kenntnis zu setzen, Mrs. Harmian.«

»Diese Schweine! Sie haben ihn umgebracht! Ich wußte es!«

MacPherson nickte seinem Sergeanten fast unmerklich zu, und dieser zog ein winziges Tonaufnahmegerät aus der Tasche.

»Von wem sprechen Sie, Mrs. Harmian?«

»Von diesen Männern. Das waren Iraner. Terroristen. Leute der Mullahs! Ich habe sie erkannt.«

»Wie denn das?«

Nancy berichtete, wie ihr Mann Farsi gesprochen hatte, um ihr zu verstehen zu geben, daß seine Peiniger Iraner waren.

Bei jeder polizeilichen Untersuchung ist der Zeitfaktor entscheidend. Bei strikter Anwendung der Verfahrensregeln hätte Nancys Aussage etwas später am Tage aufgenommen werden sollen, um ihr etwas Zeit zu geben, die Schreckensnachricht vom Tode ihres Mannes zu verarbeiten. Andererseits nimmt ein tüchtiger Kriminalbeamter, was er kriegen kann, sobald er es kriegen kann. Nancy schien bereit, geradezu versessen darauf, sich ihm anzuvertrauen. MacPherson erklärte ihr die Formalitäten, wie das Gesetz es befahl, und fragte sie dann, ob sie bereit wäre, eine vorläufige Aussage zu machen.

»Ja, ja«, schluchzte sie.

MacPherson wies mit einem Kopfnicken seinen Sergeanten an, den Kassettenrecorder einzuschalten, und begann sanft, aber nachdrücklich, die verstörte Frau nach den Ereignissen der vergangenen Nacht zu befragen. Als Nancy in ihrem Bericht bei der Schilderung die Stelle erreichte, als die Eindringlinge ihren Mann zwangen, den Safe zu öffnen, erkundigte er sich: »Haben Sie eine Ahnung, was sie aus jenem Safe so unbedingt an sich bringen wollten?«

»Nicht die geringste!«

»Wissen Sie, was Ihr Mann darin aufbewahrte?«

»Nicht genau. Es war der Tresor, in dem er seine Geschäftspapiere aufhob.«

»Und was waren das für Geschäfte, Ma'am, wenn Sie die Frage gestatten?«

»Er war privater Anlageberater. Er half ein paar sehr reichen Kunden, ihr Geld zu investieren.«

»Ich verstehe.« MacPherson verarbeitete diese Information im Lichte der bitteren Erfahrungen, die er in den Jahren seines Dienstes bei der Londoner Kriminalpolizei gemacht hatte. Ein privater Anlageberater also. Nach seiner Erfahrung war diese Berufsbezeichnung nur eine höfliche Umschreibung für einen Finanzschwindler. Solche gab es dieser Tage in London haufenweise, viele Araber und Iraner, wie dieser Kerl, überhaupt meistens Ausländer. Jetzt kamen noch eine Menge Hongkong-Chinesen dazu. Die Ehrenwertesten waren noch die auf die Vermeidung von Steuern spezialisierten. Die anderen waren entweder im Geldwäschegeschäft tätig oder operierten mit Geldern, die schon jemand anders vorgewaschen hatte.

»Wann haben Sie selbst den Safe zuletzt benutzt, Ma'am?«

»Heute abend, ehe wir zum Essen ausgingen.«

Na, immerhin etwas, dachte MacPherson. »Wir leeren den Safe Stück für Stück, gnädige Frau, und suchen nach Fingerabdrücken, die uns helfen könnten, den Mördern Ihres Mannes auf die Spur zu kommen. Selbstverständlich erhalten Sie nach Abschluß der Untersuchung alles zurück. Meinen Sie, daß Sie etwas später, wenn Sie sich ein bißchen erholt haben, mal aufs Revier kommen und sich ansehen können, was wir da haben?

Vielleicht fällt Ihnen ja auf, daß irgend etwas fehlt, was eigentlich hätte da sein sollen.«

»Natürlich. Ich weiß nicht, ob ich Ihnen helfen kann, aber ich werde jedenfalls tun, was ich kann.«

MacPherson wandte sich zum Gehen.

»Herr Inspektor!«

»Ja?«

»Mein Mann war Moslem. Deren Begräbnisvorschriften sind sehr streng. Ich glaube, daß er schon morgen vor Sonnenuntergang begraben sein sollte.«

»Ma'am, bitte verstehen Sie, daß wir in einem solchen Fall eine Autopsie vornehmen müssen. Ich werde versuchen, die Prozedur so sehr wie möglich zu beschleunigen, um Ihnen entgegenzukommen, kann aber leider nichts versprechen.«

Die normalen Kunden, die ihre Mittagspause zu einem Besuch von Hosain Faremis Naschravan-Buchhandlung unweit des Hamburger Hauptbahnhofs nutzten, kamen eben in den Laden: Ein paar iranische Exilanten fortgeschrittenen Alters, die einen Blick auf die neuesten Zeitungen aus Teheran werfen wollten; zwei Studenten, die nach Texten suchten, die sie für einen Farsikurs brauchten; ein Faremi vom Sehen bekannter Antiquar, der immer auf der Suche nach Schnäppchen war.

Aber das Haupt des in Deutschland aktiven Einsatzkommandos der iranischen Geheimpolizei hatte keinen Blick für diese Leute, er schien gänzlich in die Lektüre des *Hamburger Abendblatts* vertieft zu sein, bis ein junger Mann mit noch ziemlich schütterem Bart den Laden betrat und gleich auf das Regal zuging, in dem Ausgaben der klassischen Dichter Persiens standen. Faremi merkte sich den Band, den der junge Mann aus dem Regal zog, und kehrte zur Lektüre des *Hamburger Abendblatts* zurück.

Ein paar Minuten nachdem der junge Mann den Laden verlassen hatte, ging Faremi gemächlich in den hinteren Teil seines Ladens, wo sich das bewußte Regal befand, und machte Anstalten, die durcheinandergeratenen Bücher wieder zu ordnen. Dabei zog er eine in rotes Leder gebundene Ausgabe des *Schah-Nameh* des großen Dichters Firdausi heraus und entnahm ihr das

Papier, das der Bote für ihn zwischen dessen Seiten gesteckt hatte. Seine fünf Mörder waren mit der Kanalfähre und der Eisenbahn wohlbehalten in die ihnen angewiesenen sicheren Häuser in Frankfurt und Düsseldorf zurückgekehrt.

Zwei Stunden später nahm einer von Faremis Angestellten an der Theke der Snackbar auf dem Flugplatz Hartenholm Platz und bestellte ein Stück Apfelstrudel sowie eine Tasse Kaffee. Er hatte seinen Kuchen zur Hälfte verzehrt, als sich ein Mann Anfang Dreißig, der eine Ray-Ban-Pilotenbrille trug, neben ihn setzte. Er nickte der Bedienung vertraut zu und bestellte eine Tasse Kaffee. Er war der Assistent des deutsch-iranischen Managers des kleinen Flugplatzes. Außerdem war er Angehöriger der Pasdaran, der revolutionären Wächter Irans, und nach Deutschland geschickt worden, um für dessen Eigentümer in Teheran ein Auge auf den Betreiber in Hartenholm zu haben.

»Nun?« fragte der Manager den Neuankömmling, als die Kellnerin an einem der anderen Tisch bediente.

»Es ist alles glattgegangen. Morgen sind sie wieder hier. Arrangieren Sie schon mal ihren Abflug.«

Der Detective Superintendent Fraser MacPherson behandelte Nancy mit einer Ehrerbietung, die er, angesichts seiner schottischen Abstammung, vielleicht nicht einmal seiner obersten Dienstherrin, der englischen Königin, erwiesen hätte. Zuerst rückte er den bequemsten Sessel des Polizeireviers zurecht und bot ihr dann einen Becher des besten Tees an, den die Teeküche des Reviers zu bieten hatte. Schließlich versicherte er sie seiner unendlichen Dankbarkeit dafür, daß sie unter diesen für sie so tragischen Umständen die Zeit erübrigt hatte, ihn zu besuchen.

»Superintendent, ich würde über die glühenden Kohlen der Hölle gehen, wenn ich Ihnen damit dabei helfen könnte, diese Schweine zu fassen, die meinem Mann das angetan haben.« Sie begann zu schluchzen, und MacPherson zog ein sauberes Taschentuch aus der Brusttasche, das er ihr reichte, damit sie ihre Tränen trocknen konnte.

»Entschuldigung.« Seufzend wandte sie sich ihm wieder zu. »Wissen Sie schon, wann Sie voraussichtlich die Leiche zur Beerdigung freigeben können?«

»Kurz bevor Sie eintrafen, habe ich mit dem Leichenschauhaus in der Horseferry Road gesprochen. Sie wollten die ...« er scheute sich, die Sache beim Namen zu nennen und das grausame Wort »Autopsie« auszusprechen, »... Untersuchung gerade beginnen. Ich hoffe, daß der Leichnam noch vor heute abend freigegeben werden kann.« Dann kam er behutsam auf die Angelegenheit zu sprechen, um derentwillen er ihren Besuch erbeten hatte.

Angesichts der Tatsache, daß ihr Mann sich so lange so standhaft geweigert hatte, die Zahlenkombination preiszugeben, war die Polizei erstaunt gewesen, so viele Wertsachen anscheinend unberührt in dem Tresor vorzufinden. Sauber beschriftet war auf einer Plastikfolie in der Asservatenkammer des Reviers ausgebreitet, was die Polizei dem Safe entnommen hatte. Daneben lagen die Fotos von dem geöffneten Tresor, die der Polizeifotograf vor dem Ausräumen gemacht hatte. MacPherson nahm eines dieser Bilder und zeigte es Nancy.

»So sah der Safe aus, als wir ihn fanden, Ma'am. Wie Sie wissen, haben die Einbrecher ihn geöffnet, bevor Sie wieder nach oben in Ihr Schlafzimmer gebracht wurden.« Er wies auf die vor ihm ausgebreiteten Dinge, die die Polizei noch in dem Tresor gefunden hatte. »Eine Unmenge Sachen. Da fragt man sich, was die eigentlich gesucht haben. Wissen Sie, ob irgend etwas fehlt?«

Nancys erste instinktive Regung trieb sie, ihren Schmuckkasten zu öffnen und zu inspizieren. Alles war da. Die Lapislazuliohrringe lagen noch obenauf, wo sie sie gestern abend hingelegt hatte. Was immer die Leute gesucht haben mochten, ihr Schmuck jedenfalls hatte sie nicht interessiert.

MacPherson wies auf einen Stapel Umschläge, der mit einem Gummiband zusammengehalten wurde. »Ihr Mann scheint eine große Menge Bargeld in seinem Safe aufbewahrt zu haben. Und das in verschiedenen Währungen.«

»Ja, er brauchte es für seine Reisen.«

»Wissen Sie, wieviel er gewöhnlich aufbewahrte?«

»Leider nein.«

»Wir schätzen, daß wir hier ungefähr den Gegenwert von knapp 8000 Pfund haben. Das ist eine Menge Geld. Sie haben es nicht angerührt und hätten es doch nur zu nehmen brauchen.«

Nancy zitterte, da ihr plötzlich die grauenhafte Szene im Büro ihres Mannes wieder deutlich vor Augen stand. Sie zwang sich, die vor ihr in der Asservatenkammer des Polizeireviers ausgebreiteten Scheckbücher, Akten, Briefe und Adreßbücher zu mustern. War das alles, was von ihrem geliebten Terry übriggeblieben war? Nur dieser Stapel Papiere auf einer englischen Polizeiwache.

Dann zuckte sie zusammen. »Da war noch ein Umschlag. Ein großer Umschlag aus braunem Papier, der oben auf meiner Schmuckschatulle lag, als ich gestern abend die Ohrringe herausnahm, die ich tragen wollte. Ich mußte ihn herunternehmen, um den Kasten aufmachen zu können. Dieser Umschlag fehlt.«

»Wie groß war er, Ma'am? So groß wie ein Blatt Schreibmaschinenpapier?«

»O nein, viel größer. Ein großer brauner Umschlag, ungefähr zwanzig Zentimeter dick.«

»Haben Sie eine Ahnung, was er enthalten haben könnte?«

»Nein. Aber als ich ihn beiseite schob, dachte ich, da wären wohl Dokumente drin, Papiere, irgend so was.«

»Ist Ihnen noch was aufgefallen?«

»Ja. Es war was drauf geschrieben. In arabischer Sprache oder in Farsi, ich kann die Schrift leider nicht lesen.«

»In der Handschrift Ihres Mannes?«

»In Farsi kann ich seine Handschrift leider nicht erkennen.« Nancy betrachtete noch einmal das ausgebreitete Material. »Aber dieser Umschlag fehlt jedenfalls. Er ist nicht hier. Danach müssen sie gesucht haben, meinen Sie nicht?«

Jim Duffys erster voller Arbeitstag an seiner neuen Dienststelle war nicht gerade aufregend. Obgleich ihn der Direktor persönlich wieder in den Dienst zurückgeholt und ihn als den Mann angekündigt hatte, der berufen wäre, die Bedrohung des nuklearen Terrorismus von der Nation fernzuhalten, war die einzige Bedrohung, die er momentan verspürte, diejenige, in dem winzigen Kellerloch, das man ihm hier als Büro gegeben hatte, von Klaustrophobie befallen oder vor Langeweile verrückt zu werden. Kein Job, den die CIA zu vergeben hatte, war geisttötender und langweiliger als der, mit dem er gerade befaßt war. Dieses Abhören auf Band gebannten Funkverkehrs glich der Suche nach einer Nadel im elektronischen Heuhaufen, deren Blitzen plötzlich magisch die Finsternis der geheimdienstlichen Welt erhellen würde.

Man hatte ihm einen Computer zur Verfügung gestellt, der direkt mit dem Hauptquartier der NSA in Fort Meade, Maryland, verbunden war. Jede Botschaft, die die Agency im Luftraum über dem Iran abgefangen hatte, wurde ihm zunächst schriftlich übermittelt und durch eine Anzahl von Schlüsselangaben identifiziert. Datum und Uhrzeit, die Telefonnummer des Sprechers und, wenn das hatte ermittelt werden können, wo das fragliche Telefon stand und unter wessen Namen es registriert war, sowie schließlich die angerufene Nummer und, soweit der NSA bekannt, der Name des Inhabers des angerufenen Apparats und dessen Aufstellungsort.

Dann folgte der Text der abgefangenen Botschaft, zunächst in der Originalsprache – gewöhnlich war das Puschtu oder Farsi –, sodann in englischer Übersetzung, so daß jeder Zeile des Originals eine Zeile englischer Text folgte. Durch einen Druck auf eine Taste seines Computers konnte Duffy in seinen Kopfhörern zugleich die Stimmen der Sprecher hören und der ihm auf dem Bildschirm schriftlich wiedergegebenen Unterhaltung im O-Ton folgen oder zu folgen versuchen.

Seine Aufgabe war es, wenn möglich, in einem dieser Gespräche die Stimme Said Dschailanis zu erkennen. Große Hoffnungen machte er sich da nicht. Gewiß, er war dem Mann während des afghanischen Krieges mindestens zwei dutzendmal in sicheren Häusern begegnet, die vom pakistanischen militärischen Nachrichtendienst in Peschawar betrieben wurden. Aber unterhalten hatten sie sich immer über Dolmetscher. Duffys Kenntnis des Puschtu war auf wenige Wörter und Phrasen beschränkt, und Farsi kannte er nur vom Hörensagen.

Er schüttelte entmutigt den Kopf, ohne jedoch von dem Bemühen zu lassen, sich seine Begegnungen mit dem »Gucci-Mudsch« ins Gedächtnis zu rufen und den Klang von dessen Stimme heraufzubeschwören. Er schmunzelte bei der Erinnerung an den wunderbaren Abend, an dem er den Kongreßabgeordneten Charley Wilson bei Dschailani und dessen Vorgesetzten, dem islamistischen Radikalen Gulbuddin Hekmatayar, einem bevorzugten Empfänger der guten Gaben der CIA, eingeführt hatte.

Frauen wagten es natürlich nicht, diesen beiden heiligen Kriegern des Islam auch nur ins Auge zu blicken. Sie huschten, schwarz verhüllt von Kopf bis Fuß, mit abgewandtem Gesicht herein, um die Männer zu bedienen, und sofort wieder hinaus.

Und was hatte der alte Charley gemacht? Er erschien bei dem Treffen mit irgendeinem Miss-California-Playboy-Häschen, das einen rosa Jogginganzug trug, der ihm ungefähr drei Nummern zu klein war. Dschailani und Hekmatayar waren fast umgekippt. Das Treffen war damit im Eimer, über Geschäfte wurde nicht mehr verhandelt. Die beiden konnten die Augen nicht vom Miss-Playboy-Häschen lassen und verschluckten dauernd die Spucke, die ihnen beim Anblick ihres wunderbaren Malibu-Beach-Körpers im Munde zusammenlief.

Die Botschaften, denen er lauschte, waren die Ausbeute eines streng geheimen Abhörprogramms namens ECHELON, das von der NSA geplant worden war und durchgeführt wurde. Mittels eines Verbundsystems von Horchposten in den USA, im Vereinigten Königreich, in Kanada, Australien und Neuseeland fing ECHELON alle Telefongespräche, E-Mails, Faxe und Telexbotschaften ab, die über die Telekommunikationsnetzwerke der Welt liefen, um sie in den Computern der NSA zu speichern. Schleppnetzfischerei nannten sie das. In dieses Netz ging ihnen alles: Der Verkehr zwischen Regierungen – befreundeten und anderen –, zwischen Firmen und Privatpersonen. Von Banküberweisungen, bei denen Milliarden Dollar bewegt wurden, bis zu Verabredungen mit vollbusigen Dominas in Hotelzimmern. Alles wurde vom Himmel gefischt und in ein NSA-Computerprogramm, das den Codenamen *Plattform* trug, geschüttet.

Die meisten der Duffy vorgelegten Botschaften kamen vom *Big Ear*, einem Horchposten der NSA in Bad Aibling, Deutschland. Sie waren über dem nordöstlichen Iran abgefangen worden, über der Gegend also, in der Dschailani mutmaßlich operierte. Doch war für die Bewältigung seiner gegenwärtigen Aufgabe diese ganze fabelhafte technische Zauberwelt – und daß sie fabelhaft war, mußte Duffy widerstrebend zugeben –, nur von Nutzen, wenn es seinen leider allzu menschlichen Ohren gelang, den Tonfall eines Mannes zu identifizieren, den er seit fünf Jahren nicht mehr gesehen hatte und dessen Sprache er nicht verstand.

Es wäre also nicht sehr klug gewesen, auf das Gelingen dieses Unternehmens etwas zu wetten, dessen Verlust man nicht leicht verschmerzen konnte.

»Was wir hier also haben«, erklärte Detective Superintendent Fraser MacPherson den Männern auf dem Polizeirevier in der Gerald Road, »ist offensichtlich kein gewöhnlicher Einbruch in räuberischer Absicht. Daß der Schmuck nicht angerührt wurde, könnte man noch damit erklären, daß die Einbrecher Profis waren und wußten, daß sie dadurch mehr Ärger als Gewinn haben würden, weil die Herkunft solcher Sachen meist leicht festzustellen ist. Aber soweit wir es beurteilen können, fehlt auch nichts von der erheblichen Summe Bargeld, die das Opfer in seinem Safe aufbewahrte. Wir müssen uns also fragen: Wieso?«

Knapp sechsunddreißig Stunden nach der brutalen Ermordung Tari »Terry« Harmians waren MacPherson und seine Kollegen mit der ersten detaillierten Erörterung aller bisher bekannten Umstände des Verbrechens beschäftigt. Auf einem Beistelltisch lagen die kümmerlichen Überreste von einem halben Dutzend Sandwiches, ein paar zerknüllte Kartoffelchipstüten und einige geleerte Lagerbierflaschen, stumme Zeugnisse der eiligen Mittagsmahlzeit, die ihrer Besprechung vorausgegangen war.

»Chef, was ist mit der Aussage der Frau? Daß die Männer, die ihren Mann ermordet haben, Terroristen waren, Iraner?« fragte der CID-Sergeant, der als erster mit am Tatort gewesen war.

»Das hat sie nicht gesagt«, erwiderte MacPherson. »Das ist lediglich Ihre Interpretation. Gesagt hat sie, daß ihr Mann Farsi mit diesen Leuten sprach, einer Sprache, die sie nach eigenem Bekunden nicht beherrscht. Er hätte die Männer genausogut gefragt haben können, ob sie eine Tasse Tee wünschen.« MacPherson hatte die schweren Boxerpranken friedlich über dem Bauch gefaltet. Doch selbst in so entspannter Ruhe strahlten sie eine Aura von Macht und Gefahr aus.

»Denken Sie an die erste Regel, die bei jeder guten polizeilichen Untersuchung zu beherzigen ist: Bewahren Sie sich einen offenen Geist. Warten Sie ab, wohin die Ermittlung Sie führt, anstatt gleich durch brennende Reifen zu springen. Sicher, das Frauchen denkt, daß ihr Mann von ein paar iranischen Gorillas aus politischen Gründen liquidiert worden ist. Warum auch nicht? Sie hat ihren Mann wahrscheinlich für eine Art Heiligen gehalten. Ich glaube das erst, wenn ich Beweise dafür habe.«

»Trotzdem, sollten wir nicht mit Dreizehn Kontakt aufnehmen?« beharrte der CID-Sergeant. »Dreizehn« war die Anti-Terror-Einheit von Scotland Yard.

MacPherson lachte. »Wie viele Iraner Ihrer Bekanntschaft sprechen gälisch? Wenn sie nicht wenigstens mit irischem Akzent sprechen, kennt Dreizehn sie nicht.«

»Sollten wir nicht wenigstens Box informieren?« fragte einer der jüngeren Angehörigen des Teams.

»Box« war Londoner Polizeislang für MI 6, den britischen Nachrichtendienst, und MI 5, die britische Spionageabwehr. Den Spitznamen hatten sich die beiden Organisationen eingehandelt, weil sie eine Post-Office-Box, ein Postschließfach, als Adresse für ihren Schriftverkehr benutzten, obwohl jeder wußte, wo sich ihre Büros befanden.

»Na klar werden wir sie informieren.« MacPherson lächelte. »Wenn wir dann Glück haben, wird uns irgendein Schnösel aus Sechs in einem Anzug von Hawes und Curtis mit Schuppen auf dem Kragen einen Besuch abstatten und ein paar lateinische Witze erzählen. Ihr könnt doch alle Latein, oder?«

Gedämpfte Heiterkeit beantwortete diese Frage.

»Nein, Gentlemen.« MacPherson hatte die Füße auf einen Aktenschrank gelegt, nun ließ er sie mit einem dumpfen Knall auf den Boden fallen. »Die Ehefrau glaubt vielleicht an Terroristen, ich nicht. Mir kommt das eher wie eine fehlgelaufene Geschäftstransaktion vor oder wie irgend etwas im Zusammenhang mit einer Spielschuld. Sie wissen doch, daß diese Iraner alle leidenschaftliche Spieler sind.«

»Nach der Aussage des Hausmädchens müssen sie gewußt haben, wer er war. Sie haben ihn ausdrücklich zu sprechen verlangt, als sie an der Tür klingelten«, bemerkte ein junger Constable.

»Das könnte natürlich auch bedeuten, daß ihnen das Telefonbuch zugänglich war«, sagte MacPherson. »Trotzdem ist an Ihrer Beobachtung etwas dran. Warum hätten sie sonst Masken tragen sollen? Sie müssen gefürchtet haben, von ihm identifiziert zu werden. Dann wäre anzunehmen, daß er die Leute kannte.

Iranische Terroristen aber hätten bestimmt nicht zu befürchten brauchen, von ihm erkannt zu werden. Und sie müssen seine Bewegungen sorgfältig beobachtet haben, um ihn just im richtigen Augenblick zu kriegen. Dieser *modus operandi* – entschuldigen Sie das Latein – kommt mir sehr profimäßig vor.«

»Eine Sache finde ich seltsam, Sir«, warf der CID-Sergeant ein. »Da hat er all das komische Geld in Umschlägen in seinem Safe. Wieviel war es doch gleich? Achttausend Pfund? Reisegeld, sagt seine Frau. Eine Menge davon in zypriotischen Pfunden und ungarischen, wie immer sie da unten ihre Währung nennen. Aber er hat keine Visa für diese Länder, keine Einreise- und Ausreisestempel von Zypern oder Ungarn in seinem Paß. Wie kommt das?«

»Ausgezeichnete Frage.« MacPherson nickte beifällig. »Vielleicht hat er in irgendeinem Bankschließfach einen zweiten Paß versteckt. Und vergessen Sie nicht, Ungarn und Zypern mögen zwar weiter nichts als stinknormale Zweite-Welt-Länder sein, aber im Geldwäschegeschäft liegen sie an der Spitze der Weltstatistik.«

»Was ist mit Drogen?« fragte einer der jüngeren Männer.

»Ja, was? Nach der Beschreibung der Frau könnte der verschwundene Umschlag ein paar Kilo Heroin enthalten haben. Andererseits vielleicht auch eine Million Pfund in Bankanweisungen, oder?« MacPherson erhob sich. »Passen Sie auf«, warnte er im Stil kluger Mäßigung, der seine kriminalistischen Untersuchungen stets auszeichnete, »ziehen Sie einstweilen noch keine Schlußfolgerungen. Gehen wir vorerst aber trotzdem von der Vermutung aus, daß die Sache irgendwas mit der Geschäftstätigkeit des Mannes zu tun hat.«

Er begann, im Raum auf- und abzugehen. »Wir werden versuchen, alles über das Leben, das dieser Mann geführt hat, herauszufinden. Bankauszüge, Telefonrechnungen mit Aufstellung der angerufenen Anschlüsse, alles, was er an Papierkram hinterlassen hat, kann uns darüber Aufschlüsse geben. Vernehmen Sie alle Leute, für die er Geld angelegt hat. Holen Sie sich ein paar Beamte aus der Finanzabteilung zur Prüfung seiner Geschäftsunterlagen. Stellen Sie fest, wohin er reiste. Reiste er allein? In Begleitung seiner Frau? Kämmen Sie das Haus gründlich durch. Sehen Sie sich an, was in seinem Computer steckt. Alles!«

Er erhob sich auf die Zehenspitzen, um den schmerzenden Rücken zu strecken. »Wir treffen uns täglich nach dem Mittagessen hier zum Gebet. Vergessen Sie nicht, daß das, was anliegt, eine polizeiliche Untersuchung ist, keine Fernsehunterhaltung. Also zeitraubende, mühevolle Arbeit. Nehmen Sie sich alle Zeit, die Sie brauchen, aber liefern Sie die richtigen Ergebnisse.«

Zwei Cherokee-Jeeps, in denen jeweils vier mit AK47ern bewaffnete Männer saßen, fuhren dem alten General-Motors-Lastwagen aus US-Heeresbeständen voraus, zwei weitere gaben ihm Rückendeckung. Auf dem ersten Jeep der Kolonne war ein Zwillingsmaschinengewehr, Kaliber 60, montiert, dessen breite Rohre dem Konvoi für sich allein schon erhebliche Feuerkraft beschert hätten. Neben dem Fahrer des Lastwagens saß Ghulam Hamid, der Veteran des Geheimdienstes des Schahs von Persien, der Ahmed Khans 42 Kilogramm Rohopium nach mehrstündigem Feilschen in einer Hütte in der afghanischen Provinz Helmand so preiswert aufgekauft hatte.

Der betagte Lastwagen, mit dem er nun reiste, war mit 2000 Kilogramm Rohopium beladen – Tafeln, Laibe und Kugeln in der Größe von Basketbällen, in Blätter eingewickelt, die Ausbeute einer Woche Arbeit in den Dörfern von Helmand. Im Durchschnitt hatte er 30 Dollar pro Kilo bezahlt, im ganzen 60 000, und zwar auf den Tisch des Hauses in bar, in pakistanischen Rupien.

Sein gut bewaffneter kleiner Konvoi verließ die Provinzhauptstadt Kandahar durch den Triumphbogen, den die Taliban zum Gedenken an ihre Eroberung der ersten bedeutenden Stadt des Landes im Jahre 1995 am Stadtrand errichtet hatten. An den Seiten des Tores waren die Reste der Trophäen aufgehängt, die von den glaubenseifrigen Kriegern bei den dekadenten Städtern beschlagnahmt worden waren. Vergilbte Illustrierte wie *Playboy* und *Penthouse*, CDs, Audio- und Videokassetten, denen die zerrissenen Bänder voller sündiger Bilder und Töne aus dem Bauch hingen. Unter diesen Symbolen des korrupten, verdorbenen, dem Untergang geweihten Abendlandes, von denen die Taliban ihren neuen islamischen gottesfürchtigen Staat zu reinigen angetreten waren, war keines so häufig vertreten wie das

Album, das die jungen Männer von Kandahar am liebsten gehört hatten, ehe die Taliban, ihre älteren Brüder, sie eines Besseren belehrten: Madonnas zu Weihnachten 1992 auf den Markt gebrachtes »Sex«.

Hamid lehnte sich in seinen Sitz zurück und hing seinen Träumen nach, die zum Teil von den Düften des Rohopiums inspiriert waren, die ihm von der Ladefläche in die Nase stiegen. Mit einem Lastwagen von genau diesem Typ hatte er nach seiner Flucht vor der Rache der Mullahs sein neues Leben begonnen. Hamid hatte dem pakistanischen Sicherheitsdienst ISI, dem *Interservices Intelligence*, seine Dienste angeboten. Sein erster Auftrag betraf den Transport der Waffen, die von der CIA im Ostblock aufgekauft worden waren. Sie mußten von den geheimen Flugplätzen in Pakistan, auf denen diese Fracht landete, in die Lager der Mudschaheddin auf der afghanischen Seite des Khyber-Passes geschafft werden.

Hamid hatte sehr schnell begriffen, daß ihm dieser Fuhrbetrieb Gelegenheit zu einem sehr lukrativem Handel auf eigene Rechnung bot. Daß seine Lastwagen vom Khyber-Paß leer zurückfahren sollten, war seines Erachtens reine Verschwendung und ein Skandal. Er wußte, daß auf den Feldern bei den Lagern der Mudschs Schlafmohn angebaut wurde, und erfuhr auch, daß an der pakistanisch-afghanischen Grenze schon eine ganze Reihe geheimer Laboratorien eingerichtet worden waren, in denen Heroin raffiniert wurde. Denen muß doch zweifellos an einer zuverlässigen Rohstofflieferung gelegen sein, dachte Hamid. Er würde also in Zukunft die Kapazität seiner Lastwagen auf der Rücktour nach Pakistan mit Rohopium auslasten. Damit riskierte er gar nichts. Welcher Polizist käme schon auf die Idee, einen vom pakistanischen militärischen Sicherheitsdienst gecharterten Lastwagen zu durchsuchen? Er konnte den Besitzern der Laboratorien zuverlässige Rohstofflieferungen garantieren – für einen angemessenen Preis. Hamid war klug genug, seine Auftraggeber vom ISI an dem Geschäft zu beteiligen. Sie bedurften einer Bedenkzeit von nicht weniger als dreißig Sekunden, um die schöne Symmetrie seines Plans schätzen zu lernen.

Als sich dann der Krieg in Afghanistan ausweitete, nahm auch die Menge des Opiums, das vom Khyber-Paß heruntergebracht wurde, ständig zu, und dementsprechend steigerten sich auch die Nebenverdienste der ISI. Diese bereicherten nicht nur die leitenden Beamten dieser Organisation, sondern stellten auch die Mittel bereit, die sie zur Finanzierung von Operationen benötigten, an denen die Zentralregierung sich offiziell zu beteiligen scheute, zum Beispiel von Waffenlieferungen an muslimische Guerillas, die in Kaschmir gegen die indische Herrschaft kämpften.

Über die Jahre wechselte dann der Handel in andere Bahnen. Der Schlafmohnanbau wurde später vor allem im Südwesten des Landes, in der Provinz Helmand, betrieben, wo Hamid soeben 2000 Kilo Rohopium aufgekauft hatte. Es war aus dieser Gegend leichter, die Ware durch die Einöden Belutschistans nach Quetta in Pakistan zu kutschieren, als den Weg über den Khyber zu nehmen. Dort wurde in primitiven Laboratorien aus dem Rohopium Heroin gewonnen, das dann an der Makran-Küste von Dhaus, jenen klassischen arabischen Segelschiffen des Indischen Ozeans, an Bord der Frachter befördert wurde, die es weiter nach Europa und in die Vereinigten Staaten transportierten.

Doch neuerdings hatte der Handel sich schon wieder neue Wege gesucht. Die Notwendigkeit hatte sich aus dem Rückzug der Roten Armee und dem Ende des afghanischen Krieges ergeben. Da ihnen nun die CIA keine Waffen mehr lieferte, mußten die afghanischen Kriegsherren die Fortsetzung der Kämpfe, bei denen sie nun einander gegenseitig auszurotten trachteten, da es keine Russen im Lande mehr gab, aus anderen Quellen finanzieren. Drei Familien in Quetta, die Issa, Rigi und Notezai, hatten die Gelegenheit ergriffen, sich zu Schutzpatronen des Heroinhandels aufzuwerfen. Was in den achtziger Jahren die Kartelle von Medellin und Cali für den Kokainhandel waren, wurde die sogenannte Allianz von Quetta für den Heroinhandel der neunziger. Innerhalb von sieben Jahren gab es in der Umgebung von Quetta nicht weniger als schätzungsweise 500 Dollarmultimillionäre, deren Reichtum direkt oder indirekt aus dem Heroinhandel floß. Einer davon war Ghulam Hamid. Diese Leute bauten sich in der Wüste bei Quetta ummauerte Paradiese mit üppig grünem Rasen, kühlen Teichen und Bächen, Rosenbüschen und schattigen Hainen. Ihre Garagen waren vollgestopft mit BMW-

und Mercedes-Limousinen. Sie feierten die Hochzeiten ihrer Kinder mit Festen, für die sie 50 000 Dollar aus der Westentasche bezahlten, und kauften sich und ihren Freunden Sitze in den Provinzparlamenten Pakistans. Das Ergebnis ihrer diesbezüglichen Bemühungen war eine pakistanische Regierung, die, gleichviel ob Benazir Bhutto oder ihr Rivale, Nawaz Scharif, an ihrer Spitze standen, genauso von Drogengeldern korrumpiert war wie die mexikanische und – wegen der strategischen Bedeutung Pakistans – auch ebenso sicher vor Druck seitens der US-Regierung war wie diese.

Hamid hatte sich Mohammed Issa angeschlossen und fungierte als dessen Wesir oder Minister. Issa machte sich seinerseits durch persönliche Beteiligung an den Operationen des Handels, dem er seinen Reichtum verdankte, nicht die Hände schmutzig. Das Geschäft mit den 2000 Kilo Rohopium, die Hamid jetzt geladen hatte, war, wie neuerdings bei solchen Transaktionen üblich, durch einen Telefonanruf aus Istanbul gestartet worden. Der Anrufer war ein iranischer Landsmann von Hamid, ein frommer Anhänger des gegenwärtigen Regimes in Teheran, aber das konnte Hamid egal sein, denn hier ging es nur darum, Geld zu machen. Religion und Politik konnten dabei außen vor bleiben. Der Anrufer war der Finanzagent eines der Dutzend Drogenlabors im Umkreis der Stadt am Goldenen Horn. Er bestellte 200 Kilo Morphinbase und würde das Kilo bei Lieferung an seine Kontaktadresse im Iran mit 1250 Dollar bezahlen. Die 2000 Kilo Rohopium seiner Ladung würden in Hamids primitiver Drogenküche zu etwa 210 Kilo Morphinbase verarbeitet werden. An dem Geschäft würde Hamids Chef Issa also ungefähr 262 500 Dollar verdienen.

Hamids »Laboratorium« stand neben einem Bach, der vom Kamm des Gebirges beiderseits des Khojak-Passes hinabrauschte, drei Meilen östlich des afghanischen Grenzorts Spin Boldak. Der Bach war überaus wichtig, denn die Verarbeitung des Rohopiums zu Morphin war nur möglich, wo es fließendes Wasser gab. Des weiteren waren hauptsächlich Zeit und Geduld erforderlich. Das Opium mußte in kochendem Wasser aufgelöst, dann mit Kalkdünger versetzt, gefiltert und abermals gekocht werden, danach wurde es mit Ammoniakkonzentrat gemischt und erneut gefiltert. Das Ergebnis dieses langwierigen Prozesses war eine körnige Substanz, deren Konsistenz an Rohrzucker erinnerte, aber mehliger war. Die Farbe glich der von Milchschokolade.

Wegen der Verantwortung, die er für die wertvolle Ware trug, konnte Hamid während der Verarbeitung des Rohopiums zu Morphinbase nicht daran denken, das Laboratorium zu verlassen. Er, der sich daran gewöhnt hatte, in seiner Villa in Quetta von den kühlen Lüften seiner Klimaanlage umfächelt auf Satinlaken zu schlummern, würde nun hier in einer Höhle mit zwanzig schnarchenden, furzenden, verlausten Arbeitern auf einer primitiven Bettstelle aus Holz und Stricken übernachten müssen. Er, der zu Hause ein mit marmornen Wänden und gekacheltem Fußboden ausgestattetes Bad hatte, wo das Wasser heiß und kalt aus goldenen Hähnen floß, würde hier neben seinen Angestellten in den gleichen Graben kacken müssen und sich den Hintern in dem gleichen Bergbach abwaschen, der das Wasser für die Produktion der Morphinbase lieferte. Zur abendlichen Entspannung würde er sich hier nicht das eine oder andere Glas Chivas Regal genehmigen können, sondern nur ein Glas Tee erhalten, und zu essen würde er bestenfalls ein paar Streifen zähen Hammelbraten und eine Handvoll klebrigen Reis bekommen.

Das Schlimmste war aber, daß er sich fünfmal täglich mit seinen Arbeitern zum Gebet niederknien und das Haupt würde beugen müssen, wie die Taliban es als Manifestation brüderlichen islamischen Gottesdienstes verlangten, obgleich er sich kaum der Worte der *Schahadah* erinnerte, des Glaubensbekenntnisses, es gebe keinen Gott außer Allah, und Mohammed sei sein Prophet. Die Demokratie stinkt, dachte der Mann, der einst bei der Geheimpolizei des Schahs gedient hatte. Immerhin würde die Mühe, die die neuen Verhältnisse ihm leider abverlangten, sich am Ende für ihn lohnen. Bei Ablieferung der Ladung, die er diesmal an Bord hatte, würde er persönlich knapp 70 000 Dollar Profit machen.

Er hatte nichts als Verachtung für jene Apostel des radikalen Islam übrig, die den Schlafmohnanbau in Helmand billigten, weil ihnen der Erlös aus dem Rauschgifthandel die Mittel an die Hand gab, sich gegen den dekadenten Westen, den sie so sehr verachteten, zu bewaffnen. Er schiß auf deren *fatwas*, die den

Handel billigten, weil er in mehr als einer Hinsicht geeignet sei, den Feinden des Islam zu schaden.

Er war nur zu einem einzigen Zweck in diesem Geschäft, nämlich um so schnell wie irgend möglich Geld zu machen. Daheim in Quetta hatte er das *Wall Street Journal*, die *Financial Times* und *The Economist* abonniert. Seine schönsten Stunden verbrachte er, von kühlen Lüften aus seiner Klimaanlage umsäuselt, in seinem Büro beim Studium dieser Blätter oder beim Spiel mit dem *Quikken*-Geldanlageprogramm, das er auf seinem Computer installiert hatte, dabei probierte er die verschiedenen Investitionen aus, die sich zur Vermehrung seiner Gewinne aus dem Drogengeschäft empfahlen. Hätte man ihn nach dem moralischen Aspekt des Rauschgifthandels gefragt, hätte er erklärt: »Wenn die Kids im Westen blöde genug sind, diesen Scheiß zu konsumieren, dann scheiß auf sie. Sie haben nichts Besseres verdient als das Elend, das sie damit über sich bringen.«

Während Ghulam Hamid sich den Kopf über die günstigste Investition zerbrach, die er mit dem in Bälde erhofften Gewinn von 70 000 Dollar tätigen könnte, rollte etliche Hundert Meilen weiter westlich ein soeben aus Wien gelandeter Jumbo-Jet der Iran-Air an der schimmernden roten Marmorfassade des Passagierterminals des Teheraner Mehrabad-Flughafens vorbei in Richtung der Luftfrachthangars, die südlich von den Hauptgebäuden des Flughafens standen. Ungewöhnlich war an dieser Landung nur eines: Angemeldet war der Flug als reiner Transportflug, doch es saßen auch fünf Passagiere im Frachtraum, alles junge Männer. So kehrte das Team von Killern, die Terry Harmian in seinem Londoner Heim liquidiert hatten, sicher nach Teheran zurück.

Von dem geheimen iranischen Flugplatz in Hartenholm nördlich von Hamburg waren die fünf bis in die Nähe von Wien geflogen und auf einer privaten Landebahn abgesetzt worden. Dort hatte man sie der Obhut von Vertretern der *Neptune Air Freight Services* anvertraut, der Firma, die das Frachtgeschäft der Iran-Air auf dem Wiener Flughafen abwickelte. Die fünf hatten Arbeitskleidung der Firma angelegt, beim Beladen der Maschine geholfen und waren dann, als diese an den Start rollte, einfach an Bord geblieben.

Das war eine der typischen Dienstleistungen, mit denen die Firma den Iranern gefällig war, natürlich gegen nicht unbedeutende Vergütung. In der Tat war ein großer Teil der vom Iran unter der Hand im Westen aufgekauften Rüstungsgüter mit Hilfe dieser Firma über den Wiener internationalen Flughafen nach Persien exportiert worden.

Der Anführer des fünfköpfigen Teams rannte die Stufen zum Rollfeld hinunter, kaum daß die fahrbare Treppe vor der Kabinentür in Stellung gebracht war, und küßte den Heimatboden, wie es Jahre zuvor der Ayatollah Khomeini bei seiner Rückkehr aus Frankreich getan hatte.

Sadegh Izzaddine, der für die Gouruhe Zarbat, die Kommandoeinheit, der die fünf jungen Leute angehörten, zuständige Mullah, erwartete die Heimkehrer mit zwei Mercedes-Limousinen. Er reichte dem Gruppenführer die Hand. »Du hast wohl getan, mein Bruder. Das Vertrauen, das wir in dich und deine Gefährten gesetzt haben, ist aufs schönste gerechtfertigt worden.«

Der junge Mann nickte ehrerbietig und zog einen großen braunen Umschlag aus dem Overall der Firma Neptun, den er trug.

»Ihr Päckchen, Ghorbar«, erklärte er.

Izzaddine lächelte und reichte den Umschlag einem Adjutanten. »Bringen Sie das für die Operation Khalid in die Stadt, ins Büro des Professors.«

Dann wies er auf die beiden Limousinen. »Kommt, Brüder. Der Lohn für den gut ausgeführten Auftrag wartet auf euch.«

In Mitteleuropa war es erst einige Minuten nach neun, als ein schwarzer Mercedes 300 SL vor der glitzernden Stahl- und Glasfassade eines Bürohochhauses in der schweizerischen Stadt Chur anhielt, die am Fuße der Alpen unweit mehrerer der berühmtesten Wintersportorte Europas gelegen ist. Das rot-weiße Firmenemblem über dem Haupteingang des Gebäudes verriet nicht nur den Namen des Unternehmens, dem es als Hauptsitz diente, sondern auch den Gegenstand der kommerziellen Aktivitäten derselben, CIPHER A.G.

Drei schweizerische Führungskräfte erwarteten, in der kühlen Bergluft fröstelnd, oben an der Freitreppe des Gebäudes den

Passagier des haltenden Wagens. Ihre Gegenwart legte beredtes, wenngleich stummes Zeugnis ab von der Bedeutung, die sie diesem Besuch beimaßen, und vom Wert des Abschlusses, zu dem sie zu gelangen hofften. Als sie dann die Stufen hinabeilten, den Ankömmling zu begrüßen, wären sie vor Eifer fast übereinander gestolpert.

»Herzlich willkommen bei der Cipher AG, Herr Professor«, lachte der Anführer dieses Empfangskomitees. »Hatten Sie eine angenehme Reise?«

»Allerdings«, nickte der Professor, obgleich er die Reise keineswegs genossen hatte.

Er war viel zu besessen gewesen von dem Gedanken, daß er sich um jeden Preis ein absolut zuverlässiges Chiffriersystem beschaffen müsse, um die Geheimnisse seiner teuren Operation Khalid vor den elektronischen Lauschangriffen der Amerikaner und ihrer verdammungswürdigen israelischen Freunde zu schützen. Die Cipher AG hatte das Gerät, das ihm die benötigte Sicherheit bieten würde. Fraglich war nur, ob sie es ihm verkaufen würde.

»Unser Geschäftsführer, Herr Zurni, erwartet Sie in seinem Büro, Herr Professor«, erklärte der Sprecher des Empfangskomitees. »Darf ich Sie zu ihm bringen?«

Das Büro des Geschäftsführers war in dunklem Mahagoni getäfelt, die Gemälde an den Wänden zeigten schweizerische Alpenlandschaften. Ein dunkelblauer Teppich, der so tief war, daß der Fuß des Besuchers in ihm versank, bedeckte den Boden. Auf dem langen Konferenztisch standen dampfende Kaffeekannen und Schalen voller goldbrauner Croissants bereit.

»Mein lieber Herr Professor.« Strahlend kam Herr Zurni hinter seinem Schreibtisch hervor. »Es ist uns eine Ehre und ein Vergnügen, Sie heute morgen hier willkommen heißen zu dürfen.«

Es folgte dann das Ritual der Vorstellungen. Man nahm am Konferenztisch Platz, schenkte Kaffee ein und strich Butter auf die Croissants. So vergingen einige Minuten, ehe Zurni auf das Geschäft zu sprechen kam.

»Vielleicht sollten Sie uns kurz die Anforderungen schildern, denen Ihr Chiffriersystem genügen muß. Dann könnten meine

Mitarbeiter und ich Ihnen wahrscheinlich das Passende empfehlen.«

»Natürlich«, sagte der Professor. Er legte die Hände mit den Flächen nach unten vor sich auf den Tisch und sah schnell von einem seiner Gesprächspartner zum anderen. Was suchte er in diesen Gesichtern, die so entschieden neutral waren wie die Außenpolitik ihrer Regierung? Einen Schimmer von Mißbilligung? Vielleicht sogar Feindseligkeit? »Wie ich glaube, ist Ihnen allen bekannt, daß ich der Leiter der Londoner Niederlassung der nationalen Ölgesellschaft des Iran bin. Als solcher bin ich Hauptverantwortlicher für den Export des iranischen Erdöls, aus dem wir unsere Einnahmen in harten Währungen hauptsächlich beziehen.« Er hielt kurz inne. »Meine Aufgabe ist, wie Sie sich werden denken können, nicht leicht zu erfüllen. Es gibt unfreundliche Mächte, die es sich zum Ziel gesetzt haben, uns Schwierigkeiten zu machen. Ich brauche Ihnen wohl nicht zu sagen, welche Mächte das sind und welcher Methoden sie sich bedienen. Auf jeden Fall ist das Ölgeschäft Gegenstand heftigen Konkurrenzkampfes und sehr, sehr störungsanfällig. Wenn ich nun Öl zu einem Zehntel Cent pro Barrel billiger anbiete, bekomme ich den Zuschlag, versäume ich, ihn zu unterbieten, muß ich damit rechnen, den Kontrakt an meinen Konkurrenten zu verlieren. Deshalb ist es absolut lebenswichtig für mich, mit meinen Untergebenen kommunizieren zu können, ohne fürchten zu müssen, daß der Feind mithört.«

Der Blick des Professors wanderte wieder von einem seiner Gesprächspartner zum anderen auf der Suche nach Anzeichen dafür, daß man den Wahrheitsgehalt seiner Worte anzweifelte. Dann wandte er sich wieder Herrn Zurni zu. »Wie ich höre, chiffrieren Ihre schweizerischen Banken auch die telegrafischen Zahlungsanweisungen, die sie ins Ausland schicken.«

»Ja«, räumte Zurni ein, »das tun sie. Die meisten bedienen sich dabei auch unseres Geräts. Sie wissen ja, daß die amerikanische NSA auf der Suche nach gewaschenem Geld alle unsere Satellitenübertragungen abfängt.«

Der Professor nickte. Zurnis Erklärung überraschte ihn nicht sonderlich. »Das Herz meines Kommunikationsnetzes würde sich natürlich in Teheran befinden. London wäre der zweite Stützpunkt, daneben würde ich noch etwa dreißig Außenposten brauchen. Gelegentlich wären wir wohl zu Kurzwellenübertragungen genötigt, aber das Ideale wäre, wenn wir über Satelliten schriftlich miteinander verkehren könnten, ohne befürchten zu müssen, daß jemand unsere Post mitliest.«

»Gewiß«, lächelte Herr Zurni. »Da hätten wir schon eine Reihe von Grundbedingungen, die wir allesamt sehr wohl zu erfüllen imstande sind. Lassen Sie mich ein paar Worte zur Lage am internationalen Markt für Chiffriermaschinen sagen, lieber Herr Professor. Die Amerikaner stellen, wie wir alle wissen, fabelhafte, leistungsfähige Systeme her, IBM, Datotek, E-Systeme, um nur einige zu nennen. Die neuen Programme, die sie in dem Cray 3 Computer der NSA installiert haben, sind wahre Wunderwerke, unglaublich stark.«

Das war nicht gerade Musik für die Ohren des Professors. »Mir sind die Fähigkeiten der Amerikaner bekannt«, erklärte er mit einiger Schärfe, »wenn ich auch die amerikanische Gesellschaft insgesamt nicht gerade bewundere.«

»Freilich. Nun ist in den Vereinigten Staaten die Ausfuhr von Geräten oder Software zur Chiffrierung nur mit besonderer Lizenz gestattet. Solche Genehmigungen unterliegen den gleichen Bedingungen wie die für den Export von Rüstungsgütern oder Nukleartechnologie. Um die Erlaubnis zu erhalten, muß eine amerikanische Firma der NSA die technischen Informationen zur Verfügung stellen, die der Agency gestatten, alle Botschaften zu dechiffrieren, die der Käufer mit dem erworbenen Gerät senden kann.«

»Das nimmt dem Gerät ja einiges von seiner Nützlichkeit, nicht wahr?«

»Ich fürchte, ja. Die Amerikaner wollen verhindern, daß amerikanische Hersteller Geräte, die eines Tages gegen sie verwendet werden könnten, ins Ausland verkaufen, und sie wollen sich nicht der Möglichkeit berauben lassen, den Funkverkehr von terroristischen und kriminellen Organisationen zu belauschen. Wir haben für dieses Anliegen volles Verständnis und würden auch unsererseits solche Leute nicht wissentlich mit unserem Gerät beliefern.« Ein Lächeln so üppig wie der Scheck, den er mit der Arbeit dieses Vormittags für seine Firma zu verdienen hoffte, erhellte Zurnis Züge. »Glücklicherweise besteht ja in unserem Fall zu solchen Skrupeln kein Anlaß.«

»Und besteht für Sie hier in der Schweiz die Pflicht, Ihre Regierung von der Identität Ihrer Kunden in Kenntnis zu setzen?«

»Absolut nicht.«

Zu wissen, wann es gilt, den Köder auszuwerfen, ist das Talent, das den tüchtigen Verkäufer auszeichnet, und Zurni, der nicht ohne diese Begabung auf seinen Posten gelangt war, fühlte, daß der Augenblick gekommen war.

»Herr Sprecher«, wandte er sich an den neben ihm sitzenden Manager, »wollen Sie nicht vielleicht unserem Gast vorführen, wie unser System funktioniert?«

Herr Sprecher drückte auf einen Knopf unter dem Tisch, worauf aus der Decke ein Bildschirm senkrecht in die Tiefe sank, erhob sich und begann, nach einer respektvollen Verbeugung vor dem Professor, mit seinen Darlegungen.

»Die meisten Leute glauben, nur weil unser Alphabet sechsundzwanzig Zeichen hat, müsse auch ein Code sechsundzwanzig Zeichen haben, so daß ›A‹ zu ›S‹ oder die Zahl ›7‹ würde, ›B‹ würde zu ›X‹ oder ›19‹ und so weiter. Nach diesem Prinzip funktionierten noch die Mehrzahl der während des Zweiten Weltkriegs gebräuchlichen Codes, unter anderem die deutsche *Enigma*- oder die japanische *Purpur*-Maschine. Die modernen Chiffriersysteme sind vollkommen anders aufgebaut. Ein moderner Code kann mit 50, 100 oder 200 Zeichen operieren, je nach dem Modell, das Sie wählen. Nehmen wir zum Beispiel den Namen ›Mahmoud‹, der in Ihrer Heimat ja recht häufig ist. Er hat, lateinisch geschrieben, sieben Buchstaben, nicht wahr?«

Der Iraner nickte zustimmend.

»Ich werde für unsere Demonstration einen unserer besonders starken 200-Zeichen-Codes wählen. Das erste Mal, wenn dieses Wort in einer nach diesem Code verschlüsselten Botschaft auftaucht, wird es sich, wie Sie hier sehen, so darstellen.« Er drückte auf einen Knopf, und auf dem Bildschirm erschien die Zeile: K>653AE#+Z. »Zehn Zeichen, anstatt der sieben, die man erwarten sollte, nicht wahr?«

»Interessant«, sagte der Professor.

»Bei seinem zweiten Erscheinen in dem gleichen chiffrierten Text wird sich aber der Name so darstellen.« Der Sprecher drückte abermals auf den Knopf, und der Bildschirm zeigte nun die Zeichenkombination: BYT51PZ↑&MD%. »Diesmal also mit zwölf Zeichen.« Er drückte noch mal auf den Knopf, und nun las man U@(9W auf dem Monitor. »So erscheint der Name noch weiter im Text mit nur fünf Zeichen geschrieben, zweien weniger als im Klartext.«

Der Professor war starr vor Staunen.

»Diese Texte kann man nur dechiffrieren, wenn man den Schlüssel zu dem verwendeten Code hat.« Sprecher drückte dreimal auf den Knopf, und jedesmal verwandelten sich drei Zeilen Zeichensalat auf dem Bildschirm in das Wort »Mahmoud«.

»Wie sieht das Gerät aus, das man dazu braucht?« fragte Bollahi.

Sprecher öffnete eine Schublade des Konferenztisches und entnahm ihr einen schwarzen Kasten. »So. Nicht viel anders als ein gewöhnlicher Anrufbeantworter. Man stöpselt einen Anschluß dieses Apparats an seinen Computer, den anderen an einen Telefonanschluß oder an ein Modem. Dann tippt man die Botschaft, die man senden will, auf seinem Computer, drückt die Enter-Taste und schickt damit den Klartext in den schwarzen Kasten. In diesem wird dann der Text codiert oder chiffriert.«

»Was enthält denn der schwarze Kasten?«

»Einen Mikroprozessor oder Mikrochip, wenn Sie so wollen. Verschlüsselt darin ist aber tatsächlich ein Algorithmus.«

»Ein was?«

»Ein Algorithmus, ein methodisches Rechenverfahren. Das kleine Einmaleins ist ein primitiver Algorithmus. Unser schwarzer Kasten enthält eine Kette mathematischer Formeln, einhundert Kilobytes oder ungefähr fünfzig Seiten enggesetzten Texts einer einzigen mathematischen Formel, deren Teile alle miteinander verknüpft sind.«

Der Professor lächelte. »Ja, natürlich. Ich hatte nur vergessen, daß der Begriff, den Sie als Algorithmus bezeichnen, vom Namen unseres großen Mathematikers Mohammed ibn Musa al Chwarismi abgeleitet ist, der Ihnen mit dem Titel seines Lehrbuchs der quadratischen Gleichungen *Al-Gabr wal-muqabalah* ja auch den Begriff der Algebra geliefert hat. Der geheime Code, den Sie auf dessen Spuren erdacht haben, steckt also in diesem schwarzen Kasten?«

»Keineswegs. Der schwarze Kasten oder der Algorithmus ist nur der Mechanismus, der Ihren Klartext in eine chiffrierte Botschaft verwandelt und dabei die Zeichen anscheinend vollkommen willkürlich einem geheimen Schlüssel entsprechend auswählt, mit dem Sie – und niemand anderer – ihn programmiert haben.«

Er ergriff eine schwarze Diskette. »Sie werden also einen Codeschlüssel für jede Ihrer Stationen auf einer derartigen Diskette speichern. Sie selbst werden jede Diskette programmieren und dabei den Codeschlüssel aus einer fast unendlichen Vielfalt möglicher Kombinationen auswählen. Dann werden Sie den schwarzen Kasten für Amsterdam zum Beispiel mit dem Codeschlüssel Nr. 1 programmieren, den Kasten für Prag mit Nr. 2 und so fort, bis Sie jeder Ihrer Niederlassungen einen eigenen Codeschlüssel zugeteilt haben.

Dann wird die Telefonnummer jeder Außenstation mit dem Codeschlüssel der betreffenden Station in dem Kasten Ihres Hauptquartiers verbunden sein. Nachdem Sie also eine Nachricht für, sagen wir, Amsterdam auf Ihrem Computer getippt haben, bestätigen Sie mit der Enter-Taste. Der schwarze Kasten wird dann die Botschaft automatisch dem Code Nr. 1 entsprechend chiffrieren, dann die Amsterdamer Nummer anwählen und den verschlüsselten Text übermitteln. Die Programmierung des schwarzen Kastens in Amsterdam wird erkennen, daß der Text von Ihrem Anschluß kommt und im Code Nr. 1 chiffriert ist. Mittels dieses Schlüssels wird er also dann die Botschaft automatisch dechiffrieren, und auf dem Bildschirm des Computers Ihres Mannes in Amsterdam wird der Klartext erscheinen.«

»Wie kann ich absolut sichergehen«, fragte der Professor, »daß niemand in den Besitz von Kopien dieser Schlüsseldisketten gelangen kann, die Sie mir geben?«

»Wenn Sie diese Disketten von uns erhalten, werden sie vollkommen leer und unformatiert sein. Wenn Sie ganz sicher gehen wollen, daß nicht einmal wir versuchen könnten, Ihre Geheimnisse zu verraten, können Sie sich unbenützte Disketten ja auch anderswoher beschaffen. Die Codierdisketten werden jedenfalls nur die Information enthalten, die Sie selbst auf ihnen speichern. Wie ich schon sagte, ist das System, das ich Ihnen empfehle, ein 200-Zeichen-System, und ein sichereres finden Sie heute nirgends auf der Welt. Die Zeichen können in einer fast unendlichen Vielfalt von Kombinationen verwendet werden, so daß, innerhalb derselben Botschaft, der Buchstabe A in hundert verschiedenen Varianten wiedergegeben werden kann. Sie und nur Sie allein werden die Codeschlüssel besitzen, denn Sie und Sie allein werden diese für jede Ihrer Stationen auswählen.«

Jetzt lächelte der Professor. Auf diese Weise mag es wirklich gelingen, die verdammten Amerikaner von der NSA zu überlisten, dachte er.

»Das System ist wirklich eine schöne Sache«, bestätigte der Schweizer, der es ihm verkaufen wollte. »Diebstahl ist unmöglich. Menschlicher Verrat ausgeschlossen. Wenn jemand in Ihr Londoner Büro einbricht und Ihnen dort die Blackbox raubt, ersetzen Sie diese einfach durch eine andere, die Sie nach einem neuen Schlüssel programmiert haben. Prag kann die für Amsterdam bestimmten Botschaften nicht entziffern, und umgekehrt bleibt in Amsterdam unverständlich, was Sie Prag mitzuteilen haben.«

»Was gibt mir denn die absolute Gewißheit, daß mein Code nicht geknackt werden kann?« fragte der Professor. »Wir alle wissen, daß die Amerikaner von der NSA alle Nachrichten, die über Satellit laufen, abfangen und versuchen, die chiffrierten zu entschlüsseln.«

»Ja, allerdings, das wissen wir. Sie können und werden auch Ihre Botschaften abfangen. Daran können wir sie nicht hindern, und Sie können das auch nicht. Die schlauen Amerikaner werden aber das Problem haben, daß es ihnen nicht gelingen wird, den Zeichensalat zu verdauen, den sie sich da vom Himmel fischen.«

»Nicht einmal mit diesen superstarken Computern, von denen erzählt wird, daß sie in Sekundenschnelle Millionen von möglichen Kombinationen durchprobieren können, um einen Code zu knacken?«

»Diesen werden sie nicht knacken.«

»Warum nicht?«

»Der Code, mit dem wir Sie ausrüsten werden, wird zehn hoch hundert mögliche Umwandlungen in sich tragen. Um also jede mögliche Kombination Ihres Codes zu knacken, müßten die Computer der NSA eintausend Milliarden Operationen durchführen.«

Angesichts dieser Perspektiven staunte sogar der Professor.

»Nun wissen Sie doch sicher, daß ein Computer nicht schneller als mit Lichtgeschwindigkeit rechnen kann, weil Elektronen schneller nicht fließen?«

Dem Professor war das allerdings bekannt.

»Deshalb kann die NSA selbst bei Gebrauch ihrer allerstärksten Computer nur bestenfalls eine Million möglicher Kombinationen pro Sekunde ausprobieren. Um alle Möglichkeiten durchzurechnen, würden sie tausend Jahre brauchen. Codes müssen aber binnen Stunden geknackt werden, spätestens nach wenigen Tagen, wenn die Informationen für irgend jemanden von Nutzen sein sollen. Es wird also niemand Ihren Code knacken, Herr Professor. Weder die Amerikaner noch die Engländer, noch die Israelis. Niemand.«

Der Professor schniefte so begeistert, daß er genötigt war, sein Taschentuch zu ziehen und sich die Nase zu putzen. Es war also möglich. Es war also wirklich möglich, den Nachrichtenverkehr innerhalb seiner Organisation gegen den mithörenden amerikanischen Feind abzusichern. »Sie haben mich überzeugt«, erklärte er. »Was wird mich die Installation des Systems, das ich benötige, kosten?«

Herr Zurni ergriff wieder das Wort. »Die Kosten für jede Außenstation werden sich auf 65 000 Schweizer Franken belaufen, für dreißig Niederlassungen wären das also 1,95 Millionen Schweizer Franken. Die stärkere Hauptquartierstation käme auf 200 000 Franken und die Software auf eine halbe Million. Insgesamt betrügen also die Kosten 2,65 Millionen Schweizer Franken, in Dollars wären das ...«

»In deutscher Mark, bitte«, unterbrach der Professor.

Zurni zog seinen Taschenrechner zu Rate und erklärte: »Dreimillionendreihundertundzwölftausendfünfhundert DM.«

Der Professor nickte zustimmend und bemühte sich dabei, ein

selbstzufriedenes Lächeln zu unterdrücken. Für ein System, das ihm die Geheimhaltung seiner Vorbereitungen für die Operation Khalid garantierte, wäre er sogar bereit gewesen, fünfmal mehr auszugeben. Er zog ein Scheckbuch der iranischen Melli-Bank in München, stellte einen Scheck aus, unterzeichnete ihn und reichte ihn Zurni.

»Wann wird mir die Anlage zur Verfügung stehen?«

»In weniger als vier Wochen, das verspreche ich Ihnen«, sagte Zurni, erhob sich und streckte die Hand aus. »Es ist ein Vergnügen, mit Ihnen Geschäfte zu machen, Herr Professor.«

Ein paar Minuten später beobachteten Zurni und seine Kollegen aus dem Bürofenster des Geschäftsführers die Abfahrt des Iraners im schwarzen Mercedes.

»Thomas«, fragte der Ingenieur, der dem Professor die Funktionsweise der Chiffriermaschine erklärt hatte, »woher, zum Teufel, hast du eigentlich die Sicherheit, daß diese Leute das Zeug nicht dazu verwenden, um der Hisbollah oder einer von den anderen Terrororganisationen, die sie unterstützen, Anweisungen zu geben und Mut zuzusprechen? Woher weißt du, daß der Typ sich wirklich nur für das Ölgeschäft interessiert?«

»Sicherheit?« lachte Zurni. »Sicher ist gar nichts. Außer dem hier.« Er schnippte mit dem Fingernagel gegen den Scheck auf über drei Millionen DM, den er in der Hand hielt.

Für Ghulam Hamid nahte das Ende seiner Prüfungen. Endlich waren die 2000 Kilo Rohopium mit dem primitiven Gerät seines Laboratoriums an der afghanisch-pakistanischen Grenze zu Morphinbase verarbeitet. Gelüftet, getrocknet und in Kilopäckchen verpackt, harrte nun das Morphin der Weiterreise in den Iran.

Er erwog soeben, wie er das Geld, das er an dieser Lieferung verdienen würde, investieren sollte, als der Vorarbeiter seinen Gedankengang unterbrach.

»Sahib«, sagte er. »Es gibt ein Problem.«

»Was denn?«

»Wir haben einen der Wachleute bei dem Versuch gefaßt, ein Kilo Morphin zu stehlen.«

»Nein!« brüllte Hamid. »Wer war es? Welcher Sippe gehört er an?«

Die kitzelige Frage war natürlich die zweite. Belutschistan, das sich über die Grenzgebiete von Iran, Pakistan und Afghanistan erstreckt, war die ärmste und elendste Gegend, eines der ärmsten und elendsten Gebiete der Erde, nichts als Wind, Sand und Steine. Der Schleichhandel war der traditionelle Beruf der Belutschistämme, die in diesen Einöden nomadisierten. Etwas anderes gab es in diesem Landstrich buchstäblich nicht zu tun.

Nun rekrutierten sich allerdings aus diesen Stämmen auch die Wachen, Kameltreiber und Laborarbeiter, die Hamid und seinesgleichen beschäftigten. Für die Stammesältesten gab es nur zwei Sünden, die von den Söhnen, die sie zur Arbeit bei den Fremden schickten, schlimmstenfalls begangen werden konnten: Diebstahl oder Verrat des Arbeitgebers an die Polizei. Wenn derjenige, der sich eines dieser beiden Verbrechen schuldig gemacht hatte, einem mächtigen Stamm angehörte, forderte es der Brauch, daß der Arbeitgeber den Delinquenten zur Bestrafung seinem Stamm übergab. Ein Verräter wurde getötet, sein Haus dem Erdboden gleichgemacht, seine Frauen unter den anderen Angehörigen des Stammes aufgeteilt, denen sie dann praktisch als Sklavinnen dienen mußten. Diebe wurden nur getötet. Die Bestrafung von Missetätern ohne starke Stammesbindung war dem Belieben der Arbeitgeber anheimgestellt.

»Es ist ein Niemand. Ein alter Kameltreiber, der vor ein paar Monaten hier den Dienst antrat.«

Hamid begann nun, über die Bestrafung des Verbrechers nachzudenken. Sie mußte zugleich schmerzhaft und exemplarisch, also öffentlich, in Anwesenheit aller Angestellten vollstreckt werden. Wenn irgendein Zweifel an seiner Gnadenlosigkeit aufkam, würde sein Morphin dahinschwinden wie ein Haufen Fische, den man einer Horde hungriger Katzen überlassen hatte.

»Fesselt ihn und steckt ihn in irgendein Loch. Ich werde mich um ihn kümmern, ehe wir heute abend aufbrechen.«

Die Drogenkarawanen bewegten sich fast ausschließlich nachts, um der Entdeckung durch die Satelliten der CIA zu entgehen. Noch vor einigen Jahren war das Rauschgift größtenteils auf den Rücken von Kamelen transportiert worden. Die Tiere konnten in der Nacht fünfundzwanzig Meilen zurücklegen und verdienten für je hundert Meilen Wegs ihren Besitzern tausend Rupien. Es gab sogar Kamele, die wie Brieftauben ihren Heimweg aus dem nördlichen Afghanistan nach dem Iran allein fanden. Diese Kamele waren von ihren Treibern buchstäblich opiumsüchtig gemacht worden und hatten gelernt, ohne menschliche Führung von einem Halteplatz zum nächsten zu wandern, weil sie auf jedem ein Stück Opium erhielten.

Inzwischen hatte man aber die Wüstenschiffe durch Toyotas mit Vierradantrieb ersetzt, die mit Raketenabschußrampen, Fliegerabwehrkanonen und schweren Maschinengewehren ausgerüstet waren. Hamids 210 Kilo Morphinbase wurden im Schutze einer der Höhlen in der Nähe seines Laboratoriums auf fünf derartige Fahrzeuge geladen. Der Dieb, zusammengeschnürt wie eine Mumie, wurde auf die Ladefläche des letzten geschmissen. Er war ein Mann Anfang Fünfzig, doch schienen seine sonnenverbrannten Züge eher die eines Siebzigjährigen zu sein.

Die Karawane fuhr durch Spin Boldak und dann in die sandige Einöde der Rigestan-Wüste. Geleitet vom Kompaß und von den Sternen rollten die fünf Fahrzeuge ein Wadi, ein wasserloses Flußbett, hinauf. Das war nicht ganz ungefährlich, denn nach schweren Gewittern, die sich jenseits des Horizonts im Norden austobten, verwandelten sich diese Wadis oft ohne jede Vorwarnung in brausende Gießbäche. Es war eine der Ironien der Wüste, daß ein Kameltreiber dort eher Gefahr lief, zu ertrinken als zu verdursten.

Als im Osten der Morgen dämmerte, befahl Hamid Halt zu machen. Er hatte seine Wachmannschaft angewiesen, vier der sechs Fuß langen Eisenstangen, die im Laboratorium zum Verrücken der Fässer mit kochender Opiumlösung gebraucht wurden, auf die Reise mitzunehmen. Nun befahl er, diese Stangen in einem Viereck von knapp zwei Metern Seitenlänge in den Boden zu rammen. Als das geschehen war, wurde der Dieb, winselnd um Gnade, von der er wußte, daß sie ihm nie gewährt werden würde, von dem Jeep abgeladen.

Hamid befahl, ihn nackt auszuziehen und ließ ihn mit ausgebreiteten Armen und Beinen an die vier aus dem Boden ragenden Eisenstangen fesseln. Dann trat er mit einem scharfen Messer zu dem so vor ihm Liegenden und schnitt ihm die Genitalien ab. Während zwei Wachen dem Mann die Kiefer auseinanderrissen, steckte ihm Hamid das abgetrennte Gemächt zwischen die Zähne. Dann beugte er sich vor und schnitt ihm mit präzisen und geschickten Schnitten die Augenlider ab.

Er richtete sich auf und begutachtete das Ergebnis seiner Bemühungen. In zwei Stunden würde die Sonne ihren Weg durch die Himmelskuppel beginnen und ihre sengenden Strahlen in die ungeschützten Augen des Diebes stechen. Ein Kilo gestohlenes Morphin hätte für Hamid nur einen Verlust von 500 Dollar bedeutet, eine Kleinigkeit in Anbetracht der Tatsache, daß er diesmal an der mitgeführten Ware insgesamt 70 000 zu verdienen hoffte. Aber er wußte, daß er seinen Leuten eine Lektion schuldete.

Um sich zu vergewissern, daß ihnen diese auch nicht entging, ließ er sie antreten, damit sie sich von der Lage des Verurteilten überzeugen konnten.

»Gegen Mittag wirst du schon den Verstand verloren haben«, kicherte Hamid. »Aber die Geier und Schakale, die dich in Stücke reißen, wirst du noch sehen können. Wenn du Glück hast, bist du bei Sonnenuntergang tot. Wenn nicht ...« Er zuckte in bodenloser Gleichgültigkeit die Achseln und befahl, ohne sich um die gellenden Schreie des Gerichteten zu kümmern, seinen Leuten, wieder an Bord ihrer Fahrzeuge zu klettern.

Fünf Minuten später, als sie weiter durch das trockene Flußbett rumpelten, begann Hamid zu lachen.

»Was ist so komisch, Sahib?« fragte der Fahrer.

»Nur etwas, das mir gerade durch den Kopf ging. Stell dir vor, diese Jungens und Mädchen im Westen wüßten, was ich alles anstellen muß, um ihnen ihren Shit zu liefern!«

Langweilig, langweilig, langweilig, dachte Jim Duffy. Wie viele abgefangene Botschaften habe ich nun an diesem Vormittag schon durchgesehen? Zweihundert? Dreihundert? Und die Idioten auf diesen Bändern hatten alle nichts Interessanteres zu besprechen als Allah, das Wetter, Geld und kranke Großmütter. Amüsierte sich denn im Iran der Mullahs wirklich niemand mehr? Vögelte niemand mehr rum, betrog niemand mehr seine Frau oder seinen Partner? Duffy wäre für alles dankbar gewesen, was ein bißchen Abwechslung in den langweiligen Job gebracht hätte, den man ihm hier aufgebürdet hatte. Als George Bush die

Agency leitete, soll der mit besonderem Vergnügen den Tonbändern gelauscht haben, auf denen man das Liebesgeflüster Leonid Breschnews mit seiner Geliebte aufgezeichnet hatte. Gab's denn aus dem Iran nun wirklich nichts ähnlich Unterhaltendes zu hören? Er schüttelte den Kopf, zwang seine Gedanken zur Rückkehr zu seiner Aufgabe und rief die nächste abgefangene Nachricht auf den Bildschirm seines Computers. Diese war gnädigerweise nur kurz.
»*Dschafar?*«
»*Ja?*«
»*Ihre Sendung von 210 Kisten Äpfeln (Husten) geht übermorgen ab.*«
»*Danke. Ich werde den Anruf des Fahrers erwarten.*«
»*Über ... (Husten) morgen, so Gott will.*«
Na, das war einfach genug, dachte Duffy und betätigte eine Taste, um sich die nächste Botschaft überspielen zu lassen. In diesem Augenblick leuchtete jedoch an seinem Bildschirm das rote Lämpchen auf, das ihm bedeutete, daß der NSA-Beamte, der die Texte in seinen Computer eingab, ihn zu sprechen wünschte. Er ergriff das Telefon, über das er in direkter Verbindung mit dem Betreffenden stand, und meldete sich: »Duffy.«
»Kam Ihnen die Stimme, die Sie soeben gehört haben, nicht irgendwie bekannt vor?«
Duffy ließ das Tonband noch einmal laufen und lauschte angestrengt nach irgendeinem Hinweis, der ihn an die Stimme Said Dschailanis erinnert hätte. Er versuchte, sich das Bild des Gucci-Mudsch ins Gedächtnis zu rufen, wie er damals in dem sicheren Haus des ISI vor ihm gesessen hatte. Dschailani hatte seine Pistole auf dem zwischen ihnen stehenden Tischchen abgelegt und während ihrer Unterhaltung an den Kardamomkeksen geknabbert, die Duffy ihm anbot, und süßen Tee nach persischer Art dazu getrunken. Doch so sehr Duffy sich auch bemühte, Dschailanis Stimme erkannte er auf dem Band nicht wieder, es sei denn, dachte er plötzlich, im Husten des Mannes.
Wie die meisten seiner Mudschs war auch Dschailani Kettenraucher – und tausend andere husteten wahrscheinlich deshalb wie er. »Ich kann die Stimme beim besten Willen nicht wiedererkennen. Höchstens, daß mir vielleicht, aber nur vielleicht, der

Husten des Typs irgendwie bekannt vorkommt. Warum fragen Sie?«

»Ich finde die Unterhaltung irgendwie komisch. Können Sie sich vorstellen, daß die Burschen da draußen vielleicht gespannt haben, daß wir ihre Unterhaltungen abhören?«

»Hören Sie mal, Kumpel«, meinte Duffy, »Sie wissen doch, was diese Burschen von der Hisbollah in Baalbek und im Bekaa-Tal machen, wenn sie eine Botschaft nach Beirut senden wollen? Sie schreiben die Botschaft mit der Hand und schicken sie mit Boten. Der Bote zeigt den Brief demjenigen, an den er gerichtet ist, der liest ihn, und dann verbrennen sie ihn. Das gibt Ihnen einen Begriff vom Sicherheitsbewußtsein dieser Leute. Warum glauben Sie also, daß der Typ mit diesem Dschafar da verschlüsselt geredet hat?«

»Der Ort, von dem aus er sprach, Zabol. Der liegt in der Nordwestecke des Iran, nahe der afghanischen Grenze. Ein trostloses Nest. Kamelscheiße gibt's da. Apfelbäume mit Sicherheit nicht.«

»Ach, das ist interessant. Kluge Beobachtung, Kumpel. Wissen Sie, wer unter der Nummer gemeldet ist? Einen Namen?«

»Zabol General Trading.«

»Eine Nummer in Istanbul. Ein Mobiltelefon. Wir haben deshalb keine Adresse.«

Duffy dachte einen Augenblick über den Argwohn seines Kollegen bei der NSA nach. Wollte der Typ sich bloß als Amateurdetektiv profilieren, oder hatte er womöglich doch eine interessante Spur aufgetan?

»Haben Sie von diesem Apparat ...« er blickte auf den Bildschirm seines Computers, wo die Nummer des Anschlusses zu lesen war, »noch andere Botschaften abgefangen?«

»Negativ. Wahrscheinlich werden sie von Zeit zu Zeit in Teheran anrufen, das dann aber über eine Landleitung, nicht über Satellit, so daß wir sie dabei nicht abhören können.«

Ja, dachte Duffy, irgendwo ist der Nutzen der Technik für das Spionagegeschäft eben doch begrenzt.

»Wie lange hebt ihr eigentlich das harmlose Zeug auf, das ihr so vom Himmel fegt, und das nichts von dem enthält, wonach ihr suchen sollt?«

»Sechzig Tage.«

Ermutige den jungen Beamten, dachte Duffy. Das ist jedenfalls immer gutes Management, Motivierung der Mitarbeiter. Und wer weiß, vielleicht war der Argwohn des Burschen ja auch berechtigt. »Was empfehlen Sie also? Meinen Sie, daß es die Mühe lohnen könnte, diese Stimme durch eine Stimmsignaturanalyse zu ziehen und dann in Ihrem gesammelten Archivmaterial nach dieser Signatur zu suchen?«

»Ja, ich glaube, das könnte die Mühe lohnen. Wird aber eine Weile dauern. Nicht die Analyse, aber das Absuchen des Archivmaterials nach den dabei herausgefilterten Merkmalen.«

»Na, und wenn schon. Nehmen wir uns die Zeit.«

Die Reise Ghulam Hamids und der Ernte der Schlafmohnpflanzungen auf den Feldern Afghanistans endete in einem schmutzigen Lagerhaus vierhundert Meilen östlich von Teheran. Ein voll mit iranischen *Pasdaran* besetzter Jeep begleitete ihn bis vor das Tor des Depots. Fern am südlichen Horizont sah man von dort aus die Dächer des entlegenen kleinen Marktstädtchens, dem das Gebäude einst gedient hatte. Der Name des Städtchens war Zabol.

Im Inneren des Lagerhauses, das nach Öl und Schmierfett roch, sah Hamid seinen Leuten zu, die ihre Jeeps entluden. Die Kilopackungen Morphinbase wurden auf eine aufgebockte Tischplatte gestapelt und dort von zwei Iranern sorgfältig gewogen. Gelegentlich wickelte einer der Iraner das eine oder andere Päckchen aus seiner Plastikhülle, um den Reinheitsgrad des Inhalts zu prüfen.

Die beiden waren mit ihrer Arbeit schon nahezu fertig, als Hamid Bewegung am anderen Ende des Lagerhauses bemerkte. Als er in die Richtung des Geräuschs blickte, sah er inmitten einer sich drängelnden iranischen Gefolgschaft einen Mann auf sich zukommen, der eine afghanische Chitralmütze und lang wallende Gewänder trug. Das mußte der berühmte Mudschaheddin-Häuptling Said Dschailani sein. Er war über einsachtzig groß und überragte die Perser, die um ihn herumwimmelten, um Haupteslänge wie ein biblischer Prophet seine Anhänger.

Der Eindruck verstärkte sich noch, als Dschailani näher kam. Er war auf grobe, ziemlich vulgäre Weise ein auffällig gutaussehender Mann mit schwarzem Bart, blauen Augen, scharfer Hakennase und Augenbrauen, die so dicht waren, daß Hamid dachte, man könnte wohl Kartoffeln darin pflanzen. Ein dunkelbraunes, von schwarzen Haarbüscheln überwuchertes Muttermal, das vom Kinn bis zum linken Mundwinkel hinaufreichte, verlieh ihm eine verblüffende Ähnlichkeit mit dem jungen Ibn Said, dem großen Kriegerkönig Saudi-Arabiens, von dem Hamid einst ein Foto gesehen hatte.

Als er Hamid erreichte, machte er eine leichte, aber sehr würdige Verbeugung, wobei er mit der Rechten seine Stirn und sein Herz berührte. »Der Segen Allahs sei mit dir, o Bruder«, psalmodierte er.

Hamid ahmte die rituellen Gebärden nach und bemerkte, sich verbeugend, daß die Pantoffeln des Mannes mit goldener Litze besetzt waren, deren Glanz in einem seltsamen Kontrast zu den stumpfen Farbtönen seiner sonstigen Kleidung stand.

Dschailani blickte auf die Tischplatte, wo soeben die Untersuchung von Hamids Morphinbase beendet wurde. »Wie ich höre, hat alles seine Ordnung. Ich gratuliere dir, o Bruder.« Er klatschte scharf in die Hände und deutete auf ein niedriges rundes Tischchen ein Dutzend Schritte zur Rechten des langen Tisches, auf dem Hamids Ware geprüft worden war. »Komm, wir wollen Tee trinken und unser Geschäft zum Abschluß bringen.«

Sie schritten zu dem Tischchen, an dem Dschailani sich mit untergeschlagenen Beinen auf den Boden niederließ. Hamid, der bequemer nach europäisch-amerikanischer Art auf Stühlen zu sitzen pflegte, folgte seinem Beispiel mit protestierend knackenden Kniegelenken. Ein Diener schenkte beiden dampfenden grünen Tee ein, den man im Iran lieber trank als arabischen Kaffee. Aus den Falten seines weiten Gewandes zog Dschailani eine Packung Marlboros und zündete sich eine an. Dann verlangte er ein Blatt Papier, einen Federhalter sowie einen Gummistempel und begann, in schön fließenden Farsilettern ein Schriftstück aufzusetzen.

Denn Dschailani mochte zwar ein alter Mudschaheddin-Führer sein, in dessen Bart Flöhe hausten, aber nichtsdestotrotz war er ein gebildeter Mann, wie Hamid wußte. Er konnte mit seinen kräftigen Händen einem Gegner den Hals umdrehen, aber mit denselben im Bedarfsfall auch Verse zu Papier bringen. Wie sein früherer Chef und Verbündeter Gulbuddin Hekmatayar war Dschailani Absolvent der Technischen Universität von Kabul. In Afghanistan kursierte seit Jahren eine Geschichte, derzufolge die beiden während ihrer Studienzeit auf die Beachtung der islamischen Sitten gedrungen hatten, indem sie jenen Kommilitoninnen, die es wagten, sich unverschleiert auf dem Universitätsgelände zu zeigen, Säure ins Gesicht schütteten.

Als Dschailani mit seiner Kalligraphie fertig war, stempelte und unterzeichnete er das Dokument und händigte es Hamid aus. Es war eine Quittung über den Erhalt von 210 Kilo Morphinbase von akzeptabler Qualität, die dem Überbringer mit der Zahlung des vereinbarten Preises von 1250 US-Dollar pro Kilo vergütet werden sollten. Dieses Papier würde Hamid bei der Rückkehr nach Quetta seinem Arbeitgeber Mohammed Issa übergeben. Diese formlose Quittung war der einzige erforderliche Beleg im Rahmen eines Zahlungsverkehrs, der in Urdu unter der Bezeichnung *Hawala*, in Hindi unter dem Namen *Hundi*, was beides etwa soviel wie Kredit bedeutet, gebräuchlich ist. Innerhalb dieses Systems werden in Asien täglich Millionen von Dollars bewegt. Die handschriftliche Quittung und Schuldverschreibung war so zuverlässig wie eine US-Schatzanweisung. Issa brauchte sie nur einem Hawala-Bankier in Quetta zu geben, und dieser würde ihm diesen Betrag auf der Stelle, abzüglich seiner Kommission, in jede von Issa gewünschte Währung wechseln.

Nach getätigtem Abschluß begutachtete Dschailani die soeben erworbene Ware, die auch ihm ein ausgezeichnetes Geschäft verhieß. Der Umfang der Lieferung war zwar für seine Verhältnisse recht bescheiden, aber da bei der Anlieferung in Istanbul für jedes Kilo Morphinbase 4000 US-Dollar gezahlt würden – wovon Hamid natürlich keine Ahnung hatte –, versprach diese Transaktion den Iranern, mit denen Dschailani zusammenarbeitete, einen Profit von 577 500 Dollar, mehr als das Achtfache dessen, was soeben Hamid an dem Stoff verdient hatte.

Dieser Profit war in gewisser Weise eine Transitsteuer, die von den Pasdaran und den Mullahs, die das Land mit harter Hand regierten, auf das über iranisches Staatsgebiet transportierte Rauschgift erhoben wurde. Die schöne Symmetrie der Operation befriedigte Dschailanis ästhetisches Empfinden zutiefst. Auf diese Weise wurde das Gift außer Reichweite der Gläubigen, außer Landes gebracht. Das war auch gut so, denn schließlich war einst im Iran die Opiumsucht fast so verbreitet gewesen wie in China um die Zeit des Boxeraufstands. Damit ist es nun vorbei, dachte Dschailani, nun wird das Gift der verdorbenen, verkommenen Jugend des Westens ausgehändigt. Es war fast so, als könnte man die Keime der Pest sicher und bequem durch das eigene Land in die Häuser der ärgsten Feinde expedieren.

»Dein Führer wird dich zur Grenze zurückbegleiten, sobald du reisefertig bist«, sagte er zu Hamid.

Hamid verstand das, wie es gemeint war, nämlich als einen Befehl zum Aufbruch. Natürlich wollte Dschailani ihm keine Gelegenheit geben zu beobachten, wie der Weiterversand der von ihm gelieferten Ware nach Westen organisiert war. Ihm konnte das übrigens ja auch egal sein. Er hatte an dem in Helmand aufgekauften Rohopium 70 000 US-Dollar verdient.

Wie es sich für einen guten Diplomaten gehört, konnte Botschafter James Longman einem Bürger seines Landes, den dort, wo Longman akkreditiert war, ein Trauerfall heimsuchte, sein Beileid mit einer Salbung aussprechen, die des Präsidenten der amerikanischen Gesellschaft der Leichenbestatter würdig gewesen wäre. Und im Fall der trauernden Witwe, der gegenwärtig in seinem Büro in der amerikanischen Botschaft in London seine Beileidsbekundungen galten, nahm er über das ihm dienstlich vorgeschriebene Interesse hinaus sogar einen gewissen persönlichen Anteil.

Der Mord am Gatten dieser Dame war natürlich auf den Titelseiten aller britischen Boulevardblätter behandelt worden, und so waren dem Botschafter dessen schauerliche Einzelheiten ebenso vertraut wie auch die Spekulationen über dessen Hintergründe, die teils im Drogengeschäft, teils im Waffenhandel vermutet wurden. Überdies war nicht zu leugnen, daß Mrs. Nancy Harmian als schwarzgekleidete Witwe mindestens so hinreißend aussah wie Sharon Stone und mit der Leidenschaft argumentierte, mit der während des spanischen Bürgerkriegs *La Pasionaria* die Bürger des belagerten Madrid zum Durchhalten angefeuert hatte.

»Die Polizei will einfach nicht auf mich hören«, erklärte sie nun schon zum dritten Mal seit Beginn der Unterhaltung. »Ich sage ihnen wieder und wieder, daß die Iraner meinen Mann ermordet haben. Und was machen die? Sie fragen mich weiter nach eventuell noch versteckten Konten meines Mannes aus, als ob der arme Kerl irgendein Finanzgauner gewesen wäre.«

»Haben Sie irgendwelche Beweise für die Verwicklung Ihres Mannes in gegen die gegenwärtige iranische Regierung gerichtete Aktivitäten?« fragte der Botschafter.

»Nein. Aber weshalb hätten sie ihn sonst ermorden sollen?«

»Allerdings.«

»Glauben Sie, daß das Foreign Office der britischen Regierung hinter diesem Desinteresse der Polizei steht? Vielleicht hat man der Polizei verboten, die iranische Spur zu verfolgen, weil man fürchtet, das ekelhafte Regime in Teheran zu verärgern?« Die Anspannung, unter der diese schöne Frau stand, war so spürbar wie zu anderen Zeiten vielleicht der Duft ihres Parfüms.

»Bei der Untersuchung eines Mordes durch Scotland Yard, Mrs. Harmian? Das kann ich mir, ehrlich gesagt, nicht vorstellen. Das wäre denn doch höchst ungewöhnlich.«

»Nun, gibt es denn gar nichts, das Sie hier von der Botschaft aus tun können, um ihnen die Augen für den Tatbestand zu öffnen, den sie anscheinend nicht sehen wollen?«

Der Botschafter legte die beiden Zeigefinger in spitzem Winkel gegeneinander und drückte sie an die Lippen – eine Geste, die der Bemerkung, die der Diplomat zu machen gedachte, von vornherein den Anschein überlegener Wohlerwogenheit verleihen sollte.

»Sie werden verstehen, daß wir hier auf keine Weise versuchen können, uns in eine polizeiliche Untersuchung einzumischen, die von der Polizeibehörde unseres Gastlandes durchgeführt wird, zumal dann nicht, wenn amerikanische Bürger nicht unmittelbar davon betroffen sind.«

»Es muß doch aber irgend etwas geben, was Sie tun können!«

»Ja. Was ich, mit Ihrer Erlaubnis, allerdings tun kann, ist das Folgende: Ich kann über das, was Sie mir soeben anvertraut haben, die Leute hier in der Botschaft unterrichten, die sich für dergleichen Sachen interessieren.« Niemals hätte er natürlich den schauerlichen Initialen CIA gestattet, über seine Lippen zu kommen, aber der Blick in Mrs. Harmians Augen verriet ihm, daß das auch nicht erforderlich war. »Sie haben ihre Methoden, über die Hintertreppe zur Lösung solcher Fälle zu gelangen.«

»Hintertreppe, Seitentreppe, wie Sie das anstellen, ist mir völlig gleichgültig«, erklärte Nancy Harmian. »Ich will nur eines: Gerechtigkeit für meinen armen ermordeten Mann.«

Binnen einer halben Stunde, nachdem sie die Botschaft verlassen hatte, lag ein Protokoll ihrer Unterhaltung mit dem Botschafter auf dem Schreibtisch von Bob Cowie, dem Chef der Londoner CIA-Außenstelle. Auch er kannte natürlich aus den Zeitungen die Einzelheiten des Mordes, dem Tari Harmian zum Opfer gefallen war, und hatte bereits eine eigene Routineuntersuchung des Falles durchgeführt.

Nun, auf Grund von Nancys Erklärungen in der amerikanischen Botschaft, führte er drei Telefonate mit Vertretern der drei iranischen Dissidentenorganisationen, mit denen die Agency Kontakte pflegte: Einer royalistischen Gruppe mit Sitz in London, einer in Paris existierenden Organisation mit breiterer politischer Basis und den von Deutschland aus operierenden alten Linken Banisadrs und der Tudeh-Partei. An allen drei Stellen versicherte man dem Anrufer, daß man mit Harmian nie etwas zu tun gehabt habe. Er habe ihre Bestrebungen nie unterstützt und scheine nur daran interessiert gewesen zu sein, nirgends unangenehm aufzufallen und Geld zu machen. So nahm denn Cowie den Bericht des Botschafters über sein Gespräch mit Nancy einstweilen zu den Akten.

Kurz nach Sonnenaufgang jenes Morgens, der dem Tag von Ghulam Hamids Lieferung von 210 Kilo Morphinbase folgte, rollte ein fünffachsiger Fruehauf-Lastwagen, in Deutschland zugelassen und durch das Schild mit den Initialen TIR als Angehöriger der *Transports Internationaux Routiers* gekennzeichnet, in das Lagerhaus Said Dschailanis. Der Lastzug war nur eines von Millionen derartiger Fahrzeuge, die tagein, tagaus zwischen Palermo und Helsinki, Lissabon und Istanbul auf den Straßen Europas unterwegs sind. Diese Lastzüge transportieren einen sehr großen Teil des Güterverkehrs im heutigen Europa, und es ist kein Zufall, daß sie Objekt der kühnsten Träume von Schmugglern sind, während sie Zollbeamten reichlich Gelegenheit zu Alpträumen geben.

Schmugglern boten diese riesigen Fahrzeuge zahlreiche Ecken und Winkel, die zu Verstecken ausgebaut werden konnten, so zum Beispiel unter den Kotflügeln dieser Giganten, im Gummi ihrer dicken Ersatzreifen, in den Wänden, Decken und Böden der Container, die sie transportierten. Außerdem konnten Schmuggelgut und vor allem Drogen leicht unter dem oft an ganz verschiedene Bestimmungsorte adressierten Stückgut verborgen werden, das diese Riesen geladen hatten. Die gründliche Durchsuchung eines solchen TIR-Lastzuges beschäftigte zwei erfahrene Zollbeamte mindestens sechzehn Stunden lang, was logischerweise zur Folge hatte, daß praktisch keiner der durch Europa rollenden TIR-Lastzüge je gründlich durchsucht wurde, sofern der Polizei nicht konkrete Hinweise auf ein Verbrechen vorlagen.

Die Geschichte des riesigen Lastzugs, der an diesem Morgen in das Lagerhaus Said Dschailanis rollte, war sowohl interessant als auch lehrreich. Der gegenwärtige ausgewiesene Eigentümer des Fahrzeugs firmierte als TNZ-Frachtkontor, Frankfurt am Main. Die Spedition verfügte über fünf derartige Lastzüge.

Der ausgewiesene Eigentümer der Firma TNZ war eine Dachgesellschaft auf der Kanalinsel Jersey, die sie treuhänderisch für ihren wahren Eigentümer betrieb, einen in London lebenden Iraner. Einer der drei Söhne führte von Frankfurt aus die Alltagsgeschäfte des Unternehmens.

Leider saßen die beiden anderen Söhne des Firmeneigners in Teheran im Gefängnis.

Während der Jahre 1991 und 1994 hatte der Vater, der in Kontakt zu den in Deutschland exilierten Gegnern des Mullahregimes stand, zugelassen, daß in seinen Lastzügen P4-Plastiksprengstoff in den Iran geschmuggelt wurde, der dort von marxistischen Guerillas zu Anschlägen auf Vertreter des Regimes benützt wurde. Unglücklicherweise wurde einer von ihnen auf frischer Tat gefaßt und gestand unter Folter, wie er an den Sprengstoff gekommen war.

Zufälligerweise befanden sich damals die beiden jüngeren Söhne des Firmeneigners als dortige Vertreter des Unternehmens in

Teheran. Sie wurden verhaftet, und ihrem Vater in London gab man zu verstehen, daß seine Lastzüge in Zukunft Schmuggelware nur im Auftrag der iranischen Geheimpolizei befördern würden – die ihn natürlich für die sichere Ankunft der Fracht beim Adressaten haftbar machen würde. Falls es diesbezüglich Klagen geben sollte, müsse er sich darauf gefaßt machen, den Tod seiner beiden angeklagten Söhne zu beklagen.

Der Lastzug war bereits mit seiner legalen Fracht beladen, iranischen Lebensmitteln, die für einen Hamburger Grossisten bestimmt waren, der die große hamburgische Gemeinde iranischer Exilanten belieferte. Nun wurde hinter der Tür des Laderaums eine metallene Bodenplatte hochgenommen. Sie verbarg einen ungefähr einen Meter achtzig langen Hohlraum, der nun durch eine sechzig Zentimeter breite und fünfzehn Zentimeter tiefe Öffnung zugänglich wurde. Ghulam Hamids 210 in Plastik eingeschweißte Kiloportionen Morphinbase wurden auf einen hölzernen Schieber gepackt, der genau in diesen Hohlraum paßte. Das Versteck wurde nun wieder verschlossen, die Fugen beschmierte man mit Schmutz und Fett, so daß sie sich vom Rest der Ladefläche nicht mehr unterschieden Dann wurden die Hecktüren des Laderaums verriegelt, und ein Zollbeamter versiegelte diese mit dem Siegel der iranischen Zollbehörde. Der Lastzug fuhr früh am folgenden Morgen ab in Richtung des Grenzübergangs zur Türkei bei Gurbalak.

Bisher hatte der Ertrag der Schlafmohnpflanzungen Ahmed Khans und der anderen Bauern in der afghanischen Provinz Helmand seine Reise auf den Markt im Abendland unter primitiven und schwierigen Bedingungen zurücklegen müssen. Damit war es nun vorbei. Von nun an würde die auf den *Dscheribs* dieser armen Landleute eingebrachte Ernte die Reise zu ihren abendländischen Endverbrauchern auf dem grenzenlosen Ozean des Welthandels fortsetzen.

DRITTES BUCH

Ein Fuß im Paradies

Endlich wurde der Traum wahr, ein Traum, den Oberst Dimitri Wulff schon seit vielen Jahren hegte. Soeben hatte der Kapitän des Cyprus Airway Flugs von Moskau nach Zypern angekündigt: »Ladies and Gentlemen, wir setzen nun zur Landung auf den internationalen Flughafen von Larnaka an.«

Aus dem Kabinenfenster sah Wulff in der Tiefe die Lichterkette, die wie Diamanten in schwarzem Samt an der nächtlichen Küste der Insel lag. War das die Küste von Limassol? Von Limassol, wo Richard Löwenherz seine Königin gekrönt hatte? Und wo Wulff binnen kurzem seine eigene neue Königin zu krönen gedachte, Nina, das rotschöpfige, grünäugige Exmodel, zwanzig Jahre jünger als er, deren Hand er um so fester in der seinen hielt.

Wulff seufzte und lehnte den Kopf in die Kopfstütze seines Sessels. Es war geschafft. Er war endlich an dem Ziel, auf das er nun – wie lange schon? Ja, inzwischen schon mehr als sechs Jahre – hingearbeitet hatte. In dem abgewetzten roten Lederkoffer unter dem Sitz vor dem seinigen lagen die Schlüssel, die ihm das Tor des gelobten Landes öffnen würden. Wie sehr hatte er sich doch anstrengen müssen, sie während all dieser Jahre vor den spionierenden Augen seiner Kollegen, seiner Vorgesetzten und seiner Gattin verborgen zu halten. Nun endlich erreichte er mit ihnen das ersehnte Ziel, ihre lange und gefährliche Reise war überstanden.

Nun würde er bald vor der Tür der Eigentumswohnanlage Les Sirènes stehen, deren Charme er bisher nur aus dem Prospekt kannte, den er in jenem roten Koffer ebenfalls mitführte. Das Apartment, das er für sich und Nina ausgesucht hatte – fünfte Etage, zwei Schlafzimmer – hatte natürlich einen Balkon mit Meerblick. Sie würden von nun an die langen müßigen Vormittage unter wolkenlosem Himmel am Strand verbringen, ihren Lunch am Schwimmbecken von olympischen Ausmaßen einnehmen, das zur Wohnanlage gehörte, Weißwein nippen, den Duft von Zitronenblüten und Flieder atmen und dann im schwindenden Abendlicht dieser magischen Insel zwischen drei Kontinenten, die passenderweise als Geburtsort Aphrodites galt, der griechischen Göttin der Liebe und Schönheit, würden sie bis zur Erschöpfung die Freuden der Liebe genießen.

Wie weit weg war all das von Moskau, wo die Aussichten in jeder Hinsicht und Richtung so entsetzlich trist waren und der Gestank der Korruption alle Lebensbereiche einer einst so großartigen und herrlichen Gesellschaft durchdrang, die nun jedoch in Verbrechen und Chaos versank. Wulff war ein angesehenes Mitglied dieser Kreise gewesen, ehe Gorbatschow, Jelzin und Konsorten den sozialistischen Traum in einen mafiosen Alptraum verwandelt hatten. In seiner tadellos geschneiderten Uniform eines Obersten der Artillerie, einem Elitekorps der Roten Armee, hatte Wulff überall des Respekts und der Bewunderung seiner sowjetischen Mitbürger sicher sein können, wo immer er sich zeigte, ob auf den Straßen von Moskau, Smolensk oder Alma Ata. Er hatte eine privilegierte Stellung genossen, ehe jene Schweine (Gorbatschow und Konsorten) versucht hatten, einen Bettler aus ihm zu machen. Und was hatten diese Bastarde aus der besten Armee der Welt gemacht, aus seiner geliebten Roten Armee, der er sein Leben geweiht hatte, dem Stolz des großen Volkes, dem Schrecken der Feinde der Sowjetmacht? Einen Sauhaufen! Schlecht ausgebildet, schlecht ausgerüstet, schlecht diszipliniert, schlecht ernährt, schlecht untergebracht, unfähig, auch nur mit diesem Gangsterpöbel in Tschetschenien fertig zu werden und – was denn doch der Gipfel war, eine unverzeihliche Beleidigung dieser einstigen Elite der Sowjetgesellschaft – unbezahlt! Nun, wenigstens habe ich mich nicht unterkriegen lassen, dachte Wulff, und die Kurve gekratzt.

Als die Maschine endlich bei dem ihr zugewiesenen Gate hielt, erwachte Wulff aus seiner Träumerei. Er küßte Nina auf die Wange. »Na denn, kleine Tschupschick, wir haben's geschafft«, sagte er. Dann klemmte er sich sein rotes Köfferchen fest unter den Arm und ging Nina voraus zur Kabinentür.

Als die beiden die nicht besonders umständlichen zypriotischen Einreiseformalitäten hinter sich gebracht hatten, führte Wulff seine Gefährtin zur Gepäckausgabe. »Warte hier auf mich, Liebling«, bat er. »Ich muß noch was erledigen.«

Zu den attraktivsten Seiten der Republik Zypern gehörte eine Geschäfts- und Bankgesetzgebung, die den Zweck verfolgt – und erfüllt –, Bankunternehmen und Handelsgesellschaften zur Niederlassung auf der Insel zu motivieren. Die Straßen von Nikosia, der Hauptstadt des Inselstaats, sind gesäumt von Bankfilialen aus allen Finanzzentren der Welt. Über 700 große Geldhäuser haben Niederlassungen auf der Insel, und die Zahl der dort etablierten kleineren privaten Firmen geht in die Tausende.

Unter den Vorschriften, die finanzielle Aktivitäten auf Zypern regulieren – oder vielmehr deren quasi anarchischer Freiheit Vorschub leisten, wie viele meinen –, gibt es eine Klausel, derzufolge jeder Besucher soviel Bargeld, gleich welcher Währung, wie er kann und will, einführen darf, vorausgesetzt er meldet den Betrag beim Zoll an. Unter dieser Bedingung steht es ihm dann frei, das Geld bei einer der Dutzenden von ausländischen Banken, die Niederlassungen in Nikosia haben, zu deponieren oder es an jeden beliebigen Ort der Welt zu transferieren. Diese Möglichkeit erfreut sich bei Steuerflüchtlingen und Geldwäschern in aller Herren Länder größter Wertschätzung.

Während Nina an der Gepäckausgabe auf ihre Koffer wartete, trat der Oberst an den Schalter, wo mitgeführte Zahlungsmittel zu deklarieren waren, um seine Erklärung abzugeben. Diese beeindruckte den gelangweilten zypriotischen Beamten hinter dem Tresen nicht im mindesten. Schließlich hatten während der Feriensaison des Jahres 1996 nicht weniger als fünfzig ausländische Touristen bei ihrer Ankunft Beträge von über zwanzig Millionen US-Dollar in verschiedenen Währungen angegeben, die zweifellos nur zum geringen Teil der Finanzierung ihres Ferienaufenthaltes hatten dienen sollen.

Seinen abgewetzten roten Lederkoffer unter dem Arm, kehrte Wulff zu Nina zurück, die inzwischen das Gepäck bereits vom Förderband geholt hatte. Am Taxistand vor dem Terminal nahmen die beiden dann einen Wagen, der sie dreißig Meilen weit nach Nikosia vor das Tor des dortigen Holiday Inn kutschierte.

Wulff, der sich während seiner Dienstjahre bei der Roten Armee von der Weisheit hatte durchdringen lassen, daß Vorsicht die Mutter der Porzellankiste ist, entschied, daß sie sich das Abendessen in ihrer Suite servieren lassen würden. Zur offiziellen Feier ihrer Ankunft wäre am nächsten Tag noch Zeit genug, meinte er. Ein Punkt des Festprogramms freilich ließ sich nicht auf die lange Bank schieben, und die fällige, glorreiche Nummer wurde noch am gleichen Abend geschoben. Als dann der den Ansprüchen seiner jungen Reisegefährtin eifrig gehorsame Wulff völlig erschöpft – der Jüngste war er ja nun wirklich nicht mehr – in süße Bewußtlosigkeit sank, hatte er dann gerade noch Zeit für einen Gedanken: daß er hier wirklich schon mit einem Fuß im Paradies stand.

Als die Filiale der Sovereign Guarantee Trust am Makarios Boulevard in Nikosia am nächsten Morgen um neun geöffnet wurde, stand Wulff bereits wartend vor der Tür. Nachdem er der hübschen, jungen, schwarzhaarigen zypriotischen Empfangsdame sein Anliegen erklärt hatte, wurde er sofort in das Büro des für Kontoeröffnungen zuständigen Vizepräsidenten der Bank, John Iannides, geleitet.

Iannides ließ zwei Täßchen jenes zähflüssigen süßen, starken Gebräus kommen, das im griechischen Teil der Insel – wie im restlichen von osmanischer Tyrannei befreiten Griechenland – als »griechischer« Kaffee bekannt ist, und begann, dem Oberst einige der Vorteile zu erläutern, die die Bank ihren geschätzten Kunden bot. Zum Beispiel durfte der Oberst, wenn er wollte, unter Ausnutzung des liberalen zypriotischen Gesellschaftsrechts leicht auch auf Zypern eine Handelsgesellschaft gründen. Dann konnte er den Hauptsitz dieser Gesellschaft auf die Cayman-Islands verlegen, wo auch die Bank ihren Hauptsitz hatte, und so die lästige Pflicht umgehen, auf Zypern Einkommensteuern auf die Gewinne zu bezahlen, die seine Gesellschaft etwa anderswo erwirtschaftete.

Ungeachtet des Abscheus, mit dem Wulff die neuen kapitalistischen Herrscher seines einst sowjetischen Vaterlands bedachte, waren dem Oberst doch die Feinheiten des Systems der freien Wirtschaft keineswegs ganz unvertraut. So war ihm durchaus bewußt, welche Vorteile er aus der Gründung einer eigenen

Firma ziehen konnte, und so informierte er den Bankier, daß er genau dies beabsichtige.

Iannides nickte beifällig zu dem weisen Entschluß seines neuen Kunden. Freilich konnten auf Zypern neu gegründete Gesellschaften keine Blanko- oder Inhaberaktien ausgeben, wie das in gewissen berüchtigten Geldwäschezentren, zum Beispiel Panama, möglich war. Iannides machte ein Gesicht, als hätte er in eine der weithin hochgeschätzten Zitronen gebissen, die seine Heimatinsel in alle Welt exportierte. Damit wurde dem Obersten zu verstehen gegeben, daß zwischen der liberalen zypriotischen Republik und Geldwäschereianstalten wie etwa Panama Abgründe klafften.

Indessen, beeilte er sich hinzuzufügen, gebe es für den Fall, daß der Oberst seine Aktien nicht im Namen der Teilhaber seiner Gesellschaft ausgeben wollte, auch unter zypriotischem Recht einen Weg, den oder die Eigentümer der Gesellschaft geheimzuhalten. So konnten etwa die Papiere an einen nominellen Anteilseigner ausgegeben werden, den zu benennen dem Obersten freistand. Es wäre sogar möglich, ihn selbst, John Iannides, einzusetzen. Als Bevollmächtigter der Firma könnte dann er, wenn der Oberst es wünschte, Geschäfte für sie abschließen. Die Identität des Obersten als wahrer Eigentümer würde in einem privaten Schließfach in der Central Bank of Cyprus hinterlegt werden. Und die Zentralbank wäre nur in dem Fall verpflichtet, die wahre Identität des Eigentümers preiszugeben, daß schwerer, wohlbegründeter Verdacht der Strafverfolgungsbehörden im Zusammenhang mit Operationen der Firma bestehe.

Dem Obersten leuchtete die schlichte Eleganz des ihm von Iannides empfohlenen Verfahrens ein. »Wenn ich also eine Eigentumswohnung in Limassol kaufen wollte, würde das die Gesellschaft für mich erledigen?«

»Aber selbstverständlich«, versicherte ihm Iannides. »Ich, als Ihr zypriotischer Begünstigter, würde mich vor dem Ministerrat dafür verbürgen, daß die Gesellschaft und ihr Eigentümer ansonsten keine als Wohnraum tauglichen Immobilien auf der Insel besitzt. Mehr Bedingungen sind nicht gestellt. Man wird Ihnen den Erwerb der Eigentumswohnung gestatten, und Sie können diese nach Gutdünken bewohnen. Und als ausländischer Rentner brauchen Sie an Einkommensteuer nur fünf Prozent des Einkommens zu zahlen, das Sie in Zypern einzuführen belieben.«

Ein Ausdruck fast ungetrübten Glücks breitete sich auf dem gewöhnlich ziemlich verdrossen anmutenden slawischen Zügen des Oberst aus. »Da.« Er nickte. »Gründen wir also die Gesellschaft.«

Iannides entnahm einer Schublade die Formulare, die zur Gründung einer Firma und Eröffnung eines Bankkontos benötigt wurden. »Welchen Betrag wünschen Sie, auf Ihr Konto einzuzahlen?«

»Eine Million sechshunderttausend US-Dollar.«

»In ...?«

»Bar.«

Die Antwort überraschte Iannides nicht, denn er hatte das rote Lederköfferchen in der Hand des Oberst bemerkt, als dieser sein Büro betreten hatte. Das Köfferchen hätte natürlich auch Inhaberaktien oder andere Wertpapiere enthalten können, aber die wenigsten Russen waren schon so weit, derartigen Zahlungsmitteln zu vertrauen. Die russischen Novizen im Finanzgeschäft bevorzugten im allgemeinen Bargeld, und zwar gewöhnlich Dollar oder DM. Übrigens ging auch die von Wulff genannte Summe nicht über den Rahmen hinaus, der Iannides bei derartigen Transaktionen vertraut war.

Der Oberst beugte sich nun über seinen Koffer, knöpfte sein Hemd auf und griff nach dem Schlüssel, den er an einer Kette um den Hals trug. Dann konnte er den Deckel des aufgeschlossenen Koffers zurückschlagen. Sein Schatz bestand aus sechzehn Bündeln Hundertdollarscheinen. Jedes Bündel hatte einen Wert von 100 000 Dollar. Die Banknoten waren in die nun schon vergilbten Seiten eines Exemplars der *Prawda* vom 19. April 1992 eingeschlagen, jenes Tages, an dem er das Geld gezählt, gebündelt, in den roten Koffer gelegt und diesen schließlich in einem Winkel hinter dem Kleiderschrank in seiner Moskauer Wohnung verborgen hatte.

Jahrelang hatte ein Gedanke ihn ständig verfolgt, der ihn vor Furcht zu lähmen drohte, nämlich daß ein Wohnungsbrand seinen Schatz vernichten könnte. Er hatte die Schrecken des Lungenkrebses und des Herzinfarkts heraufbeschworen, um auch seine Frau dazu zu bringen, das Rauchen aufzugeben. Aber nun war sein Schatz endlich hier auf dem Schreibtisch eines Bankiers, bereit, in den großen Ozean des Bankensystems der Welt einzutauchen.

Iannides ließ den Oberst seine Geldbündel selbst auswickeln. Der Mann zeigte eine so unverhohlene Freude daran, seinen Reichtum mit Händen zu greifen, daß es grausam gewesen wäre, ihn dieses Genusses zu berauben. Während Wulff auspackte, entnahm Iannides seiner Schreibtischschublade einen Geldzähler. Angesichts der Menge der Bareinzahlungen, die bei ihnen getätigt wurden, war es nur natürlich, daß moderne zypriotische Bankiers sich durch den Besitz einer Geldzählmaschine ebenso unfehlbar auszeichneten, wie einst der bekannte Blechstern die Sheriffs des Wilden Westens identifiziert hatte.

Während der Oberst mit großen Augen zusah, ließ Iannides die von ihm ausgewickelten Hundertdollarnoten durch die Zählmaschine laufen, die dabei ein schnurrendes Geräusch machte, das dem einer Schar von aufgescheuchten Rebhühnern glich. Der Automat bestätigte die Angabe des Oberst und zählte sechzehntausend Hundertdollarnoten, den Betrag von einer Million sechshunderttausend Dollar also.

Iannides wandte sich dann dem erforderlichen Papierkram zu. Als er damit fertig war, erklärte er, daß noch eine Sache zu tun sei.

»Wir zahlen das Bargeld, das Sie uns anvertraut haben, bei der Central Bank of Cyprus ein. Sobald sie dort den Betrag geprüft und verifiziert haben, werden sie ihn uns gutschreiben, und dann können wir die Summe dem Konto Ihrer neuen Gesellschaft zur Verfügung stellen. Es gibt dabei«, fuhr Iannides fort, »allerdings eine Formalität, die wir besser nicht außer acht lassen. Sie wissen wahrscheinlich, daß nicht gerade wenige gefälschte amerikanische Hundertdollarnoten im Umlauf sind?«

Der Oberst zuckte gleichgültig die Achseln. »Ja. Ich habe in Moskau davon gehört, aber mein Geld stammt nicht aus Moskau.«

»Gut. Was wir jedoch zu unserem und Ihrem Schutz nicht versäumen dürfen, ist, jeden der von Ihnen eingereichten Scheine zu fotografieren, ehe wir sie bei der Central Bank einzahlen. Auf diese Weise haben wir die Möglichkeit, den Einreicher von etwa bei der Prüfung seitens der Central Bank als Fälschungen erkannter Scheine zu identifizieren und sein Konto entsprechend zu belasten. Wir fotografieren die Scheine auf einer speziell zu diesem Zweck angefertigten Tafel, die 400 Scheine gleichzeitig aufzunehmen erlaubt. Um den von Ihnen eingereichten Betrag abzulichten, werden wir also vierzig Aufnahmen machen müssen. Da es sich um Ihr eigenes Geld handelt, werden Sie bei den Aufnahmen sicherlich anwesend sein wollen, um sich zu vergewissern, daß wir wirklich Ihr Geld fotografieren und nicht etwa irgendwelche anderen Scheine. Deshalb möchte ich Sie auch bitten, jedes der vierzig Fotos gegenzuzeichnen. Ist Ihnen das recht?«

»Ich wäre gern zum Mittagessen wieder in Limassol.«

»Kein Problem. Wir werden rechtzeitig fertig sein. Ich lasse Sie dann von einem unserer Wagen nach Limassol zurückbringen.«

Wulff lächelte. Hier zeigten die Leute noch Respekt. Respekt, wie er ihn in der Sowjetunion gewöhnt gewesen war, ehe dort diese reformistischen Schweinehunde an die Macht kamen.

Iannides führte ihn das Fotoatelier. Auf einem langen Tisch lag ein Sperrholzgestell unter einem Leistengitter, das Rähmchen in der Größe von Dollarnoten aussparte. Einer nach der anderen wurden die ersten vierhundert Scheine von Wulffs Schatz eingepaßt. In der Mitte des Rahmens war Platz für eine Karte, die mit seinem Namen, der Nummer seines Reisepasses und dem Datum seiner Einreise in Zypern versehen war. Die Kamera war unter der Decke installiert. Als die erste Platte präpariert war, wurde die Innenbeleuchtung abgedunkelt, und ein Blitz flammte auf. Dieser Vorgang wurde dann mit den nächsten vierhundert Scheinen wiederholt.

Sie wurden rechtzeitig zum Mittagessen mit der Arbeit fertig. Iannides begleitete den Oberst zu dem wartenden Wagen.

»Guten Appetit«, wünschte er seinem neuen Kunden. »Der Papierkram für die Firmengründung dürfte in achtundvierzig Stunden erledigt sein, und dann können Sie sich hier bei uns ein Eigenheim kaufen, wenn Sie wollen. Wie sagte schon Othello in Shakespeares großem Drama: ›Willkommen auf Zypern, Sir.‹«

Es war schon später Nachmittag in Nikosia, als John Iannides nach seiner Mittagspause in die Bank zurückkehrte. Inzwischen waren die Aufnahmen der Hundertdollarscheine des Oberst entwickelt und vergrößert und das Geld selbst mit einem Panzerwagen bei der Central Bank eingeliefert worden. Teils aus Vorsicht, teils aus Neugier beschloß Iannides, eine der Aufnahmen einer Stichprobe zu unterziehen, um zu sehen, ob nicht vielleicht auch der Oberst die eine oder andere Fälschung in seiner Sammlung hatte. Er bat den Fotografen, ihm den Film zur Prüfung vorzulegen.

Iannides begann, die Aufnahmen zu studieren. Er war kein Experte, wenn es darum ging, Exemplare jener gefälschten Hundertdollarnote zu entlarven, die so sorgfältig ausgeführt war, daß man sie in Fachkreisen als den »Superschein« bezeichnete. Den Blick für diese Blüte hatten nur wenige Leute. Diese Fälschung war die täuschendste, die jemals hergestellt worden war, so täuschend, daß die US-Regierung sich im Februar 1996 genötigt gesehen hatte, eine neue Hundertdollarnote in Umlauf zu bringen. Um jedoch eine Panik auf den Währungsmärkten der Welt zu vermeiden, hatte das US-Schatzamt davon abgesehen, die alten Scheine aus dem Verkehr zu ziehen, und so waren noch Millionenbeträge Falschgeld im Umlauf. Wie den meisten Bankleuten lag auch Iannides ein Steckbrief des US-Schatzamtes vor, der auf die kaum merklichen Details hinwies, die diesen falschen Hunderter von den echten unterschieden.

Er suchte bei seinen Stichproben nur nach einer dieser Eigentümlichkeiten. Mit einem Vergrößerungsglas musterte er die dreizehn fünfzackigen Sterne, die im Kreis rund um das Siegel des Schatzamtes rechts auf der Vorderseite des Scheins angeordnet sind. Auf den echten Scheinen waren alle fünf Zacken dieser Sterne deutlich und klar konturiert. Bei den Fälschungen fehlte zweien dieser Sterne der scharfe Umriß, so als sei dem Graveur bei der Kopie dieses Teils seiner Vorlage die Nadel stumpf geworden.

Der Unterschied war nicht groß und nicht leicht zu erkennen, man mußte schon sehr sorgfältig vergleichen. Doch als er endlich die erste Spalte, die er untersuchte, von oben bis unten geprüft hatte, war Iannides entsetzt. Unter den zwanzig Scheinen dieser Reihe waren, wenn er recht beobachtet hatte, nicht weniger als sieben Fälschungen. Er markierte diese mit einem Fettstift und setzte seine Prüfung fort. Mit katastrophalem Ergebnis. Am Ende hatte er fast die Hälfte der fotografierten Scheine als Fälschungen markiert.

Falls sich sein Verdacht bestätigte, würde nach Prüfung durch die Experten bei der Central Bank gut die Hälfte des Schatzes des russischen Oberst in den Verbrennungsofen wandern. Das würde dessen stolzen Besitzer zweifellos nicht freuen.

Die Aussicht auf dieses Autodafé freute natürlich auch Iannides nicht. Zumal ihn seine Entdeckung schon jetzt vor ein gewisses Dilemma stellte. Es war im internationalen Bankwesen üblich, Fälschungen zu vernichten, ohne es an die große Glocke zu hängen, wenn sie von dem Kunden offenbar in gutem Glauben eingereicht worden waren. Anders verhielt es sich jedoch, wenn der Verdacht bestand, daß der Kunde versucht haben könnte, der Bank bewußt falsche Scheine unterzujubeln. In dem Fall war es die Pflicht des Bankiers, die Polizei einzuschalten.

Iannides dachte über seine Begegnung mit dem Oberst nach. Um mit einem Koffer voller Geldscheine, von denen die Hälfte nicht echt waren, in einer Bank aufzukreuzen und ein Konto zu eröffnen, mußte einer entweder verrückt oder ahnungslos sein. Iannides hielt den Oberst nicht für verrückt. Daß in Rußland Gauner haufenweise Falschgeld auf den Markt brachten, war ja allgemein bekannt. Offenbar war der gute Oberst von Verbrechern betrogen worden. Nichtsdestoweniger hielt Iannides es für seine Pflicht, bei der Central Bank anzurufen und zu empfehlen, die Wagenladung Hundertdollarscheine, die er kürzlich dort deponiert habe, mit besonderer Sorgfalt auf Echtheit zu prüfen.

Tatsächlich war das bereits geschehen. Wegen der enormen Bargeldmengen, die nach Zypern eingeschleust werden, hatte die Bank einen ihrer Angestellten im US-Schatzamt zum Experten für die Entdeckung der sogenannten »Superscheine« ausbilden lassen. Sein Befund bestätigte den Verdacht von Iannides. Mehr als die Hälfte der Hunderter des Oberst waren gefälscht.

Die Prozedur, der man in solchen Fällen folgte, war recht einfach. Das US-Schatzamt hatte auf Zypern einen Geheimdienstagenten. Diesen rief man und händigte ihm die bereits als Fälschungen gekennzeichneten und zur Vernichtung bestimmten

Scheine aus. Der Agent fragte natürlich nach der Herkunft der Blüten. Da jedoch der Bankier, der sie der Zentralbank anvertraut hatte, seiner Überzeugung Ausdruck verliehen hatte, sein Kunde habe in gutem Glauben gehandelt, erhielt der Agent auf diese Frage keine Antwort. Das Bankgeheimnis war den Zyprioten teuer, und sie bequemten sich nur, es zu lüften, wenn ihnen Beweise für ein schwerwiegendes Verbrechen vorgelegt wurden.

Nachdem der amerikanische Geheimagent die Bank verlassen hatte, meldete der Bankier jedoch den Vorgang beim Betrugsdezernat der zypriotischen Polizei, wo der diensthabende Beamte den Namen des russischen Oberst, der das Falschgeld eingereicht hatte, sowie die Nummer seines Reisepasses und das Datum seiner Einreise im Computer seines Amts speicherte.

»Mr. Duffy?«

»Was wollen Sie?« Jim Duffy blickte von der Lektüre der gegenwärtig über den Computermonitor flackernden abgefangenen Botschaft auf, die nicht weniger fesselnd war als alles, womit er sich schon hatte befassen müssen. Hier war die Rede von der Unfähigkeit eines Mullahs, in Ahvaz feurige Freitagspredigten zu halten, wie man sie in der dortigen Moschee hören wollte.

»Mr. Lohnes wüßte gern, ob Sie einen Augenblick Zeit hätten, ihn in seinem Büro in der siebenten Etage zu besuchen?«

»Ich würde die Treppen auf den Händen hochlaufen, um ein Weilchen von diesem Scheiß wegzukommen«, erwiderte Duffy und schaltete den Computer ab.

Die Büroräume des Deputy Director of Operations – kurz DDO genannt –, nämlich des Stellvertretenden Direktors operativer Einsätze, lagen neben denen des Direktors, und aus den großen Fenstern blickte man über den Haupteingang des Gebäudes auf die Landschaft des Staates Virginia hinaus. Wie in den Räumen des Direktors gab es auch hier eine Küche und ein Speisezimmer sowie einen Ankleideraum. Eigentlich und von Rechts wegen sollte ich hier residieren, dachte Duffy, als er eintrat und merkte, wie der Ärger ihm gleich Sodbrennen verursachte. Halt, laß das, befahl er sich. Mach, was Shirley MacLaine empfiehlt, vergiß diese negativen Emotionen.

»Jimbo!« Jack Lohnes kam in das Vorzimmer seiner Suite, um

ihn zu begrüßen. »Ist schon irgendwas bei dem abgehörten Material herausgekommen?«

»Nur Scheiße.«

»Machen Sie sich nichts daraus. Ich glaube, wir haben was für Sie, das Sie mehr interessieren wird als dieses Zeug.« Lohnes führte seinen Besucher in sein Privatbüro. Sie nahmen in einer Sitzecke Platz, wo schon ein junger Beamter saß, den Jim nicht kannte und den vorzustellen Lohnes sich nicht die Mühe machte. Der Kaffee stand schon parat.

»Waren wir eigentlich schon mit dieser gefälschten Hundertdollarnote befaßt, als Sie sich damals ins Privatleben zurückzogen?« fragte Lohnes. »Dem Ding, das im Schatzamt als der ›Superschein‹ bezeichnet wurde?«

»Ja. In Beirut tauchten Massen davon auf. Soweit mir erinnerlich ist, waren wir uns damals noch nicht einig, woher diese Blüten kamen, ob sie von den Syrern oder von den Iranern hergestellt wurden.«

»Nun, das haben wir inzwischen herausgekriegt. Die Dinger sind Made in Iran. Die Iraner haben die Hisbollah im Libanon damit gepäppelt, so daß diese Leute ihre sozialen Programme damit finanzieren können, die bei israelischen Angriffen zerstörten Häuser der Gläubigen wieder aufbauen, neue Gemeindezentren und Schulen eröffnen, solche Sachen eben. Als dann die Ayatollahs merkten, wie gut ihr Spielgeld ankam, haben sie angefangen, es auf dem internationalen Geldmarkt abzusetzen.«

»Ich nehme an, daß wir deshalb einen neuen Hundertdollarschein herausgebracht haben.«

»Allerdings. Dieser verdammte Fälschung war so gut, daß die Bundesbank ihre eigene Blütenerkennungsmaschine neu justieren mußte, um ihn aussortieren zu können. Können Sie sich das vorstellen? Die Ayatollahs haben uns zu der ersten größeren Änderung in unserer Währung seit fünfundsiebzig Jahren gezwungen. Rubin und seine Leute drüben im Schatzamt haben gebibbert vor Angst, daß die Sache sich zu einem großen öffentlichen Skandal auswachsen und einen weltweiten Run auf den neuen Hundertdollarschein auslösen würde. Immerhin sind ungefähr 380 Milliarden Dollar Bargeld im Umlauf, zwei Drittel davon im Ausland und eine verdammt große Menge davon in

Hundertdollarscheinen. Insgesamt repräsentiert das eine hübsche zinsfreie Staatsanleihe für Uncle Sam. Nun vergraulen Sie aber mal die Kundschaft für diese Wertpapiere, und Sie können Ihre Bemühungen, das Haushaltsdefizit zu verringern, glatt vergessen.«

»Aber wie haben die Iraner das geschafft? Seit wann sind die denn als Meisterfälscher qualifiziert?«

»Sie wissen doch, daß man auf der Oberfläche eines frischen neuen Dollarscheins so etwas wie ein Relief spürt, nicht wahr?«

Duffy nickte.

»Die Ursache hierfür ist die Methode, mit der das Geld hergestellt wird, ein italienisches Tiefdruckverfahren, das hier als *intaglio-printing* bezeichnet wird. Dazu braucht man diese kolossalen sechzig Tonnen schweren Tiefdruckpressen. Es gibt auf der ganzen Welt nur zwei Firmen, die diese Maschinen herstellen, eine hier bei uns, die auch unsere Staatsdruckerei beliefert, und eine in Lausanne in der Schweiz.«

»Sie werden mir doch wohl nicht weismachen wollen, daß die Schweizer den Ayatollahs ihre Geldfälscherwerkstatt eingerichtet haben?«

»Nein, nein, das nicht.« Lohnes hatte begonnen, sich mit einer aufgebogenen Büroklammer die Fingernägel zu reinigen, und war einen Augenblick lang in Gedanken woanders. »Es war der Schah. Er kaufte in den siebziger Jahren zwei von diesen schweizerischen Pressen, um in Zukunft sein eigenes Geld drucken zu können wie ein richtiger König. Denn bisher mußte er seine Rials ja von der Bank of England drucken lassen. Die Schweizer De-La-Rue-Giori-Gesellschaft stellte ihm die beiden Pressen auch auf, eine in Shimran, einem Vorort von Teheran, in der Nähe seines dortigen Sommerpalastes, und eine in Karaj, einem Ort, der etwa fünfundzwanzig Meilen nordwestlich der Hauptstadt liegt. Aber dann kam die Revolution, und der arme alte Schah kam nie dazu, auf diesen schönen neuen Pressen was drucken zu lassen. Einige Jahre lang standen sie da und verstaubten. Dann, Mitte der achtziger Jahre, als den Ayatollahs während des Kriegs gegen den Irak das Geld ausging, machte irgendein kluges Köpfchen den Vorschlag: ›He, warum machen wir nicht Gebrauch von diesen Pressen, die sich der Schah hat kommen lassen, und drucken uns die Dollars, die uns fehlen? Das würde auf einen Schlag unsere Liquiditätsprobleme lösen.‹«

Lohnes warf die verbogene Büroklammer in den blitzsauberen Aschenbecher. »Sie haben sich dann von der ostdeutschen Stasi ein paar tüchtige Graveure aus Leipzig anheuern lassen, die ihnen die Druckplatten nachstachen. Woher sie sich dann das Papier besorgt haben, das dem von uns verwendeten sehr ähnlich ist, haben wir bisher nicht herausfinden können.«

»Wie viele von diesen verdammten Dingern haben sie gedruckt?«

»Das weiß niemand. Rubin räumt offiziell ein, daß Falschgeld im Wert von zehn Milliarden Dollar im Umlauf sei. Das ist natürlich lachhaft. Die Nachrichtendienste sind sich einig, daß die tatsächliche Summe mehr als doppelt so hoch sein muß.«

»Und sie sind damit durchgekommen, den guten alten Uncle Sam zu bescheißen, wie es noch niemals jemandem gelungen ist? Und niemand hat einen Mucks gesagt? Und der brave Durchschnittsbürger in diesem Land hat noch immer keinen Schimmer, was man mit seiner kostbaren Währung gemacht hat?«

»Geldfälschungen fallen in die Zuständigkeit des Secret Service, und der hat in diesem Fall kläglich versagt. Uns haben sie erst 1993 hinzugezogen, als die Regierung es echt mit der Angst zu tun bekam. Wir hatten im Herbst 1994 aus dem abgehörten Fernmeldeverkehr schon ziemlich unwiderlegbare Beweise dafür zusammengetragen, daß die Iraner dahintersteckten, aber wir haben es nicht geschafft, Rubin im Schatzamt davon zu überzeugen.«

»Warum nicht, zum Teufel?«

»Er machte sich Sorgen wegen der Reaktion der Märkte. Lauter so 'n Scheiß.«

Duffy lachte in sich hinein. Nichts bereitete ihm größeres Vergnügen, als mit anzusehen, wie Verwaltungsbürokraten sich vor Verlegenheit wanden.

»Jedenfalls haben wir dann einen Satelliten über Teheran in Stellung gebracht und ein paar prima Fotos von den Typen gemacht, die die Stapel ihrer neuen Geldscheine auf Lastwagen verluden, um sie, sozusagen, auf den Markt zu werfen. Diesmal mußte uns die Verwaltung glauben, ob sie wollte oder nicht.«

»Und dann haben sie sich hingesetzt und sind in Tränen ausgebrochen, nehme ich an.«

»Nein. Diesmal haben sie sich endlich mal getraut, ein bißchen die Zähne zu zeigen. Wir haben eine kleine Delegation zu einem Geheimtreffen mit den Iranern nach Nikosia geschickt. Die haben denen geraten, die Finger von diesem Geschäft zu lassen, da sonst eine Menge Leute in Teheran steife Hälse kriegen würden, weil sie dauernd in die Luft gucken müßten wegen der anfliegenden Marschflugkörper.«

»Haben sie sich das eine Warnung sein lassen?«

Lohnes zuckte die Schultern. »Wir glauben, daß sie es jetzt zumindest ein bißchen langsamer angehen. Doch das Schatzamt hält noch immer scharf Ausschau nach den gefälschten Scheinen. Und das bringt mich auf den Grund, aus dem ich Sie habe rufen lassen. Gestern ist auf der Central Bank in Zypern fast eine Million Dollar in falschen Scheinen eingezahlt worden.«

Duffy pfiff leise durch die Zähne.

»Natürlich haben wir die Zyprioten nach der Identität des Einzahlers gefragt, und natürlich haben sie uns erklärt, die ginge uns nichts an, das sei ein Bankgeheimnis.« Dann lächelte Lohnes mit einem Ausdruck tiefer Befriedigung, wäre man ihm weniger gewogen gewesen, hätte man auch sagen können, Verschlagenheit. »Sie haben die Sache aber der einheimischen Polizei gemeldet. Das ist dort so üblich.«

Nun wandte er sich an den jungen Mann, den er Duffy bislang noch nicht vorgestellt hat. »Was Sie gleich hören werden, Jimbo, ist streng geheim. Das Programm, von dem wir Ihnen nun berichten werden, ist derzeit eines von den geheimsten, die wir hier haben.«

Der junge Mann zwinkerte hinter seiner dicken Hornbrille mit den Augen. »Ich bin der Hacker des DDO, Mr. Duffy«, sagte er. Noch immer wußte Duffy nicht, wie der junge Mann hieß. »Die Polizei auf Zypern benützt ein spezielles Softwareprogramm zur Organisation ihrer Datenspeicher, ohne zu ahnen, daß diese Software hier in Maryland produziert wird. Sie wird an Polizeibehörden auf der ganzen Welt verkauft, und zwar über eine Hamburger Firma, als würde sie in Deutschland hergestellt, das aber nur, um die Herkunft des Programms aus den USA zu verschleiern.«

»He«, sagte Duffy, »schlau.«

»Das Beste an diesem speziellen Softwareprogramm ist aber nun, daß da ein trojanisches Pferd eingebaut ist, eine Art Tapetentür, die uns den Zugang zu allen Computern öffnet, auf denen dieses Programm läuft. Über Modem kann man so jeden beliebigen Computer einer Polizeibehörde in der dritten Welt anwählen, der damit arbeitet. Dann genügt es, ein geheimes Paßwort einzutippen, und schon kann man den ganzen Datenspeicher dieses Computers runterladen, ohne dabei die geringste Spur zu hinterlassen, daß man je drin gewesen ist. Das ist sehr nützlich für uns, denn diese Methode erlaubt uns, bei Polizeibehörden, wie zum Beispiel den Griechen, die notorisch zurückhaltend sind, wenn es darum geht, Informationen über den internationalen Terrorismus weiterzugeben, die uns interessierenden Daten abzuschöpfen, ohne jemandem zu nahe zu treten.«

»Jetzt verstehe ich, weshalb das Programm streng geheim ist.«

»Jim«, sagte Lohnes. »Als wir den Bericht des Secret Service über die auf Zypern eingezahlten Blüten erhielten, sind wir natürlich in den Datenspeicher der Polizeibehörde von Nikosia reingegangen, um zu sehen, ob da Näheres zu erfahren wäre. Die fraglichen Scheine sind von Dimitri Wulff, einem ehemaligen Oberst der Roten Armee, eingezahlt worden, der vor achtundvierzig Stunden auf der Insel gelandet ist.« Lohnes hielt inne. »Jetzt wird es spannend. Wir haben den Namen dieses Mannes in den Akten unseres Moskauer Büros überprüft. Er diente bei einer Raketen-Eliteeinheit der Roten Artillerie. Das war genau die taktische Nuklearwaffeneinheit, die im Frühjahr 1992 in Ulba in Kasachstan ihre Nuklearwaffen ausmusterte. Gerade um die Zeit also, wie ich Ihnen in Erinnerung rufen möchte, zu der uns ein Bericht erreichte, demzufolge es den Iranern gelungen sei, sich dort Atomsprengköpfe zu beschaffen. Dieser Bericht, den wir niemals haben bestätigen oder zufriedenstellend widerlegen können.«

»Heilige Scheiße!« rief Duffy aus. »Ist der Kerl noch immer auf Zypern?«

»Soweit wir wissen.«

»Wie schnell kann ich dahin kommen?«

»Das ist er.«

Mit einer fast unmerklichen Kopfbewegung wies der Chef der CIA-Außenstelle in Nikosia auf einen massiv gebauten Mann, der an einem Tisch der *Taverna* über einem Teller Moussaka gebeugt saß. Neben dem Teller stand eine Flasche Wodka, der er augenscheinlich schon mehr zugesprochen hatte als dem Gericht auf seinem Teller.

»Offenbar ist ihm die frohe Botschaft, daß seine Pensionskasse um eine glatte Million verkürzt worden ist, ziemlich auf den Magen geschlagen«, platzte Jim Duffy heraus.

»Wird man wohl annehmen können.« Der Stationschef nippte an dem Bier, das er bestellt hatte, um seine und Duffys Anwesenheit in der Taverne zu rechtfertigen. »Eingetroffen ist er hier mit einer rothaarigen Puppe, halb so alt wie er«, flüsterte er. »Sie ist gestern nach Moskau zurückgeflogen. Da ihm nun diese Million auf dem Konto fehlt, hat sie sich wahrscheinlich ausgerechnet, daß er nicht mehr der Traumlover sein dürfte, den sie sich versprochen hat.«

Durch das Fenster hinter dem Tisch des Oberst fiel der Blick auf die im 16. Jahrhundert von den Venezianern erbaute Stadtmauer. Duffy heuchelte Interesse an diesem Werk der Festungsarchitektur aus der Frühzeit der Belagerungsartillerie, um mit schnellen Seitenblicken das eigentliche Objekt seiner Neugier zu mustern. Die Fähigkeit der höheren Dienstgrade der Roten Armee auf dem Gebiet des Alkoholkonsums war legendär, und der Mann da schien im Begriff, sie für seine Person unter Beweis zu stellen. Duffy gewann den Eindruck, daß der Mann gut zwei Drittel der Flasche schon intus haben und mithin eigentlich sternhagelvoll sein müßte.

Bei seiner Beobachtung des Mannes vor der venezianischen Befestigungsmauer vermißte er jedoch die auf diesen Zustand hinweisenden verräterischen Anzeichen. Hin und wieder begannen zwar, seine Schultern zu schwanken, aber der Oberst gebot ihnen Einhalt mit den instinktiven Reflexen des erfahrenen Trinkers, der seinen Rausch im Griff hat. Er hatte dichtes, gepflegtes silbriges Haar. Seine ebenfalls silbrigen Augenbrauen schienen aus der Entfernung fast die halbe Stirn zu bedecken. Sein Gesicht war gedunsen und gerötet, offenbar vom Wodka, nicht von der frischen Luft. Die über den Tisch gebeugten Schultern waren so massiv und kraftvoll wie die Faust, die das Wodkaglas hielt.

Was wir da haben, vermutete Duffy, ist der typische »neue Mensch«, der Sowjetmensch aus dem Proletariat, angetreten zur Verteidigung der großen marxistisch-leninistischen Revolution. Die Karriere in der Roten Armee mußte ihm als die glänzendste denkbare Laufbahn erscheinen sein, nachdem er in seinen jungen Jahren so viele Propagandafilme über die Heldentaten dieser Armee während des großen vaterländischen Krieges gesehen hatte. Es war anzunehmen, daß er noch immer ein frommer Marxist-Leninist war, trotz – oder gerade wegen – der seit 1989 in seinem Vaterland eingetretenen Veränderungen. Wie die irischen Jungen, die zu den Jesuiten in die Schule gingen. So einer mochte später zeitlebens keinen Fuß mehr in eine Kirche setzen, aber man tat gut daran, an seiner Gläubigkeit nicht zu zweifeln, nie wäre er imstande, sich die aus der Seele zu reißen.

Wie komme ich an ihn ran? fragte sich Duffy. Soll ich ihn einfach anquatschen? Duffy sprach fließend russisch, er hatte die Sprache an der Universität von Oklahoma als Hauptfach studiert, was wohl auch der Grund war, weshalb die CIA ihn überhaupt angeworben hatte. Er war vermutlich der erste Angehörige der zweiten Garnitur der All-Americans in seinem Jahrzehnt, der fließend russisch sprach.

Während er noch überlegte, sah er den Oberst nach der Flasche greifen und sich zwei Fingerbreit Wodka einschenken. Seine Hand war völlig ruhig. Er wirbelte den Schnaps einen Augenblick lang herum und leerte dann das Glas nach dem Brauch der Roten Armee mit einem Zug.

Zwei Dinge muß man berücksichtigen, dachte Duffy. Erstens, daß der Mann sich furchtbar leid tat. Deshalb ließ er sich wahrscheinlich gerade vollaufen. Schließlich war Wodka das altbewährte Schmiermittel für die russische Schwermut, und da saß einer, der allen Grund hatte, schwermütig zu sein. Zweitens war zu erwägen, wie er reagieren würde, wenn er erfuhr, daß die Iraner ihm diese falschen Dollarnoten nicht nur wissentlich angedreht, sondern dieselben sogar eigens zu dem Zweck gedruckt hatten, Arschlöcher wie ihn damit zu betrügen. Würde er sich weigern, so etwas zu glauben? Oder wäre er wütend, für dumm verkauft worden zu sein? Wütend genug, Duffy und der Agency zu offenbaren, was sie wissen wollten?

»Bestellen Sie uns was zu essen und eine Flasche Wodka«, wies er den Stationschef an. »Ich werde ihm Gelegenheit geben, seine Flasche auszutrinken, während ich mir ein Fundament in den Magen lege.«

Zwanzig Minuten später sah Duffy, daß der Oberst auf dem Grunde seiner Flasche angelangt war. Er ergriff die seinige und ging zum Tisch des Russen hinüber. »*Mir y druschba*, Frieden und Freundschaft«, sagte er, ihm den Wodka hinhaltend. »Gestatten Sie mir, das Wässerchen mit Ihnen zu teilen.« Er lachte herzhaft. »Im Geiste der neuen Welt.«

Er goß zwei Fingerbreit Wodka in das Glas des Oberst und nahm unaufgefordert neben diesem Platz. Die Augen des Mannes waren rotgerändert. Hatte er geweint? Um seine verlorene Million? Seine rothaarige Puppe? Duffy stieß mit ihm an. »Auf Ihre Gesundheit. Schöne Insel, dieses Zypern, oder?«

Der Russe leerte sein Glas mit einem Schluck und grunzte: »Vermute.«

»Machen Sie hier Urlaub?«

Der Oberst sah verwirrt drein, so als hätte er für den Augenblick vergessen, weshalb er eigentlich auf die Insel gekommen war. Was ging es diesen aufdringlichen Amerikaner überhaupt an, weshalb er hier war? Typisch amerikanisch, dieses Benehmen. Immer steckten diese lauten Flegel ihre Nasen in anderer Leute Angelegenheiten. Immerhin hatte der Mann eine frische Flasche Wodka. »Ja«, räumte er also widerstrebend ein, »Urlaub.«

»Na, toll!« Duffy ließ Neid und Bewunderung anklingen. »Sie haben echt Glück. Ich weniger, denn ich bin geschäftehalber hier.«

Die Amerikaner, soweit kannte sie der Oberst schon, waren gewöhnlich von zwei Dingen wie besessen: Es interessierte sie immer brennend, woher einer kam und was er beruflich machte. Deshalb waren bei jeder Begrüßung die ersten Fragen: »Woher kommen Sie?« oder »Was machen Sie beruflich?« Da es Wulff nicht die Bohne interessierte, wo der Mann herkam, stellte er ihm höflicherweise die zweite Frage: »Und was machen Sie beruflich?«

»Ich bin im Geldgeschäft.«

»Verdienen Sie 'ne Menge davon?«

»Schön wär's. Aber nein. Ich hetzte nur Leuten hinterher, die das tun.«

Eine Erleuchtung erhellte den Wodkanebel, der durch das Hirn des Oberst waberte. »Ah! Sie sind also vom Finanzamt?«

Duffy lachte, dann beugte er sich zu dem Russen hinüber, als sei er im Begriff, einem vollkommen Fremden eine im höchsten Maße gewichtige Tatsache zu offenbaren. »Ich bin Falschgeldexperte der Chase Manhattan Bank. Wissen Sie, wir Amerikaner haben ein schreckliches Problem.« Während er das sagte, zog Duffy zwei Hundertdollarscheine aus der Tasche.

Sofort verschleierte Mißtrauen den Blick des Russen, genau diese Empfindung hatte Duffy erregen wollen.

Er legte die Scheine nebeneinander auf den Tisch. »Dieser Hunderter«, er hob den einen der beiden sichtlich neuen Scheine hoch, »ist echt. Der aber«, und nun hatte er einen der sogenannten Superscheine in der Hand, »ist falsch.« Er wies auf einige der fast unsichtbaren Details, an denen die Fälschung zu erkennen war. »Das beste Falschgeld, das je hergestellt wurde. Und wissen Sie, wer das geschafft hat?«

Inzwischen hatte sich der Schleier des Mißtrauens im Blick des Russen zu einer drohenden Gewitterwolke zusammengeballt. Nichtsdestoweniger verriet sein Kopfschütteln, daß seine Unkenntnis nicht geheuchelt war – er kannte die Antwort wirklich nicht. Na gut, Kumpel, dachte Duffy, schalten wir also mal das Licht an und warten ab, wie du reagierst.

»Die Iraner.«

»Iraner!« Aufrichtige Überraschung und Bestürzung schwangen in der Stimme des Oberst mit. »Nicht möglich.«

»Hundert Prozent sicher, mein Freund. In Teheran. Zwanzig Milliarden falsche Dollar haben sie auf die Weise schon gedruckt und in Umlauf gebracht. Jede Menge ahnungslose, gutgläubige Leute, die sich das nicht träumen ließen, haben sie damit schon geleimt.«

»Diese Sauhunde!« Der Oberst sprach in einem so drohenden Knurren, daß Duffy seinen Verdacht bestätigt sah.

Langsam lehnte er sich auf seinem Stuhl zurück, steckte den

echten Schein wieder in die Tasche und hielt den gefälschten in die Höhe. Eine Sekunde lang betrachtete er ihn mit umwölkter Stirn. »Ja, mit diesen Dingern haben sie einer Menge Leute geschadet. Besonders in Ihrem Land. Da sind etliche Träume in Rauch aufgegangen.«

Unterdessen hatte der Oberst sich aus Duffys Flasche ein neues Glas vollgegossen, das er sofort kippte. »Sauhunde!« wiederholte er grimmig.

»Das sind sie allerdings.« Duffy lächelte bitter. Es war Zeit, die Maske abzunehmen. »Oberst Dimitri Wulff, lassen Sie mich offen mit Ihnen sprechen.«

»Sie kennen meinen Namen?«

»Natürlich kenne ich Ihren Namen. Ich weiß auch, daß Sie am vergangenen Montag morgen nahezu eine Million Dollar in solchen falschen Scheinen bei der Sovereign Trust eingereicht haben. Und daß Sie 1992 in Ulba in Kasachstan stationiert waren.«

»So!« Die Kraft entwich der Stimme des Oberst wie einem durchlöcherten Kinderballon die Luft. »Sie sind von der CIA, oder?«

Duffy zuckte die Achseln. »Wenn Sie wollen. Aber worauf es im Augenblick ankommt, ist doch, daß wir nun Freunde sind und zusammenarbeiten können. Wenn Sie mir helfen, helfe ich Ihnen.«

»Meine Million Dollar zurückzukriegen?«

»Ich fürchte, dazu wäre niemand imstande. Die sind schon vor ein paar Tagen in einem Verbrennungsofen der Botschaft in Rauch aufgegangen. Aber ich glaube, ich kann Ihnen helfen, sich gewisse Leute vom Halse zu halten, wenn Sie mir genau erzählen, was Sie damals den Iranern für diese falschen Mäuse verscherbelt haben. Und wie das Geschäft gelaufen ist.«

»Ich erzähle Ihnen gar nichts.«

Abermals zuckte Duffy in augenscheinlich bodenloser Gleichgültigkeit die Achseln. »Sie sind doch Artillerieoffizier. Haben Sie je von diesem Kanadier namens Bull reden hören?«

»Nie.«

»Das war der Typ, der für die Iraker eine Kanone mit unerhört großer Reichweite entwickelte. Eines Abends in Brüssel wurde er aus nächster Nähe umgelegt.«

»Von wem?«

»Das weiß ich nicht genauer als Sie. Aber, sagen Sie, wissen Sie, wie weit wir hier von Tel Aviv entfernt sind? Knappe zwanzig Flugminuten. Mal angenommen, daß der Mossad an jenem Abend in Brüssel Mr. Bull um die Ecke gebracht hat, weil die Israelis einen Mann, der den Irakern eine Kanone baute, mit der sie aus sicherer Entfernung Tel Aviv beschießen konnten, irgendwie nicht für einen echten Freund halten mochten, was meinen Sie, wie die Israelis reagieren würden, wenn man ihnen steckt, daß ein russischer Oberst, der den Iranern nukleare Sprengsätze verkauft hat, gegenwärtig im Zimmer 306 des Holiday Inn in Nikosia Urlaub macht? Wie wollen Sie die 600 000 Dollar, die Sie noch übrig haben, während der nächsten zwei Stunden ausgeben, ehe die hier einschweben? Nun, mal ehrlich?«

»Sie Scheiß-Amerikaner!«

»Oh, das mag schon sein, mein Freund. Aber erzählen Sie mir von den Atombomben, die Sie den Persern verkauft haben, und ich werde vergessen, daß ich Ihnen je begegnet bin. Andernfalls könnte es mir natürlich einfallen, ein paar Freunden, die ich beim Mossad habe, einen Tip zu geben, wo Sie etwa zu suchen sein könnten. Die Entscheidung liegt ganz bei Ihnen.« Duffy goß dem Russen noch einmal das Glas voll. »Hier, trinken Sie noch was. Das wird Ihnen helfen, klar zu denken.«

»Wieso sprechen Sie von Atombomben?«

»Weil ich mir nicht vorstellen kann, daß die Ayatollahs für herkömmliches TNT über anderthalb Millionen ausgeben würden.«

Der Oberst kippte den Wodka, den Duffy ihm eingeschenkt hatte. Wieder begannen seine Schultern sachte zu schwanken. Diesmal waren aber seine Reflexe nicht zur Stelle, ihnen Einhalt zu gebieten. »Bezahlt haben Sie zwei Millionen.«

»Und wo haben sie Kontakt aufgenommen?« drängte Duffy.
»In Ulba?«

»Nein, ich war auf Urlaub in Alma Ata.« Trotz der Wodkanebel, die sein Hirn umwölkten, sah der Oberst alles so deutlich, als erlebte er es noch einmal.

Er war in voller Uniform mit all seinen Orden auf der Brust bei einem Empfang in der soeben eröffneten Botschaft gewesen, als zwei Iraner sich an ihn wandten. Sehr respektvoll, mit einer Hochachtung, die Offizieren der Roten Armee in Moskau heutzutage nur noch höchst selten zuteil wurde. Der ältere der beiden, den der andere mit Professor angesprochen hatte, war ein elegant gekleideter Mann gewesen, eine stattliche Erscheinung, wenn er auch einen Dreitagebart hatte. Als guter Moslem hatte er nur Fruchtsaft getrunken.

Später, als sie die Botschaft verließen, war der Professor zu ihm getreten. »Oberst«, hatte er gesagt, »ich würde Sie gern wiedertreffen. In diskreterer Umgebung vielleicht.«

Wulff hatte nichts darauf erwidert.

»Morgen«, hatte der Professor erklärt, »werde ich die Zenkow-Kathedrale besuchen. Ungewöhnliches Ziel für einen Moslem, nicht wahr? Danach, um zwei Uhr, werde ich auf einer Bank am Tor des Panfilow-Parks sitzen, gegenüber dem Haupteingang der Kathedrale. Ich glaube, daß Sie den Vorschlag, den ich zu machen habe, sehr interessant finden werden.«

Neugierig war Wulff der Einladung des Professors gefolgt.

»Wirklich, ein schönes Bauwerk«, hatte der Professor bemerkt und auf die weiß und rosa gestrichene Fassade der Kathedrale gedeutet. »Die größte hölzerne Kirche der Welt, bei deren Bau nicht ein einziger Nagel verwendet wurde. Als Ingenieur habe ich die höchste Achtung für diese Leistung.«

Wulff hatte dazu nichts gesagt. Er hatte es immer vorgezogen, die anderen reden zu lassen.

»Es wäre eine Schande, wenn dieses großartige Kunstwerk zerstört werden würde, so wie dieser Tage Ihr einst so mächtiges Vaterland überall Zerstörungen erleiden muß.« Gute zehn Minuten lang hatte der Professor den Niedergang der Sowjetunion beklagt, so befremdlich das aus dem Mund eines frommen Moslem auch klingen mochte. »Ihre Welt bricht rings um Sie zusammen, mein lieber Oberst, die Welt, an die Sie glaubten und der Sie so treu gedient haben. Sie und andere wie Sie werden jetzt von den Leuten in Moskau auf den Abfallhaufen der Geschichte geworfen.« Und so weiter und so weiter.

Er hatte dabei ein beängstigend akkurates Bild der gegenwärtigen russischen Verhältnisse und der Zukunft gezeichnet, die der

Oberst unter diesen Umständen zu erwarten hatte. Dann hatte er dem Oberst einen Ausweg vorgeschlagen, der es ihm persönlich erlauben würde, sich dieser hassenswerten Zukunft zu entziehen.

»Was wollte er?« fragte Duffy ruhig. »Ballistische Nuklearsprengköpfe für Mittelstreckenraketen?«

Der Oberst verwarf diese Vermutung mit einem Kopfschütteln. »Diese Dinger kannte ich nicht mal vom Sehen.«

»Dann vielleicht Nuklearsprengsätze für Artilleriegranaten? Die hatten Sie doch bestimmt auf Lager.«

Wulff warf Duffy einen Blick zu, in dem sich gleichermaßen Haß und Hoffnungslosigkeit widerspiegelten. »Allerdings. Sie waren sogar meine Spezialität, wie Sie zweifellos wissen.«

Der Haß des Obersten war Duffy gleichgültig. Was ihn anspornte, war die Hoffnungslosigkeit.

»Wie viele haben Sie ihm verkauft?«

»Drei.«

»Welches Kaliber?«

»152 Millimeter.«

»War es schwierig, die Dinger hinauszuschmuggeln?«

Der Oberst schnaufte und goß sich einen weiteren Wodka ein. »Es war ganz simpel. Bei dem Chaos, das damals überall herrschte, war es kinderleicht. Unsere 152-Millimeter-Nukleargranaten waren mit zwei roten Stahlbändern gekennzeichnet, die sie von den mit TNT geladenen unterschieden. Wir haben einfach drei Paar von diesen Stahlbändern ausgetauscht.«

»Wer hat Ihnen geholfen?«

»Mein Adjutant.«

»Und wie haben Sie die Granaten rausgeschmuggelt?«

»Ich war für die Sicherheit des Nuklearlagers verantwortlich. Eines Nachts teilte ich dort meinen Adjutanten zum Wachdienst ein, dann luden wir die Dinger in meinen Dienstwagen und fuhren damit weg.«

»Sagen Sie mal, Dimitri, ist Ihnen denn nicht der Gedanke gekommen, daß diese Waffen eines Tages vielleicht gegen Sie selbst eingesetzt werden könnten?«

»Sie sind doch verrückt. So was Wahnsinniges würden die doch nie tun. Sie wollten die Dinger doch nur haben, um sie bei Bedarf gegen die Juden verwenden zu können.«

Der Ton seiner Stimme ließ keinen Zweifel daran, daß für Wulff, wie für so viele Russen, der Antisemitismus Herzenssache war. Deshalb war er wegen des Gebrauchs, den seine Wohltäter von den ihnen überlassenen Atomwaffen angeblich zu machen gedachten, nicht übermäßig besorgt.

»Sie fuhren also los, trafen sich mit diesem Professor und händigten ihm mitten in der Nacht die Granaten aus?«

»Ja. Wir trafen uns bei einem Kilometerstein draußen in der Steppe. Er war mit zweien von seinen Leuten da, die luden die Granaten um. Dann gab er mir einen Koffer, der zwei Millionen Dollar hätte enthalten sollen, vierhunderttausend für meinen Adjutanten, der Rest für mich. Diese Bastarde! Und fast alles Falschgeld!«

Duffys Lachen entbehrte bemerkenswerterweise jeglichen Frohsinns. »He, Kumpel, was soll ich dazu sagen? So geht's nun mal zu in diesem Scheißleben.«

Die Bildschirmkonferenz der Stellvertreter war eine verhältnismäßig neue Einrichtung des Krisenmanagements in Washington. Ursprünglich diente sie dem Zweck, dem Pressekorps des Weißen Hauses zu verheimlichen, daß eine Krise drohte – was ziemlich unmöglich war, wenn die Reporter mit eigenen Augen sehen konnten, wie die Größen des Capitols vor dem Weißen Haus ihren Dienstwagen entstiegen.

Man war deshalb auf die Idee verfallen, die stellvertretenden Leiter aller für die nationale Sicherheit zuständigen Behörden – das Innenministerium, Verteidigungsministerium, das Oberkommando der Streitkräfte, die CIA, das Justizministerium und der Nationale Sicherheitsrat – durch einen sicheren geschlossenen Fernsehkanal miteinander zu verbinden. Diese Konferenzen über TV hatten sich als ein so bequemes und effektives Verfahren zur Abwicklung von Staatsgeschäften erwiesen, daß sie inzwischen fast täglich stattfanden, gleichviel, ob eine Krise zu meistern war oder nicht.

Den Vorsitz bei diesen Besprechungen führte gewöhnlich der Nationale Sicherheitsberater oder dessen Stellvertreter, und zwar im Konferenzsaal des Nationalen Sicherheitsrates im Keller des Weißen Hauses. Am Nachmittag seiner Rückkehr aus Zypern wurde Jim Duffy in den siebenten Stock des CIA Hauptquartiers in Langley zitiert, um dort, im Konferenzraum der Agency, an der Seite des stellvertretenden Direktors an einer solchen Sitzung teilzunehmen. Angesichts der Wichtigkeit des zur Debatte stehenden Themas hatte diesmal der Nationale Sicherheitsberater des Präsidenten selbst den Vorsitz übernommen. Vor ihm stand mit geteilter Bildfläche der Monitor, über den alle angeschlossenen Stationen verfügten. Daneben gab es noch eine Reihe von Bildschirmen, die ihm die Gesichter der übrigen Konferenzteilnehmer zeigten. Er drückte auf den Knopf, der neben seinem eigenen Bild die Vertreter der CIA auf den geteilten Monitor holte.

»Wir haben es heute mit einer Angelegenheit von schwerwiegender nationaler Bedeutung zu tun«, verkündete er salbungsvoll, um seinem Publikum den Ernst der Lage von Anfang an zu vergegenwärtigen. »Harry«, er suchte das Gesicht des stellvertretenden Direktors der CIA auf seinem Monitor, »sagen Sie den anderen, was wir gerade erfahren haben.«

»Wie viele von Ihnen sicherlich wissen, beunruhigt uns schon seit einer ganzen Weile ein Bericht, demzufolge die Iraner sich in Kasachstan drei Nuklearsprengsätze verschafft haben sollen, während die Russen ihre dortigen Nukleareinrichtungen abbauten. Obwohl wir unsere besten menschlichen und wissenschaftlichen Ressourcen aufgeboten haben, uns diesbezüglich Gewißheit zu verschaffen, ist es uns bekanntlich lange nicht gelungen, diese Meldung zu widerlegen oder zu bestätigen. Zu meinem Bedauern muß ich Ihnen nun jedoch mitteilen, daß wir jetzt unwiderlegbare Beweise für den Wahrheitsgehalt des fraglichen Reports haben. Die Iraner besitzen drei 152-Millimeter-Artilleriegranaten mit Nuklearsprengköpfen, die ein abtrünniger Oberst der Roten Armee ihnen verkauft hat. Jim«, er wandte sich dem neben ihm sitzenden Duffy zu, »erzählen Sie uns, was Sie entdeckt haben.«

Sekundenlang herrschte fassungsloses Schweigen in der Runde, nachdem Duffy geendet hatte. Dann flüsterte der Vertreter des Innenministeriums schockiert: »Der schlimmste Alptraum des Präsidenten.«

»Ich habe Dr. Leigh Stein, einen leitenden Nuklearwaffendesigner aus Los Alamos, der vorübergehend dem Ministerium für Energiewirtschaft zugeteilt ist, gebeten, uns die Bedeutung dieses Tatbestands zu erläutern«, erklärte der Nationale Sicherheitsberater. »Leigh.«

Ein fast kahlköpfiger Mann mit dicker Hornbrille und dem angespannten Gesichtsausdruck eines Lehrers, der es mit einer in besonderem Maße begriffsstutzigen Klasse zu tun hat, erschien auf dem Bildschirm des Energieministeriums. »Nach meinen Informationen gehören die Granaten der jüngsten Generation sowjetischer Nuklearartillerie an. Als spaltbaren Kern enthalten sie Plutonium 239.«

»Welche Sprengkraft würden sie entfalten?« fragte der stellvertretende Innenminister.

»In ihrer gegenwärtigen Konfiguration keine allzu große. Diese Waffen wurden zum Einsatz gegen massive Panzerverbände entwickelt. Ich meine, man würde sie nicht auf eine Kompanie Infanterie verschwenden. Die Sprengkraft dürfte im unteren Kilotonnenbereich liegen.«

Obwohl er nicht alle auf seinem Bildschirm sehen konnte, spürte Stein doch, daß diese Auskunft seine Hörer erheblich erleichterte.

»Gott sei Dank«, sagte eine Stimme aus dem Off, »Babybomben. Was, zum Teufel, können sie damit ausrichten?«

»Ich sagte: ›in ihrer gegenwärtigen Fassung‹, Gentlemen«, schränkte Stein warnend ein. »Ich kann mir nicht vorstellen, daß die Iraner beabsichtigen, diese Dinger aus einer Haubitze auf irgend jemanden abzufeuern. Auf wen denn? Auf irgendwelche Fischerboote im Kaspischen Meer?«

»Was haben sie also damit statt dessen im Sinn?« erkundigte sich der Nationale Sicherheitsberater besorgt.

»Das weiß natürlich niemand, außer die Iraner selber. Wir können höchstens Vermutungen anstellen. Ich meinerseits könnte mir vorstellen, daß sie versuchen werden, die Plutoniumkerne der Granaten zu entnehmen, um diese dann neu zu kombinieren und einen wesentlich explosiveren Sprengkopf daraus zu bauen.«

»Wieviel stärker?«

»Wenn es ihnen gelingt, den neuen Sprengkörper so zu gestalten, daß das spaltbare Material die maximale Sprengkraft entfaltet, könnten sie bis zu dreißig Kilotonnen erreichen, und das würde ausreichen, jede beliebige Stadt auf der Erde in Schutt und Asche zu legen.«

Jetzt reagierte Dr. Steins Publikum sofort. Man hörte Stöhnen und Seufzen.

»Jesus Christus!« rief der stellvertretende Innenminister aus. »Sie wollen uns also sagen, daß die Iraner die Mittel haben, Israel zu zerstören?«

»Unter den gegebenen Umständen«, warf der Nationale Sicherheitsberater mit einem ironischen Lachen ein, »sollten Sie vielleicht lieber den Namen eines anderen Propheten anrufen. Fakt ist jedenfalls, daß wir es hier bei diesem Potential mit einem scheußlichen Problem zu tun haben.«

»Aber könnten die Iraner das tun?« fragte jemand. »Sind sie tatsächlich imstande, das wahr zu machen, was Sie unterstellt haben? Sind sie wissenschaftlich leistungsfähig genug, diese drei Nuklearsprengköpfe neu zu konfigurieren?«

Auf dem Bildschirm des Energieministeriums erschien plötzlich eine attraktive Frau, die offenbar beabsichtigte, darauf zu antworten. Dr. Jean »Rocky« Robotham hatte an der Universität von Michigan in Kernphysik promoviert und war jetzt stellvertretende Energieministerin. Mit zweiundvierzig Jahren gehörte sie längst zu den führenden Atomphysikern der Vereinigten Staaten, doch strahlte sie den Charme und die Selbstsicherheit einer erfolgreichen Talk-Show-Moderatorin aus.

»Es tut mir leid, Ihnen das sagen zu müssen, aber ich glaube, das sind sie. Es entspricht einer gewissen Arroganz des Westens, die Augen vor der Tatsache zu verschließen, daß die dritte Welt voller erstklassiger Wissenschaftler ist, die durchaus fähig sind, ihre eigenen Superwaffen herzustellen. Die wissenschaftliche Infrastruktur des Irans ist der irakischen weit überlegen, und bedenken Sie bitte, wie nahe selbst die Iraker der Produktion eigener Nuklearwaffen gekommen sind.«

Sie hielt inne. Ehe sie ihr jetziges Amt antrat, hatte Dr. Robotham die NEST, *Nuclear Explosive Search Teams* (Nuklearsprengstoffsuchgruppen), des Energieministeriums geleitet. Mit dem Alptraum, der bei dieser Bildschirmkonferenz zur Debatte stand, hatte sie sich fünf Jahre lang pausenlos beschäftigen müssen.

»Das wesentliche Hindernis, an dem Länder wie der Iran oder Irak in ihrem Bestreben, sich eigene Nuklearwaffen zu verschaffen, bisher gescheitert sind, war die Schwierigkeit, an das dafür erforderliche spaltbare Material heranzukommen. Nun scheint der Iran diese Hürde endlich überwunden zu haben. Jetzt brauchen sie nur noch Geld und die Mittel, sich gewisse Technologien aus dem Westen zu besorgen. Die Köpfe haben sie. Vergessen Sie nicht, daß das Nuklearprogramm im Iran schon vor über zwanzig Jahren vom Schah in Angriff genommen wurde.«

»Dr. Robotham, wie würden sie dabei vorgehen? Und was können wir tun, um ihren Erfolg zu verhindern?« hakte der Nationale Sicherheitsberater nach.

Nun erschienen auf dem geteilten Bildschirm nebeneinander die Gesichter Dr. Steins und Dr. Robothams. Die Bewunderung, die man in den Blicken las, mit denen Dr. Stein seine Kollegin bedachte, galt sichtlich nicht allein der wissenschaftlichen Kompetenz Dr. Robothams.

»Rocky«, sagte er, »warum halten Sie ihnen nicht den Vortrag über Waffenentwicklung? Sie sind eine viel bessere Dozentin als ich.«

Seine Fachkollegin nahm das Kompliment mit dem strahlenden Lächeln an, mit dem die berühmte Oprah Winfrey bei ihren Talk-Shows besonders kluge Fragen der Gäste zu belohnen pflegt.

»Na schön«, sagte sie, »ich werde versuchen, bei diesem Vortrag nicht in allzu technische Einzelheiten zu gehen, falls ich es aber dennoch mache, sagen Sie mir Bescheid. Wie Dr. Stein Ihnen bereits erklärt hat, werden sie, um die maximale Sprengkraft zu erhalten, die mit dem Plutonium 239 erzielt werden kann, das in den drei Granaten enthalten ist, das verfügbare Material in eine neue Form bringen müssen. Dazu müssen sie es zunächst den Granaten entnehmen. Die Gestalt, in der sie es vorfinden werden, ist ovoid. Sie werden das Metall also einschmelzen und in sphärischer Form neu gießen müssen. Das dürfte ihnen etwa fünf Kilogramm Plutonium der Alpha-Phase einbringen, mit einer Dichte von 19,86 Gramm pro Kubikzentimeter. Das, Gentlemen, ist das Beste, was man von Plutonium erwarten kann. Dann müssen sie mit äußerster Präzision die genaue Anordnung einer Anzahl von Zündern bestimmen, die rund um jede der Kugeln anzubringen sind. Sie werden wahrscheinlich mindestens dreißig verwenden müssen.«

»Und glauben Sie wirklich, daß sie dazu imstande sind?« fragte der Nationale Sicherheitsberater, dessen Kenntnis des Nuklearwaffentechnologie alles andere als laienhaft war.

»Es könnte ihnen gelingen. Einfach wäre es nicht. Es handelt sich um einen höchst komplexen wissenschaftlichen Prozeß. Sie werden eine große Anzahl von Computersimulationen durchführen müssen, um die richtige Verfahrensweise zu gewährleisten. Aber sie haben Computer und können damit umgehen, das wissen wir. Die erforderlichen Informationen findet jeder in der frei zugänglichen Fachliteratur, der weiß, wo er zu suchen hat. Sie werden das spaltbare Material aus Segmenten zur Kugelform anordnen müssen, die Segmente mit höchster Präzision zusammenbauen und sicherstellen, daß der Sprengstoff, dessen sie sich für die Zünder bedienen, chemisch rein und von beständiger Konsistenz ist. Das zu erreichen, wird sie Zeit kosten. Aber wenn Sie mich fragen, ob sie dazu imstande sind, würde ich ja sagen. Ja, ich glaube, das sind sie.«

Der Nationale Sicherheitsberater seufzte kummervoll. »Okay. Und dann, Doktor?«

»Der Schlüssel zur Auslösung einer Nuklearexplosion eines Plutoniumkerns liegt in der perfekten Synchronisation der Detonation von einer Reihe hochexplosiver Zünder im Inneren der aus Plutoniumsegmenten gebildeten Hohlkugel. Auf diese Weise wird dann ein vollkommen symmetrischer Druck auf das Plutonium ausgeübt.« Sie verschränkte die Hände vor der Brust, als ergreife sie einen Softball. »Zu diesem Zweck muß jeder der verwendeten Zünder drei Bedingungen erfüllen. Ein hochexplosiver Sprengstoff ist dafür erforderlich. HMX käme in Frage. Das zu beschaffen, ist kein Problem. HMX ist relativ leicht erhältlich.«

Sie entnahm nun, ganz in ihrer Rolle einer tüchtigen Lehrerin aufgehend, der Schublade ihres Pults Material zur Veranschaulichung der nächsten Punkte ihrer Darlegung. »Sie werden des weiteren aber für jeden Zünder zwei ziemlich komplizierte Hightech-Geräte brauchen.«

Sie hielt ein Objekt in die Höhe, das wie eine kleine Glasblase aussah, aus der sich drei Drähte schlängelten. »Dies ist ein Kryotron. Einige von Ihnen sind vielleicht alt genug, sich noch der alten Niagara-Wasserspülungen zu erinnern, die es bei Grandpa gab. Man zog an einer Kette, und ein enormer Wasserfall stürzte aus dem Spülkasten ins Toilettenbecken. Im gewissen Sinn funktioniert ein Kryotron ähnlich. Es handelt sich dabei um einen Elektroschalter oder um ein Ventil, wenn Sie so wollen. Wenn man den Schalter umlegt, oder das Ventil öffnet, fährt eine gewaltige elektrische Ladung ungehemmt in einem riesigen, unglaublich schnellen Schub hindurch. Wichtig ist die blitzartige Geschwindigkeit.«

Sie legte die kleine Glasblase auf den Tisch und hielt hoch, was wie ein dicker kurzer Bleistift aussah. »Das hier ist ein Mehrfachkondensator. Im Inneren befindet sich ein Kern aus Kupferdraht, der zu einem koaxialen Kabel geflochten ist. Ein Kondensator hat die Fähigkeit, die enorme elektrische Ladung zu speichern, die man im Augenblick der Detonation durch das Kryotron jagen muß.«

Sie holte tief Atem, nachdem sie den Kondensator neben das Kryotron auf ihr Pult gelegt hatte. »Um eine Nuklearexplosion auszulösen, müssen sie für jeden ihrer präzise ausgerichteten Zünder einen Kondensator und ein Kryotron in Stellung bringen. Diese sind ihrerseits mit einer zentralen Quelle elektrischer Energie verbunden, die auf ein vorbestimmtes Signal, sei es per Funk oder eine Veränderung des atmosphärischen Drucks, wenn es sich um eine Bombe handelt, oder was Sie sonst zu diesem Zweck wirksam werden lassen wollen, eine elektrische Ladung freisetzt. Was wir also an jedem Zünder haben, ist ein Kondensator mit einem Kryotron und einem hochexplosiven Sprengsatz. Okay?«

Ein Murmeln gab ihr zu verstehen, daß ihr Publikum ihr bisher hatte folgen können.

»Wenn nun das Signal von der zentralen Energiequelle erfolgt, öffnet dieses gleichzeitig die Ventile sämtlicher Kryotrone, und die in den Kondensatoren gespeicherte Energie knallt mit gewaltiger Kraft in die Sprengsätze der Zünder. Wesentlich für den Erfolg ist die Geschwindigkeit des Impulses, sind die Nanosekunden, in denen sich der Schlag überträgt. Die Dauer ist so kurz, daß sie für das menschliche Vorstellungsvermögen unbegreiflich ist. Damit aber ist dafür gesorgt, daß alle Zünder genau gleichzeitig in der vollkommenen Synchronisation hochgehen, die zur Erzeugung einer Kernexplosion erforderlich ist.« Ein Lächeln, vielleicht ein unglückliches, aber nichtsdestoweniger ein Lächeln, zog über die Züge der Wissenschaftlerin und kündigte das Ende ihrer kleinen Vorlesung an. »Das war's. Die Theorie der Nuklearexplosion im Schnelldurchlauf.«

»Können sie sich diese Dinger, die Kryotronen und Mehrfachkondensatoren beschaffen?« fragte besorgt der Nationale Sicherheitsberater. »Wie schwierig sind die zu kriegen?«

»Das ist nicht leicht zu beantworten.« Das Lächeln war aus Dr. Robothams attraktivem Gesicht verschwunden. »Wir werden es natürlich so kompliziert wie möglich für sie machen, aber das Problem ist, daß solche Kryotronen und Kondensatoren auch außerhalb der Nuklearwaffentechnik verwendet werden. Kondensatoren zum Beispiel bei ultraschneller Fotografie, Kryotrons zur Entsendung von Hochenergielaserblitzen. Das macht es sehr schwierig, den Verkauf und die Verwendung dieser Dinger unter Kontrolle zu halten.«

»Wer stellt denn das verdammte Zeug her?«

»Hier in den Staaten werden Kondensatoren dieser Qualität von Maxwell Technologies in Massachusetts und von CSI Industries in San Diego produziert. Um diese Firmen glauben wir uns keine Sorgen machen zu müssen.«

»Und in Europa?«

»Deutschland, die Schweiz, Frankreich und England.«

»Die Deutschen sind führend beim Verkauf von hochtechnischem Gerät an Leute, die so was gar nicht haben sollten«, brummte der stellvertretende Verteidigungsminister.

»Ja«, stimmte ihm sein Kollege von der CIA zu. »Und Schweizer sind bereit, jedem alles zu verkaufen. Sie sind schließlich neutral, nicht wahr?«

Dr. Stein nahm das Mikrophon des Energieministeriums aus Dr. Robothams Händen wieder an sich. »Ich fürchte, daß sie es nicht allzu schwer haben werden, die Kondensatoren zu kriegen, wenn sie sich nur ein bißchen anstrengen und es geschickt genug anstellen. Glücklicherweise dürfte es schwieriger sein, an die Kryotronen heranzukommen.«

»Weshalb?« fragte der Nationale Sicherheitsberater.

»Weil praktisch die einzigen, die solche Dinger für den Markt in der Qualität produzieren, die erforderlich ist, eine Atombombe zu zünden, die EG & G in Massachusetts sind. Und unseres Erachtens können wir uns auf die verlassen.«

»Hundertprozentig?«

»Hundertprozentige Sicherheit ist in diesem Leben nie zu haben – außer über die Tatsache, daß es eines Tages zu Ende sein wird.«

»Okay, Dr. Stein«, fuhr der Nationale Sicherheitsberater fort. »Wie viele von diesen Dingern werden sie brauchen? Und was müssen sie dafür hinlegen?«

»Wenn sie sich des verhältnismäßig primitiven Modells bedienen, das Dr. Robotham soeben charakterisiert hat, mindestens neunzig Kryotronen und neunzig Kondensatoren plus etwa weitere dreißig Stück von jedem zum Experimentieren im Vorbereitungsstadium. Sagen wir also zweihundert, zweihundertfünfzig. Die werden sie ein paar Tausend Dollar das Stück kosten und darüber hinaus natürlich Schmiergelder in unbekannter Höhe. Aber Geld ist für diese Leute kein Problem, solange es ihnen überhaupt gelingt, an das Zeug heranzukommen, das sie brauchen.«

»Hätten sie die Möglichkeit, darauf zu verzichten? Könnten sie ihre Bomben auch dann zünden, wenn sie auf all den Kram verzichten müßten?«

»Nun«, sagte auf diese Frage wieder Dr. Robotham, die sichtlich bemüht war, nach bestem Wissen und Gewissen zu antworten. »Es ist nicht unmöglich, einen Zündmechanismus zu installieren, der weniger aufwendig wäre als der, den ich geschildert habe. Aber die dazu erforderlichen Kenntnisse, die Kunstgriffe, die man dabei anwenden muß, findet man nicht in der allgemein zugänglichen Literatur. Man würde dazu zumindest einen erfahrenen Bombeningenieur brauchen und überdies eine sogenannte Neutronenkanone, ein hochkompliziertes Gerät, das als Zünder eines Nuklearsprengsatzes nur sehr schwer einzusetzen ist.« Sie machte eine Pause. »Die Antwort ist letztlich also nein. Ich bin mir ziemlich sicher, daß sie genau den Weg einschlagen werden, den ich Ihnen beschrieben habe.«

»Angenommen, es gelingt ihnen, so einen atomaren Sprengsatz zusammenzubasteln – wie schaffen sie ihn ans Ziel?«

Dr. Steins Erwiderung auf diese Frage hatte nichts Beruhigendes. »Wie immer es ihnen am besten paßt. Sie könnten ihn mit einer von diesen Shehab-3-Raketen befördern, an denen sie jetzt arbeiten. Im Bombenschacht eines Flugzeugs. Ja, notfalls auch im Kofferraum eines Privatwagens.«

»Wie groß wäre die fertige Bombe? Was würde sie wiegen?« fragte der Nationale Sicherheitsberater.

»Sie würde weniger als zweihundert Kilo wiegen und in eine Packkiste passen.«

»Sie könnten also das verdammte Ding tatsächlich im Kofferraum eines Autos nach Tel Aviv hereinschmuggeln? Oder nach New York? Oder, was Gott verhüten möge, nach Washington?«

»Natürlich könnten sie. Und dann den Wagen irgendwo parken und die Bombe durch ein Funksignal aus sicherer Entfernung zünden.«

Der nationale Sicherheitsberater zog ein Taschentuch aus der Hosentasche und tupfte sich die Schweißtropfen von der Stirn. »Mr. Duffy, ich gratuliere Ihnen. Wir haben allen Grund, Ihnen für diese Information zu danken, so unwillkommen sie uns auch ist. Ich weiß, die alten Griechen gefielen sich darin, den Fuß des Überbringers schlechter Nachrichten mit dem Speer zu durchbohren, aber ich möchte Sie lediglich fragen, was Sie persönlich von der Lage halten?«

Duffy biß sich auf die Unterlippe, teils, um seinen Gedanken Beine zu machen, und teils, um nicht mit Kraftausdrücken herauszuplatzen, die das Publikum, mit dem er es hier zu tun hatte, nur unnötig vor den Kopf stoßen würden.

»Ich habe das Gefühl, daß wir auf die wichtigste Frage, die sich aus alledem erhebt, bisher noch gar nicht zu sprechen gekommen sind«, sagte er.

»Ach wirklich?« erwiderte der Sicherheitsberater gereizt. »Und was genau meinen Sie damit?«

»Ich meine, wie, zum Teufel, können wir rauskriegen, wo sie das verdammte Zeug versteckt haben? Wir können es uns nicht leisten, einfach herumzusitzen und abzuwarten, bis sie diese komplexen technischen Aufgaben gelöst haben, die unsere Experten gerade beschrieben haben. Wir müssen in Erfahrung bringen, wo sie sie versteckt haben, und sie unschädlich machen, sonst wachen wir eines Morgens auf und stellen fest, daß sie sie bei irgend jemandem in Tel Aviv oder drüben an der Pennsylvania Avenue vor der Haustür deponiert haben.«

»Sie meinen, wir sollen ein Kommando losschicken, das ihnen sofort das Handwerk legt?« fragte der stellvertretende Verteidigungsminister.

»Wozu die Mühe?« warf der stellvertretende Innenminister ein. »Wir müssen doch nur herausfinden, wo sie sie versteckt haben, und dann den Israelis einen Tip geben. Die würden das Problem schon erledigen, wie vor ein paar Jahren diesen irakischen Atomreaktor in Bagdad.«

»Okay, Mr. Duffy«, drängte der Nationale Sicherheitsberater. »Aber wie meinen Sie, daß wir zu Werke gehen sollen, diese Miststücke aufzuspüren? Der Iran ist ein verdammt großes Land. An Verstecken haben sie da keinen Mangel.«

»Allerdings«, seufzte Duffy.

»Was sollen wir also tun?« Sein Gesprächspartner bemühte sich nicht, seine gereizte Ungeduld zu verbergen.

»Na, ich fürchte, auf unsere Beobachtungssatelliten können wir in dieser Sache jedenfalls nicht zählen.« Duffy grübelte noch immer über der Frage, die er selbst aufgeworfen hatte. »Wir könnten alles, was wir haben, am Himmel über dem Iran parken, und dennoch würde wohl keiner diesen drei Babys auf die Spur kommen.«

»Und was bringen die Horchposten der NSA?«

Duffy konnte sich eines Lächelns nicht enthalten. »Ja, was die zu hören kriegen, ist echt komisch. Glauben Sie's mir, ich spreche aus Erfahrung. Auszuschließen ist natürlich nicht, daß sie trotzdem was Nützliches aufschnappen, wenn ich auch fürchte, daß die Iraner schlau genug sein werden, entweder auf andere Weise als über Funk miteinander zu kommunizieren oder einen Code zu verwenden, den wir nicht knacken können.« Er rieb sich die Stirn. »Ich weiß, wie unbeliebt die Vorstellung heute gerade in dieser Stadt ist, aber ich fürchte, hier haben wir's mit einem Problem zu tun, das allenfalls durch *Humint* lösen läßt, nämlich Humanintelligenz – ich meine Beobachtung durch Agenten.«

»Wollen Sie andeuten, daß die Agency im Iran Agenten hat, von denen wir nichts wissen?«

»Ich wünschte, das wäre der Fall, aber wie Sie alle wissen, hat die gegenwärtige Regierung das Budget der Agency drastisch reduziert, und unsere menschlichen Ressourcen sind als erste beschnitten worden.«

Der Nationale Sicherheitsberater, der für die Kürzung dieser so dringend benötigten Mittel verantwortlich war, warf Duffy einen vernichtenden Blick zu. »Was sollten wir Ihrer Meinung nach also tun?«

»Nach den Ausführungen Dr. Steins scheinen mir die Kryotronen das Nadelöhr zu sein, durch das die Iraner gehen müssen, um eine einsatzfähige Bombe zu bauen, und daß sie sich das Material im Westen beschaffen müssen.«

»Warum nicht in China?« fragte jemand.

»Ist Ihnen noch nicht aufgefallen, daß die Chinesen schon jetzt eine Menge Ärger mit ihrer eigenen muslimischen Bevölkerung haben?« konterte Duffy. »Glauben Sie, daß die jener Bande islamistischer Fanatiker in Teheran, die von eigenen Atombomben phantasiert, bei der Verwirklichung dieses Traums behilflich sein werden? Nein, ich denke, sie werden versuchen müssen, sich das, was sie brauchen, im Westen zu besorgen. Die Einwilligung meines Chefs vorausgesetzt«, und hier sah Duffy den stellvertretenden Direktor der Agency fragend an, »würde ich gern nach Salem fahren und mich ein bißchen mit den guten Leuten unterhalten, die diese Kryotrondinger herstellen.«

An die zweiundzwanzig Stunden nach Jim Duffys Abreise aus Zypern fand ein Jogger in einem Graben unweit der alten Stadtmauer von Nikosia eine auf dem Gesicht liegende Leiche, die als Oberst a. D. Dimitri Wulff identifiziert wurde. Die kriminalpolizeiliche Untersuchung ergab, daß der Oberst durch einen aufgesetzten Schuß aus einer Makarow 38, der Standardfeuerwaffe der Roten Armee, getötet worden war. Die Kugel war durch die rechte Schläfe eingedrungen. Die Waffe wurde knapp zwei Meter entfernt neben der Leiche gefunden. Hatte der Mörder sie dort fallen lassen? Oder hatte der sterbende Selbstmörder sie mit letzter Kraft dorthin geworfen? Auf diese Frage sollte die zypriotische Kriminalpolizei nie eine Antwort erhalten.

VIERTES BUCH

Die Turkish Connection

Jim Duffy kurvte vom Leihwagenparkplatz am Logan-Airport in Boston und wandte sich auf der Route 1A in Richtung Maine und New Hampshire nach Norden. Es war nun schon zwanzig Jahre her, seitdem er sich das Rauchen abgewöhnt hatte, aber plötzlich erfüllte ihn ein verzweifeltes Verlangen nach einer Zigarette. Die Spannung, die sich während seines Flugs von Washington hierher in ihm aufgebaut hatte, wurde nachgerade unerträglich.

Hatte er überhaupt eine Chance, hier oben die Stecknadel im Heuhaufen zu finden, die ihm den Weg zu den drei Atomsprengköpfen der Iraner weisen könnte, ehe die Mullahs es schafften, sie einsatzfähig zu machen und einzusetzen? Wie oft kam es denn vor, daß die sprichwörtliche Stecknadel gefunden wurde?

Als er an der Abzweigung zum Ted-Williams-Tunnel vorbeifuhr, sah er ein Schild mit den Namen der Orte, die er auf seiner Fahrt die North Shore von Boston hinauf passieren würde: Revere Beach, Lynn, Salem, Marblehead, Newbury Port. Ein schwaches, trauriges Lächeln suchte, kurzfristig seine finstere Miene aufzuhellen. Ja, diese Namen hatte er vor Jahren häufig gehört, da pflegten die Gründerväter der Agency ihre Sommerurlaube zu verbringen, Kerle wie Tracy Barnes, Dick Bissell, C. D. Jackson, Des Fitzgerald, alle längst Geschichte, wie auch der Stil der Firma, die sie gegründet hatten, längst über den Jordan war. Das waren die Brahmanen gewesen, Männer, die der Nation hatten dienen wollen, Absolventen von Groton und Saint Paul's, Yale und Harvard, diejenigen, denen viel gegeben worden war und die bereit waren, dafür auch ihrerseits viel zu geben.

Viele von ihnen konnten es sich freilich auch leisten, uneigennützig der Nation zu dienen. Ihre Väter hatten ertragreiche

Investitionen und erstklassige Immobilien gesammelt, nicht wie seiner überfällige Hypotheken, unbezahlte Schulden und verdrossene Gerichtsvollzieher. Dennoch, das mußte man ihnen lassen, sie hatten die Regeln, den Ton und die Tradition ihrer kleinen Bruderschaft auf Begriffe wie Dienst, Opfer und Pflicht ausgerichtet. Und das stillschweigend. Nichts war ihnen wichtiger als Diskretion. Heute war das anders, heute gab es kaum eine Zeitung, in der die Initialen CIA nicht irgendwo in den Schlagzeilen auftauchten.

Er selber und Burschen wie Frank Williams gehörten der zweiten Generation der Agency an, waren keine Produkte der vornehmen alten Eliteuniversitäten New Englands, sondern bescheidenerer Lehranstalten wie Notre Dame, Texas A & M, Michigan und Tulane. Das Blut, das in ihren Adern floß, war rot, nicht blau, wie auch ihre finanziellen Verhältnisse eine Tendenz zu Zahlen dieser Farbe hatte. Aber er und die anderen seiner Generation hatten den Gründervätern nachgeeifert, sich deren Werte zu eigen gemacht und waren deren Beispiel gefolgt.

Und jetzt? Seine eigene Generation würde nun bald ebenfalls abtreten, und vielleicht war damit auch schon die Geschichte der Agency zu Ende, die von Leuten wie Dulles, Barnes und Bissell gestaltet worden war. Die CIA war kaum fünfzig Jahre alt, und doch spürte man schon überall einen Verfall, der den nahenden Tod anzukündigen schien. Niemand schien mehr genau zu wissen, was eigentlich die Aufgaben der Agency waren. Früher hatte man auf den Korridoren in Langley so andächtig von »Missionen« gesprochen, wie der die Eucharistie austeilende Priester vom »Leib Christi«. Wenn man diesen Ausdruck heute dort hörte, war vermutlich von der Mission eines Baptistenpredigers die Rede, der unten am Washington Monument eine Erweckungsversammmlung abhielt. Die jüngeren Beamten waren offenbar mehr am Zustand ihrer Pensionsansprüche interessiert als am Zustand der Nation. Und die Führung? Der *Director of Central Intelligence* war heutzutage in seinem Amt nicht beständiger als ein Kleenex-Papiertaschentuch. Clinton allein hatte schon vier verbraucht.

Und doch, wenn man sich die Probleme der Welt ernsthaft

ansah, war die Lage heute nicht minder gefährlich als in den alten Tagen des kalten Krieges. Die Sowjets, der KGB, die Sicherheitsdienste der Satellitenstaaten waren immerhin doch einer vernünftigen Argumentation zugänglich gewesen, hatten in gewisser Weise berechenbar reagiert. Natürlich mußte man dabei die merkwürdigen Verhaltensmuster und die sonderbare Logik dieser Leute in Rechnung stellen, aber man konnte sich wenigstens darauf verlassen, daß sie bei diesen Verhaltensmustern blieben und dieser Logik folgten. Und heute? Heute war die Welt asymmetrisch geteilt, und, materiell gesehen, war der Westen, insbesondere Amerika, der Gegenseite haushoch überlegen. Aber diese Fanatiker auf der anderen Seite dieser asymmetrisch geteilten Welt hatten es geschafft, sich selbst davon zu überzeugen, daß die geistige und geistliche Überlegenheit auf ihrer Seite war. Und sie glauben, daß diese Überlegenheit ihnen eine Macht verlieh, die den Abendländern mit ihrer Vergötterung des ungezügelten Individualismus und krassen Materialismus vollkommen fehlte.

Zum Beispiel diese Hamas-Typen, die das FBI in Brooklyn gefaßt hatte. Die hatten tatsächlich geplant gehabt, in eine U-Bahnstation voller Menschen hinunterzusteigen, jeder mit einer Sprengladung am Gürtel, um sich und einen Haufen unschuldiger Passanten in die Luft zu sprengen. Und warum? Sollte die krasse Verrücktheit, die total irrationale Art ihrer Handlungsweise uns und unserer Gesellschaft von ihrer vermeintlichen spirituellen Überlegenheit überzeugen? Oder äußerte sich in dem Vorhaben die blinde Verzweiflung eines Volkes, das sich angesichts des Unrechts, das die gefühllose Welt ihm angetan hat, nicht zu helfen weiß?

Duffy schüttelte den Kopf und öffnete das Seitenfenster ein Stück, um seine Müdigkeit durch den eisigen Windhauch vertreiben zu lassen. Die düstere, bedrückende Wolkendecke nahm der vorüberziehenden Landschaft die Konturen. Fern zu seiner Rechten bemerkte er die Wasser des Atlantischen Ozeans, die sich so stumpf, so grau, so verdrossen erstreckten wie der Himmel über ihm.

Das Weiße Haus, der Kongreß, die Presse, jener Teil der Öffentlichkeit, der solche Sachen überhaupt zur Kenntnis nahm, schrien heutzutage alle nach dem Blut der Agency. Sie war zu groß, zu teuer, und man warf ihr vor, sie könne nicht einmal Saddam Hussein aus der Welt schaffen – obwohl es der Agency bekanntlich gesetzlich verboten war, ausländische Staatsbürger umzubringen. Die Agency habe keine Existenzberechtigung mehr, behaupteten die Kritiker, sie treibe nur noch steuerlos in einem Meer von Unentschlossenheit.

Na, dachte Duffy grimmig, laß nur diese verrückten Mullahs auf den Trichter kommen, wie sie diese Nukleargranaten zünden können, und wenn dann eine von ihnen irgendwo hochgeht, werden all diese meckernden Kritiker natürlich sofort wissen, was die Aufgabe der Agency gewesen wäre. Nur würde es leider in dem Fall, wenn es der Agency nicht gelang, den Mullahs rechtzeitig das Handwerk zu legen, zu spät sein. Die Geister der Gründerväter, die vor so langer Zeit hier oben ihre Boote gesteuert hatten, würden auch ihre Agency im Jenseits willkommen heißen müssen.

Während Jim Duffy über das Schicksal der CIA sinnierte, kroch etwa 4000 Meilen weiter östlich ein fünffachsiger Fruehauf-Lastzug mit TIR-Zulassung und einer Inschrift am Ladekasten, die ihn als ein Fahrzeug der TNZ, Freight Forwarding Services, auswies, die Serpentinen des Zaki-Gebirges hoch, in dem die iranische Stadt Maku lag. Der Fahrer brauchte fast eine Stunde, um die zwölf Meilen zwischen dieser kleinen Stadt und den weißgetünchten beflaggten Flachbauten der iranisch-türkischen Grenzstation zurückzulegen.

Trotz der späten Abendstunde warteten noch fünf weitere TIR-Lastzüge auf die Zollabfertigung, als er sich der Warteschlange anschloß. Gurbulak war der verkehrsreichste Grenzübergang der östlichen Türkei. Alle vierundzwanzig Stunden mußte das halbe Dutzend überarbeiteter und unterbezahlter Zollbeamten, die an diesem Grenzübergang Dienst taten, durchschnittlich 800 Lastzüge abfertigen. Zur Rechten des nun auf die Abfertigung wartenden TNZ-Lastzuges befand sich ein geräumiger Kontrollschuppen, der mit dem modernsten Gerät ausgerüstet war, das man zur Durchsuchung von Lastzügen benötigte. Der Schuppen war in der erklärten Absicht, den türkischen Zollbehörden in dem Bemühen beizustehen, die Verbreitung der afghanischen Schlafmohnernte nach Westen einzudämmen, auf Kosten der in Wien niedergelassenen Drogenkontrollkommission der Vereinten Nationen errichtet worden. An diesem Abend blieb jedoch die Baracke – wie fast ständig seit dem Tag ihrer Einweihung – leer und unbenutzt.

Der Fahrer fuhr halb dösend, mit einem Ohr dem türkischen Schmachtfetzen lauschend, mit dem die Stimme einer Sängerin aus seinem Radio seine Sinne umgarnte, langsam zum Schlagbaum. Schmiergelder würde er nicht zu zahlen brauchen, um über die Grenze zu kommen. Das war nicht nötig, denn eine Zollkontrolle gab es praktisch nicht. Ein türkischer Zollbeamter riß die erste Seite aus dem internationalen TIR-Carnet des Fahrers, ging dann zur Hintertür des Ladekastens, überzeugte sich davon, daß diese durch ein iranisches Zollsiegel verschlossen war und winkte dann weiter.

Die Gegend an der türkischen Grenze war gebirgig, dünn besiedelt und wurde ständig von Einheiten türkischen Militärs und der türkischen Gendarmerie patrouilliert, die dort nach Guerillas der kurdischen PKK, der marxistischen Arbeiterpartei, Ausschau hielten. Unmittelbar am Stadtrand von Agri, der ersten Stadt an seiner Strecke, lag eine *alanis*, eine Raststätte, wie es an den Überlandstraßen der Türkei viele gibt. Dort können die Fernfahrer essen und ein paar Stunden schlafen, Toiletten gibt es gewöhnlich auch. Der Fahrer parkte, stieg aus dem Führerhaus, verschloß dessen Tür und schlenderte zu dem kleinen Teehaus hinüber, um dort ein Glas Tee zu trinken. Als er sich gestärkt hatte, ging er zu dem öffentlichen Telefon. Er nahm ein Stück Papier aus der Tasche, das man ihm in Zabol gegeben hatte, und begann, die darauf notierte Nummer zu wählen, um seine sichere Ankunft in der Türkei zu melden. Komisch, dachte er, liefern sollte er an eine Adresse in einem Vorort von Istanbul, aber die Telefonnummer paßte nicht dazu, denn die Vorwahl für Istanbul war 212, und die Nummer, die er wählen sollte, begann mit 05. Muß eines von diesen Handys sein, sagte er sich. Jedenfalls meldete sich, wie er es erwartet hatte, ein automatischer Anrufbeantworter. Er machte also diesem Meldung und kehrte zu seinem Lastzug zurück.

»Auf diese Weise halten wir uns in Form«, kicherte das Mädchen albern und wies auf das kleine Lichtrechteck am Ende des Korridors. »Das ist eine Viertelmeile von hier weg«, erklärte sie Duffy stolz.

»Wie oft am Tag machen Sie diesen Spaziergang?« fragte er.

»Vielleicht ein Dutzend Mal. Drei Meilen. Nicht schlecht. So braucht EG & G Electro-Optics keine Sporthalle für die Angestellten zu bauen, oder? Nur daß die Firma für bedeutende Besucher wie Sie vielleicht Rollschuhe zur Verfügung stellen sollte.«

EG & G Electro-Optics, das Unternehmen, dem Duffy einen Besuch abstattete, war seit den Tagen des Manhattanprojekts fest in das Atomwaffenprogramm integriert. Die drei Gründer waren sämtlich Hochgeschwindigkeitsphysiker, ein Trio von genialen Absolventen des Massachusetts Institute of Technology, MIT, deren Beitrag zur Entwicklung des Atomwaffenarsenals der USA kaum zu überschätzen war. Mittlerweile war die Firma auf einer Reihe von Gebieten tätig, die nicht unmittelbar für Verteidigungsaufgaben wichtig waren, so stellte man neuerdings auch Röntgenapparate und anderes Gerät für die medizinische Diagnostik her. Nichtsdestoweniger produzierte EG & G hier in diesem riesigen Lagerhaus am Rande von Salem Harbor noch immer das ultrageheime Equipment, das erforderlich war, um im kaum mehr anzunehmenden Krisenfall das US-Nukleararsenal zu zünden.

Seine lächelnde Begleiterin führte ihn in das Büro Dr. Harry Aspens, des Abteilungsleiters, der für die Fertigung zuständig war. Das große Erkerfenster seines Büros ging auf den Hafen hinaus, wo ein halbes Dutzend für den Winter in Segeltuch verpuppte Boote vor Anker lagen. Der Bursche konnte im Sommer während der Mittagspause eben mal das Büro hinter sich lassen und zu einem kleinen Segeltörn auslaufen. Selbst ein Bauernjunge aus Oklahoma wie Duffy wußte diesen Vorteil zu würdigen.

Die Verabredung mit Aspen hatte Dr. Leigh Stein für ihn arrangiert, der dem Energieministerium zugeteilte Nuklearwaffeningenieur, der nach Duffys Rückkehr aus Nikosia bei der Bildschirmkonferenz zur Sache berichtet hatte. Und obwohl

Stein ihn bestimmt nicht als Vertreter der CIA eingeführt hatte, konnte Aspen sich mit Sicherheit ausmalen, welche Behörde sein Gast vertrat.

»Na denn!« dröhnte eine Stimme hinter ihm. »Ein Mann, der was über Kryotronen lernen will.«

Duffy drehte sich um und begrüßte den Mann, mit dem er verabredet war. Aspen war ein großer schlanker Mann mit kurzgeschnittenem grauen Haar und runden Schultern, die davon zeugten, daß er einen großen Teil seines Lebens über die Bildschirme von Computern gebeugt gesessen hatte.

»Wie wär's mit einer Tasse Kaffee, damit die Wissenschaft besser rutscht?«

Einige Minuten lang ergingen sich dann die beiden in der rituellen Plauderei, die bei solchen Begegnungen höflicherweise zu absolvieren ist, ehe man zur Sache kommen kann. Erst nachdem von dem miserablen Wetter, den Verhältnissen auf der Route 1A und der jammervollen Unfähigkeit der *Boston Celtics* die Rede gewesen war, sagte Aspen endlich: »Na schön. Was wollen Sie also über Kryotronen wissen?«

Duffy hatte natürlich nicht die Absicht, dem Leiter der Fertigungsabteilung von EG & G zu verraten, daß der Iran es geschafft hatte, sich drei Nuklearsprengsätze anzueignen, obwohl er nicht daran zweifelte, daß der Mann zur Einsicht auch in solche streng geheimen Informationen autorisiert war. »Lassen Sie mich gleich zur Sache kommen«, sagte er also. »Wie schwierig wäre es für die Iraner, sich ungefähr zweihundert Stück davon zu besorgen?«

Der EG & G-Wissenschaftler lächelte. »Sie sprechen vermutlich von der Sorte, die für den Zündmechanismus von Atombomben benötigt wird?«

»Natürlich.«

»Die Sorte also, die wir hier herstellen. Ich würde das für sehr schwierig halten, wenn nicht gar für unmöglich.«

Zum ersten Mal, seitdem er heute morgen erwacht war, empfand Duffy so etwas wie Erleichterung. »Da klingt ja ganz beruhigend«, erwiderte er. »Aber wie können Sie das so genau wissen?«

Aspen öffnete seine Schreibtischschublade und entnahm ihr eine kleine Glasblase, von der ein Satz Drähte hing. Duffy erkannte darin auf den ersten Blick das Teil, von dem Dr. Robotham gesprochen hatte.

»Das ist unser Kryotron Modell KN22. Das einzige heutzutage auf dem Markt erhältliche Kryotron mit den Eigenschaften, die zur Zündung einer Atombombe erforderlich sind.«

»Wollen Sie sagen, daß die Engländer, die Franzosen und die Israelis keine herstellen?«

»Aber natürlich tun sie das. Allerdings nur in kleinen staatlichen Laboratorien, die ausschließlich für das Militär des eigenen Landes tätig sind. Die Geräte, die wir hier in diesem Gebäude für das Pentagon als Zünder nuklearer Gefechtsköpfe produzieren, sehen inzwischen schon ganz anders aus und werden nicht mal mehr Kryotronen genannt. Niemand, absolut niemand außer unseren Streitkräften kriegt sie auch nur zu sehen.«

»Und doch kann auch das kleine Ding, das Sie da haben, dieses Modell KN22, eine Atombombe zünden?«

Aspen nahm das Kryotron in die Hand, drehte es fast spielerisch zwischen den Fingern und reichte es Duffy. »Daran besteht nicht der geringste Zweifel. Dieses kleine Wunderwerk leitet auf ein Signal hin eine ungeheure Menge gespeicherter Energie mit einer Startgeschwindigkeit ins Ziel, neben der sich ein Wimpernschlag ausnimmt wie eine Ewigkeit.« Der Wissenschaftler deutete auf die Glasblase. »Was Sie da haben, ist ionisiertes Gas in einem Vakuum und eine Quelle von Radioaktivität, Nickel 63.«

»Schön, aber warum, zum Teufel, sollen die Iraner nicht imstande sein, sich 200 von den verdammten Dingern zu verschaffen?«

»Wie ich Ihnen bereits sagte, Mr. Duffy ...«

»Jim.«

»Wir sind weltweit die einzigen, die diese Dinger auf den Markt bringen. Wir verkaufen jedoch nur an Leute, die eine Ausfuhrgenehmigung des Handelsministeriums vorlegen können. Es gibt aber Länder, in welche dieses Erzeugnis nicht ausgeführt werden darf, und Sie können Ihren Arsch darauf verwetten, daß der Iran ganz oben auf dieser Liste steht.«

»Natürlich, Doktor, aber die Welt ist auch voller Leute, die Tag und Nacht darüber nachdenken, wie sie unseren Ausfuhrbestimmungen ein Schnippchen schlagen können.«

»O gewiß. Auch hier sind schon Idioten mit dicken Geldbündeln aufgekreuzt und haben versucht, ein paar Kryotrons aus dem Regal zu kaufen. Sie sprachen von den Iranern. Neulich hat eine Firma aus London, *Quadro-Bio-Systems*, von der wir wissen, daß sie Verbindungen zum Iran hat, sich hier gemeldet und sich nach unseren Preisen für Kryotronen erkundigt. Wir haben den Leuten gesagt, sie sollen zum Teufel gehen – höflich natürlich.«

»Aber woher wollen Sie genau wissen, daß ein Typ, der bei Ihnen einkauft, nachdem er alle Formulare zufriedenstellend ausgefüllt hat, nicht lügt?«

»Na ja, diesbezüglich haben wir natürlich keine absolute Sicherheit. In jeder Kette gibt's schwache Glieder. Aber wenn jemand Kryotronen von uns erwerben will, muß er uns genau erklären, wozu er sie braucht, in welches Gerät er sie einzubauen plant und was er damit machen will.«

»Er braucht sich also nur eine plausible Geschichte aus den Fingern zu saugen?«

»Na ja, das System ist in gewissem Maße auf die Ehrlichkeit der Kunden angewiesen. Aber der Kreis unserer Kunden ist bei alledem doch ziemlich klein und übersichtlich. Es gibt nicht allzu viele Einsatzmöglichkeiten für Kryotronen. Gebraucht werden sie vor allem für Hochenergielaser zum Schneiden und Abschleifen von Metallen. Wir kennen die meisten in dieser Branche. Wir sind auch mißtrauisch. Natürlich sollen unsere Vertreter Umsatz machen, doch sie wissen auch, was gespielt wird, und daß sie nichts an die falschen Leute verkaufen dürfen. Aber abgesehen davon gibt es noch etwas anderes, was Ihnen helfen könnte, sich keine übermäßigen Sorgen zu machen, Jim. Sie haben mich doch gefragt, ob ich glaube, daß die Iraner an ungefähr zweihundert Stück rankommen könnten, nicht?«

»Richtig.«

»Nun, wir stellen im ganzen Jahr nur ungefähr hundert Stück her. Gewöhnlich werden nur vier oder fünf pro Auftrag verlangt. Mehr als ein Dutzend verkaufen wir nie auf einmal. Bei einer Bestellung von zweihundert würden hier Alarmglocken läuten, daß die Wand wackelt.« Aspen sah Duffy mit einem vielsagenden Lächeln an. »Und das nicht nur hier. Ein paar Wände würden auch in Washington wackeln.«

»Und die Dinger werden wirklich nur hier im Haus hergestellt?«

»Richtig. Seit fünfunddreißig Jahren. Davor haben wir sie unter dem Stadion im Fanway Park produziert.«

»Fanway Park? Wo die Red Sox spielen? Sie meinen, Sie haben da Zündvorrichtungen für Atombomben gebastelt, während über Ihren Köpfen Ted Williams und Johnny Pesky Ball spielten?«

Aspen lachte. »Na ja, nicht direkt über unseren Köpfen, aber in der Nähe, ja.«

»Und was ist mit den Russen? Könnten die Iraner nicht ein paar Hundert Kryotrons von denen kriegen?«

»Das bezweifele ich. Unseren Informationen zufolge stellen die Russen die Dinger nicht mehr her.«

Duffy übte sich im Kopfrechnen. Rund ein Dutzend im Jahr. Auf diese Weise würden die Mullahs eine ganze Weile brauchen, um die erforderliche Anzahl zusammenzukriegen. »Sie beruhigen mich wirklich, Doktor. Nach Ihrer Darstellung haben die Iraner keine sehr große Chancen, uns mit ihrer Bastelei unangenehm zu überraschen.«

»Ich weiß nicht, aber beruhigen wollte ich Sie im Grunde nicht.«

Duffys Magen krampfte sich zusammen. »Was, zum Teufel, soll denn das nun wieder heißen?«

»Sehen Sie, wir produzieren diese Teile für den Markt, weil es vollkommen harmlose Verwendungszwecke für sie gibt, obwohl sie natürlich auch als Zünder für Atombomben benutzt werden können. Wenn wir es den Leuten, die sie für solche Zwecke brauchen, unmöglich machten, sie von uns zu beziehen, würde irgend jemand, der nicht unserer Kontrolle unterliegt, es übernehmen, sie für solche Interessenten herzustellen. Und diese Leute könnten nicht ganz so eifrig wie wir darauf bedacht sein zu verhindern, daß die Dinger in die falschen Hände geraten.«

»Okay. Aber haben Sie nicht gerade gesagt, daß einstweilen noch niemand außer Ihnen Kryotronen für den Markt produziert? Und heißt das nicht, daß die Iraner die Finger davon werden lassen müssen?«

Aspens Gesicht nahm plötzlich den Ausdruck des berufsmäßigen Zweiflers an, er sah drein wie ein Kunstexperte bei der

Musterung eines Werks zweifelhafter Provenienz. »Vielleicht nicht«, sagte er. »Ich habe da meine eigenen Befürchtungen. Ich glaube nicht, daß sie ihre Kryotronen bei uns einkaufen müssen. Ich glaube, daß sie sie sich selber machen können.«

»Selber machen? Im Iran? Wirklich?« Die feste amerikanische Überzeugung von der Unnachahmbarkeit der Leistungen amerikanischer Wissenschaft und Technik sprach aus Duffys Staunen.

»Wirklich. Wie alle Sachen, die auf den ersten Blick sehr schwierig zu sein scheinen, ist auch die Herstellung von Kryotronen nicht ganz so kompliziert, wie Sie vielleicht glauben. Glücklicherweise ist das nicht allgemein bekannt, aber wenn ein einigermaßen gewitzter Ingenieur die Gelegenheit bekommt, ein Dutzend von den Dingern auseinanderzunehmen, sollte er imstande sein, sie zu kopieren. Die Japaner bauen schon seit Jahren alle möglichen komplizierten Geräte nach.«

Duffy sank unter dem Eindruck dieser schlechten Nachricht entmutigt in seinen Stuhl zurück. »Also brauchen sie gar nicht zweihundert von Ihren verdammten Kryotronen. Ein Dutzend wären genug?«

»Um zu lernen, sie nachzubauen, ja.«

»Woher würden sie sich dieses Dutzend beschaffen?«

»Nun, ungefähr achtzig Prozent der Hochenergielaser, bei denen Kryotronen verwendet werden, werden in Deutschland hergestellt und eingesetzt. Unglücklicherweise scheuen gerade die Deutschen sich nicht, mit jedem Geschäfte zu machen, der ihnen was abzukaufen bereit ist. Ich würde mich also erst mal in Deutschland umsehen.«

Duffy fühlte, wie ihn tiefes Unbehagen ergriff. »Noch vor ein paar Minuten wollte ich Ihnen erklären, daß Sie mir eine große Sorge abgenommen hätten. Nun muß ich Ihnen leider mitteilen, daß Sie mir zu meiner alten noch eine neue aufgebürdet haben.«

»Tut mir leid, aber ich glaube, Offenheit ist bei diesen Sachen immer das Beste.«

Duffy erhob sich und sah hinaus über die grauen Wasser des Hafens von Salem. »Doktor, ich weiß, wie sorgfältig Sie die Leute überprüfen, die sich ausgerechnet für diese Dinger interessieren, aber wir haben da momentan ein kleines Problem, und ich wäre Ihnen dankbar, wenn Sie diese Wachsamkeit noch ein bißchen steigern könnten. Würden Sie so freundlich sein, so schnell wie möglich Dr. Stein zu benachrichtigen, falls Ihnen irgend etwas auffällt, das Ihnen in diesem Kryotronengeschäft, für das Sie verantwortlich sind, auch nur im mindesten ungewöhnlich zu sein scheint? Er wird wissen, wo ich zu erreichen bin.«

»Gern«, sagte Aspen und erhob sich ebenfalls von seinem Stuhl.

Der Kapali Çarsi, der überdachte große Basar in Istanbul, ist neben der blauen Moschee und der Hagia Sophia eine der größten Touristenattraktionen der Metropole am Bosporus. Er ist eine Stadt in der Stadt, halb Museum, halb Markt, ein Labyrinth gewundener Gänge, Gassen und Straßen mit über 4000 Läden, Hunderten von Lagerhäusern, einer Moschee, neunzehn Brunnen und einem Dutzend Tiefbrunnen unter den Gewölben eines Dachs, von dem einige Teile noch aus byzantinischer Zeit stammen.

In den düsteren, staubigen Gängen des Basars ist fast alles zu haben, wertloser Tand für ein oder zwei Dollar und mit Smaragden und Diamanten besetzte Armbänder aus osmanischer Zeit, die Millionen wert sind, Treibarbeiten aus Kupfer und Messing, Puppen, die tanzende Derwische darstellen, *Huqqahs* – Wasserpfeifen –, mit Perlmutt eingelegte Zedernholzkästen, Yildiz-Porzellan. Opalglasvasen, tausendjährige Goldmünzen und Rolexuhren, die erst am Vortag aus Genf eingeflogen worden sind, blauweiße Keramikamulette, die den Träger gegen den bösen Blick schützen, und magische Elixiere, die die Unfruchtbarkeit kurieren. Der Basar ist überdies eine riesige Geldmaschinerie, durch die alljährlich Bargeld im Wert von acht Milliarden Dollar läuft. Das meiste davon tatsächlich in Dollarnoten, ein weiterer großer Teil in DM. Wer hier den richtigen *Döviz*-(Devisen-)Händler kennt, kann sich im Handumdrehen einer Million Dollar entledigen, ohne eine Spur zu hinterlassen, und das ebenso mühelos, wie sich ein Tourist in den Gassen des Basars verirren kann.

Wie an jedem Arbeitstag schloß Jaffar Bayhani pünktlich um acht Uhr früh seinen bescheidenen Geldwechselstand an der Fesciler Sokagi auf, wo traditionell die alte Gilde der Fezmacher ihre Werkstätten und Läden hatte. Der schmächtige kleine weißhaarige Mann, der älter als zweiundfünfzig aussah, beeindruckte zwar nicht durch seine äußere Erscheinung, doch wenn es darum ging, große Geldsummen zu bewegen, sah man ihn erstaunliche, ja fast unheimliche Kräfte entfalten. Von diesem kleinen Stand aus transferierte er nämlich Beträge im Wert von Millionen Dollar auf Konten an allen Finanzplätzen der Welt.

Bayhani war Perser, einer von einer Million seiner Landsleute, die in Istanbul ansässig waren. Er stammte aus einer *Sarraf*-Sippe, einer Geldwechslerfamilie, und hatte hier seinen Stand im großen Basar eröffnet, als er 1972, vor dem Regime des Schahs aus der Heimat geflüchtet, in Istanbul angekommen war. Er arbeitete an einem Pult im Vorderraum des kleinen Ladens, wo jeder Vorübergehende ihn sehen konnte, aber sein eigentliches Büro befand sich in dem Hinterzimmer, zu dem er nun die Stufen hinaufstieg. Hier gab es einen riesigen Safe, drei Faxgeräte, zwei Computer, von denen einer ans Internet angeschlossen war, ein halbes Dutzend Handys, drei gewöhnliche Telefone und einen Fernschreiber, der ihm die jeweils neuesten Finanznachrichten der Agentur Reuter lieferte. An der Wand hinter dem zweiten Computer hing ein Bildnis des Führers, zu dem er noch heute als seinem Vorbild aufschaute, nämlich des Ayatollah Khomeini.

Der ungepflegt gekleidete Mann mit einem Dreitagebart, dessen weiße Stoppeln sein Gesicht bedeckten wie halb geschmolzener Reif ein Weizenfeld, war der Verbindungsmann mehrerer der wichtigsten Heroinhändler der Stadt zu den iranischen *Pasdaran*, Revolutionswächtern, die gegen angemessenes Honorar für den ungehinderten Transport des von den türkischen Heroinherstellern benötigten Rohstoffs, der Morphinbase, über das iranische Staatsgebiet sorgten. Das Schöne an diesem Arrangement war, daß einzig dieser abgerissene kleine Geldwechsler alle an dem Spiel Beteiligten kannte: Den Türken, der die Morphinbase kaufte, die Pakistanis, die sie lieferten, und die Iraner, die dafür sorgten, daß die Ware sicher nach Istanbul gelangte.

Bayhani bemerkte sofort, daß an dem mit den Funktelefonen verbundenen automatischen Anrufbeantworter das rote Licht blinkte. Die erwartete Meldung war also eingetroffen. Nachdem er sie abgehört hatte, konsultierte Bayhani seine Akten, einen

Stoß Notizblätter, die mit Zahlen und Symbolen bedeckt waren, deren Geheimnis nur er kannte und das für einen Fremden schwerer zu entziffern gewesen wäre als die Hieroglyphen eines Pharaonengrabs. Die Bestellung für die Lieferung, die jetzt auf den Straßen Anatoliens unterwegs nach Westen war, hatte sechs Wochen zuvor Selim Osman aufgegeben, der älteste von fünf Brüdern, die eines der bedeutendsten Heroinschmuggelgeschäfte in der Stadt betrieben.

Irgendwann im Laufe des heutigen Abends würden Selim Osmans Leute die bestellten 210 Kilo Morphinbase von dem TNZ-TIR-Lastzug laden. In dem Augenblick würde der Stoff in das Eigentum der Osman-Familie übergehen, und Selim würde für die Zahlung des vollen vereinbarten Preises von 4000 Dollar pro Kilo verantwortlich werden, ganz gleich, was mit der Ware geschah, nachdem einmal abgeladen worden war. Selim hatte bereits eine Anzahlung in Höhe von 200 000 Dollar auf Bayhanis Konto bei der Cayman-Island-Bank geleistet. Er wußte nicht, wer in Teheran Zugang zu diesem Konto hatte, zweifelte aber nicht daran, daß die Betreffenden ebenso hochrangige Angehörige der Pasdaran waren wie er selbst. Und er wußte, daß das Geld zur Förderung der großen Aufgabe verwendet werden würde, den erneuerten, neu gestärkten, stolzen und gegen seine Feinde gnadenlosen Islam in der Welt auszubreiten.

Er war stolz darauf, einen Beitrag zur Erfüllung dieser Aufgabe zu leisten. Hier in Istanbul war unverkennbar, daß der Islam wieder an Boden gewann. In dem Arbeitervorort, wo er selbst wohnte, gab es schon eine große Mehrheit für die islamische Partei. Es gab inzwischen in Istanbul schon zwei Dutzend Moscheen, in denen beim Freitagsgottesdienst im Iran ausgebildete Mullahs den neuen militanten Islam predigten. Auf den städtischen Behörden gaben längst fromme Muslime den Ton an, und Frauen, die aufs Rathaus gingen, taten gut daran, sich anzuziehen, wie es sich für Gläubige gehörte, wenn sie irgend etwas zu erreichen hofften.

Bayhani hatte bei dieser Veränderung der gesellschaftlichen Verhältnisse im laizistischen, nämlich gottlosen Staat, den Kemal Atatürk gegründet hatte, eine wichtige, wenn auch geheime Rolle gespielt. Manche von den türkischen Drogenhändlern, mit denen er Geschäfte machte, zahlten in bar. Auf Anordnung aus Teheran bewahrte er das Geld in dem Safe in seinem Büro auf. Gelegentlich besuchte ein Fremder seinen Laden, nannte ihm das von Teheran ausgegebene Paßwort und verlangte eine Summe Geldes. Er hatte natürlich nie auch nur die leiseste Ahnung, wer dieser Besucher war oder wozu dieser das Geld brauchen mochte.

Diese Leute kamen nie ein zweites Mal. Der *Sarraf* zweifelte aber nicht daran, daß das Geld letztlich im Interesse der Sache ausgegeben wurde, sei es zur Finanzierung der Aktivitäten der verbotenen islamistischen Wohlfahrtspartei, sei es, um den iranischen Brüdern zu helfen, sorgfältig ausgewählte junge Türken über die Grenze in den Iran zu schmuggeln, wo sie dann im Gebrauch von Waffen und Sprengstoff ausgebildet werden sollten, um notfalls den Glauben gegen die ungläubigen Generäle der türkischen Armee verteidigen zu können.

Im Augenblick hatte jedoch Bayhani selbst etwas anderes zu erledigen. Er mußte seinen Käufer Selim Osman von der glücklichen Ankunft der Ware verständigen. Auf einem seiner ans Netz angeschlossenen Telefone wählte der Geldwechsler die Nummer des Barcelona Gran Hotel, das eine halbe Meile vom Basar entfernt in Aksaray stand.

»Lieber Freund«, verkündete er im verheißungsvollen Ton einer Hebamme, die einen Vater über die glückliche Entbindung seiner Gattin von einem Stammhalter benachrichtigte, »Ihre Güter sind unterwegs und werden Ihnen heute abend geliefert werden.«

Selim Osman blickte während seines kurzen Gesprächs mit Baygani durch das Fenster seines Büros im Barcelona Gran Hotel auf die Menge hinaus, die sich auf der Pasazade Sokak drängte. Russen, Ukrainer, Bjelo-Russen, Rumänen und Bulgaren schwärmten von Laden zu Laden, staunten mit offenen Mündern die Waren an, hielten sie ans Licht, befingerten sie, feilschten um die Preise und schwenkten dabei die Arme so wild wie ein Italiener, der die Vorzüge seiner Schwester anpreist oder mit einem Polizisten über einen Strafzettel wegen Falschparkens streitet. Die Japaner hatten in den achtziger Jahren der thailändischen Hauptstadt den zweifelhaften Segen des Sextourismus beschert. Was diese Massen nun in den neunziger Jahren in die engen Ladenstraßen des Aksarayviertels von Istanbul zog, war eine neue Art Tourismus, den man als Textiltourismus bezeichnen könnte.

Rußland, einst der gefürchtetste potentielle – und oft genug aktuelle – Feind der Türkei, war nun zum wichtigsten Handelspartner der Stadt am Bosporus avanciert, zum großen Teil dank jener Horden, die sich unter Osmans Fenster drängten. Jeder einzelne dieser Leute war als Tourist eingereist und durfte zollfreie Waren im Wert von 1000 Dollar mit nach Hause nehmen. Sie nahmen jedoch fast alle zwei- oder dreimal soviel mit, indem sie den wirklichen Wert der Waren mit zu niedrig angesetzten Rechnungen verschleierten, die ihnen die Händler an der Pasazade Sokak nur allzu bereitwillig ausstellten.

Selim Osman und seine Brüder hatten diese plötzliche und unerwartete Blüte des Textilgeschäfts von Herzen begrüßt. Die Umsatzsteigerung war mit einer rapiden Zunahme des Volumens ihrer eigenen Geschäfte einhergegangen und hat ihnen die Gelegenheit gegeben, zur Tarnung ihres Heroinexports nach Westeuropa sogar eine eigene Textilfirma zu gründen, die mit nicht zu verachtendem Profit sogenannte Texas Country Jeans vertrieb.

Selim wandte sich vom Fenster ab und kehrte an den Schreibtisch seines aufwendig ausgestatteten Büros zurück. Die Einrichtung hatte – zu wirklich beachtlichen Kosten – Gul Oztark besorgt, eine Dame, deren Dienste in der besseren Gesellschaft Istanbuls höchst begehrt waren. Der handgeknüpfte Seiden- und Wollteppich am Boden war ursprünglich für einen der 285 Räume von Sultan Abdul Mecits Dolmabahce-Palast bestimmt gewesen – das hatte ihm zumindest die Innenarchitektin wortreich versichert –, und die Schreibtischplatte war aus den Planken eines der Schiffe gefertigt, die dem ottomanischen Sultan in der Schlacht von Lepanto verlorengingen. Osman hatte Madame Oztark nicht gefragt, was es mit der fraglichen Schlacht auf sich hatte, was ihn daran interessierte, wußte er, auch ohne fragen zu müssen, daß der Besitz dieses kostbaren Stücks sein gesellschaftliches Ansehen steigerte.

Osman hatte nicht nur von der Schlacht von Lepanto keine Ahnung, er war überdies fast Analphabet. Er stammte aus dem

Südosten Anatoliens und war, ohne seine Zeit mit der restlosen Erfüllung seiner Schulpflicht zu vertrödeln, in die Großstadt aufgebrochen, um dort sein Glück zu machen. Er hatte also nie ein Buch gelesen, weil er es nicht konnte. Er ging selten ins Kino, nie ins Theater, und die Oper kannte er nicht einmal vom Hörensagen. Die Fähigkeit, mit Hilfe eines elektronischen Taschenrechners seine Gewinnspanne bei einem Geschäft zu kalkulieren, war hinreichende Voraussetzung für die geistigen Leistungen, auf die es ihm hauptsächlich ankam.

Und daß er was von seinem Geschäft verstand, mußte ihm jeder lassen. Er hatte seine vier jüngeren Brüdern mit ins Unternehmen geholt und jedem von ihnen einen genau bestimmten Aufgabenbereich zugeteilt. Hassan, der ihm altersmäßig am nächsten stand, leitete das Laboratorium, wo die aus Afghanistan angelieferte Morphinbase zu Heroin verarbeitet wurde. Refat, der dritte der Brüder, war der Mann fürs Grobe, wie ihn jedes kriminelle Unternehmen zur Beseitigung lästiger Hindernisse benötigt. Sein Aufgabenbereich umfaßte das Transportwesen und dessen Sicherung. Er engagierte die »Hunde«, die Leibwächter, organisierte die Liquidierung störender Geschäftspartner oder Konkurrenten, wenn etwa die Drohungen oder gutes Zureden nichts fruchteten. Er verhandelte mit den Eignern und Fahrern der TIR-Lastzüge und Touristenbusse, die die Warentransporte für das Familiengeschäft nach Westeuropa besorgten. Abdullah, der vierte Bruder, leitete die Niederlassung in Amsterdam. Holland mit seiner liberalen Drogenpolitik eignete sich bestens als Sitz des Zwischenlagers der Firma, aus dem dann die jeweils benötigten kleineren Mengen Stoff nach Frankreich, Spanien, Deutschland und England geliefert werden konnten. Der jüngste Bruder, Behcet, wohnte in Stoke Newington in London, wo er sich weisungsgemäß um die Ausweitung des Familiengeschäfts auf dem Boden des Vereinigten Königreichs bemühte.

Alle fünf waren sie inzwischen Dollarmultimillionäre, die den größten Teil ihres Vermögens auf überseeischen Bankkonten vor der Neugier der türkischen Steuerbehörden in Sicherheit gebracht hatten. Ein Teil des Geldes war bereits in Immobilien angelegt wie in Selims Barcelona Gran Hotel. Jeder Penny der 22

Millionen Dollar, die ihn das Hotel gekostet hatte, war letztlich von Heroinsüchtigen in Europa und den USA aufgebracht worden. Das Büro, das er sich im Hotel hatte einrichten lassen, war zugleich ein zentral gelegenes und unauffälliges Hauptquartier, von dem aus er bequem die weitreichenden Operationen seiner Firma leiten konnte. Im obersten Geschoß des Gebäudes hatte Osman überdies vier große Doppelzimmer für russische Touristinnen reserviert, die nicht ans Goldene Horn kamen, um hauptsächlich Blue Jeans zu kaufen, sondern um sich, gegen angemessene Vergütung, versteht sich, die Blue Jeans ausziehen zu lassen.

Der Erfolg des familieneigenen Drogenrings beruhte jedoch nicht allein auf dem Geschäftssinn Selims, des Chefs des Unternehmens. Die Osmans waren Kurden, und die Familie übte im Gebiet von Tepe, fünfundzwanzig Meilen östlich von Diyarbakir, so etwas wie Feudalherrschaft aus. Nach dem Tod seines Vaters war Selim als ältester Sohn Herr über fünfzig kleine Dörfer in den Bergen rund um Tepe geworden.

Obwohl sie Kurden waren, hatten die Osmans – und durch sie auch ihre Dörfer – von jeher auf Seiten der Regierung in Ankara gestanden. Selim verabscheute die PKK und deren marxistische Lehren. Er war nicht geneigt, sich von denen aus seinem Mercedes 600 vertreiben und mit dem Rest der Volksgenossen in einen überfüllten Autobus zwängen zu lassen.

Die guten Beziehungen der Familie zur Regierung in Ankara waren während der Jahre 1990 bis 1991 noch erheblich verbessert worden. Damals hatte die Kontrolle der Morphinbaseimporte aus dem Iran in den Händen anderer Kurden gelegen, die der PKK nahestanden. Die Gewinne aus dem Geschäft hatten also die PKK, die terroristischen Bombenanschläge und Überfälle der kurdischen Untergrundorganisation finanziert. Angesichts der offenbaren Unfähigkeit der türkischen Armee, dem Aufstand der kurdischen Insurgenten mit hinreichend brutalen Maßnahmen das Kreuz zu brechen, hatte schließlich die Regierung Tansu Cillers beschlossen, die Terroristen mit ihrer eigenen Taktik zu bekämpfen und deren Führer, insbesondere aber die mächtigen Rauschgifthändler, die die Operationen der PKK finanzierten, durch gedungene Mörder beseitigen zu lassen.

Eigens zu diesem Zweck schuf das Innenministerium eine Organisation für Spezialoperationen, die *Ozel Harekat*. Leute wie die Osmans stellten das Personal dafür. Zum Lohn für die bewiesene Staatstreue durften sie die Geschäfte der von ihnen zur Strecke gebrachten PKK-nahen Rauschgifthändler übernehmen. Überdies stellten die Osmans in ihren Dörfern eine Miliz von 500 jungen Männern auf, die Agenten der PKK in ihrem Gebiet nicht zum Zuge kommen ließ. Ankara wußte solche Loyalität zu schätzen. Die wesentliche Quelle der Kraft, aus der die Osmans auch in ihren Beziehungen zur türkischen Regierung schöpften, war ihr unverbrüchlicher Familiensinn. Wirksame Polizeioperationen gegen den Drogenhandel waren überall auf der Welt nur möglich, wenn es gelang, den Verteilerring zu unterwandern. Keine dieser Organisationen war aber gegen ihre Feinde so solidarisch wie diejenige der Türken. Zwar bezeichnete auch die italienische Mafia ihre Organisationen als »Familien«, das waren sie aber streng genommen nicht. Die *omerta,* das Gesetz des Schweigens, hielt sie zusammen, aber keine Blutsbande. Die chinesischen Triaden fußten auf ihrer chinesischen Kultur und Sprache, ihrer Abstammung und dem gemeinsamen Bestreben, die Integrität der Clans gegen Recht und Gesetz durchzusetzen.

Bei den Türken hatte niemand eine Chance, sich einzuschleichen, der nicht wirklich zur Familie gehörte. Wer nicht Bruder, Vetter, Onkel oder Neffe war, wurde nicht zur Tür hereingelassen. Und das machte der Polizei den Zugriff auf sie nahezu unmöglich.

Die fünf Brüder befaßten sich nur höchst selten persönlich mit Drogen. Die Arbeiter in ihrem geheimen Labor, die Fahrer der Lastzüge oder Autobusse, die das Heroin transportierten, waren niemals nähere Verwandte, sondern Vasallen der Osmans aus den Dörfern um Tepe. Sie wußten, daß sie auf die Hilfe der Osmans zählen konnten, falls etwas schiefging – solange sie den Mund hielten.

Wenn zum Beispiel die Zollbeamten Ihrer Majestät der Königin bei der Untersuchung eines der im Auftrage der Osmans fahrenden Lastzüge das in diesem verborgene, für den britischen Markt bestimmte Heroin irgendwann einmal wirklich entdecken sollten, konnte man sich darauf verlassen, daß der Fahrer staunend jede Kenntnis von dieser Fracht leugnen würde, und zwar standhaft.

Er würde sich verurteilen lassen und in der Gewißheit, daß für seine Familie in Istanbul gesorgt und sein Gehalt regelmäßig auf sein Konto überwiesen werden würde, klaglos die über ihn verhängte Haftstrafe absitzen. Er durfte auch erwarten, daß ihm bei seiner Entlassung die dankbaren Brüder einen neuen TIR-Lastzug zum Geschenk machen würden. In den äußerst seltenen Fällen, wo jemand drohte, aus der Reihe zu tanzen, stattete Refat den Verwandten des unsicheren Kandidaten einen Besuch in seinem schwarzen Mercedes 600 mit dem Istanbuler Nummernschild ab, gleichviel wie entlegen das Nest sein mochte, in dem sie lebten. Sein Erscheinen reichte gewöhnlich aus, um die Familie zu bewegen, ihren schwankenden Sohn auf den rechten Pfad zurückzuführen und ihm klarzumachen, daß für alle Beteiligten nur im Schweigen das Heil lag.

In dem Fall, wo das einmal nicht gelang, bewiesen die Osmans auch bei ihren Strafmaßnahmen ihren ausgeprägten Familiensinn. Den Türken ist nichts teurer als der älteste Sohn. Das Leben dieses Kindes ist ihm wichtiger als das eigene oder das seiner Frau. Wenn also jemand aus der Reihe tanzte, mußte sein ältester Sohn dafür büßen.

Alle fünf Brüder lebten in einigem Komfort, ohne durch besonderen Aufwand Aufsehen zu erregen. Die Prunksucht der Kolumbianer war nicht ihre Sache. Es wäre ihnen nie eingefallen, sich wie der verstorbene Pablo Escobar einen privaten Zoo zu halten oder mit riesigen Landsitzen voller Kampfstiere und Rennpferde zu prahlen wie die Brüder Ochoa. Selim und Refat bewohnten nebeneinanderliegende Reihenhäuser in Florya, dem neuesten und teuersten Viertel Istanbuls. Hassan, der das geheime Labor der Familie leitete, wohnte jenseits des Marmara-Meers auf der Halbinsel vor der Izmit-Bucht.

Selim hatte das Haus ausgesucht, ein weitläufiges, vierstöckiges altes Gebäude, das auf einem zehn Morgen großen Garten- und Waldgrundstück stand, und aus den Firmeneinnahmen bezahlt. Es war so geräumig, daß alljährlich im August die ganze Familie, alle Brüder mit Kind und Kegel, dort Ferien machen konnte, was ihnen willkommene Gelegenheit gab, die Familienbande zu stärken und gleichzeitig in aller Ruhe den Fortschritt ihrer Geschäfte miteinander zu besprechen. Das Haus hatte überdies den Vorteil, unweit des geheimen Laboratoriums zu stehen, dessen Tätigkeit zu überwachen Hassans Aufgabe war.

Selim, der Älteste und mithin das Familienoberhaupt, bemühte sich, ein Vorbild für die Seinen zu sein. Er vollzog einigermaßen treu und regelmäßig die meisten der den Muslimen vorgeschriebenen gottesdienstlichen Übungen. Er beachtete während des Monats Ramadan das Fastengebot, das ihm Gelegenheit zum Abnehmen gab und ihn ermutigte, seinen Alkoholkonsum einzuschränken. Das Freitagsgebet in der Moschee besuchte er mindestens einmal monatlich, besonders dann, wenn es ihm wichtig zu sein schien, dabei gesehen zu werden. Dennoch gab es nur wenige Abende, an denen er sich nicht ein oder zwei Wodkas genehmigte und ein großzügig bemessenes Maß des kräftigen Rotweins, der am Marmara-Meer wuchs. Und ein leckeres Schweinswürstchen zu verschmähen, war er ebensowenig geneigt, wie er die Einladung der erotischsten Bauchtänzerin von Istanbul, sie ins Bett zu begleiten, ausgeschlagen hätte.

Er liebte jedoch seine Frau und Kinder aufrichtig, besonders seine beiden Söhne. Scheidung war in seinem Freundeskreis unerhört, und ihm selbst wäre es nicht eingefallen, die Trennung von seiner Frau als einen Schritt zur eigenen Selbstverwirklichung zu erwägen, zumal er als türkischer Mann ja das Recht besaß, sich seine sexuellen Freuden zu verschaffen, wo und bei wem er wollte.

Die Vorstellung, daß seine Droge, die so viele junge Europäer und Amerikaner erst in flüchtige Paradiese, dann in dauerhafte Höllen lockte, eines Tages auch die eigenen geliebten Kinder verführen mochte, lag Osman vollkommen fern. Weshalb sollte das geschehen? Die türkischen Rauschgiftschmuggler, von denen viele Osmans Freunde waren, rührten das Zeug, mit dem sie ihr Geld verdienten, zum eigenen Gebrauch nie an, und außerdem war die Heroinsucht in der Türkei noch fast unbekannt.

Osman ergriff eines der drei Telefone auf seinem Schreibtisch und rief das Handy seines Bruders Hassan an. »Unsere Textilien kommen heute abend, 210 Ballen.« Die Tatsache, daß zehn Kilo mehr als bestellt geliefert worden waren, beunruhigte ihn nicht.

Der Herstellungsprozeß der Morphinbase brachte es mit sich, daß man den Ertrag der Umwandlung nur ungefähr aus der Menge des Rohopiums berechnen konnte.

»Wird an die gewünschte Stelle geliefert?«

»Ja. Wirst du dafür sorgen, daß jemand die Ware dort abholt?«

»Natürlich. Der Falke steht schon bereit.«

Der »Falke« führte diesen Spitznamen, weil er als junger Mann in der heimischen Provinz Jagdfalken abgerichtet hatte. Er war ein Vetter, mit den Osmans eng genug verwandt, deren Vertrauen zu verdienen, und doch nicht so eng, daß er die Polizei allein durch seine mühelos feststellbare Identität auf die Spur der Brüder gelockt hätte, falls irgend etwas schiefging.

»Ich fände es schön, wenn wir uns alle wieder mal zum Abendessen treffen würden. Vielleicht bei Beyti.« Das genannte Restaurant in Florya war auf Fleischgerichte spezialisiert und galt als das beste Etablissement seiner Art in Istanbul, ja in der gesamten Türkei. »Bringt auch eure Frauen und Kinder mit.«

Selim Osmans Einladung war ein Befehl. Es war zwar höchst unwahrscheinlich, aber nicht hundertprozentig auszuschließen, daß bei der erwarteten Lieferung irgend etwas nicht klappte – wer käme dann auf die Idee, die Osman-Brüder zu verdächtigen, die sich doch an dem fraglichen Abend mit Kind und Kegel vor Dutzenden von Zeugen ein Festmahl an einem öffentlichen Ort gegönnt hatten?

Nun blieb allerdings noch abzuwägen, wohin und an wen das Heroin zu liefern war, zu dem man die heute abend eintreffende Menge Morphinbase binnen kurzem im Labor verarbeiten würde. Selim konnte in der entspannten Atmosphäre eines *Hammam*, eines türkischen Bads, stets am besten nachdenken. Übrigens wurde es, wie er mit einem Blick auf die Uhr bemerkte, inzwischen ohnedies Zeit für seine Mittagsgenüsse. Er ließ sich also seinen Wagen und seine Leibwächter kommen.

Auf der anderen Seite des Atlantiks nahm – nach seinem Ausflug nach Zypern und dem »Urlaubstag« in Salem – Jim Duffy ziemlich widerwillig wieder in dem winzigen Loch Platz, das man ihm als Büro angewiesen hatte. Er zog das Jackett aus, lockerte die Krawatte und setzte die Kopfhörer auf, bereit, sich auf den

Bildschirm zu konzentrieren, der ihn mit dem Hauptquartier der NSA verband. Sobald er das Gerät anschaltete, blinkte ein rotes Lämpchen auf. Der NSA-Beamte, der ihm die Texte eingab, bat ihn damit um seinen Anruf.

»Mr. Duffy?«

»Sagen Sie bloß, daß Sie die Stimmenanalyse, auf die wir aus waren, schon fertig haben und bereit sind, sie durch Ihre Computer zu mangeln?« fragte Duffy. »Oder haben Sie etwa echt gute Neuigkeiten für mich? Wie zum Beispiel, daß Ihnen das abgehörte Material ausgegangen ist?«

»Keine Angst, davon habe ich noch reichlich. Und nach Benutzerzeit an unserem großen Cray-Rechner müssen wir Schlange stehen. Ich habe einen Antrag gestellt, aber ich fürchte, daß der noch ziemlich weit unten im Stapel liegt.« Humor war offensichtlich keine besondere Stärke von Duffys Gesprächspartner.

»Aber«, fuhr er fort, »während Sie weg waren, habe ich etwas anderes gefunden, das Sie vielleicht interessieren könnte.«

»Schießen Sie los.«

»Sie erinnern sich, daß ich Ihnen sagte, daß der Kerl, den wir da aus diesem Kaff im östlichen Iran telefonieren hörten, ein Mobiltelefon in Istanbul angewählt hatte?«

»Ja.«

»Kennen Sie sich mit dem Klonen von Mobiltelefonen aus?«

Dieser Typ, dachte Duffy, ist vermutlich einer von diesen Technomagiern, die sie bei der Rekrutierung für die NSA bevorzugen, Doktoren der höheren Wahrscheinlichkeitsrechnung, deren Vorstellung von Vergnügen sich darin erschöpft, die ganze Nacht zu probieren, das Schachmeisterprogramm von IBM matt zu setzen.

»Von geklonten Schafen wie der berühmten Dolly habe ich zwar auch schon gehört, aber Mobiltelefone? Nein, davon weiß ich nichts.«

»Also, geklonte Mobiltelefone werden von ein paar sehr schlauen Bösewichtern mit Vorliebe benützt. Dazu braucht man zunächst mal ein gestohlenes Handy. Um das dann zu klonen, braucht man nur einen gewöhnlichen Laptop, das richtige Softwareprogramm und ein zweites Mobiltelefon. Man verbindet das gestohlene Telefon mit dem Computer, in dem das fragliche

Programm läuft, und holt sich die ESN, die elektronische Seriennummer, und die Telefonnummer des Apparats aus dem Chip, der in ihm steckt, verstehen Sie?«

»Klar.«

»Als nächstes stöpselt man dann das neue Handy in den Computer, zieht die elektronische Seriennummer und die Telefonnummer aus dem Chip dieses Apparats und ersetzt beides durch die Daten des gestohlenen Mobiltelefons. Und dann kann man den gestohlenen Apparat in die Mülltonne werfen, okay?«

»Sicher. Aber was ist der Zweck der Übung? Der Typ, dem das Handy geklaut worden ist, läßt die Nummer sperren. Der Apparat ist dann nutzlos.«

»Um Anrufe zu tätigen allerdings. Aber die Nummer des gestohlenen Handys ist nun in dem Chip einprogrammiert, der in Ihrem Klon steckt. Okay, die Nummer ist gesperrt, insofern kann niemand mehr von diesem Apparat aus Anrufe tätigen. Wenn aber jemand diese Nummer wählt, wird nichtsdestoweniger der nun mit dieser Nummer versehene Klon klingeln. Das heißt, man hat sich einen Weg, auf dem man angerufen werden kann, gesichert, den so leicht niemand aufspüren kann.«

»Okay, aber was wollen Sie mir damit sagen?«

»Ich habe mich mit unserem NSA-Mann an der Botschaft in Ankara in Verbindung gesetzt und ihn um eine Liste der während der letzten sechs Monate wegen Diebstahls gesperrten Mobiltelefone gebeten ... und nun raten Sie mal?«

»Unser Handy war auf der Liste?«

»Genau. Ein Grundstücksmakler in Izmir hat vor sechs Wochen den Diebstahl des Apparats gemeldet. Das Gespräch, das wir abgehört haben, wurde vor drei Wochen aufgenommen. Man kann also davon ausgehen, daß der Typ, der sich dieses Handys gegenwärtig bedient, ein Schlaumeier ist, der den gestohlenen Apparat geklont hat, weil er Wert darauf legt, daß man die Anrufe, die er erhält, nicht verfolgen kann.«

»Gute Arbeit, mein Freund. Wirklich gute Arbeit. Wollen wir nicht mal die Nummer des gestohlenen Handys durch das NSA-Archiv abgehörter Gespräche laufen lassen und sehen, was vielleicht dabei sonst noch herauskommt?«

»Ich glaube, das wäre der Mühe wert, aber wie ich schon sagte, wir müssen uns nach Zeit auf den großen Crays und den Intel TerraFlops anstellen, und es wird eine Weile dauern, bis wir drankommen.«

»Unter diesen Umständen wird das nicht mehr nötig sein. Ich kümmere mich darum.«

Selim Osmans Ziel an diesem winterlichen Mittag war das Mahmut Pasa Hamami, das älteste öffentliche Bad in Istanbul, erbaut schon 1476 n. Chr. Ausländer ließen sich dort fast niemals sehen, und nicht zuletzt deshalb bevorzugte Osman es.

Wie die meisten türkischen Drogenschmuggler war Selim im Umgang mit *Yabanci*, also mit Fremden und Ausländern, ziemlich unbeholfen. Wenn ein ausländischer Kunde in Cali oder Medellin auftauchte, konnte er damit rechnen, daß seine kolumbianischen Geschäftsfreunde sich seine Bewirtung und Unterhaltung einiges kosten ließen, ihn in die besten Restaurants und elegantesten Night-Clubs führten und dafür sorgten, daß es ihm nicht an angenehmer weiblicher Gesellschaft fehlte.

Wenn aber ein Türke wie Selim einen auswärtigen Gast zu bewirten hatte, empfing er ihn in einem unscheinbaren Drei-Sterne-Hotel und bot ihm türkischen Kaffee an. Wenn der Betreffende weibliche – oder auch männliche – Gesellschaft wünschte, mußte er darum bitten. Der Wunsch würde ihm erfüllt werden, aber sein Gastgeber würde sich über seine etwaigen sexuellen Absonderlichkeiten umfassend berichten lassen und sich nicht scheuen, die betreffenden Informationen bei Gelegenheit zu verwenden.

Wie viele seiner Landsleute war Selim Osman ein gesetzter, ziemlich griesgrämiger und nicht zu Scherzen aufgelegter Mann. Sein Gesicht trug für gewöhnlich den mißbilligenden Ausdruck eines Priesters, der eine besonders peinliche Beichte hört. Er war untersetzt und begann nun auch, Fett anzusetzen. Wie viele Türken seines Alters hatte er noch dichtes schwarzes Haar.

Sein einziges besonderes Kennzeichen war ein nervöser Tick unter dem linken Auge, ein Zucken, das sich mit jedem Schluck Wodka, den er abends zu sich nahm, zu beschleunigen pflegte. Auffällig waren allerdings auch seine Hände. Sie saßen wie ein paar übergroße Handschuhe an den Gelenken, mit breiten

Handtellern, die Rücken mit dichtem schwarzem Haar bedeckt, die Finger kurz und plump. Diesen Händen war anzusehen, daß Selims Ahnen viele Generationen lang dem kargen Boden dürftige Ernten abgerungen hatten.

Ein Angestellter des Bades wartete respektvoll an der Tür auf ihn, als Selims Mercedes vorfuhr. Mit kaum merklichem Lächeln folgte der Rauschgifthändler dem Mann in den großen öffentlichen Umkleideraum des Bades, wo er seine private Kabine hatte. Auch der Masseur, der sich gewöhnlich um ihn kümmerte, erwartete ihn dort.

Osman zog sich aus, wickelte sich ein Handtuch um die Lenden, schlüpfte in die Holzpantoffeln und klapperte in den »kühlen Raum«, wo er ebenfalls ein Séparée hatte. Dieser an eine kleine Mönchszelle erinnernde Raum enthielt ein mit fließendem Wasser gefülltes Marmorbecken, in dem Osman wiederholt eintauchte, sich einseifte, abschrubbte und abspülte. Aus dem Kühlraum ging er dann in den »heißen Raum«, wo er sich, auf einer Marmorplatte ausgestreckt, vom Masseur die erschlafften Muskeln durchkneten ließ. Dann seifte ihn auch der Masseur wiederholt ein, um ihn dann mit heißem Wasser abzuspülen, bis Osman bereit war, sich in seiner privaten Ruhekammer zu entspannen.

Dort ließ er in dem Zustand vollkommener Entspannung, den er im Bad fast immer erreichte, seine Gedanken zunächst träumerisch schweifen, bis er sie auf die Frage lenkte, was er mit den etwa 240 Kilo Heroin machen solle, zu denen man die 210 Kilo Morphinbase, deren Lieferung ihm für den heutigen Abend in Aussicht gestellt worden war, verarbeiten würde.

Für 50 Kilo hatte er bereits einen Abnehmer, einen Engländer namens Paul Glynn. Das Problem mit Glynn war allerdings, daß er, wie viele der Europäer, mit denen die Osmans genötigt waren, Geschäfte zu machen, ein notorisch säumiger Zahler war. Glynn hatte 50 Kilo bestellt und, ohne mit der Wimper zu zucken, den ihm von Behcet Osman genannten Preis akzeptiert: 8500 Dollar pro Kilo, dazu eine zusätzliche Transportgebühr für die Überführung nach Amsterdam in Höhe von 1000 Dollar pro Kilo. Er hatte sich auch bereit erklärt, die Hälfte dieses Betrages vor Erhalt der Ware anzuzahlen.

Eine weitere Bestellung von 25 Kilo hatte ein Kurde aus Hamburg aufgegeben. Liquiditätsprobleme hatte dieser Kunde nicht. Er würde bei Lieferung der Ware den vollen Betrag bar auf den Tisch des Hauses legen. Dieser Mann war ein Agent der PKK, die auch in Deutschland Mittel für den Befreiungskampf der kurdischen Heimat durch den Vertrieb künstlicher Seelenruhe zu erwirtschaften trachtete. Osman bedeckte sich das Gesicht mit einem Handtuch, schloß die Augen und ging im Geiste die Alternativen durch, die sich ihm für den Absatz der restlichen 165 Kilo eröffneten. Die Menge stellte ein potentielles Einkommen von 1 350 000 Dollar dar, den größten Teil des Gewinns, den die Familie aus der Operation ziehen konnte.

Das Nächstliegende war, die noch unbestellte Ware zunächst an Abdullah zur Einlagerung in Amsterdam zu expedieren. Der weitere Vertrieb konnte von dort aus viel ungefährdeter organisiert werden als von hier aus.

Andererseits empfahl sich auch Prag. Nicht wenige von Osmans Geschäftsfreunden aus der Drogenbranche deponierten inzwischen die zum Vertrieb in Westeuropa bestimmte Ware in der tschechischen Hauptstadt. Die tschechische Polizei war viel zu schlecht ausgestattet, um ihrem Auftrag zu genügen. Sie hatte nicht genug Leute, und die, die sie hatte, waren miserabel ausgebildet, total unterbezahlt und mithin geneigt, für Aufbesserungen ihres Einkommens dankbar und gefällig zu sein. Und von Prag aus konnte man kleinere Posten von etwa 20 Kilo jederzeit ohne größere Schwierigkeiten ins westliche Ausland schaffen. Zu diesem Zweck kaufte man einen in Polen gestohlenen Opel Astra oder Vega – der Handel mit gestohlenen Autos florierte in jenem Lande besser als der mit fabrikneuen –, riß den Benzintank heraus und ersetzte ihn durch einen neuen, der zweigeteilt war. Und dann konnte man mit einer halben Tankfüllung Benzin und einer halben Tankfüllung Heroin sorgenfrei und unbehelligt über die Grenze fahren.

Als dritte Möglichkeit kam der Export in die USA in Frage. Im Jahre 1991 hatten die Türken und die Kolumbianer eine geheime Konferenz in Arnheim abgehalten. An diesem Treffen hatten Mitglieder des Cali-Kartells und Angehörige von vier der zwölf türkischen Familien teilgenommen, die Holland als Umschlagplatz benutzten. Abdullah hatte auf dieser Konferenz die Osmans vertreten.

Wie Vizepräsidenten zweier multinationaler Konzerne mit Vollmacht zur Leitung überseeischer Operationen hatten die Abgesandten der beiden auf dem Gebiet des Rauschgifthandels führenden Nationen Bedingungen der Kooperation miteinander ausgehandelt und die Märkte untereinander aufgeteilt.

Die Türken hatten sich bereit erklärt, den Kolumbianern bei der Umstellung von der Cocamonokultur auf eine breitere Angebotspalette und bei der Einführung des Schlafmohnanbaus behilflich zu sein. Desgleichen bei der Ausbildung der kolumbianischen Chemiker, deren Aufgabe es sein würde, das Rohopium zu Heroin zu verarbeiten. In der Heroinindustrie genossen die Türken einen ähnlichen Ruf, wie ihn die Japaner in der Automobilindustrie hatten; strenge Qualitätskontrollen garantierten die gleichbleibend hohe Qualität ihres Produkts.

Im Gegenzug dazu willigten die Kolumbianer in einen Tauschhandel mit den Türken ein, bei dem sie gegen Heroin Kokain in gleicher Menge zu liefern versprachen. Die Kolumbianer verfügten in den USA über ein weitverzweigtes Vertriebssystem, das sich auf die in jeder größeren Stadt der Vereinigten Staaten ansässigen kolumbianischen Einwanderer stützte. Dieser Rückhalt hatte den Türken bisher gefehlt, da Türken nicht in nennenswerter Zahl in die USA eingewandert waren, und daher hatten türkische Heroinhändler bisher auf dem amerikanischen Markt noch keine erwähnenswerten Umsätze machen können. Dagegen waren in Westeuropa die Türken überall präsent, und die Kolumbianer hatten – von Spanien einmal abgesehen – dort bisher keinen Fuß auf den Boden gekriegt. Das Ergebnis der Konferenz von Arnheim verhieß also den Kolumbianern die Möglichkeit, in den USA zukünftig auch Heroin in größerem Umfang abzusetzen, die Türken hingegen hatten eine Chance, das Kokaingeschäft in Europa an sich zu reißen. Unter Marketinggesichtspunkten bahnte sich mit dem Abkommen von Arnheim eine transatlantische Ehe an, die nicht anders als ideal zu nennen war.

Osman brachte mit seinen Erwägungen fast eine Stunde zu, ehe er seine Entscheidung traf. Dann machte er sich auf den Weg nach Tarabya, wo er Facyos Restaurant aufsuchte, von dem aus man den Blick über den Bosporus genießt. Er aß allein, wie er es mittags stets zu tun pflegte, und während er sich eine Portion fangfrischen Fischs schmecken ließ, betrachtete er versonnen den Schiffsverkehr auf der berühmten Wasserstraße, die Asien von Europa trennt.

Um drei Uhr nachmittags traf er erfrischt, gebadet, gesättigt und ausgeruht wieder im Barcelona Gran Hotel ein, wo noch der letzte Akt seines mittäglichen Rituals zu absolvieren war. Anstatt auf der Etage, wo sich sein Büro befand, aus dem Aufzug zu steigen, fuhr er weiter hinauf ins oberste Geschoß. Hier schaute er einen Augenblick lang abwägend auf die verschiedenen Türen des Korridors, ehe er auf eine zutrat und mit festen Schlägen anklopfte.

Irina, ein hinreißendes russisches Mädchen, dem das weißblonde Haar bis auf die Hüften fiel, öffnete, die Falten eines seidenen blauen Morgenmantels um die schlanke Gestalt ziehend. Ein schwaches Lächeln kam bei seinem Anblick auf ihr Gesicht. Der Hauswirt war gekommen, die wöchentliche Miete zu kassieren.

»Gebt uns eine Bombe, die wir uns an den Gürtel heften können«, psalmodierten die jungen Leute unten auf der Straße. »Wir werden mit einem Lächeln sterben, denn das ist der kürzeste Weg in den Himmel.«

Aus dem Fenster seines Büros in einem Vorort von Teheran lächelte Ali Mohatarian auf die jungen Leute hinab. Der Anblick ihrer dunklen, glänzenden Augen tröstete ihn in Momenten der Sorge und des Selbstzweifels, wie denen, die er gerade jetzt durchmachte. Sie waren die Hoffnung für die Zukunft, die Vorhut einer neuen, besseren Gesellschaft, wie die große islamische Revolution sie forderte. Sie waren bereit, sich als Vollstrecker des göttlichen Willens zu bewähren und in der auserlesenen Bruderschaft der Blutzeugen des Glaubens ihr Leben hinzugeben.

Die westliche Presse in ihrer bodenlosen Ignoranz würde natürlich wieder berichten, daß diese jungen Leute da unten auf der Straße verlangt hätten, als »Selbstmordbomber« eingesetzt zu werden. Wie dumm! Der Islam verbot doch den Selbstmord. Nicht als Selbstmörder wollten diese Jungen sterben, sondern als Märtyrer! Das Märtyrertum bedurfte zu seiner Rechtfertigung der Billigung eines Geistlichen, und diese wurde nur gewährt, wenn der Fromme mit seiner Selbstopferung den Gottlosen wirklich schwer zu schaden hoffen konnte.

Die Aufgabe, den Gottlosen schwer zu schaden, machte Mohatarian an diesem Nachmittag zu schaffen, als er an seinen massiven Schreibtisch zurückkehrte, eine kostbare Antiquität, die ihm von den früheren Nutzern des Gebäudes überlassen worden war, den Leuten vom SAVAK, dem Sicherheitsdienst des Schahs. In wenigen Minuten würde er eines der seltenen Treffen der von ihm geleiteten Organisation einberufen, des *Komitet ye Amaliat-e Makhfi*, des Ausschusses für Geheimoperationen, der das wichtigste und geheimste Organ der iranischen Revolutionsregierung war. Das Komitee war de facto die allein zuständige Aufsichtsbehörde für die gefürchtetste Terrororganisation der Welt. Er hatte die Aufgabe, im Ausland wie daheim für die Eliminierung der Feinde des Mullah-Regimes zu sorgen. Bisher hatte er sich dieser Pflicht vor allem im Ausland, in Europa und den USA, mit aller gebotenen Rücksichtslosigkeit gewidmet, jetzt aber war er überzeugt, daß das Regime hier im Iran selbst, nicht im Ausland, die gefährlichsten Feinde hatte. Die Unzufriedenheit mit der gerechten Herrschaft der Mullahs wuchs bei der Bevölkerung in beängstigender Weise. Die große Mehrheit, mit der bei den jüngsten Präsidentenwahlen Khatami gewählt worden war, hatte Leute wie Mohatarian zutiefst bestürzt, verriet sie doch, wie unbeliebt ihr islamisches Regime inzwischen bei den Menschen geworden war.

»Die Revolution liegt im Sterben«, flüsterte man in Teheran inzwischen schon an allen Straßenecken. Ungeachtet der diesbezüglichen strengen Verbote der Mullahs überschwemmten westliche Konsumgüter die schwarzen Märkte des Landes. In den besseren Vierteln der Hauptstadt tranken die Leute in ihren Häusern schottischen Whisky und französische Weine, warfen die Frauen die Schleier ab, tanzten, spielten und sahen westliche Filme auf ihren Videogeräten. Wenn dann doch einmal die einst gefürchteten Pasdaran an die Haustür klopften, kamen sie jetzt nur noch, um Schmiergelder zu kassieren, anstatt wie einst den Kerkern der Mullahs neue Häftlinge zuzuführen.

Das Regime hatte das Satellitenfernsehen verboten, um die Vergiftung der Volkseelen durch die bösen und verdorbenen Reize der westlichen Bilder zu verhindern. Und was war geschehen? Die Schmuggler hatten kleinere und weniger auffällige Satellitenschüsseln eingeführt, und das Land der in den schwarzen Tschador gehüllten Frauen huldigte insgeheim der Sexgöttin Pamela Anderson.

Noch viel Beunruhigender aber war, daß nun das Fundament der Herrschaft der Mullahs selbst, die Autorität von Männern wie Mohatarian, von den sogenannten Gemäßigten um den Präsidenten Khatami herausgefordert wurde. Der Ayatollah Khomeini persönlich hatte festgelegt, wie dieses Fundament beschaffen zu sein hätte, und Sorge für die Aufnahme dieser Bestimmung in die Verfassung getragen, in deren Artikel 5 die *Velayat e faqih*, die Vormundschaft des gerechten Rechtsgelehrten, gefordert wurde. Das hieß praktisch, daß im islamischen Iran die höchste Autorität nicht einem Schah oder Diktator oder vom Volk gewählten Präsidenten anvertraut werden sollte, sondern dem einzig zur Auslegung des religiösen Gesetzes berufenen geistlichen Führer.

Wie konnte man im Kampf gegen die Feinde des Islam »gemäßigt« bleiben wollen? Wenn das glorreiche Experiment islamischer Herrschaft im Iran scheiterte, würden die Ungläubigen triumphierend behaupten, nun sei durch die Praxis bewiesen, daß der Islam zur Regierung der Völker nicht taugte, daß die *Scharia*, das Gesetz des Korans, als Grundgesetz einer modernen Gesellschaft nicht geeignet sei.

Es war also ein Befreiungsschlag zur Rettung der Revolution erforderlich, eine mächtige Demonstration ihrer andauernden Vitalität, eine Demonstration der Macht, die sie zur Bestimmung der Zukunft des Islams und mithin der Welt berief.

Mohatarian drehte die Spitze seines schwarzen Schnurrbarts zu einer festen kleinen Spirale, wie er es gewöhnlich tat, wenn er sich ernste Sorgen machte. Er war nahezu fünfzig Jahre alt, und seiner sehnigen, abgemagerten Gestalt war anzusehen, daß er Sinnenfreuden geringschätzte. Er ergriff die benötigten Papiere, warf einen letzten liebevollen Blick auf die jungen Leute, die unten auf der Straße demonstrierten, und begab sich in den Konferenzraum. Dort erwarteten ihn bereits vollzählig die acht Angehörigen seines Geheimausschusses. Während Mohatarian seinen Platz am Kopfende des Tisches einnahm, dachte er, wenn die Amerikaner nur wüßten, daß wir hier tagen, würden Cruise Missiles zum Fenster hereinfliegen, um uns auszuradieren.

Anwesend waren Rafiq Dost, der Finanzexperte des Regimes. Der Professor, Kair Bollahi, soeben aus Europa zurückgekehrt, um über den Stand der Vorbereitungen der Operation Khalid zu berichten. Sadegh Izzaddine, der Oberbefehlshaber der *Gouruhe Zarbat*; Imad Mugniyeh, der Führer des islamischen Dschihad, des bewaffneten Arms der Hisbollah. Der Mann, der verantwortlich war für den Anschlag auf die Kaserne der US-Marineinfanterie in Beirut, bei dem 241 Menschen getötet worden waren, und den die CIA als ihren ärgsten Feind betrachtete. Dann saß da noch der Brigadegeneral Ahmed Scherifi, der die Aktivitäten der Hisbollah am Persischen Golf koordinierte und sich als Verbindungsoffizier der Einheit bewährt hatte, die den Anschlag auf die Kaserne in Dharan in Saudi-Arabien durchführte, dem 19 US-Luftwaffenangehörige zum Opfer fielen. Und Said Dschailani, der ehemalige afghanische Guerillaführer, der jetzt für die Erhebung der Steuer auf den Opiumhandel verantwortlich war, aus deren Ertrag ein großer Teil der Arbeit des Ausschusses finanziert werden konnte. Zuletzt Ahmed Vahidi, das Oberhaupt der *Quds, der* Jerusalem-Einheit. Er hatte eine Doppelfunktion: einerseits finanzierte er vom Iran aus islamitische Bewegungen außerhalb des Irans, andererseits war er für die Bereitstellung der von Mohatarians Organisation im Ausland benötigten Infrastruktur zuständig. Dazu gehörte die Beschaffung von gefälschten und echten Papieren, Reisepässen, Visa, Geld, sicheren Häusern und Waffen.

Wie stets eröffnete Mohatarian auch diesmal die Sitzung, indem er die Erinnerung an den verstorbenen großen Führer des erneuerten Islam, Ajatollah Khomeini, heraufbeschwor. »Meine Brüder«, begann er, »wenn wir zerstören, was sich uns in den Weg stellt, tun wir Gottes Willen. Der Islam gebietet: ›Tötet im Dienste Allahs diejenigen, die vielleicht wünschen, euch zu töten.‹ Laßt uns nie die Worte unseres großen Führers, Friede sei mit ihm, je vergessen oder außer acht lassen. ›Es kümmert mich nicht, wenn man uns nicht versteht‹, hat er gesagt. ›Ich will nur, daß man uns fürchtet.‹«

Sein Publikum murmelte ein zustimmendes *Allah Akhbar*, Allah ist groß, ganz wie die Gemeinde eines Baptistenpredigers dessen feurigste Androhungen göttlichen Zorns mit einem Chor von Amen-Rufen zu bestätigen pflegt.

Mohatarian nickte dankend und wandte sich dann dem Befehlshaber der Einsatzkommandos, Sadegh Izzaddine, zu. »Wir müssen Ihnen, mein Bruder, und den Angehörigen Ihrer Organisation gratulieren zur glänzenden Durchführung einer weiteren schwierigen Aufgabe.«

Izzaddine dankte mit kurzem Nicken für das Kompliment und zog dann aus den Falten seines weiten Militärrocks, der zudem einen umfangreichen Bauch verbarg, eine abgeschabte lederne Aktentasche, der er einen dicken braunen Umschlag entnahm. Diesen schob er dem Professor über den Tisch.

»Ich hoffe, daß Sie alles darin finden werden, was Sie brauchen. Meine Leute hatten, ehe sie das Haus des Mannes verließen, nicht die Zeit nachzuprüfen, ob irgend etwas fehlte. Abgesehen davon fürchte ich auch, daß sie ohnedies nicht genug von der Sache verstanden, um es zu bemerken, wenn dies der Fall gewesen wäre.«

Der Professor blickte auf die Beschriftung des Umschlages, wo er, in arabischen Lettern, *Khalid* las. »Sie haben Ihre Sache sehr gut gemacht.«

Mit gierigen Fingern riß er den Umschlag auf. Nacheinander entnahm er ihm die einzelnen Dokumente und breitete diese mit all der Sorgfalt aus, die eine Großmutter walten läßt, wenn sie die Zutaten ihres Lieblingsgerichts auf dem Küchentisch anordnet.

Am Ende hatte er acht dicke Papierstöße vor sich. Manche der Deckblätter waren schlicht, doch die meisten waren mit prächtigen Motiven in leuchtenden Farben geschmückt – Gold war unter diesen besonders auffällig. Adler und Flaggen gesellten sich da zu den Bildnissen streng blickender Herren, der Gründer von Nationen und Inselrepubliken, die so klein waren, daß die Mehrzahl der an diesem Konferenztisch versammelten Männer kaum von deren Existenz wußte.

Es handelte sich bei diesen Papieren um Anteilscheine, die den Besitz acht verschiedener Gesellschaften verbürgten. Es waren nämlich durchweg Inhaberaktien, was hieß, daß, wer immer diese Anteilscheine besaß, auch die Firmen in der Hand hatte, für die sie ausgegeben waren. Die Unternehmen waren ausnahmslos an Orten registriert, die sich dem Finanzkapital durch ihre unternehmensfreundliche Steuergesetzgebung empfahlen. Von Panama über die Turks-Caycos und die Grand-Caymans-Inseln bis nach Singapur waren die beliebtesten exterritorialen Tummelplätze des internationalen Kapitals vertreten.

Diese Finanzzentren, wo den Kunden einerseits die strenge Wahrung des Bankgeheimnisses zugesichert wurde, andererseits nur minimale staatliche Aufsicht drohte, waren inzwischen schon der Hafen für sechzig Prozent des in der Welt umlaufenden Geldes und galten deshalb nicht zu Unrecht bei Steuerhinterziehern, Rauschgifthändlern, Verbrechern, Betrügern und Terroristen wie den acht Männern, die um diesen Konferenztisch in Teheran saßen, als paradiesische Inseln.

An jeden der Stöße von Anteilscheinen, die vor dem Professor auf dem Tisch lagen, waren zwei Dokumente geheftet. Das erste war eine Vollmacht, die eine Einzelperson bevollmächtigte, für die genannte Gesellschaft zu handeln. Das bevollmächtigte Individuum war in jedem Fall das gleiche: Tari Harmian war sein Name.

Das zweite Dokument war eine Liste der Finanzguthaben der jeweiligen Gesellschaft: US-Schatzanweisungen, Goldzertifikate, Bardepositen, Aktien von Gesellschaften, deren Anteile an der Wallstreet, am London Stock Exchange, an der Pariser Börse und den Börsen von Tokio, Frankfurt und Singapur gehandelt werden. Diese Vermögenswerte wurden für alle acht Gesellschaften von den Treuhandabteilungen fünf verschiedener Banken auf den Grand Caymans verwaltet, einer verschlafenen Sandbank 500 Meilen südlich von Miami.

Bis 1975 waren die Grand Caymans tatsächlich nicht mehr gewesen als eine etwas größere Düne im Atlantik. Inzwischen befand sich dort aber das fünftgrößte Bankzentrum der Welt, hatten sich dort über 500 Geldhäuser niedergelassen, durch die alljährlich nahezu eine Billion Dollar geschleust wurden, und zwar unkontrolliert durch irgendeine glaubwürdige Bankaufsichtsbehörde. Infolgedessen war die Treuhandabteilung einer Bank auf den Grand Caymans das sicherste Versteck für finanzielle Vermögenswerte, das gegenwärtig auf Erden existierte. Im Vergleich zu denen der Banken auf diesen Inseln waren Konten und Tresore jeder Schweizer Bank die reinsten Glashäuser.

Niemand sah faszinierter zu als Said Dschailani, während nun der Professor mit seinem Taschenrechner die für jede der acht Firmen aufgeführten Vermögenswerte addierte. Dschailani wußte, daß der überwiegende Teil der Millionen Dollar auf den Konten dieser Gesellschaften der Ertrag der Transitsteuer war, die er auf jedes Kilo Morphinbase erhoben hatte, das aus Pakistan oder Afghanistan über iranisches Territorium in die Türkei geschmuggelt wurde.

Die Zinsen, die das US-Schatzamt auf jene Anweisungen zahlte, die im Besitz der Gesellschaften des Professors waren, trugen zur Finanzierung des Nuklearwaffenprogramms der iranischen Revolution bei, zum Unterhalt des Dschanta-Lagers außerhalb von Baalbek, wo die besten Agenten der Hisbollah ausgebildet wurden, sowie zur Entwicklung der »Atombombe des kleines Mannes«, den biologisch-chemischen Waffen, die man am medizinischen Zentrum Imam Reza in Meshed und in Damghan westlich von Teheran erprobte.

»Ich gratuliere, mein Bruder«, erklärte der Professor, der die Überprüfung der Vermögenswerte abgeschlossen hatte. »Es ist alles noch da. Der Verräter hat keine Zeit mehr gehabt, seine Drohung wahr zu machen.«

»Wie haben sie in London seine Hinrichtung aufgenommen?« fragte Mohatarian den Oberbefehlshaber seines Einsatzkommandos.

»Offenbar hat uns die Polizei nicht in Verdacht. Jedenfalls steht nichts davon in den Zeitungen. Sie scheinen eine Verbindung zu irgendeinem Finanzschwindel anzunehmen, vielleicht auch zum Drogengeschäft.«

Mohatarian lachte. »Woran sollten diese Idioten denn sonst auch denken.« Er legte die Hände mit den Handflächen nach unten auf den Tisch, um endlich den Hauptpunkt auf der heutigen Tagesordnung anzusprechen. »Also Brüder, wir kommen nun zur Operation Khalid. Darf ich bitten, Professor?«

Der Professor erhob sich bei diesen Worten, ging um den Tisch und stellte sich in klassischer Lehrerpose ans Kopfende. »Wie Ihnen aus meinem letzten Bericht erinnerlich sein dürfte, ist es uns gelungen, den spaltbaren Kern der drei nuklearen Gefechtsköpfe zu extrahieren, die wir uns von der sowjetischen Artillerie in Kasachstan beschafft haben«, begann er. »Bei dem spaltbaren Material handelt es sich, wie wir vermuteten, um Plutonium 239 in metallischer Form und von sehr hoher Qualität. Jeder Kern wog 5,7 Kilogramm und war zur Einpassung in die Artilleriegranate in ovale Form gebracht.«

Der Professor hielt einen Augenblick inne, um sich zu vergewissern, daß sein mit Fragen der Kernphysik nicht sehr vertrautes Publikum ihm folgen konnte. »Meinen Metallurgen ist es gelungen, die ovalen Granatkerne einzuschmelzen, so daß wir das Metall nun in sphärische Form gießen können, so wie wir es brauchen, um die größtmögliche Sprengkraft daraus ziehen zu können.«

»Welche Sprengkraft hoffen Sie zu erzielen?« fragte Imad Mugniyeh, dessen Bombe auf die Kaserne der Marineinfanterie in Beirut die größte nichtatomare Explosion seit dem Zweiten Weltkrieg verursacht hatte.

»Möglicherweise erreichen wir dreißig Kilotonnen pro Sphäre, wahrscheinlicher ist allerdings, daß wir uns mit fünfundzwanzig begnügen müssen.«

»Aber was bedeutet das? Ich meine, welche Wirkung hätte eine Bombe von dieser Sprengkraft in einer Stadt?«

»Jede einzelne unserer drei Bomben würde, wenn sie an der richtigen Stelle hochginge, eine Stadt wie Tel Aviv ausradieren.«

Ein andächtiges Schweigen, der Ungeheuerlichkeit dieser Ankündigung angemessen, herrschte im Raum, bis jemand stöhnte: »Endlich! Endlich haben wir die Mittel an der Hand, Israel zu vernichten!«

»Noch nicht«, warnte der Professor. »Der Tag mag kommen, aber noch sind wir nicht so weit. Noch liegt eine langwierige und schwierige Arbeit vor uns.«

»Wie schwierig?« drängte Mohatarian. »Es könnte sein, daß wir Ihre Waffe eher brauchen, als wir jetzt glauben.«

»Mit Sicherheit kann das niemand sagen. Aber seit unserem letzten Treffen sind große Fortschritte gemacht worden. Meine Waffeningenieure haben unermüdlich an der Entwicklung eines Modells gearbeitet, das uns die Entfaltung der größtmöglichen Explosivkraft des spaltbaren Materials garantiert. Die Konstruktion ist der Schlüssel zum Erfolg auf diesem Gebiet. Die amerikanische Bombe, die Nagasaki zerstörte, entfaltete zum Beispiel weniger als zwei Prozent ihrer potentiellen zerstörerischen Gewalt. Ich glaube, daß wir inzwischen schon ein Konzept haben, das uns mindestens die gleiche Wirksamkeit garantiert. Meine Ingenieure haben es umfassend mit unseren fortgeschrittensten Computern getestet. Sie sind der Überzeugung, und ich schließe mich ihrem Urteil an, daß wir mit ungeheuer zerstörerischer Kraft rechnen können, wenn es uns gelingt, diese drei Plutoniumsphären in der vorgesehenen Weise zur Explosion zu bringen.«

»Und wie soll das geschehen?« fragte Mugniyeh. Jede Einzelheit der Herstellung von Sprengbomben faszinierte ihn von jeher.

»Zum Beispiel durch ein einfaches, aus sicherer Entfernung gegebenes Funksignal.«

»Wunderbar«, rief Mugniyeh begeistert. »Wir könnten die Bomben auf Lastwagen ans Ziel bringen, wie wir es in Beirut gemacht haben.«

»Das könnten wir.«

»Was hält uns also zurück, wenn wir doch die Plutoniumkerne und einen Zündmechanismus haben?«

»Was uns fehlt, sind zwei High-Tech-Teile, die der Entwurf unseres Ingenieurs vorsieht.«

»Was für Teile, zum Teufel?«, bellte Mugniyeh. »Wieso können wir uns die nicht besorgen? Das Geld haben wir doch!«

»Dieses Zubehör zu beschaffen, mag sich als die schwierigste Phase der Operation Khalid erweisen«, sagte der Professor. »Schwieriger noch, als es war, die drei Artilleriegranaten zu beschaffen.«

»Oder für sie zu bezahlen«, lachte Mugniyeh, der mit der

Fälschung der Hundertdollarnoten befaßt gewesen war. Er war ein kaltblütiger Mörder, aber Sinn für Humor hatte er.

»Die Teile, die uns fehlen, heißen Kondensatoren und Kryotronen«, fuhr der Professor fort.

Die ausdruckslosen Mienen seines Publikums verrieten, daß die Fachausdrücke den Leuten nichts sagten.

»Also, wo kann man sie kaufen?« fragte einer.

»Wir können sie nicht kaufen, weil wir die verhaßten Iraner sind und niemand sie uns verkaufen will«, erklärte der Professor. »Die Amerikaner sind die einzigen, die die Kryotronen, die wir brauchen, überhaupt verkaufen, und die werden sich hüten, uns auch nur in die Nähe dieser Dinger zu lassen.« Der Professor lächelte. »Aber, Insch'Allah, vielleicht werden sie es trotzdem nicht verhindern können.«

»Warum?« fragte Mugniyeh nörgelnd.

»Für den Augenblick möchte ich darauf nicht näher eingehen. Doch habe ich einen Plan, der es uns vielleicht ermöglichen wird, in den Besitz der benötigten Menge dieser Teile zu gelangen. Die Ausführung dieses Plans wird allerdings einige Zeit in Anspruch nehmen und vermutlich teuer werden. Glücklicherweise ist, dank unseres Bruders Dschailani, Geld für uns kein Problem. Und dank unseres Bruders Izzaddine haben wir nun auch dessen Verwendung fest unter Kontrolle. Ich will Ihnen keine übertriebenen Hoffnungen machen, meine Brüder, doch glaube ich, daß wir schließlich mit etwas Geduld erhalten werden, was wir brauchen.«

Mohatarian zupfte an der Haut seines Halses, als wollte er damit eine Neigung seines Kopfes erzielen und mithin der Zuversicht des Professors seinen Segen geben. Das Lächeln fiel dem führenden Terroristen Irans genauso schwer wie einer soeben zum fünftenmal gelifteten Schönheit. »Sie werden die Zeit bekommen, die Sie brauchen, mein Bruder. Sie haben die im Namen unserer großen Sache in Sie gesetzten Hoffnungen noch nie enttäuscht. Während Sie arbeiten, müssen wir anderen hier einen Plan für den Einsatz dieser großartigen Waffen ausarbeiten, die Sie uns an die Hand geben werden.« Er wandte sich an Mugniyeh. »Beginnen Sie sofort im Dschanta-Lager mit der Auswahl der besten und mutigsten Kämpfer, die wir mit der ehrenvollen Aufgabe betrauen können, diese Bomben mitten unter unsere Feinde nach Israel zu tragen.«

Das Dschanta-Lager war der Ort, wo die Elite des Hisbollah-Nachwuchses ausgebildet wurde. Viele der jungen Männer und jungen Frauen, die für die Kurse im Dschanta-Lager ausgesucht wurden, empfahlen sich für die ihnen zugedachten Aufgaben nicht zuletzt dadurch, daß man ihnen die arabische Herkunft nicht ansah und sie zudem irgendeine Sprache der Ungläubigen fließend beherrschten. Diese jungen Helden waren bereit, das höchste Opfer für die heilige Sache zu bringen und in der Maske von Ungläubigen, Deutschen, Franzosen, Spaniern oder Engländern, sogar Amerikanern, den Märtyrertod zu sterben.

»Beginnen Sie mit der Ausarbeitung eines Plans, und zwar eines unfehlbaren Plans«, fuhr Mohatarian fort. »Israel darf auf dem Land unserer islamischen Brüder niemals Sicherheit und Frieden genießen. Dieser sogenannte Friedensprozeß ist ein Greuel. Unser Konflikt mit Israel wird erst beigelegt sein, wenn Israel vollständig aus dem *Dar al-Islam* getilgt ist.«

»Ehe wir die Sitzung schließen«, warf der Professor ein, »möchte ich noch an einen höchst wichtigen Punkt erinnern. Nichts ist für den Erfolg der Operation Khalid wichtiger als absolute Geheimhaltung. Niemand darf davon wissen, außer den Ingenieuren, die an der Vorbereitung dieses Überraschungsschlags arbeiten, und unser kleiner Kreis hier. Wir dürfen jedoch auch untereinander Nachrichten darüber nicht schriftlich oder telefonisch austauschen, auch durch Funk dürfen wir über dieses Projekt nicht kommunizieren. Die Amerikaner haben teuflisch feine Ohren und können sogar abhören, was man etwa hier zwischen einem Raum dieses Gebäudes und einem anderen miteinander telefoniert. Glücklicherweise haben wir nun endlich ein Verfahren, den großen Satan zu überlisten.«

Der Professor schilderte dann in groben Zügen die Leistungen des Chiffriergeräts, das er in der Schweiz gekauft hatte, und schloß mit der Ermahnung: »Ausschließlich über dieses System dürfen die Operation Khalid betreffenden Informationen ausgetauscht werden.«

»Wir werden selbstverständlich Ihrem Rat entsprechend verfahren«, erklärte Mohatarian. »Gestatten Sie mir vielleicht noch den Hinweis, daß natürlich auch Präsident Mohammed Khatami und die sogenannten Gemäßigten, mit denen er sich umgeben hat, von der Operation Khalid kein Sterbenswort zu hören kriegen dürfen.« Er wandte sich an den Professor. »Wann kehren Sie nach Europa zurück?«

»Ich reise morgen nach Deutschland ab.«

»Möge Gott Ihre edle Arbeit segnen.«

Im östlichen Mittelmeerraum war es schon lange stockfinstere Nacht, als der Dodge Pick-up dreißig Meilen östlich von Istanbul von der E 80 auf den Parkplatz der Raststätte Gebze abbog. Der Fahrer fuhr so langsam, daß man hätte meinen können, er wolle ungesehen auf den riesigen offenen Platz gelangen.

Der Versuch schien kaum der Mühe wert zu sein, denn der Parkplatz war fast verlassen. Ein halbes Dutzend Lastwagen standen darauf herum, darunter vier TIR-Züge, und die dunklen Umrisse gemahnten an Elefanten, die nachts auf einer Dschungellichtung grasen. Am äußersten Rand des Areals fiel schwaches gelbes Licht aus der Hütte, wo die Fahrer Toiletten aufsuchen oder eine Tasse Kaffee trinken konnten. Der Schuppen war leer, soweit der Falke erkennen konnte, während er in seinem Dodge Pick-up vorbeirollte und einen Blick durchs Fenster warf. In den Führerhäusern keines der Lastwagen brannte Licht. Die Fahrer lagen wahrscheinlich alle schlafend in den Kojen hinter den Sitzen. Weit und breit war kein einziger Personenwagen in Sicht.

Der Falke fand den Lastzug, den er suchte, nahe der Ausfahrt, wo er, abseits der anderen, allein stand wie der bösartige alte Einzelgänger am Rande einer Elefantenherde. Er fuhr um den Zug herum und parkte so, daß die Ladeklappe seines Pick-ups parallel mit der Tür am hinteren Ende des Lastwagens war.

Dann zündete sich der Vertraute und Vetter der Osman-Brüder eine Zigarette an, kletterte vom Fahrersitz und schlenderte an den Rändern des Parkplatzes entlang, wobei er nach etwaigen Anzeichen eines Hinterhalts der Polizei Ausschau hielt. Zwar wurden diese Raststätten nur sehr selten kontrolliert, aber wenn man für die Osman-Brüder tätig war, empfahl es sich, sämtliche Vorsichtsmaßregeln zu beachten. Alles, was die Augen des Falken erspähten, war jedoch das ferne Schimmern des Mondscheins auf dem Marmara-Meer.

Mit dem Ergebnis seiner Untersuchung zufrieden, kehrte er zu dem Lastzug der Firma TNZ zurück, stieg auf das Trittbrett vor der Tür der Fahrerkabine und klopfte leise an das Fenster. Ein verschlafenes Gesicht erschien und blinzelte ihn an, dann wurde die Scheibe ein kleines Stück heruntergekurbelt.

»Die Apfelsinen«, sagte der Falke. »Ich komme wegen der Apfelsinen.«

»*Efendim* – mein Herr?« sagte der Fahrer fragend, womit sich, wie der Falke meinte, vermutlich des blöden Persers Kenntnis der türkischen Sprache erschöpfte. Da sind wir nun schon seit zweitausend Jahren Nachbarn, dachte er, denn auch seine historische Bildung war begrenzt, und noch immer können wir uns nicht miteinander unterhalten.

Der Fahrer wußte natürlich, daß er Rauschgift geladen hatte, aber er hatte nicht die leiseste Ahnung, wo. Wäre er von einem argwöhnischen Zollbeamten angehalten worden, hätte er ihm das Versteck der illegalen Fracht nicht zeigen können. In diesem Fall war das auch nicht nötig, denn der Falke wußte genau, wo die Apfelsinen verstaut waren und ging nun geradewegs zu deren Versteck am Ende des Zuges. Der Fahrer dagegen legte sich wieder in seine Koje schlafen. Er wurde nicht dafür bezahlt, beim Abladen zu helfen.

Am Ende des Lastzuges fand der Falke mühelos die Stützleiste der Rücklichter und ließ die Fingerspitzen an dieser entlanggleiten, bis er fand, wonach er gesucht hatte. Er drückte auf den kleinen Knopf. Die Klappe, die den zwei Fuß breiten Zugang zu dem Hohlraum unter der Ladefläche verschloß, öffnete sich. Der Falke brauchte nun nur noch die Kanten des hölzernen Rahmens, in dem die Morphinbase verstaut war, zu packen und das Gestell herauszuziehen.

Er arbeitete so schnell, wie er konnte. Wenn gerade jetzt ein Streifenwagen auf dem Parkplatz kam, weil ein Bulle mal pissen mußte oder ein Nickerchen halten wollte, war er geliefert. Das Umladen der Morphinbase beschäftigte ihn trotz allem ganze zwanzig Minuten. Als er damit fertig war, schob der Falke den Rahmen wieder in die Nische zurück, schloß die Klappe und fuhr weg. Er weckte den Fahrer nicht noch einmal. Warum? dachte er. Laß den armen Hund schlafen.

Er folgte der Autobahn nur ein paar Kilometer weit, bis ein Schild mit der Aufschrift *Feribot* ihm den Weg zu einer Fähre wies, und er in die dahin führende Abzweigung einbog. Er wußte es dann so einzurichten, daß er als letzter auf die Fähre fuhr, was ihm die Gewißheit gab, daß ihm niemand folgte. Auf der anderen Seite richtete er es dann so ein, daß er als letzter an Land rollte und konnte dann, als er in Izmit auf die schmale Landzunge fuhr, die dort in das Marmara-Meer hineinreicht, mit Befriedigung beobachten, daß ihm niemand hinterherfuhr. In der Ortschaft Taskopru bog er von der Straße ab auf einen ungepflasterten Feldweg.

Das Laboratorium befand sich kaum einen Kilometer von dem Dörfchen Kabakli Kogu entfernt. Ein knappes Dutzend Häuser scharten sich dort um eine Moschee. Neben der Moschee gab es übrigens noch einen Gemeindesaal, der 1933 gebaut worden war, um neben der vermeintlich zum sicheren Untergang bestimmten alten Welt der Koranschulen die von Atatürk geplante neue Türkei zur Geltung zu bringen. Das Labor stand auf einem Hügel, der rund achtundzwanzig Morgen praktisch wertlosen Landes überragte. Ein Dutzend verwahrloster Apfelbäume, die ein Immobilienmakler sich nicht entblödet hatte, als »Obstgarten« zu bezeichnen, wuchsen am Abhang und entlang des Grabens am unteren Rand des Grundstücks. In jener Senke befand sich jedoch der eigentliche Grund, weshalb die Osmans das Gelände überhaupt erworben hatten – nämlich ein sehr wasserreicher Brunnen.

Wasser, und zwar in großen Mengen, ist für die Verarbeitung von Morphinbase zu Heroin unentbehrlich. Aus diesem Brunnen konnten die Arbeiter das benötigte Wasser ziehen, ohne befürchten zu müssen, hinsichtlich des Verwendungszwecks dieser Wassermassen auf ihren achtundzwanzig Morgen unbestellten und verdorrten Landes die Neugier einer Behörde zu erwecken. Das heißt, mit dem gebrauchten Wasser bewässerten sie natürlich in gewissem Sinne den Abhang des Hügels, wo es schnell versickerte und die Spuren der zur Raffinierung des Heroins verwendeten Chemikalien mit in die Tiefe nahm.

Das Laboratorium war nicht größer als eine Doppelgarage. Es gab Dachluken, die geöffnet werden konnten, um den Abzug der giftigen Dämpfe zu ermöglichen, die während des chemischen Prozesses freigesetzt werden. Das Gebäude glich genausowenig einem herkömmlichen Laboratorium wie ein Heuwagen einem Rolls-Royce. Es war baufällig, primitiv und paßte perfekt in seine Umgebung. Seit im Jahr 1992 die Produktion aufgenommen worden war, hatte man dort jedoch alljährlich annähernd 2500 Kilogramm Heroin hergestellt, zweieinhalb Tonnen also, und mithin einen recht beeindruckenden Beitrag zum türkischen Heroinexport geleistet.

Eine Besonderheit gab es indes in dem Labor, diese hatte Hassan Osman persönlich erdacht. Dabei handelte es sich um eine in den Abhang des Hügels gebaute unterirdische Kammer. Sie war nur durch eine Falltür zugänglich, die mit Erde abgedeckt wurde, wenn das Laboratorium nicht in Betrieb war. In dieser Gruft verwahrten die Arbeiter die Fässer mit acetischem Anhydrid und Äther, den großen elektrischen Mixer, die Plastikwannen – kurz, alles Gerät, das sie für ihre Arbeit brauchten. Wenn also nicht Drogen produziert wurden, sah auch das Innere des Gebäudes aus wie der gewöhnliche Geräteschuppen eines armen Bauern.

Der Falke hielt am Tor und schaltete die Scheinwerfer ein und aus. Ein Flügel des weißen Gittertors hing wie eine Flagge auf Halbmast an seinem zerbrochenen Scharnier. Ein paar Schatten lösten sich aus dem Dunkel der Hütte neben dem Laboratorium und rannten herbei, das Tor zu öffnen. Der Falke fuhr den Pick-up am Schuppen vorbei direkt vor die Tür des Labors. Dann ging er zu jener Hütte zurück und ließ die beiden Arbeiter die 210 Beutel Morphinbase vom Wagen laden und auf den Arbeitstisch legen, der im Laboratorium bereit stand. Im Wohnzimmer der Hütte, das er nun betrat, waren zwei weitere Männer in die Betrachtung eines deutschen Pornovideos vertieft. Das Stöhnen und Grunzen der Darsteller war hilfreich mit türkischen Untertiteln versehen. Einer der beiden Kunstfreunde war der wichtigste Mann des Laboratoriums, der Chemiker oder »Kocher«.

Er war Ende Vierzig, eine hagere Gestalt, über einsachtzig

groß, mit kurzgeschorenem grauem Stoppelhaar auf dem Schädel, eingefallenen Wangen und melancholischem Blick. Wie in den geheimen Heroinlaboratorien der Türkei üblich, wurde er als »Kocher« auch respektvoll als »Doktor« angeredet, und wie fast alle, die diese Ehre mit ihm teilten, war er hoffnungslos süchtig nach der toxischen Substanz, die er herstellte. Immerhin waren die Dämpfe, die beim Umwandlungsprozeß frei wurden, allein schon stark genug, einen Elefanten zu betäuben. Und während die anderen Arbeiter ab und zu an die frische Luft fliehen konnten, mußte der Doktor ununterbrochen auf seinem Posten bleiben. Gegen das Einatmen der Dämpfe konnte er sich bestenfalls durch eine Gesichtsmaske ein wenig schützen, wie Chirurgen sie tragen. Abhängig geworden war er jedoch trotz allem. Er und die anderen süchtigen »Kocher« waren lebendige Widerlegungen der absurden Theorie, die behauptet, daß gerauchtes Heroin nicht süchtig mache.

Wegen seiner Sucht wurde der Doktor, wie die meisten seinesgleichen, zum Teil in Naturalien bezahlt, was seine Arbeitgeber nicht zuletzt deshalb taten, um ihn während der Pausen bis zur nächsten Anlieferung neuen Rohstoffs ruhigzustellen.

Allerdings durfte der akademische Titel, den man ihm und seinesgleichen gab, niemanden zu der Annahme verleiten, daß akademische Studien irgendwelcher Art zur Ausbildung dieses Mannes gehört hätten. Dieser Doktor hatte es nicht weiter als bis zum Abschluß der Grundschule gebracht. Wie die meisten guten Kocher in der Türkei hatte er seine Kunst gelernt, indem er einem bei der Arbeit zusah, der das Handwerk schon beherrschte – in seinem Fall ein Onkel. Über die praktischen Kenntnisse hinaus, die man für die Verarbeitung von Morphinbase zu Heroin benötigte, hatte auch dieser Doktor, wie alle guten Kocher, eine Nase für die Sache. Wie es Köche gibt, die von Geburt an unfähig zu sein scheinen, eine schlechte Sauce zu machen, so gibt es eben auch »Kocher«, die ein angeborenes Talent für die Umwandlung von Morphinbase zu Heroin haben.

In gewissem Sinne war dieser kaum des Lesens mächtige Türke ein direkter Nachkomme des Stammvaters aller modernen Heroinchemiker, eines französischen Seemanns namens Joseph Cesari, dem Schutzheiligen der einst berühmten *French Connection*. In der Küche eines Bauernhauses auf dem Lande, fünfzehn Kilometer von Marseille entfernt, hatte Cesari Heroin von erstaunlicher Reinheit hergestellt. Jetzt, fünfundvierzig Jahre später, waren nur wenige Kocher imstande, die achtundneunzigprozentige Reinheit zu erreichen, die sein Produkt ausgezeichnet hatte. Als die französische Polizei sein Laboratorium 1964 endlich stillegen konnte, bat sie einen Chemieprofessor der Universität von Marseille, sich ihren Fang mal anzusehen. »Das soll ein Laboratorium sein?« fragte der Fachmann arrogant. »Das ist nicht einmal eine anständige Küche.«

Als man ihm Cesaris Rezept für den Umwandlungsprozeß zeigte, urteilte er ebenso verächtlich und meinte, das sei wohl das Rezept seiner Großmutter für Schokoladenkuchen.

Als nun der Falke ins Zimmer trat, schaltete der Doktor das Video mitten in einem Orgasmus ab und stand auf. »Können wir wieder anfangen?«

»Sobald Sie können.«

Der Doktor nahm einen Wecker vom Tisch, stellte ihn nach seiner Armbanduhr und begleitete dann den Falken zum Laborschuppen. Der Prozeß, den er gleich in Gang setzen würde, war in siebzehn verschiedenen Schritten durchzuführen, und zwar binnen vierundzwanzig Stunden. Wenn man ihn unterbrach, war das Produkt im Eimer.

Zuerst wog der Doktor vierzig Beutel der von Ghulam Hamid hergestellten Morphinbase, um sich zu vergewissern, daß deren Gewicht genau stimmte. Dann schüttete er den Inhalt der Beutel in den ersten der drei großen Töpfe, die in seinem Laboratorium standen. Er konnte vierzig Kilo Morphinbase am Tag verarbeiten, was erheblich über die Produktivität von Joseph Cesaris Küche hinausging, doch der Ablauf hatte sich seit den Tagen, da jener französische Matrose der Brillat-Savarin der Heroinköche gewesen war, kaum geändert.

Dann wog der Doktor ein Kilo acetisches Anhydrid aus, eine farblose, hochbrennbare Flüssigkeit, von der pro Kilo Morphinbase die gleiche Menge gebraucht wurde. Auf dem Faß, aus dem er schöpfte, las man noch den Namen des Herstellers, der Hoechst GmbH in Frankfurt am Main, die auf dem Gebiet der chemischen Industrie in Deutschland führend ist. In der Türkei wird die fragliche Chemikalie, die unter anderem bei Medikamenten, Insektiziden und bei der Filmentwicklung Verwendung findet, nicht hergestellt.

Da acetisches Anhydrid bei der Weiterverarbeitung von Morphinbase eine so unentbehrliche Zutat ist, hatten die europäischen Staaten 1988 in Wien eine Vereinbarung unterzeichnet, um notfalls den Export der Chemikalie verbieten zu können, wenn der begründete Verdacht bestand, sie könnte zu diesem Zweck mißbraucht werden. In krasser Mißachtung der diesbezüglichen Verordnung hatte Hoechst sich 1993 bereit erklärt, einer syrischen Firma, die aus dem Freihafen Abu Dhabi operierte, binnen eines Jahres die erstaunliche Menge von 200 Tonnen Anhydrid zu liefern. Nach Schätzung der US Drug Enforcement Administration exportierten die Türken damals nahezu achtzig Tonnen Heroin im Jahr. Mit anderen Worten, Hoechst hatte auf einen Schlag genug acetisches Anhydrid für die gesamte türkische Heroinproduktion von zweieinhalb Jahren zur Verfügung gestellt.

Als der Manager, der den Verkauf zu bewilligen hatte, den Bedingungen des Wiener Abkommens entsprechend, pro forma die Frage stellte, wozu die Chemikalie benötigt werde, erklärte man ihm, daß sie zur Herstellung von Kamel-Shampoo gebraucht werde. Mit der bestellten Menge hätte man so viel Shampoo herstellen können, um jedem Kamel auf dem gesamten Erdball mehrmals das Fell zu waschen. Das focht jedoch den Mann von Hoechst nicht an. Er gab sich mit der Auskunft zufrieden und genehmigte den Export.

Natürlich diente das Zeug nie dazu, auch nur einem einzigen Kamel den Buckel zu schrubben. Die türkische Polizei beschlagnahmte zwei große Kontingente der Chemikalie, als Rauschgifthändler versuchten, sie ins Land zu schmuggeln. Die Fässer, die nun hier im Labor des Doktors standen, gehörten zu den Hunderten, die ungeprüft an den Zollbeamten vorbei über die Grenze und in Laboratorien wie dieses gelangt waren.

Sorgfältig und langsam goß nun der Doktor vierzig Kilo der Chemikalie über die braunen Körnchen der Morphinbase in seinen großen Topf. Die Flüssigkeit verwandelte das braune Granulat in braunen Schlamm. Der Doktor holte den elektrischen Mixer, schloß ihn an einen der Dieselgeneratoren an, um mit dessen Hilfe die Masse umzurühren und den Prozeß zu beschleunigen. Binnen weniger Minuten begann aus blubbernder Morphinbase die Verwandlung einer neuen Riesenschüssel von Großmütterchens Schokoladenkuchen à la Joseph Cesari in Heroin.

FÜNFTES BUCH

Rien ne va plus

Jim Duffy hatte gerade erst begonnen, sich durch sein tägliches Pensum abgehörter Telefongespräche und Funksprüche aus dem Orient zu quälen, als das rote Lämpchen an seinem Computer aufleuchtete.

»Mr. Duffy? Ich glaube, wir haben etwas!« Sein Verbindungsmann bei der NSA in Fort Meade versuchte erst gar nicht, seinen Eifer zu zügeln. Der Kerl wird mir jetzt beweisen wollen, warum die Behörde, bei der er angestellt ist, die vier Milliarden wert ist, die der Steuerzahler jährlich dafür aufbringen muß, dachte Duffy.

»Wie Sie angeordnet haben, habe ich angefangen, die Nummer dieses geklonten Mobiltelefons in Istanbul durch unsere Computer zu mangeln. Zwei Gespräche sind dabei hängengeblieben«, meldete er. »Beides Anrufe aus London, immer von der gleichen Telefonnummer.«

»Haben Sie eine Adresse von dem Londoner Apparat?«

»Ja, eine öffentliche Telefonzelle. An der Eccleston Street, direkt vor dem belgischen Konsulat in Belgravia. Sehr feine Gegend.«

»Scheiße«, brummte Duffy. »Eine Telefonzelle. Hätte man sich doch denken können. Ist die iranische Botschaft da vielleicht irgendwo in der Nähe?«

»Nein, die ist ziemlich weit weg von der Ecke, am Hyde Park.«

»Waren die Anrufe in Englisch?«

»Nein, beide in Farsi. Ich habe beide unseren Sprachexperten vorgeführt. Sie sind der Meinung, daß Farsi die Muttersprache der beiden Gesprächsteilnehmer ist.«

»Wann wurden die Gespräche geführt?«

»Vor etwas mehr als drei Wochen, im Abstand von drei Tagen. Jedes um die Mittagszeit.«

»Der Typ, der die Anrufe gemacht hat, fürchtete also, zu Hause oder in seinem Büro abgehört zu werden, oder er wollte verhindern, daß man seine Anrufe zu ihm zurückverfolgen könnte.«

»Oder beides.«

»Richtig. Er wohnt oder arbeitet wohl nicht allzu weit von dieser Telefonzelle, ungefähr eine halbe Meile, meinen Sie nicht?«

»Doch, unbedingt. Auch ich halte das für wahrscheinlich. Wollen Sie sich die Gespräche mal anhören? Die beiden scheinen mächtig um Diskretion bemüht zu sein.«

»Ich bin ganz Ohr.« Duffy schaltete seinen Computer zur NSA in Fort Meade um, und auf dem Bildschirm erschien der Text der Übersetzung des ersten der beiden Gespräche.

»Dschaffar?«

»Ja.«

»Tari am Apparat. Geht's dir gut?«

»Gott sei Dank, ja.«

»Ich habe mich kürzlich in Budapest mit dem Professor getroffen. Wir werden einiges an unseren Operationen ändern.«

»Ich stehe zu Diensten.«

»Hast du schon viele ...« (Pause des Sprechers) *»Lieferungen von Said ...?«*

»Vier.«

»Was sind sie wert?«

»Annähernd anderthalb Millionen.«

»Lege die einstweilen auf dein Konto auf den Inseln, bis ich dir mitteilen kann, wohin du sie überweisen sollst.«

»Verstanden.«

»Said macht seine Sache gut.«

»Alles läuft prima, seitdem du die Angelegenheit übernommen hast.«

»Trägt er noch immer Sandalen mit Goldbesatz?«

»Ich weiß nicht, Freund. Ich bin ihm nie begegnet. Wir telefonieren nur.«

»Gut. Wir werden uns bald wieder unterhalten.«

»So Gott will.«

»Das war das erste«, meldete der NSA-Beamte.

Sandalen mit Goldbesatz? Duffy hätte am liebsten einen Freudenschrei ausgestoßen. Dieser Typ in Istanbul mochte sehr wohl mit dem Gucci-Mudsch in Verbindung stehen. Fraglos sprach auch dieser Tari mit seinem Freund in Istanbul über Geld. War es das Geld, das Dschailani vom Drogenhandel abschöpfte? Es schien, als würde es sich schließlich doch lohnen, diese ganzen Telefonate abzuhören. »Okay, lassen Sie das zweite durchlaufen.«
»*Dschaffar?*«
»*Ja.*«
»*Hier ist Tari. Geht's dir gut?*«
»*Gott sei Dank.*«
»*Hast du meine neuen Instruktionen erhalten?*«
»*Heute morgen.*«
»*Zusätzlich zu den Lieferungen, die du erwähntest, erwartest du in naher Zukunft noch welche?*«
»*Said sagte mir gestern, daß noch drei weitere kommen.*«
»*Gut. Regele alles meinen neuen Instruktionen entsprechend.*«
»*Zu Befehl. Soll ich die Brüder in Teheran verständigen?*«
»*Habe ich schon erledigt. Wir werden uns bald wieder unterhalten.*«
»*So Gott will.*«
Duffy betrachtete einen Augenblick lang nachdenklich den Bildschirm seines Computers. »Besorgen Sie mir alles, was wir am Tag nach diesem Anruf an Gesprächen von dieser Nummer in den Iran aufgezeichnet haben. Die Sache wird langsam interessant. Lassen Sie mich ein paar Anrufe machen, dann bin ich wieder bei Ihnen.«
Duffy sah auf die Uhr. Es war halb fünf am Nachmittag hier, halb zehn abends in London. Der Londoner Stationschef war ein alter Kumpel von Duffy, hatte aber zu dieser Zeit bestimmt schon Feierabend. Ob er aus seiner Privatwohnung eine sichere Telefonverbindung nach Langley hatte? Wahrscheinlich. Aber war er überhaupt zu Hause, oder trank er vergorene Kamelmilch auf einem Empfang anläßlich des Nationalfeiertags der inneren Mongolei in der Botschaft dieses Staats? Pflichten dieser Art wurden neuerdings ja mit Vorliebe den örtlichen Stationschefs der CIA aufgehalst. Sollte er ihn anpiepen und bitten, umgehend

in die amerikanische Botschaft und in die Nähe eines sicheren Telefons zurückzukehren und ihn dann auf eine Mission schikken, die sich als in ganz besonderem Maße nebulös erweisen mochte?

Er hatte schon beschlossen, den Frieden des Mannes nicht zu stören, als ihm die unzähligen Male in den Sinn kamen, die Washington ihn schon aus dem Schlaf gerissen hatte, um sich so wichtiger Informationen wie etwa des dritten Vornamens des sudanischen Außenministers zu vergewissern. Scheiß drauf, dachte er, und verlangte eine sichere Verbindung mit dem Londoner Residenten der CIA.

Eine Stunde später, er wollte eben sein Büro für die Nacht schließen, klingelte das Telefon.

»Sie haben eine sichere Leitung nach London«, informierte ihn die Vermittlung, als er den Hörer abnahm.

»Jimbo«, rief der Anrufer. »Willkommen daheim! Wie ich höre, haben sie dich rumgekriegt, wieder für deinen Lebensunterhalt zu arbeiten. Womit beschäftigen sie dich denn?«

»Damit, netten Kerlen wie dir Ärger zu machen.« Duffy hatte die Stimme sofort erkannt. Er und Bob Cowie, der Londoner Stationschef, hatten während der sechziger Jahre eine Zeitlang in Bagdad zusammen gedient. »Hast du in jüngster Zeit wieder mal ein paar gute Pornohefte aufgetrieben?«

»Du Aas!« lachte Cowie. »Nach dieser Gaudi habe ich nie wieder eines angefaßt.«

Diese »Gaudi« hatte sich zugetragen, als der junge Cowie 1966 auf seinen ersten Auslandsposten nach Bagdad versetzt worden war. Im Irak regierte damals ein Major Kamal Bakr, der jedoch nur ein Strohmann für den damals schon im Lande allmächtigen Saddam Hussein war. Die Liebesaffäre der Sowjets und der Iraker stand damals in schönster Blüte, und die Sowjets bedachten ihren neuen nahöstlichen Freund großzügig mit dem neuesten militärischen Spielzeug aus ihren Waffenarsenalen.

Zwei Wochen vor seiner Abreise aus Washington hatte Cowie ein chiffriertes Telegramm von Duffy erhalten, der damals der zweite Beamte der Station war. Das Telegramm wies Cowie an, in den Sex-Shops, die damals die 14. Straße säumten, mindestens drei Koffer voll der schillerndsten, schmutzigsten und mit einem

Wort säuischsten Pornohefte zu kaufen, die erhältlich waren. »Nach Möglichkeit so schweinisch, daß sie selbst einem Schauermann im Hafen von Brooklyn die Schamröte ins Gesicht treiben könnten«, hatte das Telegramm verlangt.

Gehorsam hatte sich dann der jung verheiratete Cowie, dem dieser Auftrag wahnsinnig peinlich war, eine Woche lang jeden Abend in den Sex-Shops herumgetrieben und riesige Mengen Pornohefte gekauft, was ihn bei den Verkäufern dieser Ware kurzfristig als einen besonders kauzigen Perversen berühmt gemacht hatte. Er brachte seine Einkäufe im Diplomatengepäck nach Bagdad und wurde an seinem ersten Samstagvormittag in der Stadt von seinem Stationschef in die Botschaft bestellt.

Der Chef hatte eine marineblaue Sporttasche, die er mit Heften aus Cowies Koffern füllte.

»Nehmen Sie die«, befahl er Cowie, »und gehen damit zu Fuß die Rashid Street herunter bis zu Ali Moquattams Lederwarengeschäft. Da gehen Sie rein, fragen nach Ali und sagen diesem, Sie hätten noch ein paar Besorgungen für Ihre Frau im Souk zu erledigen, ob er nicht so freundlich wäre, solange die Tasche für Sie aufzubewahren.«

Cowie tat wie geheißen. Mit einem Lächeln nahm Ali ihm die Tasche ab. Cowie schlenderte in den Souk, wo er sich etwa eine Stunde lang herumtrieb und ein paar aus Messing getriebene Aschenbecher für seine Frau kaufte, kehrte dann in das Lederwarengeschäft zurück, ließ sich dort von Ali die marineblaue Sporttasche wiedergeben und begab sich damit in die Botschaft.

Eifrig riß dort der Stationschef den Reißverschluß auf. Die Pornohefte waren nicht mehr drin. Statt ihrer füllten nun Betriebsanleitungen der auf dem Flughafen von Bagdad stationierten neuesten sowjetischen Kampfflugzeuge die Sporttasche.

»Ich hoffe, ich habe dich nicht von einer Beschäftigung weggeholt, bei der unsere nationale Sicherheit auf dem Spiel steht – einem Dinner bei Annabel's, zum Beispiel?«

»Nein, nein, überhaupt nicht. Ich war bei einem kleinen Abendessen für acht Personen bei Baron Bentinck. Dein Abruf hat nur die Aura des Geheimnisvollen verstärkt, mit der ich mich zu umgeben versuche.«

»Das dürfte nicht einfach sein dieser Tage, wo sie uns am liebsten nur noch mit der Ablage beschäftigen würden«, bemerkte Duffy.

»Allerdings! Es ist traurig, Hüter und Bewahrer von Geheimnissen zu sein, wenn es zunehmend so aussieht, als gäbe es überhaupt keine Geheimnisse mehr, die noch wert wären, gehütet und bewahrt zu werden. Aber bitte, was kann ich für dich tun? Im Gedenken an die alten Zeiten.«

Cowie lachte, nachdem ihm Duffy seine Wünsche vorgetragen hatte. »Ich soll also einen Iraner namens Tari – oder, wahrscheinlicher, Tariq – für dich aufspüren, der in Geldgeschäften, am besten auch im Rauschgifthandel, stecken soll und in Belgravia verkehrt, das, wie ich dir gleich sagen will, nicht gerade eine Gegend ist, wo man erwarten würde, Bewunderer der iranischen Revolution zu finden. Solche des verstorbenen, bedauernswerten Schahinschah vielleicht. Aber nicht der Mullahs.«

»Na, wie komisch die Sache auch aussehen mag, sie hat oberste Priorität«, versicherte Duffy ihm. »Selbst der Direktor, Gott segne ihn, interessiert sich dafür.«

Cowie ging plötzlich ein Licht auf. »Hey«, sagte er, »es könnte doch sein, daß ich was für dich habe. Bist du in deinem Büro?«

»Natürlich.«

»Geh nicht weg. Ich rufe in ein paar Minuten zurück.«

»Was gibt's?« fragte Duffy, als kurz darauf das Telefon erneut klingelte.

»Nun, ich habe ziemlich gute Neuigkeiten für dich, wenn auch, wie das ja leider meist der Fall ist, mit einer kleinen Zugabe von schlechten.«

»Zuerst die guten.«

»Ich habe deinen Iraner gefunden, glaube ich. Vorname Tari, genau, wie du gesagt hast, Familienname Harmian. Wohnsitz nur einen siebenminütigen Spaziergang von der Telefonzelle entfernt, aus der die dich interessierenden Gespräche geführt worden sind.«

»Das ist doch großartig! Was für schlechte Neuigkeiten kannst du denn danach noch für mich haben?«

»Er ist tot.«

»Oh, Scheiße.«

»Wurde auf besonders gräßliche Weise ermordet, im eigenen Heim, praktisch vor den Augen seiner Frau. Die Sache kam auf die ersten Seiten sowohl der *Daily Mail* als auch des *Daily Express*. Der Mann ist also im großen Stil verabschiedet worden. Die *Mail* mutmaßte, daß er etwas mit dem Drogenhandel zu tun hatte, der *Express* hielt seine Verwicklung in den Waffenschmuggel für wahrscheinlicher.«

»Und die Bullen?«

»Der Mord wurde anscheinend sehr professionell durchgeführt. Keine Spuren. Der Yard scheint keine deutlichen Hinweise auf die Täter zu haben. Aber jetzt kommt noch etwas, das aus unserer Sicht höchst interessant ist.«

»Ich bin ganz Ohr.«

»Seine Frau. Sie ist Amerikanerin, aus Kalifornien. Sie ist ein paar Tage nach dem Mord hier gewesen und wollte den Botschafter sprechen. Und da hat sie behauptet, daß ihr Mann vom iranischen Geheimdienst ermordet wurde.«

»Weshalb glaubt sie das? War er politisch aktiv?«

»Sie sagt, er sprach Farsi mit den Mördern, diese hätten deshalb Iraner gewesen sein müssen. Scotland Yard will angeblich von dieser Theorie nichts wissen. Dort scheint man den Mord auf irgendeinen geplatzten Finanzschwindel zurückführen zu wollen oder auch auf unbezahlte Spielschulden.«

»Was habt ihr über ihn?«

»Nicht viel. Soweit wir wissen, war er nicht viel anders als die meisten größtenteils wohlhabenden Angehörigen der ziemlich umfangreichen Londoner iranischen Kolonie, ein Flüchtling vor den Mullahs. Er hatte einen Staatenlosenpaß. Ein Oxbridge-Typ, wie es scheint, verkehrte in der besten Gesellschaft. Nach dem Besuch seiner Frau beim Botschafter habe ich mich bei den Dissidenten, zu denen wir Kontakt halten, ein bißchen nach ihm erkundigt. Keiner von denen hat zugegeben, je was mit ihm zu tun gehabt zu haben.«

»Na Robert, ich glaube, ich sollte doch mal bei euch vorbeikommen und ein bißchen mit den Leuten vom Yard und mit seiner trauernden Witwe plaudern. Kann ich dir irgend etwas mitbringen? Ein paar Pornohefte vielleicht?«

»Jim, Sie sind einfach zu lange weg gewesen«, lachte Jack Lohnes, der Operationsleiter der Agency, als sein erster Besucher an diesem Morgen ihm erklärt hatte, was er zu tun gedachte. »Sie wissen nicht, wie empfindlich die Briten heutzutage sind. Wir können da nicht mehr einfach auftauchen und auf ihrem Rasen herumtrampeln, ohne vorher die Genehmigung unserer Kollegen von der Abteilung Sechs eingeholt zu haben.«

»Was ich vorhabe, ist doch nur so etwas wie vorläufige Erkundigungen, oder? Ich meine, nach den Hinweisen, die wir aus den abgehörten Telefongesprächen haben. Und die Gattin ist doch nun unstrittig eine von uns. Also haben wir doch zweifellos das Recht, uns mal mit ihr zu unterhalten, wenn sie von sich aus dazu bereit ist, mit uns zu sprechen. Und nach allem, was sie dem Botschafter erzählt hat, dürfen wir das ja wohl annehmen.«

»Jim, sie kann uns vielleicht helfen. Aber schließlich und endlich ist es doch das Vertrauen der Leute vom Yard, das wir brauchen. Die sind an Ort und Stelle gewesen, haben die Akten des Mannes an sich genommen, seine Computerdisketten, Telefonrechnungen, Bankunterlagen. Wenn es irgendwo verborgene Hinweise auf eine Zusammenarbeit des Toten mit Dschailani gibt, sind die in dem Material zu finden, das jetzt beim Yard liegt. Bei den Untersuchungsakten des Yard. Wie sollen wir die Leute bitten, uns all das zu zeigen, ohne ihnen zu verraten, wo Sie herkommen?«

Duffy gab sich alle Mühe, ein einschmeichelndes Lächeln aufzusetzen. Zurückhaltung war eine Tugend, die zu kultivieren sich für Angehörige der CIA dieser Tage lohnte, wie er zu entdecken begann. »Ach, Jack, warum erzählen wir den Freunden von der Sechsten nicht einfach, was ich in Zypern über diese drei iranischen Atomsprengköpfe erfahren habe? Verraten ihnen, wonach wir in diesem Fall wirklich her sind? Dann werden sie diese Morduntersuchung von sich aus für uns offenlegen.«

»Sie werden hier bei uns nicht viele Leute finden, die gewillt wären, auf Ihren Vorschlag einzugehen, das können Sie mir glauben, Jimbo. Sie haben ja nicht mit ansehen müssen, wie unsere tapferen europäischen Verbündeten dieser Tage gewöhnlich reagieren. Da kommen wieder diese ekligen Amerikaner und hacken auf den armen Iranern rum, wird es heißen. Sie hätten die Schreie gerechter Empörung hören sollen, die in Paris und Bonn zum Himmel stiegen, als wir andeuteten, wir könnten geneigt sein, ein paar Cruise Missiles nach Teheran in Marsch zu setzen, nachdem sie damals durch den Anschlag auf die Luftwaffenkaserne in Saudi-Arabien neunzehn von unseren Jungs umgebracht hatten. Wenn wir jetzt sagen: ›Hey, die Iraner haben A-Bomben‹, wird man in Paris und Bonn und bei unseren Freunden von der Labour-Partei in London nichts Eiligeres zu tun haben, als den Medien zu stecken, daß wir uns auf ein unbewiesenes Gerücht hin nun anschicken, den Iran vom Erdboden wegzuradieren. Und wir werden Tony Benn auf Kanal Vier zetern hören, daß nun die Amerikaner wieder voll bei der Durchführung ihrer üblen imperialistischen Pläne sind, die ihnen nun nach dem Ende des kalten Krieges die Alleinherrschaft auf der ganzen Welt sichern sollen. Die Iraner werden sich daraufhin wohl denken können, daß wir ihnen auf die Schliche gekommen sind, und dann werden wir diese verfluchten Dinger niemals finden.«

Duffy legte die Füße auf den Kaffeetisch seines Vorgesetzten und Freundes und lehnte sich zurück in das Behördensofa Modell 14B für die Amtsräume von Beamten nicht unter dem Rang eines Brigadegenerals. Lohnes war nicht schüchtern oder ängstlich, das sah er nun ein. Lohnes war nur realistisch.

»Okay«, sagte er nach einem Augenblick des Nachdenkens. »Angenommen, wir gehen da von einer anderen Seite ran, spielen die Drogenkarte aus. Wir sind von der DEA und haben den Verdacht, daß der Kerl ins Drogengeschäft verwickelt war, was er wirklich ja auch gewesen zu sein scheint, wenigstens am Rande. Wir wollen uns mit unseren englischen Vettern zusammensetzen, ihnen zeigen, was wir haben, uns ansehen, was sie etwa haben, Informationen austauschen, die geeignet sind, die gemeinsame gute Sache, nämlich den Kampf gegen den Rauschgiftschmuggel, zu unterstützen.«

Lohnes lachte. »Sie meinen, anstatt zu versuchen, auf Zehenspitzen an ihnen vorbeizuschleichen, wenn sie gerade mal nicht hinsehen, sollten wir mit Verschleierung, Täuschung und Hinterlist zu Werke gehen?«

»Ja, mit lauter solchen guten Sachen.«

»Damit könnten wir vielleicht Erfolg haben«, meinte Lohnes.

»Wissen Sie, wir laden sie zum Lunch ein, ganz zwanglos, trinken ein paar Guinness zusammen, freunden uns an und vergleichen unsere Beobachtungen. Die CIA? Wer, zum Teufel, ist das? Nie gehört!«

Lohnes schwieg ein Weilchen nachdenklich. Soll ich das über den Direktor laufen lassen, damit nicht wir im Regen stehen, wenn irgend etwas dabei schiefgeht? überlegte er. Es gab neuerdings Typen bei der Agency, die ständig entzündete Fingerspitzen hatten, weil sie dauernd den Finger in die Luft hielten, um sich zu vergewissern, woher gerade der Wind wehte. Lohnes gehörte jedoch nicht dazu.

»Okay, ich glaube, Ihre Idee ist vielleicht durchführbar. Dazu müssen Sie dann aber den DEA-Mann Flynn von unten aus dem Büro mitnehmen. Der weiß, wie man mit den Tommies redet und umgeht. Sie brauchen dann nur dabeizusitzen und die Ohren zu spitzen.«

»Rien ne va plus.« In Istanbul wie in Monte Carlo, Las Vegas oder London, dieser Ruf des Croupiers in dem Augenblick, da die kleine Kugel ihren Weg durch das Rund des Roulettes antrat, hatte überall die gleiche Endgültigkeit.

»Dix-sept, noir, impair«, rief der Croupier, als der Ball seinen Lauf beendet hatte.

Als er begann, die Gewinne der Bank einzuharken, näherte sich Refat Osman, der dritte der fünf Osman-Brüder, dem Roulettetisch, begleitet von einem Gefolge, wie es etwa das Oberhaupt eines kleineren afrikanischen Staats bei einem Staatsbesuch mitbringen mochte.

Voran gingen drei seiner »Hunde«, Leibwächter, untersetzte, muskulöse, finster blickende Männer, deren Augen argwöhnisch in die Runde schweiften, auf der Suche nach einem unfreundlichen Gesicht oder einer abweisenden Gebärde. Dann kamen ein paar »Nataschas«, wie sie neuerdings im Nachtleben von Istanbul glänzten, zwei blonde Russinnen, wobei die eine das Haar zu einem unordentlichen Bienenkorb aufgetürmt trug, während die andere es glatt über die Schultern fallen ließ. Beider Kleider modellierten erkennbar postmoderne Figuren, die denen jener plumpen Babuschkas, die man zu Stalins Zeiten überall Schnee schippen sah, so unähnlich sahen wie das Ambiente von Beverly Hills dem von Smolensk. Refat Osman selbst, der Mann, der im Osmanschen Familienunternehmen für »Beseitigungen und Transporte« zuständig war, eilte seinem Hofstaat nicht voraus, sondern folgte ihm mit dem würdigen Schritt eines seine Ehrengarde abschreitenden Generals.

Refat war zehn Jahr jünger als Selim, der Patriarch der Familie, größer als dieser und auch entschieden muskulöser, weil er mehr Zeit in Fitneß-Studios verbrachte als im *Hammam*. Er wäre auch ein wesentlich attraktiverer Mann als sein Bruder gewesen, hätte sein Gesicht nicht diesen kalten, reglosen Ausdruck gehabt, so vollkommen nichtssagend, die Maske einer Person, der Humor und Mitleid gleichermaßen fremd waren.

Wie sein ältester Bruder das Barcelona Gran Hotel als sein Büro nutzte, so hatte Refrat seinen Privatclub, und dort ging er seinen Geschäften stets in den späten Abendstunden nach. Nichts, außer der Beerdigung eines Freundes oder Feindes, hätte Refat veranlassen können, das Schlafzimmer seiner Villa in Floryn schon vor der Mittagsstunde zu verlassen. Die islamitische Regierung der Türkei hatte als eine ihrer letzten Amtshandlungen die Schließung der Spielkasinos verfügt, doch in einigen exklusiven Privatclubs, wie diesem hier im Taksim-Viertel, standen noch Spieltische.

Refat trieb sich fast jeden Nachmittag eine Zeitlang in den drittklassigen Bars und billigen Hotels von Laleli herum, einer heruntergekommenen Gegend, die von Flüchtlingen der Dritten Welt bewohnt wurde, Pakistanis, Nigerianern, Libanesen und Iranern. Hier fand er die Leute, die er manchmal zur Ausführung seiner Aufgaben brauchte. Doch zu wichtigen Besprechungen bat er in seinen Club. Die Atmosphäre dort war ideal, wenn es galt, diskrete Beziehungen zu aufstrebenden Politikern und unterbezahlten höheren Polizeibeamten zu knüpfen.

Er drückte jeder seiner »Nataschas« einen 500-Dollar-Chip in die Hand und wünschte den beiden viel Spaß. Er selber, sagte er, wolle ein bißchen durch die Räume schlendern, um Freunde zu begrüßen. Mit einem Kopfnicken wies er einen seiner »Hunde« an, während seiner Abwesenheit ein Auge auf die Damen zu haben.

Dann machte er sich gemächlich auf den Weg zur ersten geschäftlichen Unterredung dieses Abends. Ein höherer Offizier der *Ozel Harekat*, der mit Spezialeinsätzen gegen die Terroristen der PKK betrauten Sondereinheit, hatte ihn um das Treffen gebeten. Der Mann war schon seit Jahren ein enger Geschäftsfreund der Familie.

Refat ließ gemächlich die Blicke über die an der Bar sitzenden Gäste schweifen, bis er den Gesuchten allein am äußersten Ende des Tresens entdeckte. Sie schüttelten einander die Hände, und der Offizier lud Refat zu einem Glas ein.

»Wie ist Ihr Glück heute abend?« fragte er. »Spielen Sie?«

»Ich lasse ein paar andere für mich spielen.«

Der Offizier nickte beifällig und hob sein Glas. »Auf deren Glück also.«

Er rutschte von seinem Barhocker und ging in eine Ecke des Raums, wobei er mit einer Kopfbewegung andeutete, daß Refat ihm folgen solle. Sie setzten sich Seite an Seite an einen einzeln stehenden Tisch, an dem sie nicht belauscht werden konnten.

»Sie scheinen sich wegen irgend etwas Sorgen zu machen«, bemerkte Refat.

»Mache ich. Wieder wegen des verdammten Unfalls.«

Der »verdammte Unfall« war ein eigentlich ganz banaler Autounfall, bei dem am 3. November 1996 auf der Autobahn zwischen Istanbul und Izmir in der Nähe des Dorfes Susurluk ein Mercedes mit über hundertundfünfzig Stundenkilometern Geschwindigkeit auf einen Lastzug geprallt war. Unter den Toten im Wrack der Limousine fand man einen wegen eines guten Dutzends im Auftrag der rechtsextremen Terrororganisation der Grauen Wölfe verübten Morde gesuchten Verbrecher, der in Frankreich schon wegen Drogenhandels verurteilt worden und jüngst aus einem Schweizer Gefängnis geflohen war, wo er ebenfalls wegen seiner Vergehen gegen das Rauschgiftgesetz eingesessen hatte.

Dieser Mann hatte jedoch, ungeachtet der Tatsache, daß er als Mörder gesucht wurde, in der Nacht seines unverhofften Todes einen vom Innenminister Mehmet Agar persönlich unterzeichneten Waffenschein bei sich getragen, der ihn zur Führung von Feuerwaffen berechtigte.

Noch seltsamer aber war vielleicht, daß man in dem Toten auf dem Rücksitz des zertrümmerten Mercedes einen Mitbegründer der Anti-PKK-Sondereinheiten erkannte, einen Mann, von dem man wußte, daß er tief in den Heroinhandel verstrickt gewesen war. Der einzige Überlebende unter den Insassen war ein kurdischer Abgeordneter von Tansu Cillers Partei des Rechten Weges. Wie die Osmans war er das Oberhaupt von einigen Hundert Dörfern in der südöstlichen Türkei, und wie die Osmans hatte auch er Dorfmilizen zum Kampf gegen die PKK aufgestellt.

Da war wahrlich eine seltsame Reisegesellschaft zu Schaden gekommen, der übrigens auch noch eine ehemalige türkische Schönheitskönigin angehört hatte, die beim Aufprall des Mercedes auf den Lastzug ebenfalls getötet worden war. Ein Parlamentsausschuß hatte den Unfall untersucht, aber es war der Regierung gelungen, den peinlichsten Teil der Untersuchungsergebnisse aus dem amtlichen Bericht darüber herauszuhalten. Nichtsdestoweniger war für jeden, der Augen im Kopf hatte, nach diesem Unfall offenbar, daß die türkische Regierung sich in sehr bedenklicher Weise mit den Rauschgiftschiebern kompromittiert hatte, nur weil sie sich von diesen Unterstützung in ihrem unsauberen Kampf gegen die PKK erhoffte.

Und das war schon die zweite Gelegenheit gewesen, bei der die Beziehungen zwischen dem Innenministerium und den türkischen Drogenhändlern fast unverhüllt ans Licht der Öffentlichkeit gekommen wären. Ende 1993 hatte Cem Ensever, ein Major des militärischen Nachrichtendienstes JITEM, den schmutzigen Krieg des Ministeriums gegen die PKK ausgespäht. Er war sogar Zeuge eines Geheimtreffens von Vertretern der Regierungen in Ankara und in Teheran geworden, auf dem man sich über die Protektion gewisser verdienstvoller Rauschgifthändler durch beide Regierungen verständigt hatte. Seine Neugier kostete den mutigen Major allerdings das Leben. Er wurde am 23. Dezember 1993 ermordet, noch ehe er den amtlichen Bericht über seine Beobachtungen bei seinen militärischen Vorgesetzten einreichen konnte.

»Sagen Sie mal«, fragte der Offizier der Einheiten für Spezialeinsätze seinen Geschäftsfreund, nachdem er einen Schluck aus seinem Glas genommen hatte, »lesen Sie eigentlich diese Zeitung, *The Turkish Daily News?*«

»Ich kann kein Englisch«, erwiderte Refat. Dabei spürte er, wie der Offizier ihm etwas in die Tasche seines blauen Anzuges steckte.

»Die haben da eine Reporterin, das ist ein Foto von ihr, Dobra Becit heißt sie, sie steckt dauernd ihre Nase in Angelegenheiten, die sie nichts angehen. Jetzt ist sie an ein paar Informationen rangekommen, die wir damals aus dem amtlichen Bericht heraushalten konnten. Anscheinend hat sie vor, die in ihrem Revolverblatt zu veröffentlichen. Das könnte uns echt in Schwierigkeiten bringen. Die Amerikaner lesen das verdammte Blättchen, als wäre es die Bibel.«

Refat bestätigte die Ausführungen seines Gesprächspartners mit dem verständigen Kopfnicken des Mannes, der die nächsten Worte seines Gegenübers schon kennt, ehe dieser noch den Mund wieder aufgemacht hat.

»Es wäre uns allen eine große Hilfe, wenn ihr etwas zustoßen würde.«

»Wo wohnt sie denn?«

»Hier in Taksim, in der Omar Pasha Caddessi 34. Der Unfall müßte sich bald ereignen, noch ehe sie ihren Artikel in der Redaktion abliefern kann. Wie Sie wissen, werden wir Ihre Gefälligkeit zu schätzen wissen.«

Refat nahm einen großen Schluck aus seinem Glas und blickte durch den Raum zu dem Roulettetisch, an dem seine beiden Nataschas spielten. Dankbarkeit höheren Orts war eine Währung, die er seinerseits gebührend zu schätzen wußte. »Einverstanden. Jetzt sollte ich aber vielleicht mal nachsehen, wie meine Ersatzfrauen für mich spielen.« Er bleckte die Zähne, um ein Lächeln vorzutäuschen – oder zumindest das, was er dafür hielt –, schüttelte dem Geschäftsfreund die Hand und ging rüber zum Spieltisch.

Seine Nataschas spielten mit der Konzentration leidenschaftlicher Glücksspielerinnen. Wenn sie gewannen, rafften sie mit ausgestreckten Krallen ihre Gewinne so gierig vom Tisch, wie ein Kodiakbär am Ufer eines Baches in Alaska nach einem im Wasser blinkenden Lachs greift.

Die beiden machten Platz für Refat und lächelten ihm zu, als wollten sie sagen, laß uns weiterspielen, wir werden es dir später danken, du wirst es nicht bereuen. Tatsächlich hätten die beiden sich keine Sorgen zu machen brauchen, Refat hatte noch andere Dinge zu erledigen, ehe er ihre Dienste in Anspruch nehmen konnte.

Er steckte die Hand in die Tasche und zog unauffällig das Bild heraus, das sein Geschäftsfreund aus dem Innenministerium ihm zugesteckt hatte. Es handelte sich um ein Farbfoto – Kopf und Schultern –, ein Paßbild, das die Dargestellte sich vielleicht wirklich für einen Reisepaß, wahrscheinlicher aber wohl für einen Presseausweis, wie man ihn beim Innenministerium beantragen mußte, hatte machen lassen. Sie war jung, Anfang Dreißig vielleicht, mit rotblondem Haar und blaugrünen Augen. Ungewöhnlich für eine Türkin. Vielleicht kam ihre Familie aus Saloniki, wie Atatürk. Der Ausdruck ihres Gesichts war offen und unschuldig, es war der Ausdruck eines Menschen, der den Menschen vertraute, der, ungeachtet aller gegenteiligen Beweise, noch immer von der ursprünglichen Güte der menschlichen Natur überzeugt war. Pech, dachte Refat, und steckte das Bild wieder in die Tasche.

Er sah auf die Uhr. In zehn Minuten hatte er die nächste Verabredung. Die Nataschas beachteten ihn nicht. Er hatte ihnen nichts zu bieten, das mit der Faszination dieser rollenden Kugel hätte konkurrieren können.

Seine Gedanken kehrten zu seinem Nachmittagsbummel durch Laleli zurück. Unter anderem war er dort in einer billigen Bar eingekehrt, die als Disco firmierte und den Namen *Paradise Inn* trug. Der Barmann war einer der Ihren aus einem Dorf in der Umgebung von Tepe, einer der jungen Männer, der wie so viele andere den Osmans verpflichtet war, weil sie ihm zur Übersiedlung nach Istanbul verholfen hatten. Er verstand es, die Ohren zu spitzen und den Mund zu halten, wie die Osmans es schätzten.

Einer der Nigerianer, die im Paradise Inn verkehrten, habe angedeutet, daß er für fünf Kilo Heroin Verwendung hätte, berichtete der Mann. Der Keeper hatte sich dumm gestellt. Dieser Schwarze würde den Preis von 42 500 Dollar für diese Menge niemals aufbringen und versuchen, sich mit der Anzahlung eines Drittels aus der Affäre zu ziehen und dann zu verschwinden – wahrscheinlich dahin, wo er herkam, nach Lagos. Refat hatte dem

Barmann zu seinem guten Instinkt gratuliert, aber jetzt fiel ihm der Nigerianer wieder ein. Vielleicht schadete es ja nichts, daß er für das Geschäft nicht hinreichend liquide war. So wäre er vielleicht bereit, für die begehrte Ware auf andere Weise zu zahlen. Schließlich wandte er sich mit einem Lächeln – oder vielmehr der Grimasse, die er für ein Lächeln hielt – vom Spieltisch ab und begab sich zu seinem nächsten Termin.

Der Mann, mit dem er verabredet war, war Eigentümer einer TIR-Firma, einer internationalen Straßentransportfirma. Es gab 425 solcher Unternehmen in der Türkei. Manche waren Ein-Mann-Unternehmen, bei anderen handelte es sich jedoch auch um Speditionsfirmen, die mehr als tausend Züge laufen hatten, die ständig zwischen der Türkei und den Staaten Europas sowie den Republiken der ehemaligen Sowjetunion, Syrien und dem Libanon verkehrten. Die Türken unterhielten die größte Lastwagenflotte in Europa und benötigten diese, wie sie behaupteten, um ihre Agrarerzeugnisse auf die Märkte Europas zu liefern und die in der Türkei benötigten Industrieprodukte Westeuropas in die Heimat zu transportieren. Das sei natürlich Quatsch, meinten zynische Polizei- und Zollbeamte in Westeuropa zu dieser Begründung. Im Grunde würden die Türken diese riesige Lastwagenflotte nur brauchen, um das Rauschgift, das sie exportierten, sicher über die Grenzen zu bringen.

Der Mann, mit dem Refat sich an diesem Abend traf, besaß ein Unternehmen mittlerer Größe, fünfzig Züge, die hauptsächlich nach Deutschland, Holland und Frankreich fuhren. Seit einem Jahr verfrachteten die Osmans den größten Teil ihres Heroins mit dieser Firma. Refat hatte gelernt, dem Mann zu vertrauen. Er vertraute ihm die Ware an, und der Eigentümer der Transportfirma kümmerte sich um alles weitere. Refat erfuhr nie, in welchem der Wagen seine Ware ans Ziel gelangte. Das ließ er Sache des Transportunternehmers sein.

»Also«, sagte dieser und nahm einen kleinen Schluck aus dem Glas Whisky, das Refat für ihn bestellt hatte, »ein Posten von 180 Paar Jeans?« »Ein Paar Jeans« war der zwischen ihnen gebräuchliche Ausdruck für ein Kilo Heroin.

»Ja. Wie ich höre, sollen sie Montag abend versandfertig sein.«
»Und wohin?«

»Nach Amsterdam. Die gleiche Adresse wie immer.«

Der Spediteur war ein korpulenter Mann in den späten Fünfzigern, der sich aus eigener Kraft emporgearbeitet hatte. Angefangen hatte er als Kraftfahrer, jetzt ließ er fahren. Sein Haar, viel davon hatte er allerdings nicht mehr, war weiß, seine Gesichtsfarbe blühend. Er hatte gute Zähne, die dritten. Refat hörte sie leise klappern, als der Fuhrunternehmer sich nun mit einem Schluck Whisky Soda den Mund spülte, ehe er ihn hinunterschluckte.

»Gut«, sagte Refats Geschäftsfreund dann, »da gibt es keine Probleme.«

Tatsächlich war während des vergangenen Jahres ständig Heroin nach Amsterdam expediert worden, ohne daß man dabei mehr Schwierigkeiten begegnet wäre als der Federal Express bei der Paketzustellung.

»Wollen wir uns also um zehn in der Bank treffen?« schlug der Mann vor.

Refat nickte zustimmend. Dieses Treffen war eine vertrauensbildende Maßnahme, die Refat erdacht hatte, um die Sicherheit der kostbaren Ware während des Transports einigermaßen zu gewährleisten. Wenn er nämlich dem Fuhrunternehmer das Heroin einmal übergeben hatte, war es allein dessen Sache, den Stoff sicher ans Ziel zu bringen. Er wußte, daß er den Osmans dafür verantwortlich war. Von einer Ausnahme abgesehen: Wenn es der Polizei oder dem Zoll irgendwie gelang, das Rauschgift zu beschlagnahmen, ging der Verlust zu Lasten der Osmans.

Daher würden die beiden am Dienstag vormittag in der türkischen Handelsbank in Bebek gemeinsam ein Schließfach öffnen, zu dem jeder nur einen der beiden Schlüssel hatte, die man dazu benötigte. Refat würde den Betrag von 180 000 Dollar in bar hineinlegen, die Frachtrate für den Transport von 180 Kilo Heroin. Daneben würde der Fuhrunternehmer einen verschlossenen Umschlag deponieren. In diesem würde man im Bedarfsfall den Namen des Fahrers finden, den der Unternehmer mit dem Transport zu betrauen gedachte, und die Zulassungsnummer des Lastzugs, den dieser fahren würde. In dem unwahrscheinlichen Fall, daß die Ware irgendwo unterwegs von der Polizei oder vom Zoll einkassiert würde, könnte dann der Fuhrunternehmer anhand der Informationen in dem verschlossenen Umschlag beweisen, daß es sich bei der etwa von den Zeitungen berichteten Beschlagnahme tatsächlich um das ihm von den Osmans anvertraute Kontingent gehandelt hatte.

Refat klopfte dem Fuhrunternehmer auf den Schenkel und wich dabei vor dessen Gesicht zurück. Der Mann stank aus dem Mund, daß sein Atem noch auf sechs Schritt Entfernung die Milch gerinnen lassen würde. »Montag bestätige ich Ihnen den Einlieferungstermin der Ware.«

Und dann sah er zum Spieltisch hinüber. Seine Nataschas waren noch immer fasziniert über das Roulette gebeugt. *Rien ne va plus*, Mädchen, dachte er, stand auf und schüttelte dem Spediteur die Hand.

Der Flug Nr. 918 der United Airlines vom Dulles Airport in Washington nach Heathrow startete mit dreißig Minuten Verspätung in die Winternacht. Als die Maschine ihre Flughöhe erreicht hatte, öffnete Jim Duffy seinen Sicherheitsgurt und lehnte sich in den bequemen Sessel der Club Class zurück, die er gebucht hatte.

An sich müssen Bundesangestellte bei Dienstreisen über den Atlantik wie die Mehrzahl der Bürger der Vereinigten Staaten von Amerika Economy Class fliegen. Washington nimmt jedoch von dieser Beschränkung Staatsbedienstete im Range eines Botschafters – und höher – aus sowie jene Beamte, die physische Behinderungen haben, die ihnen einen langen Flug in einem Sitz der Economy Class beschwerlich machen würden.

Jim Duffys linkes Knie war 1985 im »Papageienschnabel« großzügig mit Schrapnellkugeln aus einem sowjetischen Raketenwerfer bestreut worden, als er sich während eines Feuerüberfalls ein wenig zu spät in Deckung geworfen hatte. Natürlich hätte er da überhaupt nicht sein dürfen. Casey hatte CIA-Beamten streng verboten, die pakistanisch-afghanische Grenze nach Norden zu überschreiten. Denn was hätte Moskau mehr Befriedigung verschafft als die Möglichkeit, der Weltöffentlichkeit im Fernsehen einen in Afghanistan bei den Mudschaheddin gefangenen CIA-Agenten vorzuführen?

Andererseits wußte Duffy, daß seine Mudsch-Krieger Leute nicht respektierten, die sich nicht persönlich ins feindliche Lager wagten. Was sollte Duffy also machen? Wie konnte man Männer in den Tod schicken, wenn sie keinen Respekt für einen selbst hatten und damit auch nicht für das, was man repräsentierte? Duffy hatte sich entschlossen, sich über Caseys Verbot hinwegzusetzen. Im Gewand eines afghanischen Stammeskriegers war er mit den Truppen nach Norden über die Grenze gegangen.

Die Mudsch hatten ihn in eines ihrer Ausbildungslager nach Pakistan zurückgebracht, wo er seine Verwundung als Unfallfolge erklärte. Eine Handgranate sei zufällig bei einer Übung in seiner Nähe hochgegangen, behauptete er. Für ein paar Jahre hatte er infolge dieses Unfalls dann ein steifes Knie, das gelegentlich auch ziemlich weh tat, und so hatten ihm die Vertrauensärzte der Agency den Schein ausgestellt, der ihn berechtigte, in der Club Class zu fliegen.

Inzwischen war zwar sein Knie wieder so geschmeidig wie das einer Ballerina, doch als er in den Dienst zurückgekehrt war, hatte ein gefälliger Arzt bei der Untersuchung ein Auge zugedrückt und die Sondergenehmigung erneuert. Da er während des Flugs mit diesem wichtige dienstliche Angelegenheiten zu besprechen habe, hatte Duffy überdies beantragt, auch seinem Kollegen von der DEA, Mike Flynn, die Benutzung der Club Class zu erlauben. Die Genehmigung war erteilt worden.

»Gentlemen«, sagte die Stewardeß und stellte zwei Büchsen Macadamia-Nüsse auf die Armlehne zwischen ihren Sesseln, »kann ich Ihnen vielleicht vor dem Abendessen einen Drink servieren?«

»Warum nicht?« grinste Duffy. »Wie wär's mit einem Scotch-Soda, viel Eis. Oder noch besser, einem doppelten Scotch, damit Sie nicht gleich noch einmal laufen müssen.«

»Gewiß. Und Sie, Sir?« fragte sie den DEA-Agenten.

Flynn dachte einen Augenblick nach. »Vielleicht eine Diät-Cola?«

Duffy warf ihm einen Blick zu, in dem seine Mißbilligung ziemlich deutlich zu lesen war. »Woher kommen Sie, Flynn?«

»Worcester in Massachusetts.«

Duffy versuchte, sich in Erinnerung zu rufen, was er von diesem Ort wußte. »Ach ja«, meinte er. »Holy Cross. Haben Sie diese Schule etwa besucht?«

»Ja. Ich habe die geistige Strenge der Jesuiten immer bewundert.«

O Gott! dachte Duffy. Eine Diät-Cola? Die geistige Strenge der Jesuiten? Das kann ja lustig werden auf dieser kleinen Reise, aber irgendwie müssen wir schließlich miteinander klarkommen. Fangen wir am besten gleich damit an.

»Na, und wie gefällt es Ihnen, daß Sie nun der Rauschgiftabteilung der Agency zugeteilt worden sind? Die Tätigkeit muß sich doch grundlegend von dem unterscheiden, was Sie bei der DEA gewöhnt waren?« Duffy begleitete diese Frage mit einem Lächeln, das dem anderen bedeuten sollte, daß er für dessen eventuelles Unbehagen an seiner neuen Tätigkeit volles Verständnis hatte.

»Ach ja, es ist schon anders. Aber ich fange an, mich an Ihre Methoden zu gewöhnen.«

»Ja, ja, wir gehen etwas geheimnisvoller vor als die Gesetzeshüter.«

Duffy selbst war ein bißchen bestürzt, als er merkte, wie glatt ihm dieses Eingeständnis von den Lippen ging.

»Geheimnisvoll?« Flynn lachte. »Verschlagen und auf krummen Wegen, sollte man vielleicht ehrlicherweise sagen. Aber ich gebe zu, die Erfahrung ist sehr bereichernd für die politische Bildung.«

»Wie das?« fragte Duffy.

»Nun, bei der DEA denken wir in Schwarz und Weiß. Die Frage ist immer nur: Ist das legal oder illegal? Bei Ihrer Behörde bin ich in einige der Realitäten eingeweiht worden, die unsere Fähigkeit, den Rauschgiftschmuggel zu bekämpfen, man muß wohl sagen, einschränken.«

»Was meinen Sie damit?«

»Na, nehmen wir mal den Heroinschmuggel, diesbezüglich sind Sie ja auf dem laufenden. Sie haben ja erfahren, was da gegenwärtig auf Ihrem alten pakistanisch-afghanischen Spielplatz läuft, oder?«

Duffy nickte zustimmend.

»Die Tatsache, daß der pakistanische militärische Nachrichtendienst eine Unmenge Offiziere beschäftigt, die mit Drogen handeln wie Wrigley mit Kaugummi, ist für niemanden bei uns ein

Geheimnis. Was machen wir aber dagegen? Nichts und wieder nichts. Und warum? Weil die gleichen Typen willens sind, uns in die Hand zu spielen. Wie damals, als Sie Mr. Mir Amal Kamsi mitten in der Nacht auf einem Geheimflugplatz da drüben in eine US Air Force Maschine steckten, so daß wir ihn dann hier für die Ermordung von zweien Ihrer CIA-Agenten vor den Toren Langleys vor Gericht stellen konnten – mit ungefähr soviel Rücksicht auf die gesetzliche Verfahrensordnung wie der Papst bei seinen Urteilen über Schwangerschaftsunterbrechungen.«

Duffy blickte suchend durch den Mittelgang. »Wo, zum Teufel, bleibt mein Scotch?« brummte er. »Okay, und ohne die Hilfe dieser Typen hätten wir auch Ramzi Jussef nie für den Bombenanschlag auf das World Trade Center verantwortlich machen können. Was hätten wir denn tun sollen? Wir leben in der wirklichen Welt. Was passiert zum Beispiel, wenn irgendein kleiner Scheißer von Heroinhändler einen DEA-Agenten umlegt? Sie treffen ihn eines Nachts in irgendeiner dunklen Gasse, belehren ihn über seine Rechte und fragen ihn, welchen Anwalt er mit seiner Verteidigung beauftragen will? Dieser Typ wird bei einem Fluchtversuch umgenietet, stimmt's? Der arme Kerl hat sich die Chance, Ihrer Rechtsbelehrung zu lauschen, leider selbst genommen.«

Unterdessen war die Stewardeß gekommen, hatte ihnen geholfen, die Klapptischchen vor ihren Sitzen in Stellung zu bringen, und schickte sich an, ihnen das Dinner zu servieren.

»Wer also ein paar CIA-Beamte ermordet, muß deshalb damit rechnen, daß wir ihn uns schnappen, wo immer er sich verkriecht. Eines Tages wird uns auch dieses Schwein Mugniyeh in die Hände fallen, das in Beirut den Chef unserer Nahoststation zu Tode gefoltert hat. Glauben Sie, daß wir unsere Zeit darauf verschwenden werden, ihn zu fragen, durch welchen Anwalt er sich vertreten lassen will?« Er nahm einen tiefen Schluck von dem Scotch, den die Stewardeß ihm gebracht hatte, und eine Handvoll Macadamia-Nüsse. »Wie auch immer. Was halten Sie von den Protokollen der abgehörten Telefongespräche, die ich Ihnen gezeigt habe?«

»Man kann sich des Verdachts nicht erwehren, daß Mr. Harmian, der verstorbene Mr. Harmian, die Absicht hatte, seine

Kumpels in Teheran zu bescheißen. Der Schluß, wo er dem Kerl, mit dem er da in Istanbul spricht, versichert, daß dieser sich keine Sorgen zu machen brauche, um Teheran würde er sich persönlich kümmern, ist ja wohl verräterisch.«

»Finde ich auch«, sagte Duffy. »Man fragte sich natürlich, ob der Typ in Istanbul nicht trotzdem in Teheran angerufen hat, nur um sicherzugehen. Da wäre man dann doch mißtrauisch geworden, nicht?«

»Na klar. Wissen Sie, vielleicht sollten wir den Yard auch bitten, die Gesprächsprotokolle der öffentlichen Telefonzelle durchzugehen, aus der Harmian die beiden Gespräche mit Istanbul geführt hat. Vielleicht hat er sie noch bei anderen Gelegenheiten zu Gesprächen benützt, bei denen er nicht erwischt werden wollte.«

»Guter Gedanke. Übrigens, glauben Sie, daß unsere englischen Freunde dahinterkommen werden, daß ich nicht wirklich zu Ihrem Haufen, ich meine, der DEA, gehöre?«

»Wahrscheinlich. Die Briten sind ja nicht blöd. Und es wird unsere Beziehungen zu ihnen nicht gerade erleichtern, wenn sie es rauskriegen.«

Flynn war natürlich nicht darüber unterrichtet worden, daß die Iraner inzwischen drei Nuklearsprengköpfe besaßen.

»Na ja, wir werden sie beizeiten aufklären. Es gibt da ein paar nationale Sicherheitsaspekte, die sie, glaube ich, geneigt machen werden, ein gewisses Verständnis aufzubringen.«

»Jim, gestatten Sie mir eine Frage. Was ist eigentlich Ihre ganz persönliche Meinung über das Drogenproblem? Ich meine, über die Auswirkungen, die es auf unsere Gesellschaft hat?«

»Also, da will ich ganz offen sein, um von vornherein jedes Mißverständnis zwischen uns auszuschließen. Mir persönlich sind Drogen scheißegal, und die Leute, die sie nehmen, genauso. Das sind doch Schwächlinge, Arschlöcher, die sich selber in die Scheiße reiten und dann uns andere mit ihrem Gejammer nerven. Wollen sie sich mit dieser Kacke umbringen? Na bitte, sage ich, nur zu, die Welt kann nur besser werden, wenn sie weg sind.«

Flynn lehnte sich zurück und trank einen großen Schluck Coca-Cola. Duffys Reaktion überraschte ihn nicht. Im Gegenteil.

Er hatte sie eigentlich erwartet, es war die typische Reaktion eines Amerikaners der Mittelschicht, den das Problem noch niemals persönlich tangiert hatte. »Wie lange werden wir Ihrer Meinung nach in London zu tun haben?«

»Keine Ahnung. Aber ich hab's nicht besonders eilig, nach Washington zurückzukommen. Sie etwa?«

»Nein, absolut nicht. Darf ich Sie um einen persönlichen Gefallen bitten?«

»Was soll's denn sein?«

»Nehmen Sie sich während unseres Aufenthalts dort mal an irgendeinem Abend ein paar Stunden Zeit für mich. Es gibt da etwas, das ich Ihnen gern zeigen würde.«

Die Atmosphäre in den engen Gassen, durch die Refat Osman auf seinem Nachmittagsspaziergang von den luxuriösen Hochhäusern am Taksim-Platz zum Goldenen Horn hinabbummelte, hätte man ganz treffend als »ansprechend chaotisch« bezeichnen können. Die Straße war so eng, daß zwei sich begegnende Wagen kaum aneinander vorbeikamen, was allenthalben Kakophonien von Autohupen und zornigen Stimmen provozierte. Die fünf- bis sechsstöckigen Häuser, die sie säumten, lehnten sich über die schmalen Gehsteige wie eine Reihe alter Männer, die mit Mühe gegen heftigen Wind ankämpften, und verbargen die blasse Nachmittagssonne vor der unten herrschenden winterlichen Düsternis. Wäscheleinen voller Windeln, Bettlaken und anderer auf den ersten Blick nicht so leicht zu identifizierender Wäsche flatterten in der kalten Brise, die vom Bosporus her wehte, über der Gasse wie die Segel einer Flotte kleiner Schiffe während eines Wendemanövers. Jungen in den rotweißen Pullovern des Besiktas-Fußballvereins kickten grölend einen Ball bergauf und -ab.

In diesem Viertel, wo Zigeuner und Ganoven gute Nachbarschaft hielten, gab es viele kleine Autoreparaturwerkstätten, von denen eine der Osman-Familie gehörte. Diese *Opel Oto Mekanik* suchte Refat jetzt auf.

Ein Mechaniker begrüßte ihn dort erfreut. »Ich habe einen«, sagte er lächelnd.

»Zu dieser Jahreszeit?« erwiderte Refat. »Wirklich?«

»Ja, drüben in Beykoz«, das war eine Gemeinde auf der asiatischen Seite des Bosporus, »einen 96er Vega. Der Besitzer lebt in Hamburg und ist mit seiner Frau zur Beerdigung seines Vaters hier. In ungefähr einer Woche fahren sie nach Deutschland zurück. Sie ist Deutsche, nicht von hier.«

Den Mann entzückte die Aussicht, wieder einmal einen von Refat ausgeheckten, höchst innovativen Plan, Heroin nach Westeuropa zu schmuggeln, in die Tat umsetzen zu können. Allein zu diesem Zweck hatte er nämlich jene Opelwerkstatt ursprünglich eröffnen dürfen.

Eines Tages, in naher Zukunft, würde jener unschuldige Türke, der zur Beerdigung seines Vaters in Beykoz weilte, wegen irgendwelcher Einkäufe in die Stadt fahren. Beim Halt an einer Ampel würde ihn ein anderer Fahrer von hinten rammen, was bei den chaotischen Verkehrsverhältnissen in Istanbul kein Wunder wäre.

Der Fahrer des anderen Wagens – normalerweise handelte es sich dabei um den Falken – würde nach vorn kommen und, anstatt erst einmal Streit anzufangen, für einen türkischen Verkehrsteilnehmer ungewöhnlich höflich und reuig einräumen, an dem Unfall wohl schuld zu sein, er habe einen Augenblick wohl nicht aufgepaßt – ein hübsches Mädchen auf dem Bürgersteig, die Gesundheit seiner Mutter, Gründe für seine momentane Geistesabwesenheit gab es ja reichlich. Unglücklicherweise habe er versäumt, seinen Versicherungsschutz rechtzeitig zu erneuern. Doch glücklicherweise habe sein Bruder – oder Vetter, jedenfalls ein näherer Verwandter – drüben in der Nähe des Taksim-Platzes eine Opelwerkstatt. Der würde ihm den Wagen tadellos reparieren und neu lackieren, und als Schuldiger an dem Unfall würde natürlich er, der Bruder – oder Vetter – dieses genialen Mechanikers, aus dessen Hand der Geschädigte seinen Wagen so gut wie neu zurückkriegen würde, die Reparaturkosten in vollem Umfang übernehmen.

Und dann würde Refats *Opel Oto Mekanik* den beschädigten Wagen zwar tadellos reparieren, aber dabei auch um gewisse Extras bereichern. Unter dem Rücksitz und dem Filzfutter des Kofferraums würde er einen Behälter einbauen, der Platz für zehn bis fünfzehn Kilo Heroin bot. Und natürlich würde er sich die Hamburger Adresse des Besitzers von den Zulassungspapieren des Wagens abschreiben und sich ein Duplikat des Autoschlüssels anfertigen.

So könnten dann der ahnungslose Türke und seine deutsche Frau in ihrem frischlackierten Auto mit fünfzehn Kilo Heroin in Refats Geheimfach nach Hamburg zurückfahren.

In Hamburg würde einer von Osmans Leuten den Wagen beobachten. Parkte der Eigentümer ihn auf der Straße vor seiner Wohnung? In dem Fall würden eines Nachts gegen zwei Uhr früh zwei Männer den Wagen mit dem in Istanbul angefertigten Zweitschlüssel öffnen, um die Ecke in einen dunklen Winkel fahren, dort entladen und anschließend wieder vor das Haus seines rechtmäßigen Besitzers zurückbringen.

Das Verfahren ließ sich am bequemsten während des Sommers anwenden, wenn Tausende von in Deutschland oder anderswo in der europäischen Union ansässigen Türken die Heimat besuchten. In dem sehr unwahrscheinlichen Fall, daß einer dieser ahnungslosen Heroinkuriere vom Zoll geschnappt wurde, konnte er gar nichts tun. Er hatte kein Papier, keine Rechnung, mit der er hätte beweisen können, daß sein Wagen sich zur Reparatur in der *Opel Oto Mekanik* befunden hatte. An der Dolpadere gab es Dutzende solcher Werkstätten. Also warum nicht? dachte Refat. Man mußte die Gelegenheit am Schopf ergreifen. Dieser Mann da drüben in Beykoz würde mit einem neu gespritzten Opel Vega nach Hamburg zurückkreisen.

Dann kehrte Refat wie gewöhnlich auf seinen Spätnachmittagsrundgängen im Paradise Inn in Laleli ein. Er setzte sich an einen Tisch in einer Ecke des Clubs, aus der er die Bar beobachten konnte, wo gerade das lebhafte Geschäft der »Happy Hour« anlief.

»Wenn dieser Nigerianer wieder auftaucht, der Interesse an fünf Kilos angemeldet hat«, hatte er dem Barmann beim Hereinkommen gesagt, »machen Sie mich auf ihn aufmerksam, ja? Sagen Sie ihm nicht, wer ich bin. Ich will mir den Typ nur mal ansehen.«

Die Nigerianer waren, wie Refat und alle anderen Kenner der Branche wußten, Weltmeister in der Kunst, Heroin im Körper zu schmuggeln. Der Kurier mußte Päckchen der Droge schlucken oder sich als Suppositorien in den After schieben. Das taten übrigens nicht die Nigerianer selbst, vielmehr brachten sie andere dazu, das Zeug zu schlucken oder sich in den Arsch zu stecken, blöde europäische oder amerikanische Kids, denen in Bangkok, Moskau, Peschawar oder Istanbul das Geld ausgegangen war und die dankbar für ein Gratisticket nach Hause waren. Oder Mädchen, die es aus Liebe zu den Nigerianern taten und gern ein paar tausend Dollar dadurch verdienten, mit ein paar Kilo Heroin schwanger nach London oder New York zu fliegen.

Der Legende zufolge verpackten die Nigerianer das im Körper zu schmuggelnde Rauschgift in Präservative. Refat wußte, daß das nicht stimmte. Sie bevorzugten vielmehr die Finger von Gummihandschuhen, weil das Material dicker und haltbarer war. Man konnte die Finger vollstopfen, ohne zu riskieren, daß sie platzten. Überdies waren sie kleiner und leichter zu schlucken als Kondome. Auch das Risiko, daß einer von ihnen sich im Verdauungstrakt des Kuriers öffnete und dessen Leben gefährdete, war viel geringer. Ein erfahrener Nigerianer konnte bis zu fünf Kilo Heroin in einen einzigen Boten stopfen.

Die Kuriere, auch als »Maultiere« bezeichnet, mußten sich während der letzten zweiundsiebzig Stunden vor ihrer Abreise zur Reinigung ihrer Därme auf flüssige Nahrung beschränken. Die Nigerianer wollten schließlich nicht, daß ihre Maultiere genötigt sein würden, die 300 000 Dollar, die sie im Bauch hatten, auf der Bordtoilette einer 747 auszuscheißen. Leute, die die richtigen Kontakte hatten, zum Beispiel in Bars wie dem Paradiese Inn, konnten in Istanbul ein Kilo Heroin für 8500 Dollar kaufen. Wenn ein Nigerianer aber fünf zu diesem Preis gekaufte Kilos im Bauch eines Maultiers nach New York expediert hatte, konnte er dort leicht 300 000 daran verdienen, nachdem der Stoff mit Abführmitteln aus seinem Versteck herausgeholt und ausgepackt war.

Refat mußte fast eine Stunde ausharren, ehe sich schließlich drei Nigerianer zu der Menge gesellten, die die Bar belagerte. Einige Minuten später brachte ihm der Barmann ein Glas Tee. »Sehen Sie den mit der Lederjacke und der grünen Mütze? Das ist er«, flüsterte er.

Refat musterte prüfend den Mann, den er als Mörder dingen wollte. Er war groß, über einsachtzig, schlank, mit lockerem Lächeln und einem Clark-Gable-Schnurrbart. Er hält sich wahrscheinlich auch für so charmant wie Clark Gable, dachte Refat. Die meisten dieser nigerianischen Schieber waren Frauenhelden. So kriegten sie diese blöden US- und EU-Tussis dazu, ihre Gummifinger zu schlucken. Dieser Typ sah ohne Frage gut aus und war vermutlich schlau genug, eine junge Journalistin rumzukriegen, wenn er ihr geheime Informationen über den Rauschgiftschmuggel versprach.

Er zog das Foto des Mädchens aus der Tasche und starrte in deren friedliches, keine Erregung verratendes Gesicht. Ja, dachte er, so mußte man die Sache anfassen. Journalisten riskierten alles für eine gute Geschichte, das wußte doch jeder. Schade, junge Freundin, dachte er, das Foto wieder in die Tasche steckend, du hättest eben deine Nase nicht in Sachen stecken sollen, die dich nichts angehen.

Fünf Kilo – für den Nigerianer, der da an der Bar mit seinen Kumpels lachte, ging es bei dem Arrangement nicht nur darum, 42 500 Dollar zu sparen, sondern überdies um die Aussicht, fast 300 000 Dollar zu verdienen. Wer würde dafür nicht mit Kußhand einen kleinen Mord begehen?

Wie sollte er ihm also das Geschäft vorschlagen? Ihn selbst durfte der Nigerianer natürlich nicht zu sehen kriegen. Der Falke machte so etwas zwar ausgezeichnet, aber er wußte zuviel über die Geschäfte der Familie, als daß man ihn bei so einer letztlich doch etwas riskanten Sache verwenden sollte. Dann war da der Barmann, an den sich der Nigerianer seinerseits gewandt hatte. Dumm war nur, daß der noch keine Bewährungsprobe abgelegt hatte, und noch dümmer, daß er an diese Kneipe gebunden war. Wenn irgend etwas schiefging, würde man ihn leicht ausfindig machen können. Refat mußte jemanden vorschicken, den der Nigerianer nicht wieder aufspüren konnte. Dieser Mann mußte sich an den Nigerianer heranmachen, ihm das Bild des Mädchens zeigen, erklären, was zu tun war und wie dabei zu verfahren sei. Falls der Nigerianer den Auftrag annahm, würde er ihm ein Kilo als Anzahlung aushändigen und den Rest versprechen, sobald die Zeitungen über den Tod des Mädchens berichteten.

Refat würde die Übergabe dieser restlichen vier Kilo auf dem Otogar arrangieren, dem riesigen internationalen Autobusterminal an der Straße zum Atatürk-Flughafen. Das war der größte Busbahnhof dieser Art in Europa, vielleicht sogar auf der ganzen Welt. Täglich hielten in den Parkbuchten dieses Platzes über 2000 Autobusse, die nicht nur in alle Städte der Türkei, sondern auch nach Bagdad, Moskau, Düsseldorf, Berlin und Paris fuhren – oder von dort her ankamen. Sobald die Zeitungen die Erledigung des Auftrags meldeten, wollte Refat den Nigerianer zum Haltepunkt 138 dirigieren, wo die Busse einer zwischen Istanbul und Izmir verkehrenden Linie hielten. Dort würde ein Paket mit den restlichen vier Kilo Heroin auf ihn warten.

Um auf diesen Vorschlag einzugehen, mußte der Nigerianer ihnen natürlich einen gewissen Vertrauensvorschuß entgegenbringen, aber türkische Rauschgifthändler genossen in Fachkreisen einen guten Ruf. Refat beschloß, einen seiner »Hunde« zu überreden, das Geschäft mit dem Nigerianer perfekt zu machen. Wenn der Nigerianer mitspielte, würde er seinen »Hund« mit den vier Kilo nach Izmir schicken. Dann, wenn diese einmal zur Haltestelle 138 auf dem Istanbuler Otogar verfrachtet waren, würde Refat seinen »Hund« für drei Monate in dessen Heimatdorf in der Umgebung von Tepe in Urlaub schicken. Die türkische Polizei war nicht gerade für rücksichtsvolle Vernehmungsmethoden berühmt. Falls der Nigerianer einen Fehler machte und geschnappt wurde, würden sie ihn halb tot schlagen, um die Wahrheit aus ihm rauszukriegen. Aber was würde er ihnen erzählen können, das die Osmans mit dem Tod des Mädchens in Verbindung brachte? Gar nichts!

»MacPherson?«

»Aye«, antwortete Detective Superintendent Fraser MacPherson. »Am Apparat.«

»Bitte bleiben Sie in der Leitung. Ich verbinde mit dem Commander of Special Operations.«

MacPhersons buschige Augenbrauen wölbten sich besorgt. Der CSO persönlich, dachte er, was will der von mir? Der meldet sich hier doch nur alle Jubeljahre mal.

»Ah, MacPherson«, sagte dann der CSO, die Stimme triefend von vorgetäuschter Herzlichkeit. »Wie läuft's denn so bei Ihnen? Alles in Butter?«

»Alles in Butter, die zu viel Cholesterin für uns hat, Commander. Was kann ich für Sie tun?«

»Es geht um diese Mordsache, in der Sie ermitteln ...«

»Welche? Ich ermittele in sechs Fällen.«

»Die mit dem Iraner.«

»Ach die.«

»Kommen Sie dabei voran?«

Da scheint irgend jemand im Innenministerium Dampf zu machen, dachte MacPherson. Aus irgendeinem Grund interessierten sich die Politiker für den Fall, und das war alles andere als erfreulich. »Nicht sehr, muß ich leider sagen. Der Fall ist außerordentlich kompliziert. Weshalb fragen Sie?«

»Mich hat gerade ein Freund aus der amerikanischen Botschaft angerufen. Der DEA-Mann, der für die Verfolgung der Rauschgiftkriminalität zuständig ist. Bei dem sind zwei hohe Tiere aus Washington zu Besuch – auf der Durchreise, ich weiß nicht, wohin. Anscheinend haben die beiden Kenntnis von dem Fall und würden sich deswegen gern mal mit Ihnen unterhalten.«

Ach, sieh mal einer an, dachte MacPherson. Das ist bestimmt genauso zufällig, wie daß es um Mitternacht vom Big Ben zwölf Uhr schlägt. Das heißt, daß die Amerikaner über Harmian irgend etwas in der Hand haben. Die Frage war nur, ob sie vorhatten, ihr Wissen mit ihm zu teilen. Wahrscheinlich dachten sie überhaupt nicht daran. Trotzdem gebot es natürlich die kollegiale Höflichkeit, die Einladung anzunehmen, zumal ihm diese vom CSO überbracht worden war.

»Gewiß, Commander. Was würden Sie vorschlagen?«

»Morgen zum Lunch? Ist Ihnen der *Bunch of Grapes*-Pub an der Brompton Road, gleich hinter Harrod's, recht? Diese Besucher aus Washington wollen vielleicht nach dem Mittagessen noch Einkäufe machen. Und würde es Ihnen um eins passen?«

»Ich werde mit Vergnügen zur Stelle sein.«

Kaum eine Woche, nachdem der Falke die 210 Kilo Morphinbase auf dem Rastplatz außerhalb von Istanbul aus dem TIR-Lastzug der Firma TNZ geladen hatte, war die Verarbeitung des Stoffs zu Heroin abgeschlossen. Er holte die 240 Kilopackungen luftdicht eingeschweißten Heroins aus dem Laboratorium ab und transportierte sie in das Lagerhaus der Firma Texas-Country-Jeans in dem Dorf Enseler an der Straße zum Atatürk-Flughafen. Auf dem Gelände dieses den Osman-Brüdern gehörenden Unternehmens stand eine Reihe von Gebäuden, deren Form an die Nissenhütten des Zweiten Weltkriegs erinnerte. Von dort gingen täglich Hunderte von Ballen von Textilien, hauptsächlich natürlich Texas-Country-Jeans, *Made in Turkey*, in alle Welt hinaus.

In einer Ecke ihres Büros hatten die Osman-Brüder einen feuersicheren Safe bauen lassen, der hauptsächlich als Aufbewahrungsort ihrer wertvollsten Ware diente, des Heroins, das dort seines Weiterversands in die EU harrte. Niemand war im Gebäude, als der Falke dort eintraf, außer Refat selbst, der dann auch höchstpersönlich die kostbaren Pakete in dem bewußten Tresorraum verstaute.

Zwei Stunden später rollte ein Lastzug auf den Hof, an dessen Steuer einer der Leute des Fuhrunternehmers saß, mit dem Refat am Abend zuvor in seinem Club verhandelt hatte. Refat sah schweigend zu, während der Fahrer 180 Kilopakete im Geheimfach seines Laderaums verbarg, um dann vom Hof zu fahren, wobei Ware im Wert von anderthalb Millionen Dollar in der Nacht entschwand. Keiner der Osman-Brüder würde eine Ahnung vom weiteren Verbleib der Ware haben, ehe sie nicht, voraussichtlich zwei oder drei Wochen später, in ihrem Lagerhaus in Amsterdam ankam.

Ehe er den Tresorraum verschloß und das Lagerhaus für die Nacht verriegelte, nahm Refat von den sechzig noch verbliebenen Kilopackungen weitere fünf an sich, und mit diesen ging er dann hinaus auf den Parkplatz, wo einer seiner Leibwächter ihn in seinem Wagen erwartete. Die ersten 180 Kilo in Marsch zu setzen, war reine Routinesache gewesen. Was jetzt kam, drohte etwas kitzliger zu werden.

Da starren wir uns von beiden Seiten dieses Restauranttischs gegenseitig an wie zwei College-Teams, dachte Duffy, wie Jungs, die gleich bei einer von diesen fesselnden Ratesendungen des Lokalsenders gegeneinander antreten sollen, einem von diesen Programmen, die sich außer den Müttern der Teilnehmer niemand ansieht.

Auf der britischen Seite saßen der Sondereinsatzleiter von Scotland Yard sowie der die Ermittlungen in der Mordsache Tari Harmian leitende Inspektor und dessen Sergeant. Auf der amerikanischen Seite wurde Duffy vom Londoner Attaché der DEA und Mike Flynn flankiert. Duffy hatte, um den Briten seinen guten Willen zu beweisen, ein Glas Guinness vom Faß bestellt, von dem er nun einen Schluck probierte.

»Jim und Mike gehören zu einer Sonderkommission in Washington, die die neuesten Entwicklungen bei der Geldwäsche im Rauschgifthandel studiert«, erklärte der Attaché. »Sie haben gute Gründe zu der Annahme, daß der ermordete Mr. Harmian in dieser Branche tätig war.«

»Und um welche Gründe handelt es sich dabei?« fragte MacPherson.

Flynn, der Anweisung erhalten hatte, bei dieser Plauderei die DEA zu vertreten, antwortete: »Zunächst einmal wegen seiner beruflichen Tätigkeit, die von der Presse hier als diejenige eines ›privaten Anlageberaters‹ bezeichnet wurde. Bei unserer Arbeit in den Staaten haben wir gelernt, daß diese Formulierung mehr und mehr zu einem anderen Begriff für die Tätigkeit von Geldwäschern wird.« Er sah den Commander an, als erwarte er von ihm eine Bestätigung dieser Beobachtung.

»Geld bewegt hat er zwar«, räumte MacPherson ein, »aber wollen Sie sagen, daß er in Verbindung zum Rauschgifthandel stand? Wenn das der Fall war, habe ich jedenfalls noch keine Beweise dafür gefunden.« Er wollte erst sehen, welche Karten die Amerikaner auszuspielen gedachten, ehe er seine auf den Tisch legte. Sie hatten irgend etwas. Jedenfalls hatten sie die lange Reise von Washington hierher nicht unternommen, nur um warmes Bier zu trinken.

»Wir sind überzeugt, daß die Iraner heutzutage schwer im internationalen Heroinhandel engagiert sind, insbesondere am Heroinschmuggel nach Großbritannien. Das Mordopfer war schließlich ein Iraner.«

»Vielleicht. Aber nach allem, was ich bisher habe feststellen können, hatte er keine Beziehungen zu dem gegenwärtigen Regime in Teheran. Er war ein überzeugter Anhänger des Schahs.«

»Manchmal nehmen diese Leute absichtlich eine falsche politische Färbung an, um ihre wahren Absichten zu tarnen.«

MacPherson zuckte die Achseln. »Vielleicht. Sie können mutmaßen, was Sie wollen. Ich muß dahin gehen, wo die Beweise liegen. Und dafür, daß Mr. Harmian irgend etwas mit Drogen oder mit den Mullahs in Teheran zu tun gehabt hätte, habe ich bisher noch nicht den Schatten eines Beweises gefunden. Wenn Ihnen natürlich in dieser Richtung irgend etwas vorliegt, das meine Ermittlungen voranbringen könnte ...«

Die scharfen Augen des Schotten bemerkten, daß Flynn dem schwereren Mann, der Guinness trank, einen Blick zuwarf. Das ist es, dachte er. Sie haben irgend etwas, das ihres Erachtens beweist, daß dieser Kerl Beziehungen zum Rauschgifthandel und zu den Leuten in Teheran hat. Nun sind sie hier, um rauszukriegen, ob ich ihren Verdacht bestätigen kann.

Duffy nahm widerwillig einen Schluck seines nach britischer Sitte angewärmten Guinness. Es war offensichtlich Zeit, mit den Wertsachen rauszurücken. Er zog eine Kopie der beiden Abhörprotokolle der NSA aus der Tasche und schob sie MacPherson über den Tisch zu.

»Ich brauche Ihnen ja wohl nicht zu sagen, wo wir die her haben, wäre Ihnen aber dankbar, wenn Sie hinsichtlich dieser Information Diskretion walten ließen. Einer der beiden Gesprächsteilnehmer ist der verstorbene Mr. Harmian. Der andere ist ein Mann in Istanbul. Über den wissen wir noch nichts Näheres, vermuten aber, daß er iranische Rauschgifte der bewegt.«

MacPherson studierte die beiden Protokolle sehr aufmerksam und lehnte sich dann in seinen Stuhl zurück. Diese Information gab seiner Untersuchung zweifellos eine ganz neue Richtung. Schließlich stieß er einen tiefen Seufzer aus, der so tief und schmerzlich war, daß er fast einem Klagelaut ähnelte. Was er nun zu sagen hatte, würde nicht für seine Tüchtigkeit sprechen.

»Wissen Sie«, erklärte er der Tischgesellschaft, »als ich anfing, in dieser Sache zu ermitteln, war ich der Meinung, daß die Ermordung dieses Mannes irgend etwas mit seinen Geschäften zu tun gehabt haben müsse oder vielleicht auch mit einer Spielschuld. Die Frau schrie zwar, daß die Schuldigen Terroristen seien, weil sie ihren Mann mit den Leuten persisch sprechen gehört hatte, aber ich fand diesen Verdacht unwahrscheinlich.

Der Verdacht einer Abrechnung zwischen Leuten, die lichtscheue Geschäfte miteinander gemacht hatten, schien mir wesentlich näher zu liegen, und an den habe ich mich also gehalten. Auf Grund der Informationen, die Sie mir da zugänglich machen, scheint's nun aber, als hätte ich dem Hinweis der Frau auf die Nationalität der Täter gleich von Anfang an nachgehen sollen.«

»Mykonos«, sagte Duffy.

»Was?«

»Dieses griechische Restaurant in Berlin, wo die Iraner ein paar kurdische Dissidenten haben umlegen lassen. Das ist der *modus operandi* der Iraner. Ihr Fall scheint mir nach dem gleichen Muster gestrickt zu sein.«

MacPhersons Gesicht war fast grau. »Wenn das stimmt, können wir den Fall sofort zu den Akten legen. Wir werden niemals jemanden verhaften. Die Täter sind längst über alle Berge.«

»Superintendent«, sagte Duffy mitfühlend, das heißt mit dem erkennbaren Bemühen, den Angesprochenen seines Mitgefühls zu versichern. »Machen Sie sich deswegen keine Vorwürfe. Wenn das von Teheran gedungene Mörder waren – und es hat ja ganz den Anschein, als seien sie das gewesen –, möchte ich wetten, daß die längst über alle Berge waren, ehe Sie auch nur die Gelegenheit hatten, mit Harmians Witwe zu sprechen.«

»Superintendent«, warf der Commander ein, »warum fassen Sie nicht einfach zur Information unserer Freunde mal zusammen, was Ihre Ermittlungen ergeben haben?«

»Gern, Sir.« Der Amerikaner hat seine Karten auf den Tisch gelegt, dachte MacPherson, warum sollte ich mich also weigern, das gleiche zu tun? Und dann berichtete er von dem aus dem Tresor des Ermordeten verschwundenen Umschlag, von den Telefongesprächen, die der Ermordete mit seiner Frau geführt hatte, angeblich aus Paris, tatsächlich aber aus Budapest oder von den Caymans. Von seiner schwer belasteten VISA-Karte, der Tatsache, daß der Lebensstandard des Ermordeten durch dessen nachweisbares Einkommen nicht annähernd gedeckt war.

»Was, zum Teufel, mag in dem verdammten Umschlag gewesen sein?« stöhnte Flynn.

»Geben Sie mir die Antwort auf diese Frage, und ich sage Ihnen, wer ihn getötet hat und warum, mein Junge. Aber auf

Grund der Informationen, die Sie uns gegeben haben, werden wir in diesem Fall die Akten schließen. Sie und Ihr Kollege können sich natürlich unser Material gern noch einmal ansehen, ehe wir es ablegen.«

»Wie war eigentlich die Frau? Schien sie willens, Ihnen bei Ihren Ermittlungen zu helfen?«

»Der Tod ihres Mannes hat sie ohne Zweifel schwer mitgenommen. Ihr Schmerz war nicht gespielt, da sind wir uns ganz sicher. Und sie wollte alles tun, uns zu helfen, die Mörder zu fassen. Ja, sie war sehr kooperativ.«

»Ich hoffe, Sie haben nichts dagegen, daß wir sie einmal besuchen und unseres Beileids versichern?«

»Natürlich nicht.«

Der Rest der Mahlzeit verlief bei etwas mühseligen Gesprächen über andere Themen, die durch MacPhersons offenbar stark deprimierte Stimmung nicht eben beflügelt wurden. Schließlich bat der Attaché um die Rechnung. Der Commander machte Anstalten, sie zu bezahlen.

»Nicht doch«, sagte der Attaché. »Wir können uns doch nicht von Elizabeth Windsor zum Essen einladen lassen.«

»Warum, in aller Welt, denn nicht?« brummte MacPherson. »Sie kann es sich, verdammt noch mal, leisten.«

Von Dobra Becit
Eigene Recherche
THE TURKISH DAILY NEWS

Istanbul: Steht die Türkei im Begriff, wie Mexiko oder wie Kolumbien ein Staat zu werden, dessen regierende politische Hierarchie von dem korrumpierenden Virus des Drogengeldes infiziert ist? Angesichts des Materials, das diese Reporterin bei ihrer Untersuchung der Umstände eines Autounfalls auf der Autobahn zwischen Izmir und Istanbul ausgegraben hat, ist es bedauerlicherweise sehr schwer, sich dieser Schlußfolgerung zu entziehen. Wie sich die Leser erinnern werden, kamen 1996 bei diesem Unfall ein Mafia-Killer, ein hoher Polizeibeamter aus der Umgebung des Innenministeriums und eine geheimnisumwobene Persönlichkeit, die in den schmutzigen Krieg der Regierung gegen die Terroristen der kurdischen Arbeiterpartei

PKK verwickelt war, ums Leben. Die aufmerksame Lektüre des Materials, das die Ciller-Regierung der mit dem Unfall befaßten parlamentarischen Untersuchungskommission vorenthalten hat, verrät, daß die Spur des in Regierungskreise einsickernden Rauschgiftgeldes bis zur Tür Mehmet Agars verfolgt werden kann, des Innenministers der Erbakan-Ciller-Regierung zur Zeit des Unfalls.

Die Finger der Journalistin flitzten über die Tastatur ihres Computers wie die Füße einer Steptänzerin im furiosen Finale ihres Auftritts. Das war eine Geschichte von der Sorte, die man brauchte, eine glorreiche journalistische Karriere zu erlangen. Die *New York Times* würde sie bestimmt nachdrucken. Die *Washington Post* auch. Vielleicht würde man sie sogar einladen, einen Bericht für CNN zu machen.

Interpol in Lyon (Frankreich) meldete im vergangenen Jahr, daß siebzig Prozent des in der EU beschlagnahmten Heroins aus der Türkei stammen.
In London hat das königliche Zollamt öffentlich erklärt, daß neunzig Prozent des in das Vereinigte Königreich eingeführten Heroins aus der Türkei kommen. Hier in Istanbul schätzen Beamte der United States Drug Enforcement Administration, daß allmonatlich sechs bis sieben Tonnen raffiniertes Heroin unser Land verlassen, zweiundsiebzig bis vierundachtzig Tonnen jährlich. Im Vergleich dazu sind in den Vereinigten Staaten in den späten fünfziger und frühen sechziger Jahren auf der Höhe der durch die sogenannte »French Connection« angeheizten Heroinepidemie nur jährlich vierzehn Tonnen eingeführt worden.
Wir Türken wollen am gemeinsamen Markt teilnehmen und in die Europäische Union aufgenommen werden und sind doch die Kolumbianer der EU geworden und überfluten unsere Nachbarstaaten mit todbringenden Drogen.
Wie sind wir in diese entsetzliche Lage geraten? Hier finden Sie einen auf dreimonatige eigene Recherchen gestützten Versuch, den Gang der Ereignisse, der uns dahin gebracht hat, ans Licht zu ziehen.

Das schrille Klingeln an der Tür ließ sie aufschrecken. Wer mag das sein? fragte sie sich. Ach, fiel ihr ein, das muß dieser gutaussehende Nigerianer sein, der ihr versprochen hatte, ihr Einblick in das Heroingeschäft in Laleli zu verschaffen.

»Ich komme«, rief sie.

Refat Osman las die Meldung am späten Nachmittag des folgenden Tages in der Abendausgabe der *Hürriyet*. Ein Porträt des ermordeten Mädchens illustrierte den Artikel. Auf dem Bild sah sie viel besser aus als auf dem Paßfoto, das der Mann aus dem Innenministerium ihm zugesteckt hatte. Wirklich ein Jammer! dachte er. Warum mußte sie auch ihre hübsche Nase in Sachen stecken, die sie nichts angingen?

Sie war erwürgt worden, meldete die Zeitung. Ein Motiv des Täters war bisher nicht bekannt. Ihre Wohnung war nicht durchwühlt worden, und nur ihr Laptop wurde vermißt. Kluger Junge, dieser Nigerianer, dachte Refat und faltete die Zeitung zusammen. Wollen wir hoffen, daß er nun auch schlau genug ist, aus Istanbul zu verschwinden. Seine Gedanken waren übrigens schon mit anderen Problemen beschäftigt. Sein älterer Bruder Selim war nach dem Mittagessen vorbeigekommen und hatte ihm mitgeteilt, daß er weitere fünfhundert Kilo Morphinbase bei seinem iranischen Kontaktmann bestellt habe.

Später an diesem Nachmittag schloß sich ein rot-gelber Wagen der International-Schnelltransport-Gesellschaft der Schlange von TIR-Lastzügen an, die vor der türkischen Zollkontrollstation Halkali gleich hinter dem internationalen Flughafen von Istanbul auf Abfertigung warteten. Der Wagen hatte Stückgut geladen. Rosinen für einen Großhändler in Düsseldorf, Tomaten für eine Konservenfabrik in Frankfurt, alte Autoreifen für einen Gebrauchtwagenhändler in Antwerpen und Textilien für Großhändler in Aachen, Rotterdam, Den Haag und Amsterdam.

Wie alle, die hier Schlange standen, mußte der Fahrer dreizehn verschiedene Kontrollpunkte passieren. Für jeden einzelnen Posten seiner Ladung mußte er einen Frachtbrief vorlegen, auf dem Gewicht, Inhalt und Wert desselben angegeben waren.

Am achten Kontrollpunkt wurde an der Hintertür des Ladekastens das türkische Zollkontrollabfertigungssiegel angebracht. Wenn man nicht gerade gewisse Textilien transportierte, deren Exporteure Anspruch auf Zollnachlaß hatten, war die Wahrscheinlichkeit verschwindend gering, daß die Beamten die Angaben auf den Dokumenten tatsächlich mit der Ladung verglichen. Ein flüchtiger Blick in den Laderaum genügte gewöhnlich völlig, um sie zufriedenzustellen. Der Fahrer verschloß die Türen des Laderaums, und der Inspektor versiegelte diese, so daß die Ladung nicht mehr zugänglich war, ohne daß dabei die Plombe beschädigt würde. Jedes Siegel war mit der Dienstnummer des Inspektors, der es anbrachte, versehen, und so auch die amtlichen Stempel, mit denen jede Seite des TIR-Carnets versehen wurde, das der Fahrer mitführen mußte. Das Carnet hatte je ein Blatt für jede Grenze, die der Wagen auf dem Weg zum Zielort passieren mußte. Da in dem Fall, der uns hier beschäftigt, die Bestimmungsorte der verschiedenen Warenposten, die der Wagen geladen hatte, zwar in verschiedenen Ländern, jedoch alle innerhalb der EU lagen, konnte der Fahrer bei der ersten Zustellung in Deutschland das Zollsiegel selbst erbrechen.

Das System war komplex, bürokratisch – und praktisch wertlos. Zornige Zollbeamte in Staaten wie dem Vereinigten Königreich Großbritannien pflegten zu sagen: »Ein türkisches Zollsiegel ist für den Arsch, und wer das nicht einsehen will, ist ein vollkommenes Arschloch.«

Als der Fahrer endlich abgefertigt war, fuhr er auf der transeuropäischen Fernstraße in Richtung des bulgarischen Grenzübergangs bei Kapitan Andrevo. An Bord hatte er, neben anderem Stückgut, 180 Kilo Heroin der Familie Osman, das jedoch in den Wänden des Ladekastens verborgen war.

Eine gründliche achtstündige Untersuchung des Wagens hätte zwar zur Entdeckung der Geheimfächer geführt, mit einer derartigen Durchsuchung war jedoch kaum zu rechnen. Im Laufe des Jahres 1996 zählte man im grenzüberschreitenden Verkehr allein der Türkei nicht weniger als 800 000 TIR-Lastzüge. Während des gleichen Jahres wurden nur in zwanzig von den Millionen über Europas Straßen rollenden Lastzügen Heroin gefunden. Diese zwanzig waren fast ausnahmslos auf Grund von Hinweisen aus dem Rauschgiftmilieu überprüft worden. Angesichts dieser

Erfolgsquote der Zollfahndung hatte also der Fahrer des Wagens nicht viel zu befürchten.

An der Grenze überzeugte sich der türkische Kontrollbeamte von der Unversehrtheit des Zollsiegels an der Ladetür. Der bulgarische Beamte tat dann das gleiche, riß den bulgarischen Einreisezettel aus dem TIR-Carnet des Fahrers und ließ ihn einreisen. Von diesem Augenblick an konnte der Fahrer zuversichtlich damit rechnen, auf seiner weiteren Fahrt in die EU bis zur Ankunft in Deutschland nicht wieder von behördlicher Neugier behelligt zu werden.

So rollte nun, getauft mit dem Blut eines armen alten Mannes aus Belutschistan, der den Fehler gemacht hatte, sein Los verbessern zu wollen, und dem einer ehrgeizigen jungen Journalistin in Istanbul, das Erzeugnis der *Dscheribs* Ahmed Khans, der Geldgier Ghulam Hamids und des Geschäftssinns der Osmans durch Südosteuropa auf dem Weg zu dem großen Markt, wo es an die Endverbraucher gehen würde, und so in die Nasenschleimhäute, Lungen und die Blutbahn jener irregeleiteten jungen Abendländer, die sich das große Glück davon versprachen. Manche würden den Stoff mit Tabak mischen und rauchen. Manche würden »den Drachen jagen«, den weißen Staub auf Silberfolie streuen, mit einem Feuerzeug erhitzen, um dann die Dämpfe zu inhalieren, die er schmelzend absondern würde. Wieder andere würden den Staub schnupfen. Einige würden sich ihn mit Laktose oder Natriumbikarbonat vermischt injizieren, entweder intravenös, direkt in die Blutbahn, oder subkutan. Aber gleichviel, auf welche Weise sie es sich beibrachten, jedenfalls würde es ihnen einen kurzen Blick ins Paradies eröffnen – und sie auf den abschüssigen Weg in die Hölle führen.

SECHSTES BUCH

Die Agonie der Belinda F.

Jedesmal, wenn Nancy Harmian in den Spiegel auf ihrem Pierre-Philippe-Thomire-Toilettentisch blickte, überwältigte sie das Grauen über die Ermordung ihres Mannes von neuem. Als sie an diesem Februarmorgen ihr Spiegelbild betrachtete, füllten sich ihre Augen mit Tränen.

Nun war schon über ein Monat seit Terrys Tod vergangen, und was hatten diese berühmten Kriminalbeamten von Scotland Yard getan? Nichts. Sie hatten sich mit der Annahme zufriedengegeben, daß Terry umgebracht worden war, weil er seine Partner bei irgendwelchen dunklen Geschäften betrogen hatte. Terry, der doch vom Scheitel bis zur Sohle ein Ehrenmann gewesen war. Als Alternative dazu hatten sie die noch absurdere Vermutung geäußert, er habe es vielleicht versäumt, irgendwelche Spielschulden zu begleichen. Man hätte fast meinen können, daß sie den armen Terry für den eigentlichen Verbrecher hielten, nicht die Ungeheuer, die ihn ermordet hatten. Und der amerikanische Botschafter, was hatte er getan, ihr zu helfen? Er hatte ihr höflich sein Beileid ausgesprochen, wie man es ihn gelehrt hatte, und damit hatte es sich gehabt!

Sie blickte auf die Patek-Philippe-Uhr, die Terry ihr zum Geburtstag geschenkt hatte, und wischte sich noch eine Träne aus den Augen. Es war zwanzig nach zehn, in zehn Minuten würde Mary sie zu ihrem ersten gemeinsamen Bummel seit Terrys Tod abholen. Sie wollten Alfie's Antique Market besuchen. Vielleicht konnte das Herumstöbern in den vollgestopften Läden dort, die Hoffnung, unter all dem Trödel verborgene Schätze zu entdecken, ein Bild oder eine Statuette, die weit mehr wert waren, als der Händler ahnte, sie ein oder zwei Stunden von der schrecklichen Erinnerung an Terrys Tod ablenken.

»Madam.« Es war Rebecca, die trotz ihrer eigenen schrecklichen Erlebnisse in jener Nacht an Nancys Seite und in ihrem Haus geblieben war. »Da sind Gentlemen, die Sie gern sprechen möchten.«

»Gentlemen?« wiederholte Nancy. »Die mich sprechen wollen? Wer sind sie? Von der Polizei?«

»Nein, Madam. Sie haben gesagt, daß sie von der Botschaft kommen.«

»Ah. Führen Sie die beiden ins Wohnzimmer und bieten ihnen eine Tasse Kaffee an, Rebecca. Ich komme herunter, sobald ich mein Make-up aufgelegt habe.«

Das Wohnzimmer im Haus der Harmians lag im Hochparterre. Auf dem Weg zu dem Sofa, auf das das Mädchen deutete, ließ Jim Duffy den Blick durch den Raum schweifen und war von der zurückhaltenden Eleganz der Einrichtung zutiefst beeindruckt. Er entdeckte eine Pharaonenmaske, die man eigentlich eher unter den Schätzen des Smithsonian-Museums vermutet hätte, an einer Wand ein halbes Dutzend Moghul-Miniaturen aus Elfenbein, und unter der runden Glasplatte des Vitrinentischs lag etwas, das von weitem aussah wie ein bronzezeitlicher Grabfund. Wer immer diesen Raum eingerichtet hatte, verfügte über einen ausgezeichneten Geschmack und das entsprechende Bankkonto.

»Gentlemen.«

Der Botschafter hatte erwähnt, daß Nancy Harmian eine sehr attraktive Dame sei, aber das hatte Duffy auf den ersten Anblick der jungen Frau nicht angemessen vorbereitet, die nun durch den Raum auf ihn zukam. Sie war hochgewachsen und hielt sich fast militärisch aufrecht, mit gestrafften Schultern und hocherhobenem Kopf, so daß ihr schlanker weißer Hals sich wie eine stolze Säule aus dem Ausschnitt ihrer schwarzen Seidenbluse erhob. Es war fast so, als suchte sie mit dieser strengen Haltung die schmerzliche Bürde zu tragen, die ihr auferlegt worden war. Ihr blondes Haar war makellos frisiert, ihr Gesicht angespannt, ja sogar ein wenig ausgezehrt. Man konnte vermuten, daß der Kummer während der Wochen seit dem Tode ihres Mannes ihr das eine oder andere Pfund Gewicht geraubt hatte. Dabei wirkte sie jedoch nicht verhärmt, sondern strahlte vielmehr unmißverständlich Fassung und Selbstbeherrschung aus. Mit dieser Dame ist nicht zu spaßen, warnte Duffy eine innere Stimme.

»Mrs. Harmian«, begann er, »mein Name ist Jim Duffy. Dies ist mein Kollege Mike Flynn. Der Botschafter hat angeregt, daß wir Sie besuchen. Zuerst gestatten Sie mir bitte, Ihnen zu dem entsetzlichen Mord an Ihrem Gatten unser tiefstes Beileid auszusprechen.«

»Danke«, sagte Nancy und dachte: Die wollen mich also wohl auch mit irgendeinem amtlichen Beruhigungsmittel füttern. »Aber, bitte, nehmen Sie doch wieder Platz.«

Sie selbst setzte sich in einen Sessel dem Sofa gegenüber, zu dem Rebecca die Gäste geführt hatte. Das gab ihr die Gelegenheit, die Besucher unauffällig zu mustern, während das Mädchen ihr Kaffee eingoß. Duffy war vermutlich Ende Vierzig oder Anfang Fünfzig. Er hatte massive Hände und Schultern, mit denen er gewiß Türen einstoßen konnte oder Leute umwerfen, die ihm nicht rechtzeitig aus dem Weg gingen. Sein Jackett trug er offen, und sie bemerkte, daß sich nicht die kleinste Speckfalte über seinem Gürtel abzeichnete. Ich glaube nicht, daß Mr. Duffy seine diplomatische Laufbahn in Büros verbracht hat, wo es nichts weiter zu tun gab, als Leuten Visa für die Vereinigten Staaten in die Pässe zu stempeln, dachte sie. Sein Lächeln war warm, aber sein Blick hatte etwas Fernes, irgendwie Trauriges. Sahen diese traurigen Augen etwas, das nur für sie allein sichtbar war, etwas, das sie mit einer Traurigkeit erfüllte, die sie mit niemandem teilen wollten?

Der jüngere Mann an Duffys Seite war wohl nur wenig über Dreißig, nicht so massig gebaut wie dieser, sondern eher drahtig. Er saß so gespannt aufrecht, als sei ihm deutlich bewußt, daß er sich dem Älteren in der gegebenen Situation unterordnen müsse.

»Was kann ich für Sie tun, Gentlemen?« fragte sie und trank den ersten Schluck ihres Kaffees.

»Mrs. Harmian«, begann Duffy, »der Botschafter hat uns freundlicherweise das Protokoll seiner Unterredung mit Ihnen bei Ihrem Besuch in der Botschaft nach der Ermordung Ihres Mannes überlassen, und wir würden die Sache gern noch einmal mit Ihnen durchsprechen, wenn es nicht zu schmerzlich für Sie ist.«

»Natürlich. Alles, was der Untersuchung dienen könnte.«

»Mich hat insbesondere die von Ihnen geäußerte Überzeugung interessiert, daß Ihr Mann von Agenten des Regimes in Teheran ermordet worden sei.«

»Ich bin dessen sicher, obwohl die Polizei nicht auf mich hat hören wollen.«

»Lassen Sie mich Ihnen versichern, Mrs. Harmian, daß ich Ihre Meinung sehr ernst nehme.«

»Nennen Sie mich doch bitte einfach Nancy. Sind Sie Beamter der Botschaft?«

Duffy hüstelte, wohl, wie Nancy glaubte, um einen Augenblick Zeit für die Überlegung zu gewinnen, ob er nun lügen oder die Wahrheit sagen solle.

»Nein«, erwiderte Duffy. »Wir kommen direkt aus Washington.«

Er will also wohl nicht lügen, dachte Nancy lächelnd. Vielleicht wird er am Ende auch noch zugeben, daß er von der CIA kommt.

»Soweit ich unterrichtet bin, Nancy, beruht Ihre Überzeugung auf der Tatsache, daß Ihr Mann mit seinen Mördern Farsi sprach.«

»Genau.«

»Und dessen sind Sie sich sicher, obwohl Sie selbst diese Sprache gar nicht beherrschen.«

»Ich kenne aber meinen Mann.« Nancy unterdrückte ein Schluchzen. »Entschuldigen Sie. Es ist kaum einen Monat her. Ich habe mich an die Vergangenheitsform noch nicht gewöhnt. Ich meine, ich kannte meinen Mann. Er hat es mit Absicht getan, da bin ich ganz sicher. Er tat es, um mir zu verstehen zu geben, daß die Mörder Iraner waren, und zwar welche von denen, derentwegen er sein Vaterland verlassen mußte.«

»Ehrlich gesagt, glaube ich, daß Sie recht haben, Nancy. Der *modus operandi* der Mörder Ihres Mannes war ganz derjenige, den wir von der VEVAK, das ist der iranische Geheimdienst, schon lange kennen. Die schicken zum Beispiel niemals nur einen Killer, immer Teams von vier bis fünf Mann, um zu gewährleisten, daß nichts schiefgeht und alle Eventualitäten gemeistert werden können. Und sie schicken immer gut ausgebildete, sehr professionelle Killer. Leute, die keine Fingerabdrücke oder sonst irgendwelche Spuren hinterlassen, denen die Polizei nachgehen könnte.«

»Ja, ich habe schon von ihnen gehört.«

»Soweit wir wissen, haben sie schon über neunzig dieser hinrichtungsartigen Morde in den USA und in der EU durchgeführt, nur in einem halben Dutzend dieser Fälle hat man die Täter fassen können. Das beweist, wie tüchtig die sind.«

Soweit *wir* wissen? dachte Nancy. Wer ist *wir*? Der Mann muß von der CIA sein. Woher sonst?

»Die Sache liegt so, Nancy. Wir haben diese Morde sehr gründlich untersucht. Es gibt da ein Muster, in das sie alle passen. Diese Morde werden nicht beliebig angeordnet. Die Mullahs lassen so vielmehr Leute beseitigen, die sich aktiv für den Umsturz ihres Regimes einsetzen, und so werden Leute bestraft, die ihres Erachtens die Sache der islamischen Revolution verraten haben. Sie machen diesen Leuten sogar einen Prozeß vor einem sogenannten Revolutionsgericht in Teheran, ehe sie deren Ermordung befehlen.« Duffy zögerte einen Augenblick, ehe er fortfuhr. »Wenn also Ihr Mann wirklich durch ein Agententeam des iranischen Geheimdienstes ermordet wurde, lautet die erste Frage, die wir uns stellen müssen: Warum?«

Zum ersten Mal, seit sie den Raum betreten hatte, schien Nancy nun in Gefahr, ihre Fassung zu verlieren. Sie versank förmlich in den Polstern ihres Sessels, ihre würdevolle Haltung schwand dahin.

»Ich weiß. Auch ich stelle mir diese Frage immer wieder in meinen schlaflosen Nächten: Warum?«

»Haben Sie jemals einen Hinweis darauf erhalten oder auch nur den mindesten Verdacht gehabt, daß Ihr Mann mit einer Organisation zusammenarbeitete, die den Sturz der Mullahs anstrebte?« Duffy kannte natürlich die Antwort auf diese Frage, er hatte ja die Tonbänder der NSA gehört.

»Nicht den mindesten, Mr. ...«

»Jim.«

»Jim. Bedenken Sie aber, daß ich meinen Mann nur zwei Jahre gekannt habe. Ich kann Ihnen nicht sagen, was er vor unserer Heirat getan hat. Wir haben fast nie über Politik gesprochen, weder wenn wir allein waren noch in Gesellschaft. Manche Leute mögen darin nur einen Beweis für den traditionellen männlichen Chauvinismus meines aus dem patriarchalischen mittleren Osten stammenden Mannes sehen – Sie wissen schon, mit Frauen spricht man nicht über solche Themen –, aber ich bin überzeugt, daß nicht das der Grund war. Ich glaube, Terry war an Politik einfach nicht interessiert.«

»Aber was hielt er denn von dem Regime in Teheran?«

»Den Mullahs? Soweit ich sehen konnte, hatte er für die nicht viel übrig. Er meinte, die wollten den Iran ins einundzwanzigste Jahrhundert führen und ihm dabei Werte aufladen, die vielleicht im siebenten noch okay gewesen wären. Aber auch das schien ihn nicht besonders aufzuregen. Was ihn interessierte, waren die Vorgänge an den Finanzmärkten.«

»War er religiös?«

»Überhaupt nicht. Er betete niemals, soweit ich mich erinnere. Hat den Ramadan nicht beachtet, trank Alkohol, nicht viel, aber soviel er wollte und wann immer er wollte.«

»Dennoch haben Sie auf einer muslimischen Beerdigungszeremonie bestanden.«

»Natürlich. Er sagte immer, er sei ein Moslem, auch wenn er den Glauben nicht praktizierte. Wenn Sie mich fragen, was ich bin, werde ich sagen, katholisch, obwohl ich schon seit Monaten nicht mehr zur Messe gegangen bin. Deshalb hatte ich das Gefühl, daß er als Moslem begraben werden sollte. Er hätte es sicher selber so gewünscht, wenn es ihm möglich gewesen wäre, Anordnungen für seine Beerdigung zu treffen.«

Duffy lehnte sich zurück. Charaktere richtig einzuschätzen, war eine für CIA-Agenten unentbehrliche Kunst, weil sie ohne diese Fähigkeit so aufgeschmissen wären wie Einbrecher, die sich nicht darauf verstünden, Schlösser zu knacken. Diese Frau, davon war er überzeugt, sprach die Wahrheit. Ihre Unkenntnis der Beziehung, die ihr Mann zu den Mullahs unterhielt – wie immer diese nun beschaffen gewesen sein mochte –, war nicht vorgetäuscht, sondern echt. Es wurde mithin Zeit, die Sache ein bißchen voranzutreiben, sich zu vergewissern, daß der Londoner Teilnehmer an den von der NSA abgehörten Gesprächen tatsächlich der verstorbene Mr. Harmian gewesen war.

»Nancy, ich weiß, daß Sie kein Farsi sprechen, aber gestatten Sie mir eine Frage: Glauben Sie, daß Sie die Stimme Ihres Mannes erkennen würden, wenn Sie ihn diese Sprache sprechen hörten?«

Nancy zuckte die Achseln, die schwarze Seide ihrer Bluse raschelte leise. »Ich denke doch. Warum?«

Duffy nickte Flynn zu, der einen kleinen Kassettenrecorder aus der Tasche zog. »Ich weiß, daß es schmerzlich für Sie sein könnte, und möchte Sie schon im voraus um Verzeihung und um Verständnis für die Gründe bitten, die uns veranlassen, Ihnen diese bittere Erfahrung zuzumuten. Wir glauben nämlich, daß Sie uns damit bei der Suche nach den Mördern Ihres Mannes helfen können. Würden Sie sich also bitte dieses Band anhören und mir sagen, ob Sie in einer der darauf festgehaltenen Stimmen die Ihres verstorbenen Mannes erkennen?«

Um bei seinem kleinen Experiment so sicher wie möglich zu gehen, hatte Duffy am Anfang des Bandes noch eine von zwei Farsi sprechenden Mitarbeitern der CIA geführte Unterhaltung aufgenommen und aus den beiden abgefangenen Telefonaten den Namen Tari getilgt. Mit unbewegtem Gesicht hörte sich Nancy die erste Unterhaltung in der ihr unverständlichen Sprache an. Als dann aber der Sprecher aus der Londoner Telefonzelle zu hören war, der gerade davon sprach, daß er den Professor in Budapest getroffen habe, richtete sie sich kerzengerade auf und schrie erstickt: »Das ist er!« Schluchzend fügte sie hinzu: »Das ist mein Terry.«

In bestürztem, aber fasziniertem Schweigen lauschte sie den beiden fremdsprachigen Telefongesprächen und nickte jedesmal bestätigend mit dem Kopf, wenn sie die Stimme ihres Mannes erkannte. Ihre Identifikation beseitigte für Duffy und Flynn jeden Zweifel. Der Mann, dessen Anrufe die NSA in Istanbul abgehört hatte, war ihr Mann, Tari Harmian.

»Mit wem hat er gesprochen, Jim?« fragte sie, als das Band abgelaufen war. »Und woher kommt diese Aufzeichnung?«

»Ich wünschte, wir wüßten, wer der andere Gesprächsteilnehmer war. Alles, was wir wissen, ist, daß er ebenfalls aus dem Iran stammen muß und irgendwo in Istanbul war, als Ihr Mann mit ihm telefonierte. Und was das Band angeht, nun, ich nehme an,

Sie wissen, daß wir Dienste haben, die sich mit solchen Sachen befassen.«

»Worüber haben sie gesprochen?«

»Auch das wissen wir nicht genau. Sie haben sich einer Art von Code bedient. Wir vermuten aber, daß es um die Bewegung von Geld ging. Und wir haben gute Gründe zu der Annahme, daß der Mann in Istanbul irgendwie mit dem Regime im Iran verbunden ist.« Fürs erste, dachte Duffy, wollen wir die Drogen lieber noch aus dem Spiel lassen. Immerhin bestand die Gefahr, daß sie es für besser hielt, nichts mehr zu sagen, wenn dieses Thema aufs Tapet käme.

»Das heißt also, daß Ihrer Meinung nach auch Terry irgend etwas mit ihnen zu tun hatte, oder?«

Nancy spürte echtes Bedauern in dem Blick, den Duffy ihr zuwarf. »Das glauben wir leider wirklich, Nancy.« Er sprach jetzt im sanften Ton eines Arztes, der den nächsten Verwandten des Patienten über dessen unheilbaren Zustand informieren muß. »Wir haben noch nicht heraus, was sie im einzelnen von ihm erwarteten, aber jedenfalls hat seine Ermordung etwas damit zu tun. Aber was immer, zum Teufel, er in diesem braunen Umschlag hatte, es muß ihnen jedenfalls verdammt wichtig gewesen sein, wenn sie ihn deswegen so gräßlich abgeschlachtet haben.«

Nancy legte den Nacken auf die Lehne ihres Sessels und schloß die Augen. Ihre Lippen bewegten sich langsam, als spräche sie ein stummes Gebet für ihren ermordeten Mann. »Ich nehme an, das alles heißt, daß wir seine Mörder nie zur Rechenschaft werden ziehen können?«

»Nicht unbedingt. Leicht wird das allerdings nicht zu machen sein. Er arbeitete hier zu Hause, nicht wahr?«

»Ja. Sein Büro war unten, in dem Raum, in dem er ermordet wurde.«

»Sie könnten uns vielleicht sehr helfen, Nancy, wenn Sie versuchen wollten, sich aller Besucher Ihres Mannes zu erinnern, die Ihnen aus irgendwelchen Gründen auffällig zu sein schienen oder irgendwie Ihr Mißtrauen erregt haben. Jedes Telefongespräch, das Ihnen irgendwie sonderbar vorgekommen ist, jedes irgendwie seltsame Päckchen, jeder ungewöhnliche Brief, die Sie vielleicht in seinem Büro gesehen haben, könnten uns helfen, eine Spur zu finden.«

»Die meisten Leute, die ihn hier besuchten, waren Engländer, Geschäftsleute oder seine Kunden. Ich kannte sie natürlich. Wenn ich am Büro vorbeikam und sie drinnen waren, schaute ich rein und begrüßte sie.«

»Meinen Sie, daß wir uns das Büro mal ansehen könnten?«

Nancy seufzte und erhob sich aus dem Sessel. »Warum nicht? Ich muß Sie allerdings darauf hinweisen, daß ich selbst seit jener Nacht nicht mehr dort gewesen bin. Nachdem die Polizei dort ihre Arbeit getan hatte, habe ich eine Reinigungsfirma damit beauftragt, alles wieder in Ordnung zu bringen, und den Raum dann abgeschlossen.«

»Nancy, wenn es Ihnen zu weh tut ...«

»Machen Sie sich keine Sorgen, Jim, irgendwann hätte ich ja sowieso wieder dort reingehen müssen. Warum also nicht gleich jetzt?« Und mit diesen Worten ergriff sie seine Hand wie vielleicht eine junge Tochter die ihres Vaters bei einer schreckenerregenden Szene auf dem Fernsehschirm und führte ihn die Treppe hinab.

Der Geruch von Lysol und Zitronenöl drang aus dem Büro, als Nancy die Tür öffnete. Harmians Schreibtisch war sauber, auch von der Wand dahinter waren die Blutflecken entfernt worden. Die Tür des Tresors stand offen. Er war leer. Alle Papiere, die darin gefunden worden waren, befanden sich ja noch in der Obhut von Scotland Yard. Ein großer Ledersessel stand vor Harmians Schreibtisch.

»Da pflegten seine Besucher zu sitzen«, flüsterte Nancy und entzog plötzlich Duffy ihre Hand. »Augenblick mal!« sagte sie dann. »Sie haben doch nach auffälligen Besuchern gefragt? Jetzt fällt mir einer ein, der ungefähr drei Wochen, bevor Terry ermordet wurde, hier war. Ich kam vom Markt zurück, so um fünf Uhr nachmittags muß das gewesen sein, und als ich zur Haustür hereinkam, hörte ich, wie Terry und ein anderer Mann sich in diesem Zimmer anschrien – auf Farsi. Es hörte sich an, als würden sie sich streiten, aber als ich hineinging, um guten Tag zu sagen, waren beide äußerst liebenswürdig, gaben sich lächelnd als die besten Freunde. Ich hatte allerdings das Gefühl, daß sie das nur meinetwegen taten.«

»Kannten Sie den Besucher?«

»Nein, ich hatte ihn noch nie zuvor gesehen. Terry hat uns einander vorgestellt, aber den Namen habe ich nicht behalten, wohl nicht mal richtig gehört.«

»Wie sah er denn aus?«

»Groß. Größer als Terry. Vielleicht fünfzig Jahre alt. Er hielt sich sehr gerade, militärisch, wie ein alter Offizier. Er war sehr gut angezogen. Ich möchte wetten, daß er einen dunkelblauen Savile-Row-Anzug trug.« Sie hielt inne, offensichtlich bemüht, sich alle Einzelheiten dieser Begegnung ins Gedächtnis zu rufen. »Eine merkwürdige Sache ist mir aufgefallen. Er trug nicht direkt einen Bart, aber er sah so aus, als hätte er sich schon seit vier oder fünf Tagen nicht mehr rasiert. Ich dachte, daß er vielleicht an irgendeinem Hautausschlag litte.«

»Oder aber«, meinte Duffy, »er hatte erst vor vier oder fünf Tagen angefangen, sich den Bart wieder wachsen zu lassen, den er sich wegen irgendwelcher zwingenden Gründe hatte abnehmen müssen, obwohl ihm seine Religion das Rasieren eigentlich verbietet. Glauben Sie, daß Sie das Gesicht auf einem Foto wiedererkennen würden?«

»Vielleicht, aber das ist schwer zu sagen. Ich müßte erst das Bild sehen.«

»Ich würde gern in der Botschaft nachsehen, ob ich da nicht ein paar Fotos finde, die ich Ihnen zeigen könnte. Sind Sie heute nachmittag zu Hause?«

»Ab fünf.«

»Wenn es Ihnen recht ist, würde ich dann gern noch einmal vorbeikommen.«

»Natürlich.« Nancy hielt ihnen die Haustür auf. Flynn ging hinaus, aber Duffy wandte sich auf der Schwelle noch einmal um. Diesmal nahm er ihre Hand. »Nancy«, sagte er, »ich glaube, ich kann mir vorstellen, was Sie durchmachen. Ich habe vor kurzem meine Frau verloren. Der Mörder, der sie umgebracht hat, war allerdings ein anderer – Krebs.«

Ah, dachte Nancy, das erklärt die Traurigkeit in seinen Augen.

»Es ist schwer, sehr schwer«, flüsterte Duffy. »Die Zeit hilft, das stimmt, aber egal, was die Leute sagen, sie heilt die Wunden nicht, sondern betäubt nur den Schmerz. Ich fühle aufrichtig mit Ihnen.«

Impulsiv beugte sich Nancy vor und küßte ihn nach französischer Art auf beide Wangen. »Danke«, flüsterte sie.

Die CIA-Dienststelle in der amerikanischen Botschaft am Grosvenor Square in London ist durch ein eigenes biometrisches Sicherheitssystem von den übrigen Räumen des Gebäudes isoliert. Jim Duffy gab auf dem Nummernfeld neben der Tür seine persönliche Codenummer ein und steckte dann die Hand in den Schlitz eines Scanners direkt unter der Tastatur. Der Scanner verglich das Bild der ihm vorgelegten Hand mit dem im angeschlossenen Computer gespeicherten, konstatierte die Identität der biologischen Parameter, und dann öffnete sich automatisch die Tür.

Die Exekutivassistentin des Stationschefs erwartete ihn, um ihn in Bob Cowies Büro zu begleiten. Bei der CIA gab es schon lange, bevor der Begriff auch in anderen Büros als politisch nicht korrekt abgeschafft worden war, keine Sekretärinnen mehr.

»Na«, sagte Cowie und lächelte, »wie ist die Unterhaltung gelaufen?« Er trug einen einreihigen dunkelblauen Nadelstreifenanzug mit doppelten Schlitzen hinten im Jackett, das perfekt tailliert war. Cowie, dachte Duffy, zieht sich jeden Tag an wie für eine Hochzeit oder eine Beerdigung. Die Londoner Station und Cowie waren, was dem Personalbüro der Agency nur selten zu arrangieren gelang, in glücklichster Ehe miteinander verbunden. Cowie besuchte Hawes & Curties, seinen Schneider, so regelmäßig wie Mutter Teresa die Messe, trank sein Bier gern angewärmt und wußte sogar, was unter einem »over« beim Kricket zu verstehen ist. Morgens unter der Dusche pfiff er wahrscheinlich das Lied der Rudermannschaft von Eton.

»Gut. Sie ist wirklich sehr bemüht, uns zu helfen. Ach, übrigens: Was haben Sie eigentlich an Schnappschüssen von iranischen Geheimdienstlern in Ihrem Bilderbuch?«

»Leider nicht allzu viele. Von den Typen, die ihren Mann umgebracht haben, finden Sie da bestimmt keinen. Die werden doch immer nur auf eine einzige Mission rausgeschickt. Sie können sicher sein, daß die alle längst wieder in Teheran sind und sich keiner von denen je wieder im Westen sehen läßt.«

»Wie schmuggeln sie diese Typen nach Europa herein, und wie kriegen sie es hin, daß sie unauffällig in Europa hin- und hereisen?«

»Zunächst einmal haben sie eine Menge sicherer Häuser in ganz Europa, besonders viele in Deutschland. Wir und unsere tapferen europäischen Verbündeten haben nur in den seltenen Fällen, wo die Europäer mal Lunte rochen, hier und da mal eines davon ausräuchern können. Zwei Dinge wissen wir darüber hinaus mit Sicherheit: Diese Burschen haben Geld, und zwar eine Menge, gewöhnlich in bar, und irgendwo weit hinter der Türkei haben sie eine erstklassige Paßfabrik, in der sie jedes beliebige Dokument für ihre Leute fälschen können.«

»Na, angesichts der Tatsache, daß sie Hundertdollarnoten so täuschend ähnlich nachmachen konnten, wundert mich das nicht sonderlich. Trotzdem, wie stellen sie es an, auch hier auf dieser meerumschlungenen Insel so leicht ein- und auszugehen? Das kann doch nicht so einfach sein, oder?«

»Einfacher als man glauben sollte. Mit Vorliebe scheinen sie den Eurostar-Zug durch den Kanaltunnel zu benutzen. Wie ich schon sagte, haben sie hervorragend gefälschte Papiere. Da brauchen sie nur ein gültiges Touristenvisum, und schon können sie sich wie harmlose Urlauber die Wachablösung vor dem Buckingham Palace ansehen. Die großen Tiere reisen über Heathrow ein, vielleicht mit einer gefälschten französischen *carte de séjour*, wenn sie ein bißchen französisch können, oder mit einem iranischen Diplomatenpaß, ausgestellt auf einen Namen, den die Einwanderungsbehörde nicht gespeichert hat.«

Cowie schaltete seinen Computer ein, gab seinen geheimen Zugangscode ein und drehte den Bildschirm, so daß auch Duffy ihn sehen konnte. Dann tippte er ein paar Tasten an, und auf dem Monitor erschien ein korpulenter Mann in wehender schwarzer Robe, der eben in einen Mercedes 600 stieg. »Das ist Sadegh Izzaddine, der Chef ihrer Einsatzkommandos, von denen eines ohne Zweifel die Liquidierung von Mr. Harmian übernommen hat.«

»Hübsches Auto.«

»Ach, mein lieber Junge, die Mullahs haben ihre Büßerhemden ausgezogen, als sie an die Macht kamen.«

Cowie stammte aus Nord-Dakota. Duffy lächelte bei der Vorstellung, wie der vornehme britische Ton dieses »lieben Jungen« bei ihm daheim ankommen würde. »Wo ist die Aufnahme gemacht worden?«

»In Teheran, als Izzaddine sein Büro verließ. Ein Dissident hat sie für uns von der anderen Straßenseite aus gemacht, mit einer von unseren Mikrominiaturkameras, die wie ein Mantelknopf aussehen. Innen ist eine Rolle Mikrofilm.«

»Na, klasse. Haben wir von diesen Leuten viele auf unseren Lohnlisten?«

Cowie zögerte einen Augenblick und entschied dann, daß Duffy wohl nicht zu jenen zählte, denen eine ehrliche Antwort auf diese Frage zu verweigern wäre, weil sie sie »nicht zu wissen brauchten«. Er sagte: »Eigentlich eine ganze Menge. Allein in Europa existieren vier Organisationen iranischer Dissidenten, mit denen wir zusammenarbeiten. Hier in London gibt es eine royalistisch ausgerichtete. Diese Leute wollen den Sohn des Schahs als demokratischen Monarchen wieder auf den Pfauenthron setzen, einen iranischen Juan Carlos sozusagen. Ich persönlich glaube ja nicht, daß sie große Aussicht haben, mit dieser Idee durchzukommen, aber sie verfügen über ausgezeichnete Verbindungen im Iran und haben Zugang zu allen möglichen Stellen. Dann gibt es zwei andere Vereine drüben in Paris. Der eine nennt sich ›Flagge der Freiheit‹. Dessen Angehörige sind liberale Demokraten. Er hat auch im Iran selbst eine Menge geheimer Anhänger, vor allem in den größeren Städten. Die können, wenn sie wollen, in einer einzigen Nacht Tausenden von Autos in Teheran ein Flugblatt unter die Scheibenwischer klemmen.«

»Eindrucksvoll.«

»Allerdings. Die dritte Gruppe ist der ›Nationale Widerstandsrat‹. Sie ist die größte und kampfbereiteste und hat in Bagdad an die 30 000 Mann unter Waffen. Von unserem Standpunkt aus ist es allerdings bedauerlich, daß sie unseren lieben Freund Saddam Hussein anhimmeln, was aus ihrer Sicht natürlich ganz verständlich ist, weil sonst zumindest im Irak ihre Tage gezählt wären. Viele Angehörige dieses Nationalen Widerstandsrats sind ehemalige Marxisten, doch seitdem der Verein, vor allem in Paris, von uns mit milden Gaben unterstützt wird, sind den meisten von ihnen die Augen für das Licht der politischen Vernunft aufgegangen.«

Cowie hielt inne, als müsse er sich erst in Erinnerung rufen, welche weitere Gruppierung mißvergnügter Iraner noch erwähnenswert sei, dann sagte er: »Schließlich gibt es noch die Leute Bani Sadrs. Der war, wie Ihnen gewiß bekannt ist, der erste Präsident ihrer islamischen Republik. Seine Anhänger sind in Deutschland sehr stark vertreten.«

»Und die Agency unterstützt alle diese Vereine?«

»In gewissem Maße. Nur mit Geld, versteht sich, nicht mit Waffen oder Munition. Es ist schließlich nicht die Absicht unserer Regierung, einen bewaffneten Aufstand gegen die Mullahs zu provozieren und zu fördern.«

»Wir sind zu zimperlich geworden bei solchen Sachen, nehme ich an.«

»Nein, Mr. Dschingis Khan.« Cowie lachte. Wie viele Beamten der CIA heutzutage bekannte Cowie sich zu eher linksliberalen politischen Anschauungen – ganz im Gegensatz zu Duffy. »In den achtziger Jahren haben doch die iranischen Mudschaheddin den Aufstand geprobt. Und was ist dabei herausgekommen? In irgendeinem Bürogebäude ging eine Bombe hoch und tötete ein Dutzend Leute. Dann verhafteten die Mullahs fünfzig Personen, die vielleicht vage Sympathien für die Mudschaheddin hegten, vielleicht aber auch nicht, und stellten sie an die Wand. Blutvergießen führte zu weiterem Blutvergießen. Ein Teufelskreis, aus dem sich kein Ausweg zeigte. Deshalb bezahlen wir die Unzufriedenen jetzt für Informationen, die für uns von Interesse sind. Wenn sie einen Teil des Geldes, das sie dafür von uns kriegen, zum Ankauf von Waffen und Munition verwenden, so ist das allein ihre Sache, und wir können es nicht verhindern. Wir jedenfalls wollen eine sanfte Revolution, keine harte.«

»Ach, Bob, bitte, verschonen Sie mich mit solchem Gewäsch. Ich bin überrascht, daß ich nunmehr Kollegen in dieser Firma habe, die ungeachtet ihrer Dienstjahre noch immer an den Weihnachtsmann glauben.«

Cowie lachte. »Hören Sie mal, Jim, erinnern Sie sich noch an unsere Ausbildung, an die Indoktrinationslehrgänge, die wir in

Camp Peary über uns ergehen lassen mußten? Erinnern Sie sich noch, wie uns da eingeschärft wurde, daß das größte Ding, das die CIA je gedreht hätte, sei der berühmte Staatsstreich im Iran anno 1953 gewesen? Waren wir damals nicht schlau, als wir Geld unter die Basarhändler und Rummelplatzringkämpfer verteilten, damit sie diesen Aufruhr gegen Mossadegh veranstalteten und der Schah aus dem römischen Exil zurückkehren konnte? Hat da die Agency nicht mal bewiesen, daß sie das leistete, was man von ihr erwartete, und die Welt für die Demokratie und die Ölkonzerne gesichert? Also wenn Sie mich fragen, Scheiße! Der Coup gegen Mossadegh war die schwachsinnigste Veranstaltung, die die Agency sich je geleistet hat.«

»Welche Ketzerei, Bobby, welche schauerliche Ketzerei!«

»Na, ehrlich, was wäre passiert, wenn wir diesen Staatsstreich nicht angezettelt hätten? Der Schah hätte als exilierter Playbokönig zwischen Paris, St. Moritz und Marbella ein erfülltes Leben genießen können. Dabei wäre er jedenfalls glücklicher gewesen als bei dem Versuch, den orientalischen Despoten zu markieren – schon weil er für ersteres wesentlich begabter war. Im Iran wäre es mit der Zeit zu einer Art Drittweltdemokratie gekommen, und wir würden uns heute nicht mit diesen wahnsinnigen Mullahs herumschlagen müssen.«

»Ach, Quatsch, Bob. Mossadegh war wirklich ein Schurke.«

»Wie so viele Leute, die wir im Laufe der Jahre liebevoll in die Arme geschlossen haben. Wir haben ihn damals als Kryptokommunisten dämonisiert, weil er die Anglo-Iranian Oil verstaatlichen wollte. Aber haben wir versucht, König Feisal von Saudi-Arabien zu stürzen, als dieser die ARAMCO verstaatlichte? Oder die Al-Sabbaghs, als die die Kuwait Oil Company verstaatlichten? Natürlich nicht. Mossadeghs Verbrechen bestand darin, nicht den richtigen Zeitpunkt abgewartet zu haben und es zu einer Zeit zu versuchen, als wir noch glaubten, wir bräuchten es uns nicht gefallen zu lassen. Später wurde es ja allgemein üblich.« Cowie tippte auf die Tasten seines Computers. »Na, wir können uns diese Manöverkritik ja sparen und die Vergangenheit ruhen lassen. Ich werde Ihnen jetzt einmal vorführen, was wir über ihre Leute hier vor Ort im Kasten haben.«

»Wo halten unsere Freunde von der VEVAK sich denn eigentlich versteckt, wenn sie nicht gerade gebraucht werden, um jemandem die Kehle durchzuschneiden?«

»Größtenteils halten sie sich in ihrer Botschaft auf und schleichen sich nur mitten in der Nacht raus, wenn sie glauben, daß niemand sie sieht. Sie haben drei Häuser auf dem jenseitigen Themseufer vom Schah geerbt, die benutzen sie gelegentlich, obwohl selbstverständlich unsere Kollegen von MI 5 da überall ihre Wanzen installiert haben – ich vermute, sogar in den elektrischen Zahnbürsten.«

»Haben sie je irgend etwas Interessantes abgehört?«

»Nichts. Rein gar nichts. Nur weil manche von diesen Typen fünfmal täglich mit der Stirn auf den Fußboden knallen, wenn sie beten, sind sie noch lange nicht plemplem. Sie wissen genau, was läuft. In diesen Häusern wird nur geredet, was Fünf hören soll. Hier ...« Er wies auf den Bildschirm, wo man jetzt eine Gruppe iranischer Frauen vor der Londoner Botschaft demonstrieren sah. Vom Balkon der Botschaft blickte ein Mann auf sie hinab, dessen Kopf eingekreist war. Cowie vergrößerte diesen Ausschnitt, so daß das Gesicht des Mannes den Monitor ausfüllte. »Das ist der Chef der VEVAK hier in London. In der guten alten Zeit leitete er eine Studentenorganisation, die natürlich den Sturz des Schahs herbeiführen wollte.«

Er rief eine Reihe weiterer Bilder auf den Bildschirm und teilte Duffy dabei mit, was man von den Ämtern und Funktionen der Dargestellten wußte. Schließlich kam er zu dem Foto eines Mannes im dunkelblauen Mantel, der mit einen schwarzen Aktenkoffer in der Hand eine belebte Straße entlangging.

»Ach«, rief er, »das ist ein interessanter Vogel. Früher leitete er das Londoner Büro der Iranian National Oil Company. Nebenbei aber widmete er sich dem Einkauf moderner Technologie für die iranische Rüstungsindustrie. Ein sehr kluger Kopf. Bollahi heißt er, wird aber meist ›der Professor‹ genannt.«

»Der Professor?« Duffy richtete sich kerzengerade auf. »Hatte nicht der Verstorbene Mr. Harmian erwähnt, den ›Professor‹ in Budapest getroffen zu haben?« Auch der Mann, der Oberst Wulff in Alma Ata angesprochen hatte, war als »Professor« bezeichnet worden. Könnte das nicht der Mann gewesen sein, mit dem sich

Harmian eines Abends drei Wochen vor seinem Tode in seinem Büro gestritten hatte?

»Hat der Mann sich jemals einen Bart wachsen lassen?«

»Jim, diese Leute lassen sich praktisch dauernd Bärte wachsen – gewöhnlich dann, wenn sie mit falschen Papieren unterwegs sind. Weil sie sich nämlich rasieren müssen, wenn sie nicht gleich die Aufmerksamkeit der Leute auf ihre Religionszugehörigkeit lenken wollen.«

»Sehen wir uns doch mal an, was wir über diesen Typ in den Akten haben.«

Cowie tippte den Namen des Professors, BOLLAHI, und das Paßwort für die zentrale Computerdatenbank der Agency, Abteilung Iran. Fünf Seiten eng geschriebener Text flimmerten über den Bildschirm.

Duffy studierte neugierig das Dossier. »Ein Ingenieur!« rief er aus, »Ein promovierter Maschinenbauingenieur! Was, zum Teufel, hat so ein Mann mit den Mullahs zu schaffen?«

»Jim, sie brauchen solche Leute, wenn sie auf dem internationalen Markt Geschäfte machen wollen. Beten ist eine Sache, Waffen kaufen eine andere.«

Duffy war fasziniert. »Er soll zweimal in der DDR gewesen sein, ehe die Mauer fiel. Eine unserer Quellen sagt, daß er sich dort für Nukleartechnik interessiert habe.«

»Warum nicht? Die suchen doch überall nach Atombomben, oder nicht?«

Duffy starrte wie gebannt auf den langsam abrollenden Bildschirmtext. »Heilige Scheiße! Bobby!« schrie er plötzlich und deutete auf den Monitor. »Sehen Sie sich das an!«

DD\AFF\N\232\Bericht datiert 10. 12. 97. Der Code gab zu erkennen, daß die Quelle ein deutscher Staatsangehöriger aus Finanzkreisen war. *Person ist allein eingetragener Zeichnungsberechtigter des Kontos Nr. 00 314 572 bei der Melli-Bank in München. Quelle sah eine Woche vor Berichtsdatum Kontoauszug, der ein Guthaben im Wert von mehr als 50 Millionen US-Dollar auswies.*

»Da gehen die Iraner pleite, und die Hälfte ihrer Leute lebt von Vogelfutter, und dieser Typ hat fünfzig Millionen Greenbacks auf dem Konto? Der muß ja wohl ein sehr, sehr hohes Tier bei ihnen sein.«

»Waffen kosten Geld, mein Junge. Besonders die Sorte, die den Professor interessiert.«

Duffy las weiter, bis er zu der letzten Eintragung in der Akte kam.

Subjekt verließ G. B. in Richtung Teheran 9. 10. 95, als bekannt wurde, daß deutsche Behörden ihn im Zusammenhang mit dem Kauf eines privaten Flugplatzes durch iranische Strohmänner in Hartenholm nördlich von Hamburg vernehmen wollten. Soweit der Londoner Station bekannt, ist er seitdem nicht auf seinen Direktorenposten bei der NIOC, London, zurückgekehrt, obwohl angenommen wird (Agentenbericht 17. 1. 97), daß er inkognito mit einem auf einen anderen Namen ausgestellten iranischen Diplomatenpaß wieder nach G. B. eingereist ist. Es liegen auch Berichte aus zweiter Hand vor, daß das Subjekt zwischen Köln und Düsseldorf und in Schleswig-Holstein in Deutschland beobachtet worden ist. Von den deutschen Zollbehörden bei der Durchsuchung des Düsseldorfer Hauptquartiers der iranischen VIO (Verteidigungsindustrieorganisation) im Oktober 1996 beschlagnahmte Unterlagen verraten, daß von dort aus sechs Gespräche mit dem Teheraner Anschluß des Subjekts geführt worden sind. Zuverlässigen Berichten zufolge ist Subjekt auch in Mailand tätig gewesen, wo es als Deckadresse das Büro der Stiftung für die Unterdrückten benutzte, das sich an der Via Padona im ersten Stock des Gebäudes der Larino-Bank befindet. Quelle BM/I/34 meldete 12. 7. 97, daß Subjekt Zugang zu dem Raum im iranischen Generalkonsulat in Mailand hatte, in dem sich die Unterlagen über Nukleartechnik befinden, die angeblich nur einem anderen Individuum namens Yazdi zugänglich sind.

Ja, stöhnte Duffy im stillen, die *Bunyod-e Mustazafin*, die Stiftung für die Unterdrückten. Das war eine der reichsten und korruptesten Institutionen der Mullahs. Dieser Organisation flossen die Einnahmen von Unternehmen zu, die die Mullahs beschlagnahmt hatten, wie etwa das Hilton-Hotel in Teheran. Angeblich sollte diese Stiftung der Unterstützung der Armen und der Unterdrückten dienen, tatsächlich unterstützte sie die Ambitionen der herrschsüchtigen Mullahs, ihre geheimen Rüstungs- und Spionageprojekte, ihren Ehrgeiz, sich nukleare und biologische Waffen zu verschaffen. Milde Gaben hatten diese Gottesmänner nur für die islamistischen Terrororganisationen in aller Welt übrig. Dieser Hurensohn! Der Professor steckte zweifellos bis über beide Ohren in den Nuklearprojekten der Mullahs. Er war jedenfalls der dunkle Ehrenmann, der die drei Sprengköpfe von unserem verstorbenen Freund, dem Oberst, kaufte. Wenn er nun die geheimen Unterlagen in Mailand studiert hat, versucht er wahrscheinlich gerade, die verdammten Dinger in ausgewachsene Atombomben umzubauen.

»Sagen Sie mal, Bob, würden Sie mir bitte ein Dutzend von diesen Fotos ausdrucken? Darunter auch das des Professors? Ich möchte mal sehen, ob Nancy einen von diesen Leuten identifizieren kann.«

»Nancy?«

»Mrs. Harmian.«

Jenseits des englischen Kanals auf dem Amsterdamer Autobahnring A10 rollte der rot-gelb lackierte Lastwagen der türkischen Rapid Serviz Shipping Company seinem letzten Bestimmungsort entgegen. Der Wagen war inzwischen leer, das heißt, leer bis auf die in den Wänden des Ladekastens verborgenen 180 Kilo Heroin.

Für den Fahrer war es eine ereignislose Tour gewesen. Wie die meisten TIR-Fahrer hatte er in der Koje hinter der Fahrerkabine geschlafen und diese unterwegs nur verlassen, um zu tanken, auf den Raststätten an seinem Weg die Toiletten zu besuchen, zu duschen und zu essen. Nachdem er über die bulgarische Grenze gefahren war, hatte er an allen weiteren Staatsgrenzen den Zollbeamten, die ja das türkische Zollsiegel sahen, nur noch grüßend zuzunicken brauchen. Bei seinem ersten Halt vor dem Lagerhaus eines Lebensmittelgroßhändlers in Düsseldorf hatte er die Plombe erbrochen, ehe er die bestellten 200 Kilo Rosinen auslud. Es war schon nach sechs Uhr abends, als er durch den Coentunnel unter dem Nordseekanal durchfuhr und sich am Ausgang desselben auf der Abzweigung nach Volendam Richtung Westen wandte. Über das Land senkte sich bereits der schwarze Mantel der nördlichen Winternacht, der Verkehr auf der mit Lastwagen verstopfen Straße floß zäh. Im Umkreis von knapp zweihundert Kilometern lagen drei der vier größten Seehäfen der Welt, Rotterdam, Antwerpen und Amsterdam. Aus jedem der drei ergoß sich ein ständiger Strom schwerer Containerschlepper auf die Autobahnen, um sich in die Schlange der Tausenden von Lastzügen einzufädeln, die dort schon unterwegs waren. Infolgedessen war der Lastwagenverkehr auf den Landstraßen in Holland, Belgien, Westdeutschland und Nordfrankreich dichter als in jedem anderen vergleichbaren Areal auf der Welt, dichter sogar als in dem Korridor zwischen Boston und Baltimore an der Ostküste der Vereinigten Staaten von Amerika.

Der Fahrer wußte, daß er in der mächtigen Verkehrsflut eine Stichprobe der Zollbehörde kaum zu fürchten hatte. Und selbst in dem unwahrscheinlichen Fall, daß ausgerechnet an diesem Tag gerade auf diesem Abschnitt holländische Zollinspektoren zu Stichproben unterwegs waren, hatte er von ihnen nun nichts mehr zu befürchten. Jeder wußte, daß die Holländer pünktlich um fünf Uhr nachmittags Feierabend machten. Es gab da die berühmte Geschichte von dem in Rotterdam ausgeladenen Container, in dem der holländische Zoll auf Grund eines Hinweises seitens der DEA eine vorgeblich für Polen bestimmte Ladung von 14 000 Kilo Haschisch gefunden hatte. Als die Konterbande entdeckt wurde, war es kurz vor fünf, Feierabend also, und so wurde der Container erst einmal in einem Zollschuppen abgestellt. Als am nächsten Morgen die Frühschicht zur Arbeit erschien, war der riesige Container mit den besagten 14 000 Kilo Haschisch spurlos verschwunden und ward auch nie mehr gesehen.

Leise vor sich hinpfeifend, fuhr der Fahrer über den Nieuwe Leeuwarderweg zum Het Ij-Kanal hinunter und in das Labyrinth kleiner Wasserstraßen, Buchten und Anlegestellen, in denen wenig einladend das schwarze Wasser des Kanals schwappte. Dort bog er auf den Papaverweg ab, der auf einem Damm am Ufer des Kanals entlang lief. Hier standen ausschließlich Speichergebäude, wo Güter zwischengelagert wurden, die später weiter ins Inland oder ins Ausland befördert werden sollten. Einige dieser Lagerhäuser waren drei- bis vierstöckige Bauten aus Stahl und Glas, andere, wie das, zu dem der Fahrer unterwegs war, bescheidene hölzerne Hallen, die bestenfalls ein Obergeschoß hatten.

Abdullah, der vierte der fünf Osman-Brüder, erwartete den Fahrer in dem Büro an der Rückseite des Schuppens, als dieser dort aus der Kabine des geparkten Wagens stieg. Die Räume an der vorderen Seite dienten einem Möbelhändler als Lagerraum, der inzwischen längst im Kreise seiner Lieben seinen Feierabend genoß und von den eigentlich Aktivitäten seines Nachbarn natürlich keinen blassen Schimmer hatte. Ein TIR-Truck, der am Papaverweg in eine Parkbucht manövrierte, erregte in Amsterdam nicht mehr Aufsehen als ein Radfahrer.

Abdullah Osman kam aus seinem Büro, und die beiden Männer stiegen in den anscheinend leeren Laderaum und öffneten die Geheimfächer in dessen Wänden. Das in je ein Kilo fassende Plastikbeutel, die wie Brühwürste untereinander verbunden waren, verpackte Heroin war schwer zu verstauen gewesen, ließ sich aber nun um so bequemer entladen. In fünf Minuten war die Sache erledigt und der Fahrer wieder auf dem Heimweg in die Türkei.

Abdullah Osmans Teil des Lagerschuppens war im Namen einer holländischen Firma, der Turk Tex BV, gemietet, die im Handelsregister mit der Adresse Papaverweg 36A eingetragen war. Die Brüder lagerten dort auch tatsächlich ihre Textilien, die Blue Jeans und Lederjacken, mit denen sie ostentativ handelten, um ihr Heroingeschäft zu tarnen. Das Versteck, in dem Abdullah nun die letzte Heroinlieferung aus Istanbul verbarg, war unterirdisch angelegt.

Sobald alles untergebracht war, begab er sich wieder nach oben ins Büro. Von dort rief er in dem Londoner Vorort Stoke Newington seinen jüngsten Bruder Behcet an.

»Hör mal, Kleiner«, sagte er, »das Zeug ist angekommen. Sag also deinem russischen Kunden Bescheid, daß er schon mal anfangen soll, die nötige Kohle zusammenzukratzen.«

Der Heroinhandel in Holland wurde im wesentlichen von neun türkischen Sippen beherrscht, von denen sechs in Amsterdam ansässig waren, je eine in Rotterdam, Arnheim und Apeldoorn. Die Osmans waren vielleicht die wichtigste dieser neun Familien. Sie waren alle sehr darum bemüht, in Holland miteinander Frieden zu halten und ihre Konflikte daheim in der Türkei beizulegen. Es war den Türken gelungen, sich des Heroinmonopols in Holland zu bemächtigen, als 1976 unter den Triaden aus Hongkong, die diesen Markt bis zu diesem Zeitpunkt beherrscht hatten, ein blutiger *Tong*-Krieg ausgebrochen war, der die Geduld der an sich toleranten Holländer derart strapaziert hatte, daß sie schließlich die führenden Drogenschmuggler verhaftet und nach Hongkong zurückgeschickt hatten. Diese Tatsache wollten die Türken sich eine Lehre sein lassen, um den eventuellen eigenen Niedergang zu vermeiden.

Der zweiunddreißigjährige Abdullah war ein typischer Vertreter des gegenwärtig in Holland erfolgreichen Kreises junger Unternehmer, die sich für den Heroinhandel entschieden hatten. Im Gegensatz zu seinen älteren Brüdern war er schlank, fast gebrechlich anzusehen. Mit seiner Brille, dem schütteren blonden Haar und der unerschöpflichen Güte, die seine Miene in der Öffentlichkeit ausstrahlte, glich er einem Geistlichen der niederländischen reformierten Kirche, der als die höchste Stufe christlicher Nächstenliebe unendliche Toleranz predigte. Er führte mit seiner Frau und zwei Kindern ein tadelloses Familienleben, hatte noch keine von diesen Discos, wo die Jugend Hollands und der Welt mit *Ecstasy* aufdrehte, von innen gesehen und fuhr einen äußerst bescheidenen Peugeot. Nichtsdestoweniger war er ein unendlich gewiefter Geschäftsmann, dessen oberste Regel lautete, alles zu vermeiden, was die holländischen Behörden nervös machen könnte.

Das war verständlich. Auch von der neuesten aus der Türkei erhaltenen Lieferung würde er höchstens zwanzig Prozent auf dem holländischen Markt absetzen. Holland war für ihn, wie für die anderen türkischen Heroinimporteure, vor allem als Umschlagplatz wichtig, wo er seine Ware ungestört lagern konnte, ehe er sie an Kunden in Großbritannien, Belgien, Frankreich, Deutschland und Spanien lieferte. Um so mehr lag es in seinem Interesse, alles zu vermeiden, was die tolerante niederländische Polizei hätte reizen können.

Dieser Sachverhalt war im großen ganzen den Behörden der EU übrigens wohlbekannt. Interpol, das französische OCTRIS und die amerikanische DEA stimmten nämlich in der Schätzung überein, daß im Jahr 1996 mindestens 14 000 Kilogramm Heroin nach Holland eingeführt worden seien. Da diese Menge den Bedarf der holländischen Süchtigengemeinde um das Fünffache überstieg, lag es auf der Hand, daß Holland dem einschlägigen Fachhandel vor allem als Zwischenlager diente. So schätzten denn auch die Rauschgiftbehörden in Deutschland, Frankreich, England und Belgien, daß von dem Heroin, das sie beschlagnahmen konnten, inzwischen siebzig bis achtzig Prozent aus Holland eingeführt werde. »Holland«, klagten erbitterte britische Zollbeamte, »ist Englands Mexiko.«

Nacheinander legte Duffy Nancy Harmian das Dutzend Fotos vor, die ihm die amerikanische Botschaft zur Verfügung gestellt hatte. Die Eindringlichkeit, mit der sie die Bilder musterte, verriet ihre brennende Begierde, die Jagd nach den Mördern ihres Mannes auf die richtige Spur zu lenken. Mit traurigem Kopfschütteln schob sie die ersten fünf umgedreht beiseite.

Das Bild des Professors war das sechste in Duffys Stapel. Er bemühte sich sehr, es sich nicht anmerken zu lassen, daß ihm gerade diese Aufnahme besonders wichtig war. Sie betrachtete das Bild des Mannes im dunkelblauen Anzug mit der gleichen Intensität wie die anderen. Endlich legte sie auch dieses zu denen, die ihr nichts gesagt hatten.

Enttäuscht zeigte Duffy ihr das nächste Foto, als sie impulsiv das bereits aussortierte Bild des Professors ergriff und es sich erneut vornahm. »Ich muß mir das noch einmal ansehen«, sagte sie seufzend. »Ich versuche, mir vorzustellen, wie er mit einem Bart aussehen würde.«

»Vergessen Sie nicht, Nancy, jeder Mann kann sich einen Bart wachsen lassen – und sich dann wieder rasieren.«

Sie legte das Bild des Professors wieder zur Seite und sah sich noch die übrigen an. Keines von diesen rief irgendwelche Erinnerungen wach. Als sie mit ihnen fertig war, nahm sie noch einmal das Bild des Professors zur Hand, betrachtete es lange aus der Nähe und schloß dann die Augen.

»Ja«, erklärte sie schließlich. »Ich glaube, das ist er. Obwohl er hier keinen Bart trägt. Wie heißt er? Wissen Sie es?«

»Bollahi.«

»Ja«, rief sie mit dem Eifer einer Tennisspielerin, die soeben ein Spiel gewonnen hat. »Das ist sein Name, ich erinnere mich jetzt. Professor Bollahi nannte ihn Terry, als er uns vorstellte.«

Duffy lächelte und sammelte die Abzüge ein. »Daß Sie diesen Mann erkennen würden, hatte ich die ganze Zeit gehofft. Trotzdem wäre es schön, wenn meine Erwartungshaltung nicht auf irgendeine außersinnliche Weise bemerkt worden wäre, denn wenn sie Ihre Entscheidung beeinflußt hätte, würde uns Ihre Erinnerung nicht weiterbringen.«

»Jim! Ein CIA-Beamter wird doch hoffentlich nicht an solchen Quatsch wie Beeinflussung durch außersinnliche Wahrnehmung glauben! Was treibt dieser Mann?«

Es hat keinen Zweck, sich dumm zu stellen, dachte Duffy, diese Frau ist zu schlau. Er bestritt die ihm unterstellte Verbindung mit der CIA also nicht, sondern sagte mit einem verlegenen Lächeln: »Bollahi leitete die hiesige Niederlassung der staatlichen iranischen Ölgesellschaft, aber seine eigentliche Aufgabe war die Beschaffung von High-Tech-Waffen für die Teheraner Regierung.«

»Glauben Sie, daß er etwas mit Terrys Ermordung zu tun hat?«

»Unmittelbar? Das bezweifle ich. Mittelbar – das halte ich durchaus für möglich. Er könnte bei den Leuten in Teheran, die solche Sachen anordnen, die Beseitigung Ihres Mannes beantragt haben.«

»Aber warum, in Gottes Namen? Warum?«

»Ich wünschte selbst, ich wüßte das, Nancy.«

»Sie wollen doch nicht etwa behaupten, daß mein Terry in Waffenschmuggel verwickelt war? Für die Mullahs? Nein, Jim, das kaufe ich Ihnen nicht ab!«

»Vielleicht hat er sich in solche Geschäfte während des iranisch-irakischen Kriegs verstrickt, ehe Sie ihn kennenlernten. Damals war es gewiß nicht leicht für einen Iraner, sich der patriotischen Parteinahme für die eigenen Leute zu enthalten, ganz gleich, wie er es nun mit dem Regime der Mullahs hielt.«

Nancy schüttelte in ungläubiger Verwirrung den Kopf.

Doch Duffy setzte ihr weiter zu. »Der Waffenhandel ist wie diese Fliegenfänger, diese klebrigen Papierstreifen, die man noch unter die Decken hängte, als ich ein kleiner Junge war. Man kommt leicht ran, aber sich wieder davon zu lösen, ist fast unmöglich.«

»Terry muß mit jemand wie mit Ihrer Agency zusammengearbeitet haben oder mit irgendeiner Dissidentengruppe, der er über die Politik der Mullahs berichtete.«

»Wenn er Beziehungen zu irgendeiner der Dissidentengruppen gehabt hätte, mit denen wir zu tun haben, würde ich davon wissen. Ich glaube, daß Ihr Mann ermordet wurde, weil irgend jemand in Teheran unbedingt haben wollte, was sich in jenem braunen Umschlag befand.«

»Aber was hätte das gewesen sein können, Jim? Was, um Himmels willen?«

»Alles mögliche. Ein paar Millionen Dollar in Inhaberaktien oder Golddepotzertifikaten, die den Mullahs gehörten. Noch wahrscheinlicher aber kommt mir vor, daß er wußte, wo die Mullahs ihr Geld versteckt hielten. Daß er die Adressen ihrer Geheimkonten hatte. Die haben nämlich mehr Geld außerhalb des Irans versteckt als der arme alte Schah je in seinen Träumen gesehen hat.«

Ein Ausdruck tiefster Verständnislosigkeit, fast Verzweiflung, flog über Nancys schönes Gesicht. »Wie kann man zwei Jahre lang miteinander leben, Bett, Körper, Seele und Hoffnungen mit einem Mann teilen, ohne auf die Zahlenkombination zu kommen, die den Safe in seiner Seele öffnet, in dem er seine wahren Geheimnisse verbirgt? Wie ist das möglich?«

»Leichter als Sie glauben, Nancy.« Auf Drogen wollte Duffy einstweilen noch nicht zu sprechen kommen. Fürs erste hatte sie schon genug gelitten. »Eleanor Philby, die letzte Ehefrau von Kim Philby, dem sowjetischen Meisterspion, hätte sich nicht träumen lassen, daß ihr Mann für den KGB tätig war. Richard Sorges Geliebte in Tokio während des Zweiten Weltkriegs hatte keine Ahnung, daß Sorge kein treuer Diener Hitlers war, sondern Stalins. Manche Leute haben, glaube ich, eine angeborene Begabung, sich so zu verstellen, daß niemand Verdacht schöpft. Ich vermute, daß Ihr Mann zu diesen Menschen gehörte. Und das müssen wir berücksichtigen, wenn wir verstehen wollen, was ihm passiert ist.«

Nancy stand auf. »Ich brauche einen Drink, um mit all dem umgehen zu können. Kann ich Ihnen auch etwas anbieten?«

Duffy sah auf seine Uhr. Es war halb acht Uhr abends. »Ich nehme an, daß ich inzwischen nicht mehr im Dienst bin. Irgendwann muß ja mal Feierabend sein. Also bitte einen Scotch on the rocks.«

Nancy goß ihm einen ein und sich selbst einen Wodka. Duffy erhob sein Glas. »Auf das Tröstende. Auf den heilenden Balsam der Zeit. Möge er uns schließlich beide heilen.«

Nancy stiegen die Tränen in die Augen. »Danke, Jim«, flüsterte sie.

»Ich habe meinem Kollegen Flynn versprochen, den Abend mit ihm zu verbringen«, erklärte Duffy, nachdem er einen Schluck von seinem Whisky genommen hatte. »Ich werde mich also bald auf den Weg machen müssen. Ich habe keine Ahnung, was er mir vorführen will, fürchte allerdings, daß es nicht besonders lustig sein wird. Aber Sie und ich, wir müssen uns noch einmal miteinander unterhalten. Vielleicht an einem der nächsten Abende beim Dinner, wenn es Ihnen recht ist.«

Duffy traute seinen eigenen Ohren kaum. Was hatte er da gerade gesagt? Seit dem Tode seiner Frau hatte er jeglichen Kontakt mit Frauen gemieden, man könnte fast sagen, wie der Teufel das Weihwasser. Und nun lud er eine Frau, deren Mann erst seit ein paar Wochen im Grab lag, zum Abendessen ein wie ein unternehmungslustiger Junggeselle, der den Kreis seiner Damenbekanntschaften erweitern will.

Nancy zögerte. Auch ihr schien die Einladung irgendwie befremdlich vorzukommen. Sie nahm einen tiefen Schluck aus ihrem Wodkaglas und sah ihm dann fest in die Augen. »Ja, Jim«, sagte sie. »Ich glaube, das wäre sehr nett.«

Der Mann, dessen Foto Jim Duffy und Nancy Harmian so fasziniert hatten, schlenderte just um diese Zeit langsam über die Kennedybrücke, die in Hamburg die Alster überquert. Er war an diesem Abend glattrasiert wie auf dem Foto, auf dem Nancy schließlich den Besucher erkannt hatte, den sie kaum drei Wochen vor der Ermordung ihres Gatten in dessen Büro gesehen hatte.

Wie er es seinen Kollegen bei der Besprechung in Teheran angekündigt hatte, war er gleich anschließend nach Wien geflogen, um die Ausführung seines Plans zur Beschaffung der für den

Zündmechanismus der Atombomben dringend benötigten High-Tech-Bauteile unverzüglich in Angriff zu nehmen, mit denen die Operation Khalid zum Siege geführt werden sollte. Von Wien war er mit einer in Deutschland zugelassenen Cessna nach Hartenholm geflogen. Der gemessene Schritt, in dem er nun über die Brücke ging, war wohlbedacht. Der Professor hatte einen Kurs zur Entdeckung und Vermeidung von Überwachungsmaßnahmen absolviert. Sein Lehrer, ein ehemaliger Angehöriger des Geheimdienstes des Schahs, hatte ihm Kenntnisse vermittelt, die er selbst bei Instrukteuren der CIA und des Mossad erworben hatte.

Eine Brücke war ideal, wenn man herausfinden wollte, ob man beschattet wurde oder nicht. Dort parkten keine Fahrzeuge, aus denen man ihn hätte beobachten können, und andere Fußgänger waren nicht in Sicht. Der Verkehr floß zügig, und so mußte er nur darauf achten, daß ihn nicht ein Wagen – oder wahrscheinlicher zwei oder drei – mehrmals überholte, während er sich langsam seinem Ziel näherte.

Überzeugt, daß das nicht geschehen war, ging Bollahi dann, als er die Brücke verlassen hatte, in der Warburgstraße auf das Schild mit dem großen roten A zu, das auf eine Apotheke hinwies. Er betrat den Laden, und nachdem er sich ein Weilchen hatte erklären lassen, was an Mitteln gegen eine schwere Erkältung zu haben wäre, stellte er erleichtert fest, daß ihm unterdessen kein weiterer Kunde gefolgt war. Also erwarb er ein Päckchen Aspirin und ging. Niemand lungerte draußen auf dem Bürgersteig herum, und er sah, daß an der anderen Straßenseite der Wagen auf ihn wartete.

Er ging schnell zu ihm hinüber. »Na«, sagte er zu dem Chauffeur, öffnete die Tür und stieg ein, »so treffen wir uns also wieder.«

»Wie geht es Ihnen, alter Freund«, fragte der Fahrer und schüttelte ihm die Hand. »Sie sehen großartig aus. Zwei Jahre jünger als bei unserer letzten Begegnung. Muß wohl das muslimische Alkoholverbot sein, das Sie so in Form hält.«

Den Fahrer konnte beim besten Willen niemand als fit bezeichnen. Josef – Joe für seine Freunde – Mischer hatte ein rundes, aufgedunsenes Gesicht. Speckfalten hingen von seinem Kinn, und ein üppiger Schnurrbart tat noch ein übriges, auf dieses unkontrolliert wuchernde Fleisch hinzuweisen. Er war entschieden übergewichtig, ein Mann, dem ständig das Hemd aus der Hose rutschte.

Der Professor hatte ihn immer als einen halbwegs gezähmten und im Rahmen seiner Möglichkeiten recht nützlichen – er war schließlich ein erstklassiger Ingenieur –, aber letztlich eben doch geborenen Proleten angesehen, einen Mann, der sich ab und zu, seiner angeborenen Neugier folgend, benahm wie ein besoffener Schauermann auf der Reeperbahn.

Er lächelte, als Mischer nun vom Bordstein wegfuhr. »Keine Angst, alter Freund. Ich werde Ihre und meine Zeit nicht mit einer Predigt über die Vorzüge des asketischen Lebensstils frommer Muslime verschwenden. Wir beide haben wichtigere Dinge zu besprechen.«

»Na, Klasse!« rief Mischer überschwenglich. »Ich habe mir schon gedacht, daß Sie nicht gekommen sind, um sich die Mädchen in den Schaufenstern der Herbertstraße anzusehen. Es wäre fabelhaft, wieder mit Ihnen zu arbeiten.« Profitabel auch, wie er wußte. Diese gutgeschnittenen dunkelblauen Anzüge, die der Professor trug, hatten tiefe Taschen, und der Maschinenbau war nicht gerade Joe Mischers brennendste Leidenschaft. Was er mehr als sonst irgend etwas begehrte, war Geld, und bei seinem Bestreben, sich das Begehrte zu verschaffen, wurde er von keinen hinderlichen Skrupeln geplagt. Er hatte einst versucht, dem Professor den Erwerb von Nukleartechnologie in der ehemaligen DDR zu ermöglichen, und gegenwärtig betrieb er die Auslieferung der gesamten Produktion von drei Holländern, die in einer Garage in Hilversum Ecstasy-Tabletten herstellten.

»Also, was gibt's?« fragte er. »Der arme alte Mike da oben in Pinneberg arbeitet sich dumm und dämlich für Sie, aber weigert sich, mir auch nur ein Sterbenswörtchen über den Zweck der Übung zu verraten.«

Mike Mashad, der in Marbella wohnende iranische Emigrant, den der Professor nach einer Unterredung in London angewiesen hatte, sich nach Hamburg zu begeben, war der wichtigste Assistent des Professors.

»Das freut mich für Mike. Er weiß – wie ich hoffe, daß das auch Ihnen, lieber Joe, nicht unbekannt ist –, welchen gesteigerten Wert ich bei allen meinen Mitarbeitern auf vollkommene Diskretion lege. Erinnern Sie sich der beiden Ausflüge, die Sie und ich damals, als es die DDR und die Mauer noch gab, dorthin gemacht haben?«

»Als Sie Hochenergielaser einkaufen wollten, die zur Trennung von Isotopen tauglich wären?« Joe lachte. »Zum Beispiel von Uranisotopen?«

»Humor ist vielleicht nicht Ihre größte Stärke, lieber Joe«, sagte der Professor in warnendem Ton. »Aber ja, allerdings. Zu schade, daß die Ostdeutschen sich damals weigerten, mit uns ins Geschäft zu kommen. Unser Geld wäre ihnen jetzt nützlich, und wir hätten ihre Technologie gut gebrauchen können. Wenn ich mich recht erinnere, waren Sie in dieser Materie – in der ganzen Frage des Hochenergielaserbaus – erfreulicherweise auf dem laufenden.«

»Na ja, ich habe mich ziemlich damit befaßt.«

»Gut. Vielleicht gibt es bald eine Gelegenheit, bei der wir von Ihren Kenntnissen Gebrauch machen können. Wo genau hält sich Mike übrigens gegenwärtig auf?«

»Er wohnt in einem kleinen Hotel in Pinneberg. Zwanzig Autominuten von hier.«

Mike erwartete sie im Wohnzimmer seiner Suite, als sie ankamen. Dem Professor kam er vor wie ein eifriger Schuljunge, der darauf brannte, vom Lehrer aufgerufen zu werden, um dann mit seinem Wissen glänzen zu können. Fast widerwillig ließ er den Gästen zunächst Kaffee bringen und schaffte es, den Mund zu halten, bis der Zimmerkellner den Raum verlassen hatte.

»Also gut, Mike«, sagte der Professor endlich. »Hören wir mal, was Sie zu berichten habe. Sie können offen sprechen, denn für Joe hier haben wir vielleicht eine Aufgabe im nächsten Stadium unserer Operation.«

Mike sprang auf die Füße. »Also zunächst mal, der gute Herr Steiner sitzt wirklich in der Klemme, wie Sie schon vermutet haben, aber echt.«

»Armer Kerl«, sagte der Professor mitleidig.

»Arm wird er tatsächlich sein und das sehr bald«, fuhr Mike fort. »Er hat zwölf Jahre lang für den großen deutschen Laserspezialisten Haas unter anderem an der Entwicklung neuer Produkte mitgearbeitet.«

Der Professor winkte mit der schmalen weißen Hand, eine Geste, die zustimmend, aber auch wegwerfend hätte gemeint sein können.

»1995 hatte er diese brillante Idee, oder was er wenigstens damals für eine brillante Idee hielt, einen besseren Laser zu konstruieren. Jeder träumt davon, einen Laser zu bauen, der schneller ist und mehr Kraft hat als die aller Konkurrenten. Also trennte er sich von Haas und machte einen eigenen Laden auf, um der Welt einen besseren Laser zu schenken. Dabei übersah er allerdings die Tatsache, daß er sich das Wissen, mit dem er das zu schaffen hoffte, bei der Firma angeeignet hatte, mit der er nun in Konkurrenz zu treten gedachte.«

Mike schnaufte, um anzudeuten, wie gleichgültig ihm persönlich die moralischen Aspekte von Steiners Verhalten waren.

»Immerhin verrät dieses Verhalten einiges über den Charakter dieses Herrn Steiner, finden Sie nicht, Mike?«

»Wie Sie meinen, Professor. Ich ging jedenfalls auf das hiesige Rathaus und konsultierte das Handelsregister über seine Firma, die Lasertechnik GmbH. Sie ist am 16. Oktober 1996 mit einem Kapital von 50 000 DM gegründet worden. Als einziger Gesellschafter und Direktor der Firma ist Steiner selbst eingetragen. Die angegebene Adresse war das Gebäude in der Kaiser-Wilhelm-Straße, wo Steiner Büro- und Fabrikationsräume gemietet hatte. Als Zweck des Unternehmens war die Entwicklung und Herstellung von Hochenergielasern genannt. Für die Eintragung ins Handelsregister sind weitergehende Angaben nicht erforderlich.«

»Für 50 000 DM ist eine Hochenergielaserproduktionsstätte aber nicht auf die Beine zu stellen, Mike.«

»Nein, natürlich nicht. Aber zehn Tage nach der Eintragung der Firma hat Steiner ihr drei Millionen DM geliehen – die Ersparnisse seines ganzen Lebens, wie es scheint –, um sie flottzumachen.«

»Unser Freund, Herr Steiner, scheint an sein Unternehmen geglaubt zu haben.«

»Zu sehr, wenn Sie mich fragen. Im Frühjahr 1997 jedenfalls ging ihm das Geld aus, also nahm er bei der Commerzbank einen Kredit über fünf Millionen Mark auf. Als Sicherheit wollte er der Bank anscheinend Anteile an der Firma überlassen. Das lehnte die Bank aber ab und verlangte statt dessen sein Haus. Wohl oder übel willigte er also ein. Übrigens ohne seine Frau darüber zu informieren.«

»Bei alledem zeigt sich unser Herr Steiner ja als echter Kavalier der alten Schule, Mike. Ich glaube, daß wir mit ihm leicht ins Geschäft kommen werden. Aber sagen Sie, wo haben Sie das alles eigentlich erfahren?«

»Gegenüber seiner Fabrik ist eine Bierstube, die von den Angestellten seiner Fabrik besucht wird. Ich wurde also bald Stammkunde dort und freundete mich mit dem Wirt an, der seinerseits mit Herrn Steiner gut befreundet ist.«

Wunderbar, dachte der Professor, da ist der Geheimdienst der islamischen Republik Iran auf Auskünfte von Bierstubenwirten angewiesen.

»Ich habe noch bei einer der Firmen, die Auskünfte über die geschäftliche Zuverlässigkeit von Unternehmen verkaufen, Informationen über die Kreditwürdigkeit der Lasertechnik GmbH eingeholt. Ich fragte, ob ich dem Unternehmen einen neunzigtägigen Kredit im Wert von einer halben Million DM für eine Lieferung von Rohstoffen einräumen könne, die es bei mir bestellt habe. Die Antwort war nein. Steiner stecke schon länger tief in Schulden und sei nicht mehr kreditwürdig, hieß es. Überdies soll die Bank beabsichtigen, das Darlehen von fünf Millionen in Kürze zurückzufordern, und sich weigern, Anteile an dem Unternehmen zu akzeptieren, die als wertlos gelten. Sie werden ihm also wohl das Haus nehmen und Herrn Steiner samt Familie exmittieren, so daß er bald mit den Seinen und all diesen Polen und Zigeunern obdachlos auf der Reeperbahn herumwandern wird.«

»Weiß seine Frau schon, was auf sie zukommt?«

»Anscheinend nicht. Mein Freund, der Kneipier, meint, daß er vollkommen verzweifelt ist, und fürchtet sogar, er könnte versuchen, sich umzubringen.«

»Also, das wollen wir ja nun auf keinen Fall, nicht wenn wir rechtzeitig zur Stelle sein können, ihn an der Ausführung eines so entsetzlichen Planes zu hindern. Ich gedenke deshalb, einen beträchtlichen Anteil an seiner Firma zu erwerben, fünfzig Prozent vielleicht«, erklärte der Professor.

»Aber Professor«, protestierte Joe Mischer, »wir haben doch gerade von Mike gehört, daß diese Aktienanteile praktisch wertlos sind.«

»Nicht für mich. Was, meinen Sie, würde er für die Hälfte seiner Firma verlangen, Mike?«

Mike zuckte die Achseln. »Wer weiß? Wenn Sie ihm die Schulden abnähmen, die Bank zufriedenstellten und ihm genug flüssiges Kapital beschafften, damit er seine Forschungen fortsetzen könnte, würde er wahrscheinlich vor Ihnen auf die Knie fallen und Ihnen die Hände küssen.«

»Darauf werde ich nicht bestehen.« Der Professor wandte sich nun wieder an Mischer. »Joe, ich möchte, daß Sie Herrn Steiner, sobald Sie irgend können, einen Besuch abstatten. Beeindrucken Sie ihn mit Ihren Fachkenntnissen, erzählen Sie ihm, wie sehr Sie sein Projekt bewundern und wie überzeugt Sie sind, daß an seiner Idee bald goldene Berge zu verdienen sein werden. Sagen Sie ihm, daß Sie deshalb gern bei ihm einsteigen würden und bereit wären, dem Unternehmen mit einer großen Kapitalspritze auf die Beine zu helfen, wenn er Ihnen dafür die Hälfte der Anteile überlassen würde. Stellen Sie ihm eine Summe in Aussicht, mit der er seine Gläubiger zufriedenstellen, einen Teil seiner Bankschulden zurückzahlen und seine Forschungsarbeiten fortsetzen könnte. Sagen wir, einen Betrag von drei Millionen DM.« Der Professor warf Mike einen fragenden Blick zu, um sich der Zustimmung seines Finanzexperten zu dem vorgeschlagenen Preis zu vergewissern.

Für Mike war das Geschäft eine reine Routinesache. Auf diese Weise hatten er und der Professor schon Dutzende von europäischen Firmen aufgekauft. »Irgend etwas in dieser Preislage«, bestätigte er denn auch gleichmütig.

»Ich nehme an«, fuhr der Professor fort, »daß der Name des neuen Gesellschafters ins Handelsregister eingetragen werden muß.«

»Natürlich.«

»In dem Fall werden Sie die fünfzig Prozent der Lasertechnik GmbH im Namen der TW Holding kaufen, Joe. Die Firma ist in Liechtenstein eingetragen unter der Adresse Albrechtstraße 19 in Vaduz und hat ihr Konto bei der Liechtensteinischen Landesbank. Sobald Sie das Geschäft mit Steiner abgeschlossen haben, wird die TW Holding die Summe, auf die Sie sich mit ihm geeinigt haben, auf ein Sperrkonto des Notars überweisen, der die Übertragung der Anteile dann notariell beglaubigen wird. Lassen Sie sich von dem Notar Anteilszertifikate für die der TW Holding übereigneten fünfzig Prozent der Anteile an der Lasertechnik ausstellen, sobald Sie und Steiner bei ihm gewesen sind, um den Kauf perfekt zu machen. Der Notar wird dann die erforderlichen gesetzlichen Schritte einleiten und die Anteilsübertragung an das Amtsgericht melden.«

Joe wollte dem Professor bei dieser Transaktion nur allzugern behilflich sein. Er würde eine Kaufsumme von etwas unter drei Millionen aushandeln, dem Professor vier berechnen und sich den Profit mit seinem neuen Geschäftspartner, Herrn Steiner, teilen. Das war genau das, was der Professor erwartete. Das war das Beste, was man erwarten konnte, wenn man seine Geschäfte insgeheim, am Rande der Legalität und mit Leuten wie Joe Mischer machte.

Und er kam jedenfalls auf seine Kosten bei dem Geschäft, denn er kriegte, was er brauchte, eine Firma, aus der die iranische Revolution Nutzen ziehen würde, ohne daß ihr irgend jemand ansehen konnte, daß der Iran auch nur das mindeste mit ihr zu schaffen hätte.

Der Professor wandte da ein auch von anderen Geschäftsleuten in vergleichbarer Lage hochgeschätztes Verfahren an. Wollte man sich die TW Holding in Liechtenstein näher ansehen, würde man nichts als ein Messingschild an der Tür einer Anwaltskanzlei finden und dahinter einen griesgrämigen Rechtsanwalt, der ungefähr so gesprächig war wie eine der steinernen Figuren auf den Osterinsel. Unter den vielen Dingen, die er einem nicht sagen würde, wäre die Tatsache, daß die TW Holding eine komplette Tochtergesellschaft der Trade World Inc. war, einer in Panama eingetragenen Firma, deren Finanzen von der Treuhandabteilung einer Bank auf den Cayman Islands verwaltet wurden. Es handelte sich um eine jener Gesellschaften, deren Eigentümeraktien sich in dem Umschlag befunden hatten, dessentwegen Tari Harmian ermordet worden war. Harmian hatte die von Said Dschailani auf den Opiumhandel durch den Iran erhobene Transitsteuer in den Aktien und Anteilen des Portefeuilles dieser Firma angelegt. Jetzt befand sich alles natürlich im Besitz des Professors, letztlich also der Mullahs in Teheran.

»Sie möchte ich bitten, sich so diskret wie möglich als Herrn Steiners rechte Hand in der Firma zu etablieren, sobald das Geschäft perfekt ist, Joe. Es ist nicht nötig, daß Ihre Anwesenheit dort oder die Tatsache, daß Herr Steiner einen Teil seiner Anteile veräußert hat, an die große Glocke gehängt wird. Sie und ich werden uns über eine angemessene Abfindung für Sie einigen, und sobald der Laden läuft, werde ich Sie wissen lassen, was ich von Ihnen erwarte.«

»Kein Problem«, lächelte Joe. Er wußte, daß der Professor Abfindungen sehr großzügig zu bemessen pflegte.

Zum ersten Mal, seitdem er unweit der Binnenalster in Joes Wagen gestiegen war, meinte der Professor, sich nun ein wenig entspannen zu können. Endlich glaubte er die Durchführung seines Plans zur Beschaffung der für den Erfolg der Operation Khalid benötigten High-Tech-Bauteile gesichert. Das würde ihn zwar ein paar Millionen Mark kosten, aber der Preis würde sich lohnen, wenn er dafür eine ausreichende Menge jener Dinger erhielt, die Mike einmal als »Kaulquappen mit gläsernen Köpfen« bezeichnet hatte. So sehr viele würde er übrigens gar nicht brauchen, denn seine jungen Wissenschaftler hatten ihm versprochen, ihm so viele er nur irgend brauchte nachzubauen, wenn sie erst die Muster hätten. Und damit erhielte der Iran Zugang zu der größten Macht auf Gottes weiter Welt – kein Preis war dafür zu hoch.

Jim Duffy fühlte Kies unter seinen Füßen, als er die verdunkelte Treppe in den Keller des Brompton Oratory hinabstieg, das mitten in Knightsbridge, einem der vornehmeren Stadtteile Londons, unweit des vornehmen Warenhauses Harrod's steht. Weshalb, zum Teufel, hat Flynn mich ausgerechnet hierher geschleppt? fragte er sich. Bricht da diese jesuitische Erziehung bei ihm durch? Versucht er, mich durch die Hintertür zum wahren Glauben zurückzuführen? Duffy wußte, daß das Oratory eine der ältesten und namhaftesten römisch-katholischen Kirchen Londons war, erbaut im Jahre 1884, nachdem Kardinal Newman die Oratorianer, den Orden des heiligen Filippo Neri, nach England gerufen hatte.

»Verdammt abgelegenes Versteck für eine Kneipe«, brummte er, als sie endlich am Fuß der Treppe angelangt waren.

Flynn lachte. »Treffen wie das, an dem wir teilnehmen wollen, werden gewöhnlich im Keller einer Kirche abgehalten. Irgendwie in Nachahmung der ersten Christengemeinden in den Katakomben. Eine neue geistliche Bewegung. Die Verirrten, die Verletzten, die Enterbten dieser Erde, die Demütigen versammeln sich unterirdisch.«

»Wollen Sie behaupten, daß das alles ist, was Sie mir hier zu bieten haben? Die Verlorenen und die Gedemütigten? Habe ich das richtig gehört? Keine Go-Go-Girls? Kein warmes Bier?«

»Heute abend nicht.«

Flynn überquerte einen Korridor und betrat einen Raum, der Duffy wie ein Klassenzimmer anmutete, in dem die Sonntagsschule abgehalten oder eine religiöse Unterweisung für Erwachsene gegeben würde. Es war dunkel, ein Dutzend Kerzen auf einem Tisch in der Mitte des Raums waren die einzigen Lichtquellen. Rings um den Tisch standen in zwei konzentrischen Kreisen Klappstühle, insgesamt vielleicht zwanzig. Die Hälfte war besetzt.

Eine junge Frau tauchte aus dem Schatten auf, küßte Flynn auf beide Wangen, wobei sie »Hey« flüsterte. Dann reichte sie Duffy die Hand. »Willkommen«, sagte sie. »Setzen Sie sich, wohin Sie wollen.«

Duffy nahm auf einem der Klappstühle Platz und begann, den halbdunklen Raum zu mustern, die Gestalten in dem flackernden Kerzenschein, von denen einige eindringlich aufeinander einsprachen, andere in sich selbst versunken und in die eigenen Gedanken vertieft still dasaßen.

»Bei diesen Treffen geht es darum, die Teilnehmer zu bewegen, sich mitzuteilen. Da viele Leute sich vor einer großen, hell beleuchteten Versammlung nicht trauen würden, den Mund aufzumachen, halten sie diese kleinen Versammlungen bei Kerzenlicht ab. Das Kerzenlicht gibt dem Raum eine Intimität, die anders nicht zu haben ist. Irgendwie verbindet dieses Licht die Gruppe zu einer Gemeinschaft.«

O Gott, dachte Duffy. Sich mitteilen, Gemeinschaft! Gibt's hier irgendwo ein Schlupfloch, durch das ich noch verschwinden kann?

Die vorhandenen Plätze waren bald alle besetzt. Dann trat eine hochgewachsene, magere Frau in einfachem blauem Wollkleid aus den Schatten und nahm einen der Stühle, die um den Tisch in der Mitte standen.

»Hallo, mein Name ist Barbara«, sagte sie. »Willkommen zu diesem Treffen der anonymen Rauschmittelabhängigen.«

Okay, dachte Duffy seufzend, jetzt begreife ich, weshalb Flynn mich hierher geschleppt hat.

»Wir möchten den guten Patres des Oratoriums dafür danken, daß sie uns für den heutigen Abend diesen Raum zur Verfügung gestellt haben, obwohl unsere Bewegung, wie ihr wißt, nicht an eine bestimmte geistliche Bewegung oder irgendein bestimmtes religiöses Bekenntnis gebunden, sondern vielmehr der Kraft der Spiritualität selbst verpflichtet ist, die uns in unserem täglichen Leben und Streben leiten und kräftigen soll. Jung, der große Erforscher der Menschlichen Psyche, hat als erster erkannt, daß Alkoholkranken mit Psychotherapie nicht zu helfen ist, daß dazu vielmehr die Hingabe an eine Form der Spiritualität erforderlich ist, die größer ist als das individuelle Selbst des einzelnen. Und es war sein erster Patient, Bill W., der die zwölf Schritte bestimmt hat, denen wir heute abend folgen wollen.«

Sie nahm eine Karte vom Tisch. »Erster Schritt«, las sie. »Wir haben zugegeben, daß wir unserer Sucht machtlos gegenüberstehen und deshalb unser Leben nicht mehr sinnvoll führen können.«

Irgendwo aus dem Kreis der Gesichter, die den brennenden Kerzen zugewandt waren, kam nun eine andere, männliche Stimme. »Zweiter Schritt. Wir sind zu der Überzeugung gelangt, daß nur eine Kraft, die die unsere übertrifft, unsere seelische Gesundheit wiederherstellen kann.«

Fasziniert hörte Duffy andere Stimmen aus dem Kreis, die anscheinend spontan die folgenden Schritte, einen nach dem anderen, nannten, bis die Frau am Tisch zuletzt den zwölften nannte. »Zwölfter Schritt. Am Ende dieses Weges zur geistlichen Erweckung angelangt, werden wir nun versuchen, auch anderen die von uns angenommene Botschaft zu bringen und in all unserem Tun und Lassen deren Prinzipien entsprechend zu verfahren.« Sie hielt inne und bedachte die Runde mit einem Lächeln. »Feiert irgend jemand hier heute abend seinen Geburtstag?«

»Sie meint den Tag, an dem es einem gelungen ist, auf Drogen zu verzichten«, flüsterte Glynn Duffy zu. »Der biologische Geburtstag wird in diesem Kreis als Bauchnabeltag bezeichnet.«

In dem Schatten sah Duffy einen Mann Ende Dreißig sich aus der zweiten Stuhlreihe erheben. »Ja«, sagte er. »Ich bin heute seit fünf Jahren *clean*.« Der Erklärung wurde allgemein applaudiert. »Ich weiß aber, wie ihr alle, daß der Kampf gegen die Drogensucht weitergeht. Dieser Kampf ist ohne Ende, er muß Tag für Tag weitergeführt werden.«

»Hört, hört«, riefen mehrere Stimmen.

Nach drei weiteren »Geburtstagsfeiern« erhob sich die Frau am Tisch. »Ich möchte nun die Rednerin des heutigen Abends willkommen heißen, Belinda F.«

»Familiennamen werden nie genannt«, flüsterte Flynn Duffy zu. »Daher der Name *anonyme* Rauschmittelabhängige.«

Duffy war zu interessiert an der nun aus dem Schatten tretenden jungen Frau, um auf Flynns Erklärung achtzugeben. Sie mochte Ende Zwanzig oder Anfang Dreißig sein und trug ein einfaches weißes Kleid. Die Hände vor der Brust gefaltet, kam sie durch den Kreis der Versammlung auf den Tisch in deren Mitte zu, so feierlich wie eine vor den Altar tretende Braut. Das Kerzenlicht betonte die scharfen Züge ihres ausgezehrten Gesichts und verlieh dem mutmaßlich blonden Haar einen silbrigen, gespenstischen Schimmer. Eine echte Tennessee-Williams-Heroine, dachte Duffy, genau wie die Blanche in *Endstation Sehnsucht* oder die arme verkrüppelte Schwester in *Die Glasmenagerie*.

Sie setzte sich neben die Moderatorin der Versammlung, legte die gefalteten Hände auf den Tisch, atmete tief ein, offensichtlich bemüht, sich zu sammeln, und erklärte: »Liebe Freunde, ich feiere heute abend den neunundzwanzigsten Tag meiner Befreiung aus der Sklaverei des Heroins.«

Die Anwesenden applaudierten.

»Danke. Ich weiß, daß ich bisher nur einen kleinen Schritt getan habe, im Vergleich zu dem, was die meisten von euch schon vollbracht haben. Ich hoffe aber, daß es mir mit eurer Stärke, eurer Freundschaft, eurer Hilfe gelingen möge, auf dem rechten Weg zu bleiben, um mich endlich ganz von dieser Schreckensherrschaft zu befreien.«

Sie hielt inne. Duffy, der inzwischen nicht mehr bedauerte, nicht in einem gemütlichen Londoner Pub beim warmen Bier zu sitzen, sah sie sich genauer an. Sie war fast jung genug, seine Tochter zu sein – wenn er nur eine Tochter gehabt hätte! Wie sie da saß, offenbar bemüht, sich ein Herz zu fassen, ihre Ansprache fortzusetzen, schien sie so zerbrechlich, so verletzlich wie eine zarte Blüte im kalten Wind.

»Ich war acht Jahre lang heroinsüchtig. Anders als die meisten von euch, die ihr wahrscheinlich die Droge zuerst geschnüffelt oder geraucht habt, habe ich sie mir von Anfang an gespritzt. Ich habe schon mit zwölf Jahren gekifft und Hasch geraucht. Ich brauchte die Gesellschaft der Kids, mit denen ich rauchte, und die Fluchtmöglichkeit, die das Zeug mir gab. Ich glaube, daß das der Hauptgrund jeder Sucht ist, der Wunsch, der eigenen Wirklichkeit zu entfliehen.«

Der Fluß ihrer Rede riß plötzlich ab – oder staute sich –, als sei ihr eine schmerzende Erinnerung in den Weg getreten. »Ich wünschte, ich könnte behaupten, daß ich lieblose Eltern gehabt hätte, ein Opfer katastrophaler sozialer Verhältnisse wäre. Das ist aber alles nicht der Fall. Meine Eltern waren vollkommen normal. Ich habe das College bis zur Abschlußprüfung absolviert. Das Problem war ich selbst – und die Kids, mit denen ich rumhing.«

Nach dem Akzent zu urteilen, könnte das Mädchen Amerikanerin sein, dachte Duffy, wenn sie nicht aus Cornwall stammt, denn die Waliser reden ja manchmal amerikanischer als wir selber.

»Wir waren eine coole Bande, offen für alles Neue, immer bereit, alles zu probieren, das uns neu und aufregend vorkam. Als ich zwanzig war, hatte ich einen Freund, von dem ich wußte, daß er Heroin rauchte, wie viele seiner Kumpel es taten. Ich bat ihn, mir etwas abzugeben. Das wollte er aber nicht. Also ging ich zu einem seiner Freunde. Ich schlief mit ihm, und nachher sagte ich, ich will dieses Heroin auch mal probieren, will mal sehen, wie das ist. Das war das erste Mal, daß ich mich für die Droge prostituierte. Es sollte nicht das letzte Mal sein.

Er sagte: ›Kommt nicht in Frage. Dazu bist du viel zu jung.‹ Aber ich bedrängte ihn. Er sagte: ›Okay, du kannst mal schnupfen.‹

Ich sagte: ›Ich will nicht schnupfen, ich will einen echten Schuß gesetzt kriegen.‹ Ich nahm ihn also mit in mein Schlafzimmer, legte mich aufs Bett und sagte: ›Nun mach schon.‹

Ehe er mir die Nadel einstach, fragte ich: ›Kann mich das umbringen?‹

›Natürlich kann es das‹, sagte er.

Ich zögerte nur den Bruchteil einer Sekunde und sagte dann: ›Also mach schon.‹ Das war typisches Suchtverhalten, oder? Man weiß, daß man das Leben riskiert, und kann trotzdem nicht aufhören.«

Belinda blickte in die verschatteten Gesichter, die sie umgaben. Es war offenbar, daß sie nun, da sie zur Hauptsache gekommen war, an Selbstsicherheit gewann. »Ich habe mich schon bei dieser ersten Begegnung ins Heroin verliebt. Es war Liebe auf den ersten Blick oder auf den ersten Schuß. Plötzlich hatte ich die Lösung für alles gefunden. Ich hatte mich noch nie so gut gefühlt, noch nie solchen Frieden, solche Behaglichkeit erlebt. Zwei Stunden lang rührte ich keinen Finger, denn ich fürchtete, den Zauber dieses Augenblicks zu zerstören. Ich lag da im Schoß des Paradieses, sicher an einem Ort, wo mich nichts verletzen, nichts berühren konnte. Ich hatte den Himmel gestreichelt, und für diese Zärtlichkeit sollte ich mit meinem Leben bezahlen.«

Wieder zögerte Belinda, als spürte sie noch einmal die tröstende Umarmung der Droge. »Ja«, sagte sie schließlich. »Seien wir ehrlich, es gibt kein besseres Gefühl auf Erden als das nach dem ersten Schuß. Und kein schlimmeres als das nach dem letzten, das einem sagt, daß man nun hoffnungslos süchtig ist nach dem Stoff, der einen für alle Zukunft in das schwarze Loch der Verzweiflung einzuschließen verspricht.«

Sie wand sich nervös auf ihrem Stuhl. »Als ich süchtig war, sagten die Leute zu mir: ›Wie konntest du das tun? Es ist so schmutzig, die Nadeln und alles. Du könntest dich mit AIDS anstecken.‹

Sie haben die Sache total mißverstanden. Meine Generation will doch unbedingt cool sein, und cool zu sein bedarf es wenig, nur ab und zu ein bißchen Heroin, und deshalb war der Herointrip für uns junge Leute von heute, junge Leute der Neunziger, ein Herzensbedürfnis. Auf nichts jemals irgendwie reagieren, das war unser Ideal, und nichts fanden wir erstrebenswerter als die vollkommene Leere von Geist und Seele. Und diesen Zustand verschaffte uns das Heroin. Da hätte man zum Beispiel mit ansehen können, wie irgend jemand einem die eigene Mutter in Stücke schnitt, und man hätte dazu nicht mehr zu sagen gehabt als vielleicht: ›Ach komm, laß das doch, Mann, das ist doch echt nicht sehr nett, was du da mit Mummy machst.‹

Seht euch doch einmal unsere Idole an: River Phoenix, Axl Rose, Slash, Kurt Cobain, alles Junkies. Und die Bands, für die wir schwärmten: Jane's Addiction, Cowboy Junkies. Was sagen euch diese Namen? Calvin Klein und seine Reklame mit all diesen ausgebrannten, ausgebombten, zugedröhnten Fuck-You-Visagen. Wenn diese Models vielleicht auch nicht wirklich heroinsüchtig waren, sollten sie doch jedenfalls so aussehen. So wurden die Droge und Mr. Kleins Jeans mit der gleichen schikken Aura umgeben. Heroin war einfach dieses einmalig supercoole Zeug, um so cooler, weil man wußte, daß es verboten und irgendwie natürlich auch ein bißchen gefährlich war.

Eine Zeitlang gelang es mir, meiner Sucht nur samstags nachzugehen. Dann tat ich's freitags und samstags. Dann freitags, samstags und sonntags. Ihr alle wißt, wie langsam, wie allmählich und fast unmerklich die Heroinsucht von einem Besitz ergreift. Ganz gleich, wie beseligend der erste Schuß gewesen sein mag, süchtig will doch niemand werden. Jeder sagt, irgendwann muß doch Schluß sein mit dem Zeug – nur, daß niemand damit Schluß macht. Und so wächst allmählich die Sucht zu immer zwingenderer Stärke, die Intervalle zwischen den Injektionen werden kürzer und kürzer und das Glücksgefühl, das einem die Spritzen verschaffen, wird immer schwächer und flüchtiger.

Dann sagt man eines Tages: ›Hey, das Zeug ist verdünnt. Es ist nicht mehr so stark wie früher.‹ Aber das stimmt nicht. Das Zeug ist das gleiche wie immer. Geändert hat man sich selber. Man hat angefangen, unempfindlich für das Gift zu werden.«

Belinda entfaltete die Hände, die bisher ineinander verschränkt auf dem Tisch gelegen hatten, und winkte langsam, als schicke sie sich an, eine traurige Reise in eine andere Welt zu unternehmen.

»Und dann fangen die Kompromisse an, die ewigen Kompromisse. Ich dachte, daß ich mein Leben mit einer gewissen Ehrlichkeit und Aufrichtigkeit führte. Ehrlichkeit und Aufrichtigkeit kamen mir schnell abhanden. Man fängt an, die Menschen in der eigenen Umgebung, die Menschen, die man liebt, zu manipulieren. Heroinsüchtige verraten ihre Geliebten, die besten Freunde, Eltern und Hunde für den nächsten Schuß. Ich fing an, den Schmuck meiner Mutter zu stehlen, um mir die nächste Dosis zu verschaffen.«

Sie lachte kurz. »Ein Alkoholiker klaut einem was und sagt dann ›keine Ahnung‹, wenn man ihn fragt, wo die geklaute Sache hin sein mag. Der Heroinsüchtige würde einem im gleichen Fall helfen, die verschwundene Sache zu suchen.«

Man lachte. »Angst ist die ständige Begleiterin des Süchtigen. Beim Erwachen ist der erste Gedanke: Wo werde ich heute meinen Schuß herkriegen? Wie das Geld dafür? Und werde ich guten Stoff bekommen?

Ich konnte es nicht ertragen, was ich meinen Eltern antat, deshalb lief ich von zu Hause weg und kam hierher. Meine Sucht nahm ich natürlich mit. Hier mußte ich mich nun mit einem ganz neuen Kreis von Dealern arrangieren, einen neuen *modus vivendi* finden. Es war nicht weiter schwer. Man setze einen Junkie in irgendeiner Stadt Westeuropas ab, und binnen vierundzwanzig Stunden weiß er, wo die Dealer zu finden sind, die er braucht. Die meisten Dealer sind Schweine, aber machen wir uns nichts vor; sie kommen uns nicht hinterher, um uns ihre Drogen aufzudrängen. Wir sind es, die ihnen nachlaufen.«

Ah, dachte Duffy, also doch eine Amerikanerin. Was für ein gräßliches Leben hatte das arme Mädchen gehabt. Wie hätte ich reagiert, fragte er sich, wenn ich ihr Vater wäre? Hätte ich rechtzeitig gemerkt, was mit ihr geschah? Wie hätte ich sie von der Sucht abhalten können? Hätte ich ein paar von ihren Dealern gekillt?

»In den Staaten hatte ich im Grafikdesign gearbeitet, aber hier fand ich keine Arbeit. Ich fand auch morgens meistens nicht mehr rechtzeitig aus dem Bett. Also wurde ich das einzige, was ich unter den Umständen noch werden konnte. Eine Hure. Ich fing damit an, einem Dealer in Earls Court für zwei Schüsse täglich einen zu blasen. Einen für mich und einen, den ich für meinen Lebensunterhalt verkaufte. Ich ließ mir meinen Schuß von ihm setzen, ehe ich ihm einen blies. Ich merkte, daß ich mir nichts daraus machte, wenn ich high war, denn irgendwie war ich dann ja nicht wirklich dabei. Also fing ich an, in einem von diesen sogenannten Apartments zu arbeiten, die auf Karten in den Telefonzellen annoncieren. Nach einer Spritze vom Vitamin H., wie ich es nannte, ging mein Bewußtsein in die Tiefkühltruhe, und ich konnte einfach daliegen, während sich irgendein Freier auf mir abrackerte, oder an seinem Schwanz nuckeln, weil die, die das alles machte, ja eigentlich eine andere war, nicht ich. Ich hatte denselben Dealer wie die schwarzen Nutten in der Gegend da. Das Leben wird immer weniger glänzend und privilegiert, und am Ende landen wir alle am gleichen Ort.«

Mein Gott, dachte Duffy, ich will nur hoffen, daß ich nicht eines Tages als Freier auch da lande.

»Schließlich brauchte ich ein Gramm pro Tag und war dauernd krank. Die Beine taten mir so weh, daß ich glaubte, Krämpfe in den Knochen zu haben. Fröstlen, Gänsehaut, eine dauernd laufende Nase, Durchfall. Und das Herz brach mir vor Traurigkeit. Heroin versetzte mich schon lange nicht mehr in himmlische Sphären. Alles, was es mir inzwischen noch zu bieten hatte, war, daß ich mich für ein Stündchen nach dem Schuß mehr oder weniger normal fühlte. Ich war wie ein Hund, der ab und zu für ein Stündchen aus dem schwarzen Loch, in dem man ihn gefangenhielt, Gassi geführt wurde.«

Belinda F. stand auf und begann, um den Tisch herumzugehen. »Am Ende hatte ich keine Venen mehr, in die ich mir das Zeug spritzen konnte. Ich spritzte mir in den Hals, in den Mund, überall rein.« Sie hob den Rock, und Duffy erstarrte vor Schrecken. Die Haut über dem linken Knie war voller Narben, sie sah aus wie ein Geschlinge roter und weißer Aale – oder Hackfleisch.

»Vor drei Monaten war das ein riesiges, offenes Geschwür, eine blutige, eiternde Masse. Ich hielt die Stelle absichtlich in dem Zustand, denn es war die einzige, in die ich mir Heroin noch injizieren konnte. Ich konnte nicht mehr arbeiten. Ich wurde also aus dem Puff, der mich beschäftigt hatte, rausgeschmissen. Welcher Freier hätte angesichts dieses Beins einen hochgekriegt? Und so ging ich dann eines gesegneten Tages zu Dr. Bellman in seine Suchtklinik. ›Doc‹, bettelte ich, ›bitte machen Sie mich wieder heil.‹«

Das Mädchen ließ sich wieder auf den Stuhl fallen. »Er hat mir geholfen. Und Dank eurer Unterstützung und durch das Programm der zwölf Schritte habe ich nun wirklich Hoffnung, zum Leben zurückzufinden. Das wird mich Monate, Jahre harter Arbeit und unnachgiebiger Entschlossenheit kosten. Ich weiß, geheilt bin ich noch nicht. Wenn ich eines Tages auf den Straßen von Earls Court in niedergeschlagener Stimmung einen Bekannten aus alten Zeiten treffen und der mir einen Schuß anbieten würde als erprobten leichten Ausweg aus der Depression – wäre ich imstande, dieses Angebot abzulehnen? Ich bete zu Gott, daß ich es wäre. Aber wer weiß?«

Sie blickte hinab auf ihre Hände, die wieder gefaltet vor ihr auf dem Tisch lagen, und sah dann in die Gesichter, die sie im Halbdunkel des flackernden Kerzenlichts umgaben und ihr still die geistige Kraft wünschten, die sie brauchen würde, die Prüfungen zu bestehen, die ihr noch bevorstanden.

»Eine ganze Welt von falschen Göttern und falschen Propheten lauert draußen auf uns, auf uns verführbare Kinder dieser neunziger Jahre. Die Sirenen singen: Nihilismus ist schick, Vergessen ist cool, Selbstzerstörung ist obergeil. Alles Lügen, glaubt mir.«

Duffy sah Tränen in ihren Augen schimmern, als sie sich nun nach Beendigung ihrer öffentlichen Beichte erhob. »Ich danke euch für die Hilfe, für die Kraft, die ihr mir heute abend durch eure Aufmerksamkeit gegeben habt«, schloß sie.

Wenige Minuten später in der Gasse, die draußen an der Kirche entlang auf die belebte Brompton Road hinausführte, sagte Duffy, noch ganz unter dem Eindruck der Bekenntnisse der unglücklichen jungen Frau: »Danke, Mike. Diesem Mädchen zuzuhören, war für mich die Lektion in Bescheidenheit, um nicht zu sagen in Demut, die ich dringend brauchte. Jetzt sehe ich ein, daß die Meinung über Drogen und Rauschgiftsüchtige, die ich Ihnen im Flugzeug vorgetragen habe, Ihnen wie der Gipfel der Herzlosigkeit vorkommen mußte.«

»Nein, Jim. Was Sie im Flugzeug gesagt haben, entsprach genau den Ansichten des durchschnittlichen Amerikaners, der keine persönlichen Erfahrungen mit dem Problem hat.«

»Ich verdiene soviel Nachsicht vielleicht nicht, aber trotzdem, danke. Die Tragödie von Belinda, wie immer sie auch heißen mag, gibt unserer Tätigkeit eine mir wirklich noch ganz neue Dimension, nicht? Die Schweine, hinter denen wir her sind, versuchen nicht nur, sich Waffen zu beschaffen, um uns im gegebenen Moment samt und sonders pulverisieren zu können, sie finanzieren das auch noch auf Kosten solcher unglücklichen jungen Menschen.« Er versetzte einem losen Kiesel, der vor ihm in der Gasse lag, einen heftigen Tritt. »Was meinen Sie, wie ihre Chancen stehen, auf die Dauer sauber zu bleiben?«

»Nicht so gut, weniger als fifty-fifty.«

»So schlecht?«

»So schlecht. Wenn man einmal eine schwere Heroinsucht entwickelt hat, sind die Chancen, sie wieder loszuwerden, nicht besser als die, eine schwere Krebserkrankung zu überleben. Man braucht dazu eine Kraft und Tapferkeit dazu, die Belinda vielleicht nicht hat, fürchte ich.«

»Wie, zum Teufel, wollen Sie das wissen?«

»Belinda F.s Familienname ist Flynn, Jim. Sie ist meine Schwester.«

»Wie wäre es mit einer schönen Tasse englischen Tee?« fragte Detective Superintendent Fraser MacPherson, als er am folgenden Morgen Jim Duffy und Mike Flynn in sein Büro bat. »Oder braucht Ihr Yankees gallenbitteren schwarzen Kaffee, um morgens in die Gänge zu kommen?«

»Tee wäre mir ganz recht«, erwiderte Duffy. »Wenn du in Rom bist, mach es wie die Römer, sagt doch das Sprichwort.«

»Ja, ja, Rom. Auch London war mal Rom, Hauptstadt des britischen Empire und all das. Man mag gar nicht daran denken, wie viele brave schottische Soldaten ihr Blut für dieses verdammte Empire vergießen mußten. Na ja«, sinnierte MacPherson und stellte allen Teebecher hin.

»Also«, sagte er, nachdem er wieder hinter seinem Schreibtisch Platz genommen hatte, »ich habe heute bei der Morgenlage des Commanders zum Besten gegeben, was ich gestern mittag von Ihnen erfuhr, natürlich ohne meine Quelle zu nennen.«

Bei der sogenannten »Morgenlage« besprachen die leitenden Beamten von MacPhersons Bezirk die laufenden Ermittlungen. »War ein etwas unbehaglicher Augenblick, als ich damit herausrücken mußte.« MacPhersons Betroffenheit stand ihm für seine beiden amerikanischen Besucher deutlich sichtbar ins Gesicht geschrieben. »Ich mußte immerhin zugeben, daß meine Ermittlungen auf Grund dieser neuen Informationen für den Arsch waren.«

»Was?« fragte Duffy.

»Na ja, nutzlos, denn ich kann ja wirklich in der Sache Harmian nun die Akten schließen und diese bei den unaufgeklärten Mordsachen ablegen.«

»Ach«, tröstete ihn Duffy, »seien Sie nicht zu hart gegen sich selbst. Denn ich glaube, daß Sie höchstens dann eine echte Chance gehabt hätten, an die Schuldigen ranzukommen, wenn Sie einen von den Killern auf frischer Tat geschnappt hätten.«

»Gräßliche Geschichte war das jedenfalls. Solche Sachen kommen hier – Gott sei Dank – nicht oft vor. Komisch auch, daß das Opfer unseren Ermittlungen zufolge so ein guter Junge war. Das Außenministerium hatte nichts gegen ihn; er hatte sogar eine offizielle Aufenthaltserlaubnis, die kriegt nicht jeder. Und dann ist er hier ja auch nicht nur mit seiner Zahnbürste eingereist ...«

»Was wollen Sie damit sagen?«

»Na ja, er war nicht der Typ des Sozialhilfeempfängers, sondern ein begüterter Mann. Und da fragt man sich doch, was hatte so einer mit den Leuten zu schaffen, die ihn schließlich umgebracht haben?«

»Das wüßten wir auch gern«, seufzte Duffy. »Sie waren gestern beim Mittagessen ja so freundlich anzudeuten, daß wir uns vielleicht mal die von Ihnen in seinem Büro beschlagnahmten Papiere ansehen könnten, ehe Sie sie archivieren.«

»Richtig, das habe ich. Irgendwie schulde ich das ja den zwischen unseren Nationen bestehenden historischen brüderlichen Beziehungen, nicht? Aber gestatten Sie mir, Ihnen erst mal die Spielregeln klarzumachen. Wenn ich deswegen, wie es eigentlich meine Pflicht und Schuldigkeit wäre, einen Antrag im Innenministerium stelle, können Sie auf eine Antwort bis zum Sankt Nimmerleinstag warten. Die Sache bleibt also unter uns. Offiziell passiert gar nichts. Sie sehen sich das Material an, können sich meinetwegen sogar Notizen machen, aber wenn Sie jemand fragt, so wissen Sie von nichts und haben nichts gesehen. In Ordnung?«

»Danke«, sagte Duffy. »Auf unsere Diskretion können Sie sich verlassen. Wir sind Ihnen wirklich dankbar für Ihre Hilfe.«

»Okay, Jungs, gehen wir in die Asservatenkammer.«

Während der nächsten sechs Stunden arbeiteten sich Duffy und Flynn durch den Berg von Bankunterlagen, Rechnungen, Korrespondenz, Telefongesprächsverzeichnissen, Kreditkartenabrechnungen, eidesstattlichen Aussagen und sonstigem Material, das Scotland Yard während der Ermittlungen in der Mordsache Harmian gesammelt hatte.

»Ich kann nur sagen«, sagte Flynn, als sie den Berg ungefähr zur Hälfte abgetragen hatten, »ich habe im Laufe meines Lebens schon eine ganze Menge polizeilicher Untersuchungen gesehen, aber selten eine, die so gründlich durchgeführt worden ist wie diese hier.«

»Und dabei so wenig aufgetrieben hat, das uns weiterhelfen könnte«, brummte Duffy. »Dieser Harmian muß ein echtes Doppelleben geführt haben, eines, für das wir alle diese Unterlagen hier haben, und irgendwo anders ein anderes, das keine Spuren hinterlassen hat, denen irgend jemand folgen könnte.«

»Ja. Ist Ihnen aufgefallen, Jim, wie oft er aus dem Ausland das Mobiltelefon seiner Frau angerufen hat?«

»Allerdings.«

»Wenn man sich dann aber seine Konten ansieht, sieht man, daß er an keinem Ort, von dem aus er angeblich anrief, seine Kreditkarten benutzt hat. Wieso nicht?«

»Vielleicht hat er immer bar bezahlt. Aber Ihre Beobachtung ist interessant, Mike. Es scheint, daß er sich alle Mühe gegeben hat, keine Spuren zu hinterlassen.«

Es war schon halb vier, als Flynn plötzlich sagte: »Nun sehen Sie sich das mal an. Mann, die Burschen hier sind wirklich gründlich.« Er schwenkte eine Liste. »Ein Verzeichnis der Gespräche aus der öffentlichen Telefonzelle, in der Harmian die beiden von uns abgehörten führte. Sie haben vermutet, daß er Gespräche, von denen er keine Spur hinterlassen wollte, von dieser Telefonzelle aus erledigt haben könnte, weil die sich ganz in der Nähe seines Hauses befand.«

»Das war ja wirklich schlau. Sehen wir mal, ob wir da etwas Interessantes finden.« Langsam arbeiteten sich dann die beiden durch die Liste der aus der fraglichen Zelle während der Monate vor dem Tode Harmians angerufenen Anschlüsse. Hinter den Telefonnummern standen mit Bleistift geschriebene Angaben zum Ort der angewählten Anschlüsse. Schnell fand Duffy die beiden Gespräche mit dem Handy in Istanbul, die von der NSA abgehört worden waren.

Plötzlich erregte ein am 8. Januar um 15.02 Uhr gemachter Anruf seine Aufmerksamkeit. Die Nummer war als diejenige der NIOC identifiziert, der National Iranian Oil Company, wo, wie die Londoner Station der CIA zu wissen meinte, der Professor Unterschlupf fand, wenn er inkognito in London weilte. Harmian war am 30. Januar ermordet worden. Nancy, seine Witwe, glaubte sich zu erinnern, daß ihr Mann die zornige Auseinandersetzung mit Professor Bollahi etwa drei Wochen vor seinem Tod gehabt hätte. Die Daten paßten zusammen. Hatte das Gespräch sich womöglich irgendwie auf das Thema des von Nancy beobachteten Treffens bezogen?

Das Stadtgespräch war natürlich über eine feste Leitung geführt worden und hatte deshalb von der NSA nicht aufgezeichnet werden können. Andererseits, überlegte Duffy, gibt es ja da noch die inländischen Dienste wie das MI 5. Die könnten doch durchaus daran interessiert gewesen sein, die Leitung des NIOC anzuzapfen. Na ja, damit ist dann der morgige Tag auch schon hin, dachte er.

Einige Minuten später hatten sich die beiden Amerikaner nach getaner Arbeit bei MacPherson bedankt und hielten vor dem Tor von New Scotland Yard ein Taxi an. »Wissen Sie, Mike«, sagte Duffy während der Fahrt zurück zur amerikanischen Botschaft,

»die Geschichte Ihrer Schwester geht mir immer noch nach. Während all der Jahre da draußen in Afghanistan habe ich gewußt, daß meine Mudschs Opium anbauten. Und was habe ich davon gehalten? Scheißegal war es mir. Es ist bitter, daran zu denken, daß dieses Zeug am Ende fast das Leben Ihrer Schwester ruiniert hätte.«

»Ich weiß, Jim. Die Schweine, die das Zeug verkaufen – ich meine nicht die armen Bauern, die Sie in Afghanistan gekannt haben, sondern die großen Tiere der Mafia, die Kolumbianer, die Türken – wissen, daß sie Tod und Elend auf den Markt bringen. Sie füllen ihre Bankkonten mit der Ernte von Menschenleben, die sie zerstört haben. Das ist es, was diese Arschlöcher machen. Und deshalb mache ich, was ich mache.«

»Ja«, seufzte Duffy. »Seit gestern abend sehe auch ich die Sache in einer völlig neuen Perspektive. Hören Sie, was diese Geschichte betrifft, an der wir hier arbeiten, da gibt es noch ein paar Kleinigkeiten, über die ich Sie besser informieren sollte. Wir haben Ihnen die bisher verschwiegen, aber, verdammt noch mal, ich sehe nicht ein, warum Sie davon nichts wissen sollen.«

Einige Meilen vom Ort dieser Unterhaltung entfernt im Norden Londons begann Behcet Osmans Tag, wie fast alle seine Tage begannen, mit einem rührenden kleinen Ritual. Noch einem opulenten Frühstück, das seine Frau ihm gegen drei Uhr nachmittags serviert hatte, machte er sich in seinem Mercedes – kein türkischer Rauschgifthändler, der auf sich hielt, würde je einen englischen Wagen fahren – auf den Weg zu der Privatschule, die seine Söhne besuchten. Mit Stolz im Herzen wartete er vor dem Schultor, um kurz darauf seine beiden Söhne in die Arme zu schließen, die, der eine sechs, der andere sieben Jahre alt, mit ihren gestreiften Krawatten, grünen Blazer und grauen Flanellshorts schon perfekte kleine englische Gentlemen waren.

Behcet, das »Bebek« oder Baby der Osmans, trug sie dann bis zu seinem Wagen und setzte sie hinein. Während der Rückfahrt zur Vorstadtvilla der Familie plapperten die Kinder über ihre Lehrer, ihre Hausaufgaben und die neuesten Heldentaten der Arsenal-Fußballmannschaft. Daheim wurden sie von seiner Frau mit einem üppigen Nachmittagstee erwartet.

Behcet Osmans Heroin mochte zwar das Leben von Hunderten von Engländern und Engländerinnen zerstören, aber in seinem eigenen Leben legte er großen Wert auf die von der konservativen Partei hochgehaltenen Familienwerte. Er erzog seine Söhne nicht nur mit Ermahnungen, sondern auch mit seinem Vorbild dazu, die Mutter zu achten und ihr zu gehorchen. Allerdings gab er ihnen einstweilen noch keine Gelegenheit, sich an jedem Aspekt seines Verhältnisses zu seiner Gattin ein Beispiel zu nehmen.

So hatte ihn die Achtung vor dieser nicht gehindert, seine erste offizielle Geliebte, eine schnuckelige Bauchtänzerin aus Bodrums Nachtclub am Queensway, in einem lauschigen Liebesnest in der Nähe der Edgware Road unterzubringen. Das Bambino der Osmans sah darin eine ebenso wichtige Etappe auf seinem Weg zu männlicher Reife wie einst in dem Bordellbesuch, zu dem ihn die älteren Brüder Selim und Hassan in Istanbul an seinem vierzehnten Geburtstag mitgenommen hatten. Oder auch in jenem historischen Augenblick vor zwei Sommern, als ihm die Brüder bei einem Waldspaziergang in der Nähe von Hassans Villa am Marmara-Meer offenbart hatten, daß sie beabsichtigten, ihn mit der Leitung der Geschäfte des Familienbetriebs in England zu betrauen.

Sie hatten ihn dann darüber hinaus mit einer sogar noch wichtigeren Aufgabe bedacht. Er betätigte sich nun nämlich auch als Geldbote für die gesamte Firma, war dafür verantwortlich, die ungeheuren Summen, die bei dem Drogengeschäft eingenommen wurden, in das internationale Bankensystem einzuspeisen und dort zu »waschen«, so daß es, wenn es endlich auf den geheimen und sicheren Konten der Brüder landete, garantiert nicht mehr stank, wie es sich für Geld schließlich schon zu Zeiten der alten Römer gehörte.

Zu dem Zweck war eine Menge Bargeld zu bewegen, denn ob nun fünfzig Kilo oder eine halbe Unze umgesetzt wurden, bei Rauschgiftgeschäften wurde immer bar bezahlt. Drogendealer an der Lower East Side von Manhattan, in Earls Court in London, am Boulevard Strasbourg Saint Denis in Paris oder in den Zigeunervorstädten von Madrid akzeptierten keine American-Express-Karten. Ob die Kunden nun mit Hundertdollarnoten, mit Fünfzigpfundnoten oder Fünfhundertfrankennoten bezahlten – das beim Straßenverkauf von Heroin oder Kokain eingenommene Bargeld überwog an Gewicht bei weitem das der veräußerten Ware. Hinsichtlich der Summen, die sich alljährlich aus illegalen Geschäften in das internationale Bankensystem ergossen, gab es natürlich nur erheblich voneinander abweichende Schätzungen – 200 Milliarden Dollar sagten die einen, die anderen sprachen von einer Billion. Einigkeit bestand aber in der Annahme, daß der größte Teil dieser Gelder im Rauschgifthandel eingenommen wurde.

Der Umgang mit dieser Flut von Bargeld stellte die Händler vor Probleme, die kaum geringer waren als die des Absatzes ihrer Ware. Daß die vier älteren Osman-Brüder die Bewältigung dieser Schwierigkeiten dem Jüngsten anvertraut hatten, war für diesen natürlich eine hohe Ehre.

Normalerweise spielte Behcet mit seinen Kindern oder half ihnen bei ihren Hausaufgaben, bis sein Fahrer und Leibwächter ihn kurz vor sieben abholte und es Zeit wurde, sich den Geschäften zu widmen.

Er gab auch heute, wie gewöhnlich, seinen Söhnen einen Gutenachtkuß und umarmte pflichtgemäß seine bessere Hälfte. Sie würde schon fest schlafen, wenn er früh gegen fünf aus dem Bett der Bauchtänzerin Ayescha ins eheliche Schlafzimmer zurückkehrte.

»Fahren wir zuerst mal nach Haringey«, wies er den Chauffeur an, der wie die meisten Vertrauensleute der Osmans einer ihrer Vasallen aus der südostanatolischen Heimat war. Während der Fahrer sich umsichtig durch den frühabendlichen Verkehr fädelte, unterwegs zu dem Vorort im Norden Londons, der ihm als Ziel genannt worden war, legte Behcet den Kopf gegen die Nackenstütze über der Lehne seines Sitzes und dachte mit geschlossenen Augen nach.

Er war größer als die anderen Brüder, abgesehen von Refat, dem »Vollstrecker«. Er verabscheute Leibesübungen und betrachtete seinen Körper nur als Vehikel seines Kopfes, und doch war er – vielleicht wegen seiner Jugend, er war erst achtundzwanzig – neben Abdullah der Schlankeste der Osmans. Sein Haar war tiefschwarz, fast so schwarz wie seine Augen.

Als sie Haringey erreichten, parkte der Fahrer den Wagen dort wie gewöhnlich auf dem Gelände der schon für die Nacht geschlossenen Shell-Tankstelle. Behcet stieg aus dem Wagen und schlenderte davon. Der Chauffeur brauchte nicht zu wissen, wohin er ging. Sein Ziel war eine kleine Wohnung in einem dreistöckigen Mietshaus an der Walpole Street. Das Apartment war auf den Namen eines Freundes gemietet, eines Landsmanns, der schon vor zwei Monaten nach Izmir zurückgekehrt war. Die Miete, Strom-, Wasser- und Telefonrechnungen wurden von einem Konto bei der örtlichen Filiale der Barclays Bank abgebucht, das Behcets Freund vor seiner Abreise eröffnet hatte. Das Konto füllte Behcet durch regelmäßige Überweisungen aus dem Ausland auf. Abgesehen davon, daß er allein einen Schlüssel zu ihr hatte, wies absolut nichts auf eine Verbindung zwischen ihm und dieser Wohnung hin. Etwa alle zwei Monate importierte Behcet zwischen 100 und 150 Kilo Heroin aus der Amsterdamer Niederlassung des Familienbetriebes. Die Wohnung war das sichere Haus, wo er die Ware deponierte, bis sie in Posten von ein bis zwei Kilo bei der britischen Kundschaft abgesetzt werden konnte. So lag dort manchmal Heroin im Wert von anderthalb Millionen Pfund. Nicht zuletzt deshalb war es ihm lieber, wenn auch sein treuer Vasall, sein Leibwächter und Fahrer, von dem Versteck nichts wußte.

Das Heroin lagerte dort in Kilopackungen. Die braunen Plastikhüllen der Päckchen waren mit Klebeband umwickelt, was einerseits Feuchtigkeit vom Inhalt fernhielt, andererseits die Packung so verstärkte, daß nichts von dem kostbaren Inhalt durch einen zufälligen Riß der Plastikfolie verloren gehen konnte. Behcet nahm ein Päckchen, steckte es in die Innentasche seines schweren Trenchcoats und machte eine kurze Notiz auf dem Block, auf dem er seine Bestände inventarisierte. Er hatte nur noch fünfzehn Kilo auf Lager, aber Abdullah in Amsterdam hatte gerade eine Lieferung von 180 Kilo aus Istanbul erhalten und, was noch wichtiger war, bereits ein paar »Mulis« für den nächsten Transport nach Großbritannien angeheuert. Die neuen Mulis waren Belgier, ein junges Paar, das bisher in einer Sexshow im Amsterdamer Bordellviertel aufgetreten war. Rauschgiftschmuggel bringt offenbar mehr ein, als zur Belustigung blöder Touristen auf der Bühne rumzubumsen, dachte Behcet herablassend. Und Pärchen waren gewöhnlich vorzügliche Mulis. Wenn sie Händchen hielten und einander süß anlächelten, brachte es kaum ein Zöllner übers Herz, sie gründlich zu überprüfen.

Behcet schloß die Wohnung ab, ging auf die Straße hinunter und winkte dort einem Taxi. Dies waren die gefährlichen Augenblicke, in denen er seinen Job haßte, wenn er mit einem Kilo Heroin in der Tasche herumlaufen mußte. Sein Ziel war das *Sultan II Restaurant* an der Kingsland Road. Dort eingetroffen, betrat er jedoch nicht das Lokal, sondern überquerte die Straße und begann, auf der anderen Seite langsam in südlicher Richtung zu schlendern. Der Wagen, den er suchte, ein silbern lackierter Rover, stand auf dem Parkplatz neben einem Safeway-Supermarkt, wo zu dieser Stunde der Verkehr sehr lebhaft war, da viele Leute ihre abendlichen Einkäufe erledigten.

Er schlüpfte auf den Sitz neben den Fahrer und legte das Kilopäckchen Heroin zwischen sie. Der Fahrer reichte ihm einen Umschlag. Dieser enthielt siebentausend Pfund in Fünfzigpfundnoten, etwa ein Drittel der für das Kilo Heroin fälligen Summe. Behcet handelte nur mit Leuten, denen er vertrauen konnte, also mit Landsleuten, wie dem Mann hinter dem Steuer. So begnügte er sich bei Lieferung der Ware meist mit einer Anzahlung und ließ den Kunden den Rest seiner Schuld begleichen, wenn dieser seinerseits die Ware abgesetzt hatte.

Behcet wußte, daß sein Kunde daheim das Kilo Ware in tausend Ein-Gramm-Päckchen umverpacken würde, das heißt in Ein-Gramm-Päckchen von nicht genau zu prognostizierender Zahl, da er den Stoff mit einer gewissen Menge Manitol strecken würde, ehe er ihn neu eintütete und die Portion für vierzig Pfund das Stück an die Straßenhändler absetzte. Bei diesen Dealern handelte es sich meist um Jamaikaner, Westafrikaner und Briten, die auf diese Weise die eigene Sucht finanzierten. Auch illegal im Vereinigten Königreich lebende Bosnier beteiligten sich an diesem Handel und eine Anzahl anderer Ausländer unterschiedlichster Herkunft. Türken jedoch nicht. Wie die Kolumbianer in den USA waren die Türken im Vereinigten Königreich nicht gewillt, sich der auf der Straße immer drohenden Gefahr einer Verhaftung auszusetzen, und hielten sich deshalb aus dem Einzelhandel heraus.

Die Dealer streckten mitunter die Ware noch einmal. Jeder wußte, daß die Türken Drogen hoher Qualität lieferten. Sie waren stolze Kaufleute, stolz auf die Qualität ihrer Ware, auch wenn sie wußten, daß sie mit dem Verkauf derselben die Endverbraucher dieses Qualitätsprodukts am Ende unvermeidlich ins Unglück stürzten. Der Gebrauch, den die Leute von ihrer erstklassigen Ware machten, war schließlich nicht ihre Sache, redeten sie sich ein. Ein Gramm erstklassiges Heroin brachte gegenwärtig im Straßenhandel siebzig Pfund. Behcets Kunde würde also an dem Kilo, das er gerade erhalten hatte, zwanzigtausend Pfund Profit machen, das Doppelte der Summe, die er selber dafür aufwenden mußte. Die Straßenhändler, die dann die Konsumenten bedienten, würden alle miteinander noch einmal einen Profit von fast dreißigtausend Pfund machen. Das war nicht übel, verglichen mit dem geringen Einkommen, das der verkrüppelte Kriegsveteran Ahmed Khan aus der nach monatelanger Arbeit auf seinen Feldern eingebrachten Mohnernte hatte ziehen können.

»Kann ich Sie irgendwohin mitnehmen?« fragte der Kunde.

»Nein, danke.« Behcet wollte aus der Nachbarschaft des Kilos Heroin, das noch immer zwischen ihnen auf dem Sitz lag, so schnell wie möglich weg. »Ich werde mir ein Taxi nehmen.«

Zehn Minuten später kehrte er zu seinem Mercedes zurück. »Okay«, sagte er im Ton eines Mannes, der schon mit dem ersten Geschäft des Tages zufrieden sein kann, »nun in die Lanes.«

Damit meinte er die Green Lanes im Zentrum von Stoke Newington, eine alte Landstraße, an der es viele türkische Cafés, Döner-Imbisse und Bars gab. Viele der Lokale, die die Straße säumten, waren nicht eigentlich öffentlich, sondern private Clubs, deren Namen an Orte wie Aksaray oder Institutionen wie den Besiktas-Fußballclub in der fernen türkischen Heimat erinnerten. An den Türen dieser Etablissements warnten Schilder *Members only*, nur für Mitglieder. Wenn jemand, auf den zutraf, was die Londoner Polizei kurz als IC One – Identitätscode eins – bezeichnete, nämlich ein weißer Angelsachse männlichen Geschlechts, die Tür eines dieser Lokale geöffnet hätte, wären sämtliche Gespräche sofort verstummt, und aller Augen wären fragend auf den Eindringling gerichtet: Was, zum Teufel, hast denn *du* hier zu suchen?

Die meisten der Cafés hatten Satellitenschüsseln und konnten die Fernsehprogramme der türkischen Heimatsender empfangen. An einigen Tischen wurde Domino oder Poker gespielt. Es gab auch Hinterzimmer für vertrauliche Unterredungen zwischen Freunden und Geschäftspartnern. Die Luft war dick, die graublauen Schwaden des Zigarettenrauchs hätten einen gesundheitsbewußten Nichtraucher schon an der Tür in die Flucht geschlagen. Außer nach blondem Tabak roch es auch nach Kaffee, Kardamom und anderen Gewürzen. Die Gäste redeten nicht viel. Man hörte das Klappern der Dominosteine und das Zischen und Knistern der über Holzkohlenfeuer gedrehten Kebabspieße. Die Chance, in einem dieser Cafés einer Frau zu begegnen, war nicht wesentlich größer als daß jemand darin mit dem Ruf aufstehen würde: »Zypern den Griechen!«

Behcet liebte diese Lokale. Hier ging er am liebsten seinen Geschäften nach, hier fühlte er sich daheim und geborgen wie sein Bruder Refat in den Kasinos von Istanbul. Die Leute kannten und respektierten ihn, und auch diejenigen, die wußten, womit er sein Geld verdiente, sahen ihn deswegen nicht scheel an.

Wie jede Nacht besuchte er zuerst das *Globeck* am unteren Ende der Straße um die Ecke von der Polizeiwache, und dann, eines nach dem anderen, jedes der Lokale an der Straße, wobei er unzählige Tassen Kaffee trank, sich türkische Balladen anhörte und mit den anderen Gästen die politischen Ereignisse in der Heimat einschließlich des Schicksals der Besiktas-Fußballmannschaft erörterte.

Er hielt nicht nach Kunden Ausschau, die Kunden suchten vielmehr ihn. Auf dem Weg durch diese Cafés war er jedoch immer ansprechbar für seine Stammkunden, von denen er etwa ein Dutzend hatte, wenn diese etwas Ware nachbestellen wollten. Er machte nie Geschäfte mit Leuten, die er nicht kannte, und sprach nie am Telefon von Geschäften. Für Behcet war ein Handel erst perfekt, wenn er bei dessen Abschluß seinem Kunden hatte ins Auge sehen können.

Neue Klienten ließ er nur auf Empfehlung zuverlässiger alter Kunden zu, allenfalls darüber hinaus noch, wenn der ihm vertraute Besitzer eines der Cafés an den Green Lanes für ihn bürgte. Wenn sonst irgend jemand in der Unterhaltung mit Behcet, sei es auf türkisch, sei es auf englisch, auf Drogen zu sprechen kommen wollte, starrte das Bambino der Osmans ihn so verständnislos an wie ein Sechsjähriger, dem man versuchte, die Relativitätstheorie zu erläutern.

Da die Türken zwischen achtzig und neunzig Prozent des Heroins einführten, das in England auf den Markt kam, konnten sie davon ausgehen, daß ihre Geschäftsbedingungen allgemein bekannt waren. Man bezahlte pünktlich oder bat in dem Fall, daß man dies nicht konnte, unter Angabe von Gründen um Stundung der Schuld. Und man sprach niemals mit den Bullen. Wer den türkischen Geschäftsbedingungen zuwiderhandelte, mußte auf eine schwere Abreibung, schlimmstenfalls auf eine Kugel in den Kopf gefaßt sein. Mit exotischen Martern, wie die Kolumbianer sie anwendeten, hielten die Türken sich nicht auf. Sie brachen einem einfach die Knochen oder machten einen gleich kalt. Sie waren harte Männer, und der diesbezügliche Ruf, den sie genossen, wirkte sich positiv auf die Zahlungsmoral ihrer Kunden aus.

In dieser bitterkalten Februarnacht traf Behcet zwei seiner Stammkunden, einen im *Globeck*, einen im *Goldenen Horn*. Beide signalisierten ihm mit einer Kopfbewegung, daß sie mit ihm zu reden wünschten. Einer spielte ein paar Partien Domino mit ihm, mit dem zweiten sprach er im Hinterzimmer des *Goldenen Horns*. Weder Ware noch Geld wechselte die Hände, in beiden Fällen wurde das Geschäft mit wenigen knappen Sätzen abgeschlossen, in denen das Wesentliche gesagt war, von der bestellten Menge Heroin – jeweils ein Kilo –, über die zu leistende Anzahlung, bis zum Termin und den Modalitäten der Lieferung gegen den Rest des vereinbarten Kaufpreises.

Für Behcet war das inzwischen schon ein ziemlich typischer Arbeitstag. Er hatte ein Kilo geliefert und Bestellungen für zwei weitere aufgenommen, Transaktionen in Gang gesetzt, aus denen den Osmans schließlich sechzigtausend Pfund zufließen würden. Normalerweise hätte er sich jetzt schon auf den Weg zum *Bodrum* machen können, um dort mit seiner geliebten Bauchtänzerin zu speisen, nur leider mußte er heute vorher noch etwas anderes erledigen. Er entließ seinen Fahrer und fuhr selbst ins

Stadtzentrum zurück. Am Charing Cross nahm er sein Mobiltelefon zur Hand. »Okay, Ire«, sagte er zu dem Mann, der sich meldete, »in zwanzig Minuten bin ich da.« Bei diesen Worten suchte seine Hand instinktiv den Griff der Glockpistole, die er in einem Futteral an der Hüfte trug.

Behcet nahm nur in sehr seltenen Ausnahmefällen eine Waffe mit auf seine nächtlichen Rundgänge und gestattete auch seinem Leibwächter gewöhnlich keine Artillerie. Die britischen Schußwaffenbestimmungen waren zu streng. Heute war allerdings einer der erwähnten seltenen Ausnahmefälle eingetreten. Der »Ire« war ein vielversprechender Kunde namens Paul Glynn. Behcet hatte seine Bekanntschaft durch einen Freund gemacht, der mit Glynn zusammen wegen Rauschgifthandels in Brixton im Gefängnis gesessen hatte.

Glynn hatte anfänglich Posten von fünf Kilos geordert, inzwischen nahm er schon fünfzehn pro Bestellung. Das Gute war, daß Glynn das Heroin in Amsterdam kaufte und sich selbst um den Transport der Ware nach England kümmerte. Vor einem Monat hatte er Behcet informiert, daß er beim nächsten Mal fünfzig Kilo brauche. Selim, der Patriarch der Familie, hatte sich bereit erklärt, ihm diese Menge unter der Bedingung zu liefern, daß der Kunde die Hälfte des für die Lieferung in Amsterdam vereinbarten Preises vorauszahle, für die fünfzig Kilo Heroin immerhin die nicht zu verachtende Summe von 237500 Dollar.

Für die Osmans war das ein großes Geschäft, das allerdings auch mit großen Risiken behaftet war. Was, wenn Glynn sich mit dem erst zur Hälfte bezahlten Heroin aus dem Staube machte? Doch andererseits wußte Behcet, daß der Mann in Liverpool und Glasgow einen großen Markt belieferte und die Ware der Osmans wegen ihrer gleichbleibend hohen Qualität schätzte. Und der Versuch, einen solchen Großabnehmer auf die Dauer zu gewinnen, war ja wohl der Mühe wert.

Behcet fand den vereinbarten Treffpunkt, eine Tiefgarage zwei Ecken östlich von dem großen *Kentucky-Fried-Chicken*-Laden an der Oxford Street. Er fuhr hinein und kurvte langsam zum dritten Parkdeck hinab. Dort sah er an der Rückwand Glynns dunkelgrünen Renault 5 stehen. Neben ihm war eine Parklücke. Behcet fuhr in die Lücke, und Glynn stieg zu ihm ein, eine

Head-Sporttasche in der Hand. Die schob er Behcet zu, der sie öffnete und hineinsah. Obenauf lag schmutzige Unterwäsche. Glynn schien der Meinung zu sein, daß Anblick und Geruch dieser Sachen jedem Zöllner die Lust auf nähere Bekanntschaft mit dem Inhalt rauben würde. Behcet jedoch ließ sich nicht abschrecken. Er schob die schmutzige Unterwäsche beiseite und fand, was darunter verborgen war: Stapel neben Stapel gebündelter Fünfzigpfundnoten.

»Wie verabredet, 148 500 Pfund in Fünfzigern«, sagte der Ire.

Behcet dachte nicht daran, die Summe unter den gegebenen Umständen nachzuzählen. Er zog den Reißverschluß der Tasche wieder zu und nahm einen Umschlag aus der Manteltasche.

»Okay, wenn Sie Ihr Zeug abholen wollen, fahren Sie rüber zum Amsterdamer Hauptbahnhof, verstehen Sie?«

»Klar.«

»Dort überqueren Sie den großen Platz und gehen den Damrak runter. Ungefähr zweihundert Schritte weiter ist ein Hotel, das *Van Gelder*. Mieten Sie sich ein Zimmer und rufen Sie die Nummer des Piepers an, die Sie in diesem Umschlag finden. Hinterlassen Sie Ihre Zimmernummer, und ein Typ namens Halis wird Sie zurückrufen. Er wird dann ins Hotel kommen und die Übergabemodalitäten mit Ihnen verabreden. Wann wollen Sie fahren?«

»In ungefähr einer Woche.«

»Mit dem Wagen?«

»Ja.«

»Okay, ausgezeichnet. Sagen Sie mir nur vierundzwanzig Stunden vorher Bescheid, damit ich alles arrangieren kann.«

»Richten Sie bei dieser Gelegenheit doch bitte den Typen da drüben aus, sie sollen diesmal das Zeug nicht in diese billigen imitierten Samsonite-Koffer verpacken, okay? Ich will diesmal Koffer, wie sie der Jet-Set hat, verstehen Sie? Hermès oder Vuitton oder so was.«

»Ire, glauben Sie wirklich, daß Sie sich überzeugend als Angehöriger des Jet-Sets ausgeben können?«

Glynn ging auf diese Frage nicht ein, sondern zog zwei Gepäckanhänger aus der Tasche. Einer war vom *British Airways Executive Gold Club* und der andere vom *American Airlines*

Admirals Club. »Und diese Anhänger will ich an den Koffern haben.«

Behcet nahm die Schilder und lachte. »Vornehm geht die Welt zugrunde, was?«

»Das ist für die Zöllner, Sie Arschloch. Wenn die diese Dinger an meinen Koffern sehen, hauen sie den Deckel des Gepäckraums von meinem Renault gleich wieder zu. Die Typen wollen doch vornehmen Leuten keinen Ärger machen.«

Einige Minuten später war Behcet schon wieder nach Nord-London unterwegs und mit den Gedanken bei seiner nächsten Aufgabe. Jetzt mußte das Geld in Sicherheit gebracht werden.

Na, wenigstens, dachte Jim Duffy, machen unsere britischen Kollegen niemanden so aufdringlich auf ihre Adresse aufmerksam wie wir von der CIA in Langley mit unseren Hinweisschildern, die es Verrückten wie diesem Mir Amal Kamsi erst ermöglichen, eben mal vorbeizukommen und ein paar von unseren Leuten auf dem Weg zur Arbeit abzuknallen.

Das Hauptquartier des britischen Geheimdienstes MI 6 und des Spionageabwehrdiensts MI 5 befand sich in einem gleißenden, modernen Bau aus Stahl und Glas unweit des Vauxhall-Bahnhofs. Das Geheimnis um diese Adresse wurde so streng gehütet, daß nur etwa drei Viertel der Londoner Taxichauffeure sie kannte. Die sonstigen Sicherheitsvorkehrungen waren allerdings aufwendig. Die Fenster neben dem Eingang waren aus dickem Panzerglas, das einer Handgranate widerstehen konnte. Eine offene, gut einsehbare Treppe führte zu diesem Eingang hinauf, und die Tiefgarage für die Angestellten war nur durch von Wachen zu öffnende Stahltore zugänglich.

Wie viele seiner Altersgenossen in dem Geschäft kannte Duffy die Legenden über das alte SIS-Hauptquartier in den Broadway Buildings. Der Secret Intelligence Service hatte sich, wenn man diesen Gerüchten glauben durfte, während des Zweiten Weltkriegs bezüglich der Sicherheit ganz auf den alten Schotten verlassen, der dort den Aufzug bediente. Der kannte nämlich jeden, der irgend etwas in dem Gebäude zu tun oder zu suchen hatte, persönlich.

Duffy ließ eine strenge Sicherheitsüberprüfung über sich ergehen, passierte einen Metalldetektor und ließ sich von einem bewaffneten Wachposten abtasten, ehe dieser ihn in ein kleines Zimmer führte und ihm bedeutete, auf die ihm zugeteilte Begleitperson zu warten.

Irgend jemand in Langley hatte offenbar kräftig Fäden gezogen, um ihm diesen Besuch nach so kurzfristiger Voranmeldung zu ermöglichen. Gleich nach ihrer Rückkehr von New Scotland Yard hatte Duffy aus der Botschaft seinem Freund Jack Lohnes im CIA-Hauptquartier den Wunsch vorgetragen. Wie hoch hatte Lohnes damit gehen müssen? Bestimmt bis zum Direktor der Agency. Oder vielleicht sogar bis zum Nationalen Sicherheitsberater? Oder bis zum Präsidenten persönlich? Vielleicht.

Und natürlich konnte sich die ganze Operation letztlich doch als Schlag ins Wasser erweisen. Vielleicht hörten die Briten die Gespräche der National Iranian Oil Company gar nicht ab. Oder wenn sie es taten, konnten sie sich immer noch weigern, ihre Ausbeute der Agency zugänglich zu machen.

»Mr. Duffy?« Ein schlanker junger Mann, der die Aura jener extremen körperlichen Fitneß ausstrahlte, die, wie Duffy wußte, alle Angehörigen des Vereins der »Pfadfinder Ihrer Majestät« – der SAS – auszeichnete, hatte den Raum betreten. »Mein Name ist Jason. Ich werde Sie heute vormittag begleiten.« Der Ton, in dem er das sagte, erinnerte Duffy an den der Kellner in gewissen schicken Restaurants Südkaliforniens: *Hi, ich bin Harry. Ich werde mich heute abend um Sie kümmern.* Jason fuhr aber fort: »Der stellvertretende Direktor erwartet Sie.«

Er führte Duffy zu einem Privataufzug, der sie ohne Halt auf die oberste Etage beförderte und sie dort direkt in eine Flucht untereinander verbundener Büroräume entließ. An der Aufzugstür waren zwei Sicherheitsbeamte postiert. Der Empfangsbereich bestand aus einer Sitzgruppe und zwei großen Schreibtischen, hinter denen mit strengen Mienen zwei Sekretärinnen saßen. Beide waren mit der zurückhaltenden Eleganz gekleidet, derentwegen sich New Yorker Werbeagenturen um englische Sekretärinnen rissen, ehe dann die Computer kamen und die Sekretärinnen zu einer vom Aussterben bedrohten Art machten.

»Hier entlang«, sagte Jason und führte ihn an einer der Sekretärinnen vorbei in ein geräumiges Büro mit Aussicht auf die

Themse. Der stellvertretende Direktor erhob sich mit ausgestreckter Hand von seinem Schreibtisch. »Willkommen, Mr. Duffy, ich freue mich, Sie endlich persönlich kennenzulernen. Ihr Ruhm ist Ihnen natürlich längst vorausgeeilt. Meine Leute in Islamabad waren immer voller Bewunderung für Ihre Operationen in Afghanistan.«

»Danke.« Duffy lächelte. Er wußte, daß der Chef des britischen Geheimdiensts traditionell stets nur als »C« bezeichnet wurde. Wie nannte man demnach seinen Stellvertreter? Vielleicht »C-minus«.

Der stellvertretende Direktor bot ihm einen bequemen Sessel an und fragte ihn nach seinen Wünschen, Tee oder Kaffee betreffend. Nachdem ihnen serviert worden war, was Duffys Gastgeber hatte kommen lassen, und über das Londoner Wetter das Wesentliche gesagt war, meinte der stellvertretende Direktor: »Man hat mich gebeten, die Bitte, die Sie mir vorzutragen gedenken, sehr, sehr wohlwollend in Erwägung zu ziehen. Darf ich also hören, was ich für Sie tun kann?«

Die Frage versetzte Duffy in einige Verlegenheit, wußte er doch nicht, wieviel seine Freunde in Langley den britischen Vettern hatten verraten müssen, um diesen Besuch für ihn so kurzfristig zu arrangieren.

»Nun, wie Sie wissen, Sir, stehen unter den Sicherheitsfragen, mit denen wir uns befassen müssen, die Anstrengungen der iranischen Regierung, sich Massenvernichtungswaffen, insbesondere Nuklearwaffen zu beschaffen, für uns heute an erster Stelle.«

»Allerdings. Für uns übrigens auch.«

»Richtig. Was uns im Augenblick die meisten Sorgen bereitet, ist ein bestimmter Aspekt der iranischen Bedrohung. Meine Anfrage an Sie ist sehr präzise und sehr einfach und trifft genau den Kern unseres Anliegens. Am 8. Januar dieses Jahres wurde um 15.02 Uhr aus der öffentlichen Telefonzelle Nr. 235 77 28 in Belgravia ein Gespräch mit dem Büro der National Iranian Oil Company geführt. Wir haben Grund zu der Annahme, daß dieses Telefonat die Angelegenheit betraf, die uns Sorgen macht, aber weil das Gespräch über eine fest installierte Leitung geführt wurde, hat unsere NSA es natürlich nicht aufzeichnen können.

Meine Frage lautet also: Haben Sie Ihrerseits den Anschluß der NIOC angezapft, und hätten Sie, angenommen das wäre der Fall, vielleicht eine Aufzeichnung des uns interessierenden Gesprächs?«

Der stellvertretende Direktor lehnte sich in seinen Sessel zurück. »Sie werden verstehen, daß derartiges Material, angenommen wir hätten es, strengster Geheimhaltung unterläge.«

»Natürlich.«

»Vielleicht könnten Sie also Ihr besonderes Interesse daran ein wenig näher erläutern.«

Na schön, dachte Duffy. Entweder legte er jetzt die Karten auf den Tisch, oder er würde die Mitschrift dieses Telefongesprächs, angenommen sie war überhaupt angefertigt worden, nie und nimmer zu sehen kriegen. »Es geht dabei um eine Angelegenheit, von der auch Ihre Behörde Kenntnis hat, und zwar um den Bericht, dem wir 1992–1993 alle nachgegangen sind, demzufolge damals die Iraner sich drei nukleare Sprengköpfe unbekannter Sprengkraft von den Russen verschafft haben sollen, als diese ihre Truppen aus Kasachstan abzogen.«

»Ja, ich erinnere mich. Soweit ich weiß, haben wir nicht mit letzter Sicherheit feststellen können, inwieweit das Gerücht den Tatsachen entsprach. Da, wenn ich nicht irre, die Israelis zuerst damit ankamen, war man geneigt, ihm mit einer gewissen Skepsis zu begegnen.«

»Richtig. Aber jetzt wissen wir, daß es auf Tatsachen beruhte.«

Der stellvertretende Direktor nahm Haltung an, als hätte ihn ein Drill Sergeant auf dem Exerzierplatz angebellt. »Wissen *wir*? Ich nehme an, in Langley? Aber sind *wir* davon in Kenntnis gesetzt worden? Ich meine, offiziell?«

»Was man Ihnen offiziell aus Langley mitgeteilt hat, weiß ich nicht, ich habe diesbezüglich keine Kompetenzen. Inoffiziell sind Sie jedenfalls nun durch mich darüber unterrichtet worden.«

Und jetzt rück endlich die verdammte Mitschrift raus, dachte Duffy.

»Nun, Sie müssen verstehen, wir hier von Sechs operieren mit keinem eigenen Inlandabhörprogramm. Dafür sind Fünf und das GCHQ, das Regierungskommunikationshauptquartier, zuständig. Wir können Anträge stellen, wo Fragen internationaler Sicherheit auf dem Spiel stehen, und das tun wir auch. Bearbeitet aber werden solche Anträge von Fünf und vom GCHQ. Tatsächlich weiß ich gar nicht, ob die Gespräche der NIOC überhaupt abgehört werden.«

»Nun, Sie wissen doch sicher, welche Rolle die NIOC für das Waffenbeschaffungsprogramm des Iran spielt.«

»Ich weiß auch, was wir am Halse hätten, wenn die liberale Presse dahinterkäme, daß wir die Gespräche von Handelsgesellschaften abhören. Der *Guardian* würde uns wahrscheinlich beschuldigen, auf Grund der so gesammelten Informationen im Öltermingeschäft zu spekulieren.«

»Ja«, sagte Duffy schmunzelnd. »In dieser Hinsicht haben wir alle unsere Probleme, nicht wahr? Aber ich kann Ihnen versichern, daß meine Bitte Unterstützung seitens der höchstmöglichen Autorität genießt, Sir.«

Duffy bluffte da ein bißchen. Die angeführte »höchstmögliche Autorität« bezeichnete im Amtsjargon euphemistisch die des Präsidenten. Hätte der Präsident seine Bitte tatsächlich unterstützt? Weiß der Teufel, dachte Duffy, sicher ist aber, daß Schüchternheit mir noch nie weitergeholfen hat.

Der Bluff wirkte. Der stellvertretende Direktor erhob sich, ging zu seinem Schreibtisch und drückte auf einen Knopf. Gleich darauf betrat eine attraktive junge Frau von Anfang Dreißig das Büro. Sie erschien so prompt, daß sie auf den Ruf des stellvertretenden Direktors gewartet haben mußte. Sie war mit der gleichen zurückhaltenden Eleganz gekleidet, die das Äußere der Vorzimmerdamen auszeichnete.

»Victoria Parker ist für meine Verbindungen mit Fünf und dem GCHQ zuständig«, stellte der stellvertretende Direktor die Frau von. Er nannte ihr die Nummern der Anschlüsse der NIOC und der Telefonzelle sowie die Einzelheiten von Duffys Anfrage.

»Victoria, seien Sie doch bitte so lieb und erkundigen Sie sich beim GCHQ, ob sie dort diese Nummer abhören, und wenn ja, bitten Sie um eine Mitschrift des Gesprächs, an dem unser amerikanischer Freund interessiert ist.«

Duffy dachte, daß man in Langley schon lange nicht mehr ungestraft eine Beamtin bitten konnte, »so lieb« zu sein, dies oder das zu tun. Die Zumutung, »so lieb« zu sein, ließ ganz offensichtlich die im Amtsverkehr unabdingbare politische Korrektheit vermissen.

»Das kann ein bißchen dauern«, bemerkte der stellvertretende Direktor und reichte Duffy ein Exemplar des *Daily Telegraph*. »Vielleicht wollen Sie hier mal reinsehen, während Sie warten.«

Tatsächlich brauchte Duffy dann aber nicht lange zu lesen. Die attraktive Miss Parker kam schon nach knapp fünf Minuten zurück und reichte dem stellvertretenden Direktor einen Stapel Papier. Der las es und reichte die Unterlagen dann weiter an Duffy. »Ich weiß nicht, inwieweit Ihnen das weiterhelfen wird, aber studieren Sie es nach Herzenslust und prägen Sie es sich gut ein. Kopien zu machen, kann ich Ihnen leider nicht gestatten. Wenn Sie welche brauchen, müssen Sie diese auf dem Dienstweg, von der NSA über das GCHQ, beantragen.«

GCHQ – STRENG GEHEIM

01089815022
STIMME EINS: 0171.235.7728
ÖFFENTLICHE TELEFONZELLE ECCLESTON PLACE LONDON SW 1
STIMME ZWEI: 0171.331.2067
NATIONAL IRANIAN OIL COMPANY HEADQUARTERS LONDON
GENEHMIGUNG-NR.: HO1997/23471
ÜBERSETZUNG AUS DEM FARSI VON H. T. MOTZARFFIN
GCHQ 345692

STIMME 1: Professor, hier ist Tari. Ich höre gerade von Ihrem Khalid-Programm. Das ist Wahnsinn. Kompletter, heller Wahnsinn!

STIMME 2: Tari, bitte. Das hier ist nicht der Ort, an dem wir über solche Sachen sprechen können.

STIMME 1: Keine Sorge. Ich bin in einer öffentlichen Telefonzelle. Hören Sie, wissen Sie eigentlich nicht, mit was für Repressalien wir zu rechnen hätten? Man würde uns vom Erdboden wegfegen. Das wäre das Ende unserer Nation, unseres Volkes.

STIMME 2: Tari, beherrschen Sie sich. Wenn Gott uns diese Waffe gibt, sollen wir sie auch gegen die Feinde des Islam einsetzen. Unsere Führer ...

STIMME 1: Unsere Führer sind wahnsinnig geworden. Ich habe Arbeit von Ihnen angenommen, um zu helfen, mein Land zu retten, nicht um dazu beizutragen, es zu zerstören. Ich mache nicht länger mit, ich steige aus, gleich jetzt!
STIMME 2: Tari, können Sie in einer Stunde bei sich daheim sein? Ich werde kommen und Sie besuchen, damit wir die Angelegenheit auf vernünftige Weise besprechen können.
STIMME 1: (Unverständlich.)

ENDE DER UNTERHALTUNG

»Hilft Ihnen das weiter?« fragte der stellvertretende Direktor.
»Ob es mir hilft?« fragte Duffy. »Fürs erste macht es jedenfalls die Konfusion noch größer.«
Er erhob sich und ging ein paarmal vor dem Schreibtisch des stellvertretenden Direktors auf und ab. »Hören Sie«, sagte er dann und blieb stehen. »Vorhin habe ich Ihnen inoffiziell bestätigt, daß wir inzwischen harte Beweise haben dafür, daß die Iraner im Besitz von mindestens drei Nuklearsprengköpfen sind. Diese Gesprächsmitschrift scheint nun leider darüber hinaus zu beweisen, daß die verdammten Idioten auch versuchen wollen, davon Gebrauch zu machen.«

Das Ganze muß ihr genauso unbehaglich und irgendwie peinlich sein wie mir, dachte Jim Duffy, während Nancy Harmian in dem kleinen französischen Bistro, in das er sie zum Essen und zu einem Gespräch eingeladen hatte, die Speisekarte studierte. Himmel, er fühlte sich wie ein Schuljunge bei seiner ersten Verabredung.
»Sieht wunderbar aus«, sagte Nancy lächelnd und legte die Speisekarte neben sich ab. »Wie haben Sie das bloß ausfindig gemacht? Oder«, und hier blitzte ein boshaftes Funkeln in ihren Augen auf, »rüsten unsere nationalen Sicherheitsbehörden ihre reisenden Vertreter mit Listen der besten Restaurants der Städte aus, die sie besuchen werden?«
»Wenn sie darauf Einfluß hätten, würden mich meine Arbeitgeber wohl immer in den nächsten *Burger King* schicken.«
Der Kellner kam und brachte die bestellten Getränke. Nancy nahm ihr Wodkaglas. Während sie es drehte und den Wodka

über die Eiswürfel spülen ließ, senkte sich ein Schatten von Melancholie über ihren Blick. Sie schüttelte den Kopf, wie um diesen Schatten abzuschütteln. Dann sah sie Duffy an.

»Auf die Zeit, Jim. Ich glaube, davon brauchen wir beide mehr als von allem anderen, meinen Sie nicht?«

Lächelnd hob auch Duffy sein Glas. »Ja. ›Zeit, die des Grams verworr'n Gespinst entwirrt.‹« Er hatte kaum ausgesprochen, als er schon an seinen Worten zu ersticken schien. »Himmel! Da habe ich ja wohl wieder mal danebengehauen, was? Vom Schlaf spricht der Dichter, nicht von der Zeit. Geschieht mir ganz recht. Warum muß ich auch versuchen, einer Dame zu imponieren?«

Nancy lachte. »Was zählt, ist der gute Wille. Ich wußte nicht, daß unsere Nachrichtendienstbeamten dazu neigen, Shakespeare zu zitieren. Ich hätte gedacht, daß zum Beispiel Longfellow mehr auf Ihrer Linie läge. *Der Mitternachtsritt des Paul Revere* und solche Sachen, zum Beispiel.«

»Das ist das FBI.«

Nancy hatte ein Stück Kruste des geschnittenen frischen Baguettes, das in dem Brotkorb auf dem Tisch zwischen ihnen lag, genommen und begann, es mit der Sorgfalt und Andacht eines Gourmets zu kauen, der irgendeine berühmte Delikatesse zum ersten Mal genießt. Duffy beobachtete sie fasziniert. Es gab gewisse Frauen, und Nancy gehörte zu ihnen, die den alltäglichen Verrichtungen eine zauberhafte Eleganz verleihen konnten.

»Ich darf mich also in der Vermutung bestätigt fühlen«, sagte sie lächelnd, »daß ich es bei Ihnen mit der CIA zu tun habe?«

Das Leben war, wie Duffy wußte, erheblich leichter, wenn man gelegentlich nach Bedarf von den Vorschriften abwich, und so tat er es jetzt um so leichteren Herzens, da er ahnte, daß sich im Laufe dieses Abends noch andere Gelegenheiten, von Vorschriften abzuweichen, ergeben mochten. »Ich kann Sie nicht daran hindern, sich in Ihren Vermutungen bestätigt zu fühlen«, sagte er, »nehmen Sie aber bitte zur Kenntnis, daß ich gar nichts bestätige.«

»Sind Sie schon lange dabei?«

»Seit dem Anfang meines Arbeitslebens.«

»Wie sind Sie eigentlich in die Firma gekommen?«

»Weil ich dumm war. Ich bin schließlich Patriot.« Duffy winkte mit seinem Glas. »Nein. Das klingt zu herablassend. Tatsache ist, daß die Firma mich angeworben hat. Ich hatte auf dem College Russisch als Hauptfach. Es schmeichelte mir, daß sie mich wollten, und was sie zu bieten hatten, schien ein verdammt interessantes und aufregendes Leben zu sein. War es dann ja auch. Und natürlich erhob auch die langweilige Theorie, daß man seinem Land dienen müsse, dauernd ihr häßliches Haupt, und so habe ich denn um des lieben Friedens willen schließlich unterschrieben.«

»Na ja, das ist sicherlich eine Möglichkeit, mit der Sache fertig zu werden, nehme ich an. Und mir gefällt es, wenn einer sich sein Leben so einrichten kann, daß er nichts zu bereuen und zu bedauern hat.«

Duffy nahm einen tiefen Schluck aus seinem Glas. »Daß ich nichts zu bereuen hätte, kann ich aber leider nicht behaupten.«

»Beruflich?«

»Die Einzelheiten kann ich Ihnen nicht auseinandersetzen, Nancy.«

»Jedenfalls doch wohl hoffentlich nicht persönlich. Wenn ich eine Vermutung anstellen müßte, würde ich wohl annehmen, daß Sie für Ihre verstorbene Frau ein ziemlich guter Ehemann gewesen sind.«

Duffy setzte sein koboldhaftes spitzbübisches Grinsen auf. »Gibt es das überhaupt, einen ziemlich guten Ehemann? Ich weiß wirklich nicht. Sagen wir lieber, ich glaube nicht, daß ich ein schlechter war.«

»Nein«, sagte Nancy. »Ich bin sicher, das waren Sie nicht. Genauso sicher wie ich bin, daß der arme Terry während der beiden Jahre, die Gott uns gegeben hat, eine ziemlich gute Frau hatte. Machen Sie übrigens irgendwelche Fortschritte bei Ihrer Untersuchung?«

»Ein paar schon.« Duffy lächelte.

Nancy nippte an ihrem Wodka. »Sie verschweigen mir etwas, Jim. Sie brennen darauf, mir etwas zu erzählen, aber trauen sich nicht, damit herauszurücken. Ich kann Ihnen das am Gesicht ablesen. Warum läßt Ihre Firma Sie nicht wenigstens ein bißchen Schauspielunterricht nehmen?«

Duffy nahm einen langen Zug aus seinem Glas, um seine

Gedanken zu ordnen. Was durfte er dieser Frau verraten? Er erinnerte sich des Protokolls ihrer Aussage bei der Polizei, der Qualen, die sie bei dem Versuch auf sich genommen hatte, das Leben ihres Mannes zu retten. Sie verdiente etwas. Zum Beispiel die Versicherung, daß ihr Mann nicht ganz der Schurke war, als der er im Lichte der bisherigen polizeilichen Recherchen dastand.

»Sagen Sie, Nancy, hat Ihr Mann jemals über einen Plan *Khalid* mit Ihnen gesprochen?«

Nancy staunte. »Nein, niemals. Und Khalid ist auch kein iranischer Name, sondern ein arabischer. Warum?«

»Ich sollte Ihnen das nicht erzählen, aber ich finde, Sie haben ein Recht, es zu wissen, also werde ich es Ihnen trotzdem verraten. Erinnern Sie sich dieses Bollahi, dessen Bild Sie mir aus dem Stapel heraussuchten, den ich Ihnen vorlegte? Dieses Kerls, der als der ›Professor‹ bezeichnet wurde?«

»Gewiß doch.«

»Nun, wir wissen, daß Ihr Mann eine Zeitlang mit ihm zusammengearbeitet hat. Bollahi ist, wie ich Ihnen, glaube ich, schon bei unserer früheren Unterhaltung über ihn angedeutet habe, in führender Stellung für das iranische Waffenbeschaffungsprogramm verantwortlich.«

»Tari? Tari soll in den Waffenhandel verwickelt gewesen sein? Der konnte doch keine Schrotbüchse von einer Zweiundzwanziger unterscheiden. Seine englischen Freunde haben ihn dauernd zu Jagdausflügen eingeladen, zu denen er nie gegangen ist.«

»Ich glaube nicht, daß er persönlich die Einkäufe getätigt hat. Ich glaube vielmehr, daß er sich nur um die finanzielle Seite dieser Transaktionen gekümmert und Geld investiert hat, bis es gebraucht wurde. Jedenfalls hat er wegen dieser Khalid-Geschichte, was immer das nun war, mit dem Professor gebrochen. Er hat zu Bollahi gesagt, er fürchte, die gegenwärtige iranische Führung würde damit einen Vergeltungsschlag provozieren, der den Iran auf alle Zeiten vernichten würde. Ich vermute, er hat sich geweigert, das Geld bereitzustellen, das sie zur Finanzierung ihres Plans brauchten, und daß sie ihn deshalb umgebracht haben.«

»Khalid ...« wiederholte Nancy sinnend. »Wissen Sie, Jim,

nachdem Terry und ich geheiratet hatten, habe ich mich eine Zeitlang mit dem Koran beschäftigt, dann auch ein bißchen mit islamischer Geschichte. Khalid war einer ihrer großen Kriegshelden in den Tagen des Kalifats nach dem Tode des Propheten.« Sie lehnte sich zurück und ließ die langen, gepflegten Finger zum Kragen ihrer schwarzen Seidenbluse gleiten. »Er marschierte mit sechs- bis siebenhundert Mann durch die syrische Wüste, was zu jener Zeit eine erstaunliche Leistung war, und griff dann das byzantinische Heer an. Er vertrieb die Christen aus Palästina und zwang sie, nach Norden zu fliehen in das Gebiet, wo heute die syrisch-türkische Grenze verläuft. Er war also in gewissem Sinne der Befreier Palästinas. Halten Sie es für möglich, daß der Plan, bei dem Terry nicht mitmachen wollte, eine Art Wiederholung der Taten dieses Khalids vorsieht? Kann man sich ja eigentlich nicht vorstellen. Ich meine, diese Mullahs sind ja vielleicht verrückt, aber doch wohl nicht verrückt genug, Israel anzugreifen. Womit denn?«

»Seien Sie sich dessen nicht so sicher, Nancy. Wenn man es mit Verrückten oder Fanatikern zu tun hat, kommt es nicht auf die Schlußfolgerungen an, die zu einer Handlung führen. Für die zählt nur der Akt selbst, die reine Tat.«

Der Kellner war an den Tisch getreten, ihre Bestellung aufzunehmen. Na ja, dachte Duffy, während seine Augen zwischen dem Lammrücken und der Entenbrust hin und her gingen, es könnte ja sehr gut sein, daß Nancys Vermutung zutrifft. Schließlich paßt diese Annahme auch zu dem, was ich bei MI 6 gelesen habe. Die Mullahs suchen nach einem Verfahren, um von den verdammten Dingern Gebrauch machen zu können. Sie wollen ihre drei Atomsprengköpfe gegen Israel einsetzen, um uns einen zweiten Holocaust zu bereiten.

Behcet Osman schlenderte zum Fenster der Wechselstube im Herzen des Londoner Finanzbezirks unweit der St.-Paul's-Kathedrale, um die ersten Schritte auf der Geldwanderung zu tun, zu der er sich nach seinem Treffen mit dem Iren, Paul Glynn, entschlossen hatte. Er sah so gleichgültig drein wie ein amerikanischer Tourist, der eben mal eine Zwanzigdollarnote in die britische Landeswährung wechseln wollte. Behcet hatte allerdings eine etwas bedeutendere finanzielle Transaktion im Sinn. Da er zusätzlich zu den Einnahmen aus dem Verkauf der Ware, die er vorhin in Green Lanes geliefert hatte, nun auch noch im Besitz von Glynns Anzahlung in Höhe von 148 500 £ war, mußte Behcet 230 000 £ Bargeld in Sicherheit bringen. Zudem wußte er, daß auch sein Bruder Abdullah in Amsterdam den Gegenwart von 280 000 £ in verschiedenen europäischen Währungen eingenommen hatte. Es war also höchste Zeit, diese Unsummen zur Bank zu bringen. Behcet hatte das Bargeld, für das er unmittelbar verantwortlich war, bereits in Fünfzigpfundnoten gewechselt, viertausendsechshundert Scheine insgesamt. Der Stapel war dick genug, einem Elefanten in der Gurgel steckenzubleiben, wenn man das Tier damit gefüttert hätte, oder die Aufmerksamkeit eines Zollinspektors zu erregen, der Behcet bei dem Versuch, mit dem Geld im Gepäck aus dem Vereinigten Königreich auszureisen, beobachtet hätte. Behcet dachte allerdings nicht daran, einen Elefanten oder einen Zollbeamten in Verlegenheit zu bringen.

Behcet trat an die Theke. Er hatte mit diesem Geldwechsler schon früher Geschäfte gemacht. Es gab Dutzende solcher Wechselstuben im Londoner Finanzbezirk, die Dienste, wie Behcet sie benötigte, für eine Laufkundschaft besorgten, deren Transaktionen alle mehr oder weniger kriminell waren. Obwohl den Geldwechslern keineswegs unbekannt war, daß die Quelle der Zahlungsmittel, die ihnen angeboten wurden, mindestens als zweifelhaft bezeichnet werden mußte, war doch der Dienst, den sie leisteten, im strengen Wortsinn vollkommen legal. Anders als in den USA, wo über jedes Geschäft, bei dem Summen von 10 000 $ oder mehr den Besitzer wechselten, dem Finanzamt Bericht erstattet werden mußte, gab es in Großbritannien keine vergleichbare Vorschrift.

»Hey«, erklärte Behcet leutselig, »ich habe hier achtzigtausend Pfund in Fünfzigpfundnoten, die ich gern in DM gewechselt hätte. Tausendmarkscheine, bitte.«

»Alles?« fragte der Geldwechsler, ein bejahrter Pakistani. Wenn Behcets Wunsch ihn überrascht hatte, so ließ er sich das doch nicht anmerken.

»Alles.«

»Wir werden das natürlich mit Vergnügen für Sie besorgen, Sir, aber wir müssen Sie bitten, uns eine Frist von achtundvierzig Stunden zu gewähren, die Devisen zu beschaffen.«

»Kein Problem.«

»Gut. Wir nehmen vier Prozent Kommission und müssen Sie bitten, zehn Prozent des Betrages, den Sie gewechselt haben möchten, bei uns zu hinterlegen, ehe wir an die Beschaffung der Devisen gehen.«

Behcet wußte das natürlich. Er hatte solche Geschäfte schon oft genug gemacht, um zu wissen, was dabei üblich war. Er hatte also achttausend Pfund in einem Umschlag dabei, den er jetzt dem Wechsler reichte. Dieser zählte das Geld und stempelte dann eine Quittung für den erhaltenen Betrag. Er fragte Behcet nicht einmal nach seinem Namen für diese Quittung. Das Stück Papier mit dem Stempel war alles, was Behcet brauchte, um seinen Anspruch auf den eingezahlten Betrag geltend zu machen.

»In achtundvierzig Stunden werden wir den gewünschten Betrag in DM für Sie haben, Sir«, versprach der Geldwechsler, als er Behcet die Quittung reichte.

Behcet dankte ihm und ging. Bei zwei anderen ihm bekannten Geldwechslern in der Nachbarschaft leitete er ähnliche Transaktionen ein. Als er zwei Tage später die drei Wechselstuben wieder aufsuchte, lag dort der Gegenwert seiner 230 000 £ in Tausendmarkscheinen für ihn bereit. Anstelle eines dicken Stapels von viertausendsechshundert Fünfzigpfundnoten hatte er nun bloß noch sechshundertundsechzig Tausendmarkscheine. Er teilte diesen Stapel in zwei Bündel, von denen jedes dann ohne Mühe in einem gewöhnlichen Briefumschlag zu verstauen war. Diese Umschläge steckte sich der jüngste der Osmans in die Innentasche seines Mantels und schlenderte dann auf der Waterloo Station, unbesorgt und leichten Herzens an den britischen Zollbeamten vorbei, um in den nächsten Eurostar-Zug nach Brüssel einzusteigen.

Bei der Ankunft in Brüssel gab es keine Zollkontrolle, und das letzte Stück der Reise nach Amsterdam legte Behcet in einem Transeuropa-Express zurück. Sein Bruder Abdullah erwartete ihn am Hauptbahnhof, und gemeinsam suchten sie jenseits des Kanals die Tiefgarage auf, wo Abdullah seinen Zweitwagen abgestellt hatte, einen Opel Vega, der zu seinem unauffälligen Lebensstil paßte.

Er zeigte Behcet eine Reisetasche, die ganz mit Geldscheinen aller europäischen Währungen gefüllt war, holländischen Gulden, belgischen und französischen Franken, spanischen Peseten, DM natürlich auch. Abdullahs Einnahmen aus Verkäufen an Großhändler, die ihre Ware direkt aus dem Amsterdamer Lagerhaus der Firma Osman bezogen. Behcet warf seinen Koffer in den Gepäckraum des Wagens auf Abdullahs Reisetasche und ließ sich von seinem Bruder die Schlüssel des Wagens geben. »Übrigens«, sagte er, »ich brauche Nachschub. Bei mir liegen nur noch fünfzehn Kilo.«

»Ich tue, was ich kann, aber weißt du, Bambino, ganz einfach ist das nicht. Es wimmelt hier nicht gerade von Leuten, die willens sind, wegen Rauschgiftschmuggels zwanzig Jahre in einem britischen Gefängnis zu riskieren.«

»Nicht einmal für die gute Bezahlung, die wir ihnen bieten? Was ist denn mit diesen Sexshowartisten?«

»Wir reden ihnen gut zu. Aber sie haben es erst einmal mit der Angst zu tun gekriegt.«

»Vergiß nicht, daß in ungefähr einer Woche der Ire sich hier fünfzig Kilo abholen will.«

»Da wird es keine Schwierigkeiten geben.«

Behcet klopfte seinem Bruder auf den Rücken. »Okay, ich mache mich jetzt nach Budapest auf. In achtundvierzig Stunden oder so bin ich zurück.«

Er stieg in den Wagen und steuerte diesen aus der Tiefgarage. Wegen der annähernd einen Million Dollar, die hinten im Kofferraum lag, machte er sich keine unnötigen Sorgen. Er wußte, daß ihn auf der Fahrt von Amsterdam nach Budapest kein Zollbeamter fragen würde, was er dabeihabe.

Dies waren die Augenblicke des Tages, oder eigentlich der Nacht, die dem Professor besonders teuer waren. Er war entspannt, hatte seine Gebete verrichtet, seinen Geist entlastet. Er lag ausgestreckt auf seinem Hotelbett, in die fußlange weiße Dschellabah gehüllt, in der er mit Vorliebe schlief. Die Hand ruhte noch auf seinem kostbaren Koran mit der Widmung des Ayatollahs. Aufgeschlagen war die Sure, die er soeben gelesen hatte, die fünfte, genannt *Al-Mai'idah* – der Tisch –, in der es heißt: »Wer sich nun

Allah und seinen Gesandten und die Gläubigen zu seinen Freunden nimmt, der gehört zu der Partei Allahs und zu denen, welche obsiegen werden.«

Die Partei Allahs, die Hisbollah. Er kannte das Manifest der Partei auswendig, und die Worte gingen ihm jetzt durch den Kopf. »Freiheit wird nicht frei gewährt, sondern muß durch die Bemühungen der Seele und Blut gewonnen werden.« Wie das Blut der tapferen jungen Männer, die ihre Bomben unter die feindliche Besatzung getragen hatten. Diese waren Anhänger der Hamas gewesen, einer sunnitischen Organisation. Aber jetzt, unter der Führung Teherans, waren sie alle, Sunniten und Schiiten, Hamas und Hisbollah, brüderlich vereint im gleichen heiligen Kampf, den Boden Palästinas heimzuholen in das *Dar el Islam,* das Heim des Islam, mithin die gänzlich fremde israelitische Nation aus diesem Lande zu vertreiben und mit den Verrätern abzurechnen, die ihren Frieden mit den Feinden machen wollten. Wenn die Zeit reif war, würde es an tapferen jungen Männern nicht mangeln, die bereit wären, für diesen erhabenen Zweck zu sterben, und in deren Hände er vertrauensvoll die schreckliche Waffe geben könnte, derer man zu dem verheißenen Sieg bedurfte.

Inzwischen war dieses heilige Ziel schon sehr nahe gerückt. Wie der Professor erwartet hatte, war Steiner auf Joe Mischers Angebot, fünfzig Prozent der Lasertechnik zu kaufen, so eifrig eingegangen wie ein Ertrinkender nach einem Rettungsring greift. Der Preis, auf den sie sich geeinigt hatten, betrug 4,2 Millionen Mark. Nach der Identität der eigentlichen Eigentümer, der Liechtensteiner Firma TW Holding, hatte Steiner sich mit keiner Silbe erkundigt. Er hatte einfach angenommen, die Firma gehöre Mischer und daß dieser sich, wie die meisten Eigentümer solcher in Vaduz eingetragenen Unternehmen, diese Adresse zugelegt habe, um nicht anderswo Steuern bezahlen zu müssen. Daß der Iran von der Eigentumsübertragung eines so großen Anteils der Lasertechnik in irgendeiner Weise profitierte, war der Transaktion auf keine Weise anzusehen.

Joe hatte sich bereits in einem Büro in Steiners Fabrik eingerichtet und studierte die Operationen der Firma, während er sich bei seinem Kompagnon einschmeichelte. Es wurde nun Zeit für den nächsten Schritt. Zunächst mußte allerdings der Professor die notwendigen finanziellen Arrangements treffen und den letzten Stand der Dinge nach Teheran melden.

Er öffnete seinen Laptop und tippte den Zugangscode für seine finanziellen Unterlagen ein. Der Code war durch ein besonderes Softwareprogramm, das er in Düsseldorf gekauft hatte, eingegeben. Wenn jemand sich bei dem Versuch, Zugriff auf seine Geschäftsunterlagen zu erhalten, zweimal des falschen Codes bediente, würde das Programm die Daten automatisch löschen. Jetzt stand das Menü seiner finanziellen Guthaben auf dem Bildschirm: Sein Konto bei der Melli-Bank in München, die Konten der Stiftung für die Unterdrückten in Liechtenstein, der Schweiz und auf den Caymans. Alles Orte, wo man auf die Unterdrückten dieser Erde nicht viele Gedanken verschwendete. Dann warf der Professor einen Blick auf das Konto, auf das Said Dschailani den Ertrag der Transitsteuer einzahlte, die er auf das durch iranisches Staatsgebiet transportierte Morphin erhob. Die Bewegungen auf diesem Konto waren zutiefst befriedigend und rechtfertigten aufs Trefflichste die Entscheidung, dem früheren Guerillaführer das Amt des Steuereinnehmers anzuvertrauen. Während der neun Monate, seit Dschailani diesen Posten übernommen hatte, waren 31,7 Millionen Dollar auf das fragliche Konto geflossen. Gegenwärtig bestand ein Guthaben in Höhe von 9,2 Millionen Dollar.

Normalerweise wäre der größte Teil davon automatisch auf das Caymans-Konto des Verräters Harmian überwiesen worden, der es dann für die Scheinfirmen, die er kontrollierte, auf dem kurzfristigen Geldmarkt angelegt hätte, so daß es dem Professor bei Bedarf in kürzester Zeit zur Verfügung gestanden hätte.

Harmian mußte aber noch durch einen zuverlässigen neuen Finanzmanager ersetzt werden, denn inzwischen häuften sich die Beträge. Der Professor wandte sich nun dem *Falken* zu, dem Konto, über das er die Mehrzahl seiner geheimen Waffenkäufe abwickelte. Das Konto wies ein Guthaben von 2,6 Millionen Dollar aus. Falcon, der Falke, besaß Trade World, der wiederum TW Holding gehörte, die Firma, die den Ankauf von fünfzig Prozent der Firma Lasertechnik getätigt hatte. Der Professor liebte solche Strukturen, die es für den klügsten Finanzanalysten unmöglich machten, nachzuweisen, daß die verschachtelten Unternehmen letztlich ihm und der Regierung in Teheran gehörten. Es war Zeit, meinte der Professor jetzt, einen Teil der akkumulierten Einnahmen aus dem Opiumzoll dem Falken gutzuschreiben und nach Liechtenstein in Marsch zu setzen.

Er beendete das Finanzprogramm und schloß seinen Laptop an die Blackbox des neuen Hochsicherheitscodiersystems an, das er von der Cipher AG in der Schweiz gekauft hatte. Er hatte den Kasten aus Teheran mitgebracht, nachdem er ihn genau den Anweisungen der Hersteller folgend programmiert hatte. Er hatte eine seiner Blankodisketten formatiert und mit einer Zufallszusammenstellung von Codierschlüsseln bespielt, die die Cipher AG ihm zur Verfügung gestellt hatte, und sich so einen Code geschaffen, zu dem er allein den Schlüssel besaß. Jetzt war er bereit, das Schweizer System zum ersten Mal zu benutzen. Als zusätzliche Sicherheitsmaßnahme hatte er sich einen besonderen Telefonanschluß verschafft, der für den Empfang seiner Botschaften in Teheran bereitstand. Der Anschluß war eingetragen auf den Namen eines Philosophieprofessors der Universität Teheran, der kürzlich an Schilddrüsenkrebs gestorben war. Morgen würde er aus diesem Hotel ausziehen und sich in der Wohnung verstecken, die Mischer für sie beide unter seinem Namen gemietet hatte. Jetzt nahm er den Hörer des Hoteltelefons ab und verband den Apparat mit der schwarzen Box. Dann tippte er seine Botschaft:

Im Namen Allahs, des Gnädigen, des Barmherzigen, möge sein Segen ruhen auf Euch, meine Brüder, und auf unserem großen Unternehmen. Ich kann Euch nun melden, daß der Deutsche unser Angebot angenommen hat und wir einen unserer Leute in seinem Büro untergebracht haben. Den nächsten kritischen Schritt zur Durchführung des Plans Khalid werde ich in Kürze unternehmen. Unterdessen möchte ich Euch bitten, unseren Bruder Dschailani zu beauftragen, den Betrag von 1,75 Millionen Dollar vom Acquisitionskonto auf mein Falcon-Konto zu transferieren, so daß ich den Rest der Kaufsumme namens der TW Holding auf das Konto des Deutschen überweisen kann.

Der Professor beendete die kurze Botschaft mit dem üblichen Schwall persischer Höflichkeiten und drückte die Enter-Taste seines Laptops. Er hörte, wie sein Text mit einem Klicken in die Codierbox übertragen wurde. Dann vernahm er, wie die Codierbox die Telefonnummer wählte, die auf den Namen des verstorbenen Professors eingetragen war. Nach zweimaligem Klingeln ertönte ein leises Piepen wie von einem Faxgerät. Dies zeigte an, daß die mit dem Telefonanschluß in Teheran verbundene Decodierungsbox bereit war, seinen Text zu empfangen. Ein weiteres schnelles Klicken und der Text war übertragen, und alsbald unterbrach die Codierbox die Verbindung. Ein Wunderwerk, dachte der Professor, das gewiß jeden Franken wert war, den er den Schweizern dafür bezahlt hatte.

SIEBENTES BUCH

Das trojanische Pferd von Menwith Hill

Die Regierung der Vereinigten Staaten von Amerika besitzt keine Einrichtung, die geheimer wäre als die Nachrichten- und Sicherheitskommandozentrale der US-Army auf dem Menwith Hill in den grünen Hügeln Yorkshires gleich hinter Harrogate an der A59, 170 Meilen von der Londoner Innenstadt entfernt. Angesichts der strengen Geheimhaltung, der alles unterliegt, was sich dort abspielt, ist das Anwesen von jedem vorüberfahrenden Auto aus bemerkenswert leicht zu identifizieren. Schon aus einer halben Meile Entfernung sieht man die dreiundzwanzig Radarkuppeln der Station wie gigantische weiße Golfbälle am Horizont liegen. Nähert man sich, sieht man Hunderte von Funkmasten und Antennen, die die Zentrale in drei konzentrischen Kreisen wie die Borsten eines himmlischen Stachelschweins umstehen.

In Menwith Hill repräsentiert die Technologie der USA den Höhepunkt ihrer Fähigkeit, die ganze Welt elektronisch in die Arme zu schließen. Diese Radarkuppeln und Polarmasten schlürfen eine elektronische Bouillabaisse aus dem Himmel, eine Cyberspace-Suppe, in die jede Form der Kommunikation einfließt, von Satelliten übertragene Telefongespräche, Telefaxe, Funktelefongespräche, eine Datenministra, ein Weltallerlei, in dem Pornographie aus dem Internet sich ebenso wiederfindet wie chiffrierte Funküberweisungen von Milliarden von Dollar und die elektronischen Emanationen eines serbischen Panzers, der in Bosnien eine Rakete abfeuert, oder eines russischen Kampfflugzeugs, das eine Luft-Boden-Rakete auf ein Ziel in Tschetschenien in Marsch setzt. Praktisch jede Form elektronischer Kommunikation, außer der durch ein nicht angezapftes Glasfiberkabel, kann vom Menwith Hill überwacht werden.

Die Anlage ist so geheim, daß es bisher noch keinem britischen Parlamentsabgeordneten gestattet worden ist, sie zu besuchen. Das Grundstück, auf dem sie steht, ist Eigentum der USA, und wurde 1951 auf Grund eines noch immer geheimen Abkommens zwischen Harry Truman und Winston Churchill erworben. Die zweitausend zivilen und militärischen Angestellten der Einrichtung vereinigen ein ganz erstaunliches Spektrum von Fähigkeiten. Unter ihnen findet man nicht nur Leute, die mit den kompliziertesten Computerprogrammen umgehen können, die der Mensch oder Bill Gates bisher erdacht haben, sondern auch solche, die sich mit tibetanischen Lamas in deren Landessprache über für diese Region spezifische Themen unterhalten können.

An diesem kalten Februarmorgen ging Jack Galen, der zweiundvierzigjährige Operationschef, den Fußweg von seiner Wohnung im Block 42 auf dem Kamm des Hügels zu den niedrigen fensterlosen Bauten seines Operationsblocks hinunter. Galen war Zivilist, ein höherer Beamter der NSA, was nicht weiter überraschend war, denn obwohl die Einrichtung auf dem Menwith Hill, um die britische Empfindlichkeit zu schonen, pro forma unter militärischer Verwaltung stand, handelte es sich dabei doch praktisch um ein Institut der NSA, der nationalen Sicherheitsbehörde der USA.

Es war halb sieben, und Galen kam wie gewöhnlich eine halbe Stunde zu früh zum Beginn der ersten Schicht, die offiziell um sieben begann. Der langgestreckte Flachbau war in grelles Licht getaucht, wie alles im Hochsicherheitsbereich. Er ging zwischen dem Parkplatz und dem Maschendrahtzaun mit Stacheldrahtbekrönung bis zu den doppelten Glastüren des als Steeplesbush II bezeichneten Gebäudes, dem einzigen Zugang zu dem Operationsblock. Der diensthabende Militärpolizist inspizierte Galens Sicherheitsausweis mit dem farbigen Paßbild und die Liste der Sicherheitsbereiche, die zu betreten er berechtigt war – ein Abrakadabra von Codenamen.

Galen begab sich in die Kantine, wo er sich eine große Tasse Kaffee zu Gemüte führte, um in die Gänge zu kommen. Dann fuhr er mit dem Aufzug zur Betriebsetage, wo abermals Sicherheitsbeamte seinen Ausweis überprüften.

»Mr. Galen«, sagte dann einer von diesen. »Da liegt etwas für Sie in der SCIF.«

Die SCIF, Sensitive Compartmented Information Facility (hochempfindliche Fachinformationsanlage), war so etwas wie das Allerheiligste dieser ultrageheimen Einrichtung. Es war ein schallisolierter Raum, den man durch eine mit einem Kombinationsschloß verschlossene Tür betrat, dessen Zahlenfolge nur zwölf der zweitausend Angestellten kannten.

»Also, was gibt es?« fragte er den Wachhabenden.

Der Beamte wies auf einen grauen Aktenordner, der auf einem der drei Schreibtische lag, die in dem Raum standen. »Das ist in der vergangenen Nacht reingekommen. Eine neue *Geistesblitz*-Übertragung.«

Galen nahm den Aktenordner, dessen Deckel man *T.S. (top-secret), Nur zur Ansicht, C\OPS-F830* gestempelt hatte. Der Ordner enthielt, wie er nun sah, ein Magnettonband und eine Abschrift des auf dem Band gespeicherten Texts, der ein hoffnungsloser Wirrwarr von Buchstaben, Zahlen und Zeichen wie % $#@ war.

Der NSA-Beamte stöhnte und trank einen großen Schluck heißen, schwarzen Kaffee. Während der nächsten Stunde konnte er ein wenig Anregung dringend brauchen. Er spulte das Band in ein Gerät, das mit einer der beiden Computerkonsolen auf seinem Schreibtisch verbunden war. Nacheinander erschienen die Zeichen des Bandes vergrößert auf dem Bildschirm. Galen studierte das erste Zeichen, den Buchstaben »W«, dann rief er das zweite Symbol »&« auf. Beim fünften, dem Buchstaben »A«, machte er halt. In der Spitze des Buchstabens, gerade unter der Vereinigung der beiden Aufstriche des A bemerkte er einen Mikropunkt. Er kopierte das A auf seinen zweiten Computer, dann setzte er seine Arbeit fort.

Galen war länger als eine Stunde damit beschäftigt, die Hunderte von Zeichen des chiffrierten Texts, der von den Lauschgeräten der NSA aufgezeichnet worden war, durchzumustern. Ab und zu fand er in irgendeiner Ecke eines der Zeichen versteckt einen Mikropunkt. Die betreffenden Symbole stellte er dann in die Reihe, die sich so allmählich auf dem zweiten Bildschirm formierte.

Nach Vollendung der ersten Phase seiner Arbeit begab sich Galen aus der SCIF in das nicht weniger exklusive Sensitive

Background Information Storage Depot, die hochempfindliche Hintergrundinformationsspeicheranlage, kurz SBI genannt. Dort erhielt er auf Antrag von dem wachhabenden Beamten die *Geistesblitz*-Diskette und kehrte damit in die SCIF zurück. Er schob die Diskette in den zweiten Computer. Sie enthielt ein schematisches Diagramm des Algorithmus, der den von den Lauschanlagen der NSA abgefangenen Text chiffriert hatte. Das Diagramm identifizierte nun die Mikropunkte, die heimlich in die Botschaft integriert worden waren, während sie codiert worden war. Diese wurden dann mit der Datenbasis auf der *Geistesblitz*-Diskette verglichen, worauf eine Reihe von Buchstaben und Zahlen auf dem Bildschirm erschien. Diese geheimnisvolle Kombination war der Schlüssel des Codes, der zur Chiffrierung des ursprünglichen Klartexts gedient hatte.

Galen tippte diesen Schlüssel in seinen ersten Computer und ließ das Magnetband durch das Gerät laufen. Das Durcheinander der Zeichen auf dem Band ordnete sich plötzlich zum Klartext des Absenders: »Im Namen Allahs, des Gnädigen, des Barmherzigen ...« begann die Botschaft. Der NSA-Beamte beobachtete fasziniert, wie sich da plötzlich der verborgene Text offenbarte.

»Da haben wir doch diese käuflichen Schweizer Bastarde wieder mal erwischt«, sagte Galen lachend zu sich selbst.

Geistesblitz war einer der allergeheimsten und größten Triumphe der NSA. In Anbetracht der Tatsache, daß Schweizer Firmen wie die Cipher AG ihre Produkte an jeden verkauften, der den richtigen Preis zahlen wollte, hatte die NSA in das Team von Wissenschaftlern, die den immens komplexen Algorithmus konstruierten, der in den Chiffriermaschinen der Cipher AG funktionierte, einen ihrer Leute geschleust, einen schwedischen Mathematiker. Der Algorithmus mußte natürlich imstande sein, den Chiffrierschlüssel zu erkennen, den der Absender zur Codierung seiner Botschaft benutzt hatte. Im Verein mit der NSA hatte der Schwede den Algorithmus so manipuliert, daß dem Zeichensalat der codierten Texte eine geheime Folge von Mikropunkten beigegeben wurde. Von jemanden gelesen, der von den Mikropunkten wußte und sie isolieren konnte, offenbarte dann der Zeichensalat den vom Absender verwendeten Chiffrierschlüssel. »Ein streng geheimes trojanisches Pferd«, hatten es denn auch die wenigen NSA-Beamten genannt, die um das *Geistesblitz*-Programm wußten.

Die Schweizer, wie Herr Zürni von der Cipher AG, hatten natürlich keine Ahnung, daß ihr wunderbares Gerät nicht mehr unbedingt hielt, was es versprach. Sie verkauften das teure Stück weiterhin an alle Interessenten, an den Vatikan, die Syrer, die Iraker, die radikale islamische Regierung Hassan al Turabis im Sudan, an Geldwäscher und an Muammar al Ghaddafi.

Eine nach dem *Geistesblitz*-System entschlüsselte Botschaft hatte übrigens den USA die Gewißheit gegeben, daß der Bombenanschlag auf die Berliner Disko La Belle aus Libyen befohlen worden war. Allerdings war die Regierung Präsident Reagans nicht gewillt gewesen, das Geheimnis des Systems preiszugeben, und hatte deshalb ihre Verbündeten ersuchen müssen, den geplanten Vergeltungsschlag gegen Libyen im guten Glauben an die gute Sache der Amerikaner zu unterstützen. Dazu war damals bekanntlich nur Margret Thatcher bereit gewesen. François Mitterrand, der ohnedies hinsichtlich der Prinzipien der amerikanischen Politik zur Skepsis neigte, hatte den amerikanischen Bombern, die man in Großbritannien zum Angriff auf Tripolis starten ließ, die Überfluggenehmigung verweigert.

Der Text dieser neuesten abgefangenen Botschaft sagte Galen auch nach seiner Entschlüsselung natürlich nicht viel. Er bemerkte, daß darin Namen wie »Falcon« und »Dschailani« vorkamen und daß er von einem Anschluß in Hamburg an einen Anschluß in Teheran durchgegeben worden war. Abgefangene Botschaften, die durch *Geistesblitz* entschlüsselt wurden, waren ohnedies umgehend an das Hauptquartier der NSA in Fort Meade weiterzuleiten.

Er entwarf einen ausführlichen Bericht, der zugleich mit dem Text der abgefangenen Botschaft durch das NSTS (nationale sichere Telefonsystem) übermittelt werden konnte, und beides war bereits aus dem »Golfball« Nr. 2 neben seinem Büro schon expediert, ehe die Frauen und Männer im Hauptquartier, die sich damit zu befassen haben würden, aus ihrem Schlummer erwachten.

Das letzte Ziel Behcet Osmans und seines Koffers voller Geldscheine lag am Ende einer Sackgasse in dem schicken zweiten Bezirk von Budapest. Dort befand sich das Geschäftslokal der mitteleuropäischen internationalen Bank. Rauschgiftschmuggler wie Osman hüteten das Geheimnis der Adresse dieser wenig bekannten ungarischen Bank so leidenschaftlich wie ein Pariser Gourmet die Anschrift seines kleinen Lieblingsbistros.

Die 1979 noch von dem kommunistischen Regime gegründete Bank genoß für ihre Devisengeschäfte exterritorialen Status und war durch ein besonderes Gesetz von der Vorschriften befreit, die die ungarische Zentralbank für das nationale Bankwesen sonst verbindlich machte. Man bediente sich dort des österreichischen Kontobuchsystems, das die Konten nur mit der Nummer oder dem Namen des Inhabers in dem diesem ausgehändigten Kontobuch identifizierte.

Wenn man einmal ein solches Konto bei der mitteleuropäischen internationalen Bank eröffnet hatte, konnte man, wie es Behcet Osman nun zu tun beabsichtigte, einfach an den Schalter treten, sein Kontobuch vorlegen und Bargeld in jeder beliebigen Menge und Währung auf sein Konto einzahlen. Franklin Jurado, der an der Harvard Business School ausgebildete Geldwaschexperte des Cali-Kartells, hielt die mitteleuropäische Bank in Budapest unter den Gesichtspunkten der Sicherheit, der Wahrung des Bankgeheimnisses und der allgemeinen Geschäftstüchtigkeit für die beste Adresse in Europa zur Einspeisung großer Bargeldbeträge in das internationale Bankensystem.

Seinen schweren Koffer schleppend, näherte sich Behcet der Stein- und Glasfassade der Bank und bugsierte seine Last dann durch den Haupteingang. Beim Barte des Propheten, dachte er, kaum zu glauben, was das schmutzige Geld der Ungläubigen wiegt! Drinnen zeigte er einem bewaffneten Sicherheitsbeamten sein Kontobuch und wurde dann in ein kleines Privatbüro geleitet. Dort gesellte sich wenig später eine junge Bankangestellte zu ihm. Er zeigte ihr sein auf den Namen Turk Tex ausgestelltes Kontobuch, und dann zählte sie das Geld, das er in seinem Koffer mitgebracht hatte, wobei sie die verschiedenen Währungen zum Tageskurs auf US-Dollar umrechnete, der Leitwährung auf dem internationalen Finanzmarkt.

Der Gesamtbetrag belief sich auf 822 530 $. Die Bankangestellte händigte Behcet eine Einzahlungsquittung über diesen Betrag zu Gunsten des Kontos der Turk Tex aus und rief dann einen bewaffneten Sicherheitsbeamten, der das Geld in den Tresor transportierte. Unterdessen schrieb Osman eine Überweisung von dem Konto, auf das er jene 822 530 $ soeben eingezahlt hatte, an das Turk Tex Konto bei der *Sovereignty Guarantee Trust Company* auf den Grand Caymans. 820 000 $ sollte die mitteleuropäische internationale Bank sofort telegraphisch dorthin überweisen.

Dann dankte er der Bankangestellten und ging. Die Transaktion hatte kaum zwanzig Minuten in Anspruch genommen, und schon vor Geschäftsschluß würde das Geld der Osmans unterwegs in die andere Hemisphäre sein, sein Glanz verborgen in dem der zwei Billionen Dollar, die alltäglich durch telegrafische Überweisungen rings um die Erde verschoben werden. Behcet wußte, daß das US *Fincen (Financial Crimes Enforcement Network*, Finanzverbrechenstrafverfolgungsnetzwerk) und die von achtundzwanzig Nationen gebildete *Financial Action Taskforce* (Finanzaktionseinsatzgruppe) verdächtigen telegrafischen Überweisungen nur nachgingen, wenn dabei Summen von wenigstens einer Million Dollar bewegt wurden. Er achtete deshalb stets darauf, bei seinen Überweisungen diese Schwelle nie zu überschreiten. Abgesehen davon wußte er auch, daß weniger als ein Prozent des Profits aus dem Drogengeschäft von den Strafverfolgungsbehörden abgeschöpft werden, weniger als ein Viertel der Kommission, die er beim Einwechseln seiner Fünfzigpfundnoten in Tausendmarkscheine hatte zahlen müssen. Die Welt war wahrlich wunderbar eingerichtet!

Bevor er sich auf den Rückweg nach Amsterdam machte, rief er den Familienpatriarchen Selim im Barcelona Gran Hotel in Istanbul an und meldete diesem die genaue Höhe des Betrages, den er soeben auf die Grand Caymans überwiesen hatte.

Selim erwartete diese Meldung schon ungeduldig. Es war Zeit, bei diesem eingeschrumpften kleinen Affen von Geldwechsler im Bazar, dem Perser Dschaffar Bayhani, eine neue Lieferung Morphinbase zu bestellen. Das Rauschgiftgeschäft ist wie ein Karussell, das niemals anhält, dachte er. Kaum hatte Behcet ihm aus Budapest Meldung gemacht, rief er also Bayhani an. »Lieber Freund«, sagte er, »ich brauche weitere zweihundert Paar Schuhe, und zwar so bald wie möglich.«

»So Gott will, sollen Sie die haben«, versicherte ihm Bayhani.

»Ich werde wie gewöhnlich ein Viertel des Kaufpreises und Ihrer Kommission gleich heute auf Ihr Konto anweisen.«

»Gott segne Sie, mein Bruder, und gebe Ihnen Gesundheit und Erfolg auf allen Wegen«, sagte Bayhani fromm.

Von wem bezieht wohl der kleine Schuft seine Ware in Pakistan? fragte sich Selim Osman. Wenn ich an diesen Lieferanten direkt herankäme, könnte ich eine Menge Geld sparen. Freilich würde man sich dann noch mit den Persern verständigen müssen. Er ahnte, daß mindestens die Hälfte der 4000 $, die er für das Kilo Morphinbase zahlte, in die Taschen der Mullahs floß. Daran würde er wohl auch im besten Fall nichts ändern können, denn schließlich war der Weg durch den Iran unter diesen Umständen doch der schnellste, einfachste und sicherste.

Er zuckte die Achseln und nahm ein Faxformular von seinem Schreibtisch. Turk Tex war eine auf den Cayman Islands eingetragene Firma. Er wies den von der Bank bestellten Treuhänder, der das Konto der Firma führte, an, den Betrag von 240 000 $ umgehend auf das Konto Bayhanis bei einer anderen Caymans-Bank zu transferieren und das verbleibende Guthaben von 580 000 $ auf die fünf Scheinfirmen zu verteilen, die die Osman-Brüder in der Karibik besaßen, zwei auf den Caymans, zwei auf den Turks und Caicos und eine in Panama. Diese Scheinfirmen würden das Geld dann in Grundstücken und Aktien anlegen. Und so sollten denn im Verlauf von achtundvierzig Stunden durch einige wenige elektronische Impulse Behcet Osmans 820 000 $ von der Bildfläche verschwinden. Die Zoll- und Steuerfahndung, die die Schnitzeljagd nach dem endgültigen Versteck dieser Summe hätte erfolgreich aufnehmen können, konnte sich kein Staat leisten.

»Dschailani!« rief Jack Lohnes, der stellvertretende Operationsdirektor der CIA, bei der Lektüre der von der NSA abgefangenen und nach dem *Geistesblitz*-System entzifferten Botschaft des

Professors an seine Vorgesetzten in Teheran. »Ist das nicht der Kerl, den Jim Duffy aufzuspüren versucht? Sein alter Kumpel, der Gucci-Mudsch, der angeblich jetzt für die Iraner die Opiumtransitsteuer erhebt?«

»Ja, Sir«, erwiderte sein Mitarbeiter.

»Duffy ist doch noch immer in London, nicht? Veranlassen Sie, daß die NSA alles, was sie in Zusammenhang mit dieser Botschaft haben, in ihrem Verbindungsbüro in der Londoner Botschaft für ihn bereithalten.« Er zögerte einen Moment und dachte nach. »Und noch etwas. Bitten Sie Fincen, die drei Namen Falcon, Acquisition und TW Holding in ihrem Datenspeicher zu suchen. Und wenn sie etwas finden, sollen sie es sofort an Duffy weiterleiten.«

»Ich kümmere mich darum«, sagte Lohnes' Mitarbeiter und wandte sich dem Telefon zu.

In den Raum 4210 vorzudringen, dem Verbindungsbüro des Horchpostens auf dem Menwith Hill in der Londoner Botschaft der USA, war noch schwieriger, als Zugang zu den Büros der CIA zu erhalten, fand Jim Duffy. Nachdem seine Identität zum dritten Mal verifiziert worden war und man ihn elektronisch nach am Körper verborgenen Mikrophonen oder Tonbandaufnahmegeräten abgesucht hatte, ließ man ihn endlich in das Büro des Zivilbeamten der NSA, der die Verbindungsstelle leitete.

»Mr. Duffy, Fort Meade hat uns angewiesen, Ihnen eine streng geheime Botschaft zu zeigen, die unsere Station in der letzten Nacht abgefangen und dechiffriert hat.« Die Erwähnung von Fort Meade und einer abgefangenen Botschaft in einem Satz rief Duffy die langen, langweiligen Stunden in Erinnerung, die er vor noch gar nicht langer Zeit im Keller des CIA-Hauptquartiers in Langley damit verbracht hatte, solche von der NSA abgefangenen Botschaften abzuhören. Lieber Gott, bitte, bewahre mich vor der Rückkehr an diese Arbeit, dachte er, während er den grauen Umschlag in Empfang nahm, den der NSA-Beamte ihm reichte.

Der Umschlag enthielt ein einziges Blatt Papier, auf dessen Kopf gestempelt war STRENG GEHEIM. GEISTESBLITZ. NUR ZUR ANSICHT. »O mein Gott«, stöhnte Duffy, als er die Worte las,

»der nächste kritische Schritt zur Verwirklichung des Plans Khalid. Wo, zum Teufel, wurde das aufgegeben?«

»In Deutschland. Im Forum-Hotel in Hamburg.«

»Und wohin war es adressiert?«

»An eine Privatwohnung in Teheran, von der wir sonst nichts wissen.«

»Der Adressat ist nirgends genannt, eine Unterschrift fehlt auch. Wieso das?«

»Der Text wurde codiert geschickt, in einem Code, zu dem vermutlich nur sehr wenige Leute Zugang haben. Da sie einander wahrscheinlich alle bestens bekannt sind, erübrigen sich wohl Anreden und Unterschriften.«

»Wie ist es Ihnen gelungen, den verdammten Code zu knakken?«

Der Verbindungsbeamte der Einrichtung auf dem Menwith Hill lächelte. »Das ist ein Geheimnis der NSA«, sagte er, »Mr. Duffy.« Mit anderen Worten, das sollte Duffy nicht kümmern und ging ihn nichts an. »Ich habe noch eine zweite Botschaft, die man mich angewiesen hat, Ihnen auszuhändigen. Sie ist uns durch unsere sicheren Kanäle aus Ihrem Hauptquartier in Langley zugegangen. Fincen in Tyson's Corner hat die drei Firmennamen, die in der abgefangenen Nachricht genannt werden, unter die Lupe genommen. Hier ist das Ergebnis dieser Untersuchung.«

Er reichte Duffy einen grauen Aktendeckel. Er enthielt Lohnes' Zusammenfassung des Untersuchungsberichts der Finanzfahndungsbehörde. Alle drei Firmen, Falcon, Acquisition und TW Holding waren in Panama gegründet und registriert. Die Daten ihrer Eintragung in das panamesische Handelsregister lagen zwischen Oktober 1987 und März 1995. Falcon war die älteste. In allen drei Fällen war die Eintragung von derselben Anwaltskanzlei vorgenommen worden, der Firma Arosmena, Arias & Casals, als deren Adresse ein Postfach in Panama City angegeben war.

Das heißt wahrscheinlich, überlegte Duffy, daß hinter allen drei Firmen derselbe Eigentümer steckt. Und wenn Falcon Bollahis Firma war, konnte man wohl annehmen, daß auch die anderen beiden ihm gehörten.

Im Fincen-Datenspeicher, hieß es in Lohnes' Resümee weiter, *ist von Transaktionen der Firmen Acquisition und TW Holding nichts dokumentiert. Falcon allerdings war die Firma, die im März 1992 bei dem Versuch gestellt wurde, in Verletzung der US-Ausfuhrbestimmungen bei der Aerospace Systems Inc. in Houston, Texas, Raketenlampen zur Verwendung bei Raketenleitsystemen zu erwerben und auszuführen.*

Duffy dankte dem Beamten der NSA und ging hinunter, um sich mit Mike Flynn zu beraten.

»Der Absender der chiffrierten Botschaft kann eigentlich nur unser alter Freund, Professor Bollahi, sein, nicht?« meinte Flynn, nachdem Duffy ihm berichtet hatte. »Wer könnte es sonst sein? Ob er aber noch in dem Hotel ist? Und ob wir ihn in dem Fall finden können?«

»Ich bezweifle das«, erwiderte Duffy, »dafür ist er ein viel zu schlauer Fuchs.«

»Trotzdem, warum setzen wir nicht Ihre Leute in Langley auf ihn an, vielleicht finden sie ihn ja doch. Und wenn ja, könnten sie ihn rund um die Uhr und so diskret beobachten, daß er nichts davon merkt.«

»Da gibt es nur ein ernstes Problem, Mike.«

»Und welches?«

»Die CIA kann eine Operation in diesem Umfang nicht auf die Beine stellen, ohne sich der Unterstützung durch das BfV, Bundesamt für Verfassungsschutz, zu versichern. Wir müßten also den Deutschen klarmachen, was da läuft.«

»Na und?«

»Langley wird dazu wenig geneigt sein. Unsere Beziehungen zu den deutschen Vettern sind gegenwärtig denkbar schlecht. Sie haben bezüglich der Gefahren, die von den Mullahs für die Welt ausgehen, eine völlig andere Meinung als wir. Sie denken: Machen wir Geschäfte mit ihnen, dann lassen sie vielleicht die Finger von der Bombenbastelei. Ich glaube deshalb, daß man in Langley befürchten würde, daß irgend jemand vom deutschen Verfassungsschutz bereit sein könnte, dem Professor einen Tip zu geben, so schnell wie möglich aus Deutschland zu verschwinden.«

»Warum zäumen wir die Sache dann nicht von der DEA-Seite her auf? Indem wir den Krauts erzählen, daß der Professor in den Rauschgifthandel verwickelt ist, was übrigens ja sogar irgendwie den Tatsachen entspricht?«

»Ja, das könnte eventuell klappen. Lassen Sie mich ein bißchen darüber nachdenken, Mike. Was mir aber wirklich Sorgen macht, ist dieser Satz: ›Den nächsten kritischen Schritt zur Durchführung des Plans Khalid werde ich in Kürze unternehmen.‹ Was, zum Teufel, will er damit sagen?«

Der Wind, der klagende Westwind, kam seufzend vom Atlantik herein und kräuselte die Wasser des Shannon zu kleinen Wellen, ehe er weiter im Land seinen Nieselregen auf Ennis, Limerick und die weiten Rollfelder des Shannon International Airport ablud. Aus seinem Büro in der Abteilung T53 im Freihafen des Flugplatzes starrte Jimmy Shea verdrossen auf den Ozean hinaus, dessen Gischt an die hohen Fenster des Gebäudes spritzte. Naß und matschig wird der nächste Monat sein, dachte er.

Es war wirklich ein Nachmittag, den man besser am häuslichen Herd verbringen sollte oder, noch besser, in der gastlichen Wärme eines Pub, wo man mit Hilfe einiger Gläser Stout den Rest dieses elenden Tages in den Orkus hätte spülen können. Er war in diese schwermütigen Betrachtungen so vertieft, daß er nicht gleich hörte, als nun seine Sekretärin rief: »Telefon für Sie, Jimmy. Ein Mr. Steiner aus Deutschland.«

Erst beim zweiten Versuch drang die Sekretärin zu ihm durch. Steiner? dachte er, wer war das doch gleich? Während er nach dem Hörer griff, fiel es ihm ein. Steiner war dieser Ingenieur bei Haas, der sich selbständig gemacht hatte, um der Welt einen besseren Laser zu bescheren, Lasertechnik hatte er seine Firma genannt. Gerüchten zufolge war es dem guten Mann allerdings, wie so vielen anderen vor ihm, einstweilen nur gelungen, einen erdrückenden Schuldenberg aufzutürmen. Die versprochenen besseren Laser waren jedenfalls noch nicht auf dem Markt.

»Herr Steiner«, tönte er, mit jener warmen Herzlichkeit, die dem tüchtigen Handelsvertreter stets zu Gebote steht, ins Telefon, »wo haben Sie denn während der letzten Monate gesteckt? Ich hatte schon angefangen, mir Ihretwegen Sorgen zu machen!«

»Nun«, erwiderte Steiner, »Sie erinnern sich vielleicht, daß wir vor ungefähr einem Jahr von meinen Ideen für den Bau eines verbesserten Hochenergielasers gesprochen haben?«

»Allerdings erinnere ich mich.«

»Ich mußte das Projekt eine Zeitlang auf Eis legen, aber inzwischen ist eine Wandlung zum Besseren eingetreten. Ich habe neue Investoren gewinnen können, und nun ist das Unternehmen wieder flott.«

»Ah, das ist ja großartig, Herr Steiner. Ich hoffe, Sie werden bei Ihren zukünftigen Plänen auch EG & G berücksichtigen können.«

»Ich denke doch. Genaugenommen ist das sogar der Grund meines Anrufs. Ich will nämlich fünfundsiebzig Thrytronen bei Ihnen bestellen, Ihr Modell HY53.«

Shea richtete sich kerzengerade auf. Eine Bestellung von fünfundsiebzig HY53 zu 3000 $ das Stück, das war schon ein sehr anständiges Geschäft. Bisher hatte er seinen Anrufer mit routinierter Höflichkeit behandelt, jetzt jedoch wandte er ihm seine ganze Aufmerksamkeit zu.

»Es wird mir ein Vergnügen sein, dieser Bestellung zu entsprechen, Herr Steiner. Wenn Sie nur so freundlich wären, mir eine Bestätigung zu faxen, dann kann ich sie noch heute vor Geschäftsschluß nach Salem weiterleiten.«

»Wunderbar. Ich arbeite jetzt mit ein paar Leuten von der medizinischen Fakultät der hiesigen Universität zusammen an einem einschlägigen Projekt. Wir experimentieren mit der Idee, daß wir einen Hochenergielaser für die Hautchirurgie entwickeln könnten, der insbesondere für die Entfernung von Makeln in der Gesichtshaut Verwendung finden könnte. Wir könnten damit das gesamte Feld der Gesichtschirurgie revolutionieren.«

»Ich bin sicher, daß die Welt ein besserer Ort sein wird, wenn Ihnen das gelingt, Herr Steiner.«

»Ich glaube, daß es uns gelingen sollte. Natürlich müssen wir an der Idee noch viel arbeiten. Was ich mir vorstelle, ist ein Sodium-Kristall in eine Kristallhöhlung zu stellen, die zwischen sechs und sieben Kilovolt aufnehmen und die Ebene der Polarisierung so halten kann, daß der Laserstrahl der Höhlung nicht entschlüpft, ehe wir ein Höchstmaß an Elektronenaufbau darin erzielen. Dann werden wir einen Pockcell benützen, um diese konzentrierte Energie in einem Laserpuls herauszuschießen, der nur ein paar Nanosekunden dauert, nicht die üblichen Mikrosekunden.«

Shea hatte in Elektromaschinenbau promoviert und war deshalb einigermaßen vertraut mit den Prinzipien der Lasertechnologie. »Ja«, sagte er, »das könnte gehen.«

»Ich hoffe es. Nur werden wir zur Aktivierung des Pockcell auch noch Ihr KN22B Kryotron brauchen, und deshalb will ich zusätzlich zu den 75 Thrytronen auch noch ein Dutzend von diesen Kryotronen bestellen.«

»Kein Problem, Herr Steiner. Sie wissen natürlich, daß wir wegen der möglichen Verwendung dieser Teile bei der Nukleartechnologie dafür Genehmigungen beim Handelsministerium der Vereinigten Staaten von Amerika einholen müssen?«

»Natürlich, das verstehe ich.«

»Ich brauche daher von Ihnen einen Antrag auf eine Ausfuhrgenehmigung, aus dem deutlich hervorgeht, wo und wie die Kryotronen Verwendung finden sollen.«

»Das sollte keine Schwierigkeiten bereiten, da wir sie ja hier in Deutschland einsetzen wollen. Wenn Sie so freundlich wären, mir einen Satz der erforderlichen Formulare zu faxen, werde ich sie sofort ausfüllen und Sie Ihnen morgen mit einer Auftragsbestätigung und einem Scheck als Anzahlung zurückschicken. Wären Ihnen fünfundzwanzig Prozent der Kaufsumme recht?«

»Sehr recht, Herr Steiner. Ich schicke Ihnen also gleich die Papiere und würde mich freuen, die Bestätigung Ihrer Bestellung zu erhalten.«

»Sehr schön. Wie lange, meinen Sie, werde ich auf die Lieferung der Ware warten müssen?«

»Nicht lange. Drei bis fünf Wochen.«

Paul Glynn, der den Osman-Brüdern als »der Ire« bekannt war, verließ den Amsterdamer Hauptbahnhof, den Anweisungen Behcets folgend, und ging den Damrak hinunter auf der Suche nach dem Hotel Van Gelder. Auf der Straße wimmelte es von Touristen, jungen Rucksacktouristen zumeist. Am Ufer des Kanals, der den breiten Boulevard an einer Seite begrenzte, waren Ausflugsboote festgemacht, deren Besitzer marktschreierisch die Wunder einer einstündigen Rundfahrt durch die Kanäle des Venedigs des Nordens anpriesen.

Er kam vorbei an einer Marco-Polo-Pizzeria, einem Chinesisch-Indischen Restaurant, an der Malibu Travel Agency, welche »die billigsten Flüge zu jedem Ziel auf der Welt« anbot. Dann gab es da ein Museum, das »Sex in der Geschichte« vorzuführen versprach, und neben diesem ein »Foltermuseum«. Wenigstens ist hier für meine Unterhaltung gesorgt, dachte Glynn, falls ich etwa länger auf meine Ware warten muß. Schließlich fand er im Haus Nr. 34 das Van-Gelder-Hotel, das sich in der ersten Etage über der New Asia Travel Agency befand. Der Eigentümer bot ihm eines seiner fünfzehn Zimmer mit Duschmöglichkeit und komplettem holländischen Frühstück für fünfzig Gulden die Nacht an. Nur gut, daß keine Frau an meinem Arm hängt, die ich beeindrucken will, dachte Glynn. Einen Vorzug hatte dieses Loch allerdings. Holländische Drogenfahnder gingen davon aus, daß Rauschgifthändler gern was hermachten und auf großem Fuß lebten. Im Van-Gelder-Hotel würden sie einen wie ihn also nicht suchen.

Glynn ging in sein Zimmer hinauf und wählte die Nummer, die Behcet Osman ihm gegeben hatte. Als die Meldung erfolgte, tippte er seine Zimmernummer ein und streckte sich dann auf seinem Bett aus, um ein Schläfchen zu machen.

Der Pieper, den er angewählt hatte, hing natürlich am Gürtel von Abdullah Osman, der sich in den Räumen der Firma Turk Tex BV am Papaverweg 36A aufhielt. Er warf dem piependen Ding einen Blick zu und hob verzweifelt die Hände hoch. Er fühlte sich den Anforderungen des Geschäfts kaum noch gewachsen. Man verbrauchte seine Ware schneller, als er sie liefern konnte. Kaum hatten seine Brüder in Istanbul eine Lieferung nach Amsterdam organisiert, schon schrien die hiesigen Großhändler, die er belieferte, nach mehr.

Die Leute hatten ja keine Ahnung. Sie glaubten, daß Rauschgiftschmuggler ein leichtes Leben hätten und bei einem Geschäft pro Woche in Geld schwimmen würden. Aber leider sah die Wirklichkeit ganz anders aus. Ständige Anspannung, Kummer und Sorgen waren sein tägliches Brot. Abdullah schluckte eine der Pillen, die ihm sein Arzt gegen die Magengeschwüre verschrieben hatte, mit denen sein Organismus sich gegen Streß wehrte.

Gerade jetzt hatte er alle Hände voll damit zu tun, die Lieferung der von Behcet bestellten hundert Kilo nach London zu organisieren, den Transport, den diese Live-Sex-Show-Artisten übernehmen wollten. Behcet hatte ihm bei der Rückkehr aus Budapest noch einmal zu verstehen gegeben, daß er diese Lieferung dringendst und baldigst benötigte. Nun mochten ja manche Leute einen solchen Transport für eine einfache Sache halten, aber Abdullah wußte das besser.

Es stimmte zwar, daß er und Behcet ein ziemlich sicheres Verfahren ausgearbeitet hatten, ihre Ware an den Zollbehörden Ihrer Majestät vorbeizuschmuggeln. Behcet, der Kleine, brauchte sich dabei auch tatsächlich nicht groß anzustrengen. Er mußte nur einen Gebrauchtwagenhändler in Nord-London aufsuchen, den Honest Hikmet oder Ehrlichen Emin, einen alten Wagen für fünfhundert Pfund in bar kaufen und damit wegfahren. Er brauchte bei diesem Kauf nicht ein einziges Personaldokument vorzulegen. Der Ehrliche Emin würde ihm die Wagenpapiere geben, die natürlich noch auf den Namen des früheren Eigentümers ausgestellt sein würden. Behcet wäre zwar verpflichtet, die Zulassungsbehörde über den Besitzerwechsel zu unterrichten und den Wagen nun auf seinen Namen eintragen zu lassen, aber selbstverständlich würde Behcet dem Kraftverkehrsamt was husten. Er würde den Wagen einfach irgendwo parken und die Ankunft von Abdullahs Lieferung abwarten.

Abdullah dagegen mußte in Amsterdam die »Mulis« anwerben, die, wie dieses belgische Sex-Show-Artisten-Paar, das Zeug nach London schleppen würden. Er exponierte sich bei dieser Anwerbung natürlich nicht persönlich, das wäre zu gefährlich gewesen. Vielmehr schickte er einen Rekrutierungsagenten vor, einen Zuhälter von drei Mädchen, die ihre Reize in den Schaufenstern des Rotlichtviertels ausstellten. Dieser Vermittler erhielt 10 000 $ pro Lieferung, und die Mulis bekamen 40 000 $, eine Hälfte bei der Abreise, die andere bei Anlieferung der Ware in London. Abdullah benützte niemals das gleiche Muli mehrfach und ließ sich vor keinem dieser nützlichen Packtiere jemals blicken. Das ideale Muli wäre natürlich eine pensionierte Lehrerin, eine liebe, kleine alte Dame, die kein Zollbeamter auch nur bemerken würde. Doch Abdullahs Rekrutenwerber arbeitete, wo er zu Hause war, an den Kanälen des Rotlichtbezirks hinter der Warmoesstraat. Und die Mulis, die man da auftrieb, waren Sex-Show-Artisten, Prostituierte, Zuhälter und Rauschgiftsüchtige, keine lieben, kleinen alten Damen.

Wenn das Muli oder die Mulis zur Abreise bereit waren, pflegte der Anwerber sich den Wagen, in dem es oder sie reisen wollten, für ein paar Stunden auszuleihen und die Ware, in ein paar Koffer verpackt, in dessen Kofferraum zu verstauen. Das Muli wurde dann mit einem reservierten Ticket für eine Kanalfähre, meist auf der Route Calais–Dover, in Marsch gesetzt. Bei der Ankunft in England war es gehalten, eine bestimmte Telefonnummer anzurufen. Diese Telefonnummer war alles, was das Muli vom Ziel seiner Reise wußte. Einen Namen oder eine Adresse hätte es nicht angeben können, und die Telefonnummer gehörte zu einem geklonten Handy, so daß die Polizei an Hand dieser Nummer niemanden gefunden hätte, falls tatsächlich einmal etwas schiefgehen sollte.

Die Mulis hatten allerdings keine Ahnung, daß sie auf ihrer Reise von jemandem, den sie noch nie gesehen hatten, beschattet wurden. Dieser Beobachter hatte die Aufgabe, sich zu vergewissern, daß die Mulis ohne Schwierigkeiten durch den Zoll kamen. War das der Fall, rief der Schatten Behcet in London an und gab Entwarnung. Behcet würde sich daraufhin an dem geklonten Mobiltelefon melden und den Mulis eine Beschreibung und die Zulassungsnummer des Wagens, den er beim Ehrlichen Emin erworben hatte, geben sowie einen Treffpunkt für die Übergabe der Ware mit ihnen verabreden. Er bevorzugte für diese Transaktionen die Parkstreifen an den Raststätten entlang der nach London hineinführenden Autobahnen. Die Wagenschlüssel, pflegte Behcet den Mulis zu erklären, würden sie im Auspuffrohr finden. Sie hatten dann weiter nichts zu tun, als die Ware in den Gepäckraum des geparkten Wagens umzuladen, die Schlüssel wieder zu verstecken, wo sie sie gefunden hatten, und zu verschwinden. Behcet würde die Transaktion aus sicherer Entfernung beobachten, gewöhnlich von einem Tisch am Fenster der Imbißstube der Raststätte, um sicherzugehen, daß sie nicht etwa die Aufmerksamkeit der Polizei erregt hatten.

Jetzt machten die beiden Sexartisten den armen Abdullah mit ihren Fragen verrückt, was für ihn aufgrund der Erfahrung, daß

Mulis häufig kurz vor Antritt der Reise kalte Füße kriegten, leider kein bißchen erträglicher wurde. Was, wenn der Zoll die Drogen fand? Was sollten sie sagen? fragten sie Abdullahs Rekrutierungsagenten und dieser dann ihn.

»Sie können sagen, was sie wollen, sie werden wenigstens für zehn Jahre in einem britischen Gefängnis logieren müssen«, bellte Abdullah. »Was meinen die denn, wofür wir sie so gut bezahlen?«

Aber nicht nur daß er diesen idiotischen Mulis zureden mußte wie kranken Gäulen, nervte den braven Abdullah, auch daß zwei seiner besten Kunden in Rotterdam ihn zu baldiger Nachlieferung drängten, machte ihn ganz krank. Einer von diesen beiden, Abdullah nannte ihn den »unsichtbaren Türken«, leitete in Spangen, einer armen Gegend, wo es mehr Rauschgifthändler als Gemüseläden gab, einen Ring von surinamesischen und marokkanischen Straßendealern. Den zweiten nannte Abdullah den »Franzosen«, weil dessen Kunden in der Mehrzahl Franzosen waren, die ihr Heroin wegen des reichlichen und preiswerten Angebotes in Holland einkauften.

Dieser blühende Handel zeugte von einer neuen Erscheinungsform des Rauschgiftgeschäfts, dem sogenannten »Narkotourismus«. Dieser fand auf zwei Ebenen statt. Zunächst, auf verhältnismäßig niedrigem Niveau, in den Rotlichtbezirken von Amsterdam und Rotterdam. Die Amsterdamer Polizei schätzte, daß im dortigen Rotlichtbezirk allein zwischen vier- und fünftausend Kleindealer tätig waren. Sie verkauften ihr Heroin in »Kugeln« zu je einem halben Gramm für fünfundzwanzig Gulden an die Süchtigen des Bezirks und an die englischen, deutschen, französischen, spanischen und belgischen *user*, von denen manche ebenfalls schon süchtig, andere noch auf dem Weg zur Abhängigkeit waren, die aber in hellen Scharen in Amsterdam einfielen, weil dort die Droge für ein Viertel des Preises erhältlich war, den man in Paris, Berlin oder Barcelona dafür zahlen mußte.

Der substantielle Narkotourismus, bei dem Abdullah einen Haufen Geld für die Osman-Sippe verdiente, wurde auf höherem Niveau hauptsächlich von Rotterdam, Arnheim und Maastricht aus organisiert. Dabei wurde Heroin in Packungen von mindestens je einem Kilo umgesetzt. Kilopackungen verkaufte Abdullah zum Beispiel dem Franzosen, das Stück zu 15 000 $.

Viele der Kunden des Franzosen kamen in ihren Wagen aus Paris, Lille, Calais und Lyon, kauften für 25 000 bis 28 000 $ ein und fuhren mit dem Rauschgift im Kofferraum nach Frankreich zurück, wobei sie kaum etwas zu befürchten hatten, da ja seit dem Schengener Abkommen Grenzkontrollen zwischen Frankreich, Belgien und Holland praktisch nicht mehr stattfinden. An jedem so aus Holland eingeführten Kilo Heroin, das dann etwa in Paris in Portionen zu einem oder einem halben Gramm an die Verbraucher abgegeben wurde, konnte der Importeur nicht weniger als 100 000 $ verdienen.

Andere französische Kunden kamen mit der Eisenbahn. Bei solchen Reisen pflegten die Dealer einen süchtigen Kunden mitzunehmen, vorzugsweise eine Frau, die sich für eine Gratiszuteilung Stoff dazu herbeiließ, als Muli zu fungieren. Es war üblich, an den Beinen dieses Mulis mit Klebeband ein Pfundpaket Heroin zu befestigen, das dann ein langer, weiter Rock verbarg. Auf der Rückfahrt pflegte der Dealer durch einige Reihen von seinem Muli getrennt zu sitzen, so daß er es im Auge hatte, aber unauffällig verschwinden konnte, wenn es unerwarteterweise doch Ärger mit dem Zoll gab.

Abdullah Osman schluckte noch eine Pille. Wie sollte er mehr Stoff für seinen Franzosen auftreiben, seinem Rekrutenwerber helfen, diese zappeligen Idioten in ihrem Sex-Club zu beruhigen und mindestens einen seiner Amsterdamer Großhändler beliefern – und all das im Laufe der nächsten achtundvierzig Stunden? Das war einfach zuviel verlangt von einer einzigen Person! Und jetzt mußte er sich auch noch um diesen Iren kümmern!

Er fuhr in die Stadt und rief aus einer Telefonzelle an einer Barkassenhaltestelle am Kanalufer das Van-Gelder-Hotel an. »Wer ist am Apparat?« fragte er, als Glynn den Hörer abnahm.

»Paul.«

»Okay, hier ist Halis.« Abdullah bediente sich nie des eigenen Namens, wenn er mit Kunden verhandelte. »Hören Sie, neben Ihrem Hotel gibt es ein Café, das heißt *Hooters*. Gehen Sie in genau einer halben Stunde da hinein, setzen sich an einen Tisch und bestellen Sie sich eine Tasse Kaffee. Ich komme dann auch.«

Das gab Abdullah eine halbe Stunde Zeit, sich zu vergewissern, daß in dem fraglichen Café die Luft rein war. Er erkannte den Iren nach der Beschreibung, die sein Bruder ihm gegeben hatte, als dieser aus dem Hotel auf die Straße trat. Soweit Abdullah es beurteilen konnte, war er sauber, das heißt, es folgte ihm niemand. Er wartete fünf Minuten, bis er sich ihm näherte. Der Ire trank seinen Kaffee und betrachtete das neben ihm sitzende holländische Mädchen, das ungeniert einen *Joint* rauchte und sich zum Rhythmus der Musik bewegte, die ein Walkman ihr in die Ohren blies.

»Paul«, sagte Abdullah, »machen wir einen kleinen Spaziergang.«

Er führte ihn zurück in Richtung des Bahnhofs zu der Tiefgarage an der Biegung des Het Ij-Kanals gegenüber der Hauptfassade des Bahnhofs. »Morgen früh, Punkt zehn, fahren Sie da runter bis auf die zweite Ebene und parken. Lassen Sie die Schlüssel im Auspuffrohr. Dann verlassen Sie die Garage und setzen sich in das Café dort.« Abdullah wies auf das Café *Karpershoek,* dessen Namenszug mit der Unterzeile prahlte: »Der älteste Pub in Amsterdam.« »Bestellen Sie sich ein Bier oder einen Kaffee oder ein Stück Apfelkuchen. Bleiben Sie fünfundvierzig Minuten und holen Sie dann Ihren Wagen aus der Garage. Die Ware wird im Gepäckraum sein. Sie können sich dann auf die Heimreise machen.«

»Und wenn es ein Problem gibt?«

»Es wird kein Problem geben. Aber Sie haben ja die Nummer meines Piepers.« Abdullah streckte die Hand aus. »War nett, mit Ihnen zu tun zu haben«, sagte er. Dann drehte er sich auf dem Absatz um und ging. Er hielt nichts von gesellschaftlichem Verkehr mit seinen Kunden. Wenn es nötig war, eine Geschäftsfreundschaft zu pflegen, konnte sich darum schließlich der kleine Behcet in London kümmern.»

Am späteren Nachmittag des auf seinen Anruf bei Jimmy Shea folgenden Tages hatte Steiner das bei diesem Gespräch gegebene Versprechen bereits eingelöst. Ein Fedex-Paket aus Deutschland landete auf dem Schreibtisch des Vertreters der Firma EG & G in der Freihandelszone des internationalen Flughafens Shannon. Eilig riß Shea das Päckchen auf. Alles war da, die Bestätigung der

Bestellung von fünfundsiebzig HY53-Thrytronen und zwölf KN22B-Kryotronen, ein Scheck über 62 500 $ und das ausgefüllte Antragsformular auf eine US-Ausfuhrgenehmigung für die Kryotronen, unterschrieben von Steiner und mit dem Firmenstempel der Lasertechnik versehen.

Shea nahm das erste Blatt des Antrags der Ausfuhrgenehmigung zur Hand. Dies hatte die Form eines Standardbriefs, in dem die EG & G allen potentiellen Käufern von Kryotronen die Bedingungen des Erwerbs dieser Teile erläuterte.

Wie Ihnen gewiß bekannt ist, hieß es da, *unterliegt der internationale Handel mit Kryotronen den Bestimmungen zur Verhinderung der Weiterverbreitung von Kernwaffen. Wir benötigen deshalb von allen Kunden genaue Angaben über den endgültigen Verwendungszweck der von Ihnen bestellten Kryotronen.*

Kryotronen können frei geliefert werden in die Signaturstaaten des Abkommens über die Nichtverbreitung von Kernwaffen, deren Liste hier beigefügt ist. Wir müssen Sie aber darauf aufmerksam machen, daß die Lieferung an andere Staaten der besonderen Genehmigung des US-Handelsministeriums und der entsprechenden deutschen Behörden bedarf.

Steiner hatte dieses Schreiben gegengezeichnet und damit zu verstehen gegeben, daß er diese Bedingungen akzeptierte.

Der zweite Teil des Antrags war ein Brief mit dem Kopf der Lasertechnik GmbH an die Firma EG & G.

Wir erklären verbindlich, daß die bestellten Kryotronen in einem Sodium-Kristall NYDAG-Laser Verwendung finden sollen zum Zweck der Entwicklung eines Hochenergie-Kurzstrahl-Lasers zum Einsatz bei gesichtschirurgischen Operationen.

Wir erklären des weiteren, daß Deutschland der letzte Bestimmungsort dieser Kryotronen sein wird.

Scheint ja alles seine Ordnung zu haben, dachte Shea, nachdem er alles sorgfältig studiert hatte. Nichtsdestoweniger fand er die Bestellung von gleich einem Dutzend Kryotronen irgendwie merkwürdig. Während seiner Jahre als europäischer Vertreter der EG & G in Shannon hatte er nie mehr als fünf Kryotronen zugleich verkauft und diese stets an in Europa tätige amerikanische Firmen, die sie als Zünder nichtnuklearer Sprengladungen verwendeten.

Er zeigte die Papiere seinem Freund und Kollegen Greg Hickey. Natürlich hatten die beiden Steiners Bestellung schon erörtert.

Hickey musterte die Unterlagen. »Ja«, seufzte er, »eine Viertelmillion Dollar, da kann man schon von einem richtigen Geschäft sprechen, was? Die Papiere scheinen vollkommen in Ordnung zu sein. Und was er mit diesen Kryotronen vorzuhaben behauptet, kommt mir wie ein vollkommen ehrenwerter Verwendungszweck für die Dinger vor. Trotzdem, fragen wir doch mal Johannes.«

Johannes Schmidt war einer der Organisatoren der alle zwei Jahre in München stattfindenden Laser-Messe. Die Laser-Industrie war eine ziemlich geschlossene Gesellschaft, in der man sich untereinander kannte. Von Schmidt wurde sogar angenommen, daß er alles über alle Angehörigen dieser Gesellschaft wußte. Fünfzehn Minuten später trat Hickey an Sheas Schreibtisch.

»Steiners Geschichte scheint in Ordnung zu sein«, erklärte er. »Johannes sagt, daß ihm ein Schutzengel zu Hilfe gekommen ist, irgendein deutscher Kapitalist, der sein Geld in der Laserentwicklung anlegen will.«

»Also leiten wir die Bestellung nach Salem weiter?«

»Ja. Etwas anderes können wir wohl nicht tun«, stimmte Hickey zu. »Außer, daß wir vielleicht Paul Aspen anspitzen sollten, damit er die Sache noch einmal unter die Lupe nimmt, falls doch irgend etwas daran vielleicht nicht ganz koscher ist.«

Gott sei Dank, schon wieder Freitag? fragte Paul Aspen sich eingedenk des alten Schlagertextes selbstironisch, als er sich vor dem Aktenberg niederließ, der sich auf seinem Schreibtisch im Herstellungsbetrieb der EG & G in Salem, Massachusetts, türmte. Was war dankenswert an der Tatsache, daß schon wieder Freitag war? Die Meteorologen am Logan Airport in Boston prophezeiten sechs Zoll Schnee zum Wochenende, seine jüngste Tochter Jenny hatte sich gerade mit Ziegenpeter ins Bett gelegt, und die Boston Celtics hatten es geschafft, sich fast um jede Hoffnung zu bringen, an den Ausscheidungsspielen der NBA teilzunehmen. Mit einem Seufzer zog er den Berg Papiere zu sich heran und rief nach seinem Morgenkaffee.

»Heute kann ich einen doppelten gebrauchen«, ließ er Angela, seine Sekretärin, wissen.

Das erste Memo auf dem Stapel von Schriftsätzen, das seine Aufmerksamkeit erforderte, kam aus Shannon. Warum wenden die sich an mich, anstatt ihre Bestellungen, wie üblich, gleich an die Vertriebsabteilung weiterzuleiten? überlegte er.

Die Antwort auf diese Frage wurde ihm sogleich klar, nachdem er das Schreiben aus Shannon gelesen hatte.

»Angela!« schrie er. »Vergessen Sie den Kaffee. Verbinden Sie mich mit Leigh Stein beim Energieministerium, und zwar sofort. Sagen Sie ihm, daß es äußerst dringend ist.«

Selbst Aspen war überrascht über die Geschwindigkeit, mit der die Regierung auf die Warnung reagierte, die er an Stein übermittelte. Da war irgendein großes Ding im Busch, das dämmerte ihm spätestens in dem Moment, als kaum zehn Minuten nach seinem Gespräch mit Stein dieser Duffy, der sich bei ihm nach Kryotronen erkundigt hatte, aus London anrief.

»Ich will Ihnen nur herzlich dafür danken, daß Sie das Material an Dr. Stein weitergeleitet haben«, sagte Duffy. »Ich spreche nicht auf einer sicheren Leitung, deshalb will ich hier nicht in die Details gehen, aber einer Sache wollte ich mich doch vergewissern. Die Firma, die diese Bestellung bei Ihnen aufgegeben hat – sie heißt Lasertechnik, nicht wahr, mit Sitz in Hamburg, Deutschland?«

Aspen konsultierte die Papiere, die vor ihm lagen. »Der Firmenname stimmt, aber der Sitz der Firma ist in Pinneberg, das ist nicht weit nördlich von Hamburg, glaube ich.«

»Na, klasse. Würden Sie mir den Gefallen tun und die Bestellung aus Pinneberg erst einmal liegenlassen, bis ich mich wieder bei Ihnen melde?«

Am anderen Ufer des Atlantik rief Jim Duffy dann auf einer sicheren Leitung das Bonner Büro der CIA an. In dieser Situation gab es wenigstens keine protokollarischen Probleme, die ihn gezwungen hätten, seine Handlungsweise mit dem deutschen Geheimdienst abzustimmen.

»Hören Sie mal«, fragte er den Bonner Stationschef, »haben Sie irgendwen in Hamburg?«

»Sie belieben wohl zu scherzen. Sie wissen doch wohl auch, wie eifrig der Kongreß bemüht ist, uns gesundzuschrumpfen.«

»Na egal. Wenden Sie sich an das Konsulat. Ich will, daß einer Ihrer Beamten sich das Handelsregister der Stadt Pinneberg vornimmt und mir alles rauszieht, was er da über die Besitzverhältnisse an einer Firma namens Lasertechnik findet.«

»Wie bald brauchen Sie diese Informationen?«

»Ich brauchte sie vor einer halben Stunde.«

»Jesus, Jim, der Konsul dreht durch, wenn ich ihm damit komme.«

»Soll er doch. Sagen Sie ihm, er soll sich sofort selbst auf die Socken machen, wenn er niemanden schicken kann, und zwar augenblicklich. Sagen Sie ihm, daß er etwaige wichtige Verabredungen, die er vielleicht mit seinen Freunden, den hanseatischen Bierbaronen, getroffen hat, vergessen soll, wenn er nicht scharf darauf ist, demnächst ein neues Konsulat in Ulan Bator zu eröffnen.«

Duffys Tonfall hatte an der Dringlichkeit seines Anliegens keinen Zweifel gelassen, und so meldete sich schon nach einer knappen Stunde der CIA-Stationschef wieder bei ihm.

»Fünfzig Prozent der Firma Lasertechnik gehören dem Gründer, einem Deutschen namens Steiner«, verkündete er. »Er hat aber die andere Hälfte kürzlich einer von diesen Liechtensteiner Scheinfirmen verkauft, an die TW Holding in Vaduz.«

»Bingo!« schrie Duffy. TW Holding, das war der Name, der in dem von der NSA dechiffrierten Text vorkam. Die Firma gehörte jener iranischen Nemesis, der er schon seit einer Weile auf der Spur war – dem Professor. »Danke, Kumpel. Ich werde dafür sorgen, daß Sie einen Orden kriegen«, sagte er.

Sekunden später war er aus der Tür und unterwegs zum Reisebüro der Botschaft. Heute, dachte er, in sich hineinlachend, wird Vater Staat glücklich sein, Flynn und mich in der Concorde nach Hause fliegen zu lassen.

Langsam rollten die Wagen nacheinander aus dem gähnenden Schlund der Kanalfähre aus Calais auf den Kai von Dover, wo sie zur Abfertigung durch die britischen Einwanderungs- und Zollbehörden in sechs Warteschlangen eingewiesen wurden. Als auch der Peugeot 306 der beiden Kuriere der Gebrüder Osman sich in eine dieser Spuren einordnete, drückte Lise Volter ihrem Freund und Live-Show-Partner Ralph Routh die Hand.

»Ralphie, ich habe Angst«, flüsterte sie.

»Wieso denn, Liebling?« sagte Ralph beruhigend. »Mach dir doch keine Sorgen. Es wird schon schiefgehen.«

»Was sollen wir denn machen, wenn der Zoll kommt?«

»Gar nichts. Überlaß das alles mir. Himmele mich bloß mit diesem ›Was war das doch wieder für ein wundervoller Orgasmus‹-Ausdruck im Gesicht an.«

»Wie der, den ich dir jeden Abend dreimal im Club auf der Bühne zeige?« fragte Lise kichernd.

»Versuche, die Vorstellung hier ein bißchen realistischer zu machen, wenn du kannst«, lachte Ralph. »Zehn Jahre sind lang.« Er kurbelte das Fenster hinunter und drückte dem Beamten, der nun an den Wagen herantrat, ihre belgischen Personalausweise in die Hand.

»Guten Morgen«, sagte der Mann fröhlich. »Wo soll es denn diesmal hingehen?«

»Nach London, fürs Wochenende«, sagte Ralph lächelnd. »Wir wollen dort Musik hören.«

Der Beamte gab ihnen die Papiere zurück. Ralph reichte sie Lise mit einem Blick, der sagte: Siehst du? So einfach ist das.

Der Zollbeamte wies inzwischen auf das Schild, auf dem angegeben war, welche Waren nicht über den Grünen Kanal eingeführt werden durften und welche Waren zollpflichtig waren und angemeldet werden mußten.

»Sie verstehen doch, daß Sie jetzt durch den Grünen Kanal kommen und was das bedeutet, nicht wahr?«

»O ja«, versicherte Ralph ihm.

»Na schön. Würden Sie bitte mal für einen Augenblick vor dem Zollschuppen da drüben halten?«

Ein besorgter Ausdruck verdrängte das stereotype Lächeln aufs Ralphs Gesicht. »Irgendwas nicht in Ordnung?«

Lise krümmte unwillkürlich die Zehen ihres linken Fußes. Unter dem Heftpflaster, das sie über das Hühnerauge auf ihrem kleinen Zeh geklebt hatte, steckte das Stück Papier mit der Telefonnummer, die sie anrufen sollten, sobald sie durch den Zoll wären.

371

»Nur eine Routinestichprobe«, sagte der Beamte. Ein paar weitere Beamte traten aus dem Zollschuppen, als Ralph davor hielt. Sie gingen um den Wagen herum und blickten suchend in dessen Inneres. Dann sagte einer: »Würden Sie bitte den Kofferraum öffnen, Sir?«

Ralph folgte der Aufforderung. Dieser enthielt drei Koffer, seinen, Lises und den großen mit dem Heroin, das sie für den holländischen Freund in London abliefern sollten, der ihnen freundlicherweise diesen Wochenendausflug vorgeschlagen hatte, bei dem sie spielend 40 000 Dollar verdienen könnten.

»Gehören die alle Ihnen, Sir?« fragte einer der Beamten höflich.

Das war, wie Ralph lebhaft empfand, der kritische Augenblick. Die nächsten zehn Jahre seines Lebens standen auf dem Spiel. Er durfte keinen Fehler machen. Aber was sollte er sagen? Vor allem durfte er jetzt nicht die Nerven verlieren.

»Ja«, sagte er, wobei eine plötzliche Heiserkeit seine Stimme schwanken ließ.

»Würden Sie dann so freundlich sein, sie für uns zu öffnen?«

Ralph nahm Lises Koffer und klappte ihn als ersten in der schwachen Hoffnung auf, daß der Anblick von Lises Reizwäsche die Neugier des Beamten befriedigen würde.

Die Hoffnung wurde enttäuscht. Einer der Männer wies auf den großen Koffer. »Und der da?«

Mit zitternden Händen zog Ralph den Koffer heraus, löste die Ledergurte und schlug den Deckel zurück. Drinnen standen, in Reih und Glied mit Klebeband umwickelt, Plastikbeutel voller Heroin.

»Was ist das?«

»Keine Ahnung«, stammelte Ralph.

»Zucker vielleicht?« fragte einer der Zollbeamten. »Lieben Sie Ihren Tee sehr süß?«

»Ich weiß nicht, wo dieses Zeug her kommt. Da sollten meine Anzüge drin sein.«

Der Zollbeamte unterdrückte ein Lächeln. Das sagten sie immer. »Vielleicht hat Ihnen ein kleiner Kobold diese Beutel untergeschoben, was?« Er ergriff einen der Beutel. »Würden Sie mich bitte begleiten, Sir?«

»Wohin?« fragte Ralph kaum hörbar.

»Wir wollen diese Substanz mal testen. Bestimmen, was das ist.«

Lise hatte sich auf dem Beifahrersitz zusammengekauert und versuchte, ihr Schluchzen zu unterdrücken. Zehn Jahre, dachte sie, zehn Jahre im Gefängnis. Sie würde ihnen sagen, daß die Sache allein ihren Freund, dieses Arschloch, anginge, daß sie keine Ahnung vom Inhalt dieses Koffers gehabt hätte. Aber da war dieses Stück Papier mit der Telefonnummer in ihrem Strumpf. Das mußte sie unbedingt loswerden. Dann konnte sie den Polizisten erzählen, was immer sie wissen wollten.

Im Innern des Zollschuppens griff einer der Beamten nach einem halb mit einer wäßrigen Flüssigkeit gefüllten Fläschchen in einer Art Medizinschränkchen. Er entstöpselte die Phiole, nahm eine Prise des Pulvers aus dem Plastikbeutel und sagte: »Ich werde jetzt den Marquis-Reagenz-Test durchführen, um festzustellen, ob dieses Pulver Opium enthält.«

Er streute das Pulver in das Fläschchen und schüttelte langsam die Mischung. Einige Sekunden geschah gar nichts, dann verfärbte sich die milchige Mischung zu einem prächtigen Violett.

»Sir«, erklärte der Beamte, »das Pulver, das Sie in diesen Beuteln mitführen, ist Heroin. Ich verhafte Sie unter dem Verdacht, versucht zu haben, Heroin in Großbritannien einzuführen. Wollen Sie einen Anwalt anrufen?«

Die Nachricht, daß am Kai in Dover einhundert Kilogramm Heroin mit einem geschätzten Verkaufswert von zehn Millionen Pfund Sterling beschlagnahmt worden waren, machte im *Evening Standard* Schlagzeilen und leitete bei allen Fernsehsendern in der englischen Hauptstadt die Abendnachrichten ein.

Der Mann, für den die Lieferung bestimmt gewesen war, surfte durch alle Kanäle und hörte überall das gleiche. Wut und Ekel erfüllten ihn. Ein wachsamer Zollbeamter habe etwas Verdächtiges an den Kurieren bemerkt, sagte einer der Sprecher.

»Ach, Scheiße!« murmelte der jüngste der Osmans. Ein wachsamer Zollbeamter! Das war der Scheiß, den der Zoll der Presse auftischte, um nicht mit der Wahrheit herausrücken zu müssen, daß er nämlich einen Tip gekriegt hatte.

Der Transport war verpfiffen worden. Auf keine andere Weise hätte der Zoll sonst Wind davon bekommen können. Aber wer war der Verräter? Es mußte der Anwerber sein, durch den Abdullah in Amsterdam die Mulis rekrutieren ließ.

»Sauhund!« bellte Behcet, der jüngste der Osmans.

Der Anwerber wußte, wer Abdullah war und wo er zu finden war. Wenn er den Transport verpfiffen hatte, warum, zum Teufel, sollte er nicht auch Abdullah verpfeifen? Und wenn die holländischen Bullen erst mal Abdullah hatten, würden sie bald auch ihm selber auf der Spur sein. Da saßen seine Söhne bei den Schularbeiten. Wie würden sie damit fertig werden, aus England in die Türkei flüchten zu müssen? Und zu erleben, daß man ihren Vater als Rauschgifthändler einbuchtete?

Behcet schlug sich mit der rechten Faust auf die linke Handfläche. Sie mußten sich diesen verdammten Anwerber vorknöpfen, ehe er sie den Bullen ans Messer liefer und das ganze komplizierte Gefüge der Osmanschen Handelsbeziehungen in Trümmer legen konnte!

Freitag abend, und abermals begann ein Wochenende. An der Metrostation Strasbourg Saint Denis in Paris, in den von Zigeunern bewohnten Vorstädten von Madrid, am Frankfurter Hauptbahnhof, an der Hochbahnstation St. Pauli in Hamburg, in der Alphabet City an der Lower East Side von Manhattan, im Bedford-Stuyvesant-Bezirk von Brooklyn und in den verwüsteten Slums der südlichen Bronx gingen die Dealer unter die Leute, zischend und murmelnd für die Glück bringende Ware werbend, die sie allen, die auf ein tolles Wochenende aus waren, zu bieten hatten.

In London bereitete Eddie Foulkes, »Eddie der Rastafari«, wie ihn seine Kunden wegen der weichen schwarzen, ledernen Ballonmütze nannten, mit der er sich als Angehöriger der Sekte, die solche Mützen in Mode gebracht hatte, auszuweisen schien, sich auf das Geschäft der kommenden Nacht vor. Er hatte dafür gesorgt, daß ihm die Ware nicht ausgehen würde, denn just hatte er sich bei dem von ihm bevorzugten Großhändler Paul Glynn, dem Iren, mit einem halben Kilo eingedeckt. Glynn hatte immer guten Stoff, frisch aus der Türkei.

Eddie hatte sich der hohen Qualität dieser letzten Lieferung gerade durch einen kleinen chemischen Test vergewissert, der zwar vielleicht primitiver als der von Zoll und Polizei angewandte Marquis-Reagenz-Test war, aber für seine Zwecke vollkommen genügte. Dazu hatte er ein wenig von dem Heroinpulver auf ein Stück Silberfolie gestreut, es mit der Flamme seines Feuerzeugs erhitzt, bis es sich auflöste, und dann prüfend die entstehende Flüssigkeit betrachtet. Je klarer diese war, desto reiner war erfahrungsgemäß der Stoff. Diesmal war die Flüssigkeit fast so klar gewesen wie Evian-Wasser, und das bewies, daß es sich um echt guten *Shit* handelte, der da zerronnen war.

Er hätte nun mit diesem echt guten *Shit* ein paar Runden drehen, ihn nämlich mit irgend etwas strecken können, aber Eddie, der Rastafari, war stolz auf die Qualität seines Angebots. Wer sich mit diesem *Shit* einen Schuß setzte, würde für mehrere Stunden zum Himmel fahren und sich später, zur Erde zurückgekehrt, erinnern, wo er den Stoff für diese Himmelfahrt bezogen hatte.

Natürlich setzten sich dieser Tage nur die wenigsten seiner Kunde noch Schüsse. Die Kids von heute schnüffelten oder rauchten. Im Laufe der letzten fünf, sechs Jahre hatte sich die Szene ziemlich verändert. Einst hatte er einen Kreis von Stammkunden beliefert, die alle süchtig waren und tagein, tagaus ihre Sucht befriedigen mußten. Damals konnte er damit rechnen, an diese feste Klientel jeden Tag so ziemlich die gleiche Anzahl Ein-Gramm-Tütchen abzusetzen. Damit war es jetzt vorbei. Das Geschäft verlief jetzt im gleichen Rhythmus wie bei den Supermärkten, wo an Freitagen und Sonnabenden groß eingekauft wurde, während zur Wochenmitte der Absatz stockte.

Sorgfältig, fast liebevoll wog Eddie sein Pulver Gramm für Gramm ab und schüttete die Portionen in kleine Zellophantüten, die er dann mit einem Stück Klebestreifen verschloß. Es gab da draußen ein paar Arschlöcher, die ihren Stoff für fünfundvierzig, fünfzig Pfund das Gramm verkauften. Sein Stoff dagegen war so gut, daß er versuchen würde, sechzig oder siebzig für die gleiche Menge zu kriegen. Na, dachte er, das letzte Tütchen zuklebend, hier kommt Eddi der Rastafari, Leute, mit echt gutem *Shit* zur Feier einer spitzenmäßigen Samstagnacht.

Zwanzig Minuten später schlenderte er aus der Untergrundbahnstation Earls Court, bereit zum abendlichen Rundgang durch die Straßen seines Sprengels, der Priester eines neuen und entschieden weltlichen Glaubens. Zunächst allerdings verschloß er den größten Teil der dreißig Tütchen, die er im Laufe der Nacht abzusetzen hoffte, im Küchenschrank des Souterrainzimmers, das er in einer billigen Pension am Earls Court Square gemietet hatte.

Dann begann er seinen Rundgang durch das Viertel, wo es viele solcher schäbigen Absteigen gab, deren Bewohner jetzt vor den Häusern auf den Treppen saßen, die Abendluft genießend oder rauchend. Er bummelte bis zur Exhibition Hall, dann zum Earls Court zurück, wo er in die Fast-Food-Restaurants hineinschaute, in die Cafés, in die Pubs und sogar in Waterstone's Buchhandlung. Schließlich hatten ja auch gebildete Leute Verwendung für seinen Stoff. Er kam gerade aus dem Buchladen und wandte sich wieder der Untergrundbahnstation zu, als er ein paar Schritte vor sich eine vertraute Silhouette erblickte.

Mann, dachte er, das ist doch dieses blonde Aas, diese amerikanische Tussi, die die Beine breit machte, um ihren Bedarf decken zu können – und ihr Bedarf war wirklich nicht von schlechten Eltern. Zwei, drei Tütchen, fast zweihundert Pfund täglich für den alten Eddie. Dann war sie eines Tages plötzlich von der Bildfläche verschwunden gewesen. Vermutlich wegen Prostitution eingebuchtet, hatte Eddie vermutet.

Er lief ihr verstohlen nach, bis er plötzlich neben ihr ging. »Hey, schöne Dame«, murmelte er, »wie geht's, wie steht's? Wo bist du denn abgeblieben?«

Belinda Flynn sah ihn überrascht an. »Ich bin ausgestiegen, Eddie«, sagte sie. »Ich bin jetzt sauber.«

»Hey, Mädchen, großartig. Das ist ja cool, echt cool. Wie lange bist du denn schon sauber?«

»Drei Monate.«

»Klasse.« Eddie zeigte ihr die Zähne in einer Grimasse, die als freundliches Lächeln gedacht war, doch mehr wie ein lüsternes Grinsen wirkte. »Drei Monate. Wenn du jetzt wieder anfängst, wirst du echt in den Himmel fahren – so wie früher.«

»Ich fange nicht wieder an, Eddie.«

Sicher, dachte der Dealer, das sagen sie alle, bis sie schwach werden und sich wieder einen Schuß setzen. Belinda trug einen beigen Kaschmirmantel mit schräggeschnittenen Taschen, und der Gürtel war so fest um die Taille gebunden, daß die Taschen offenstanden. Eddie nahm ein Tütchen und ließ es geschickt in die offene Manteltasche des Mädchens neben ihm fallen. »Echt guter Stoff auf dem Markt dieser Tage, Mädchen«, flüsterte er, »echt gut. Da hast du ein kleines Geschenk von deinem alten Freund Eddie, wenn du mal einen kleinen Tröster brauchst.«

»Ich habe dir doch gesagt, daß ich sauber bin, Eddie«, sagte Belinda scharf.

»Na klar, schöne Dame. Aber wenn du den alten Eddie doch noch mal brauchst, weißt du ja, wo er zu finden ist«, schnurrte der Dealer und verschwand in der Menge, die aus der Untergrundstation strömte.

Belinda sah ihm nach und umklammerte das Tütchen, das er ihr in die Tasche gesteckt hatte. Warum bist du hier? fragte eine Stimme in ihrem Inneren. Warum gehst du hier in dieser Gefahrenzone spazieren? Wirst du fallen, weil dir ein Dealer ein Tütchen in die Tasche geschoben hat? Schmeiß das Zeug weg, ehe es zu spät ist!

Jenseits des Kanals in der französischen Hauptstadt war eben zu dieser Zeit dem Heroin die Hauptrolle in einer gänzlich anderen Szene zugedacht. Celine Nemours, sechsundzwanzig Jahre alt, war die Gastgeberin eines regelmäßigen Treffens, das jeden Freitagabend einen kleinen Freundeskreis junger Leute im Alter von achtzehn bis zu fünfundzwanzig Jahren zum Genuß der unangestrengten Wonnen, die geschnupftes Heroin verheißt, vereinte.

Sie waren alle auf dem gleichen Weg zu deren Wertschätzung gelangt. Erst Hasch, dann Ecstasy bei Raves und endlich dieser coolere, sanftere, lässigere Trip. Celine besorgte allwöchentlich Stoff. Das war heutzutage ja leicht, *super facile* sogar. Sie brauchte nur mit ihrem Handy den Pieper ihres Dealers anzuwählen. Wenn das Antwortsignal kam, tippte sie ihre persönliche Codenummer – die zweiunddreißig – ein, die dieser ihr gegeben hatte, und beendete die Verbindung. Ein paar Minuten später rief er sie dann aus einer Telefonzelle an, und sie verabredeten Zeit und Ort für den Austausch von Ware und Geld.

Die Szene hatte sich wahrlich sehr verändert, seitdem sie 1992 angefangen hatte, Dope zu nehmen. Damals mußten sie und ihr portugiesischer Freund sich in das 18. Arrondissement bemühen, um sich in der Rue Mercadet den Stoff zu beschaffen. Ein ekliges Viertel war das, voller Junkies und Nutten. Sie kauften den Stoff in einem verwahrlosten Wohnhaus an der fraglichen Straße. Die ehemaligen Dienstbotenquartiere unter dem Dach wurden nun von senegalesischen und guineischen Dealern bewohnt. Zwölf solcher Kammern gab es, in denen zwölf Händler ihre Ware feilboten. Es ging zu wie in einem zentralafrikanischen Basar. Jetzt konnte man sich dank der neuesten elektronischen Kommunikationsmittel diese Mühe sparen.

Die Party begann wie gewöhnlich um zehn Uhr abends. Man trank, plauderte und lachte während eines leichten Abendessens. Nach dem Essen räumten die Mädchen die Teller ab, Celine legte eine neue Techno-CD ein und öffnete die erste ihrer Ein-Gramm-Tüten Heroin. Die ganze Szene war total anders als zu der Zeit, als sie angefangen hatte, Dope zu nehmen. Damals spritzten sich die Leute das Zeug noch. Jeder setzte sich einen Schuß, verschwand in einer Ecke und versank in das bißchen Nirvana, das die Droge nur für ihn allein inszenierte.

Die jetzige Szene war locker, supercool. Man lag oder saß und lauschte dem pulsierenden Rhythmus der Musik, plauderte, kicherte, betatschte einander in aller Ruhe, unaufgeregt. Niemand roch, als hätte er schon seit Monaten nicht mehr gebadet, wie die Junkies früher. Verdammt noch mal! versicherte sich Celine, als sie sich zurücklehnte und sich von der Wärme der Droge durchdringen ließ, niemand kann von einem *rail* die Woche süchtig werden – und von zweien auch nicht. Also leg dich hin und genieße!

Oft war sie bei ihren Expeditionen zur Ecke der 125. Straße und der Park Avenue dort die einzige weiße Frau auf der Straße. Auf eine seltsame Weise machten ihr diese Ausflüge, bei denen sie da oben, am Rande von Spanish Harlem, ein paar Tütchen Heroin zu besorgen hatte, ziemlichen Spaß. Sie liebte das Gefühl der Gefahr, das Gefühl, etwas Verbotenes zu tun, etwas, das nur wenige der Freundinnen, mit denen sie in Larchmont aufgewachsen war und das vornehme Sarah-Lawrence-College besucht hatte, je wagen würden. Auf seine Weise gehörte dieser Ausflug als Voraussetzung zum Zauber der ganzen Szene, war Teil der dunklen, geheimnisvollen mitternächtlichen Umarmung des Heroins.

Normalerweise erledigte ihr Mann die Einkäufe da oben, aber heute war er draußen auf Long Island und nahm die Sturmfenster von dem kleinen Sommerhaus ab, das sie kürzlich dort gekauft hatten, und bereitete es auf ihre erste Saison in der Sonne dort vor. Was für eine köstliche Ironie, dachte sie. Sie und Jerry waren das typische Paar der Neunziger, das Erfolg hatte in Manhattan. Jeden Morgen um halb acht joggten sie im Central Park, aßen selten rotes Fleisch, fanden Woody-Allen-Filme super, kannten die Adressen aller Sushi-Restaurants im Umkreis von fünf Blöcken um ihre Wohnung an der Upper West Side, fuhren einen passend ramponiert aussehenden Volvo-Station-Wagen. Er arbeitete als Makler bei Goldman Sachs, sie als Einkäuferin für Henri Bendel.

Nur in einem Punkt wichen sie von der ihnen vorgezeichneten Bahn ab – oder glaubten es zumindest. Seitdem sie vor sechs Monaten in der Wohnung eines Freundes im Dakota zum ersten Mal den »neuen Stoff« geschnupft hatten, war das Heroin ihr Wochenendding geworden. Das Schnupfen war cool und vermittelte ihnen das erhebende Gefühl, ein bißchen gefährlich zu leben, etwas zu tun, das ihre Freunde überraschen und schockieren würde, wenn sie davon wüßten.

Es gab Verhaltensmaßregeln, die man beachten mußte, wenn man hier oben am östlichen Ende der 125. Straße einkaufen wollte. Man ging auf und ab und tat, als sei man hier zu Hause, wobei man den Blickkontakt möglichst vermied, sonst konnte man nämlich in Verdacht kommen, man sei ein verdeckter Ermittler, der sich an einen Dealer ranmachen wollte, um ihn hochzunehmen. Nach ein paar Schritten bemerkte sie einen jungen Hispanic, der sich auf der Kühlerhaube eines Buick Riviera rekelte, während ein großes Kofferradio zu seinen Füßen Rap-Musik ausspie, die laut genug war, im Umkreis von drei Metern jede Glasscheibe bersten zu lassen.

Mit diesem stellte sie Blickkontakt her, und als sie den antwortenden Blick sah, den sie suchte, flüsterte sie: »Weißt du, wo ich einen Joint kriegen kann?«

Damit fing man immer an. Wegen eines Joints ist schließlich noch niemand hochgenommen worden.

»Ja«, schnurrte der Hispanic, »kann ich besorgen. Brauchen Sie sonst noch was?«

»Na ja, also, wenn du auch ein bißchen Stoff hättest, das wäre echt cool.«

»Habe ich und vom Besten. Frisch aus der Türkei.« Was der Junge unerwähnt ließ – nicht zuletzt, weil er es selber nicht wußte – war, daß dieses Heroin frisch aus dem Arschloch eines englischen Junkies kam, der als Muli für einen nigerianischen Bruder tätig war, der den Stoff als Honorar für die Ausradierung irgendeiner türkischen Tussi erhalten hatte.

Sie kaufte zehn Zehndollartütchen für hundert Dollar und nahm sich dann für die Heimfahrt ein Taxi. Wie das meiste in Spanisch Harlem verkaufte Heroin wurde auch das von ihr erworbene als Markenartikel gehandelt. Der Name, der auf den Tüten stand, war angesichts der Herkunft dieser Ware besonders passend. Er lautete nämlich *Red Rum*, und diesen Namen brauchte man nur rückwärts zu lesen, um auf *Murder*, Mord, zu kommen.

Mitternacht auf der Hamburger Reeperbahn. Die Mädchen säumten die Straße von der St.-Pauli-Polizeiwache bis zur Herbertstraße. Gegen die beißende Kälte in limonengrüne, himmelblaue, violette, aprikosenfarbene und altgoldene einteilige Skianzüge verpackt, sahen sie wie Konkurrentinnen in einem Abfahrtslauf aus, die auf den Start des Rennens warteten. Ungarinnen, Tschechinnen, Polinnen und Ostdeutsche waren das Treibgut, das nach dem Untergang des Sozialismus an diesen Straßenrand gespült worden war, um dort den Kapitalismus in seiner ältesten und ursprünglichsten Form zu praktizieren.

Ludwig von Benz schlenderte die Straße entlang und suchte die beiden ungarischen Mädchen, die für ihn arbeiteten. Wie die meisten Mädchen an dieser Straßen waren auch seine beiden heroinabhängig. Ludwig, der ein Herz für seine Angestellten hatte, wollte Eva und Magda eine kleine Freude machen, die ihnen helfen sollte, die kalte, anstrengende Nacht durchzustehen. Zuerst entdeckte er Magda, die am Schaufenster einer

Burger-King-Filiale lehnte, eine Zigarette rauchte und mit angespanntem Gesicht ins Leere starrte. Sie sah nicht aus wie die aus Film und Fernsehen bekannte fröhliche Nutte, fand Ludwig. Er küßte sie auf die Wange.

»Wie geht's denn so, Puppe?« fragte er besorgt.

Magda zuckte gleichgültig die Achseln. »Die übliche Scheiße. Ein paar Engländer, die sich so vollgesoffen hatten, daß ihre Schwänze wie zu weich gekochte Spaghetti waren.«

Ludwig nahm ihr die Zigarette aus dem Mund. »Hier, ich habe dir was Besseres mitgebracht«, sagte er und reichte ihr eine andere Zigarette.

Es war eine von der Sorte, die in Hamburg als »Skonk« bekannt waren und eine Mischung aus Tabak, Haschisch und Heroin enthielten. Magda brauchte das natürlich nicht gesagt zu werden. Sie zündete sich die neue Zigarette an, inhalierte tief und versuchte, möglichst lange den Atem anzuhalten.

»Ah, das ist gut!« sagte sie, den Rauch ausatmend.

»Das wird dich über die Nacht bringen, verlaß dich drauf«, versprach Ludwig lächelnd und küßte sie abermals auf beide Wangen. Dann ging er, stets der um die irrenden Schäfchen besorgte gute Hirte, auf die Suche nach Eva, um auch dieser eine solche kleine Tröstung zukommen zu lassen.

Was überhaupt schiefgehen konnte in meinem Leben, dachte Belinda Flynn, ist schiefgegangen. Da sitze ich nun in diesem deprimierenden Zimmer in einem fremden Land, so total vereinsamt wie man nur irgend sein kann. Ihr Bruder Mike, der wie ein plötzlicher frischer Wind in London angekommen war, hatte nach Washington zurückkehren müssen. Den Job, der ihr als Layouterin für Laura Ashley versprochen worden war, hatten sie einer anderen gegeben, was sie erst erfahren hatte, als sie um drei dort zur Arbeit erschienen war. Ja, wir haben ein anderes Mädchen angestellt, hatte man ihr gesagt, ohne ein weiteres Wort der Erklärung oder gar des Bedauerns.

Diese Enttäuschung hatte alle ihre Hoffnungen Lügen gestraft. Sie war fast pleite. Sie hatte noch genau dreiundvierzig Pfund und sechzig Pence auf dem Konto, nicht einmal genug für ein Ticket nach Hause. Sie war so deprimiert und niedergeschlagen, daß sie nicht einmal die Kraft hatte, von ihrem Stuhl aufzustehen und auf die Straße zu gehen, um Freier anzumachen, vorausgesetzt, sie hätte das gewollt – was nicht der Fall war.

Verzweifelt betrachtete sie das kleine Tütchen, das Eddie der Rastafari, ihr in die Tasche gesteckt hatte, als sie sich in Earls Court begegnet waren. Welche unterbewußte böse Macht hatte sie in diese Gefahrenzone zurückgetrieben? Warum hatte sie den Stoff nicht weggeschmissen? War dieses Tütchen da ihr Schicksal, das sie erwartende Verhängnis?

Sie griff nach dem Telefon, um ihre drei engsten Vertrauten von *Narcotics Anonymous* um Hilfe anzuflehen. Bitte, bitte, bat sie das Telefon, laß jemanden daheim sein, der mir Kraft, der mir Hoffnung geben und mich von diesem verfluchten Tütchen fernhalten kann.

Aber Belindas Anrufe gingen ins Leere.

Schluchzend brach sie zusammen. Dann erleuchtete sie eine Offenbarung. Mike müßte eigentlich inzwischen schon wieder in seiner Wohnung in Washington sein. Diese plötzliche Erleuchtung tröstete sie so sehr, daß sie die Telefonnummer ihres Bruders fast wie in Trance wählte und einen Freudenschrei ausstieß, als auf das amerikanische Läutzeichen ein die Herstellung der Verbindung anzeigendes Klicken folgte.

»Hi, hier ist Mike Flynn. Leider bin ich im Augenblick nicht zu Hause ...«

Sie ließ den Hörer fallen und begann von neuem zu schluchzen. Dann, wie von einer übermächtigen, keinen Widerspruch duldenden Kraft gezwungen, wanderten ihre Blicke wieder zu dem fatalen Tütchen, das da auf dem Tisch lag. Mechanisch ging sie zum Medizinschränkchen und entnahm ihm eine Spritze. Aus einer Schublade in ihrer Kochnische holte sie einen Eßlöffel, den sie mit Pulver aus dem Tütchen füllte, nachdem sie seinen Stiel zurückgebogen hatte. Dann erhitzte sie das Pulver mit der Flamme ihres Feuerzeugs, bis es sich in die klare Flüssigkeit aufgelöst hatte, die sie in die Spritze füllen konnte.

Sie ging zu ihrem Bett und legte sich hin. Mit einer geübten Bewegung stieß sie sich die Nadel dicht über dem Ellbogen in die Unterarmvene und begann, sich das Rauschgift zu injizieren. Langsam drang der Saft des Mohns, der auf den *Dscheribs*

Ahmed Khans gewachsen war, in einem Land, dessen Ort Belinda Flynn nicht einmal auf einer Landkarte gefunden hätte, in den Blutstrom des unglücklichen Mädchens ein.

Sie streckte sich aus. Eine immense Wärme erfüllte sie vom Scheitel bis zur Sohle, rauschte durch ihre Adern. Sie spürte, wie sich ihre Pupillen verengten. Nichts kann mir jetzt schaden, dachte sie. Sie flog und fühlte sich vollkommen selig, während nun das beste Erzeugnis des Osmanschen Gewerbefleißes, dessen siebzigprozentige Reinheit von keinem Händler herabgemindert worden war, seinen Ansturm auf ihr System begann. Dieses war nun, dank der Entwöhnung, die sie mit Hilfe der Freunde von den *Narcotics Anonymous*, so mühevoll hinter sich gebracht hatte, auf die Wirkung des Rauschgifts so unvorbereitet, als habe es dergleichen nie erfahren.

Der Blutstrom führte das Heroin in ihre Leber, wo ihre Enzyme es wieder in Morphin zurückverwandelten und, so verwandelt, schoß es dann in die Hirnrinde, wo die Nervenenden des Gehirns die Chemikalien in ihren Blutstrom ausschütteten, die sie jenes gesteigerte Hochgefühl spüren ließen.

Zugleich lähmte die Droge die Reaktionen des Rückenmarks, die den Atemrhythmus kontrollierten. Ihre Atemzüge wurden langsamer und langsamer, und unausgeatmetes Kohlendioxid begann, sich im Atemzentrum des Gehirns aufzustauen und den Prozeß zu verstärken, bis er sich selbständig fortsetzte. Belinda bekam nicht mehr mit, wie es um sie stand: daß sie in der tödlichen Umarmung einer Überdosis lag. Es kam weder zu Krämpfen noch zu verzweifeltem Ringen nach Atem – wie in dem Film *Pulp Fiction* die Wirkung einer Überdosis ebenso eindrucksvoll wie unrichtig dargestellt wird. Ihr Leben verebbte langsam, schmerzlos, fast friedlich. Nach sieben Minuten stellte das Atemzentrum des Gehirns seine Tätigkeit ganz ein. Belinda Flynns langer Kampf war zu Ende. Das Heroin hatte gewonnen.

Na, dachte Jim Duffy, wenigstens weiß man, daß man die Aufmerksamkeit der Regierung hat, wenn man an einem Samstagmorgen den Vizepräsidenten in Bluejeans und einer Windjacke ins Büro kommen sieht. So gekleidet saß er jetzt nämlich neben dem Nationalen Sicherheitsberater im Konferenzraum des Nationalen Sicherheitsrats im Keller des Westflügels des Weißen Hauses und erwartete Duffys Bericht.

Außerdem saßen an anderen Orten in Washington andere Regierungsmitglieder vor den TV-Monitoren und harrten der Bildschirmkonferenz, bei der Duffy Bericht erstatten sollte. Niemand, mit Ausnahme des stellvertretenden Vorsitzenden der Joint Chiefs of Staff, Stabschefs der Streitkräfte, der in seiner Marineuniform erschienen war, trug eine Krawatte. In Langley hatte man Duffy den Ehrenplatz zwischen dem Direktor und dem stellvertretenden Operationsdirektor Jack Lohnes gegeben, direkt gegenüber der Fernsehkamera. Soviel Aufmerksamkeit ist wohl hinreichend, dachte Duffy, einen zu verführen, sich zu wichtig zu nehmen.

Den Vorsitz bei dieser Videokonferenz hatte der Nationale Sicherheitsberater persönlich. »Gentlemen«, begann er. »Sie werden sich erinnern, daß uns Jim Duffy von der Agency vor drei Wochen die Bestätigung der Berichte lieferte, denen zufolge die Iraner beim Abzug der sowjetischen Streitkräfte aus Kasachstan drei Nuklearsprengköpfe an sich gebracht hätten. Heute morgen wird er uns schildern, auf welche Weise die Iraner planen, diese nuklearen Artilleriegeschosse in einsatzfähige Massenvernichtungswaffen zu verwandeln, und was sie damit vorhaben. Mr. Duffy.«

Duffy räusperte sich und blickte in die Kamera. Zunächst faßte er kurz die Umstände der Ermordung Tari Harmians zusammen. »Wir wissen, daß die Iraner eine Transitsteuer auf das Morphin erheben, das über iranisches Gebiet zur Weiterverarbeitung in die Türkei transportiert wird. Harmian hatte die Aufgabe, dieses Geld zu investieren, bis dieser Mann ...« Duffy drückte auf einen Knopf auf der Tastatur vor ihm, und auf den Bildschirmen erschien das Foto des Professors, »es brauchte. Dieser Mann, Professor Kair Bollahi, nimmt hauptsächlich die Aufgabe wahr, Waffen für das Regime der Mullahs zu beschaffen, insbesondere Bauteile für Massenvernichtungswaffen. Wir dürfen wohl annehmen, daß er das iranische Nuklearprogramm konzipiert hat und dessen Ausführung leitet.«

Duffy drückte abermals einen Knopf, und nun erschien auf

den Monitoren der Text des Telefonats zwischen Harmian und dem Professor, das MI 5 kurz vor Harmians Tod aufgezeichnet hatte. »Hier haben wir zunächst die Erklärung für die Ermordung Harmians. Noch wichtiger scheint mir aber zu sein, daß wir aus diesem Gespräch wohl schließen können, daß der Codename für das iranische Nuklearprogramm Khalid ist. Die wichtigste Auskunft, die uns dieses von MI 5 abgefangene Gespräch aber gibt, ist gewiß die, daß bei den Iranern offenbar die Absicht besteht, die nuklearen Massenvernichtungswaffen, mit deren Entwicklung sie beschäftigt sind, gegen Israel einzusetzen.«

»Wenn Sie es mit einem solchen Streich versuchen«, grollte der stellvertretende Chef der Generalstäbe, »werden sie schnell ehemalige Angehörige des nuklearen Clubs sein oder vielmehr überhaupt mit Haut und Haaren der Vergangenheit angehören.«

»Gentlemen, hören wir erst, was Mr. Duffy uns noch zu berichten hat«, bat der Nationale Sicherheitsberater.

»Vor ungefähr zwei Wochen erwarb TW Holding, eine in Panama eingetragene Firma, die, wie wir aus Informationen wissen, die unsere NSA aufgefangen hat, von unserem Freund dem Professor kontrolliert wird, fünfzig Prozent der Anteile an einer deutschen Firma namens Lasertechnik, die sich der Herstellung von Hochgeschwindigkeitslasern widmet.«

»Mit ihrem Drogengeld?« fragte der Ministerialdirektor des Außenministeriums.

Duffy zuckte die Achseln. »Höchstwahrscheinlich. Jedenfalls hat gestern EG & G in Salem, Massachusetts, von der Firma Lasertechnik eine Bestellung für ein Dutzend Kryotronen erhalten, jene elektrischen Schaltgeräte, die, wie man uns allen hier unlängst erklärt hat, von den Iranern benötigt werden, um die Plutoniumkerne ihrer Nukleargranaten erfolgreich zu zünden.«

»Gute Arbeit!« rief der Chef des FBI, ein Mann, der mit seinem Lob für die CIA gewöhnlich eher geizte.

»Das sind zwölf Kryotronen, die diese Bastarde nie zu sehen kriegen werden.«

»Soweit ich mich erinnere«, sagte der Ministerialdirektor des Außenministeriums, »hat man uns bei unserer letzten Konferenz versichert, daß die Iraner zur Umwandlung ihrer Artilleriegranaten in Bomben mit Massenvernichtungspotential zweihundert von diesen Dingern brauchen würden, nicht bloß ein Dutzend.«

»Richtig«, räumte Duffy ein. »Seitdem habe ich mich aber mit den Experten der Herstellerfirma EG & G unterhalten, und die befürchten, daß die Iraner, wenn sie sich nur etwa ein Dutzend Kryotronen verschaffen, imstande sein könnten, binnen kurzer Zeit das Gerät in der benötigten Anzahl nachzubauen.«

Die unerfreuliche Nachricht wurde mit bestürztem Schweigen aufgenommen. Dann sagte der Admiral, der die Chefs der Generalstäbe vertrat: »Gott sei Dank, daß es Ihnen gelungen ist, den Versuch der Iraner zu entlarven, sich das benötigte verdammte Dutzend zu beschaffen.«

»Lassen Sie mich mal ganz unschuldig fragen«, warf der stellvertretende Verteidigungsminister ein. »Warum ersuchen wir nicht einfach die Deutschen, diesen Mann, den Sie ›den Professor‹ nennen, zu verhaften und an uns auszuliefern?«

»Weil die Gefahr besteht, daß sie uns diesen Gefallen nicht tun«, erwiderte der Direktor der CIA. »Bei solchen Sachen sind sie notorisch unkooperativ. Statt dessen riskieren wir mit einem solchen Auslieferungsbegehren, daß sie ihm einfach ins Ohr flüstern, die Amerikaner seien hinter ihm her, und ihn mit dem nächsten Flugzeug aus Deutschland abschieben.«

»Ich habe eine viel bessere Idee«, meinte der Nationale Sicherheitsberater grinsend. »Warum geben wir nicht dem Mossad ein Bild von diesem Typen und was wir sonst an Informationen über ihn haben, zum Beispiel den Tip, daß er wiederholt in Hamburg gesehen worden ist? Dann können die sich um den kümmern, wie sie sich um Bill gekümmert haben, den Kanadier, der diese weittragende Kanone für Saddam Hussein gebaut hat.«

»Oder um diesen Hamas-Führer in Jordanien?« lächelte der Mann vom Außenministerium.

»Doug«, sagte der Direktor der CIA, »damit würden wir uns alle zu Komplizen bei einem Mord machen. Und zumindest die von mir geleitete Behörde unterliegt in dieser Hinsicht Beschränkungen durch Bestimmungen des Kongresses.«

Jesus Christus, dachte Duffy, bei dieser verdammten Konferenz ist nun wirklich schon lange genug um den heißen Brei herumgeredet worden. Er wandte sich seinem Mikrophon zu. »Gentlemen«, sagte er, »ich glaube, bisher ist keinem von Ihnen die Gelegenheit zu einer noch viel erfolgversprechenderen Verfahrensweise aufgefallen, die sich für uns aus dieser Situation ergibt.«

»Und worum handelt es sich dabei, Mr. Duffy?« fragte der Nationale Sicherheitsberater.

Duffy gab sich alle Mühe, schadenfrohes Augenzwinkern zu unterdrücken, denn er wußte, wie bestürzend manche der Konferenzteilnehmer die Idee finden würden, die er ihnen zu unterbreiten gedachte. »Ich bin überzeugt, daß wir nichts Klügeres tun können, als den Verkauf jener zwölf Kryotronen anstandslos vonstatten gehen zu lassen.«

»Das darf doch nicht wahr sein«, murmelte der FBI-Mann in einem Ton, der keine Bewunderung für die CIA mehr erkennen ließ. »Der Kerl spinnt doch.«

Duffy ignorierte die Bemerkung. »Genaugenommen wissen wir nur, daß die Iraner drei nukleare Sprengköpfe besitzen, die sie sich in Kasachstan beschafft haben. Wo diese Sprengköpfe gegenwärtig sind und was sie eventuell mit ihnen vorhaben, wissen wir dagegen nicht. Ehe wir aber keine Antwort auf diese beiden Fragen haben, sind wir, wie ich meine, außerstande, irgendwelche Maßnahmen zu ergreifen, um die Bedrohung, die für uns oder für die Israelis von den Plänen der Iraner ausgeht, wirksam zu neutralisieren.«

»Und Sie meinen, daß es uns irgendwie gelingen würde, diese Antworten zu erhalten, wenn wir ihnen die Kryotronen geben, die sie brauchen, um die Plutoniumkerne ihrer Bombe zu zünden?« fragte der Nationale Sicherheitsberater ungläubig.

»Ja«, sagte Duffy, und man merkte ihm an, daß ihn die unverhohlene Fassungslosigkeit des Sicherheitsberaters amüsierte. »Allerdings.« Inzwischen hatte er den Kryotron, den ihm Paul Aspen bei seinem Besuch in Salem zur Verfügung gestellt hatte, aus der Tasche gezogen und schwenkte ihn vor der Kamera. »Einige von Ihnen werden sich vielleicht erinnern, daß uns schon bei unserer letzten Konferenz die Dame vom Energieministerium ein derartiges kleines Ding gezeigt hat. Es handelt sich um einen Kryotron von der Art, auf die die Iraner scharf sind, mutmaßlich weil sie ihre Nuklearwaffen damit zünden wollen.«

Er schnippte mit dem Daumen gegen die kleine Glasblase, die nicht größer war als der Fingernagel eines Mannes. »Nun, wenn sie die Dinger wirklich zu diesem Zweck brauchen, und zwar so dringend, daß sie nicht zögern, eine deutsche Firma aufzukaufen, um sie sich zu beschaffen, dann können wir wohl darauf wetten, daß diese kleinen Teile umgehend in die Nähe jener Plutoniumkerne gelangen werden, die sie aus den sowjetischen Artilleriegranaten ausgebaut haben, nicht wahr? Ich meine, diejenigen unter Ihnen, die sich des Vortrags unseres guten Doktors erinnern, werden ja doch wissen, daß diese Kryotronen wichtige Bestandteile der Bomben sind, die die Iraner basteln wollen. Wo immer sie also auftauchen, kann man annehmen, daß die Bomben nicht weit sind. Ich würde sagen, daß die Logik dieser Schlußfolgerung unwiderlegbar ist. Meinen Sie nicht auch?«

Der Nationale Sicherheitsberater gab Duffy mit einem gedämpften, aber nichtsdestoweniger zustimmenden Grunzen recht.

»Ich empfehle folgendes: Wir sollten in jeden der nach Deutschland zu liefernden Kryotronen eine winzige Wanze einbauen, einen Minisender und -empfänger, den wir von einem Sigint-Satelliten aus anpeilen können. Der Sender würde dann mit einem Signal antworten, das uns praktisch anzeigen würde, wo wir ihn zu suchen hätten. Wenn wir dann den Ort des Senders bestimmt hätten, würden wir einen von unseren neuen GPS-Fotosatelliten in Stellung bringen und dessen Kameras auf den Punkt der Erdoberfläche richten, von dem wir das Signal empfangen haben.«

»Aber wie gut kann ein von einem Beobachtungssatelliten aus aufgenommener Film denn sein?« fragte jemand.

»Gut genug, um das Signal in einem Umkreis von fünf Metern zu lokalisieren. Mit anderen Worten: Wir können einem Lastwagen, einer Limousine oder einem Fußgänger, der einen Koffer mit den Kryotronen über die Straße trägt, mühelos bis zum Haupteingang des nuklearen Lagerhauses der Iraner folgen, ganz gleich, wo sich das nun befindet. Wenn uns das erst einmal gelungen ist, und wir wissen, wo sie die verdammten Dinger lagern, können wir uns überlegen, wie wir weiter vorgehen sollten.«

»Aber meinen Sie, daß es möglich ist, einen solchen Sender in diesen winzigen Glasblasen so zu verstecken, daß er niemandem auffällt?« fragte der Mann vom Außenministerium.

»Die Erfahrung lehrt mich, daß so etwas möglich ist, und ich kenne Leute, die sich ausgezeichnet auf die Lösung solcher Aufgaben verstehen. Ich würde ihnen gern die Frage vorlegen und hören, was sie dazu zu sagen haben.«

Zum ersten Mal beteiligte sich nun der Vizepräsident an den Verhandlungen. »Ich glaube, daß Mr. Duffy uns da eine verdammt gute Idee vorgetragen hat«, erklärte er. »Ich schlage vor, daß er den Leuten, an die er da denkt, die Frage gleich am nächsten Montag morgen vorlegt und uns anschließend berichtet, was er erfahren hat.«

ACHTES BUCH

Die Höhle der Märtyrer

Wo, zum Teufel, ist Flynn, dachte Jim Duffy zornig. Der Kerl ist bisher noch zu keiner Besprechung auch nur dreißig Sekunden zu spät gekommen und jetzt, für die wichtigste, die wir jemals hatten, ist er schon über eine halbe Stunde zu spät dran. Er blickte auf seine Uhr. Acht Uhr dreißig. In spätestens zehn Minuten würde er mit dem Berater, den die Abteilung für Wissenschaft und Technologie der Agency ihm mitgegeben hatte, ohne Flynn losfahren müssen, um noch rechtzeitig in Tyson's Corner anzukommen.

Er begann, die erste Seite der Montagsausgabe der *Washington Post* zum dritten Mal zu überfliegen, als er Flynn den schmalen Gang zwischen den Mönchszellen, die dem Antirauschgiftdezernat der Agency als Büros dienten, entlangeilen sah. Seine Krawatte saß schief, und das dichte, schwarze Haar war ungekämmt, was Flynn überhaupt nicht ähnlich sah. Als er bei ihm war, bemerkte Duffy, daß Flynns Augen rotgerändert waren. Sag bloß, daß der Typ geheult hat, dachte Duffy.

»Was, zum Teufel, ist denn los, Mike?«

»Es ist wegen meiner Schwester Belinda.«

»Was denn?«

»Sie ist tot. An einer Überdosis gestorben, in London. Ein paar von ihren Freunden unter den anonymen Rauschgiftsüchtigen haben sie letzte Nacht tot in ihrer Wohnung gefunden.«

»Scheißspiel!« Vor Duffys geistigem Auge erschien das Bild des zerbrechlichen, verletzlichen jungen Mädchens, das im Kerzenschein die Schrecken der Heroinsucht geschildert hatte. »Was genau ist denn passiert?«

»Weiß der Teufel. Das Zeug, das heute auf den Markt kommt, ist teilweise so unverschnitten, daß es auf ein sauberes System, wie sie es inzwischen wieder hatte, auf Anhieb tödlich wirken kann.«

»Gott, Mike, das tut mir echt leid.« Duffy nahm den jüngeren Mann in die Arme. »Ich weiß dieser Tage wirklich nicht mehr, wen ich mehr hasse, diesen Professor und seine Bande Fanatiker oder die Leute, die mit dem Zeug handeln, das Ihre Schwester umgebracht hat.«

»Es sind ja auch dieselben wundervollen Menschen«, stöhnte Flynn.

»Ja, da haben Sie recht. Hören Sie, fliegen Sie jetzt erst mal nach London und holen Belinda heim, ich werde Sie hier inzwischen vertreten.«

Eine halbe Stunde später saßen Duffy und der Kommunikationsexperte von der Abteilung für Wissenschaft und Technologie in einem Konferenzraum in einem dieser neuen Bürohochhäuser aus Stahl und Glas gleich hinter der Shopping Mall an der Tyson's Corner. Ihnen gegenüber saßen drei junge Männer und eine junge Frau, die leitenden Direktoren einer Firma, die sich Eagle Eye Technologies nannte. Wunderkinder der Neunziger, dachte Duffy, kaum dreißig, jeder auf den Spuren von Bill Gates. Ihr durchschnittlicher Intelligenzquotient lag vermutlich irgendwo bei 185, und man konnte sich wahrscheinlich darauf verlassen, daß jeder in irgendeiner obskuren naturwissenschaftlichen Disziplin promoviert hatte. Ich möchte wetten, daß die Hälfte von ihnen auf Inline-Skates zur Arbeit rollen, um nicht zur Luftverschmutzung beizutragen, überlegte er. Wahrscheinlich kommen sie mit einem Rucksack, in dem sie ihr Mittagessen mitbringen, Tofu oder Sushi mit Kräutertee in einer Thermosflasche.

»Nun, Mr. Duffy«, sagte der Sprecher der vier, Mitch Storrs. »Was können die Eagle Eye Technologies für Sie tun?«

Nachdem Duffy den adleräugigen Vier sein Projekt erläutert hatte, holte er das ihm von Paul Aspen zu Verfügung gestellte Kryotron hervor. »Dieses winzige Teil ist ein Kryotron. Irgendwie, mit Ihrer Hilfe, müssen wir ihm eine Wanze einsetzen.«

Storrs nahm ihm das Teil aus der Hand. »Gewiß. Ich weiß, wie ein Kryotron aussieht. Ich habe am MIT in Kernphysik promoviert.« O Gott, dachte Duffy, ich sitze tatsächlich einer Riege junger Genies gegenüber.

Storrs studierte das Gerät, um seine Erinnerung an dessen

inneren Bau aufzufrischen, und reichte es dann an seine Kollegen weiter.

»Ich will versuchen, Ihnen zu skizzieren, was wir hier machen«, sagte er zu Duffy und ergriff eine metallene Gürtelschnalle. »Wir haben bisher größtenteils im Bereich der nationalen Sicherheit gearbeitet. Jetzt steigen wir in die kommerzielle Anwendung unserer Technologie ein. Wir nennen unsere Sender–Empfänger ›Adleraugenmarken‹. Wir könnten zum Beispiel eine solche Marke in einer Gürtelschnalle wie dieser verbergen. Genausogut könnten wir sie Ihnen auch unter die Haut pflanzen. Nehmen wir mal an, daß Sie aus irgendeinem Grund fürchten müßten, entführt zu werden. Sie tragen also stets den Gürtel mit unserer Marke, wohin Sie auch gehen. Eines Tages verschwinden Sie. Also schicken wir der Adleraugenmarke, die wir in Ihrer Gürtelschnalle installiert haben, ein Signal. ›Hey‹, fragen wir, ›wo sind Sie?‹ Das Antwortsignal empfangen wir über einen Global-Star-Satelliten. Von denen sind achtundvierzig am Himmel, die hauptsächlich der Stimmübertragung dienen. Wir haben aber einen Trick erfunden, der es uns erlaubt, sie dazu zu benützen, jemanden aufzuspüren. Gestatten Sie mir, Ihnen vorzuführen, wie das läuft.«

Storrs wandte sich dem in den Konferenztisch eingebauten Computer zu. »Wir haben einen Kunden in Baton Rouge, im Staate Louisiana, der eine unserer präparierten Gürtelschnallen trägt.« Er tippte etwas in die Tastatur. »Jetzt habe ich über unsere Bodenstation hier in Washington seiner Gürtelschnalle eine Botschaft geschickt. Das Antwortsignal der Schnalle wird auf dem Weg über den gleichen Satelliten, über den wir unsere Anfrage gesendet haben, zu uns zurückkehren. Dann stellen wir einen Haufen Faktoren in Rechnung, zum Beispiel die Zeit, die die Botschaft für Hin- und Rückweg benötigt, den Dopplereffekt, denn der Satellit bewegt sich natürlich, und andere solche Sachen, und auf Grund dieser Daten könnten wir dann genau den Ort berechnen, von dem aus die Schnalle ihr Antwortsignal geschickt hat. Und siehe da:«

Eine Reihe von Zahlen erschien auf dem Bildschirm des Computers. »Das sind Breite und Länge des Orts, von dem uns die Schnalle ihr Signal geschickt hat.« Er gab dem Computer weitere

Anweisungen, und nun entrollte sich auf dem Bildschirm eine Landkarte der Sümpfe an der Mississippimündung, auf der sich zwei rote Linien schnitten. »Genau da ist er, am Schnittpunkt dieser beiden roten Linien. Wir können den Aufenthaltsort des Mannes mit unserer Gürtelschnalle in einem Radius von drei Fuß bestimmen.«

»Hat der Typ etwas davon gemerkt, daß Sie bei seiner Gürtelschnalle angefragt haben?«

»Nicht das Geringste. Aber sehen wir uns nun mal Ihr Problem an.« Wieder ergriff Storrs Duffys Kryotron und schwenkte es durch die Luft. »In dieser kleinen Glasblase ist ein Vakuum, das ein leicht radioaktives Gas enthält, Nickel 63. Das ist der erfreuliche Befund, denn das heißt, daß dieser Teil zu jeder Zeit eine geringe Radioaktivität ausstrahlt. Und das wird es unseren iranischen Freunden äußerst schwer machen, unser Radiosignal abzufangen.«

»Okay«, sagte Duffy lächelnd. »Nun zu dem unerfreulichen Befund.«

»In der Blase des Kryotronen ist nicht Platz genug, einen Sender und einen Empfänger zu installieren. Einen Sender ja, aber nicht beides.«

»Wie groß ist der Sender, den Sie benutzen werden?«

»Winzig. Nur ein Metallstäubchen. Wir können das ganze Ding einschließlich der Batterie in dieser kleinen Glasblase unterbringen. Wir verwenden Gallium, eine Arsenmetallverbindung, bei der es sich praktisch um einen Hochleistungssilikoncomputerchip handelt. Sieht so aus.«

Storrs nahm ein kleines, quadratisches Plättchen zwischen Daumen und Zeigefinger. »Das ganze Ding steckt da drin. Die Batterie und der Chip, der sendet.«

»Jesus«, staunte Duffy. »So klein?« Selbst er war überrascht von dem damit bewiesenen rasanten Fortschritt der Miniaturisierung elektronischen Geräts. »Das ist ja kaum zu sehen.«

Storrs strahlte wie der Vater des Knaben der Schulmannschaft, der soeben das spielentscheidende Tor geschossen hat. »Unsere Marke sendet auf einer vorher bestimmten Frequenz piep, piep, piep. Man empfängt das Signal und bestimmt dann dessen Ausgangsort mittels der Technik, die ich Ihnen soeben vorgeführt habe.«

»Welche Kraftquelle benützen Sie?«

»Lithium.«

»Und Sie können diesen Sender so programmieren, sich einmal täglich zu melden?«

»Wir können ihn programmieren, genau das zu tun, was Sie von ihm erwarten. Wollen Sie die Kryotronen einmal täglich lokalisieren? Oder einmal stündlich?«

Duffy bedachte die Frage eine Minute lang. »Junge, Junge, wenn das Ding sich einmal stündlich melden würde, das wäre natürlich traumhaft. Sie müssen bedenken, daß wir von dem Augenblick an, in dem EG&G die Dinger nach Deutschland liefert, bis zu ihrer Ankunft da, wo die Iraner sie haben wollen, sicherheitshalber damit rechnen müssen, daß ein ganzer Monat vergeht.«

Storrs führte an seinem Computer einige schnelle Kalkulationen durch. »Okay, nehmen wir mal an, wir gäben Ihnen ein Signal stündlich. Eine Batterie würde unter diesen Umständen nach fünf oder sechs Tagen erschöpft sein. Wie Sie aber sagen, haben die Iraner zwölf von den Dingern bestellt. Wir stecken Wanzen in alle und programmieren diese, einander abzulösen. So meldet sich Kryotron Nr. 1 vom ersten bis zum fünften Tag vierundzwanzig Mal täglich. Kryotron Nr. 2 vom sechsten bis zum zehnten und so weiter. Das würde Ihnen vierundzwanzig Meldungen pro Tag während einer Periode von sechzig Tagen garantieren.«

Duffy überlegte. Diese Techniken waren viel weiter gediehen, als er geahnt hatte. »Welche Frequenz würden Sie vorschlagen?«

»Wir operieren am liebsten auf dem L-Band. Das ist eine Mikrowellenfrequenz. Ich würde sagen, für unsere Zwecke wäre etwa 1,5 Gigahertz die beste.«

»Wissen Sie, Mr. Storrs, ich bin zwar kein Elektroingenieur, aber mir ist zu Ohren gekommen, daß heutzutage die Ätherwellen vollgemüllt sind mit den Emissionen von Radios, Fernsehen, Funktelefonen, Radar, weiß Gott, mit was noch allem. Wie können Sie sichergehen, daß Ihr Signal auf der von Ihnen gewählten Frequenz durch dieses Chaos dringt?«

»Mr. Duffy«, sagte Storrs mit dem herablassenden Lächeln des Meisters angesichts der Verwirrung Uneingeweihter, »es gibt keinen Sender, der genau auf der Frequenz sendet, die man ihm vorgeschrieben hat. Zunächst mal gibt es immer Echos, die sogenannten Zipfel oder Schleifen der Radartechniker, die seitlich der Hauptübertragung abstrahlen. So mag die für 1,5 geplante Hauptübertragung auf einer Frequenz von 1,501 oder 1,5016 Gigahertz liegen. Daneben wird es aber Seitenschleifen oder Zipfelübertragungen geben, die zwischen 1,1 und 1,9 Gigahertz liegen mögen. Die Sache ist nun aber, daß diese Nebenübertragungen nicht empfangen werden können, weil sie keine Kraft haben. Ich meine, wenn Sie einen Empfänger nicht schon in einer Entfernung von fünfzig Zentimetern vom Sender aufstellen, werden diese Signale weder empfangen noch beantwortet, verstehen Sie?«

Duffy nickte.

»Nun wird Ihr Satellit da oben darauf programmiert sein, Signale auf Frequenzen von, sagen wir, 1,4950 bis 1,5050 zu empfangen. Und die wird er registrieren, denn hinter denen wird die Kraft des kleinen Senders stecken, den wir in die betreffenden Kryotronen eingeschmuggelt haben.«

Duffy wandte sich an den Berater, den die Agency ihm mitgegeben hatte. »Sind Sie mit allem einverstanden, was wir bisher gehört haben?«

»Absolut. Für diese Übung werden wir natürlich unsere nationalen Sicherheitssatelliten benützen können, Sigint-Vögel wie Vortex oder Mentor. Die können den Herkunftsort der Signale mit noch größerer Präzision triangulieren als der Global Star, den Sie verwenden. Der gibt Ihnen zwar, was Sie ›Straßeneckengenauigkeit‹ nennen, aber unsere Vögel können den Sender genau auf dem Tisch hier orten.«

»Und ein Foto davon machen?«

»Angenommen, dieser Tisch stünde draußen auf der Terrasse, ein Picknick-Tisch vielleicht, und darauf läge der Sender – unsere neuen Vögel aus der KH-Jumpseat-Serie machen Ihnen ein Bild des Tisches mit dem Sender in der Mitte eines Kreises von drei Metern Durchmesser. Die auf dem Tisch liegende *Washington Post* könnten Sie zwar vielleicht auf dem Foto nicht lesen, doch am Titel jedenfalls erkennen.«

»Okay. Versuchen wir uns vorzustellen, was bei der Sache

schiefgehen könnte. Besteht die Gefahr, daß die iranische Fernmeldekontrolle unsere Signale auffängt und ihrerseits den Sender ortet?«

Storrs' Antwort: »Es gibt eine Technik, die einem gestattet, die Emissionen über ein weites Spektrum von Frequenzen zu zerstreuen, so daß, wenn die Iraner es unternehmen, einzelne Frequenzen zu überwachen, es ihnen nicht gelingen wird, die Signale abzufangen, wenn sie nicht im Besitz der richtigen Verbreitungscodes sind.«

»Großartig. Nun mag es doch aber Orte geben, von denen aus vielleicht die Signale nicht zu uns durchdringen würden. Was wäre zum Beispiel, wenn sich der Sender an Bord eines Flugzeugs befände?«

»Kein Problem.«

»Ein Lastwagen, eine Limousine, ein Zug?«

»Kein Problem.«

»In einem Bürohochhaus?«

»Das kommt darauf an, wie hoch das Haus ist und wo sich darin der Sender befindet. Bei fünf oder sechs Stockwerke unter dem höchsten kriegen wir ihn noch immer mit Leichtigkeit.«

»Und in einer unterirdischen Höhle?«

»Negativ. Aber wenn unser Sender aus der Höhle wieder an die Erdoberfläche kommt, werden wir ihn wieder hören.«

»Wie lange würden Sie voraussichtlich brauchen, in den zwölf Kryotronen Sender zu installieren?«

Der junge Wissenschaftler lächelte. »Nicht lange. Ich meine, das Beste wäre, wenn wir es da oben in Massachusetts gemeinsam mit den Leuten von der EG & G machten, die die Kryotronen herstellen. Zwei Tage vielleicht.«

»Mr. Storrs.« Seine Worte hätten den feierlichen Klang haben sollen, in dem der Geistliche am Altar einem Hochzeitspaar das Eheglück verspricht, aber wie immer bei Duffy war der Ton weniger feierlich als ironisch. »Ich glaube, daß Ihr Land Sie brauchen wird. Würden Sie sich bitte für einen dringenden Auftrag bereithalten?«

Ganz gleich, wie skeptisch oder zynisch man gelernt hat, den politischen Prozeß zu würdigen, dachte Duffy, irgendwie etwas

Ehrfurchtgebietendes hat die Aussicht, gleich dem Präsidenten der Vereinigten Staaten in seinem *Oval Office* im Weißen Haus zu begegnen, letztlich doch. Natürlich war dieses für ihn nicht das erste derartige Treffen. Während der achtziger Jahre, als er in Caseys Gunst stand, war er gelegentlich hierhergebracht worden, um Ronald Reagan über den Fortschritt des afghanischen Krieges zu berichten.

Es heißt, daß Reagan während langer Konferenzen häufig einschlummerte. Duffy hatte dergleichen nie bemerkt. Wenn das Kommunistentöten der Gegenstand der Besprechung war, war der ›große Kommunikator‹ immer ganz bei der Sache gewesen und hatte nie die geringste Müdigkeit gezeigt. Nun, in diesen berühmten Raum, in das *Oval Office* des Weißen Hauses, zurückgekehrt, wo das von Stuart gemalte Bildnis George Washingtons hing und man auf den Rasen hinter dem Weißen Haus hinausblickte, empfand Duffy ein ihm vertrautes Prickeln. Ja, dachte er, ich habe recht gehabt, in das Angebot einzuwilligen, die Arbeit wieder aufzunehmen.

Plötzlich öffnete sich die Tür, ein Marineinfanterist trat ein und bellte: »Der Präsident der Vereinigten Staaten!« Und da kam er schon, gefolgt von seinem Nationalen Sicherheitsberater. Er war viel größer, als man ihn vom Fernsehen her kannte. Groß genug, dachte Duffy, neben mir für die Mannschaft der Universität von Oklahoma gespielt zu haben.

Der Präsident machte die Runde und schüttelte den Beratern, die er zu dieser Besprechung bestellt hatte, die Hände. Anwesend waren die Minister des Äußeren und für Verteidigung, der Direktor der CIA, der stellvertretende Vorsitzende der Generalstäbe der Streitkräfte und Dr. Steiner, der Waffendesigner des Energieministeriums. Als er bei Duffy anlangte, hielt er inne, umfaßte dann Duffys ausgestreckte Hand mit beiden Händen und sah ihm dabei mit lasergleicher Intensität in die Augen.

Duffy wußte aus Erfahrung, daß Politiker hart an sich arbeiten, um jedem, mit dem sie sprechen, für einen kurzen Augenblick das Gefühl zu geben, die allerwichtigste Person auf der ganzen weiten Welt zu sein. Der Grad, in dem dieser Präsident diese wichtige Fähigkeit besaß, war zwar bereits legendär, doch nichtsdestoweniger war Duffy überrascht von der Intensität der Aufmerksamkeit, die der erste Mann im Staat ihm zuwandte.

Die blauen Augen verengten sich, und die vertraute, schnarrende Stimme sagte: »Sie haben gute Arbeit geleistet, Mr. Duffy. Wir können von Glück sagen, daß Sie wieder an Bord gekommen sind. Wenn wir diese ganze Sache hinter uns haben und uns nicht länger aus Sicherheitsgründen so bedeckt halten müssen wie jetzt, werde ich dafür sorgen, daß die Regierung Sie angemessen für die Umstände entschädigen wird, unter denen Sie die Agency verlassen mußten.«

Duffy war so verblüfft, daß er kaum imstande war zu murmeln: »Danke, Sir.« Der Präsident beendete seinen Rundgang und nahm hinter seinem Schreibtisch Platz.

»Bitte, Gentlemen«, sagte er, »nehmen Sie doch Platz. George«, dabei nickte er dem Sicherheitsberater zu, »hat mir ausführlich Bericht erstattet über das Problem, das sich uns mit dem Erwerb von drei mit nuklearen Sprengköpfen versehenen Artilleriegranaten durch die Iraner stellt. Er hat mir auch erzählt, was Mr. Duffy über die deutsche Firma in Erfahrung gebracht hat, hinter deren Fassade die Iraner versuchen, sich Hochqualitätskryotronen zu verschaffen. Er hat mir auch über Mr. Duffys Vorschlag berichtet, diese Kryotronen wie bestellt zu liefern, aber in jeden einen verborgenen Sender einzubauen. Ich bin deshalb der Meinung, daß wir zunächst mal hören sollten, was uns Mr. Duffy über die technische Durchführbarkeit seines Plans zu sagen hat.«

Sicherlich ist keine Aufgabe so einschüchternd wie die, dem Präsidenten der Vereinigten Staaten Bericht zu erstatten. Duffy hatte selbst erlebt, wie ein stellvertretender Außenminister, der Ronald Reagan über Afghanistan Bericht erstatten sollte, vor Aufregung die Stimme verlor und heiser wurde. Er hatte sich also auf den Report, der heute hier von ihm erwartet wurde, sorgfältig vorbereitet. Er räusperte sich, um das Wort zu ergreifen, als der Präsident von neuem sprach, diesmal direkt zu ihm gewandt. »Übrigens, Mr. Duffy, Sie sollten eines bedenken: In diesem Büro achten wir nicht auf den Rang, den jemand hat. Ich will Informationen, die besten Informationen, die ich kriegen kann, und der Dienstgrad desjenigen, der sie mir verschafft, ist mir, ehrlich gesagt, vollkommen schnuppe.«

»Ja, Sir.« Duffy lächelte. Zu seiner eigenen Überraschung begann er, den Typ zu mögen. Er trug dann seine Punkte nacheinander vor und sah dabei gelegentlich den Präsidenten und dessen Berater an, um sich zu vergewissern, daß seine Hörer ihm folgten. Als er fertig war und sich in seinen Sessel zurücklehnte, ließ der Präsident seinen Blick in die Runde gehen, um die Reaktionen der anderen zu prüfen.

»Ehrlich gesagt, Gentlemen«, sagte er, »für meine laienhaften Ohren hat sich das wie ein vollkommen akzeptabler Vorschlag angehört. Hat irgend jemand Einwände gegen das, was Mr. Duffy uns empfohlen hat?«

Niemand äußerte Bedenken.

»Okay«, fuhr der Präsident fort. »Ehe wir nun die technische Seite von Mr. Duffys Idee erörtern, möchte ich noch wissen, welche Optionen wir unter den gegebenen Umständen sonst vielleicht noch haben. Betrachten wir die nächstliegende erste Möglichkeit: Unser Handelsministerium läßt die deutsche Firma wissen, Pech gehabt, Kryotronen kriegt ihr nicht von uns, Freunde. Das würde zwar die Bemühungen der Iraner, ihre Plutoniumkerne in Massenvernichtungswaffen mit hoher Sprengkraft zu verwandeln, behindern – doch würde es sie zunichte machen? Irgendwie bezweifele ich das. Die Pakistanis haben es ja auch geschafft, sich Kryotronen in ausreichender Menge zu beschaffen, ohne uns darum zu bitten, oder?«

Zustimmendes Murmeln rund um den Schreibtisch des Präsidenten.

»Na schön.« Der Präsident nickte. »Angenommen, es gelingt ihnen, diese nuklearen Artilleriegranaten in der beabsichtigten Weise zu veredeln, was beabsichtigen sie – unseres Erachtens nach – mit den so gewonnenen Massenvernichtungswaffen zu machen?«

»Mr. President«, sagte Duffy. »Da ich die abgefangenen Telefongespräche, Funksprüche und so weiter, auf denen unsere diesbezüglichen Vermutungen beruhen, aus erster Hand kenne, sollte ich vielleicht die Frage beantworten. Ich glaube, verräterisch sind dabei vor allem zwei Äußerungen. Zunächst die Erklärung des Mannes, der offenbar mit der Durchführung des iranischen Nuklearprogramms betraut ist, daß die Atombomben ›gegen die Feinde des Islam‹ eingesetzt werden sollen. Wie Sie wissen, Mr. President, hat in den Augen dieser Extremisten der Islam zwei Hauptfeinde, nämlich Israel und den ›Großen Satan‹ – uns. Aus dem Umstand, daß sie als Decknamen für ihr Unternehmen den Namen ›Khalid‹ gewählt haben, läßt meiner Meinung nach darauf schließen, welchen ihrer beiden Todfeinde sie zuerst vernichten wollen.« Während er seinen Hörern die Bedeutung des Namens Khalid erklärte, segnete er insgeheim die Weisheit Nancy Harmians, die ihn auf diese Spur gebracht hatte. »Sie denken also an irgendeinen Ort in Israel, Mr. President, nicht auf Long Island.«

»Gut«, pflichtete der Präsident ihm bei. »Aber lassen Sie mich mal für einen Augenblick den *advocatus diaboli* spielen, wie es in solchen Situationen meine Pflicht ist. Was haben die Iraner wirklich vor? Wollen sie die Waffen zu Einschüchterungszwecken? Für einen Präventivschlag? Zur Abschreckung? Ist es möglich, daß sie nur einfach glauben, Atomwaffen zu ihrer Verteidigung zu brauchen? Daß sie vorhaben, sie an irgendeinem geheimen Ort aufzustellen, um dann sagen zu können: ›Hey, wir haben hier diese Dinger, um unsere islamische Revolution gegen Angriffe von außen zu schützen. Wir haben aber nicht die Absicht, sie gegen irgend jemanden, der uns in Frieden läßt, aggressiv einzusetzen.‹«

»Mr. President«, antwortete die Außenministerin. »Auch ich halte es für möglich, daß die Iraner versuchen, diese Granaten in Bombensprengsätze umzugestalten, um diese dann den Langstreckenflugkörpern aufzusetzen, an deren Entwicklung sie so verzweifelt arbeiten. Wenn sie das schaffen würden, könnten sie sich hinstellen und der islamischen Welt verkünden: ›Brüder, jetzt haben wir eine islamische Waffe, mit der wir überall in Israel zuschlagen können.‹ Man kann sich vorstellen, wieviel Prestige und Macht ihnen das verschaffen würde – selbst wenn sie gar nicht die Absicht hätten, diese Waffen einzusetzen.«

»Könnten wir damit leben? Und, was noch wichtiger ist, könnten es die Israelis? Werden sie einfach sitzen bleiben und so etwas geschehen lassen, Frau Ministerin?« fragte der Nationale Sicherheitsberater.

Sie zuckte die Achseln. »Die Israelis leben schon fünf Jahre im

Schatten von Hafez el Assads Raketen, deren Gefechtsköpfe mit Milzbranderregern gefüllt sind und die wahrscheinlich eine Menge mehr Israelis töten könnten als eine von diesen Atombomben. Sie haben nichts dagegen unternommen. Sie haben wahrscheinlich gedacht, daß ihre Atombomben eine hinreichend abschreckende Wirkung hätten, um den Syrer vor unbesonnenen Streichen abzuhalten. Und warum sollten sie das nicht auch hinsichtlich der Iraner annehmen können?«

»Assad mag ein Schurke sein, Mr. President«, warf der Direktor der CIA ein, »er ist aber auch ein zäher, berechnender schlauer Bursche. Abschreckung wirkt auf einen solchen Typ. Aber einige von den Mullahs, die im Iran das Sagen haben – nicht mehr alle, aber doch manche von den führenden Leuten –, sind blinde Fanatiker. Solche Leute kalkulieren ihre Chancen nicht, und deshalb verfehlt jede Abschreckung auf sie die Wirkung.«

Der Präsident stieß einen, wie es Duffy schien, verzweifelten Seufzer aus. »Nehmen wir also mal an, sie wollen die Dinger tatsächlich offensiv einsetzen. Wie werden sie ihre Gefechtsköpfe ins Ziel bewegen?«

»Mr. President«, antwortete der stellvertretende Vorsitzende der Generalstäbe, »alles was sie bisher haben, sind Kurzstreckenraketen mit Flüssigbrennstoff vom Typ Scud. Der Typ taugt nicht viel und würde vom Iran aus kaum Tel Aviv erreichen, die relativ geringe Reichweite von 600 Kilometern würde von vornherein jeden Versuch, die Dinger gegen uns einzusetzen, zum Scheitern verurteilen. Außerdem glaube ich nicht, daß es möglich sein wird, den ziemlich massiven Nuklearsprengkopf, der bestenfalls das Ergebnis ihrer Bemühungen sein dürfte, mit einer Scud-Rakete zu befördern.«

»Und was ist mit dem Schehab-Drei-Flugkörper, den sie angeblich schon erfolgreich getestet haben sollen? Der hat uns doch hinreichend beunruhigt, Frank Wisner nach Moskau zu schicken, um die Russen zu bewegen, die Teile zu verweigern, die die Iraner für deren Bau bei ihnen kaufen wollten. Warum können sie also nicht die trotzdem fertig gewordene Schehab-Rakete verwenden?«

»Unseren Erkenntnissen zufolge ist diese Rakete noch nicht

ganz einsatzbereit. Noch sind die Leitsysteme nicht völlig zufriedenstellend. Absolute Zielgenauigkeit ist noch nicht erreicht.«

»Jack«, fuhr der Nationale Sicherheitsberater dazwischen. »Wenn man eine Dreißigkilotonnenbombe auf Israel abfeuert, braucht man nicht das Schlafzimmerfenster des Bürgermeisters von Tel Aviv zu treffen. Es genügt, wenn das Ding irgendwo in der Nähe runterkommt.«

»Wäre nicht auch denkbar, daß sie die Bombe von Terroristen einschmuggeln und ins Ziel bringen lassen?«

»Mr. President«, erwiderte auch diesmal der stellvertretende Vorsitzende der Generalstäbe in überzeugtem Ton. »Diese Vorstellung können wir, glaube ich, ausschließen. Wenn ein Nationalstaat sich erst einmal Kernwaffen beschafft hat, ist seine nächstliegende Sorge immer, sich das Monopol über deren Verwendung zu sichern. Keine Regierung wird sie irgendwelchen selbstmörderischen Fanatikern anvertrauen, die sie vielleicht zünden, noch ehe sie die Stadt verlassen haben.«

»Wie weit sind die Israelis über den Stand der Dinge unterrichtet?«

»Sie wissen von den Nuklearsprengköpfen«, sagte der Direktor der CIA. »Wir haben auch unsere Erkenntnisse aus der Abhörtätigkeit der NSA und aus Duffys Ermittlungen an sie weitergeleitet. Ich glaube auch, daß sie manches davon schon aus ihren eigenen Quellen gewußt haben. Sie leiden hinsichtlich des Iran sogar ein bißchen unter Verfolgungswahn, könnte man sagen, sind dazu geneigt, paranoid zu reagieren. Die Agency ist deshalb der Meinung, daß es unter den gegenwärtigen Umständen nicht angezeigt ist, ihnen Informationen zukommen zu lassen, die nur geeignet sind, ihre Sorgen zu vergrößern, ohne ihnen zu weitergehenden Erkenntnissen bezüglich der Lösung des Problems zu verhelfen.«

»Na, angesichts dessen, was uns heute morgen hier vorgetragen wurde, haben sie wirklich allen Grund, sich Sorgen zu machen«, meinte der Präsident. »Mr. Duffy, Sie haben ja gehört, was hier gesagt worden ist. War irgend etwas dabei, was Sie zur Änderung Ihrer Meinung angeregt hat?«

»Nein, Sir. Wir leben in einer Welt, in der Information die

höchste Form der Macht ist und Unwissenheit die einzige unverzeihliche Sünde. Ehe wir nicht wissen, wo die drei Atombomben sind, scheint mir jede Debatte über die möglichen Absichten der Iraner und unsere Möglichkeiten, ihnen Einhalt zu gebieten, total sinnlos zu sein.«

»Gut formuliert«, bemerkte der Präsident.

»Natürlich«, fuhr Duffy fort, »wenn es uns gelingt herauszukriegen, wo sie die Dinger haben, wird unser Ärger erst richtig anfangen. Denn schon in der Bibel steht: ›Wo Weisheit ist, da ist viel Grämens‹ und ›Wer viel lernt, der muß viel leiden.‹«

»Der Prediger Salomo, 1, 18«, sagte der Präsident, der gern seine Vertrautheit mit dem Buch der Bücher zur Schau stellte. »Da haben Sie allerdings recht.«

»Mr. President«, erklärte der Direktor der CIA, »wir müssen jeden Aspekt dieser Situation strengster Geheimhaltung unterwerfen. Wir dürfen die Iraner nicht merken lassen, daß wir über diese nuklearen Gefechtsköpfe informiert sind. Und zweitens müssen wir uns hüten, unsere Verbündeten, die Russen und die Chinesen und vor allem die UN, diesbezüglich auch nur Verdacht schöpfen zu lassen. Denn wenn die Situation bekannt wird, wird uns die ganze Welt in den Ohren liegen mit ihrem Geschrei: ›Halt! Keine Bewegung! Tut gar nichts!‹ wie vor ein paar Jahren bei unserer Abrechnung mit Saddam Hussein. Ihre Möglichkeiten, geeignete Maßnahmen zu ergreifen, wenn die Zeit dafür reif ist, wären dadurch auf fatale Weise eingeschränkt.«

»Wie sehen Sie den zeitlichen Rahmen, Mr. Duffy?«

»Sir, soweit man mir zu verstehen gegeben hat, würde es normalerweise etwa zwanzig Tage dauern, die Ausfuhrgenehmigung vom Handelsministerium zu erhalten und die Waren nach Deutschland zu expedieren. Ich denke, wir können davon ausgehen, daß die Iraner die Sachen so schnell wie möglich an ihren Bestimmungsort im Iran transportieren werden. Ich würde also annehmen, daß wir mit etwa drei Wochen rechnen sollten.«

»Drei Wochen«, seufzte der Präsident. »Und dann können wir damit anfangen, uns über eine der schwierigsten Entscheidungen, die je in diesem Raum getroffen werden mußten, den Kopf zu zerbrechen.« Er schüttelte sich leicht, während sein Blick durch das Zimmer schweifte. Viele seiner Feinde warfen ihm

Unentschlossenheit vor, die Unfähigkeit, sich zwischen mehreren möglichen Lösungen zu entscheiden. Heute war ihm davon nichts anzumerken.

»Nehmen Sie Mr. Duffys Plan in Angriff, Gentlemen«, befahl er. Dann wandte er sich dem stellvertretenden Vorsitzenden der Generalstäbe zu. »Admiral«, sagte er, »ordnen Sie umgehend im Pentagon an, noch heute morgen mit der Entwicklung von Strategien für den schlimmsten möglichen Fall zu beginnen, nämlich den, daß uns nichts anderes übrigbleibt, als gegen die Iraner vorzugehen und ihnen diese Atomwaffen abzunehmen.«

»Mit konventionellen Streitkräften, Sir?«

»Mit konventionellen Streitkräften oder Spezialeinheiten. Weisen Sie Ihren Joint Special Operations Command an, alle Möglichkeiten zu prüfen. Zu dem Zweck haben wir dieses Kommando für Sondereinsätze doch gegründet, oder sollte ich mich irren?« Und nun sah der Präsident den Direktor der CIA an. »Sie sollten sich über einen verdeckten Einsatz unter Leitung der Agency Gedanken machen, obwohl derartigen Unternehmungen unter Leitung Ihrer Firma in letzter Zeit, Gott sei's geklagt, nicht viel Erfolg beschieden war. Mich interessiert aber, auf welche Weise Ihre Leute meinen, notfalls in den Iran eindringen und den Iranern diese Atombomben wegschnappen zu können. Ich will den Plan zu einem erfolgversprechenden Einsatz, der nicht droht, zu so einem Schlag ins Wasser zu werden wie unser letztes Kommandounternehmen im Iran.«

Eine halbe Stunde nach Ende der Konferenz ging der Pressesprecher des Weißen Hauses hinunter in den Presseraum, um das Pressekorps zu instruieren.

»Hey, braut sich da eine Krise zusammen?« fragte der Korrespondent des Senders ABC. »Wieso sonst waren die ganzen hohen Tiere heute morgen hier?«

»Oh, von einer Krise kann man da schon reden«, erwiderte der Pressesprecher lachend. »Die waren hier, um das Budget der Nachrichtendienste für das nächste Haushaltsjahr zu prüfen, ehe es im Kapitol vorgelegt wird. Und Sie kennen ja die Streitereien, zu denen es dabei immer kommt.«

Die Höhle im Anti-Libanon-Gebirge, deren Eingang im Bekaa-Tal, fünfzehn Meilen südöstlich der Ruinen von Baalbek lag, war für eine – allerdings kleinere – Glaubensgemeinschaft ein Wallfahrtsort, den sie nicht weniger verehrten als die katholischen Christen die Grotte von Lourdes. Sie war die Gedenkstätte der Märtyrer der Hisbollah, die in dem Kampf gegen Israel freiwillig ihr Leben geopfert hatten.

Neben dem Eingang baumelte ein schwarzer Wimpel, der symbolisch das schwarze Kriegsbanner des Propheten repräsentierte. Von der Decke hing ein Transparent, auf dem man las: »Der Märtyrer ist das Wesen der Geschichte«, Worte des Ayatollah Khomeini. In der von Kerzen und mehreren an der Decke angebrachten nackten Glühbirnen erleuchteten Höhle selbst erblickte man auf einer langen Reihe von Fotografien die Märtyrer der Hisbollah, die sich mit den Bomben, die sie ins Ziel trugen, in die Luft gesprengt hatten, angefangen mit den beiden libanesischen Schiiten, die im Herbst 1983 einen mit Sprengstoff gefüllten Lastwagen in die Kaserne der amerikanischen Marineinfanteristen und der französischen Fallschirmjäger in Beirut gefahren hatten. Unter den Fotos las man den Namen des Märtyrers, das Datum und den Ort seines Martyriums und, wenn dergleichen überliefert war, ein letztes Bekenntnis des Betreffenden, das den Glauben an die Mission bekräftigte, für die er gewillt war, sein Leben zu opfern.

Typisch für diese Bekenntnisse war das eines jungen Mannes, der sich und sein Fahrzeug 1987 an einem israelischen Kontrollpunkt im südlichen Libanon in die Luft gesprengt hatte. »Es erfüllt mich mit Freude zu wissen«, hatte dieser junge Mann geschrieben, »daß ich bei einer solchen Operation sterben werde. Auf solche Taten kann man stolz sein. Denn damit zeigen wir dem israelitischen Feind, daß die Gläubigen ihn schlagen können, wann immer und wo immer wir wollen.«

Ungefähr das erste Dutzend der an den Wänden der Höhle geehrten Märtyrer waren schiitische Muslime, in der Mehrzahl Libanesen. Die Berufung der Schiiten zum Martyrium hatte sich in den vierzehn Jahrhunderten ausgeprägt, während derer sie nun schon das dem Hause Alis geschehene Unrecht beklagten. Denn der Anspruch Alis, des Vetters und Schwiegersohns des

Propheten, dessen Nachfolge anzutreten, war mißachtet worden. Anstatt seiner wurde zunächst Mohammeds Schwiegervater und mächtigster Anhänger, Abu Bakr, in das Amt des Kalifen gewählt. Bei dessen Tod ging der Titel und das Amt des *chalifa rasul Allah*, des Nachfolgers des Gesandten Gottes, an Omar, das Haupt einer vornehmen Sippe der heiligen Stadt Mekka, den Stammvater des Geschlechts der omajjadischen Kalifen, unter dem der Islam dann zur Weltmacht aufstieg. Die Dynastie der Omajjaden gelangte aber erst nach blutigen Bürgerkriegen unter den Gläubigen zur Herrschaft, in denen die *schia*, die Partei Alis, der als zweiter Nachfolger Omars doch noch in das Kalifenamt gelangt, dann aber durch Mörderhand gestorben war, letztlich unterlag. Alis Sohn Hussein, der 680 in Kerbela im Zweistromland bei dem Versuch fiel, das Kalifat für sein Geschlecht zurückzugewinnen, eröffnete die lange Reihe der schiitischen (parteilichen, wie man bald die Anhänger der Partei Alis, gewissermaßen *par excellence* nannte) Märtyrer.

So leugneten denn die Schiiten die Autorität der sunnitischen – nämlich der *sunna*, dem Herkommen oder Brauch, folgenden – Kalifen und wurden geneigt, jede nicht auf Ali zurückgehende Autorität als nicht gottgefällig und illegitim anzusehen, wobei sie diese Haltung auch später weltlichen Fürsten, wie dem letzten Schah, und demokratisch gewählten Parlamenten gegenüber beibehielten.

Mit dieser Haltung einer ging bei den Schiiten die Überzeugung, daß der entschiedene Widerstand der kleinen verschworenen Gemeinschaft der Rechtgläubigen der Übermacht des Bösen trotzen und mit Gottes Hilfe am Ende über sie triumphieren könne. Die fanatischsten Anhänger des Ayatollah Khomeini und deren Gefährten in der Hisbollah, der Partei Gottes, waren die Erben dieser Tradition. Märtyrer wie die jungen Männer, deren Fotografien man an den Wänden der Höhle sah, waren die Bannerträger eines sakramentalen Kults, einer kleinen verschworenen Gemeinschaft von Kriegern, die bereit waren, den eigenen Tod zur Bedingung des größtmöglichen Schadens für den Feind zu machen.

Neuerdings folgten, wie die Bilder an den Wänden bewiesen, auch in wachsender Zahl sunnitische Muslime dem Beispiel ihrer schiitischen Brüder. Junge Männer, die in Tel Aviv in Autobusse gestiegen waren, wo dann der Sprengstoff, den sie im Gürtel trugen, sie und ihre Mitreisenden in Stücke gerissen hatte, oder die als Rabbinatsstudenten verkleidet über die Obst- und Gemüsemärkte in Jerusalem geschlendert waren, bis die Aktentasche, die sie in der Hand trugen, gräßliche Löcher in die Menschenmenge rissen, in deren Mitte sie sich gerade befanden.

Der Organisation, der diese jungen Leute angehörten, die Hamas, war der Hisbollah der iranischen Mullahs keineswegs angeschlossen oder untergeordnet. Doch seitdem der Friedensprozeß in Palästina die andauernde Berechtigung ihres gemeinsamen Ziels – die Zerstörung des Staates Israel – zunehmend in Frage stellte, waren die beiden Organisationen immer geneigter, einander bei Gelegenheit auszuhelfen.

Kooperation, nicht Unterordnung, war das ihre Beziehungen bestimmende Prinzip. Dieses Prinzip garantierte überhaupt den Zusammenhalt zwischen der Vielzahl radikal islamitischer Gruppierungen, die es in weiten Teilen der Welt gab, von den Philippinen bis zur Küste Algeriens, von den Tempeln von Luxor bis in die Ghettos einiger Städte der Vereinigten Staaten.

Der von dem Aufstand des radikalen Islam in den Jahren nach Ende des kalten Kriegs verunsicherte Westen war zwar geneigt, hinter den zahlreichen Ausbrüchen von Gewalttätigkeit bei der muslimischen Bevölkerung so vieler Länder eine zentrale Gewalt zu argwöhnen, doch eine solche Autorität gab es tatsächlich nicht. Die Angehörigen der bewaffneten islamischen Gruppe, die in Algier ihren Nachbarn die Kehle durchschnitten, waren den ägyptischen Muslimbrüdern, den Mullahs des Iran oder den radikalen Islamisten des benachbarten Tunesien keinen Gehorsam schuldig und hatten diesen auch auch nichts zu sagen. Die Mörder der *Dschama'a Islamyya* (islamischen Gemeinschaft), die vor dem Tempel der Königin in Luxor das Feuer auf Touristen eröffneten, gehorchten keiner anderen Macht als der ihres fanatisierten Gewissens. Die islamischen Extremisten in Indonesien, Malaysia oder Pakistan mochten zwar die Heldentaten der bombenwerfenden Märtyrer der Hamas und der Hisbollah von Herzen billigen und feiern, aber unmittelbare Beziehungen hatten sie zu diesen libanesischen und palästinensischen Organisationen nicht.

Einen Beweis für die Schwierigkeiten, denen der Westen bei dem Versuch, sich dieser Fanatiker zu erwehren, nicht zuletzt aus diesem Grund begegnet, hatte man an diesem windigen Märzmorgen in der Höhle der Märtyrer. Drei weißgekleideten jungen Männern wurde von dem Scheich, dem die Aufsicht darüber oblag, die Gedenkstätte gezeigt. Alle drei waren libanesische Schiiten, und alle drei hatten sich in dem nahegelegenen Dschanta-Lager, in dem die Hisbollah ihre besten Freiwilligen ausbildete, um die Ehre beworben, mit einer Bombe für den Feind in den Tod zu gehen. Alle drei waren von den Scheichs und Instrukteuren des Lagers sorgfältig auf ihre Eignung für eine derartige Mission geprüft worden, hatten hinreichenden Fanatismus und Kaltblütigkeit bewiesen. Sie hatten jedoch noch zwei weitere Eigenschaften gemeinsam. Sie sprachen gut französisch – was sie Großeltern und Eltern verdankten, die während der französischen Mandatszeit aufgewachsen waren, als Beirut sich schmeichelte, das Paris des Nahen Ostens zu sein –, und ihre Gesichtszüge verrieten keinerlei Zugehörigkeit zum arabischen Volk. Sie sahen eher aus wie Europäer. Sie waren deshalb ideale Kandidaten für die Ehre, den Höhepunkt der Operation Khalid herbeizuführen, nämlich die Atombomben des Professors ins Herz von Tel Aviv zu tragen und dort zu zünden.

Keiner der drei hatte natürlich eine Ahnung von den Einzelheiten der Mission, die man ihnen anvertrauen würde. Man hatte sie lediglich aus der Schar ihrer Kameraden ausgewählt und weiß gewandet – dies geschah, weil am Vorabend der Mission der mit ihrer Durchführung beauftragte Jüngling in weißem Gewand verheiratet wurde, nämlich zeremoniell dem Tode angetraut.

Nun wies ihr Führer auf die Fotos all der Märtyrer, die diesen drei Bewerbern ins Paradies vorausgegangen waren. »Die Selbstaufopferung für eine gute Sache ist die edelste Handlung, die ein Mensch vollbringen kann. Wer kann die Tiefe des Glaubens ermessen, der diese großen Märtyrer, deren Fotos ihr da seht, zu ihrem glorreichen Ziel führte? Im Westen behaupten sie, daß diese tapferen Männer in den Tod gingen, weil sie arm waren, verzweifelt und dumm. Oder weil ihnen die Mullahs, die sie überredeten, ihr Leben zu opfern, das Paradies versprachen. Also ist einer von euch verzweifelt? Oder arm? Oder dumm?«

Alle drei schüttelten heftig die Köpfe.

Der Scheich wies ihnen einen Platz auf den Teppichen an, die den Boden der Höhle bedeckten. »Unser Führer, der Mann, der die Mission leitet, für die einer von euch ausgewählt werden wird, ist hier.«

Beim Anblick der Gestalt, die nun das Heiligtum betrat, entfuhr den drei jungen Männern ein Seufzen. Alle drei hatten Imad Mugniyeh, den legendären Helden, auf den ersten Blick erkannt. Der Mann, der die Sprengung der Kaserne in Beirut organisiert hatte, bei der mit den beiden Märtyrern der guten Sache so viele junge Amerikaner und Franzosen gestorben waren, umarmte jeden der drei Kandidaten für ein neues Martyrium. Dann nahm er wie sie mit untergeschlagenen Beinen auf dem Teppich Platz.

»Welche Ehre«, hauchte einer der drei.

»Nein, vielmehr ist es eine Ehre für mich, hier in Gegenwart so tapferer junger Männer zu sein«, erwiderte Mugniyeh. »Jeder von euch ist als würdig erkannt worden, eine Sendung zu erfüllen, deren Vollbringung ohne Zweifel unserem israelitischen Feind einen vernichtenden Schlag versetzen wird. Derjenige von euch Dreien, der für diese große und bedeutende Aufgabe ausgewählt wird, wird durch seine Tat einen Ehrenplatz an diesen Wänden verdienen. In alle Zukunft wird man sein Andenken ehren als das eines Mannes, dem nachzueifern ehrenvoll ist.« Die Ansprache war natürlich darauf berechnet, die drei zu eifrigem Wettbewerb um die Ehre, ein Blutzeuge zu werden, anzuspornen.

»Dürfen wir fragen, worin die Sendung bestehen wird?« erkundigte sich einer der drei.

»Ja. Der Erwählte wird einen sorgfältig präparierten Wagen ins Zentrum von Tel Aviv fahren und dort, im Herzen des Feindes, seine Sprengladung zünden, wie es schon so viele tapfere Märtyrer vor ihm getan haben.« Die drei nahmen natürlich an, daß Mugniyeh von einem mit hochexplosivem Sprengstoff beladenen Wagen sprach, der von der Hisbollah gegen die Israelis vorzugsweise eingesetzten Terrorwaffe.

Mugniyeh dachte nicht daran, sie eines Besseren zu belehren. Seitdem er bei dem Treffen des Ausschusses für Geheimoperationen beauftragt worden war, einen Plan zur Expedition einer der

Atombomben des Professors in das Zentrum von Tel Aviv auszuarbeiten, hatte er keine ruhige Minute gehabt. Voraussetzung des Plans, den er vorbereitete, war vollständige Geheimhaltung. Niemand, absolut niemand außerhalb des Ausschusses durfte die wahre Natur der Bombe auch nur ahnen, die der Professor bei dieser Gelegenheit im Herzen von Tel Aviv zu zünden gedachte.

Der erste Schritt des Plans sah den Transport der fertiggestellten Bombe aus ihrem Versteck im Iran hierher, in das Bekaa-Tal im Libanon, vor. Das war noch der leichteste Teil der Aufgabe. Iranischer Nachschub für die Hisbollah wurde auf dem Landweg über Syrien oder über den Flughafen von Damaskus geleitet. Die syrischen Behörden machten deswegen nie Schwierigkeiten, dies geschah aufgrund eines stillschweigenden Abkommens zwischen Hafez el Assad und den Mullahs in Teheran. Mit der Drohung, diesen Nachschub über Syrien zu unterbinden, konnte Assad in kritischen Zeiten die Aktivitäten der Hisbollah zügeln. Selbstverständlich sollte auch der syrische Führer von der Operation Khalid erst nach der Explosion der Atombombe in Tel Aviv aus den Zeitungen erfahren. Von denen, die in Teheran mit dem Projekt befaßt waren, hielt ihn keiner für vertrauenswürdig genug, um ihn in den Plan der Operation Khalid einzuweihen.

Der zweite Schritt war fast ebenso leicht zu bewältigen. In Dschanta angelangt, würde die Bombe in den Wagen eines jordanischen Anhängers der Partei Gottes verladen werden, der regelmäßig zwischen seinem Heimatort Irbid im nördlichen Jordanien und dem Bekaa-Tal pendelte. Er war den Beamten der syrischen und der jordanischen Grenzpolizei am Grenzübergang Al-Mufraq so gut bekannt, daß sein Wagen Kontrollen kaum zu befürchten hatte.

Der dritte Schritt war der schwierigste und gefährlichste. Der Jordanier würde die Bombe einer Zelle der Hamas anvertrauen, die in Nablus in Palästina ansässig war und von dieser Stadt aus operierte. Sache dieser Hamas-Leute würde es sein, die Bombe sicher über den Jordan zu bringen und in einem sicheren Versteck außerhalb von Nablus zu verbergen. Die Sicherheitspolizei der Palästinenser Jassir Arafats und der Israelis patrouillierte das Westufer des Flusses, die jordanische Armee das östliche. Der Verkehr über die Allenbybrücke wurde von allen drei Sicherheitskräften kontrolliert. Die Bombe durch diese Kontrollen zu schmuggeln, würde nicht leicht sein. Nichtsdestoweniger hatten die Hamas-Leute Techniken entwickelt, mit denen es ihnen fast regelmäßig gelang, die Häscher zu täuschen und unter deren Nasen Waffen, Sprengstoff und Männer über den Jordan ins heilige Land zu schmuggeln.

Wenn der dritte Schritt erfolgreich zurückgelegt war, wurde es Zeit für den vierten, für den inzwischen einer der drei Freiwilligen aus der Höhle der Märtyrer ausgewählt worden sein würde. Dieser würde die scharfe Atombombe des Professors ins Stadtzentrum von Tel Aviv bringen. Das versprach seltsamerweise weit weniger schwierig werden als der dritte Schritt, der Transport der Bombe über den Jordan.

Mugniyeh breitete eine große Landkarte Israels, der besetzten Gebiete und des neuen palästinensischen Staats auf dem Teppich aus. Er hatte die Operation Khalid mit der gleichen Gründlichkeit und Sorgfalt geplant wie die Bombenanschläge auf die amerikanische Botschaft und die Kaserne der amerikanischen Marineinfanterie in Beirut, die ihn zum gefürchteten Feind seiner Feinde gemacht hatten.

Er wußte etwas, das der Öffentlichkeit unbekannt war. Der Sicherheitsgürtel, der Israel von den besetzten und den palästinensischen Gebieten trennte, war keineswegs so undurchdringlich, wie die Israelis behaupteten. Sein stumpfer Finger deutete auf das Tote Meer.

»Viele ausländische Touristen besuchen täglich dieses Tote Meer, um in dessen Wasser zu planschen und sich davon zu überzeugen, daß sie darin nicht versinken können. Manche schmieren sich auch den salzigen Schlamm seines Grundes auf den Leib. Sie glauben an dessen verjüngende Kraft.«

Mugniyeh lachte verächtlich über die Dummheit dieser Touristen. Dann sah er die drei jungen Männer an, die an seinen Lippen hingen. »Viele von ihnen fahren von Tel Aviv aus zum Toten Meer. Und wie? Natürlich in einem Leihwagen. Diese Wagen haben israelische Nummernschilder, und an den Rückfenstern steht gewöhnlich der Name der Firma, die sie vermietet, Hertz oder Avis. All das läßt diese Wagen israelischen Polizisten höchst unverdächtig erscheinen.«

Er tippte abermals auf die Karte. »Zum Toten Meer können die Touristen von Tel Aviv aus auf zwei Wegen kommen. Entweder besuchen sie unterwegs noch Jericho und biegen dann erst zu dem großen Salzsee ab. Auf diesem Weg müssen sie über den palästinensischen Kontrollpunkt. Oder sie können auf den Besuch von Jericho verzichten, vor dem Kontrollpunkt rechts abbiegen und direkt zum Toten Meer fahren. Hat jemand dazu Fragen?«

Seine drei Kandidaten für den Märtyrertod schüttelten die Köpfe.

Mugniyeh griff in die Tasche und zog ein paar französische Pässe daraus hervor, die er neben die Landkarte auf den Teppich legte, Muster der Qualitätsarbeit der beim iranischen Sicherheitsdienst tätigen Dokumentenfälscher. Er nahm den ersten zur Hand und schlug ihn auf. Er war noch ohne Angaben.

»Diesen Paß erhält derjenige von euch, der den bewußten Wagen nach Tel Aviv fahren wird. Er wird dann natürlich auf den letztlich für die Aufgabe Auserwählten ausgestellt sein.«

»Und der zweite Paß?«

Mugniyeh lächelte und öffnete diesen zweiten Paß so, daß die drei dessen erste Seiten sehen konnten. Sie betrachteten diese überrascht. Denn dieser falsche Paß war bereits ausgestellt und mit einem Foto versehen. Das Foto einer jungen Frau.

»Wer ist das?« fragte einer der drei erstaunten Jünglinge.

»Sie ist eine eurer Schwestern. Sie heißt Latifa. Am Tage der Mission wird sie den Auserwählten auf der Fahrt nach Tel Aviv begleiten. Die beiden werden dann aussehen wie ein gewöhnliches junges Paar französischer Touristen in einem Leihwagen und bei den Israelis viel weniger Aufmerksamkeit erregen als ein einzelner Mann. Überdies kennt Latifa die Straße vom Toten Meer nach Tel Aviv und wird dafür sorgen, daß der Auserwählte sich nicht verfährt.«

»Sie wird doch aber bei der Explosion der Bombe nicht dabei sein?«

»Nein, zur Märtyrerrolle sind unsere Schwestern nicht berufen, wir ihr sicherlich wißt. Sie wird aussteigen, wenn der Wagen Jerusalem passiert hat und auf dem direkten Weg nach Tel Aviv ist.«

»Was für ein Wagen?«

»Vor Beginn der Mission wird der ausgewählte Fahrer in der Nähe von Nablus bei einem unserer Kommandos untergebracht. Früh am Morgen des für den Angriff bestimmten Tages wird die Bombe in den Gepäckraum des Wagens dieses Kommandos geladen, und die Angehörigen des Kommandos, Latifa und der Auserwählte, werden zum Toten Meer fahren. Es gibt keine Kontrollpunkte zwischen dem Ort bei Nablus, von dem sie aufbrechen werden, und dem Toten Meer.«

»Wir groß wird die Bombe sein?«

Mugniyeh erinnerte sich des Vortrages des Professors bei der letzten Sitzung des Ausschusses für geheime Operationen. »Sie wird leicht im Kofferraum eines Personenwagens unterzubringen sein. Der Wagen wird an einem verhältnismäßig einsamen Ort am Ufer des Toten Meeres parken und die Ankunft des ersten Leihwagens abwarten. Sache des Kommandos wird es dann sein, sich der Touristen anzunehmen, so daß der Auserwählte sich ihren Wagen ausleihen kann.«

Wie sich das Kommando der Touristen »annehmen« sollte, führte Mugniyeh nicht näher aus. »Der Auserwählte wird damit nicht befaßt sein«, sagte er. »Das Kommando wird dann die Bombe im Leihwagen verstauen, und der Auserwählte wird sich mit Latifa auf den Weg nach Tel Aviv machen.«

»Gibt es denn auf diesem Wege keine israelischen Straßensperren?« fragte einer der drei zur Auswahl Stehenden.

»Nein.« Mugniyeh lächelte. »Überrascht, nicht? Es gibt zwar einen Kontrollpunkt in Ras al Amud bei der Einfahrt nach Jerusalem, aber normalerweise kontrolliert dort die israelische Polizei nur in Fällen erhöhter Gefährdung der öffentlichen Sicherheit, also bei Großalarm. Abgesehen davon ist es auch möglich, diesen Kontrollpunkt zu umgehen, indem man vorher rechts abbiegt, um dann über den Ölberg nach Jerusalem zu gelangen. Latifa kennt den Weg. Sie wird den Auserwählten lotsen.«

»Und zwischen Jerusalem und Tel Aviv?«

»Nichts, absolut nichts.«

Die drei Kandidaten für das Martyrium sahen einander verblüfft an. »Und wo soll der Fahrer die Bombe zünden?« fragte endlich einer von ihnen.

»Wo es ihm beliebt, irgendwo in der Stadtmitte von Tel Aviv, zum Beispiel vor einer roten Verkehrsampel.«
»Und wie muß er dabei zu Werke gehen?«
Mugniyeh zog einen Gegenstand aus der Tasche, der einem Feuerzeug glich. »Der Zündapparat wird so aussehen. Der Auserwählte braucht nur auf diesen Knopf zu drücken, und seine großartige, heroische Tat ist vollbracht. Er hat dann seinen ewigen Lohn und einen Ehrenplatz im Gedenken der Gläubigen verdient, als ein Märtyrer unter den Märtyrern.«
Sorgfältig setzte er den feuerzeugähnlichen Zündapparat auf den Teppich, wo die drei ihn betrachten konnten. Unglaublich, dachte er. Wenn der Professor und seine Wissenschaftler gute Arbeit geleistet hatten, wird es leichter sein, mit einer einzigen Explosion ganz Tel Aviv zu vernichten, als seinerzeit die Kaserne der amerikanischen Marineinfanterie in Beirut zu verwüsten.

Die Versammlung im Speisesaal von Hassan Osmans Anwesen, aus dem man auf die kalten grauen Wasser des Marmara-Meers hinausblickte, hatte den Charakter eines familiären Kriegsrats und zugleich einer Gerichtsverhandlung. Wie es ihm als ältestem der fünf Brüder, die einen der erfolgreichsten Heroinschmuggelringe der Türkei betrieben, nach alter Sitte zukam, saß Selim Osman am Kopf der Tafel, eine nicht angezündete Cohiba-Zigarre zwischen die Zähne geklemmt. Selim war ein Mann, der seine Triebe, wenn nötig, zu beherrschen wußte, und als er eines Tages in den Armen einer der Nataschas, die in seinem Hotel logierten und täglich nach dem Mittagessen die Gelegenheit hatten, sich seiner Aufmerksamkeit zu erfreuen, nach Atem hatte ringen müssen, hatte er beschlossen, den Genuß der Cohibas zu rationieren und sich mit einer pro Tag zufrieden zu geben. Wenn er Cohibas kaute, würde ihm das jedenfalls wohl nicht so den Atem rauben, wie das diese Nataschas taten.
Zu seiner Rechten saß Hassan, der zweite der fünf Brüder, der für den Betrieb des Heroinlaboratoriums in den Hügeln außerhalb des Anwesens verantwortlich war. Refat, der dritte Bruder, der Vollstrecker, saß zu Selims Linker und spielte bei dieser Versammlung die Rolle des Untersuchungsrichters. Am Ende der

Tafel saßen Abdullah, der von seinem Hauptquartier in Amsterdam aus den Vertrieb der Produkte des Osmanschen Laboratoriums in Europa leitete, und Behcet, der jüngste von allen, der für den britischen Markt und den Transfer der Gewinne aus dem Familiengeschäft von Budapest aus auf eine Reihe versteckter exotischer Konten verantwortlich war.

Anlaß der Versammlung war die Beschlagnahme von hundert Kilogramm Heroin durch die britische Polizei in Dover. Der reale Verlust der Familie bei diesem Desaster war natürlich weit geringer als von den britischen Zollbehörden angegeben, die ihn nach dem Straßenverkaufswert auf zehn Millionen Pfund beziffert hatten. Trotzdem empfanden die Osmans diesen Zwischenfall als empfindlichen Schlag ins Kontor, den ersten bedeutenden in dem Jahrzehnt seit Firmengründung. Dabei wog der Schaden, den die Ehre, das Prestige und der gute Ruf der Familie genommen hatte, viel schwerer als der finanzielle Verlust. Der englische Zoll hatte vielleicht noch keine Ahnung, woher die Ware stammte, die er beschlagnahmt hatte, aber bei der Istanbuler Konkurrenz wußte man bereits Bescheid. Die Geschichte von dem aufmerksamen Zollbeamten, der den fraglichen Wagen durchsuchte, weil er Verdacht geschöpft hatte, glaubte in Istanbul niemand. Auf diese Weise kam es nicht zu Entdeckungen dieses Umfangs.

Nun galt es, den guten Ruf der Familie zu verteidigen. Wenn sie diese Scharte hinnahmen, ohne zu versuchen, sie auszuwetzen, würde man den Osmans bald nachsagen, daß sie schlappgemacht hätten, und ihr Imperium würde zerfallen.

»Abdullah«, fragte Refat seinen jüngeren Bruder, »kanntest du diesen holländischen Zuhälter persönlich?«

»Nein.«

»Kennt er deinen Namen?«

»Nein. Er kennt mich bloß als Halis. Das ist der Name, mit dem ich mich an meinem geklonten Handy immer melde.«

»Wie hat er also Kontakt mit dir gehalten? Wie hat er dir diese Tänzer als Mulis empfohlen?«

»Über einen Zwischenhändler, den ich benütze, Nissim Cakici. Der Holländer kauft den *shit* für seine Mädchen bei ihm. Nissim hat ihm gesagt, er soll sich mal erkundigen, ob jemand von seinen Bekannten Lust hat, sich schnell und leicht 'ne Menge Geld zu verdienen.«

»Ist Cakici Türke?«

»Na klar.«

»Wie lange kennst du ihn schon?«

»Seit ich in Holland bin.«

»Hat er je versucht, dich zu beschummeln?«

»Nie.«

Refat bedachte das alles, dann fragte er: »Wie sind diesem Zuhälter die Drogen geliefert worden?«

»Ich packte die Lieferung in einen alten Koffer und fuhr mit diesem auf einen Rastplatz an der A 10. Cakici erwartete mich dort. Ich legte den Koffer in seinen Wagen und parkte selbst am anderen Ende des Rastplatzes. Eine halbe Stunde später kam Hendrik, der holländische Zuhälter. Ich beobachtete, wie Cakici ihm die Tickets für die Fähre und den Koffer mit der Ware aushändigte. Als der Holländer weg war, habe ich dann Cakici noch ein Ticket für die Fähre gegeben, damit er bei der Überfahrt der Mulis ein Auge auf sie haben konnte.«

Refat lehnte sich zurück und überlegte. »Es war also der Zuhälter, der den Transport verkauft hat. Wahrscheinlich an die Briten, die zahlen besser als die Holländer.«

Seine vier Brüder ließen beifälliges Gemurmel hören.

»Der Hund muß sterben.«

»Genau«, pflichtete ihm Behcet bei, »bring den Hundesohn um.«

Selim nahm die kalte Cohiba aus dem Mund. »Die anderen Familien erwarten das von uns. Aber wir müssen dafür sorgen, daß uns niemand mit der Aktion in Verbindung bringen kann und die holländische Polizei keinen Verdacht schöpft. Wie die Engländer sagen: ›Schlafende Hunde soll man nicht wecken.‹« Dann lachte er dröhnend, von seinem eigenen feinen Humor über alle Maßen belustigt.

»Wenn er ein englischer Spitzel war, weshalb sollten die Holländer an ihm Interesse haben?« fragte Refat.

»Abdullah, fahr nach Holland zurück. Laß Cakici dem Spitzel weismachen, daß wir ihm seinen Witz über den sicheren Instinkt dieses englischen Zollbeamten abnehmen. Laß ihn wissen, daß es sein Schade nicht sein soll, wenn er ein neues Muli für uns auftreiben kann.«

»Und?«

»Den Rest kannst du mir überlassen.«

»Where the river Shannon flows«, summte Jimmy Shea lächelnd vor sich hin, als er über den Parkplatz der zollfreien Zone des Flughafens von Shannon schritt, den Kragen hochgeschlagen gegen den vom Atlantik hereinwehenden Nieselregen. Wir Iren sind doch wirklich unverbesserliche Romantiker, wenn wir über einen so verdreckten alten Fluß wie den Shannon auch noch gefühlvolle Lieder singen, dachte er amüsiert, als er die Türen des europäischen Verkaufsbüros der Firma EG & G im Abschnitt T 53 der Freizone öffnete.

Er zog den triefenden Regenmantel aus, schenkte sich einen Becher schwarzen Kaffee ein und setzte sich an seinen Schreibtisch, um sich die im Laufe der Nacht eingegangen Faxe anzusehen.

»Greg!« rief er seinem Mitarbeiter Greg Hickey zu, kaum daß er das zweite zu lesen begonnen hatte. »Sieh dir doch bloß mal das an! Das amerikanische Handelsministerium erteilt uns die Ausfuhrgenehmigung für die Kryotronen, die Steiner aus Hamburg bestellt hat!«

»Für dieses Lasergerät, das er bauen will, um Schönheitsoperationen damit durchzuführen? Das Ding, wo er ein Sodiumkristall in eine Kristallhöhlung packen und eine Riesenelektronenladung hochsteigern will?«

»Ja, Salem sagt, daß alles o.k. zu sein scheint. Wir nehmen die Bestellung also an. Sie werden die Geräte schon in zweiundsiebzig Stunden an uns absenden.«

»Um die Wahrheit zu sagen, Jimmy, das überrascht mich«, brummte Hickey. »Aber ich nehme an, die Amerikaner wissen, was sie tun. Verdammt, unsere Aufgabe ist es schließlich, so viel wie möglich zu verkaufen. Und da haben wir eine hübsche Bestellung, und offiziell abgesegnet ist sie nun auch. Trotzdem sollten wir darauf achten, daß Steiners Endverbraucherzertifikat in einem Exemplar auch zu unseren Akten kommt.«

»Keine Angst, ich werde dafür sorgen. Und jetzt werde ich

Steiner faxen, daß wir ihm am Freitag die bestellten Geräte mit Fedex liefern werden.«

Shea wußte, daß Steiners Kryotronen nun anstandslos nach Hamburg gelangen würden. Wenn sie mit Luftfracht in Shannon eintrafen, würden sie von einer ausführlichen Zollerklärung begleitet sein. Die irischen Zollbeamten, die sehr wohl wußten, daß der amerikanische Zoll die Ausfuhr von High-Tech-Geräten nur gestattete, wenn ihm diese unbedenklich zu sein schienen, würden die Sendung gegen Zahlung des dafür fälligen Zolls also ohne weiteres freigeben. Damit wären die Geräte dann in die Europäische Union eingeführt, und zu ihrem Weiterversand nach Hamburg bedurfte es keiner abermaligen Zollerklärung.

»Na klar, machen Sie das«, lachte Hickey. »Und wenn Sie schon dabei sind, fragen Sie Steiner doch mal, ob er mit diesem Lasergerät nicht auch Ihr häßliches Gesicht ein bißchen verschönern könnte.«

Der Professor hatte ein neues High-Tech-Spielzeug, ein Inmarsat (Internationale Maritime Satellite)-Telefon des M-Typs, die Sorte, derer sich Journalisten bedienen, um ihren Redaktionen eilige Nachrichten zu melden. Diese Apparate erlaubten es dem Benutzer, seinen Gesprächspartner über einen von vier kommerziellen Kommunikationssatelliten zu erreichen und so die Unsicherheiten des Fernmeldewesens in der Dritten Welt und die Neugier übereifriger Zensoren zu vermeiden.

Der Apparat des Professors gestattete sowohl Gespräche als auch die Sendung schriftlicher, mit seinem Schweizer Codiersystem chiffrierter Botschaften. Er mußte sich dabei kurz fassen, um dem beobachtenden amerikanischen Satellitensystem nicht die Möglichkeit zu geben, den Sender mit DF (Direction Finding, Richtungsfindung) zu orten. Er wußte, daß bei der CIA noch raffiniertere Apparate in Gebrauch waren, die ihre Signale so schnell übertrugen, daß kein Abhörgerät dabei hinreichend Zeit fand, den Sender zu orten. Einen solchen hatte er sich allerdings nicht beschaffen können.

Er tippte also die Botschaft an den Ausschuß für Geheimoperationen, die ihnen die gute Nachricht meldete, daß die in Amerika bestellten Kryotronen geliefert werden würden, so daß er sie am Freitag würde in den Iran schaffen können, in die Chiffriermaschine und übertrug sie dann auf sein Inmarsat. Dann trat er an das Fenster des kleinen Hauses, das sein Mitarbeiter für ihn gemietet hatte.

Das Inmarsat sah ungefähr aus wie ein Laptop. Er öffnete das Fenster und klappte die Antennenschüssel des Geräts auf, die dem Monitor eines Laptops glich. Er richtete sie nach Südwesten in die ungefähre Richtung des atlantischen Satelliten, über den er seine Botschaft verschicken wollte. Sein Gerät gab eine Reihe von Pieptönen von sich. Er drehte es, bis diese ihre Höchststärke erreichten, was ihm bewies, daß er mit dem Satelliten in Kontakt war. Dann drückte er einfach auf eine Taste und expedierte seine Botschaft nach Teheran.

Zwei Stunden später marschierte Duffy in das Büro des Operationsdirektors der CIA, wobei er der Luft Faustschläge versetzte wie Boxer auf dem Weg in den Ring. »Sie beißen an«, verkündete er seinem Freund Jack Lohnes triumphierend.

»Woher wissen Sie das, Sie Genie?«

»Hieraus«, lachte Duffy und reichte ihm die Mitschrift einer von der NSA abgefangenen Botschaft. »Das ist soeben auf dem Menwith Hill dechiffriert worden. Wieder so eine *Geistesblitz*-Botschaft, wie sie die Iraner mit dem ihres Erachtens supergeheimen Chiffriergerät verschlüsseln, das sie in der Schweiz gekauft haben.«

Lohnes las die Botschaft: *Die von uns benötigten amerikanischen Geräte werden Freitag morgen in der Fabrik angeliefert. Ich werde sie dort persönlich abholen und sie persönlich in den Iran bringen.*

»Wer hat das geschickt? Ihr Freund, der Professor?«

»Ja, ich glaube schon.«

»Und von wo?«

»Das wissen wir leider nicht. Die Sendezeit war zu kurz. Aber die Botschaft wurde sowohl auf dem Menwith Hill als auch von dem Big Ear in Bad Aibling in Deutschland abgefangen. Man kann also annehmen, daß der Sendeort zwischen diesen beiden Punkten lag.«

»Vermutlich nicht weit von dieser Lasertechnikfabrik, wo er

die Dinger persönlich abholen will. Glauben Sie, daß er wirklich vorhat, mit diesem Gepäck einen Linienflug nach Teheran zu buchen?«

»Vielleicht. Und warum nicht? Besonders groß wird das Paket ja nicht sein.«

»Jim, sind Sie hundertprozentig sicher, daß die Sender, die Sie in den Kryotronen verborgen haben, von uns empfangen werden können? Sie wissen ja, was auf dem Spiel steht. Wenn diese Sache schiefgeht, wird irgendein Kongreßausschuß der Welt verkünden, daß die CIA den Iranern die Möglichkeit eingeräumt hat, Atombomben zu bauen. Die Agency hat dieser Tage sowieso schon Ärger genug. Eine solche Beschuldigung würden wir nicht überleben.«

»Jack, wir haben oben in Salem einen ganzen Tag damit verbracht, die Dinger zu testen. Unsere Sigint-Vögel haben jeden Pieps, den sie von sich geben, laut und klar empfangen.«

»Okay, beten wir also, daß Ihre Idee funktioniert. Wenn die Kryotronen am Freitag morgen in Deutschland eintreffen, sollten wir wohl das erste Piepen für 12.00 Uhr mittags Greenwich-Zeit erwarten.«

»Richtig.«

»Wir müssen also gleich unsere besten Vögel in Stellung bringen, damit sie diese Signale auffangen und Luftaufnahmen des Sendeorts machen können. Das Zentrale Bildaufnahmeamt muß den Satelliteneinsatz planen. Der Präsident wird das Programm bestätigen, sobald dieses Amt es ihm vorlegt, aber die eigentliche Arbeit wird drüben an der Route 28 in Chantilly vom Nationalen Aufklärungsamt erledigt. Da sitzen die Leute, die die Signale der Sigint-Satelliten aufnehmen und die Luftbilder vergrößern werden, so daß wir den verdammten Dingern folgen können, wohin immer sie gebracht werden. Sie und ich sind heute mittag dort mit Keith Small verabredet, dem Leiter der Einrichtung, und da werden wir uns dann vergewissern, daß alles genau so vorbereitet ist, wie Sie es brauchen. Aber vergessen Sie nicht, für diese Sache tragen Sie allein die Verantwortung. Wenn irgend etwas dabei schiefgeht, werden Sie zuletzt denken, daß der Typ, der Sie das letzte Mal hier rausgeschmissen hat, Ihr Schutzengel war.«

Dirk van Vleck, der für Rauschgiftdelikte zuständige Beamte in der Polizeiwache an der Warmoesstraat im Rotlichtbezirk von Amsterdam, lugte hinaus in das Labyrinth enger Gassen, die sein Sprengel waren, das am meisten von Drogen überschwemmte Viertel in der am meisten von Drogen überschwemmten Großstadt Europas. Schon jetzt, da noch die Frühlingssonne den späten Nachmittag erleuchtete, wimmelte der Bezirk von Menschen.

Unter anderem waren, wie niemand besser als van Vleck wußte, etliche der vier- oder fünftausend Dealer unterwegs, die regelmäßig durch diese Gassen patrouillierten und den Touristen, die sich dort drängten, ihre Dienste anboten. Bei ihnen war alles zu haben: Kokain, Pulver oder Crack, Heroin, einheimisches, in Holland geerntetes und aufbereitetes Haschisch, Ecstasy-Tabletten, Amphetamine, kurzum, jede beliebige Droge konnten sie liefern. Diesen Handel unter Kontrolle zu halten, war für van Vleck und seine vier Mitarbeiter praktisch unmöglich, zumal in Holland bei den Behörden hinsichtlich des Rauschgiftmißbrauchs die vorherrschende Haltung äußerst liberal war.

Im Laufe des Jahres 1996 hatten Dirks Leute fast 3000 Verhaftungen vorgenommen und 2500 Verurteilungen erzielt. Und mit welchem Ergebnis? Dirk war geneigt, es für einen üblen Scherz zu halten. Die toleranten Amsterdamer Gerichte verhängten über Rauschgifthändler nur Haftstrafen von höchstens drei oder vier Monaten. Davon pflegten sie so an die sechs Wochen in Gefängnissen zu verbüßen, die eher Country Clubs glichen: gutes Essen, Farbfernseher in jeder Zelle, so viele Bücher, wie einer wollte – immer vorausgesetzt, wie Dirk zu spaßen pflegte, daß einer von diesen Hurensöhnen lesen konnte –, und danach kehrten sie zur Bewährung in ihren Kiez zurück, wo sie an die 10 000 Gulden pro Tag verdienten. Dirks Verhaftungen wirkten auf das Milieu nicht abschreckender als ein Lamm auf einen hungrigen Löwen.

Dennoch machte Dirk seine Arbeit irgendwie Spaß. Diese Dealer waren hartnäckige, schlaue Gegner. Ungefähr achtzig Prozent von ihnen waren Surinamesen, fünfzehn Prozent Nordafrikaner und die übrigen holländische Rauschgiftsüchtige. Sie kannten und benützten immer die neuesten amerikanischen Techniken und arbeiteten in Teams zu viert oder fünft zusammen, von denen einer der Chef, einer der Geldmann, einer der »Frachter«, der das Warenangebot für den Tag verwahrte, und einer der Kurier war, der den Kunden die Ware zutrug, oft im Mund.

Sie verkauften das Heroin in Bällchen, die zwischen einem halben und einem Zehntel Gramm wogen. Das Angebot war in letzter Zeit so reichlich, daß während der letzten beiden Jahre der Preis für ein Gramm Heroin von zweihundert auf vierzig Gulden gefallen war.

Jeder da draußen kannte den baumlangen Dirk – der sich durch seine imponierende Gestalt und seinen wiegenden Gang den Spitznamen »John Wayne« erworben hatte – und seine vier Männer.

Die Späher der Dealer konnten sie schon aus fünfzig Meter Entfernung kommen sehen, weshalb sie sich, um diese zu täuschen, in eine Truppe wandernder Schauspieler verwandeln mußten. Ihr Dienstraum unter den alten Dachsparren der Polizeiwache enthielt genug Kostüme, um sämtliche Statisten eines Broadway-Musicals einzukleiden. Und so patrouillierten sie die engen Gassen verkleidet als Straßenfeger, Fensterputzer, Transvestiten oder Geistliche. Einmal zu Weihnachten war Dirk sogar als Weihnachtsmann aufgetreten. Mit einer Glocke und einem Messingteller von der Heilsarmee war er durch die Gassen gezogen und hatte milde Gaben gesammelt, während er zugleich diskret Fotos von Dealern bei der Arbeit machte.

Die Surinamesen kauften ihr Heroin, gewöhnlich kiloweise, von türkischen Zwischenhändlern, wie sie auch Abdullah Osman beschäftigte. Sie hatten ihre Stützpunkte in Mietwohnungen in einem als gefährlich geltenden Hochhausviertel, das Bylmermeer heißt. Das Problem war, daß man einen Türken nur verhaften konnte, wenn einer von dessen surinamesischen Kunden ihn verpfiff, und da ein solcher Verrat den Surinamesen vor die Wahl zwischen zwei zerschmetterten Kniescheiben und sechs Wochen bequemer Haft stellte, war den Türken auf diesem Weg nicht beizukommen. Doch ab und zu ergab sich für Dirk trotz alledem eine Gelegenheit, über die kleinen Fische hinaus, mit denen er es tagein, tagaus auf den Straßen zu tun hatte, an einen größeren Fang heranzukommen. Und an diesem Frühlingsnachmittag schien sich ihm wieder einmal eine solche Möglichkeit eröffnet zu haben. Einen Monat zuvor war ein Zuhälter, der ein paar Mädchen in den Schaufenstern hatte, mit einer Frage zu ihm gekommen: Was würde für ihn dabei herausspringen, wenn er ein paar Sex-Live-Show-Artisten zur Anzeige brächte, die daran dächten, eine Ladung Heroin nach England zu schmuggeln?

Dirk hatte die Anregung an einen Freund bei den britischen Zollbehörden weitergeleitet. Normalerweise vermieden es die Briten, die Amerikaner und die Franzosen, bei der Verfolgung von Rauschgifthändlern mit den Holländern zusammenzuarbeiten, wenn damit zu rechnen war, daß die Verhaftung der Verdächtigen in Holland erfolgen würde. Nach holländischem Recht konnte der Verteidiger nämlich verlangen, daß die Anklage den Namen des Informanten nannte. Da aber zur Verhaftung eines Rauschgifthändlers Informationen aus dem Milieu unabdingbar sind, scheuten sich natürlich die Polizeibehörden, ihre Informanten preiszugeben und damit, um einer einzigen Verurteilung willen, sich die von ihnen so dringend benötigten Informationsquellen auf Dauer zu verschließen. Deshalb wurde also eine Verhaftung auf britischem Boden verabredet, die dann einem alerten britischen Zollbeamten gutgeschrieben werden konnte. Die Identität von Dirks Informanten brauchte nicht offenbart zu werden. Und nun erwartete Dirk den Zuhälter, um ihm das vereinbarte Honorar von 50 000 Gulden auszuzahlen.

Das Treffen war an einer Autobushaltestelle in Hilversum verabredet, in einem sauberen und ordentlichen Vorort der Metropole, fern der neugierigen Augen der Leute, die in den engen, überfüllten Gassen da unten ihren Geschäften nachgingen.

Eine halbe Stunde später stieg am verabredeten Treffpunkt der Zuhälter in Dirks Wagen. Dirk händigte ihm ein Bündel Geldnoten aus.

»Und wie geht das Geschäft?« fragte er.

»Okay. Mein Bekannter hat mich gefragt, ob ich nicht ein neues Muli für ihn anheuern kann.«

»Das ist gut, denn das heißt ja wohl, daß Sie nicht verdächtigt werden. Warum sagen Sie Ihrem Bekannten nicht, daß Sie jemanden haben?«

»Weil ich niemanden habe.«
»Doch, haben Sie.«
»Wen denn?«
»Mich.«

»Gentlemen«, begrüßte Keith Small, der Direktor des National Reconnaissance Office, NRO, Jim Duffy und Lack Lohnes, »das Weiße Haus hat mich angewiesen, Ihnen alle Ressourcen dieser Einrichtung zur Verfügung zu stellen.«

Duffy bemerkte im Ton dieser Ankündigung einen Unterton, der ihm verriet, daß die fragliche Anweisung des Weißen Hauses den Direktor nicht nur überrascht hatte, sondern ihm auch unwillkommen war. Warum? War es ein Fehler gewesen, daß er sich an die Leute der Firma Eagle Eye und nicht gleich an das staatliche Aufklärungsamt gewandt hatte? Niemand hat empfindlichere Zehen als ein hoher Regierungsbeamter. Auch wenn ein Engel sie ihm streichelte, würde er mit empörten Schmerzensschreien reagieren.

»Das Central Imagery Office hat mir schon eine Liste Ihrer Anforderungen zugeschickt«, fuhr Small fort. »Wir sind schon dabei, die Vögel, die Sie benötigen werden, in Stellung zu bringen. Ich schlage vor, daß wir runter in die Operationsetage gehen, damit Sie sich von den Vorgängen selbst ein Bild machen können und dabei auch einen Begriff von dem bekommen, was wir für Sie tun können.«

Da der Direktor des NRO es nicht für nötig gehalten hatte, Duffy und Lohnes Stühle anzubieten, brauchte er sie nur in den Privataufzug bitten, der sein Büro mit der Operationsetage verband.

Die Existenz der Organisation, des Amts, dem Small vorstand, war von der Regierung der Vereinigten Staaten offiziell erst 1992 anerkannt worden. Vorher war das Amt auf dem Luftwaffenstützpunkt neben dem internationalen Flughafen von Los Angeles untergebracht gewesen, und Smalls Vorgänger waren im Telefonbuch des Pentagon als Angehörige der Luftwaffe oder Direktoren der Raumfahrt- und Technologieabteilungen verzeichnet gewesen. Der Schleier des Geheimnisses, der das Amt umgab, wurde durch die Entscheidung zerrissen, es in einem neuen

Gebäude aus Stahl und Glas in der Nähe des Dulles Airport unterzubringen. Anfänglich hatte man allerdings noch die Absicht gehabt, das neue Gebäude als Hauptsitz der Firma Rockwell International zu tarnen, die zu den bedeutendsten Zulieferern der NRO gehörte.

Bei dieser Absicht konnte man aber nur bis zu dem Tag bleiben, da die Steuereinnehmer von Fairfax County bei Rockwell aufkreuzten, um die Steuern auf den Neubau zu erheben. Ihre Anforderungen spannten das patriotische Pflichtgefühl der Buchhalter des Unternehmens bald über die äußerste Grenze seiner Belastbarkeit hinaus an.

Small führte Duffy und Lohnes in das Vorzimmer des Operationszentrums. In dessen Mitte stand ein riesiger Globus, der sich langsam um seine Achse drehte. Um diesen herum wirbelte ein Schwarm von Glaskugeln von der Größe des bekannten Christbaumschmucks, die jede einen der Satelliten des NRO auf seiner Umlaufbahn darstellten. Die Herstellung dieses Modells war eine technische Glanzleistung, die eine Menge Geld gekostet hatte, aber nun – die Geschwindigkeit, mit der sich die einzelnen Objekte bewegten, entsprach exakt dem Verhältnis ihrer realen Vorbilder zueinander – brachte das kostspielige Modell die Leistungsfähigkeit des NRO auf eine Weise zur Anschauung, die auf kostenbewußte Kongreßabgeordnete, die hier etwa aufkreuzen mochten, um nach den Rechten zu sehen, den vorteilhaftesten Eindruck machte.

Duffy konnte sich das Lachen nicht verbeißen.

»Was ist so komisch?« fragte Small.

»Das sieht aus wie ein Schwarm Pferdebremsen, der um einen frisch gelegten Pferdeapfel kreist.«

»Ein Pferdeapfel, der immerhin zwei Millionen Dollar gekostet hat«, brummte Small und näherte sich dem kostbaren Stück mit einem Stock für die Demonstration, die er seinen Gästen zu geben beabsichtigte.

»Von Ihrer Annahme ausgehend, daß das erste Signal, das die in den Kryotronen verborgenen Sender ausstrahlen werden, aus dieser Lasertechnikproduktionsstätte nördlich von Hamburg kommen wird, haben wir das Gebiet mit dreien von unseren Sigint Vortex-Vögeln trianguliert. Einer ist hier«, er wies mit dem

Zeigestock auf eine rote Kugel, »über der Nordsee, etwa hundert Seemeilen westlich des Hamburger Hafens. Der zweite ungefähr über der Mitte der Halbinsel Jütland, einhundert Meilen nördlich der Stadt, und der dritte hundert Meilen östlich von Hamburg über dem Eingang zur Ostsee.«

Er wies auch auf diese beiden Satelliten – oder die Glaskugeln, die diese darstellten – mit dem Zeigestock. »Nun wird die NSA ihre Kommunikationen wie üblich weiter pauschal abhören, aber wir hier beim NRO werden das Signal Ihres Senders von jedem dieser drei Vögel gesondert empfangen. Wir werden dann die Signale triangulieren und so den Ausgangsort des Signals genau bestimmen, in einem Umkreis von nur zehn Fuß Durchmesser.« Die beiden CIA-Beamten lächelten in bewunderndem Staunen angesichts der Leistungsfähigkeit der modernen Satellitentechnologie.

»Überdies haben wir nun auch einen unserer besten Fotoaufklärungssatelliten, einen KH 13 Advanced Jumpseat, über dem Gebiet in Stellung gebracht.« Diesmal wies sein Zeigestock auf eine dunkelblaue Kugel unter den schneller um den Globus fliegenden Satellitenmodellen. Diese Kugel schien sich kaum zu bewegen. »Die Umlaufgeschwindigkeit ist der der Erdumdrehung so angepaßt, daß dieser Satellit über dem gleichen Punkt der Erdoberfläche stehenbleibt, fürs erste also über Hamburg. Das Schöne ist nun aber, daß der KH 13 sich steuern läßt. Wenn wir ihn dringend woanders benötigen, lassen wir ihn um die Erde sausen, um ihn dann zum Beispiel über Teheran wieder zu parken.«

»Und das ist der Vogel, der diese Bilder für uns knipsen soll?« fragte Duffy.

»Richtig. Wir signalisieren ihm Länge und Breite des Orts, auf den wir das Signal des Senders in dem Kryotron trianguliert haben. Der KH 13 wird dann seine Kameras genau auf die Stelle schwenken, von der dieses Signal kommt.«

»Und wie lange wird er dazu brauchen?«

»Ein oder zwei Minuten von dem Augenblick, in dem Ihr Sender seinen ersten *piep* gibt.«

Small schwieg, als wollte er dem, was er weiter zu sagen hatte, das größtmögliche Gewicht verleihen. »Nun«, fuhr er dann fort, in der trockenen, strengen Stimme eines Buchprüfers, der sich anschickt darzulegen, auf welche Weise die Bücher, mit denen er sich zu befassen gehabt hatte, frisiert worden seien, »könnte allerdings diese Zeitverschiebung sich als problematisch für Sie erweisen. Es tut mir leid, Ihnen das sagen zu müssen, aber ich glaube, meine Herren, daß Sie dem Präsidenten und dem Nationalen Sicherheitsrat einen etwas unrealistischen Eindruck von der Unfehlbarkeit Ihres Plans vermittelt haben.«

Duffy spürte die Intensität des Blicks, mit dem Lohnes ihn durchbohrte.

»Was sagen Sie dazu?«

»Ich werde Ihnen das in ein paar Minuten an Hand von ein paar Realzeitaufnahmen eines Satelliten veranschaulichen. Sollen wir fortfahren?«

Bin ich aufs Kreuz gelegt worden? fragte sich Duffy, oder habe ich diesen Typ wirklich verärgert, weil ich ihn zu der Besprechung bei Eagle Eye nicht mitgenommen habe?

Small hatte unterdessen die Tür geöffnet, durch die man aus dem Vorzimmer auf die Operationsetage gelangte. Der Raum, so groß wie ein halbes Fußballfeld, schien wirklich die ganze Etage einzunehmen. Für jeden der Fotosatelliten der NRO, die über ihnen im Weltraum kreisten, saß ein Team von vier Wissenschaftlern um einen Block von Computerkonsolen geschart, die alle durch elektronische Nabelschnüre mit den Vögeln verbunden waren, deren Überwachung ihre Aufgabe war. Die Szene ähnelt denen, dachte Duffy, an die die Welt sich bei den Fernsehübertragungen aus dem NASA-Kontrollzentrum am damaligen Cape Kennedy während der bemannten Raumflüge des Apollo-Programms gewöhnt hatte.

»Die Teams in diesem Raum erteilen den Satelliten die Befehle, die ihnen zu verstehen geben, wo sie Stellung nehmen und was sie fotografieren sollen. Wir holen dann die Bilder entweder selbst herunter oder lassen sie uns von unserer Außenstation in Alice Springs in Australien hereinbringen. Wir speichern sie, stellen fest, ob sie unseren Anforderungen entsprechen und lassen sie dann den staatlichen Nachrichtendiensten zugehen, der CIA oder der Defence Intelligence Agency oder der Einrichtung auf dem Menwith Hill drüben in England. Wir sind eine Zulieferereinrichtung, okay? Wir analysieren das Zeug, das wir beschaffen, nicht selber. Das ist Sache der CIA und der anderen Dienste.«

Small führte seine Besucher dann in den Vorführraum der NRO. In diesem befanden sich fünf von hinten beleuchtete flache Bildschirme, alle unter Kontrolle eines Technikers, der unter dem Hauptbildschirm an einer Computerkonsule saß.

Der Direktor lud sie ein, Platz zu nehmen. »Jetzt«, erklärte er, »möchte ich Ihnen vorführen, welchen Problemen wir bei der Durchführung Ihrer Idee begegnen könnten. Ich will nicht behaupten, daß der Plan nicht gelingen könnte. Das könnte er. Nur könnte er eben leider auch scheitern.«

Duffy schwieg und fühlte, wie ihm der kalte Schweiß ausbrach.

»Jack«, befahl Small dem Techniker, »bringen Sie die Bilder, die der KH 13 vor einer Stunde über Hamburg aufgenommen hat, auf den Hauptbildschirm.«

Der Techniker machte sich an seinem Computer zu schaffen, und bald füllte ein Bild den Schirm. Es war bemerkenswert klar und deutlich. »Was Sie da sehen, ist ein Kreis von zehn Fuß Durchmesser auf der Straße zwischen dem Hamburger Hauptbahnhof und einer Ladenzeile.«

Duffy und Lohnes waren gleichermaßen überrascht. Fünf Fußgänger, von denen drei Einkaufstüten trugen, waren deutlich zu erkennen. Wenn einer von ihnen in die Höhe geblickt hätte, hätte man ihn wohl identifizieren können, falls man die Person gekannt hätte. Zwei Autos und das Heck eines dritten, die auf der Straße in südlicher Richtung unterwegs waren, hatte das Auge des Satelliten ebenfalls eingefangen.

»Nehmen wir zum Zweck unserer Demonstration einmal an, daß diese Aufnahme genau in dem Augenblick gemacht wurde, in dem Ihr Sender zum ersten Mal Laut gab, und wir können uns darauf verlassen, daß das Signal irgendwo aus diesem Kreis kam. Vielleicht war der Sender in der Einkaufstüte einer dieser drei Personen oder in einem der Wagen. Aber in welchem? Wenn wir unsere Zuversicht ganz in die Technologie setzen, können wir annehmen, daß er sich im Kofferraum des ersten Wagens befand.«

Small nickte den Technikern zu. »Okay, Jack, geben Sie uns das nächste.«

Ein zweites, bemerkenswert detailliertes Bild erschien auf dem Monitor. »Diese Aufnahme wurde genau zwei Minuten nach der ersten gemacht. Mit anderen Worten, in einem Zeitrahmen, der sich genau mit unserer maximalen Satellitenakzessionszeit deckt. Diese Wagen, diese Leute haben sich während der fraglichen zwei Minuten bewegt, wie Ihnen dieses zweite Bild zeigt. Wo sind unsere fünf Fußgänger jetzt? Andere Leute sind an ihre Stelle getreten. Und die Autos? Verschwunden.«

»Können Sie das Bildfeld der Aufnahme nicht erweitern? So weit, daß es die zwischen der Sendezeit des Signals und der Zeit der Aufnahme verstrichene Zeit mit einbezöge?« fragte Duffy.

»Können wir, Jack?« Smalls Techniker machte sich abermals an seinem Computer zu schaffen, und das Bild erweiterte sich zu dem eines Kreises von etwa dreißig Metern Durchmesser.

»Da sind Ihre Fußgänger und die beiden Wagen, die wir im ersten Bild sahen. Aber jetzt haben wir zehn Wagen auf der Bildfläche und ein Dutzend weiterer Fußgänger. Und da haben wir denn auch Ihr Problem, meine Herren. Nun meldet sich unser Sender einmal stündlich, und wir können immer nur hoffen, er möge das von einer Stelle aus tun, die so isoliert ist, daß wir schon im ersten Bild, das unser Vogel uns macht, genau sehen können, woher und aus welchem Gegenstand das Signal gekommen sein muß. Wenn wir ein bißchen Glück haben, können wir dann dafür sorgen, daß unser Vogel diesen Gegenstand, oder was immer es war, im Auge behält, bis er dahin kommt, wo wir das Ding dann suchen können. Aber angenommen, wir kriegen nie eine solche Aufnahme? Was passiert dann?«

Small gab seinem Techniker ein Zeichen, das Bild abzuschalten. »Sehen Sie«, sagte er, »wir haben solche Programme schon des öfteren durchgezogen. Manchmal hat's geklappt, manchmal nicht. Und das sollten Sie jedenfalls bedenken. Ihr System ist keineswegs hundertprozentig erfolgversprechend.«

In schweigender gemeinsamer Besorgnis gingen Duffy und Lohnes über den Parkplatz des NRO zu ihrem wartenden Dienstwagen.

»Na«, sagte Lohnes schließlich, »das war ja eine ziemlich ernüchternde kleine Lektion, oder?«

»Ja.«

»Was sollen wir also tun?«

Duffy kickte wütend einen losen Kieselstein über den Platz.

»Jack, ich glaube, daß wir da gar nichts weiter tun können. Ich glaube, wir sollten die Operation wie geplant durchziehen und hoffen, daß sie funktioniert.«

»Und wenn nicht?«

»Na, dann stehen wir genau wieder da, wo wir jetzt sind. Die Iraner haben drei Atombomben, und wir haben keine Ahnung, wo.«

»Nur daß wir inzwischen den Iranern ein Dutzend Kryotronen gegeben haben, die sie kopieren können, um damit diese drei Klümpchen Plutonium, die wir als Kernwaffen bezeichnen, zu waschechten Atombomben aufzurüsten.«

»Jack, die Sache wird laufen wie geplant. Sie muß. Schließlich werden wir zwei Monate lang Signale von diesen verfluchten Dingern empfangen, verdammt noch mal.«

»Ich wünschte, ich könnte Ihren Optimismus teilen. Wissen Sie, ich glaube, wir sollten heute abend nach England rüberfliegen, um die Operation von Menwith Hill aus zu verfolgen. Auf diese Weise wären wir wenigstens zur Stelle, wenn es eine Panne gibt, und wir könnten möglicherweise noch was richten.«

»Gute Idee«, meinte Duffy und lachte. »Und wenn die Sache wirklich den Bach runtergeht, könnte ich von da aus gleich nach Teheran weiterfliegen und um politisches Asyl bitten.«

Refat Osman studierte die Parkstreifen an der A10 außerhalb von Amsterdam mit der Sorgfalt eines napoleonischen Generals, der am Vorabend der Schlacht das Gelände mustert, auf dem zu siegen er entschlossen ist. Es war kurz nach sieben Uhr abends und schon dunkel. Der Lärm des auf der Fernstraße vorüberdonnernden Verkehrs würde, wie Refat mit Befriedigung zur Kenntnis nahm, jedes unerwartete Geräusch, zu dem es bei der Hinrichtung des holländischen Zuhälters kommen mochte, jeden Entsetzensschrei oder Schmerzenslaut übertönen.

Refat plante, die Exekution mit einer schallgedämpften 22er Pistole durchzuführen, denn nur dieses Kaliber war, soweit er wußte, wirklich befriedigend zu dämpfen. Das Dumme war nur, daß es ihm an Schlagkraft fehlte. Man konnte einem Kerl zwei oder drei Kugeln davon in die Brust pumpen und mußte trotzdem damit rechnen, daß er noch ein oder zwei Minuten herumtanzte und wie am Spieß schrie, ehe er den Anstand hatte, umzukippen und zu sterben.

Glücklicherweise war der Parkstreifen von der Landstraße durch eine brusthohe Hecke abgeschirmt. Kein vorüberfahrendes Auto würde sehen können, was sich hinter dem Blattwerk abspielte. Der Parkstreifen hatte annähernd die Ausmaße eines halben Fußballfeldes und war jetzt, um sieben Uhr, wie gesagt, verlassen. Das Treffen zur Übergabe des *shits* – fünfzig Kilo bräunlichen Buchweizenmehls – war vier Stunden später, um 23.00 Uhr, angesetzt. Man konnte wohl ziemlich zuversichtlich damit rechnen, daß zu dieser Stunde der Platz so verlassen sein würde wie jetzt.

Refat bemerkte an der Ausfahrt eine große hölzerne Kiste. »Kommt doch mal mit«, sagte er zu seinem Bruder Abdullah und Nissim Cakici, dessen Zwischenhändler, über den seine Kontakte mit Hendrik, dem Zuhälter, gelaufen waren. »Sehen wir uns das doch mal an.«

Es war eine über einsachtzig lange, brusthohe Streusandkiste – der Sand wurde im Winter auf die vereiste Fahrbahn gestreut –, und als Refat den Deckel abnahm, fand er sie halb leer. Ein ideales Versteck für die Leiche des Verräters. Bis zum Dezember nächsten Jahres würde niemand den Kasten wieder öffnen. Der Sand würde das Blut aufsaugen und der schwere Deckel den Verwesungsgestank daran hindern, sich auszubreiten. Jede Spur des armen Zuhälters Hendrik würde sich verlieren, bis nach dem ersten Schnee im nächsten Dezember die Leute von der zuständigen Straßenmeisterei den Sand zum Streuen benötigen würden.

»Okay«, sagte er zu Cakici. »Sie parken den Wagen genau hier, parallel zu der Kiste. Lassen Sie ihn neben sich parken. Steigen Sie aus, gehen Sie zurück, öffnen Ihren Kofferraum, so daß Sie ihm die Ware geben können. Wenn er dann in Erwartung des Koffers neben Ihnen steht, sagen Sie: ›Hier ist die Ware.‹ Ich werde mich vorher hinter der Kiste verstecken und auf dieses Signal warten. Dann springe ich vor, lege ihn um, wir schmeißen ihn in die Sandkiste, und weg sind wir.«

Refat hatte bereits beschlossen, daß Cakici den Wagen des

Zuhälters über die seit dem Schengener Abkommen offene Grenze nach Deutschland fahren und auf dem Langzeitparkplatz am Frankfurter Flughafen abstellen sollte, um von Frankfurt nach Istanbul zu fliegen. Refat wollte mit Cakicis Wagen nach Paris fahren, ihn irgendwo dort abstellen und dann seinerseits nach Hause in die Türkei fliegen.

Die Polizeidienststelle, der Hendrik Spitzeldienste geleistet hatte, würde natürlich bei seinem Verschwinden vermuten, was ihm zugestoßen war. Aber was konnten die Bullen machen? Selbst angenommen, daß sie Cakicis Namen hatten, Cakici würde, wenn sie endlich anfangen konnten, nach ihm zu suchen, schon über alle Berge sein. Refat war spezialisiert auf solche Arbeit. Geschwind und ohne Spuren zu hinterlassen, schaffte er Probleme aus der Welt.

»Ich werde mich um zehn hinter der Kiste hier verstecken«, erklärte er Cakici. »ich werde aufpassen, daß die Bullen uns keine Falle stellen, und rechtzeitig sehen, wenn ein blöder Holländer auf den Parkplatz fährt, um einen Reifen zu wechseln. Wenn also zwischen zehn und elf Ihr Handy nur dreimal klingelt, werde ich das sein. Es wird heißen, daß die Sache nicht läuft. Fahren Sie dann also an dem Parkstreifen vorbei.«

Fehlerlose Planung ist die Garantie für fehlerlose Ausführung, daran glaubte Refat mit tiefer Überzeugung. Und anfänglich schien die Operation genau seiner sorgfältigen Planung entsprechend zu laufen. Zwei Minuten vor elf war der Parkplatz leer. Während der Stunde, in der Refat ihn aus seinem Versteck beobachtet hatte, hatte sich auch niemand dort sehen lassen. Auf die Minute pünktlich rollte Cakicis Wagen in die Parkspur und parkte vor der Kiste. Einige Minuten später folgte der Wagen des Zuhälters. Refat hörte zwei Türen knallen und die verabredete Parole: »Hier ist die Ware.«

Die entsicherte 22er in der Hand, kam Refat hinter der Sandkiste hervor. Cakici trug, wie Refat angeordnet hatte, einen leichten, weißen Blouson, war also auch in der Dunkelheit auf den ersten Blick von dem Zuhälter zu unterscheiden.

Refat richtete die Waffe auf Hendrik. Er wollte den Holländer nicht sterben lassen, ohne ihm vorher sein Urteil zu verkünden.

»Filthy bastard!« rief er in scharfem Ton. »Nobody doublecrosses a Turk. Nobody fucks with the Osman family.« Da Refat kein Holländisch konnte, sprach er englisch. Hendrik hatte beschränkte Kenntnisse dieser Sprache. Phrasen wie »good girls, very good price« gingen ihm flüssig über die Lippen, aber was nun Refat zu ihm sagte – *Du dreckiges Schwein. Niemand schmiert einen Türken an. Niemand verarscht die Osman-Familie.* –, schien ihm unverständlich zu sein, wenn nicht hauptsächlich der Schrecken ihn veranlaßte, wie angewurzelt stehen zu bleiben.

Plötzlich sah Refat aus dem Schatten des Wagens des Zuhälters eine zweite Gestalt heraustreten, die, wie er selber, eine Waffe in der Hand hielt. Refat zögerte keinen Augenblick. Er feuerte hintereinander zwei Kugeln auf den Zuhälter ab. Die andere Gestalt bellte etwas auf Holländisch, das Refat nicht verstand. Er richtete seine Waffe auf den Fremden, aber ehe er erneut schießen konnte, trafen ihn drei schnell hintereinander abgefeuerte Kugeln in die Brust. Er starb, ohne zu erfahren, ob er von den Bullen oder von einem Leibwächter des Zuhälters umgelegt worden war.

Der Zwischenfall machte am folgenden Tag in Amsterdam natürlich Schlagzeilen. Das holländische Innenministerium nutzte die Gelegenheit, darauf hinzuweisen, daß auch dieser Erfolg der Ermittler von der Entschlossenheit der holländischen Regierung zeuge, den Handel mit harten Drogen zu verhindern. Die Reaktion der Vorgesetzten Dirk van Vlecks richtete sich allerdings nicht nach dieser Erklärung. Daß ein Türke – und sei es ein des Rauschgiftschmuggels verdächtigter – von einem holländischen Polizeibeamten, der mit einem notorischen Rauschgifthändler – und sei er auch ein Polizeispitzel – im gleichen Wagen saß, erschossen worden war, brachte die holländische Regierung in arge Verlegenheit, und sie haßte es, in Verlegenheit gebracht zu werden. Van Vleck wurde für seine Verwegenheit mit der Versetzung in einen kleinen Ort an der Küste belohnt, so weit weg von der Front des Drogenkriegs wie nur irgend möglich.

Dennoch hatte der Zwischenfall eine alles in allem erfreuliche Konsequenz. Seine eigene Verhaftung befürchtend, setzte sich bei Tagesanbruch Abdullah Osman nach Istanbul ab, womit die Geschäftstätigkeit der Osman-Familie in Holland zum Erliegen kam. Jedenfalls bis auf weiteres.

»Ihr Zug nach Harrogate fährt um fünf von der Euston Station ab«, teilte die Beamtin der Londoner Botschaft, die die Arrangements für ihn getroffen hatte, Jim Duffy mit. »Die Fahrt wird etwa drei Stunden dauern. Menwith Hill wird einen Wagen schicken, der Sie dort vom Bahnhof abholen und ins Hotel bringen wird«, fuhr sie fort und reichte ihm seinen Fahrschein und einen Gutschein für das Hotel. »Dieses kleine Hotel wird Ihnen gefallen. Angeblich hat Agatha Christie dort gewohnt, als sie damals untergetaucht ist, was ja wohl von allen ihren Krimis der spannendste war, jedenfalls für ihre Angehörigen.«

Jim Duffy steckte die Papiere ein und dachte: Was, zum Teufel, kümmert mich Agatha Christie? Das wirkliche Leben deckte seinen Bedarf an aufregenden Geschichten vollkommen, es wäre ihm nie eingefallen, auch noch zur Entspannung welche zu lesen. Es war jetzt fast elf Uhr, und er hatte bis zur Abfahrt des Zuges sechs Stunden totzuschlagen. Wachbleiben sollte er, um den Jetlag abzuschütteln, der ihm nach dem Nachtflug lähmend anhing. Draußen regnete es aber in Strömen, und ein wattiger Nebel erstickte die Stadt in seinen Schwaden. Nicht so vollkommen wie einst der klassische Nebel, den gab es ja bekanntlich nicht mehr, aber immerhin, sehen lassen konnte sich auch dieser graue Dunst da draußen noch. Sein inneres Ohr hörte Louis Armstrong, als er nach oben in die Büros der Londoner CIA-Station ging. Was sollte er also machen an diesem nassen, nebligen Tag, der ihm da im alten London bevorstand? Ein Besuch des Britischen Museums kam jedenfalls nicht in Frage.

Fast als zöge ihn ein verborgener Magnet dahin, ohne sich eines Entschlusses bewußt zu sein, steuerte er das erste freie Telefon an, das er sah, und wählte Nancy Harmians Nummer.

»Ach, Jim«, sagte sie, »das ist aber eine nette Überraschung.« Zu Duffys Freude schien der Ton, in dem sie das sagte, die Aufrichtigkeit dieser Erklärung zu garantieren. »Wie geht's mit Ihrer Arbeit voran? Oder darf ich nicht fragen?«

»Okay und nein«, lachte Duffy.

»Werden Sie lange in London sein?«

»Unglücklicherweise nicht. Ich muß heute nachmittag für ein paar Tage nach Norden.«

»Ach!« Klang da etwa, wie Duffy hoffte, echtes Bedauern an?

»Hätten Sie vielleicht Lust, zum Lunch zu kommen?« fragte Nancy. »Ich kann Ihnen so kurzfristig zwar kein Feinschmeckermahl versprechen, aber besser als in der Cafeteria der Botschaft wird das Essen wohl trotzdem sein.«

»Liebend gern«, sagte Duffy.

»Dann also um eins.«

Nancy öffnete ihm persönlich die Tür ihres Hauses am Chester Square. Der Anflug von Hagerkeit, der die feinen Züge ihres Gesichts unter dem Eindruck der Trauer scharf hatte erscheinen lassen, war inzwischen verschwunden. Sie war weniger angespannt als bei der letzten Begegnung mit Duffy. Heute trug sie ausgeblichene Bluejeans und einen blaßblauen Kaschmir-Cardigan über einer weißen Bluse. Der Kontrast dieses Aufzugs zu der gemessenen Förmlichkeit, mit der sie sich während der Wochen nach dem Tode ihres Mannes gekleidet hatte, fiel Duffy sofort auf. Ließ diese äußere Lockerung ihrer Erscheinung den Schluß zu, daß auch der Schmerz, der ihr Inneres gelähmt hatte, nachzulassen begann?

»Ich hoffe, Sie fühlen sich so gut, wie Sie aussehen«, sagte Duffy lächelnd.

»Jedenfalls besser als bei unserem letzten Treffen.« Sie führte ihn die Treppe zu ihrem Wohnzimmer hinauf. »Inzwischen sind drei Monate vergangen. Manche von meinen Freunden sagen, daß die ersten drei Monate die schlimmsten sind. Ich weiß nicht, ob sie recht haben. Was meinen Sie?« Bei dieser Frage wies sie auf die Bar. »Bedienen Sie sich selbst.«

»Und Sie?«

»Ich nehme ein Glas Sancerre«, sagte sie und deutete auf eine Flasche, die in einem Eiskübel stand.

Duffy schenkte ihr ein Glas des kühlen Weins ein, dann nahm er auch sich selbst davon. »Drei Monate? Ich weiß nicht«, sagte er und nahm auf dem Sofa Platz. »Für mich hat die schlimmste Phase ein bißchen länger gedauert. Ich meine, der sogenannte Heilungsprozeß wird ja nicht durch das Schlucken seelischer Antibiotika beschleunigt, so weit sind wir noch nicht.«

Duffy nahm einen Schluck Sancerre und erinnerte sich jener langen Monate in den Wäldern von Maine. »Meine Reaktion auf den Tod meiner Frau war ziemlich seltsam. Ich habe mich in eine

Art Kokon eingesponnen. Ich wollte mein Leid mit niemandem teilen. Es sollte mir ganz allein gehören und niemand, wie nahe er mir auch stehen mochte, sollte Anteil daran nehmen dürfen. Auf diese Weise versuchte ich wahrscheinlich, an meinen Erinnerungen festzuhalten.«

»Sie müssen sie sehr geliebt haben.«

»Habe ich. Mit der Trauer ist es wie mit so vielen Dingen im Leben. Eine einzig richtige Methode, mit dem Tod, mit dem Verlust eines nahen Menschen fertig zu werden, gibt es nicht. Diese sogenannte Trauerarbeit, von der heute die Rede ist, hat mit der Wirklichkeit nicht mehr zu tun als die Seifenopern im Fernsehen. Ich habe mein Schneckenhaus erst wieder verlassen, als die Firma, für die ich arbeite, mich genötigt hat, mich wieder mit der wirklichen Welt zu beschäftigen.«

Nancy erschauerte kaum merklich. »Ja«, flüsterte sie und wies mit einer kreisrunden Bewegung ihres Glases auf ihren eleganten Salon, dessen Einrichtung Duffy bei seinem ersten Besuch so bewundert hatte. »Ich frage mich oft, ob ich nicht mein Leben vollständig ändern sollte. Es fällt mir sehr schwer, ohne ihn weiter in diesem Haus zu wohnen. Was mir zu schaffen macht, sind nicht die Erinnerungen an den gräßlichen Mord, der hier geschehen ist, sondern die an die schönen Zeiten, die wir gemeinsam hier erlebt haben. Ich kann hier nichts ansehen oder anfassen, ohne an ihn zu denken, ja seine Abwesenheit fast körperlich zu empfinden.«

»Ja«, seufzte Duffy. »Die tote Hand der Vergangenheit. Wie schwer ist es doch, ihrem Griff zu entfliehen. Was haben Sie eigentlich gemacht, ehe Sie heirateten?«

Die Frage schien Nancy zu freuen, ihre Miene hellte sich auf. »Ach, ich war ein komischer Vogel. Ich war Ethnologin, spezialisiert auf die Kulturen an der islamischen Flanke des alten Sowjetimperiums, die Turkomanen, die Usbeken und die Kasachen.«

»Haben Sie unterrichtet?«

»Ja, in Berkeley. Und dann wurde mir ein Forschungsstipendium des Magdalen College in Cambridge gewährt, was mir Gelegenheit gab, viel Zeit in London zuzubringen. So habe ich auch Terry kennengelernt.«

»Bei diesen Qualifikationen wundert es mich, daß meine Arbeitgeber nicht versucht haben, Sie anzuheuern.«

»Ach, aber das haben sie doch. Ich habe den Mann, der mich deswegen ansprach, darüber aufgeklärt, daß ich für diese Firma viel zu liberal sei. Hasch geraucht, meinen Büstenhalter verbrannt und an Antivietnamdemonstrationen teilgenommen habe ich schon, als ich noch ein Backfisch war.«

Nun lachte Duffy. »Ich würde sagen, daß Sie sich damit als ideale Rekrutin für die Firma, wie sie heute ist, qualifiziert haben. Die CIA wimmelt doch heute von Leuten, deren Herz insgeheim für Links schlägt. Ich selber zum Beispiel bin mäßig konservativ und gelte deshalb als der perfekte Neandertaler bei meinen Kollegen.« Da dieses Thema ihm mehr zu versprechen schien, als die Erörterung verschiedener Methoden der Trauerarbeit, fragte Duffy: »Haben Sie in Ihrem Fach promoviert?«

»Fast. Ich arbeitete an meiner Dissertation, als Terry und ich heirateten. Ich wollte dann immer wieder damit anfangen, aber...«

»Jetzt könnten Sie es doch.«

»Ich weiß. Ich habe viel daran gedacht. Das würde mich ja irgendwie aus alledem hier herausbringen, nicht?«

»Wenn Sie diese Arbeit einmal anregend und herausfordernd gefunden haben, würde sich Ihnen, wenn Sie dazu zurückkehren, auch die interessante Herausforderung wieder stellen.«

»Wahrscheinlich.« Sie trank einen Schluck Wein. »Was übrigens Herausforderungen angeht – wie steht's mit Ihrer Arbeit zur Aufdeckung der Pläne für die Operation Khalid? Oder darf ich danach nicht fragen?«

»Fragen dürfen Sie«, sagte Duffy grinsend. »Ich darf Ihnen nur nicht antworten. Wir sind aber wohl nicht mehr weit von der Lösung des Rätsels entfernt. Wie die allerdings aussehen wird, weiß Gott allein.«

Duffy lehnte sich zurück und spürte, wie in seinem Kopf eine Idee Gestalt annahm, eine Idee, die er Nancy zuschieben konnte, so wie ein Pokerspieler, der nicht sicher ist, wie weit er seinem Blatt trauen darf, zunächst mal einen bescheidenen Einsatz wagt.

»Sagen Sie, Nancy, hängen Sie sehr an Ihren hiesigen Lebensumständen, ich meine, an London?«

»Ich liebe London, aber ich bin natürlich nicht mit der Stadt verheiratet. Manchmal denke ich sogar, daß ein Tapetenwechsel das Beste für mich wäre. Aber nachdem ich hier gelebt habe, könnte ich nicht nach Berkeley zurück, in diesen engen akademischen Kreis, der sich für den Nabel der Welt hält. Denn inzwischen habe ich begriffen, wie sehr diese Leute sich täuschen. Tatsächlich bewohnen sie ja eine der wirklichen Welt ziemlich entlegene einsame Insel.«

»Im Grunde ist es jammerschade, wenn jemand wie Sie keinen Gebrauch von seiner Ausbildung macht. Leute mit Spezialkenntnissen, wie Sie sie haben, werden doch dringend gebraucht.«

»Wo denn?«

»In Washington, zum Beispiel.«

»Washington?«

»Ja. Und nicht nur von der Regierung. Von den Denkfabriken und den Consulting-Firmen, die Geschäfte in der islamischen Welt machen. Sie haben ja keine Ahnung, wie viele Möglichkeiten es da für jemanden mit Ihren Qualifikationen gibt.«

»Aber würde ich in Washington leben wollen? Seit dem Schulausflug, den wir vom College aus im Frühling meines letzten Schuljahrs dahin gemacht haben, bin ich nicht mehr da gewesen. Sie wissen schon, die Kirschblüten, Mount Vernon, ein Vortrag unseres Abgeordneten über demokratische Werte und eine Führung durch die Bundesdruckerei, wo der Führer zum zehnmillionsten Mal den Witz macht, daß er Gratismuster nicht verteilen darf.«

»Die Stadt ist aber wirklich wunderbar. Der beste Wohnort in ganz Amerika, wenn Sie mich fragen.« Wenigstens ist Washington das für mich einst gewesen, dachte er.

»Es heißt, daß auf einen Mann in Washington zehn Frauen kommen.«

Duffy lachte in sich hinein und streichelte fast unwillkürlich kurz und zärtlich ihre Hand. »Nancy, darüber würde ich mir an Ihrer Stelle keine Sorgen machen.«

Rebecca, das Dienstmädchen, erschien in der Tür. »Der Lunch ist angerichtet, Madame«, meldete sie.

»Also trinken wir auf den Wandel«, sagte Nancy lächelnd und leerte ihr Glas. »Werden Sie nach London zurückkommen, wenn Sie mit Ihrer Arbeit im Norden fertig sind?«

»Ich hoffe es.«

»Gut. Dann können Sie noch ein bißchen was über das Leben in Washington erzählen.«

Wie lange werde ich hier wohl zu Hause sein müssen? fragte sich Jim Duffy, während er sich im Menwith Hill Satellite Accession Display Centre, dem Satellitenzugangsbeobachtungszentrum auf dem Menwith Hill, umsah. Es sah dem NRO-Zentrum, das er achtundvierzig Stunden zuvor mit Jack Lohnes und Keith Small besucht hatte, verblüffend ähnlich. Auch hier gab es eine Batterie von Monitoren, die der Bildprojektionen harrten, die ihnen aus dem Weltraum von einem KH 13 Advenced Jumpseat-Satelliten zugespielt werden würden. Und an seiner Computerkonsole saß ein Techniker bereit, die Bilder scharf einzustellen, wenn sie kamen.

Die Computer waren durch sichere Leitungen über das britische sichere Telefonsystem mit den beiden anderen Displayzentren verbunden, die Bilder von dem Satelliten empfangen würden – dem NRO und dem Satellite Display Auditorium der CIA, das von allen drei Beobachtungsposten am besten ausgerüstet war.

Duffy blickte auf die Uhr an der Wand und las 11.22 GMT/ZULU, also zweiundzwanzig Minuten nach elf, Greenwich Zeit (der mittleren Sonnenzeit des Meridians der Sternwarte von Greenwich, nach der weltweit die Lokalzeiten bestimmt werden, für die das amerikanische Militär das Akronym ZULU erdacht hat). Es waren nur noch achtunddreißig Minuten bis zum ersten Piepen eines ihrer Kryotronen. Daheim in Langley würde jetzt schon Jack Lohnes, begleitet von seinen Spezialisten für iranische und deutsche Belange, das Signal erwarten. Sie würden literweise schwarzen Kaffee saufen und immer wieder ihre Computerverbindungen zu den Datenspeichern der Agency überprüfen, die ihnen Zugang zu den Informationen über Deutschland und den Iran gestatteten.

Kaffee könnte ich jetzt nicht vertragen, dachte Duffy bei dieser Vorstellung. Eine Handvoll Beruhigungspillen wäre gegenwärtig bestimmt besser für ihn. Er hörte das nervöse Knurren seines Magens statt des erwarteten Funksignals. Würde es überhaupt durchkommen? Und wenn ja, würde der Satellit es empfangen?

Und wie würde das Bild aussehen, das er bestenfalls vom Ort des Senders zu sehen kriegen würde?

»Jim?«

Er erkannte die Stimme von Jack Lohnes.

»Hören Sie mich?«

»Laut und deutlich.«

»Eben kriegen wir Nachricht von EG & G. Fedex Germany hat in Shannon gemeldet, daß das dort abgesandte Paket um 11.17 GMT, 13.17 mitteleuropäische Zeit, beim Adressaten abgeliefert und von diesem in Empfang genommen worden ist.«

»Das heißt ja wohl wenigstens, daß uns als allererstes ein hübsches Bild eines Fedex-Lieferwagens ins Haus steht. Aber sagen Sie mal, wie weit ist diese Fabrik vom Hamburger Flughafen entfernt?«

»Ungefähr eine Autostunde.« Duffy erkannte die Stimme nicht, die seine Frage beantwortete. Wahrscheinlich sprach der Spezialist für Deutschland. Wenn nun der Professor seine Kryotronen so schnell wie möglich nach Teheran schaffen wollte, würde er sofort zum Flughafen aufbrechen? Mit einem Linienflugzeug nach Teheran fliegen vielleicht? »Überprüft doch mal den Flugplan von Hamburg-Fuhlsbüttel«, schlug er vor, »und seht nach, ob's da Direktflüge in den Iran gibt oder welche mit Anschluß nach Teheran.«

»Haben wir schon«, antwortete man ihm aus Langley. »Die einzige Verbindung, die ihm was nützen könnte, ist ein Lufthansaflug um 14.15 Uhr nach Istanbul über Frankfurt. Von Istanbul könnte er mit einer anderen Gesellschaft nach Teheran weiterfliegen.«

»Jim.« Jetzt sprach wieder Lohnes. »Ich kann mir nicht vorstellen, daß Ihre Freunde es riskieren, während einer mehrstündigen Wartezeit auf dem Flughafen von Istanbul die Aufmerksamkeit der dortigen Behörden auf ihr Gepäck zu lenken. Niemand verabscheut doch die Mullahs mehr als das türkische Militär. Das wissen Ihre Freunde natürlich auch.«

»Achtung, hören Sie ...«

Die Stimme war Duffy nicht bekannt. Vermutlich sprach der Mann aus dem NRO, dachte er. Und so war es. »Es sind nur noch sieben Minuten bis zur Zugangszeit. Halten wir unsere Leitungen so frei wie möglich.«

Noch sieben Minuten, dachte Duffy. Neben ihm goß ihm der Menwith-Hill-Techniker aus einer Thermosflasche, die jemand fürsorglich neben ihre Computerkonsole gestellt hatte, eine Tasse Kaffee ein. Trotz seines früheren Widerwillens gegen Kaffee nippte er daran und versuchte, sich den Anschein einer Selbstsicherheit zu geben, die er keineswegs empfand. Er sagte auch nichts. Er fürchtete, sich durch den nervös piepsenden Ton der Stimme, mit der er vielleicht sprechen würde, bloßzustellen.

Die Zeit verging so quälend langsam, daß Duffy sich der qualvollen Minuten erinnerte, die er zu seiner körperlichen Ertüchtigung in der Tretmühle seines Heimtrainers zubrachte.

»Bird Two ist in Verbindung getreten«, meldete plötzlich der NRO-Techniker im Ton einer Zeitansage. Vogel zwei war der Satellit über Jütland. »Bird Three hat Verbindung aufgenommen. Bird One desgleichen. Wir triangulieren«, fuhr der Mann im gleichen ausdruckslosen Ton fort.

Duffy lehnte sich zurück, nun um einiges zuversichtlicher. Wenigstens war das Signal durchgekommen. In höchstens zwei Minuten sollte ein Bild auf dem Schirm erscheinen. »Sendeort war: 53°, 54', 9" nördlicher Breite, 10°, 02', 4" östlicher Länge.« Die Zahlen liefen über den Bildschirm zu ihren Häuptern, als der NRO-Beamte sie verlas. »Wir haben unserem Vogel befohlen, die Stelle aufzunehmen.«

»Wissen wir, wo dieser Sendeort liegt?« fragte Duffy in Langley an.

»Wir scrollen uns gerade in unserem computerkartographischen System an die Stelle ran«, erwiderte Lohnes.

»Heilige Scheiße!« rief der Mann vom Deutschlandreferat. »Die Stelle liegt siebzig Meter nördlich der Bundesstraße 206 am Rande des Segeberger Staatsforsts auf dem Gelände eines kleinen privaten Flugplatzes in der Nähe eines Orts namens Hartenholm.«

»Ein privater Flugplatz!« rief Duffy.

»Aber das ist nicht nur irgendein privater Flugplatz«, rief der Mann vom Deutschlandreferat. »Er gehört der iranischen Regierung!«

»Sie machen doch wohl Witze? Wie kommt die iranische Regierung zu einem Flugplatz in Deutschland?«

»Getarnt, natürlich. Gekauft haben die Iraner ihn 1993. Ihr Freund, Professor Bollahi, hat den Kauf angeleiert, trat aber selbst dabei nicht in Erscheinung, sondern bediente sich eines anderen Iraners, der in Marbella lebt, als Strohmann. Bezahlt hat er mit einem Scheck von diesem Konto bei der Melli-Bank in München, das die iranische Regierung immer wieder für ihn auffüllt.«

»Und die Deutschen dulden das? Das kann ich nicht glauben!«

»Glauben Sie's ruhig, Kumpel. Jedesmal, wenn wir versuchen, bei der schleswig-holsteinischen Landesregierung deswegen Druck zu machen, sagen die uns, wir sollen gefälligst verschwinden. Das Geschäft war vollkommen legal, sagen sie. Und daß da oben nichts Ungesetzliches passiert.«

»Na, jetzt jedenfalls kann doch deswegen kein Zweifel mehr bestehen!«

»Die Übertragung von Jumpseat beginnt«, meldete der Mann aus dem NRO. Die Aufnahmen, die sie gleich sehen würden, waren von dem Großrechner des NRO empfangen worden, wo sie in die präziser eingestellten Bilder umgewandelt werden sollten, die man dann auf den Bildschirmen des CIA Auditoriums und auf dem Menwith Hill erblicken würde. Fasziniert beobachtete Duffy das Erscheinen des Bildes. Prächtiges Technicolor, die blaugrünen und gelben Töne hell und klar. Links auf dem Bildschirm sah man die Ecke eines Gebäudes. Daneben war ein schwarzes Auto geparkt. Rechts und vor der Front des Gebäudes lag eine Rasenfläche, wo sich schon einzelne grüne Triebe durch das winterliche Gelb drängten. Weit und breit war kein Mensch zu sehen.

»Können wir das ein bißchen erweitern?« fragte er den Techniker des NRO. »Auf zehn Mal ...?«

»Das NRO wird die von der Kamera erfaßte Fläche auf das Zehnfache vergrößern«, erklärte er Duffy. »Das gibt uns einen Kreis von hundert Fuß Durchmesser. Damit haben wir einen wesentlich größeren Ausschnitt, verlieren aber natürlich einiges an Bildschärfe.«

Das Bild auf dem Schirm erweiterte sich, und nun wurde deutlich, daß es sich um einen Flugplatz handelte. In der oberen rechten Ecke wurde ein Gebäude sichtbar, das ein kleiner Kontrollturm zu sein schien. Daneben hing ein Luftsack schlaff an seinem Mast. Links im Bild stand ein einmotoriges Flugzeug. »Können wir uns dieses Flugzeug mal aus der Nähe ansehen?« fragte Duffy. »Kennt irgend jemand den Typ?«

»Sieht aus wie eine Cessna. Wahrscheinlich eine 210«, sagte der Mann vom Deutschlandreferat in Langley. »Die beiden Buchstaben ›OE‹ vor dem Kennzeichen besagen, daß die Maschine in Österreich zugelassen ist.«

»Aus dem Gebäude unten links kommen gerade Leute«, meldete das NRO. »Sollen wir das Bild auf die eingrenzen?«

›Tun Sie das«, erwiderte Lohnes.

Als nun die Kamera des Satelliten die Bildfläche wieder einengten, sah Duffy drei Männer über den Rasen auf das Flugzeug zugehen. Der Mann in der Mitte war mit einem dunklen Mantel bekleidet und trug einen Koffer oder ein großes Paket unter dem rechten Arm. Sollte ihm nun ein erster Blick auf seine Nemesis, den Professor, zuteil werden?

»Kennt jemand irgendeinen von diesen Leuten?« fragte Lohnes.

»Sehen Sie diesen Typ links? Den, der aussieht, als trüge er eine schwarze Lederjacke und eine Baseball-Mütze?« fragte der Mann aus dem Deutschlandreferat. »Ich wette, das ist ein gewisser Said Ali. Er ist ein Pasdaran, ein Revolutionswächter. Der iranische Geheimdienst hat ihn mit der Leitung des Flugplatzes beauftragt. Der offizielle Leiter ist zwar ein anderer, ein mit einer deutschen Frau verheirateter Iraner, aber der tatsächliche Chef ist dieser Said Ali.«

Die drei Männer hatten das wartende Flugzeug erreicht. Der versuchsweise und provisorisch als Said Ali identifizierte Mann half der Gestalt im schwarzen Mantel beim Einsteigen und reichte ihr dann den Koffer. Unterdessen war die dritte Person um das Flugzeug herumgegangen und stieg an der anderen Seite ein. Das war offenbar der Pilot. Das NRO vergrößerte nun den Bildausschnitt wieder auf das Zehnfache, so daß sie sehen konnten, wie das Flugzeug zum Start an das westliche Ende der Rollbahn rollte. Auf allen drei Beobachtungsposten, beim NRO, bei der CIA und auf dem Menwith Hill, sahen ein Dutzend amerikanische Augenpaare zu, wie die Cessna mit langsam zunehmender Geschwindigkeit zum Abheben ansetzte.

»Kein Wind, deshalb benützt er die Null Fünf Startbahn«, bemerkte der Deutschlandspezialist der CIA. »Nach dem Start wird er wahrscheinlich Kurs nach Osten in Richtung Lübeck nehmen.«

Duffy beobachtete fasziniert das Geschehen auf dem Bildschirm. Da sausen sie hin, meine Kryotronen, dachte er, meine Kryotronen sind auf dem Weg in den Iran.

Fünf Minuten nach dem Start der Cessna meldete der NRO-Beobachter: »Das Objekt hat jetzt die Flughöhe von etwas über fünftausend Fuß erreicht und fliegt nach Südosten auf einem Steuerkurs von 135 Grad. Wenn es diesen Kurs beibehält, wird es in etwa fünfundsechzig Minuten den deutschen Luftraum verlassen und die Grenze nach Polen überqueren.«

»Werden wir imstande sein, die Maschine auf unserem Satellitenbild zu halten?« fragte Duffy. »Egal, wohin sie fliegt?«

»Ja, außer wenn sie unter einer äußerst dichten Wolkendecke fliegt.«

»Na, die wird sie zu dieser Jahreszeit in dieser Gegend ohne Mühe finden. Jack, sollten wir nicht beim Rhein-Main-Luftwaffenstützpunkt eine AWACS-Maschine anfordern? Wenn die die Cessna mit ihrem Radar beschattet, hätten wir unser Objekt sicher.«

»Einverstanden, Jim. Wir wenden uns gleich ans Pentagon deswegen. Ich habe auch einen von unseren Luftfahrtexperten ins Beobachtungszentrum heraufgebeten, damit er uns hilft, den Flug der Cessna zu überwachen.«

Es war jetzt 12.47 GMT, nur noch dreizehn Minuten bis zu dem zweiten Signal, das ihnen die definitive Bestätigung geben würde, daß sich ihre Kryotronen tatsächlich an Bord jenes kleinen Flugzeugs befanden, das nun bei Travemünde, unweit des Raketenversuchsgeländes, auf dem Werner von Braun seine ersten einschlägigen Erfahrungen gesammelt hatte, aufs Meer hinaus flog.

Kaum hatte die Wanduhr auf dem Menwith Hill 13.00 Uhr GMT angezeigt, als sich auch schon das NRO wieder meldete. »Unsere drei Sigint-Vögel haben alle ihr Signal empfangen, wir triangulieren schon.« Nach einer kurzen Pause fuhr die Stimme fort: »Sendeort des Signals war, der Triangulation zufolge, in 5132 Fuß Höhe, 14,6 Meter hinter der gegenwärtigen Position des Objekts auf dessen gegenwärtigem Kurs. Die Quelle des Signals befindet sich also an Bord des Flugzeugs.«

Duffy wäre am liebsten mit einem Freudenschrei aufgesprungen, beschränkte sich aber auf ein schiefes Lächeln.

»Hören Sie mal, Jack«, fragte er seinen Kollegen jenseits des atlantischen Ozeans, »kann diese kleine Maschine vielleicht ohne Zwischenlandung direkt nach Teheran fliegen? Kann sie für einen so langen Flug genügend Treibstoff tanken?«

»Ich werde unseren Luftfahrtexperten bitten, Ihnen diese Frage zu beantworten.«

»Mr. Duffy.« Die Stimme war dem Angeredeten unbekannt, es sprach also wohl der von Jack herangezogene Fachmann. »Sie liegen ganz richtig in der Annahme, daß die Antwort auf Ihre Frage von der Treibstoffmenge abhängt, die eine Cessna tragen kann. Angenommen, sie fliegt auf dem direktesten Kurs – was bisher der Fall zu sein scheint –, dann wird sie auf südöstlichem Steuerkurs Polen überqueren, dann, wahrscheinlich irgendwo östlich von Lublin, die ukrainische Grenze, einen Bogen um Kiew machen und dann, immer nördlich des türkischen Luftraums bleibend, über Armenien und Aserbeidschan bis zum Kaspischen Meer fliegen und sich dort nach Süden zum Iran wenden. Das wäre eine Strecke von 2000 Meilen.«

»Also kann sie das schaffen?«

»Angenommen, die Maschine ist mit Reservetanks ausgerüstet, dann könnte sie es gerade so schaffen, den Iran nonstop zu erreichen. Es wäre aber ratsam, eine Zwischenlandung zum Auftanken einzulegen.«

»Na ja, so einfach wie an einer Autobahn ist das ja nun auch wieder nicht. Man hält ja mit dem Flugzeug nicht einfach vor einer Zapfsäule an und sagt zum Tankwart: ›Voll, bitte.‹ Wo immer er landet, wird man den Piloten fragen, woher er kommt und wohin er unterwegs ist. Und seinen Flugplan und Ausweispapiere sehen wollen, nicht?«

»Darauf würde ich mich nicht verlassen. Wenn einer auf einem kleinen Flugplatz in Polen landet und eine Masse Kerosin verlangt, werden sie ihn da nach seinem Flugplan fragen? Ich bezweifele das. Ich glaube, daß sie ihm mit Vergnügen verkaufen werden, was er verlangt.«

»Aber trotzdem, vom Treibstoff mal ganz abgesehen, kann doch wohl keiner diese ganze Strecke fliegen, ohne irgendwo auf die Radarschirme zu geraten? Und dann würde man ihn doch wohl nötigen, zu landen und zu erklären, was er da macht und wohin er will?«

»Normalerweise müßte er natürlich vor dem Abflug einen Flugplan beim deutschen aeronautischen Informationsdienst einreichen. Aber angenommen, er will diesen Flug klammheimlich über die Bühne bringen – in dem Fall wird er sich natürlich hüten, irgendwo seine Route zu hinterlegen. Er weiß ja, daß er in Deutschland ohne Plan starten und landen kann, solange er nicht die Absicht hat, den deutschen Luftraum zu verlassen.«

Der Experte hielt inne. »Er schaltet seinen Antwortsender ab, so daß der dem Luftverkehrskontrollradar keine Signale ins Gesicht blökt, und startet. Wenn er vier- oder fünftausend Fuß hoch fliegt – in dieser Höhe ist auch der Treibstoffverbrauch am sparsamsten –, hat er gute Chancen, den zivilen deutschen Radarstationen zu entgehen. Und wenn er einmal über die polnische Grenze ist, kann er der deutschen Luftsicherheit was husten.«

»Übrigens«, fragte Duffy, »wird diese AWACS-Maschine imstande sein, uns zu melden, ob er seinen Antwortsender abgeschaltet hat?«

»Ja. Jedenfalls fliegt er nun also nach Polen rein, macht einen Bogen um das Warschauer Luftverkehrskontrollradar, um das von Lublin auch. Wenn er nicht höher geht als vier-, fünftausend Fuß, kann er sich fast darauf verlassen, nicht wahrgenommen zu werden, oder, wenn er doch auf irgendeinem Radarschirm erscheint, für einen Vogelschwarm gehalten zu werden.«

»Und die Ukraine?«

»Da herrschen augenblicklich chaotische Bedingungen. Das Radar ist da die meiste Zeit nicht angeschaltet, und wenn es funktioniert, funktioniert es gewöhnlich nicht richtig. In Armenien und Aserbeidschan gibt's überhaupt keine Radarsicherung des Luftraums.«

»In Ihrer Darstellung nimmt sich das Unternehmen unserer Freunde ja aus wie ein Kinderspiel.«

»Es ist auch leicht. Viel leichter als jemand, der nicht selber fliegt, es sich vorstellen mag. Im Grunde ist die einzige Frage, wieviel Treibstoff sie der Maschine haben aufladen können. Ich nehme doch an, daß das NRO die Bilder, die uns der Satellit liefert, auf Video archiviert?«

»So ist es«, antwortete das NRO.

»Können Sie mir bitte den Start der Cessna in Hartenholm noch einmal auf einen der Bildschirme hier in der Agency einspielen?« fragte der Experte.

»Kein Problem. Wird sofort gemacht«, antwortete das NRO.

Einige Minuten später war der Luftfahrtexperte wieder in der Leitung. »Der Pilot hat beim Start verdammt lange Anlauf genommen, insbesondere wenn man die völlige Windstille bedenkt. Er hatte also schwer geladen. Dabei waren, soweit wir wissen, nur zwei Leute an Bord, er selbst und ein Passagier, und der hatte nur einen Koffer. Wenn also der Rest der Ladung Treibstoff war, könnten sie es ohne Zwischenlandung bis Teheran schaffen.«

»Jim«, meldete sich nun Lohnes, »die AWACS hat ihn jetzt auf dem Radarschirm. Sein Antwortsender ist mucksmäuschenstill. Er hat also die Absicht, sich durchzuschleichen.«

»Ihr Zielobjekt hat jetzt den deutschen Luftraum verlassen«, meldete das NRO. »Es überfliegt die polnische Grenze nördlich von Stettin.«

Das NRO hatte inzwischen auf einem Bildschirm in jeder der drei Beobachtungsstationen eine NAVTAC eingespeist, eine Navigational Tactical Display Map (taktische Navigationsschaukarte), die das Gebiet zeigte, welches die Cessna eben überflog. Die Cessna erschien auf der Karte als kleines rotes Flugzeug, das sich maßstabsgerecht über die dargestellte Gegend bewegte. Man hätte das als Spielerei ansehen können, aber Duffy fand die Simulation wesentlich interessanter als das von den Satellitenkameras aufgenommene Bild des echten, des wirklich durch die Lüfte brummenden Flugzeugs.

»NRO«, fragte der Luftfahrtexperte in Langley, »können Sie uns die Fluggeschwindigkeit der von uns beobachteten Maschine geben?«

»Etwas über hundertfünfzig Meilen die Stunde«, war die Antwort.

»Hätte man sich denken können«, bemerkte der Experte. »Der Typ versucht natürlich, Benzin zu sparen.«

»Bei der Geschwindigkeit können wir seine Ankunftszeit in Teheran auf ungefähr 24.00 GMT setzen, 03.00 Ortszeit. Vielleicht auch ein bißchen später, je nach dem Kurs, den er fliegt.«

Na schön, dachte Duffy schicksalsergeben, wir sind also dazu verurteilt, hier stundenlang herumzusitzen und dem kleinen roten Flugzeug zuzusehen, wie es über die Landkarten von Polen und der Ukraine kriecht. Denn während die Operation lief, war nicht daran zu denken, Menwith Hill zu verlassen. Nicht einmal ein Spaziergang innerhalb der Einrichtung kam in Frage. Selbst hochrangige CIA-Beamte durften da nicht unbegleitet herumwandern. Ich kann also weiter nichts tun, als hier sitzen zu bleiben, dachte er, und mir unseren nächsten Schritt überlegen, angenommen, wir stolpern nicht noch bei diesem ersten.

Wo mochten die Iraner ihre drei Sprengköpfe versteckt haben? Irgendwo in der Nähe ihres halbfertigen Kernkraftwerks bei Buschir am Ausgang des Persischen Golfs? Nein, dazu waren die Mullahs denn doch zu schlau. Sie wußten, daß die Israelis, wenn sie sich entschlössen, den nuklearen Ehrgeiz des Irans zu dämpfen – wie sie es mit der Zerstörung des Osirak-Reaktors in Bagdad schon mit dem irakischen gemacht hatten –, sich an diese Adresse zuerst wenden würden.

Viel wahrscheinlicher war es, daß sie ein Versteck irgendwo im Norden der Hauptstadt gewählt hatten, wo sich zu Zeiten des Schahs das Atomenergieministerium befunden hatte, gleich neben dem iranischen Hauptfernmeldeamt, in einem dicht bevölkerten Stadtteil. Jeder Luftschlag auf ein Objekt in dieser Gegend würde unvermeidlich eine furchtbare Zahl von Opfern unter der Zivilbevölkerung fordern, die jetzt zum großen Teil den herrschenden Mullahs schon sehr kritisch gegenüberstand, wenn nicht sogar feindlich gesinnt war. Ein Luftschlag auf ein Objekt in dieser Gegend würde uns also die Sympathien aller iranischen Dissidenten kosten und wahrscheinlich das Volk wieder hinter den Mullahs vereinen. Und welchen Eindruck ein solches Massaker auf die Gefühle der Muslime in aller Welt machen würde, das malte man sich besser gar nicht erst aus. Und wenn wir uns mit der Abwendung einer nuklearen Bedrohung zu rechtfertigen versuchten, konnten sie das schließlich ja nur so verstehen: »He, wir werden euch Mohammedanern nicht erlauben, euch Atomwaffen zu verschaffen. Die Juden sind okay, aber ihr Mohammedaner, nein, also euch kann man nicht trauen.«

Manchmal scheint es, als würde jede unserer Bemühungen, die Ausbreitung des radikalen Islamismus einzudämmen, nur die Feindseligkeit der Muslime gegen den Westen verstärken und so die Macht der Bewegung, die wir hemmen wollen, vermehren, dachte er. Wenn er mit seiner verdammten Idee Erfolg hatte, konnte er mit einer Konsequenz daraus jetzt schon zuverlässig rechnen: Daß damit auf die Regierung der USA jedenfalls ein Alptraum zukam.

Zehn Stunden später war Duffy noch immer auf seinem Posten und sah, wie das kleine rote Symbol auf dem Display in der Mitte des Kaspischen Meers nach Süden abdrehte auf die Küste des Iran zu. Die AWACS-Maschine vom Rhein-Main-Luftwaffenstützpunkt war inzwischen durch eine andere abgelöst worden, die auf dem Luftwaffenstützpunkt Incirlik in der Türkei stationiert war.

Der Pilot mußte jetzt bis Teheran nur noch 160 Meilen über das Elburzgebirge zurücklegen, in etwa einer Stunde sollte er also wohl am Ziel sein. Er hatte Verspätung, würde demnach etwa um 01.00 GMT, 04.00 Ortszeit in Teheran landen.

Es würde zu dieser Zeit noch stockdunkel sein. Der Satellit sendete zwar Infrarotnachtaufnahmen, aber gegenüber der Schärfe der bei Tageslicht aufgenommenen Bilder ließen diese doch sehr zu wünschen übrig. Schon jetzt war Duffy klar, daß es verdammt schwer sein würde, dem Professor – denn daß der Mann im dunklen Mantel der Professor war, dessen war er sich jetzt sicher – nach der Landung in Teheran auf der Spur zu bleiben und den Kryotronen bis an ihren Bestimmungsort zu folgen. Wie ironisch! Bis jetzt war alles perfekt nach Plan gelaufen, aber nun, so kurz vor dem Ziel, konnte noch alles schiefgehen.

»Achtung, Achtung!« rief der NRO-Beobachter. »Unser Objekt hat sich soeben um sechzig Grad nach links gedreht und fliegt nun in süd-südöstlicher Richtung mit einem Kurs 240 Grad.«

»Was, zum Teufel, soll denn das nun wieder heißen?« fragte Duffy den Techniker vom Menwith Hill, der neben ihm saß.

»Vielleicht will er doch nicht nach Teheran.«

Unterdessen hatte das NRO den gegenwärtigen Kurs der Cessna auf der Karte eingetragen, an der die Beobachter den Flug der Maschine ablasen. Dieser würde sie zum Dreiländereck führen, wo die Grenzen des Irans, Pakistans und Afghanistans zusammenstießen. Die Route verlief nördlich der größeren Städte Kum, Isfahan und Jesd.

»Achtung! Achtung!« rief der Beamte des NRO wieder. »Die beobachtete Maschine hat soeben die Funkstille gebrochen und den Tower des Flughafens von Teheran informiert, daß sie über hinreichend Treibstoff verfügt, ihr Endziel ohne Zwischenlandung zu erreichen. Der Pilot schätzt seine Ankunftszeit dort auf 05.30 Ortszeit, was 02.30 GMT entspricht.«

»Sowohl die NSA als auch die AWACS haben den Funkverkehr der Maschine überwacht«, erklärte der Techniker vom Menwith Hill seinem Nachbarn, Duffy.

»Hat er seinen Bestimmungsort genannt?« fragte jemand aus dem CIA-Auditorium beim NRO an.

»Negativ. Aber bei seiner gegenwärtigen Fluggeschwindigkeit kann man annehmen, daß das Ziel, das er in der angegebenen Zeit erreichen zu können glaubt, zwischen acht- und neunhundert Meilen von seiner gegenwärtigen Position entfernt liegt.«

»Gottverdammmich!« rief Duffy aus. »Es wird fast hell sein, wenn er landet.«

»Der Junge, den sie da am Steuer haben, ist ein verdammt guter Pilot«, sagte der CIA-Luftfahrtexperte bewundernd. »Schätze, daß sie inzwischen in die Benzintanks pinkeln müssen, damit ihnen der Treibstoff nicht ausgeht.«

Trotz der langen, schlaflosen Stunden, die er hatte ertragen müssen, war Duffy nun hellwach, und während er gespannt auf den letzten Akt des von ihm erdachten und geplanten Dramas wartete, überflutete das für solche Gelegenheiten immer in Bereitschaft stehende Adrenalin sein System. Schließlich, das rote Flugzeug auf der Landkarte hatte schon fast die Grenze des Irans erreicht, meldete der Beamte des NRO: »Beobachtete Maschine setzt zur Landung an. Gegenwärtige Flughöhe 4250 Fuß.« Es war 01.55 GMT, 04.55 Ortszeit.

»Welche Flugplätze gibt es in der Nähe seiner gegenwärtigen Position?« fragte die CIA.

»Nächstgelegener Flugplatz ist ein ziviler Flughafen bei einer kleinen Stadt namens Zabol. Auf Nachtlandungen eingerichtet.«

Zabol! dachte Duffy. War das nicht der Ort, von dem aus die von der NSA abgefangenen Ferngespräche mit diesem geklonten Mobiltelefon in Istanbul geführt wurden?

Auf dem großen Bildschirm sah er nun die Cessna eine weite Kurve fliegen, als der Pilot die Landebahn ansteuerte. Sekunden später leuchtete eine Lichterkette auf, die die Landebahn für den Piloten markierte. Die in der ersten Dämmerung aufgenommenen Bilder der Szene, die der Satellit jetzt sendete, waren zwar nicht so deutlich, wie es die vom Start auf dem deutschen Flugplatz gewesen waren, die Bilder waren jetzt grauweiß verschleiert, dennoch konnte Duffy gut erkennen, wie die Maschine auf der Landebahn aufsetzte und dann ausrollte.

Der Pilot bremste schließlich ab, wendete und rollte zurück zu einem Gebäude, in dem sich die Verwaltung des Flugplatzes zu befinden schien. Ein schwarzer 190er Mercedes erschien auf der Bildfläche und fuhr in Richtung des gelandeten Flugzeugs.

»Diese Mullahs lieben ihre Baby-Mercs«, lachte der Mann vom Iranreferat in Langley. »In den Jahren neunundachtzig bis dreiundneunzig haben sie die Dinger aufgekauft, wo sie nur zu haben waren. Kinderwagen für geistliche Herren haben wir sie genannt.«

Das Flugzeug hielt, als der Wagen es erreichte. Der Techniker vom NRO verengte den Blickwinkel, so daß man nun das Flugzeug aus der Nähe sah, und Duffy beobachtete fasziniert, wie diesem ein Mann im dunklen Mantel entstieg. »Mein Gott!« rief er plötzlich erschrocken. »Er ist hingefallen!«

»Keine Angst«, beruhigte ihn der Iranspezialist seiner Behörde. »Er küßt nur den Boden und spricht ein Dankgebet wie damals der Ajatollah Khomeini bei seiner Rückkehr in den Iran.«

Der Mann hatte recht. Nach Beendigung seines Gebets erhob sich der Professor und wurde von vier Personen umarmt, die unterdessen dem Mercedes entstiegen waren. Zwei trugen Turbane und waren augenscheinlich Geistliche. Die anderen beiden trugen Gewehre über der Schulter und waren wohl Leibwächter, obwohl sie ohne Uniform zu sein schienen.

»Pasdaran«, vermutete der Mann vom Iranreferat, »Revolutionswächter.«

Seinen Koffer an sich gedrückt, führte der Professor sie zu dem wartenden Fahrzeug. An der Ausfahrt des Flugplatzes nahmen zwei mit Maschinengewehren bestückte Allradantriebsfahrzeuge die Limousine in die Mitte. Diese Prozession durchquerte in schneller Fahrt den noch schlafenden Ort Zabol und gelangte bald auf eine asphaltierte Straße, die durch offenes, größtenteils unbebautes und unbewohntes Land nach Süden führte. Zwanzig Meilen südlich von Zabol schossen die drei Fahrzeuge abermals durch die leeren Straßen einer noch schlafenden kleinen Ortschaft, dann begann die Straße ins Gebirge hinaufzusteigen auf eine Reihe von gestaffelten Kammhöhen zu. Doch schon sehr bald bog in diesem Bergland der Konvoi von der Hauptstraße nach Osten auf einen anscheinend ungepflasterten Weg ab. Dann hielt er vor einer Straßensperre, die von einem Dutzend Bewaffneter bewacht wurde, die nicht durch irgendeine Uniform ausgewiesen waren. »Kein iranischer Soldat in Sicht«, bemerkte man in Langley, »nur diese Revolutionswächter. Das macht den Eindruck einer hundertprozentig von der Pasdaran veranstalteten Operation.«

»Was sagt uns das?« fragte Duffy.

»Daß es in Teheran vielleicht Leute gibt, die von dem, was da draußen läuft, keine Ahnung haben.«

»Na, die Leute auf dem Satellitenbild jedenfalls scheinen bestens Bescheid zu wissen.«

Die Leute an der Straßensperre schienen vor Freude über die Ankunft des Professors in die Luft zu springen und sich fast zu überschlagen. Während der Wagen weiterrollte, scharten sich immer mehr Bewaffnete um ihn. Der Wagen fuhr nach links, eine leichte Steigung hinauf, gefolgt von einem Schweif wild gestikulierender Pasdaran.

Der Weg führte auf ein anscheinend von Menschenhand angelegtes Plateau am Fuß einer steilen Felswand. In dieser öffnete sich eine Art Portal zu dem planierten Gelände. Es führte offenbar in eine Art Eingangshalle zu Räumlichkeiten, die die Iraner dort in den Felsen gehauen hatten. Schwärme von unbewaffneten Menschen strömten aus diesem Portal, umringten den Wagen des Professors, schlugen mit den Handflächen auf die Kühlerhaube und gegen die Türen, überschwenglich dessen Ankunft begrüßend.

Der Professor stieg aus dem Wagen in dieses Meer von winkenden Händen und Armen. Noch immer den Koffer an seine Brust gedrückt, ging er mit dem gemessenen Schritt eines Generals, der seine Ehrenformation abschreitet, durch diese Menge und berührte mit der Linken, feierlich grüßend, seine Stirn und die Stelle seines Herzens. Dann verschwand er durch das Tor in den geheimen Anlagen, die da in den Berg getrieben worden waren.

Na, das war's, dachte Duffy. Unsere Kryotronen sind am Ziel.

»Gratuliere, Jim!« lachte Lohnes aus Washington. »Ihre Idee hätte sich nicht besser auszahlen können.«

Duffy war zu müde, zu erschöpft von der Anspannung der vergangenen zehn Stunden, als daß er zu dem Hochgefühl imstande gewesen wäre, das dieser Augenblick zweifellos verdiente. Statt dessen fühlte er sich plötzlich zugleich niedergeschlagen und furchtbar hungrig. »Ich gehe davon aus, daß wir von jetzt an diesen Ort rund um die Uhr durch Satelliten beobachten lassen«, bemerkte er.

»Davon können Sie allerdings ausgehen. Ich verabschiede mich jetzt, um im Weißen Haus zu melden, daß unser Plan der richtige war.«

Duffy stand auf. »Und ich gehe jetzt runter in diese durchgehend geöffnete Cafeteria, die sie hier haben, und esse was, ehe ich tot umfalle«, sagte er zu dem Techniker neben ihm.

»Nur zu. Ich behalte derweil den Laden hier im Auge.«

Während Duffy auf dem Menwith Hill im ländlichen England begann, sich einen Cheeseburger einzuverleiben, genoß der Mann, den er durch halb Europa und ein gutes Stück von Asien verfolgt hatte, in vollen Zügen seinen Stolz auf das, was er nicht ganz zu Unrecht als einen Triumph islamischer Ingenieurkunst anzusehen geneigt war. Seine Ingenieure, islamische Ingenieure, hatten hier in einer der entlegensten Ecken des Iran ein komplett ausgerüstetes Nukleartechnologielaboratorium aus dem Felsen gebaut. Die Anlage hatte drei Etagen. Die erste lag auf dem Niveau des Plateaus, von dem aus man sie betrat, die beiden anderen darunter, aus dem harten Kalkstein des Gebirgsstocks geschachtet. In diese unterirdischen Etagen gelangte man durch zwei Aufzüge. Der Haupteingang vom Plateau war durch stählerne Schiebetüren gesichert, die stets geschlossen gehalten wurden und sich nur im Bedarfsfall für Mitarbeiter und autorisierte Besucher des Laboratoriums öffneten.

Die ganze Anlage wurde durch elektrostatische Luftfilter belüftet, so daß dort kein Partikel radioaktiven Materials sich halten konnte. Eine Klimaanlage pumpte Frischluft von draußen herein, die, gefiltert und bei einer unveränderlichen Temperatur von 18° Celsius gehalten, in allen Räumen zirkulierte. Die Energieversorgung der Anlage besorgte ein eine halbe Meile von den Höhlen entfernt installierter Gasgenerator. Ein unterirdisches Kabel leitete den Strom in die Räume des Laboratoriums.

Das von dem Professor versammelte Team von Nuklearwissenschaftlern, Physikern und Technikern, die in der Mehrzahl im Westen ausgebildet worden waren, hatte in diesen Höhlen alles Gerät installiert, das für diesen, den letzten Schritt zur Vorbereitung der Operation Khalid benötigt werden würde. In Reihen standen da die besten Computer der Welt, IBM-Computer natürlich, und selbst ein Cray 3X, eine Maschine, deren Ausfuhr aus den USA strengster Kontrolle unterlag und die der Professor aus der Freihandelszone des Panamakanals, wo sie vorgeblich zum Weiterversand nach Holland eingetroffen war, hierher umgeleitet hatte.

Er reichte seinen Koffer dem siebenundvierzigjährigen, am MIT ausgebildeten Physiker, den er als leitenden Ingenieur der Operation Khalid angeworben hatte. Er brauchte diesem nicht zu sagen, was sich darin befand. Das wußte der Mann auch so. Liebevoll hob er den Koffer an die Lippen und küßte ihn mit einer Leidenschaft, die ein anderer Mann vielleicht bei Sharon Stone aufgeboten hätte.

»Kommen Sie, Professor«, drängte er. »Ich muß Ihnen die plattierten Hülsen für unsere drei Plutoniumkerne zeigen.« Diese plattierten Hülsen waren sechs Halbkugeln aus feingeschliffenem Kupfer, die paarweise um je einen der Plutoniumkerne gelegt werden würden. An der Oberfläche einer jeden befanden sich dreißig Vertiefungen genau an den Stellen, wo den Untersuchungen der Wissenschaftler zufolge solche Vertiefungen der Entfaltung der größtmöglichen Sprengkraft des Kerns dienen würden. Man bezeichnete sie als »Linsen«. Das Ausschleifen dieser Linsen mit der erforderlichen Präzision hatte die von Computern gesteuerten Maschinen, die seine Männer in dem unterirdischen Laboratorium installiert hatten, wochenlang beschäftigt. Die Wissenschaftler hatten die Tätigkeit von Computern und Schleifmaschinen mit Lasermeßgeräten überwacht, die sogar Abweichungen von weniger als zehn Angström messen konnten.

Der Professor betrachtete das Werk seines Ingenieurs mit Bewunderung. »Durch Gottes Gnade«, sagte er, die Stimme von Ehrfurcht gedämpft, »werden Sie unwiderstehliche Macht in die Hände unserer islamischen Krieger legen.«

Er ging dann in die Schatzkammer, wo die kostbaren Plutoniumkerne der drei Artilleriegeschosse, die er in Kasachstan erworben hatte, lagerten. In den Granaten hatten diese natürlich in ovoider Form gelegen, der Form der Projektile angepaßt. Inzwischen hatte man sie jedoch eingeschmolzen und in einer Kugelform neu gegossen. Jetzt lagerten sie als vollkommen rund geschliffene und polierte Sphären in versiegelten Heißzellen, die mit Argongas gefüllt waren, denn wie Sodium kann sich Plutonium in feuchter Atmosphäre spontan entzünden. Deshalb sollten die Kerne, ehe man sie in die Bomben verfügte, ja auch in die erwähnten Kupfermäntel gekleidet werden.

Der Professor strahlte. Die gesamte Anlage war ein Triumph. Aus seinen Geheimkonten finanziert, war sie in kaum einem Jahr vollendet und eingerichtet worden. Das Projekt war unter der Schirmherrschaft des Ausschusses für Geheimoperationen so geheimgehalten worden, daß nur einige wenige der vertrauenswürdigsten Führer des Regimes davon wußten. Von den irregeleiteten Reformisten, die sich jetzt um den irregeleiteten neuen Präsidenten Mohammed Khatami scharten, hatte keiner von der Existenz dieses Laboratoriums auch nur eine Ahnung.

Doch nun war es Zeit, den Ausschuß davon zu unterrichten, daß er und sein kostbarer Koffer endlich glücklich im besagten Laboratorium eingetroffen waren.

Nach Genuß seines frühmorgendlichen Imbisses kehrte Jim Duffy in das Displaycenter zurück, um vor der Rückfahrt nach London, wo er einige Stunden dringend benötigten Schlafs zu finden hoffte, noch einen letzten Blick auf die Bildschirme zu werfen.

»Hey«, rief ihm der Techniker zu, der inzwischen die Monitore gehütet hatte, »gut, daß Sie noch mal zurückgekommen sind. Ihr Büro hat gerade auf der sicheren Leitung angerufen. Sie sollen so schnell wie möglich nach Washington zurückkommen, am besten schon heute.«

Macbeth soll nicht mehr schlafen, dachte Duffy, frei nach Shakespeare. Er wandte sich ab, um einen letzten Blick auf die Bilder zu werfen, die, aus dem Weltraum zurückgespiegelt, das geheime Versteck der iranischen Atombombenbastler zeigten. Inzwischen war es in jener östlichen Ecke des Iran schon heller Tag, und die Bilder, die der Satellit dort aufnahm, waren jetzt gestochen scharf. Zur Linken des Eingangs zu den unterirdischen Anlagen standen zwei identische zweistöckige Gebäude, Lagerhäuser vielleicht oder Unterkünfte für die Revolutionswächter.

»Sehen Sie mal!« sagte er zu dem Techniker. »Da kommen Leute aus diesem Eingang.«

»NRO, geben Sie uns bitte ein scharf fokussiertes Bild des Eingangsbereichs«, sagte der Techniker.

Duffy sah den Professor, der noch immer den langen dunklen Mantel trug. Muß kalt sein da draußen. Von einem Assistenten begleitet, ging der Professor bis zur Mitte des Plateaus, das sich vor dem Eingang zu den Höhlen erstreckte. Er trug einen Laptop, wenigstens hielt Duffy das Ding, das er trug, für einen solchen.

»Verdammter Hurensohn! Hat der Kerl doch eines von diesen neuen Inmarsat-Telefonen«, rief der Techniker neben Duffy aus.

»Ein was?«

»Ein internationales maritimes Satelliten-Telefonsystem. Das benützt man, um über einen Satelliten direkt mit einer Bodenstation zu kommunizieren.«

Der Professor hatte nun heruntergeklappt, was wie der Bildschirm eines Laptops aussah.

»Das war kurz. Den wird mit DF niemand aufspüren.«

»Was, zum Teufel, soll denn das nun wieder heißen?« fragte Duffy genervt.

»Sie erinnern sich doch vielleicht noch dieses Dudajew, der in Tschetschenien Krieg gegen die Russen führte?«

»Gewiß.«

»Na ja, der hatte auch eines von diesen Dingern. Nur hat er immer zu lange damit telefoniert. Einer unserer Vögel fing sein Signal ab, und wir kriegten durch die DF raus, wo er stand, Direction-Finding, Richtungsbestimmung, wenn sie wollen, jedenfalls die gleiche Technik, die wir im Augenblick hier anwenden. Es war gerade die Seid-nett-zu-Boris-Jelzin-Woche, und so leiteten wir die Information an unsere russischen Freunde weiter, die sie dann einer ihrer SU 25 anvertrauten, die, wie Sie vielleicht wissen, mit Luft-Boden-Raketen bewaffnet sind. Die zielten dann das Signal an, feuerten, und damit war Funkstille für Mr. Dudajew.«

Duffy pfiff. »Vielleicht könnten wir hier so etwas Ähnliches machen.«

»Nur wenn unser Freund mal wirklich geschwätzig wird.« Was er sich vermutlich verbeißen wird, dachte Duffy. Aber er war willens zu wetten, daß der Professor da unten gerade eine jener *Geistesblitz*-Botschaften auf den Weg gebracht hatte, die die NSA inzwischen routinemäßig abfing und dechiffrierte. Den Klartext dieser Nachricht würde man ihm wohl schon überreichen, wenn er in Washington aus dem Flugzeug stieg.

NEUNTES BUCH

Der Segen des Engels

Verglichen mit den Satellitenbeobachtungszentren, die er im National Reconnaissance Office und auf dem Menwith Hill besucht hatte, machte der Lageraum im Weißen Haus weniger her, fand Jim Duffy. Hier war nichts von dem überzüchteten elektronischen Teufelszeug zu entdecken, das an den anderen Orten den Ton angab. Statt dessen saßen hier alle um einen ganz gewöhnlichen Konferenztisch auf Stühlen, die alt genug zu sein schienen, daß sie schon zur Zeit der Kuba-Krise für die Hinterteile der damit befaßten Staatsbeamten der Vereinigten Staaten bereitgestanden haben könnten. Das einzige in diesem Raum sichtbare High-Tech-Gerät waren ein paar TV-Monitore, von denen aber keiner eingeschaltet war.

Eindrucksvoll war jedoch die hierher einberufene Versammlung politischer und militärischer Führungskräfte. Das Treffen wurde offiziell als Sitzung der *National Command Authority* bezeichnet. Wenn man zwanzig verschiedene Leute in Washington fragte, was das sei, würde man vermutlich zwanzig verschiedene Antworten kriegen. Das war verständlich. Denn die Zugehörigkeit zu dieser Behörde wurde von Fall zu Fall neu bestimmt entsprechend der Natur der Krise, die es jeweils zu meistern galt. An diesem Morgen waren anwesend die Minister des Innern und der Verteidigung, der Vorsitzende der Vereinigten Generalstäbe, Duffys Chef, der Direktor der CIA und der Nationale Sicherheitsberater. Duffy und Dr. Leigh Stein waren wegen ihrer besonderen Kenntnisse der Materie, die an diesem Morgen zur Debatte stand, als Referenten geladen.

Der Präsident führte den Vorsitz, wie es sein Amt war. Er wartete, bis der letzte Kaffee serviert war und der wachhabende Marineinfanterist die Tür geschlossen hatte. Dann schlug er mit dem Löffel an seine Tasse und sagte knapp: »Okay, Leute, fangen wir an.«

Er wandte Duffy den Laserblick seiner blauen Augen zu. »Gratuliere, Jim. Ihr Plan hätte nicht besser aufgehen können – und uns kaum mit einem schwierigeren Problem konfrontieren können.« Er faßte sich an die Stirn, als ob er Schweißtropfen abwischen wollte. »Ich dachte, wenn wir diese Kosovokrise los wären, hätten wir endlich auf der ganzen internationalen Ebene etwas Ruhe. Hören diese Krisen denn nie auf?«

»Ich fürchte, nein, Mr. President«, antwortete der Chef der CIA. »Sie entstehen wegen territorialer Gegebenheiten. Und zusätzlich zu der schon vorliegenden Information sind wir jetzt im Besitz einer von der NSA abgefangenen Botschaft, die diese Sache betrifft. Wir haben sie bereits allen, die mit der Sache befaßt sind, zugehen lassen, aber für den Fall, daß der eine oder andere noch keine Gelegenheit hatte, sie zur Kenntnis zu nehmen, haben wir noch ein paar Kopien davon mitgebracht.« Er reichte die als »streng geheim« gekennzeichneten Kopien um den Tisch. Es war der dechiffrierte Text der Botschaft, die der Professor unter Duffys Augen, vor seiner unterirdischen Anlage stehend, von seinem Inmarsat expediert hatte.

Im Namen Allahs, des Gnädigen, des Barmherzigen, möge sein Segen auf Dir ruhen, mein Bruder, und auf unserem großen Unternehmen. Unser amerikanisches Material ist nun sicher in den Händen des Bruders, der unser Projekt leitet. Er hat mir auch die großartige Arbeit vorgeführt, die er und seine Ingenieure hier leisten, um unsere Geräte soweit fertigzustellen, daß wir dieses Material, sobald wir es in der erforderlichen Quantität vervielfältigt haben, seiner Bestimmung zuführen können. Wir werden uns bald treffen, um den endgültigen Zeitplan für diese letzte Phase der Operation aufzustellen, doch solltest Du den Bruder Mugniyeh jetzt schon informieren, daß er bereit sein muß, seine Aufgabe dabei in drei oder vier Wochen in Angriff zu nehmen.

»Mr. President«, sagte der Direktor der CIA, als er die Kopien dieses Texts verteilt hatte, »unsere ständige Satellitenüberwachung der Einrichtung, die sie da draußen haben, gibt uns die Gewißheit, daß dieser Mann, Professor Bollahi, der die Kryotronen anscheinend dort abgeliefert hat, die unterirdischen Räume erst verlassen hat, als er diese Botschaft absandte.«

»Demnach scheinen die Kryotronen noch irgendwo in dieser unterirdischen Anlage zu liegen«, bemerkte der Präsident und legte das vergrößerte Satellitenbild, das er studiert hatte, beiseite. »Wann und von wo haben wir das letzte Signal der von uns installierten Sender empfangen?«

»Um 03.00 GMT, am Sonnabend, Mr. President«, antwortete Duffy. »Unser Jumpseat-Foto-Aufklärungssatellit zeigte uns als Sendeort den Wagen, in dem der Professor von dem Flugplatz bei Zabol zu dieser unterirdischen Anlage in den Bergen fuhr.«

»Na, das sollte alle Zweifel ausräumen. Die Kryotronen sind also dort. Sagen Sie mir«, fragte der Präsident, »was wird nun aus unseren Geheimsendern?«

»Sie werden, wie programmiert, auch weiterhin stündlich zur vollen Stunde ein Signal senden. Solange sich die Kryotronen allerdings in jener unterirdischen Anlage befinden, werden wir diese Signale nicht empfangen können.«

»Für welchen Zeitraum haben wir die Signale doch gleich programmiert?«

»Fünfzig Tage.«

»Wenn sie also innerhalb dieser fünfzig Tage die Anlage verlassen, werden wir es erfahren, oder?«

»Nicht unbedingt, Sir. Sie müssen bedenken, daß die Sender, die wir in unseren zwölf Kryotronen installiert haben, so programmiert sind, daß sie einander ablösen. Einer piept zu jeder vollen Stunde fünf Tage lang, dann löst ihn der nächste ab. Ob wir ein Signal empfangen, wenn einer der Kryotronen die Anlage verläßt – sei es in einer Bombe oder in irgendeinem anderen Gerät –, hängt also ganz davon ab, ob der in dem aufregenden Paket befindliche Kryotron gerade Meldedienst hat oder nicht.«

Der Präsident wirkte nicht sonderlich begeistert über diese Erklärung. »Wir haben also keine Garantie, daß wir die verfluchten Dinger festnageln können, wenn sie wieder an die Erdoberfläche kommen – gleichviel in welcher Form?«

»Nein, Sir, leider nicht.«

»Ich gehe davon aus, daß die ›Geräte‹, von denen in der

abgefangenen Botschaft die Rede ist, die von uns gesuchten drei Atomsprengsätze sind?«

»Ich glaube, jede andere Vermutung können wir vergessen, Mr. President«, sagte warnend Dr. Stein. »Wenn sie vorhaben, ihre Kryotronen in einem Zündmechanismus für ihre drei nuklearen Sprengsätze zu verwenden, so müssen sie diese notgedrungen an dem Ort montieren, an dem der Bau der Bombe stattfindet.«

Der Präsident stieß einen müden Seufzer aus und blickte in die Runde. »Ist jemand anderer Meinung?«

Niemand.

»Ich glaube, daß noch ein anderer Punkt der dechiffrierten Botschaft unsere Aufmerksamkeit verdient, Mr. President«, bemerkte der Direktor der CIA. »Der darin erwähnte Bruder Mugniyeh ist fast mit absoluter Sicherheit Imad Mugniyeh, der Mann, der die Zerstörung unserer Botschaft und der Kaserne unserer Marineinfanterie in Beirut organisiert hat. Er lebt gegenwärtig in Teheran. Sie haben ihm die iranische Staatsangehörigkeit und einen iranischen Diplomatenpaß gegeben, so daß er sich frei bewegen kann. Wenn er was mit dieser Operation zu tun hat, dann handelt es sich dabei mit sehr großer Wahrscheinlichkeit um einen terroristischen Anschlag.«

»Gegen Israel?«

»Höchstwahrscheinlich. Vielleicht aber auch gegen die Ölfelder in Saudi-Arabien. Da könnten sie eine Menge Amerikaner umbringen und das größte Ölförderungsgebiet der Welt für die nächsten 25 000 Jahre oder so in eine radioaktive Wüste verwandeln. Die Auswirkungen eines solchen Anschlags auf die Weltwirtschaft wären beachtlich. Andererseits können wir nicht mal ausschließen, daß sie versuchen, ihren Feuerwerkskörper hier ins Land zu schmuggeln und in einer unserer Großstädte hochgehen zu lassen.«

»Halten Sie denn so was überhaupt für durchführbar?«

»Allerdings. Erst kürzlich hat das Institute for Strategic and International Studies hier ein Planspiel durchgeführt, bei dem genau so ein Anschlag vorausgesetzt wurde. Das Unternehmen offenbarte mit beängstigender Deutlichkeit, wie verletzbar wir durch solche Anschläge sind, wie wenig wir darauf vorbereitet sind, dergleichen abzuwenden.«

Der Präsident ließ die Hände auf den Tisch sinken und schloß sie um seine Kaffeetasse. »Na gut«, sagte er in traurig resigniertem Ton. »Ehe wir uns auf dieses Manöver eingelassen haben, wußten wir, daß sie diese drei mit Nuklearsprengköpfen bestückten Artilleriegranaten hatten. Jetzt wissen wir, wo die verdammten Dinger sind, und haben deutliche Hinweise darauf, daß sie glauben, sich daraus eine funktionstüchtige Atombombe bauen zu können. Schließlich sieht es nun auch so aus, als glaubten sie, einen Plan, den sie zum Einsatz dieser Bombe ausgeheckt haben, in drei bis vier Wochen durchführen zu können. Was, zum Teufel, können wir also dagegen machen? Heißt das, daß wir ihnen die Dinger mit Gewalt abnehmen müssen? Kann irgend jemand hier die Möglichkeit einer diplomatischen Beilegung dieser Krise sehen?«

»Mr. President.« Es sprach die Außenministerin. In den Tagen nach dem Zweiten Weltkrieg, als die Zionisten im damaligen britischen Mandatsgebiet Palästina mit den Briten um die Schaffung des Staates Israel rangen, hieß es von Golda Meir, sie sei der einzige richtige Mann unter den Angehörigen der Jewish Agency Executive. Das gleiche Kompliment wurde jetzt der Außenministerin der gegenwärtigen Regierung der Vereinigten Staaten gemacht.

»Alle, die wir hier versammelt sind, sind wir immer wieder darin übereingekommen, daß jetzt nach dem Ende des kalten Krieges die einzige ernst zu nehmende Gefahr, die unsere Sicherheit bedroht, die Ausbreitung von nuklearen, biologischen oder chemischen Waffen im Nahen Osten ist. Wir meinten, bei unserer Konfrontation mit Saddam Hussein wegen der UN-Waffeninspektoren in einer Lage wie der gegenwärtigen zu sein. In jenem Fall bestand unsererseits aber nur ein Verdacht, ein wohlbegründeter Verdacht zwar, aber keine Gewißheit.«

Sie nahm ihre Lesebrille ab, als wollte sie durch diese Gebärde den Worten, die sie nun folgen lassen würde, besonderes Gewicht verleihen. »In diesem Fall verhält es sich anders. Hier haben wir es mit Tatsachen zu tun, harten, unbestreitbaren Tatsachen.«

Sie seufzte, denn sie wußte, wie zuwider die Empfehlung, die sie auszusprechen gedachte, einigen ihrer männlichen Kollegen sein würde. »Wir können es uns einfach nicht leisten, herumzusitzen und abzuwarten, was die Iraner mit der Atomwaffe, an der sie herumbasteln, zu machen gedenken. Wir müssen der Welt zeigen, daß wir meinen, was wir sagen, wenn wir erklären, wir seien nicht gewillt, tatenlos zuzusehen, wenn sich notorisch aggressive Regierungen wie die der Mullahs Massenvernichtungsmittel zu beschaffen versuchen.«

Noch einmal hielt sie inne, um ihrer Empfehlung mehr Nachdruck zu verleihen. »Wenn wir wirklich die einzige in der Welt verbleibende Supermacht bleiben wollen, wird es höchste Zeit, daß wir anfangen, uns dementsprechend zu verhalten. Wir müssen handeln. Wir müssen da reingehen und ihnen diese verdammten Waffen wegnehmen oder sie zerstören. Und das, meine ich, müssen wir allein machen, ohne jemanden darüber zu unterrichten. Wir können der Welt erklären, was wir getan haben und warum, wenn wir die Sache erledigt haben, aber nicht vorher.«

Ihre kompromißlose Erklärung wurde mit bestürztem, aber nachdenklichem Schweigen aufgenommen.

»Möchte sich irgend jemand zu diesem Vorschlag äußern?« fragte der Präsident.

»Sie meinen, wir sollen nicht versuchen, eine entsprechende Entschließung des Sicherheitsrats der Vereinten Nationen zu beantragen?« fragte der Nationale Sicherheitsberater.

»Das wäre das Schlimmste, was wir tun könnten, Mr. President«, erwiderte die Außenministerin heftig. »Die UN sind eine Quatschbude. Sie werden die Idee zu Tode diskutieren, wie es schon bei allen unseren Anstrengungen gegen Saddam Hussein der Fall gewesen ist. Wenn wir den Sicherheitsrat wegen des Kosovo eingeschaltet hätten, würden die heute noch beraten und Slobodan Milosevic würde immer noch Albaner töten. Und natürlich würde eine Debatte im Sicherheitsrat die Iraner wissen lassen, daß wir ihnen auf den Fersen sind, und damit unser Risiko bei unserem notwendigen Vorgehen erhöhen.«

»Und was ist mit den Alliierten?« drängte der Nationale Sicherheitsberater. »Sollten wir nicht wie beim Kosovoeinsatz die NATO hinzuziehen?«

»Vielleicht will der Präsident Mr. Blair unterrichten, wenn wir zum Schlag bereit sind ...«

»Und die Franzosen und die Deutschen?«

Die Frage erregte hier und da Gelächter, schon ehe die Außenministerin darauf antwortete. »Die Franzosen werden uns nicht glauben, wenn wir ihnen erzählen, daß die Iraner drei Atomsprengköpfe haben. ›Ach, die Amis wollen nur wieder Streit mit den Mullahs anfangen‹, werden sie sagen. Wenn wir da reingehen, werden wir die verdammten Atombomben mitnehmen müssen, um die Herren Jospin und Chirac von deren Existenz zu überzeugen.« Sie hielt inne. »Die Deutschen würden zwar vermutlich eine gewisse Besorgnis äußern – und gleichzeitig zu verhindern suchen, daß ihre Rotgrüne Koalition aufs Spiel gesetzt wird. Wie ich sie kenne, werden sie sagen: ›Nun gut, Mr. President, lösen Sie das Problem. Wir passen derweil auf Ihren Mantel auf. Aber, bitte, verwickeln Sie uns nicht in die Sache.‹« Sie seufzte. »Sie wissen, wie lange wir gebraucht haben, um im Natorat Einigkeit darüber zu erzielen, daß Milosevic bombardiert wird. Diese drei Bomben werden auf dem Weg zu ihrem Ziel sein, noch bevor sich die 18 Natopartner zu irgendeinem Beschluß durchgerungen haben.«

»Und die Russen?« fragte der Präsident.

Diesmal verlor die Außenministerin ihre bislang geradezu buddhagleiche Ruhe. »Grundgütiger Himmel! Nichts dürfen Sie denen sagen! Informieren Sie Jelzin, und dieser verdammte Primakow ruft in Teheran an, kaum daß wir den Hörer aufgelegt haben. Wie ich sagte, Mr. President, wir müssen dies auf unsere Kappe nehmen und es der Welt hinterher erklären. Auf diplomatischem Gebiet sollten wir uns darauf beschränken, eine Botschaft für Präsident Khatami aufzusetzen, die während unseres Angriffs an ihn abgehen sollte, um ihm zu versichern, daß das, was da läuft, kein kriegerischer Überfall ist, sondern eine einmalige polizeiliche Maßnahme zu dem Zweck, diese Atomsprengköpfe unschädlich zu machen – Atomsprengköpfe, von denen er übrigens vielleicht gar nichts weiß.«

»Noch ein anderer, höchst ernster Aspekt dieser Situation, auf den die Frau Ministerin schon angespielt hat, sollte unbedingt berücksichtigt werden, Mr. President«, sagte der Verteidigungsminister, dem man seine Herkunft aus dem Neuenglandstaat Maine anhörte, »Israel. Die Israelis wissen zwar vielleicht noch nicht, daß es uns gelungen ist, den gegenwärtigen Aufenthaltsort dieser drei nuklearen Sprengköpfe zu orten, aber Sie können sich darauf verlassen, daß sie in Kürze dahinterkommen. Amerika kann den Nahen Osten betreffende Geheimnisse nie lange für sich behalten. Früher oder später wissen immer auch die Israelis Bescheid, meistens früher.«

»Was werden sie tun, wenn sie dahinterkommen?«

»Tun, Mr. President? Sie werden handeln, ohne zu zögern, und dabei alle Mittel aufwenden, die sie für erforderlich halten, die Bedrohung auszuschalten, die von diesen Waffen für sie ausgeht. Vergessen Sie nicht, Sir, daß der ehemalige israelische Verteidigungsminister schon öffentlich erklärt hat, daß Israel auch zu einem nuklearen Präventivschlag bereit wäre, um zu verhindern, daß der Iran eigene Atomwaffen baut.«

»Wir groß ist Israels nukleares Potential?«

»Israel besitzt mehr Kernwaffen als Großbritannien. Mindestens siebzig Stück stehen auf dem Luftwaffenstützpunkt Tel Nof in der Negew-Wüste zur Zusammensetzung bereit. Und in den unterirdischen Bunkern in den judäischen Hügeln haben sie noch einmal ziemlich genau die gleiche Zahl, die jederzeit in die Gefechtsköpfe ihrer Jericho-Raketen montiert werden können.«

Der Präsident warf bekümmert die Hände hoch. »Und was immer die Iraner mit ihren drei nuklearen Artilleriegranaten ausrichten können, dieses Arsenal wird den Israelis für ihren Gegenschlag erhalten bleiben. Das ist doch der reine Wahnsinn! Die Mullahs können doch unmöglich so verrückt sein, mit drei mickrigen Atomsprengsätzen eine so schwer bewaffnete Nation angreifen zu wollen.«

»Mr. President, zwei oder drei solcher Bomben, wie die Iraner jetzt zu bauen scheinen, würden, in Tel Aviv oder Haifa gezündet, wahrscheinlich zwei Drittel des israelischen Volkes auslöschen. Und wenn der radioaktive Staub zu Boden gesunken ist, wird der Iran vielleicht nicht mehr existieren. Aber Israel wird praktisch ebenfalls ausradiert sein. Das ist eine Wahnsinnsgleichung, alles in uns sträubt sich dagegen, sie gelten zu lassen, aber einige von diesen fanatischen Mullahs haben damit keine Schwierigkeiten. Und die Israelis verstehen das. Wenn sie rauskriegen, wo diese Atomwaffen sind, werden sie unverzüglich handeln, darauf können Sie Gift nehmen.«

»Überdies«, warf der Direktor der CIA ein, »können Sie davon ausgehen, daß die Mullahs irgend jemand anderen beschuldigen werden, zum Beispiel die Palästinenser.«

»Die Israelis werden nie so dumm sein, ihnen das abzunehmen«, erklärte der Verteidigungsminister. »Wir freilich sind im Wunschdenken so geübt, daß ein solches Täuschungsmanöver bei uns womöglich Erfolg hätte.«

Der Präsident wandte sich an den Vorsitzenden der Vereinigten Generalstäbe. »Wären die Israelis dazu imstande, diese Anlage aus eigenen Kräften lahmzulegen?«

General Theodore »Tad« holte tief Atem und blähte so ganz unabsichtlich seine Uniformbrust, auf welcher in fünf Reihen Ordensbänder arrangiert waren, die er sich während des Vietnamkriegs, bei der Invasion von Panama und am Golf verdient hatte. »Ehrlich gesagt, Mr. President«, antwortete er, »wenn sie nicht eine Nuklearrakete einsetzen, was sie in diesem Fall kaum tun werden, ist eine derartige Operation doch wohl eine Nummer zu groß für sie. Ich glaube, daß sie uns um militärische Unterstützung bitten müssen, zum Beispiel um Deckung durch die Jäger von unseren Flugzeugträgern im arabischen Meer, während ihre Bodentruppen im Einsatz gegen die Anlage sind.«

»Ob wir also selber gegen diese Anlage vorgehen oder das den Israelis überlassen, den Sturm des Zorns, den diese Operation säen wird, wird die Weltöffentlichkeit in jedem Falle uns ernten lassen, stimmt's?«

»Damit können Sie rechnen, Mr. President.«

Der Präsident erhob sich von seinem Stuhl und wanderte im Raum auf und ab, die Hände hinter dem Rücken verschränkt, das Kinn gesenkt, so daß es sich ihm in die Brust zu bohren schien. Das Gesicht war zu einer finsteren Maske erstarrt. Seine Berater warteten in respektvollem Schweigen, sichtlich betroffen über die tiefe persönliche Sorge, die ihm der Gegenstand dieser Besprechung bereitete. Endlich blieb er stehen.

»Und doch«, sagte er zu dem um den Tisch versammelten Stab, »haben sich in letzter Zeit die Iraner nicht bemüht, ihre politische Haltung zu mäßigen? Versucht Präsident Khatami nicht, das Land aus der Isolation zu führen? Sucht er nicht sogar mit uns den Dialog?«

»Mr. President«, sagte die Außenministerin, »ich zweifele nicht im mindesten an der Aufrichtigkeit von Khatami. Ich zweifele auch nicht daran, daß er die Wünsche der großen Mehrheit des iranischen Volkes repräsentiert. Ich bin aber überzeugt, daß er die wahren Machthaber im Iran *nicht* repräsentiert.«

»Zum Beispiel, Sir«, mischte sich nun der Verteidigungsminister ein, »weniger als eine Woche bevor Khatami dem CNN jenes berühmte Interview gab, haben unsere Satelliten auf dem Schahid Hemat Versuchsgelände bei Teheran einen Test für ihre neue ballistische Langstreckenrakete Schehab 3 beobachtet. Damit gaben die Falken uns zu verstehen: ›Vergeßt Khatami, was hier passiert, bestimmen wir.‹«

»Mr. President«, ergriff nun wieder der Direktor der CIA das Wort. »Ich glaube, diesmal sind sich die CIA und das Außenministerium bei der Einschätzung der Lage im Iran ziemlich einig. Der Iran nähert sich einem kritischen Wendepunkt. Die hartnäckigsten Mullahs sind verunsichert und ratlos. Nach achtzehn Jahren ihrer Regierung ist die Mehrzahl des Volkes von der Vorstellung eines islamitischen Regimes so enttäuscht, daß die meisten nichts mehr davon wissen wollen. Ich denke, daß es heute im Iran weniger islamitische Betonköpfe gibt als in der Türkei, in Ägypten oder im Sudan. Weniger jedenfalls als in Algerien.«

»Wir glauben, daß Khatami und seine Anhänger aufrichtig gegen dieses Waffenprogramm eingestellt sind. Aber vorläufig jedenfalls liegt die wahre Macht noch in den Händen der Fanatiker in den Führungsgremien. Sie sehen sich selbst und alles, wofür sie stehen, bedroht und suchen jede Gelegenheit zurückzuschlagen, um ihren Anspruch auf die oberste Führung wieder zur Geltung zu bringen.«

»Aber wie machen sie das angesichts des Präsidenten Khatami und seiner Millionen Wähler und Anhänger?« fragte der Präsident.

»Sie beherzigen Mao Tse Tungs alte Weisheit: ›Die Macht kommt aus dem Laufe des Gewehrs.‹ Sie haben die Gewehre, die Pasdaran, ihre Revolutionswächter. Seit dem Krieg gegen den Iran haben sie ihre reguläre Armee verkommen lassen. Sehen Sie sich die Satellitenbilder der Einrichtung an, die wir dank der Bemühungen von Jim Duffy entdeckt haben. Da ist kein Angehöriger der regulären uniformierten Streitkräfte zu sehen. Die Anlage ist ganz in der Hand der Revolutionswächter. Und wer steckt hinter den Pasdaran, Mr. President? Die betonköpfigen Mullahs!«

»Die Kulisse, hinter der sie operieren«, bemerkte der Direktor der CIA mit einem Blick auf ein Notizblatt, »ist eine Organisation, die sie den ›Siebener Ausschuß‹ nennen. Dieser Ausschuß steht in keiner direkten Beziehung zur Regierung Khatami. Vier der sieben Mitglieder sind Pasdaran. Eine ihrer Aufgaben ist übrigens die Erhebung der Transitsteuer auf Rauschgift. Sie sorgen für den reibungslosen Transport der besteuerten Drogen über iranisches Gebiet und dafür, daß niemand durchkommt, ohne die geforderte Steuer zu entrichten. Eine der bestunterrichteten Gruppen iranischer Dissidenten, mit denen wir in Kontakt sind, schätzt, daß im vergangenen Jahr nicht weniger als zweihundert Tonnen Heroin durch den Iran in die Türkei geschafft worden sind, das dreifache des Volumens, das dieser Transithandel vor acht Jahren, 1990, hatte. Das bedeutet, daß dabei ein Haufen Geld eingenommen wird. Die anderen drei Angehörigen des besagten Ausschusses sind, was sie als *Bazaris* bezeichnen, Finanzgenies, die es verstehen, das Geld, das sie einnehmen, zu bewegen und anzulegen, es auf Konten zu verstecken, auf die sie zurückgreifen können, um Programme zu finanzieren, von denen sie Leute wie Khatami nichts wissen lassen wollen – die Unterstützung von Terroristen zum Beispiel oder die Anschaffung dieser Waffen.«

Der Präsident kehrte zu seinem Stuhl zurück, als der Direktor der CIA seine Ausführungen schloß.

»Welchen Eindruck würde also ein unilaterales amerikanisches Eingreifen in der moslemischen Welt machen, Frau Ministerin?«

»Von den Nachbarn der Mullahs wünscht sich niemand einen mit Atomwaffen ausgestatteten Iran, selbst wenn es sich bei dieser Rüstung nur um die Dinger handelte, von denen wir wissen. Das türkische Militär, das politische Establishment der Türkei, die saudische Königsfamilie, die übrigen Herrscher am Golf, der syrische Präsident Assad, ja sogar, so helfe uns Gott, Saddam Hussein würden uns insgeheim segnen, wenn wir den iranischen Atombombenbastlern das Handwerk legen. Öffentlich würden sie sich jedoch neutral verhalten.«

»Auf den Kriegspfad gehen werden aber die moslemischen

Massen, und zwar von Marokko bis Indonesien. Es wird ein paar Angriffe auf unsere Botschaften geben und vielleicht ein paar tote amerikanische Touristen.«

Der Präsident schüttelte den Kopf, in dem sich ihm wahrscheinlich schon die Bilder solcher Überfälle aufdrängten. »Und angenommen, wir handeln jetzt nicht, sondern warten, bis sie versuchen, diese Dinger einzusetzen, und machen ihnen dann klar, daß wir genau wissen, was sie vorhaben? Und lassen sie wissen, daß die Vergeltung unverzüglich und vernichtend erfolgen wird, falls sie ihren Plan ausführen?«

»Welche Vergeltung, Mr. President?« fragte seine Außenministerin scharf. »Atombomben auf Teheran? Wobei dann Hunderttausende von unschuldigen Persern draufgehen, die in der überwiegenden Mehrzahl mißbilligt hätten, was die Mullahs vorhaben? Was, glauben Sie, würde das für einen Eindruck machen in der islamischen Welt? Nein, Mr. President, so weit dürfen wir die Sache nicht eskalieren lassen. Unsere Massenvernichtungswaffen nützen uns in dieser Angelegenheit überhaupt nichts. Wie ich schon zu Beginn dieser Diskussion sagte, wir müssen da reingehen und diese Waffen unschädlich machen, und zwar ganz allein, ohne jemandem was davon zu sagen.«

»Es gibt da noch etwas, das wir nicht versäumen sollten, bald zu tun, Mr. President«, fügte der Nationale Sicherheitsberater hinzu. »Irgend jemand, vielleicht der Vizepräsident, muß die tonangebenden Leute im Kongreß von unserem Problem und von unseren Plänen zu dessen Bewältigung in Kenntnis setzen. Ich denke nicht, daß sie uns bei der Durchführung der von uns beschlossenen Maßnahmen Schwierigkeiten machen werden, wenn sie vorher darüber informiert wurden. Nur wenn wir gar nichts tun, werden sie uns die Hölle heiß machen.«

Der Präsident stieß einen weiteren Seufzer aus und wandte sich abermals an den Direktor der CIA. »Sehen Sie die Möglichkeit, in dieser Angelegenheit eine verdeckte Operation durchzuführen?« fragte er. Ein Lächeln huschte über die strenge Miene des Vorsitzenden der Vereinigten Generalstäbe, General Taylor. Oh, laß diesen Kelch an uns Soldaten vorübergehen, soll die CIA ihn trinken, dachte er. Er wußte dabei natürlich, daß dieses Stoßgebet nicht erhört werden würde und die Zeiten, da geheime

Operationen noch möglich waren, der Vergangenheit angehörten.

Duffys Chef benötigte volle drei Minuten zur Darlegung des Sachverhalts. Seit den Tagen Woolseys, schon früher, verließ die Agency sich zunehmend auf die Technologie der Informationsbeschaffung und hatte notgedrungen die Ausbildung und den Einsatz menschlicher Agenten immer mehr vernachlässigt. So hatte sie jetzt keine Agenten innerhalb des iranischen Waffenprogramms und nur sehr wenige innerhalb der Regierungsstruktur des Iran. Die CIA konnte also wohl zur Unterstützung militärischer Operationen Informationen liefern, aber die Zeiten, in denen sie mit einem Pöbelhaufen von griechisch-römischen Ringkämpfern und Bazarhändlern eine iranische Regierung stürzen konnte, waren für immer vorbei.

So landete der schwarze Peter, wie es General Taylor hatte kommen sehen, beim Militär. »Also«, fragte ihn der Präsident, »wie weit sind Sie mit der Vorbereitung der Einsatzpläne, um die ich Sie vor einer Woche bat?«

»Sir, der Iran liegt in der Zuständigkeit des CENTCOM, Central Command, das ist einer der fünf Kommandobereiche, in die wir die Welt eingeteilt haben. Das Central Command ist Norman Schwarzkopfs ehemaliges Kommando, unten in Tampa, Florida. Sie arbeiten dort an der Sache, seit Sie letzte Woche den Befehl dazu gaben, und seit dem letzten Samstag haben sie dank der Arbeit Mr. Duffys auch eine genaue Lage des Einsatzziels einschließlich die Satellitenaufnahmen des Einsatzgebietes. Glücklicherweise ist in Tampa auch der Sitz des USSOCOM, US Special Operations Command, die Kommandozentrale für Sondereinsätze. Da befaßt man sich nun mit der Ausarbeitung von Strategien für nicht konventionelle Operationen.«

»Wann werden Sie mir Ihre Pläne vorlegen können?«

Der General antwortete zwar nicht wie aus der Pistole geschossen, aber nach nur minimalem Zögern: »Mittwoch früh um zehn, Sir.«

»Okay.« Duffy meinte den Ton verzweifelter Resignation in der Stimme des Präsidenten zu hören. »Es gefällt mir zwar nicht, aber wir haben wohl tatsächlich keine andere Wahl, als da reinzugehen und uns diese verdammten Bomben zu holen. Die einzige Frage ist jetzt, wie wir das anstellen sollen. Wir treffen uns hier also am Mittwoch um zehn zur Diskussion der Optionen, die wir haben, und, General Taylor, ich will die Informationen darüber aus erster Hand, von den Leuten, unter deren Leitung die Operationen tatsächlich durchgeführt werden würden – nicht von einem Haufen von Pentagonbürokraten.«

Schon verdunkelte die Nacht die kahlen Berge des nordöstlichen Irans, aber in der unterirdischen Werkstatt des Professors dachte noch niemand an den Feierabend. Der Mann, dem der Professor die wissenschaftliche Leitung bei der Vorbereitung der Operation Khalid anvertraut hatte, Dr. Parvis Khanlari, ein Kernphysiker, der am MIT in Boston promoviert hatte, legte ein schwarzes Samttuch auf den Schreibtisch des Professors.

Khanlari war ein kleiner, drahtiger Mann mit hohen Wangenknochen, die im Gesicht einer Frau äußerst reizvoll gewirkt hätten. Einen nach dem anderen legte er die zwölf von EG & G gelieferten Kryotronen auf das Samttuch.

Der Professor nahm einen davon zur Hand und betrachtete ihn sinnend. »So ein winziges Ding«, lachte er, »wenn man bedenkt, wieviel Geld wir ausgeben, wieviel List und Tücke wir aufwenden mußten, es zu kriegen.« Er zupfte an den drei Drähten, die aus der Glasblase des Kryotrons herausschauten. »Was sind eigentlich diese Schwänzchen?«

»Wir nennen sie Zopfleiter«, erklärte Khanlari. »Der erste der drei Stränge wird mit der Batterie des Zünders verbunden, dessen Antenne für den Empfang unseres programmierten Radiosignals eingestellt ist. Wenn die Antenne dieses Signal empfängt, schließt dieses ein Relais, was dann eine 250 Voltladung in den ersten Zopfleiter abgibt. Daraufhin wird der zweite Zopfleiter die Verbindung zwischen dem Kryotron unseres Zündkreises und dem zuständigen Kondensator herstellen. Damit wird eine Quadratwelle aus dem Kondensator freigesetzt, die sich binnen einiger Nanosekunden von 0 auf 4000 Volt verstärkt. Eine Nanosekunde ist so kurz, daß vergleichsweise ein Augenblick so lang wie das ganze Leben zu sein scheint.«

Der Professor schüttelte den Kopf mit dem ehrfürchtigen Staunen, das der Betrachtung solcher Dimensionen angemessen war.

»Der dritte Zopfleiter leitet dann die Ladung an die hochexplosiven Sprengsätze der Zünder unserer Bombe weiter. Der Zündkreis ist so angelegt, daß die Ladung jeden Punkt simultan erreicht.«

»Und sind Ihre Pläne zum Nachbau der Kryotronen fertig? Werden Sie imstande sein, binnen zwei Wochen die benötigte Anzahl herzustellen?«

Khanlari zögerte eben lange genug, um einen Ausdruck von unvorstellbarer Zufriedenheit auf seinen Zügen Gestalt annehmen zu lassen. »Das wird gar nicht nötig sein.«

»Was? Warum nicht?«

»Der Einsatz eines besonderen Kryotrons und Kondensators an jedem Zündpunkt war die bei der ersten Generation von Plutoniumbomben gebräuchliche Technik. Und ausschließlich von dieser Technik ist, wenn auch nur indirekt, in der offen zugänglichen Fachliteratur die Rede. In den letzten fünfundzwanzig Jahren haben aber sowohl die Amerikaner als auch die Russen weit ausgereiftere Modelle entwickelt, die für jede der beiden Hemisphären der Bombe nur einen Kryotron und einen Kondensator benötigen. Und das ist das Prinzip, dem ich zu folgen beabsichtige.«

Das selbstzufriedene Lächeln wich nicht von der Miene Khanlaris, als er nun fortfuhr: »Seitdem Sie nach Deutschland abgereist sind, haben wir unsere Computer Überstunden machen lassen. Wir haben nun einen Entwurf, der uns erlaubt, jede unserer Bomben mit nur zwei Kryotronen zu zünden, wie die Amerikaner und die Russen.«

»Sind Sie sich dessen sicher? Wäre es nicht besser, es auf die alte Art zu machen?«

»Vollkommen sicher. Das neue Zündsystem ist viel stabiler und zuverlässiger. Wie Sie schon wissen, kommt es vor allem darauf an, die dreißig Zündstellen oder Linsen genau an den richtigen Stellen anzubringen und dann den hochexplosiven Sprengstoff der Zündkapseln gleichzeitig zu zünden. Natürlich werden wir noch ein drittes Kryotron für jede Bombe brauchen zum Abschuß einer Neutronenbüchse im Augenblick der Explosion.«

»Was ist das?« fragte der Professor. Den Ausdruck »Neutronenbüchse« hörte er zum ersten Mal. »Haben wir so etwas?«

Khanlaris Selbstzufriedenheit ließ nicht nach. »Haben wir. Wir kauften sechs Stück bei Dr. Gregori Walinowski in Jekaterinenburg. Der Verkäufer war einst bei dem alten sowjetischen Nuklearzentrum Swerdlowsk 45 beschäftigt. Sie brauchen unbedingt Devisen, also verkaufen sie die Dinger nun zum Einsatz mit Sprengstoff bei tiefen Ölbohrungen. Aber ohne etwas Wesentliches daran zu ändern. Es sind die gleichen Neutronenbüchsen, die sie beim Bau ihrer Waffen verwendeten.«

Khanlari erhob sich. »Gehen wir nach unten. Eine Etage tiefer habe ich ein Modell der Bombe, an der wir arbeiten, an Hand dessen kann ich Ihnen besser erklären, wie sie funktionieren wird.«

Unten führte Khanlari den Professor in einen kleinen Arbeitsraum, von dessen Decke etwas hing, das aussah wie ein in der Mitte durchgeschnittener und mit Metall gefüllter Fußball. Der Absolvent des Massachusetts Institute of Technology wies mit dem Stolz eines jungen Vaters darauf hin.

»Da sehen Sie ein exaktes Modell unserer Bombe, Herr Professor«, sagte er in ehrfürchtigem Murmelton.

Den Plutoniumkern der Bombe stellte eine Bleikugel dar, die wie eine Grapefruit, deren Größe sie auch annähernd hatte, in zwei Hälften zerschnitten war. Das Blei war, wie es in der echten Bombe das Plutonium sein würde, mit einer dünnen Kupferschicht überzogen. Khanlari wies auf einen weiteren Metallring, der über diesen Kupferüberzug gelegt war. »Das ist, was wir einen *Tamper*, einen Besetzer von Bohrlöchern, nennen, Beryllium in Tungsten eingeschlossen. Und dies«, er wies auf eine kreideweiße Substanz, die sich wie ein Gürtel um den Tamper schlang, »ist unser Zündstoff HMX. Das HMX liegt auf der Bombe wie Tortenstücke oder, wenn Sie wollen, Käsekeile, so daß sie zusammen eine Sphäre bilden und die Spitzen der Ausschnitte genau auf den Zündpunkten ruhen, die wir auf unserem Beryllium-Besetzer bestimmt haben. Wenn also die Bombe gezündet wird, treibt der ungeheure Druck der HMX-Explosion dieses Beryllium mit einem Schlag in den Plutoniumkern hinein. Es wird den explodierenden Kern gerade so lange zusammenhalten, daß das Beryllium die aus dem Plutonium herausschießenden Neutronen in den Kern zurückweisen kann und so die Kraft der Kernexplosionen verstärkt.«

In stummem Staunen betrachtete der Professor das Wunderwerk seiner Wissenschaftler. So viel Arbeit, so viel Zeit, so viele Ressourcen hatten aufgewandt werden müssen, aber hier nun war das stolze Resultat all diesen Aufwands. Damit, dachte er, können wir endlich Israel zerstören und zugleich den materialistischen, sexuell verdorbenen und dekadenten amerikanischen Einfluß austrocknen, dessen korrumpierende Rinnsale und Strömungen drohen, den Boden des Dar el Islam, unseres rechtgläubigen Heims, zu verseuchen. Zärtlich streichelte er die glatte Oberfläche des Bombenmodells.

»Und diese Büchse, diese Neutronenbüchse, die Sie erwähnten?«

»Ja«, sagte Khanlari. »Wesentlich für das erfolgreiche Detonieren der Bombe ist, wie gesagt, die Geschwindigkeit, mit der die Explosion eintritt, und die vollkommene Symmetrie der Explosion. Die Schockwelle rollt nach innen, das metallische Plutonium verflüssigt sich unter ihrem Druck, und seine Dichte steigt rasend an. In diesem Moment genau setzen wir das dritte Kryotron ein zur Zündung unserer Neutronenbüchse.«

Khanlari nahm zur Hand, was wie ein kleines Stück Metallrohr aussah. »Dieses Rohr ist eine Neutronenbüchse. Sie enthält im wesentlichen Tritium. Das Kryotron zündet die Büchse mit jener ungeheuren Starkstromladung, bei der die Kerne des Tritiums miteinander verschmelzen. Dabei setzen sie einen Strom hochenergetischer Neutronen frei.«

Er wies auf das Röhrchen »Die Büchse feuert diesen Schwarm von Neutronen im Moment der größten Kompression in den Plutoniumkern unserer Bombe und löst so den Spaltprozeß aus, also die Kernexplosion. Dabei kommt alles auf den winzigen Bruchteil einer Sekunde an, in dem die Bedingungen dafür gegeben sind.«

Khanlari betrachtete liebevoll sein Werk. Am Scheitel der Kugel stand die schwarze Nadel der Antenne für den Empfang des zündenden Funksignals. Darunter waren in gleichen Abständen rings um die Kugel die »Hexenecken« angeordnet, in denen die Kondensatoren und Kryotronen angebracht waren, jede an die Batterie angeschlossen, die mit dem Zünder verbunden war.

Der Professor war sichtlich tief beeindruckt von Khanlaris Vortrag. »Ich nehme an, daß wir demnach bald mit der Zusammensetzung der Bomben beginnen können?«

»Sobald wir den Zündkreis getestet haben, wahrscheinlich morgen.«

»Wann werden unsere Bomben also fertig sein?«

»Die erste sollte in etwa einer Woche montiert sein. Ich würde für jede der anderen noch einmal eine Woche ansetzen.«

Der Professor umarmte Khanlari und küßte ihn überschwenglich auf beide Wangen. »Du hast das in dich gesetzte Vertrauen mehr als gerechtfertigt, mein Bruder«, sagte er tiefbewegt. »Du und deine Mitarbeiter, ihr seid die modernen Nachfolger der großen islamischen Gelehrten und Wissenschaftler alter Zeiten, auf deren Erkenntnissen ein so großer Teil der modernen Wissenschaft beruht. Und dank euch wird die Zukunft unser sein, wird die Welt morgen wieder uns gehören.«

»Ich bin, wie Sie wissen, Gentlemen, ein überzeugter Vertreter der Lehre Colin Powells.« Lieutenant General Charles, genannt »Corky« McCordle, Oberbefehlshaber im Central Command der US Army, pausierte, um seine Worte in der gewünschten Weise auf die Stabsoffiziere wirken zu lassen, die er in sein Hauptquartier am South Boundary Boulevard 715 befohlen hatte. Das Hauptquartier, ein dreistöckiges, mit gelbem Stuck verputztes Gebäude, stand auf dem Gelände der Mac Dill Air Force Base, an der Küste der Tampa Bay in Florida. »Corky« fuhr fort: »Wann immer wir Gewalt gebrauchen, sollten wir Gewalt auf zuverlässig überwältigende Weise einsetzen und zwar gegen ein deutlich definiertes Objekt und mit einer nicht weniger deutlichen Vorstellung dessen, was wir damit erreichen wollen. Und wir sollten auch wissen, wie der beabsichtigte Einsatz beendet werden kann.«

Abermals machte er eine Pause und fuhr dann in etwas gedämpfterem Ton fort: »In diesem Fall allerdings ist uns befohlen worden, den Präsidenten und die nationale Befehlsgewalt über mehrere Optionen zu unterrichten. Neben der einer konventionellen militärischen Operation will der Präsident auch eine Option auf den Einsatz unserer Special Forces haben. Und so sehr es mir auch gegen den Strich geht, wenn sich diese Arschlöcher von den Sondereinheiten auf meinem Territorium mausig machen, kann ich's doch in diesem Fall nicht verhindern. Ich muß ihnen ihren Auftritt bei Hof gönnen.«

Er hustete und zündete sich eine Marlboro Lite an, was bewies, daß er sich nicht scheute, den Lehren der American Cancer Society und den Anweisungen des Verteidigungsministeriums, das ihm ein Schild mit dem Befehl *No Smoking* ins Büro gehängt hatte, was zu husten.

»Deshalb«, fuhr er fort, »müssen wir dafür sorgen, daß sie über die gleichen Informationen verfügen wie wir, daß ihnen die gleichen Satellitenaufnahmen vorliegen wie uns, so daß sie bei ihren Planungen von der Einschätzung der gleichen Situation ausgehen können, die wir voraussetzen.«

Er nahm den Einsatzbefehl des Pentagons vom Tisch und winkte damit dem G2, seinem Nachrichtenoffizier. »Gehen Sie rüber und sprechen Sie mit Ihren Kameraden beim USSOCOM. Ich möchte, daß Sie beide mir eine übereinstimmende Einschätzung der Feindlage erarbeiten, und erwarte Ihre Vorschläge über das Maß an Luftunterstützung, das wir für diese Operation benötigen werden, und darüber, wo diese Luftunterstützung herkommen soll. Können wir sie uns von zwei Flugzeugträgern der Nimitz-Klasse aus dem arabischen Meer holen? Hätten wir damit ausreichende Deckung?«

»Sollten wir nicht besser an einen massiven Präventivschlag denken, der die gesamte iranische Luftwaffe außer Gefecht setzen würde, ehe wir mit unseren Operationen anfangen?« fragte McCordles Stabschef.

»Natürlich sollten wir das, aber davon ist in den Anweisungen, die ich erhalten habe, nicht die Rede. Denn das wäre ja die Eröffnung eines unbeschränkten Krieges mit dem Iran, und daß der Präsident den nicht will, ist jedenfalls klar. Was er von uns erwartet, ist, daß wir völlig überraschend da auftauchen, uns mit einem Minimum von Verlusten und zerschlagenem Porzellan diese drei Bomben schnappen und sofort wieder verschwinden. Meine Aufgabe wird sein, ihn davon zu überzeugen, daß wir die Sache mit überwältigender Kampfkraft angehen müssen, und zwar im Rahmen der imposantesten konventionellen militärischen Operation, die wir auf die Beine stellen können«, grollte McCordle mit der rauhen Stimme, die er dem täglichen Genuß von zwei Packungen Marlboros – wenn auch *Lite* – verdankte.

»Wir werden ja sehen, was die Jungs da unten an der Landspitze sich haben einfallen lassen. Wir fliegen am Dienstag um Dreizehnhundert zusammen zur Andrews Airbase rauf und berichten dem Verteidigungsminister und den Vereinigten Stabschefs im Panzer, sobald wir ankommen.« Der »Panzer« war das Konferenzzentrum der Vereinigten Stabschefs im äußeren Ring des Pentagons. »Mittwoch morgens berichten wir dann im Weißen Haus. Ich will schwer hoffen, daß niemand dabei Scheiße baut, meine Herren.«

Auf der erwähnten Landspitze, nicht einmal eine halbe Meile weit von McCordles Hauptquartier entfernt, stand am Tampa Point Boulevard ein mit diesem fast identischer dreistöckiger gelber Bau, in dem der US Special Operations Command untergebracht war, USSOCOM, die »Jungs« also, auf deren Pläne McCordles neugierig war. USSOCOM, dem Sonderoperationskommando, waren jene Einheiten unterstellt, die sich von jeher des besonderen Interesses der Presse und Hollywoods erfreuen, die *Green Berets*, die *Seals* der US-Marine und die *Delta Force*.

An diesem Morgen galt die Aufmerksamkeit des Kommandeurs der USSOCOM, Major General Clint Marker, ganz der letztgenannten Truppe, denn falls der Präsident sich dazu entschloß, die drei Atombomben aus dem Iran durch eine Sondereinheit herausholen zu lassen, kam seines Erachtens nur die Delta Force in Frage.

Marker, der selbst bei der Delta Force gedient hatte, hatte den Mann, dem er die Leitung dieses Sondereinsatzes anvertrauen wollte, persönlich ausgewählt. Colonel Charlie, genannt »Crowbar« oder »Brechstange«. Crowley war ein stiller, in sich gekehrt wirkender Mann um die Vierzig, ganz das Gegenteil des von Sylvester Stallone geprägten Bildes eines Offiziers dieser verwegenen Kommandoeinheit, das der Öffentlichkeit vorschwebt. Wie so oft, war auch im Fall der Delta Force die Realität von dem Bild, das Hollywood der Öffentlichkeit von ihr vorgegaukelt hatte, sozusagen unendlich weit entfernt. »Man könnte einen von diesen Delta-Burschen an jeder Seite neben sich haben und gar nicht merken, daß sie da sind«, bemerkte ein Veteran der Rangers, der bei gemeinsamen Operationen viel mit solchen Burschen zu tun gehabt hatte.

Die Einheit setzte ihren Stolz darin, nur die Besten der Besten aufzunehmen. Von etwa hundert Bewerbern wird buchstäblich nur einer angenommen, und das erst nach einem Wochen dauernden strengen Auswahlverfahren, bei dem sie Serien von Tests zu bestehen hatten, die darauf abzielten, ihre psychologische Stärke in Streßsituationen zu beurteilen und ihre Ausdauer unter schwerer Belastung zu messen.

Auf Offiziere und Mannschaften wurde das gleiche strenge Auswahlverfahren angewandt, und wer die Aufnahmeprüfung bestanden hatte, mußte sich dann auf dem dabei bewiesenen hohen Niveau halten können, um bei der Delta Force zu bleiben. Unter den Offizieren dieser Einheit gab es kaum Absolventen der Militärakademie West Point. Delta-Offiziere mußten außerhalb der formalen Kommandostruktur operieren können, und dazu waren nur wenige Absolventen der Akademie imstande. Offiziere und Mannschaft aßen in der gleichen Messe das gleiche Essen, und eine bei der Force gebräuchliche Redensart war bezeichnend für die Beziehungen zwischen ihnen: »Wenn es Zeit ist, den Wagen zu beladen, hilft jeder dabei.«

Diese Auffassung war dem Offizierskorps der regulären Armee ziemlich fremd und deshalb mindestens teilweise Ursache der zwischen der Delta Force und dem Organismus, der diese Einheit hervorgebracht hatte, bestehenden Spannungen. Gegründet worden war die Delta Force während der Präsidentschaft Jimmy Carters, als ein Einsatzkommando der deutschen Bundesgrenzschutzgruppe 9 auf dem Flughafen von Mogadischu eine gekaperte und entführte Lufthansamaschine stürmte und ohne Verluste deren Passagiere aus der Gewalt der Entführer befreite.

»Haben wir die Kapazität, was Derartiges durchzuziehen?« hatte Carter seinen Nationalen Sicherheitsberater Zbigniew Brezinski gefragt. »Natürliche haben wir die«, hatte Brezinski dem Präsidenten versichert. Tatsächlich war das zwar nicht der Fall, aber unter dem wachsamen Auge Brezinskis begann Colonel Charlie Beckwith, eine der GSG 9 vergleichbare Einheit aufzubauen. Zum Kummer aller Angehörigen und Veteranen dieser Truppe verbindet sich ihr Name in der Vorstellung der Öffentlichkeit vor allem mit ihrem spektakulärsten Fehlschlag, dem gescheiterten Versuch zur Befreiung der von radikalen iranischen

Studenten in der amerikanischen Botschaft in Teheran festgehaltenen Geiseln.

Die Tatsache, daß es sich bei diesem Einsatz um ein ad hoc befohlenes Unternehmen gehandelt hatte, zu dem neben Angehörigen anderer Einheiten auch Delta Force kommandiert worden war, und das dann so gut wie unvorbereitet, ohne eine einzige Probe hatte über die Bühne gehen sollen, diese Tatsache war vielleicht nie ins Bewußtsein der Öffentlichkeit gedrungen und haftete jedenfalls nicht in ihrem Gedächtnis.

Seitdem waren Deltas Taten zwar nie in der Presse gewürdigt worden, Delta hatte aber Schlüsselrollen gespielt bei Operationen hinter den Kulissen in Beirut und in Afghanistan und hatte später auch die Umstände arrangiert, die die Verhaftung und Eliminierung von Pablo Escobar und der Häuptlinge des Drogenkartells von Cali ermöglicht hatten. In jüngster Vergangenheit hatte Delta detaillierte Pläne zur Ergreifung serbischer Kriegsverbrecher, wie Radovan Karadzic, für den unwahrscheinlichen Fall ausgearbeitet, daß die Führer des westlichen Bündnisses je den politischen Willen zu deren Verfolgung entwickeln sollten.

Dennoch, all dieser Erfolge seit dem fatalen Jahr 1979 ungeachtet, trug die Delta Force noch immer schwer an der Erinnerung des jämmerlichen Scheiterns der ersten Mission, an der sie beteiligt gewesen war. Und diese schmerzliche Erinnerung wirkte wohl auch in den Worten nach, mit denen General Marker nun »Crowbar« Crowly den Einsatzbefehl reichte.

»Charlie«, sagte er nämlich, »ich glaube, das ist die Gelegenheit, auf die wir all die Jahre gewartet haben.«

Crowly begann, die Anweisungen des obersten Befehlshabers der Streitkräfte zu studieren. An der Wand hinter ihm hing ein Plakat mit der schematischen Darstellung einer Reihe von Kommandoanweisungen, eine Schautafel, wie das militärische Herz sie liebt. Die Anweisungen betrafen die fünf Phasen, in die sich jeder Einsatz der Delta Force, also auch der Crowly bevorstehenden, zu gliedern hatte: Ziel, Aufklärung, Probelauf, Infiltration, Ausführung, Exfiltration.

Crowly legte den Einsatzauftrag ab und pfiff dabei leise. »Sie haben recht, Clint. Wenn wir das hinkriegen, ist unsere Ehre für alle Zeiten gerettet.«

»Soweit ich sehe, ist die Sache äußerst dringend. Ich meine, Ihr Einsatzplan sollte von einem Termin in etwa zwei Wochen ausgehen.«

»Das wird knapp, Clint, aber ich glaube, wir können es schaffen. Mit knapper Not, aber ja!«

»Sehen Sie, Charlie, das wird Ihre Operation sein, ich werde Ihnen also nicht sagen, wie Sie Ihren Operationsplan für den Präsidenten abfassen sollen. Ich will nur auf zwei wichtige Bedingungen hinweisen. Erstens, daß die Operation im Schutz der Dunkelheit beginnen und enden muß.«

»In Ordnung.«

»Zweitens, vergessen Sie nicht, daß wir unter Zeitdruck stehen.«

Crowly seufzte. »Okay, Clint, ich mache mich wohl besser gleich an die Arbeit.«

Der General stand auf und klopfte ihm auf die Schulter. »Wir zählen auf Sie. Ich will, daß Ihr Plan den Präsidenten umhaut, so daß er vergißt, von Colin Powell und seiner Doktrin auch nur je gehört zu haben.«

»Professor?«

Müde sah der Professor zu Dr. Parvis Khanlari, dem wissenschaftlichen Leiter der Operation Khalid. Er hatte seit dem Morgengebet in der Dämmerung noch keine ruhige Minute gehabt. »Was ist, Bruder?«

»Wir sind so weit, daß wir nun den Zündkreis testen können, den wir mit einem Funksignal aktivieren wollen. Möchten Sie vielleicht dabei sein?«

»Natürlich. Ich komme sofort.«

Wieder stiegen die beiden Männer in die tiefer gelegene Werkstatt hinab. Auf einer Werkbank dort hatten Khanlaris Elektroingenieure ein Modell des Zündkreises aufgebaut, der nun getestet werden sollte. Khanlari nahm einen Gegenstand zur Hand, der wie ein Gasfeuerzeug aussah. »Unser Freiwilliger braucht nur auf die Oberseite dieses Geräts zu drücken, um ein Funksignal auszulösen, das die Bombe auf einer vorbestimmten, sehr spezifischen Frequenz erreichen wird.«

»Welche Frequenz?« fragte der Professor.

»1,2 Gigahertz. Es schwirren ja so viele Signale herum, daß wir eine etwas ungewöhnliche, weitab von Radio, TV und Funktelefonen liegende Frequenz für angezeigt hielten, um zu verhüten, daß die Explosion durch einen unglücklichen Zufall zu früh gezündet wird.«

»Natürlich«, stimmte der Professor zu, »aber wir werden ja unsere Bombe, oder unsere Bomben, falls wir uns entscheiden, zwei einzusetzen, in einem gestohlenen Wagen zum Explosionsort bringen. Warum verbinden wir also den Zünder nicht einfach mit einem Schalter am Armaturenbrett des Wagens?«

»Wir sind der Meinung, daß unerfahrene Freiwillige zuviel Zeit beim Aufbau des Zündkreises vergeuden würden, und es wäre auch nicht ganz leicht, die Kabel so zu verbergen, daß nicht die Gefahr der Entdeckung bestünde, sollte der Wagen an einem Kontrollpunkt angehalten werden. Das Risiko, daß da schon vor dem Ziel was schiefgeht, ist einfach zu groß. Während wir sicher sein können, daß die Bombe in dem Moment hochgeht, in dem der Zünder unser Funksignal empfängt.«

Der Professor nickte beifällig.

»Hier«, Khanlari deutete auf einen schwarzen Kunststoffkasten, der nur etwas größer war als eine Schachtel Spielkarten, »hier ist die Batterie, die unseren Kryotronenkreis zünden wird, wenn das Funksignal eintrifft.« Aus der Oberseite des Kästchens ragte ein schwarzes Röhrchen von der Größe eines Trinkstrohhalms. »Und das hier ist die Antenne, die das Funksignal empfangen wird«, sagte er. »Hussein«, rief er einen seiner Gehilfen und warf ihm das Zündgerät so nonchalant zu, als wäre es wirklich nur zum Anzünden von Zigaretten gut. »Gehen Sie nach oben, machen Sie die Haupttür auf und gehen Sie auf den Hof. Wenn ich sie anpiepe, drücken Sie auf den Knopf.«

Der Professor harrte, als Hussein den Raum verließ, gespannt der Dinge, die da kommen sollten. »Sagen Sie mal«, begann er – zwar hatte er den Bruder im ersten Überschwang angesichts der baldigen Erfüllung seiner schönsten Hoffnungen geduzt, aber normalerweise wahrte er den Brüdern gegenüber eine gewisse Förmlichkeit, »sagen Sie mal, besteht die Gefahr einer Beschädigung der Bombe oder des Zündkreises, wenn unsere Freiwilligen unterwegs zum Ziel über schlechte Straßen fahren müssen? Oder wenn die Bombe irgendwo fallen gelassen wird?«

»Nicht im geringsten«, beruhigte ihn Khanlari. »Die Bombe wird sicher verpackt sein, und Erschütterungen können ihr oder dem Zündkreis in dieser Hülle nichts anhaben.«

Khanlaris Pieper piepte. »Er ist fertig.« Er seinerseits gab Hussein das verabredete Zeichen. Draußen auf dem Vorplatz drückte sein Gehilfe, wie angewiesen, auf den Knopf des Zündgeräts. Drinnen schoß ein blauer Blitz elektrischen Stroms aus der schwarzen Batterie auf der Prüfbank.

»Perfekt«, sagte Khanlari zufrieden. »Dieser Stromstoß, den Sie da gesehen haben, wird in den ersten Zopfleiter unserer Kryotronen fahren, wenn die Bombe montiert ist. Und mit dieser Arbeit können wir nun beginnen.«

Der Professor segnete lächelnd seine Worte. »Kommen Sie, lieber Freund«, sagte er. »Der Tag war lang, lassen Sie uns für einen Augenblick nach draußen gehen und frische Luft schöpfen.«

Die beiden Männer spazierten einige Minuten lang schweigend auf dem Vorplatz der Höhleninstallation hin und her. »Professor«, sagte Khanlari schließlich, »es gibt da eine Sache bei der Operation Khalid, die mir, ehrlich gesagt, Sorgen bereitet.«

»Und die wäre, Bruder?«

»Die Israelis. Ihre Nuklearstreitkräfte werden durch die Explosion unserer Bombe in Tel Aviv nicht zu Schaden kommen. Werden sie uns nicht einen schrecklichen Vergeltungsschlag versetzen?«

»Darauf können Sie sich verlassen, ich meine, darauf, daß die Israelis Vergeltung üben werden. Und zwar mit überwältigender Macht.«

Khanlari sah verdutzt den Professor von der Seite an. Berauschte sich der Mann an der Aussicht auf die eigene Vernichtung?

»Ja, Sie werden zweifellos Rache nehmen. Aber an Bagdad. Sie werden den Irak verwüsten.«

»Was?«

»Die Israelis glauben, einen der besten Fernmeldenachrichtendienste der Welt zu haben, ihre Abteilung 8200. Sie haben einen Horchposten auf dem Mirongipfel in den Golan-Höhen, wo sie alles abhören, was im Nahen und Mittleren Osten über Telefon, Kurzwellensender und Funktelefon so geredet wird. Kurz vor der Explosion unserer Bombe in Tel Aviv werden sie auf diesem Horchposten eine Botschaft abfangen. Diese Botschaft wird in einem von ihnen bereits geknackten Code abgefaßt sein und über eine Telefonnummer laufen, von der sie glauben, daß sie dem irakischen Geheimdienst Mukahbarat gehört. Und sie wird ihnen unmißverständlich zu verstehen geben, daß für die Atombombenexplosion in Tel Aviv kein anderer als Saddam Hussein verantwortlich ist.«

Der Professor legte die Hand auf die Schulter seines besorgten Genossen. »Ihre Bombe, Bruder, wird nicht nur einen unserer Feinde vernichten, sondern deren zwei.«

Eine Krise, die einen ganzen Konferenzsaal voller hoher Tiere in Washington zum Schweigen bringen konnte, dachte Duffy, in die Runde der besorgten Gesichter am Konferenztisch im Weißen Haus blickend, eine solche Krise ist ja wohl zutreffend als die Mutter aller Krisen zu bezeichnen. Niemand lächelte, niemand flüsterte vertraulich mit den Nachbarn. Schweigend und angespannt wie er selbst saßen sie da und warteten auf das Eintreffen des Präsidenten.

Dieser Präsident, das wußte Duffy, war in besonderem Maße abgeneigt, die Verantwortung für Militäraktionen zu übernehmen. Er war schließlich der erste amerikanische Präsident seit Ende des Zweiten Weltkriegs, der keinen Militärdienst geleistet hatte. Die Bilder der Leichen amerikanischer Soldaten, die man damals in Somalia durch die Straßen schleifte, hatten ihm physische Übelkeit verursacht. Das waren seine Soldaten gewesen, obwohl die Operation, an der sie teilgenommen hatten, bis sie das Leben dabei verloren, sein Amtsvorgänger befohlen hatte. Und so hatte er monatelang gezögert, ehe er der Entsendung amerikanischer Truppen nach Bosnien zugestimmt hatte, und das hatte er auch nur getan, als er die Gewißheit hatte, daß sie dort von NATO-Alliierten umgeben sein würden.

Nun aber mußte er bei einer von ihm allein zu verantwortenden Operation amerikanische Soldaten in den Tod schicken, ohne die Zustimmung der Vereinten Nationen, ohne den Segen oder auch nur das Wissen der Alliierten. Eine entsetzliche Verantwortung würde er da übernehmen müssen. Aber, dachte Duffy dann, dazu hat er sich doch schließlich in sein Amt wählen lassen, um entsetzliche Verantwortung zu übernehmen. Wenn man das Recht auf die Hymne »Hail to the Chief« in Anspruch zu nehmen gewillt war, sollte man wohl auch imstande sein, wie ein Chef zu handeln, wenn es hart auf hart ging.

Ein Geheimdienstagent öffnete die Tür, und der Präsident kam herein. Diesmal machte er nicht, wie gewöhnlich, die Runde um den Tisch, um jeden Konferenzteilnehmer persönlich zu begrüßen. Er ging direkt zu seinem Stuhl und sah General Taylor ins Gesicht, dem Vorsitzenden der Vereinigten Generalstabschefs. Sein sonst so fröhliches Gesicht zeigte nicht die Spur eines Lächelns. Vielmehr blickte er so düster und grimmig drein wie zu den schlimmsten Zeiten der Skandale, die jüngst seine Präsidentschaft gefährdet hatten. »General«, befahl er, »fangen wir an.«

Taylor erhob sich. »Sir, ich habe drei Briefings für Sie vorbereitet. Zunächst wird Ihnen der G2, der Nachrichtenoffizier des Kommandobereichs Mitte, über die Elemente berichten, die einer konventionellen militärischen Operation und einem Einsatz der Special Forces gemeinsam wären. Er wird Ihnen auch über den Widerstand berichten, den wir seitens der iranischen Luftwaffe zu gewärtigen haben, und über die Luftunterstützung, die wir benötigen werden, deren Kapazität zu neutralisieren. Dann wird Brigadier General Jack Blum, der stellvertretende Kommandeur der 82. Luftlandedivision, den Plan zu einer konventionellen Operation vortragen, und schließlich wird Ihnen Colonel Charlie Crowly darlegen, wie die Special Forces die Sache angehen würden.«

Duffy sah aufmerksam zu, als nun ein Major General zum Kopf des Tisches ging und zwei Schautafeln auf die dort postierten Staffeleien stellte. Die eine zeigte die Vergrößerung eines Satellitenfotos der Außenseite der geheimen Kernwaffenproduktionsstätte der Iraner, die andere eine Landkarte der Gegend, in welcher diese gelegen war.

»Mr. President«, begann er, »lassen Sie mich zunächst von der iranischen Luftwaffe sprechen. Sie hat vier Stützpunkte in relativer Nähe zu unserem Angriffsgebiet, in Jesd, Kerman, Zahedan und in der Nähe der großen Ölraffinerie Bender Abbas am Golf. Sie verfügt über insgesamt 135 Kampfflugzeuge. Wir glauben dennoch nicht, daß davon eine schwerwiegende Bedrohung unseres Angriffs ausgeht. Ihre Maschinen sind größtenteils in den USA gebaut, über zwanzig Jahre alt und ohne modernes elektronisches Steuerungs- und Zielgerät, ohne Radar- und Radarabwehrtechnologie. Überdies haben sie während der genannten zwanzig Jahre nie mit Ersatzteilen der Hersteller repariert werden können. Die Piloten sind gut, aber ungenügend ausgebildet, zumal ihre Flugzeit, der Kosten wegen, stark beschränkt ist. Die Iraner verfügen, wie Ihnen vielleicht erinnerlich ist, auch über eine Anzahl sowjetischer Kampfflugzeuge, die ihnen Saddam Hussein während des Golfkrieges freundlicherweise hat zukommen lassen. Wir planen, die Startbahnen der vier genannten Luftwaffenstützpunkte in der ersten Phase unseres Angriffes zu zerstören. Da aber die Iraner mutige und entschlossene Piloten sind, werden ein paar von ihnen es wohl trotzdem schaffen zu starten.«

Er wandte sich der blauen Fläche des arabischen Meers auf seiner Karte zu. »Zur Luftunterstützung der Operation schlagen wir vor, die Flugzeugträger *Washington* und *Nimitz* hier zu postieren. Das gäbe uns 120 Kampfflugzeuge, die sowohl die Flugzeugträger schützen als auch unseren Angriff unterstützen könnten. Wir werden auch ein paar AWACS auf dem Luftwaffenstützpunkt Incirlik in der Türkei stationieren, welche die Spur jener iranischen Maschinen aufnehmen können, die es trotz der Zerstörung der Startbahnen in die Luft schaffen, um diesen dann sofort Jäger auf den Hals zu hetzen, die sie neutralisieren werden.«

»Abschießen, meinen Sie?« fragte der Präsident.

»Genau. Im Grunde werden wir bei dieser Operation vor allem bemüht sein müssen, unsere Flugzeugträger vor einem iranischen Selbstmordbomber zu schützen, der es unternehmen könnte, sich nach dem Muster der japanischen Kamikazeflieger mit einer Ladung Bomben auf eines der Flugdecks von ihnen zu stürzen. Irgendwelche Fragen soweit?«

»Nein, fahren Sie fort.«

»Was unsere Bodentruppen betrifft, glaube ich, Ihnen garantieren zu können, daß ihre Operationen von der iranischen Luftwaffe nicht behindert werden. Die Lage am Boden aber wird in etwa die folgende sein: Die Anlage wird von schätzungsweise fünfundsiebzig bis hundert Pasdaran geschützt, die in zwei kasernenartigen Bauten in der Nähe des Eingangs zu der unterirdischen Produktionsstätte untergebracht sind. Sie haben ein paar rückstoßlose 105-Millimeter-Geschütze an der Straßensperre, die den Zugang zur Anlage kontrolliert, und drei Flakgeschütze sind rings um den Vorplatz der Anlage aufgestellt. Die nächste Garnison der regulären Armee ist in Bender Abbas, etwa 350 Meilen weit von der Anlage entfernt.«

»Haben sie die Hubschrauberkapazität, Truppen in unser Angriffsgebiet einzufliegen?« fragte der Präsident.

Für einen Zivilisten stellt der ganz kluge Fragen, dachte Duffy.

»Nein«, antwortete der G2. »Sie haben uns fünfzig Bell 214 Truppentransporthubschrauber abgekauft, als der Schah noch am Ruder war. Da sie auch für diese schon seit zwanzig Jahren keine Ersatzteile mehr kriegen, können sie bestenfalls die Hälfte von denen noch in die Luft bringen. Sie haben außerdem eine Flotte von Boeings 707, die sie 1992 und 1993 zu Truppentransportern umgebaut haben, aber bei einer Operation wie dieser würden sich die Dinger als fliegende Särge erweisen. Um Verstärkung am Boden heranzuführen, bräuchten sie wegen des bergigen Geländes und der schlechten Straßen in der Gegend achtundvierzig Stunden.« Der General blätterte in den Papieren, die er in der Hand hielt.

Er hat die Sache zu leicht dargestellt, dachte Duff, so einfach kann das alles doch nicht sein. Jetzt kommt wahrscheinlich der Pferdefuß.

»Sorgen macht uns, Mr. President, daß sie wahrscheinlich mit unkonventioneller Verstärkung, also irregulären Kämpfern, schneller zur Stelle sein werden. Jeder Mullah in Zabol wird Zeter und Mordio schreien und die Gläubigen zur Verteidigung der Heimat gegen die Teufel des großen Satans aufrufen. Die Revolutionswächter haben geheime Waffenlager mit AK47, Handgranaten und leichten Mörsern in jeder iranischen Gemeinde. Sie werden diese Lager öffnen und die Waffen an die fünfzehn- bis sechzehnjährigen Freiwilligen verteilen, die sich wahrscheinlich zu Tausenden melden werden. Die meisten von diesen werden von unseren Truppen massakriert werden, aber ein Teil wird durchkommen und könnte den Flugplatz in Zabol bedrohen, den wir brauchen, um unsere Truppen zu evakuieren – falls Sie sich zu der regulären militärischen Operation entschließen und den Plan verwirklichen, den Ihnen General Blum jetzt vortragen wird.«

Ein anderer General trat nun ans Kopfende des Tisches. Er hatte die Hosen in die Schäfte seiner Springerstiefel gesteckt, die so blank poliert waren, daß er sie, wie Duffy fand, als Rasierspiegel hätte verwenden können.

»Mr. President«, begann er mit einer jener Exerzierplatzstimmen, die aus drei Metern Entfernung Fensterscheiben bersten lassen. »Die Operation, die wir vorschlagen, wird in drei Phasen ablaufen. Zunächst lassen wir ein verstärktes Bataillon der 82. Luftlandedivision genau über unserem Zielgebiet abspringen.«

»Wie viele Leute wären das?«

»Nach Abzug der Schreibstubentypen und sonstigen Unbrauchbaren, Sir, etwa 500. Sechs Schützenkompanien und eine Panzerabwehrkompanie. Die 82er können wesentlich schwereres Material landen als die Rangers, die andere Einheit, die wir einzusetzen planen. Sie können ein paar 105-Millimeter-Haubitzen an Fallschirme aufhängen, mit denen wir dann jede denkbare Sperre umblasen können, die wir vielleicht am Eingang zu unserem Objekt finden, außerdem ein paar Panzerabwehrgeschütze, mit denen wir die Zugänge zum Operationsgebiet verteidigen können, während unsere Truppen ihre Arbeit machen.

In der zweiten Phase, die schon während der Laufzeit der ersten beginnen wird, werden wir vier Schützenkompanien der Rangers über dem Flugplatz von Zabol abspringen lassen. Diese werden den Auftrag haben, einen Perimeter um den Flugplatz zu sichern. Dann werden wir ein Geschwader von C17 mit Panzerfahrzeugen an Bord dort landen lassen. In der dritten Phase werden diese Panzerfahrzeuge und die Rangers zum Angriffsziel vorrücken und die erbeuteten Atomwaffen sowie die Leute von der 82. Luftlandedivision einschließlich der Toten und Verwundeten, die der Angriff vielleicht gefordert hat, evakuieren, um sodann zum Flugplatz Zabol zurückzukehren, von dem aus die Evakuierung auf dem Luftwege abgeschlossen werden wird.«

»Werden Sie imstande sein, das gesamte Gerät, auch die Lastwagen, wieder rauszubringen?« fragte der Präsident General Blum.

»Wahrscheinlich nicht. Die Evakuierung des Personals hat natürlich absoluten Vorrang, und diese Fahrzeuge wieder in die Flugzeuge zu laden, die sie hergebracht haben, würde uns mehr Zeit kosten, als wir uns leisten können.«

»Das heißt also, daß da am Ende eine Menge amerikanisches Kriegsgerät in der Gegend herumliegen wird, das die Iraner dann im Fernsehen zeigen können«, meinte der Präsident.

»Mr. President«, sagte der Verteidigungsminister. Er und der Vorsitzende der vereinigten Generalstäbe hatten die Briefings natürlich schon früher gehört. »Diese Operation kann ihrer Natur nach zwar geheim vorbereitet werden, aber nicht unauffällig über die Bühne gehen. Die Jungs gehen schließlich da rein zu dem Zweck, was kaputtzumachen. Die Operation wird natürlich für politischen Ärger sorgen, aber sie wird der Welt auch zeigen, daß Staaten wie dem Iran das Herumspielen mit Massenvernichtungswaffen verboten ist.«

»Und woher sollen die Transportmaschinen kommen, die Sie brauchen?« fragte der Präsident.

»Das ist einer der Gründe, aus denen wir Ihnen dringend raten, sich für die konventionelle Option zu entscheiden«, antwortete der stellvertretende Kommandeur der 82. Luftlandedivision. »Wenn wir sie in der Luft auftanken, können wir sie auf Stützpunkten in den USA starten lassen. Damit würde sich die Notwendigkeit erübrigen, bei unseren peinlich berührten Alliierten um Landeerlaubnis zu bitten. Und, Sir, lassen Sie mich mit der Versicherung schließen, daß Sie mit der Entscheidung für einen konventionellen Militäreinsatz das Risiko eines Scheiterns der Mission so weit gegen Null reduzieren wie irgend möglich.«

»All right«, sagte der Präsident. »Hören wir nun, was die Sondereinsatzleute sagen.«

Duffy musterte den Colonel, der nun den Platz neben der Staffelei einnahm. Der Mann kam ihm irgendwie bekannt vor. Waren sie einander schon mal begegnet? In Afghanistan vielleicht?

»Mr. President«, begann Crowly, nachdem er sich vorgestellt hatte. »Darf ich eine Frage an Ihre nachrichtendienstlichen Beamten richten, ehe ich Ihnen unseren Plan vortrage?«

»Natürlich.«

»Wie können wir hundertprozentig gewiß sein, daß die drei A-Bomben, hinter denen wir her sind, sich tatsächlich in jener unterirdischen Einrichtung befinden?«

Der Präsident sah den Direktor der CIA an, und dieser seinerseits sah Duffy an. Geduldig erläuterte Duffy, wie ihn die Spur der Kryotronen und die von der NSA abgefangenen Botschaften zu dem Ort geführt hatten. »Wo diese Kryotronen sind, da müssen auch die Bomben sein, die wir unschädlich machen wollen«, schloß er.

»Ich akzeptiere die Tatsache, daß die Kryotronen dort sind«, erwiderte Crowly. »Aber haben Sie zuverlässige, bestätigte Informationen, denen zufolge sich auch die Plutoniumkerne dort befinden? Haben Sie eine Nachrichtenquelle, die da drin gewesen ist und die Dinger gesehen hat?«

Duffy antwortete nicht, wie er es eigentlich wollte, mit einem Lachen, denn was er hören ließ, war mehr ein zorniges Kläffen. »Sie sind doch hoffentlich kein so naiver Tagträumer, daß Sie glauben, die CIA hätte eine menschliche Nachrichtenquelle, einen Spion im Inneren des iranischen Nuklearprogramms?«

»Ich würde das gern hoffen dürfen, wenn ich meine Leute auf dieses Objekt ansetzen soll.«

»Also, damit können wir nicht dienen. Aber ich kann Ihnen eines versichern: Ich bin hundertprozentig davon überzeugt, daß die Dinger da sind, wo ich sage, daß sie sind. Und falls ich Sie damit überzeugen kann, lassen Sie mich Ihnen versichern, daß ich bereit bin, persönlich an der Seite Ihrer Leute mit Ihnen da reinzugehen.«

Crowly starrte Duffy an. »Sind wir uns nicht schon mal begegnet?«

»Vielleicht in Afghanistan?«

»Yeah!« Crowly ging sichtlich ein Licht auf. »Sie sind der CIA-Boss, der damals gegen Caseys ausdrückliche Anordnung mit seinen Mudschs in den Papageienschnabel gegangen ist – ein Typ nach meinem Herzen. Okay, ich lasse mich überzeugen, und Sie machen bei uns mit.«

Crowly stellte eine Schautafel auf die Staffelei. Sie zeigte die fünf Hauptphasen jeder Delta-Operation und war in der Tat die Schautafel, die in Tampa hinter seinem Schreibtisch an der Wand hing.

»Zielaufklärung«, begann er. »Wir bewundern die Satellitenbilder der CIA. Erstklassige Aufnahmen, wirklich ausgezeichnet. Dennoch will ich, daß meine Leute das Ziel, das wir angreifen sollen, zunächst mal mit eigenen Augen studieren. Wir bei Delta trauen niemandem außer uns selbst.«

»Und wie wollen Sie das einrichten?« fragte der Präsident ungläubig.

»Wenn wir den Auftrag kriegen, werden morgen nacht zwei von meinen Leuten bei 35 000 Fuß Höhe fünfzig Meilen südwestlich von Zabol aus einem Flugzeug springen. Mit Hilfe des Global Positioning Systems werden sie dann ihre Fallschirme zur Landung an diesen Punkt hier lenken.« Crowly deutete auf einen Punkt der Landkarte. »Fünf Meilen vor dem Bergkamm, der gegenüber dem Eingang zu dem iranischen Laboratorium liegt.

Sie werden dann zu dem Bergkamm hinaufsteigen und sich dort einen Unterstand graben, den sie mit gummierter Zeltbahn auskleiden und mit Gestrüpp abdecken. In diesem Loch werden sie leben, ohne es je zu verlassen. Sie werden da drinnen essen, urinieren, defäkieren und schlafen – das natürlich abwechselnd – und dabei mit Teleskopen und NAVIS-6-Nachtgläsern jede Bewegung der Iraner beobachten. Ihre Beobachtungen werden sie uns zweimal täglich über Funk melden.«

»Mannomann!« rief der tief beeindruckte Präsident. »Und Sie haben wirklich Leute, die so was bringen?«

»Sir«, teilte Crowly ihm stolz mit, »wir setzen unsere Leute nie zu Aufgaben ein, deren Lösung sie nicht vorher gründlich geübt haben.«

»Das ist ja großartig!« rief die ebenfalls tief beeindruckte Außenministerin. »Was sind denn das für Männer, die solche Sachen machen?«

»Komische Vögel, kann man schon sagen, Madame. Und sie verdienen glatte 165 Dollar im Monat.«

Crowly wandte sich wieder seiner Schautafel zu.

»Probelauf«, sagte er. »Ich habe ein Team draußen in Nevada auf dem Manövergelände von Las Vegas, die werden da die beiden Gebäude, die man auf den Satellitenfotos sieht, und den Eingang zu der unterirdischen Anlage so genau wie irgend möglich nachbauen, runter bis zu den Türklinken, wenn möglich. Dann werden meine Stoßtrupps den Sturm auf diese Objekte proben und proben und noch mal proben. Weniger kommt für uns einfach nicht in Frage.«

Noch einmal trat er zurück an das schützende Schild, als welches er seine Schautafel bei diesem Briefing anzusehen schien, bei dem für Delta so viel auf dem Spiel stand. »Infiltration«, las er ab.

»Das erste Flugzeug auf der Szene wird dieses hier sein«, sagte er und stellte das Foto eines schwarzen Flugzeugs auf die Staffelei. »Das ist unsere neue, vollkommen unentdeckbare Supertarnkappenaufklärungsmaschine, die *Dark Star*, entwickelt seit dem Golfkrieg. Dies wird ihr erster Kampfeinsatz sein, aber wir haben sie extensiv gegen unsere eigenen Radarerkennungskapazitäten getestet, die allem, was die Iraner da unten in Zabol haben mögen, haushoch überlegen sind.

Sie können also auf keine Weise entdecken, daß diese Maschine da oben über ihren Köpfen herumfliegt. Das Flugzeug ist mit Infrarotkameras ausgerüstet und mit ultramegastarken Sensoren. Dieses Gerät kann Geschützstellungen, Fahrzeuge in Bewegung, sogar einzelne feindliche Soldaten, die in ihren Schützenlöchern schlafen oder Wache stehen, aufspüren und fotografieren. Jede dieser Beobachtungen wird direkt auf die Monitore in der V22 übertragen, die unsere Angriffstruppen transportiert. So werden diese Männer auf einem Bildschirm in dem Transporter, der sie zum Einsatzort bringt, genau sehen, was und wer sie erwartet, wenn sie dort vom Himmel fallen.«

»Komplett überraschungsfreier Angriff«, bemerkte General Taylor beifällig.

»Die gleichen Bilder werden aus der *Dark Star* auch einem Paar AC130 überspielt. Das sind mit Gatling-Maschinenkanonen und 20-Millimeter-Haubitzen bewaffnete Kampfflugzeuge.« Crowly hatte über das Bild der *Dark Star* das Foto eines anderen Flugzeugs gelegt. »Die AC130 werden das Gefecht eröffnen mit der Neutralisierung der drei Flakstellungen, der Straßensperre und etwaiger weiterer Hindernisse, die die *Dark Star* beobachtet haben könnte.«

»Das können Sie? Sind Sie sicher?« fragte der Präsident.

»Sir, diese Jungens sind so gut, die können Ihnen eine Kugel in die Hosentasche schießen. Wenn sie fertig sind, wird von diesen Pasdarans keiner mehr Lust haben, den Kopf zu heben – für lange Zeit. Was aus unserer Sicht natürlich prima ist, denn jetzt«, und er wies auf das Wort »Ausführung« in der Liste auf der Schautafel, »landen wir.«

Er stellte das Foto eines weiteren Flugzeugs auf die Staffelei. »Das ist die V22, die, wie ich sagte, unsere Truppen reinbringen wird. Die V22 ist für Kampfeinsätze auf hervorragende Weise geeignet. Sie kann einen Stoßtrupp von fünfundzwanzig Mann zum Einsatzort bringen, indem sie auf dem Wege dahin 330 Meilen die Stunde als gewöhnliche Flugmaschine zurücklegt. Aber – und deshalb ist sie so hervorragend geeignet – sobald das Einsatzgebiet erreicht ist, kann sie die Flügel in die Höhe falten, ihre Geschwindigkeit drosseln und wird praktisch zu einem Hubschrauber. Wie ein solcher kann sie dann auch zum Boden runterschweben und dort weich landen.«

»Wo werden diese Maschinen starten?« fragte der Präsident.

»Sir, ich glaube, wir werden die Türken um Genehmigung bitten müssen, sie auf dem Luftwaffenstützpunkt Incirlik starten zu lassen.«

Das Bild Belinda Flynns erschien vor Duffys geistigem Auge, wie sie in jener Londoner Kirche das Elend ihrer drogenumnebelten Seele geschildert hatte. Traurig, wirklich traurig. Aber hier war nun soeben einer der Gründe zur Sprache gekommen, aus denen die Männer in diesem Raum sich scheuten, Druck auf die türkische Regierung auszuüben, um dem Heroinexport aus Istanbul einen Riegel vorzuschieben.

»Nun«, fuhr Crowly fort, »der Angriff. Da wir nicht in sicherer Umgebung operieren werden, werden wir die Umgebung unsererseits selber sichern. Wir werden dabei nach dem Adventskranzprinzip operieren.«

Ein verwunderter Ausdruck erschien in den Mienen der außermilitärischen Teilnehmer an dieser Sitzung im Lageraum des Weißen Hauses.

»Zwei der V22 werden zwei Züge Rangers landen, jeder fünfundzwanzig Mann stark, deren Aufgabe die Sicherung eines Perimeters rings um das Zielgebiet sein wird. Sie werden aufräumen, was von der Straßensperre nach dem Beschuß durch die AC 130 noch übrig sein sollte, und ihrerseits jeden Zugang zum Zielgebiet versperren, sich als Kranz um unseren Advent legen sozusagen, uns die Mitte nämlich für unsere Ankunft freihalten.«

»Die Mitte«, Crowly legte eine Pause ein, denn er wußte, daß das, was er jetzt sagen würden, die Zivilisten am Tisch überraschen würde, »wird von drei Delta-Force-Stoßtrupps zu je zehn Mann genommen. Je ein Trupp nimmt eins der beiden Gebäude, die Sie auf dem Satellitenfoto sehen, und der dritte sprengt das Tor zu der unterirdischen Anlage und geht rein, die drei Nukleargeräte holen.«

»Nur dreißig Mann«, entfuhr es der Außenministerin. »Aber damit werden Sie doch einer dreifachen Übermacht gegenüberstehen.«

»Madame.« Der Ton, in dem Crowly antwortete, war weder trotzig noch brutal, sondern ruhig und sachlich. »Sie können sich nicht vorstellen, wie schnell die Männer unserer Delta Force mit denen fertig sein werden. Sie sind ausgezeichnete Schützen, die besten der Welt, und das Töten ist ein Handwerk, in dem sie Weltmeister sind. Jeder von ihnen ist psychologisch und physisch der perfekte Killer, eine Mordmaschine. Aus dieser Anlage wird niemand lebend rauskommen.«

Der Direktor der CIA schüttelte den Kopf, nicht weil er dem Obersten hätte widersprechen wollen, sondern in Erkenntnis der Konsequenzen, die die von Colonel Crowly vorgeschlagene Verfahrensweise haben würde.

»Das heißt, daß der Iran mit einem Schlag alle menschlichen, alle Wissensressourcen verlieren wird, die für die Durchführung eines Atomprogramms gebraucht werden. Das wird sie eine ganze Generation zurückwerfen.«

Crowly nickte. »Wir werden eine digitale Fernsehkamera mit reinnehmen, so daß wir sofort Bilder des Geräts, das wir in der Anlage finden werden, zurückfunken können. Auf diese Weise können unsere Nuklearwissenschaftler dafür sorgen, daß wir auch die richtige Beute mit nach Hause bringen.«

»Wir werden auf dem Posten sein«, sagte Dr. Stein. »Wir werden Ihnen kupferummantelte Behälter mitgeben zum Transport der Dinger, damit Ihnen diese Plutoniumkerne keinen Ärger machen. Bei der Strahlung des Plutoniums handelt es sich größtenteils um Alphastrahlen, und die hält Kupfer zurück. Die Gammastrahlen des Plutoniums sind zu schwach, um während der kurzen Zeit, die Ihre Männer ihr ausgesetzt sein werden, eine Gefahr darzustellen.«

»Gut«, schloß Crowly. »Exfiltration. Unsere V22 werden gerade da, wo sie uns abgesetzt haben, auf uns warten. Unsere drei Stoßtrupps werden mit den A-Bomben zu ihnen zurückkommen, die Rangers werden sich von ihren Perimetern zurückziehen, und dann geht's ab durch die Mitte.«

Der Präsident schüttelte ungläubig staunend den Kopf. Dieser Oberst ließ alles so einfach und leicht erscheinen. War es wirklich möglich? »Wie lange wird all das dauern?« fragte er.

»Dreißig Minuten von dem Augenblick an, wo die AC130-Kampfmaschine das Feuer eröffnen, bis zum Abheben der V22, Sir.«

»Dreißig Minuten?« Der Präsident traute seinen Ohren nicht.

»Mr. President, was hier vorgesehen ist, ist eine chirurgische Operation. Keine chirurgische Operation, die länger als dreißig Minuten dauert, gelingt.«

»Und Verluste?«

»Bei den Iranern sehr schwere, Sir. Wie ich schon sagte, sind unsere Delta-Operateure die besten Schützen der Welt. Und was noch wichtiger ist, sie wissen sehr schnell ihr Ziel zu finden und zu wählen. Wenn wir mit der Geschwindigkeit, Heimlichkeit und der damit einhergehenden Überraschung des Gegners operieren können, die unserer Planung entsprechen, werden wir schlimmstenfalls minimale Verluste haben. Wir werden sogar dafür sorgen, daß Sie Mr. Duffy zurückkriegen.«

Der Präsident starrte in brütendem Schweigen vor sich auf die Tischplatte. Er betet, dachte Duffy. Er betet um die richtige Entscheidung und wahrscheinlich schon für die, die bei der Operation ihr Leben verlieren werden. Vielleicht wäre ein Stoßgebet auch für mich keine schlechte Idee, dachte Duffy.

Schließlich sah der Präsident auf und sah über den Tisch Crowly ins Gesicht. »Wie schätzen Sie die Chancen des Gelingens der von Ihnen geplanten Operation ein?« fragte er.

»Einhundert Prozent, Sir«, sagte er. »Sonst würde ich meine Männer nicht dafür einsetzen.«

Zum ersten Mal seit Beginn des Briefings zeigte sich der Anflug eines Lächelns auf den nüchternen Zügen des Colonels.

»Natürlich«, sagte er, »gilt der beim preußischen Militär zur Zeit der napoleonischen Kriege umlaufende Spruch auch für uns noch: ›Es ist egal wie gut du bist, wenn dir ein Engel ins Musketenschloß pißt.‹«

Der Präsident atmete aus und richtete sich auf. Crowlys Vortrag schien ihm zur Entschlossenheit verholfen zu haben. »Okay, Leute«, sagte er. »Das war's. Wir lassen die Special Forces die Sache machen, und zwar so bald wie möglich, ohne durch überstürztes Handeln den Erfolg des Einsatzes zu gefährden. Und, Colonel«, der Präsident blieb todernst, »sorgen Sie, verdammt noch mal, dafür, daß diesmal die Engel auf unserer Seite sind.«

Es war der Moment, auf den die drei jungen Männer seit Wochen, Monaten, einer sogar schon seit Jahren mit heiligem Eifer, mit dem Einsatz all ihrer Kräfte und mit hinbrünstigen Gebeten hingearbeitet hatten, der Moment, wo einer von ihnen zum Sterben erwählt werden würde. Alle drei waren unter dreiundzwanzig. Einer war noch nie bei einer Frau gewesen. Alle hatten die Blüte des Lebens noch keineswegs erreicht. Doch in wenigen Sekunden würde der Scheich, der ihnen gegenübersaß, denjenigen unter ihnen auswählen, der die leuchtende Verheißung seiner Jugend hingeben würde, um ein Märtyrer, ein Blutzeuge des Islams zu werden.

Über die Hügel des Libanon, die rings um die kleine Moschee vor der Märtyrerhöhle standen, sang ein kalter Nordwind melancholische Akkorde, wie um die Zeremonie, die drinnen bevorstand, passend zu untermalen. Imad Mugniyeh stand abseits der kleinen Gruppe, der Reaktion in den Zügen des Auserwählten gespannt auflauernd. Natürlich war er gewiß – nur er allein konnte das sein –, daß der ausgewählte junge Mann, wenn er sich in drei Wochen in dem gestohlenen Auto auf den Weg nach Tel Aviv machte, in den sicheren Tod fahren würde. Selbst ein plötzlicher Sinneswandel des Todeskandidaten würde daran nichts ändern.

Denn dem Freiwilligen, der das freilich nie erfahren würde, sollte ein zweiter Freiwilliger folgen, der ebenfalls einen Zündmechanismus im Wagen haben würde, den er zu betätigen hatte, wenn er merkte, daß derjenige, der die Bombe im Kofferraum seines Wagens mitführte, zögerte, seiner heiligen Pflicht zu genügen. Der zweite Freiwillige brauchte auf das eigene Martyrium nicht gefaßt zu sein. Denn natürlich kannte er nicht die wahre

Natur der Bombe, die er zünden würde, wenn es schien, als wollte der erste seine Kandidatur für das Martyrium niederlegen – Mugniyeh hatte ihm nämlich versichert, daß er deren Explosion überleben würde.

»Mit der Annahme der Tugenden des Martyriums können wir Schwachen und Unterdrückten den Herzen unserer Unterdrücker Furcht und Zittern einflößen«, schloß der Scheich. »Der Koran lehrt uns, daß diejenigen, die Tyrannei erleiden, gegen ihre Tyrannen zu den Waffen greifen dürfen. Und hat je ein Volk eine größere Tyrannei erduldet als unsere palästinensischen Brüder, deren Leiden ihr rächen werdet?«

Er erhob sich. In der Hand hielt er ein elastisches grünes Kopfband, auf dem man in weißen arabischen Lettern das Worts des Ayatollah Khomeini las: »Der Märtyrer ist das Wesen der Geschichte.« Er trat auf den jungen Mann zu, der links von den beiden anderen saß. Schweigend zog er ihm das Band um den Kopf, so daß die Inschrift auf seiner Stirn zu lesen war.

Der Jüngling schwieg, aber Mugniyeh sah, daß sein Gesicht beglückt und stolz leuchtete.

»Erhebe dich, tapferer islamischer Krieger«, befahl der Scheich. Dann umarmte er den jungen Mann, und seine beiden Gefährten, die zu ihrem Kummer nicht erwählt worden waren, folgten dem Beispiel des Scheichs. Zuletzt küßte auch Mugniyeh den Auserwählten überschwenglich auf beide Wangen. »*Mabruk*, ich gratuliere!« sagte er.

»Seit ich dreizehn war, habe ich auf diesen Augenblick gewartet«, sagte der Jüngling.

Sein Name war Saad el Emavi, und er sprach die Wahrheit. Wie so viele Kandidaten für das Martyrium war er Waise, und die Botschaft des militanten Islam hatte ihm den Vater ersetzen müssen. Sein Vater war einer der Leibwächter des Generalsekretärs der Hisbollah gewesen, jenes Scheich Abbas Mussawi, der im Februar 1992 bei einem israelischen Hubschrauberangriff gestorben war. Saads Mutter war einem Herzschlag erlegen, als sie die Nachricht von jenem Angriff erhielt, den auch ihr Mann nicht überlebt hatte.

Emavi hatte sich auf die zur Beerdigung in ein Bahrtuch gewickelte blutige Leiche seines Vaters geworfen und geschworen, daß er seinen Tod eines Tages rächen würde. Von diesem Augenblick an hatten zwei Einflüsse sein Leben beherrscht: Die Moschee seines Heimatdorfes im südlichen Libanon, wo er sich von der Doktrin des radikalen Islam durchdringen ließ, die der dortige Scheich predigte, und seine Großmutter, die den Widerstrebenden nötigte, gute Schulen zu besuchen und sogar Französisch zu lernen, wie das zu ihrer Zeit im Libanon jeder, der was werden wollte, getan hatte.

Seine Hingabe an die Lehre seines geistlichen Führers, des Scheichs, war so vollkommen gewesen, daß er, allen Versuchungen widerstrebend, rein geblieben war und die Begierde seiner jugendlichen Lenden auf die zweiundsiebzig jungfräulichen Bräute vertröstet hatte, die ihn nach seinem Märtyrertod an der Pforte des Paradieses erwarten würden.

Nach zwanzig Minuten im Grabe hob man ihn heraus. Er hatte die letzte rituelle Prüfung eines Kandidaten für das Martyrium bestanden. Im Triumph geleitete man ihn in den Hof der Moschee, wo einstweilen nur ein Barbier ihn erwartete. Er schnitt Emavi Haar und Bart. Die Haarlocken wurden in drei Säckchen gefüllt, einen für jede der drei Schwestern des zukünftigen Märtyrers.

Sie würden diese bei der fröhlichen Feier seines Martyriums erhalten, die vierundzwanzig Stunden nach seinem Tod stattfinden würde. Seine Freunde würden sich bei den Schwestern versammeln und ihnen zum Tod ihres Bruders mit heiteren Reden und Süßigkeiten gratulieren. Ein Vertreter der Hisbollah würde die drei Mädchen unterrichten über die Rente, die ihnen die Organisation in Anerkennung des Opfertodes des Familienoberhaupts zeitlebens zahlen würde. Emavi ergriff einen Kugelschreiber und setzte die Botschaft auf, die seinen Schwestern zugleich mit seinen Haarlocken überreicht werden sollte.

»Möge mein Tod im heiligen Krieg mir selbst und euch allen zur Reinigung von unseren Sünden dienen und dem Andenken unserer geliebten Eltern.«

Ein Fotograf machte ein Foto seines lächelnden, nun glattrasierten Gesichts für den gefälschten französischen Reisepaß, mit dem er sich auf seiner Reise nach Tel Aviv an eventuellen Straßensperren ausweisen würde. Dann brachte der Scheich die

Kleidung, die er auf seiner letzten Reise tragen sollte: enge schwarze Lederhosen, Adidas-Tennisschuhe, einen dünnen blauen Rollkragenpullover und ein Wildlederjackett von Fashionable in Paris. Wenn er das alles anzog, würde er in der Tat aussehen wie ein eifriger junger französischer Tourist bei seinem ersten Besuch im heiligen Land.

Mugniyeh sah ihm nach. Auch ihm stand eine Reise bevor, nach Zabol, wohin der Professor ein Treffen des Ausschusses für Geheimoperationen zur Vorbereitung der letzten Schritte der Operation Khalid einberufen hatte.

Ein uneingeweihter Zeuge hätte die beiden Delta-Force-Männer – *operators* nannte man sie, das »Bedienungspersonal« der Delta-Streitkräfte, sozusagen – womöglich für Statisten in einem Weltraumabenteuerfilm aus der Serie *Star Trek* gehalten. Jeder trug einen Gentex-Helm aus Kevlar mit einem eingebauten Kommunikationssystem, Mikrophon und Kopfhörern, der den ganzen Kopf bedeckte. An dem Helm war mit Bajonettklammern eine Sauerstoffmaske befestigt, die genau unter die Schutzbrille paßte.

Sie trugen dreilagige Ganzkörperthermalunterwäsche mit angesetzter Gesichtsmaske, so daß kein Punkt ihrer Haut der Atmosphäre ausgesetzt sein würde, wenn sie gleich in 35 000 Fuß Höhe aus dem Flugzeug sprangen. Über der Unterwäsche trugen sie enge Goretex-Sprunganzüge. Ihre gesamte Ausrüstung, von ihren Rucksäcken bis zu den Kompaßkonsolen und zu den Gewehren, die sie an der linken Körperseite trugen, war ihnen eng und fest an den Leib gebunden. Der Schock, der sie erwartete, wenn sie aus dem Flugzeug sprangen, war so ungeheuer, daß er leicht einem Mann die zugeschnürten Stiefel von den Füßen reißen konnte.

Der Absprung, der ihnen bevorstand, war die höchste gegenwärtig denkbare Herausforderung für einen Mann mit einem Fallschirm. Zehn Jahre zuvor war selbst der Versuch, eine solche Herausforderung anzunehmen, noch kaum denkbar gewesen. Inzwischen hatten die beiden Männer bei ihrem Training wohl schon ein halbes Dutzend ähnlicher Absprünge gemacht, aber der ihnen nun bevorstehende war der erste über Feindesland.

Im Verein mit den Meteorologen der US Air Force Base in

Dharan in Saudi-Arabien und mit dem Wetterdienst ihrer eigenen Truppe hatten sie die Richtung und Stärke der verschiedenen Luftschichten, durch die sie auf ihrem Weg zum Boden fallen würden, und die vorherrschenden Winde ermittelt und aufgezeichnet. Auf Grund der Berechnungen, die ihnen diese Informationen gestatteten, hatten sie ihren Absprungpunkt bestimmt, die genaue Position, die das Flugzeug über der Erdoberfläche im Augenblick ihres Absprungs einnehmen mußte, um ihnen zu ermöglichen, sich der atmosphärischen Gegebenheiten zu ihrem größtmöglichen Vorteil zu bedienen und vor dem Wind ans Ziel zu segeln.

Denn genaugenommen planten sie, ihre Fallschirme über eine Entfernung von fünfundvierzig Meilen bis in die Nähe ihres Ziels am Boden segeln zu lassen, über eine Ebene, die sich bis zu dem Bergkamm erstreckte, von dessen Höhe man in das Tal hinabblickte, in dem sich, oberhalb von Zabol, die geheime Nuklearanlage der Iraner befand. Von ihrer Fähigkeit, genau im Zielgebiet zu laden, hing der Erfolg ihrer Mission ab, denn nur unter dieser Voraussetzung konnten sie hoffen, noch vor Morgengrauen die Kammlinie zu erreichen und sich dort einzugraben, um aus ihren Schutzlöchern die Bewegungen der Iraner im Tal zu beobachten.

Das Flugzeug war über das arabische Meer nach Osten geflogen, dann nach Norden abgebogen, um westlich von Karachi Pakistan zu überqueren und schließlich in afghanischen Luftraum einzudringen. Aus diesem brauchte dann der Pilot nur einen winzigen Abstecher in den iranischen Luftraum zu machen, den er nur auf geringer Strecke und so kurzfristig verletzen würde, daß kein iranischer Radartechniker ihn bemerken oder, falls er ihn bemerkte, beachten würde.

Nun blinkte ein rotes Licht über der Seitentür des Flugzeugs. Ein Soldat riß die Tür auf und ließ einen Windstoß ein, dessen Temperatur vierzig Grad unter dem Nullpunkt der Fahrenheitskala lag, eine Temperatur, die Passagiere der Verkehrsmaschinen, wenn ihr Kapitän sie in einer seiner leutseligen Ansprachen routinemäßig nennt, gewöhnlich vollkommen kalt läßt, das aber nur, weil sie sich ihr nicht stellen müssen, wie es die beiden Delta-Männer nun mußten.

Der erste der beiden trat vor und packte die Seiten der Tür. Nicht zu glauben, was ich hier mache, dachte er, und starrte in die Schwärze draußen. Ein Summton ertönte. Er machte in einem Winkel von fünfundvierzig Grad einen Kopfsprung nach draußen.

Der Schock war brutal wie immer. Zunächst sauste er mit einer Geschwindigkeit von annähernd sechshundert Meilen in der Stunde horizontal in der Luft, die wie eine Wand vor ihm stand, zugleich riß ihn aber schon die Schwerkraft mit einer Geschwindigkeit von hundertzwanzig Meilen pro Stunde in die Tiefe – hundertzwanzig Meilen in der Stunde fällt nämlich jeder Körper in freiem Fall. Reite die Luft, befahl er sich, bewahre die richtige Körperhaltung, damit du nicht anfängst zu kreisen.

Es klappte. Dies war ein »hay-ho«, ein Sprung aus großer Höhe bei frühzeitiger Entfaltung des Fallschirms. So riß er also an der Leine und verspürte einen zweiten Schock, als nun der Baldachin sich über ihn entfaltete und seine Fallgeschwindigkeit drosselte.

Er klappte den Muschelschalendeckel des Silvakompasses an seinem Gürtel auf. Ein phosphoreszierendes Leuchten des Geräts erlaubte es ihm, sich in die von ihm gewünschte Richtung zu drehen und dabei weiterhin die Kontroll- und Leitseile seines Fallschirms in den Händen zu behalten. Und er wußte, daß irgendwo über ihm in der Dunkelheit sein Gefährte das gleiche tat. Bei 15 000 Fuß begann er, sich in der allmählich wärmer werdenden Luft zu entspannen. Noch einmal korrigierte er, nach einem neuerlichen Blick auf den Kompaß, seinen Kurs. Und dann stürzte ihm schon die Erde entgegen. Heimisch und willkommen fühlte er sich zwar an dieser Stelle des blauen Planeten nicht gerade, trotzdem fand er es nett, wieder festen Boden unter den Füßen zu haben.

Die Landung war perfekt, und trotz des Gewichts seiner Ausrüstung gelang es ihm, auf den Füßen zu bleiben. Er befreite sich von seinem Fallschirm und sah sich in seiner Umgebung um. Er würde seine Position gleich mit dem GPS, dem globalen Positionsbestimmungssystem, überprüfen, aber alle Anzeichen wiesen darauf hin, daß er an der Stelle gelandet war, die er hatte erreichen wollen.

Er zog ein kleines Gerät aus der Tasche, jenem ähnlich, mit dessen Schnappen die Männer der 82. und 101. Luftlandedivision nach ihrer Landung in der Normandie in der Nacht vor dem D-Day sich ihren Kameraden zu erkennen gegeben hatten.

Er ließ das Gerät schnappen und hörte ein Antworten des Schnappens. Die beiden Delta-Männer fanden einander in der Dunkelheit, umarmten sich, begruben ihre Fallschirme und machten sich auf den Weg zu ihrem Ziel, dem weniger als fünf Meilen entfernten Bergkamm.

Mit dessen Topographie hatten sie sich schon anhand von detaillierten Satellitenaufnahmen seiner Oberfläche vertraut gemacht. Und so hatten sie sich dort auch schon eine Stelle ausgesucht, die ihnen für ihr Versteck ideal geeignet zu sein schien. Sie lag vor einem Felsbuckel über dem Tal, das den Bergkamm von der geheimen Installation der Iraner trennte. Von dort aus würden sie den Eingang zu Professors Bollahis geheimen Laboratorium leicht ständig beobachten können.

Ein erster prüfender Blick auf den wirklichen Ort bestätigte ihnen, daß sie eine gute Wahl getroffen hatten. Sie machten sich an die Arbeit, ihren Unterstand auszuheben. Obwohl die Satelliten auf diesem Hügelkamm keinerlei menschliche Aktivitäten wahrgenommen und gemeldet hatten, ließen sie bei ihrer Arbeit die größte Vorsicht walten. Sie schachteten die weiche Erde, die hier den Felsen bedeckte, so leise wie nur irgend möglich aus. In der Stille der Nacht war das geringste Geräusch meilenweit zu hören.

Als sie die Grube ausgehoben hatten, verstreuten sie die lose Erde an der Basis des Felsbuckels, wo sie nicht so leicht auffallen würde. Dann flochten sie in der Umgebung aufgelesenes Geäst und totes Laub in ein mitgebrachtes Tarnnetz, das sie als Dach über ihren Unterstand aufzuspannen gedachten. Sie verkleideten die Grube mit einer Gummiplane und legten ihre Ausrüstung hinein. Funkgerät, Feldgläser, ANVIS6 Nachtgläser, Exkrementensäcke aus Gummi, ein Paar belgische FN30 für den Sturm auf die iranische Anlage (wenn es soweit sein würde) und zwei 22er Pistolen mit Schalldämpfern. Diese sollten Verwendung finden gegen iranische Schafhirten, Schafe, Katzen, Hunde oder Ratten, die auf die unglückliche Idee kommen sollten, ihnen Gesellschaft leisten zu wollen. Sorgfältig verwischten sie ihre Fußspuren in der Erde rings um die Grube. Dann waren sie bereit, in diese hinabzusteigen – für Tage, vielleicht Wochen.

»Home, sweet home«, sagte der Führer des Teams zu seinem Kameraden. »Endlich daheim! Warum schläfst du nicht gleich mal ein bißchen? Ich übernehme die erste Wache.«

Sie legten sich also nebeneinander, nachdem sie die Grube mit dem Tarnnetz abgedeckt hatten. »Hast du schon mal bei einer von diesen verdammten Operationen mitgemacht?« fragte der Jüngere seinen Vorgesetzten.

»Na klar. Habe zehn Tage vor Noriegas Strandhaus in Rio Hato am Stillen Ozean versteckt gelegen. Hatte seine Gewohnheiten am Ende so drauf, daß ich vorhersagen konnte, wann er nachts zum Pissen aufstand. Wir hätten uns den im Handumdrehen greifen können, was dreiundzwanzig Amerikanern und wer weiß wie vielen Bürgern von Panama das Leben gerettet hätte.«

»Und warum haben wir's also nicht gemacht?«

»Sei nicht so blöde. Weil unsere politische Kultur uns das nicht erlaubt hat. So wie sie uns am Ende wohl auch von hier zurückpfeifen wird. Wie auch immer, schlaf ein bißchen.«

Während der Jüngere seinem Befehl gehorchte, setzte der Führer des Beobachtungsteams seine Nachtsichtbrille auf, nahm den Feldstecher zur Hand und begann, systematisch die kaum eine halbe Meile von ihrem Versteck entfernte iranische Anlage auszuspähen. Zuerst musterte er die beiden kasernenähnlichen Bauten und deren Umgebung sowie den Eingang zu den aus dem Berg gehöhlten Räumen, in denen man die iranische Atombombe vermutete. Keine Bewegung. So weit er sehen konnte, standen bei keinem der beiden Gebäude Wachen, wie auch vor dem Eingang ins Berginnere keine Posten aufgestellt zu sein schienen. Offensichtlich hatten die Iraner viel Vertrauen in die Schlösser der massiven Stahltüren ihrer geheimen Waffenfabrik. Dann wandte er den Blick zu der befestigten Straßensperre, die den Zugang zu der Plattform am Fuß der Felswand verteidigen sollte, hinter der die fragliche Fabrik gelegen sein mußte. Dort beobachtete er Lebenszeichen. Langsam und gründlich, wie er es gelernt hatte, sortierte er die Schatten, die er da in der Dunkelheit kurz vor Anbruch der Morgendämmerung erspähte, und ermittelte die Zahl und die Verteilung der Revolutionswächter, die da Wache schoben. Einer von diesen verriet ihm seinen Posten durch die Glut einer Zigarette. Er verriet ihm darüber hinaus aber noch, daß die Disziplin dieser Wächter, mindestens zu dieser Zeit, kurz vor Tagesanbruch, vom militärischen Standpunkt aus zu wünschen übrig ließ.

Während der nächsten Tage würde es die Hauptaufgabe der beiden Delta-Männer sein, sich mit den Gewohnheiten ihrer Gegner vertraut zu machen. Wie viele Wachen schützten die feindliche Anlage? Wie waren diese bewaffnet? Welcher Teil der Anlage wurde besonders bewacht? Wann würde die Wache abgelöst? Wie? Wer schlief wann und wo? Wer ging wo und wann zum Essen? Wer waren die Führer? Wie waren die zu identifizieren? Welche waren die Bummler? Wer die Übereifrigen?

Sechs Stunden lang starrte er über das Tal, wobei er sich kaum einmal zum Blinzeln Zeit ließ, und vermerkte jede iranische Bewegung, die ihm unter die Augen kam, so daß er bald beginnen konnte, eine Liste der zum Schutz der Anlage abgestellten Revolutionswächter zu kompilieren. Schließlich verfaßte er seinen ersten Bericht an das USSOCOM in Tampa. Er meldete die befehlsgemäße Einrichtung des Beobachtungspostens an der vorher bestimmten Stelle und gab eine Zusammenfassung seiner bisherigen Beobachtungen.

Er tippte den Bericht in einen Handcomputer, der ihn automatisch für die Radioübertragung verschlüsselte. Dann lud er den verschlüsselten Text auf das Sendegerät, schob dieses durch eine Masche des Tarnnetzes ins Freie, drehte es in die Richtung, in der es senden sollte, und ging auf Sendung. Die erforderliche Sendezeit betrug wenige Sekunden. Der Delta-Mann wußte, daß das Gerät, das es dem Feind erlaubt hätte, die Sendung abzufangen und den Sendeort zu ermitteln, noch nicht erfunden war, und konnte es sich mithin nun in aller Seelenruhe in seinem dunklen Loch bequem machen.

Zweiundsiebzig Stunden, nachdem jener Delta-Mann die erste Meldung erstattet hatte, hatte Colonel Charlie Crowly die Elemente seiner Angriffskräfte auf dem Manövergelände in Nevada beisammen, um mit den Proben für die Operation zu beginnen, die nun die amtliche Bezeichnung »Operation Grassroots« führte (Operation Wurzelbehandlung, sozusagen). Vor ihm standen dreißig Delta-Männer. Er hatte sie bereits in drei Stoßtrupps eingeteilt. Außer diesen waren fünfzig Rangers und die Besatzungen der vier V22 anwesend, die seine Leute zum Einsatzort fliegen würden, sowie die Piloten der zwei AC130-Kampfmaschinen, deren Feuer den Angriff eröffnen sollte.

Wie die meisten hochrangigen Delta-Offiziere hatte Crowly viel Zeit beim Studium des Verlaufs früherer Sondereinsätze zugebracht, um für die Zukunft daraus zu lernen. Das katastrophale Scheitern des Einsatzes zur Rettung der Geiseln aus der US-Botschaft in Teheran war seiner Überzeugung nach nicht der Ungeschicklichkeit der Hubschrauberpiloten der Marine zuzuschreiben, die das Kommando eingeflogen hatten – wie man es damals in den Zeitungen gelesen hatte und die große Öffentlichkeit zu wissen glaubte –, sondern einfach der Tatsache, daß die Operation nicht ein einziges Mal in allen Einzelheiten geprobt worden war, ehe man an die Ausführung ging. Und mindestens diesen Fehler gedachte Crowly bei der Operation »Wurzelbehandlung« zu vermeiden.

Die Pioniere des Army Corps of Engineers hatten ihm nach den Satellitenfotos in nur achtundvierzig Stunden eine perfekte Nachbildung des Areals, das seine Männer anzugreifen hatten, in die Berge von Nevada gestellt. Die Nachbildung enthielt maßstabsgetreu jede Einzelheit, über welche die Satellitenbilder Auskunft gaben. Man fand da die Schützenlöcher der Revolutionswächter ebenso wie die Stellungen der Fliegerabwehrraketen am Rande des Vorplatzes der iranischen Kernwaffenfabrik. Dieser Vorplatz war hier vor einer Felswand, die ganz derjenigen im südlichen Iran glich, ganz genau nach dem Muster des dortigen planiert und asphaltiert worden. Und in der Felswand befand sich hier in Nevada wie dort im Iran eine massive Stahltür. Unglücklicherweise hatten weiter die Pioniere der US-Army die Imitation nicht treiben können. Die stählernen Türflügel lagen auf der nackten Felswand, denn was sich hinter den iranischen tatsächlich verbarg, wußte man nicht. Während der drei Tage, in denen die beiden Delta-Männer sie aus ihrem Versteck beobachteten, waren die Türen nicht einmal geöffnet worden. Die Iraner betraten und verließen die Anlage durch eine kleine, unten in das hohe Stahltor eingeschnittene Tür, und aller Bemühungen ungeachtet hatten die beiden Beobachter mit ihren starken Feldstechern durch dieses Türchen keinen Blick ins Innere der Anlage erhaschen können. Diese Wissenslücke beunruhigte Crowly erheblich.

»Ich will alles wissen, was es über diese Leute zu wissen gibt«, hatte er den beiden Spähern beim Abschied gesagt, »und dann noch ein bißchen mehr.« Jetzt machte er wohl oder übel seinen Angriffsplan, ohne im Besitz der einen kostbaren Information zu sein, die er für eine wesentliche Voraussetzung des Erfolgs der Operation hielt.

Einstweilen plante er um dieses in seiner Zielaufklärung gähnende schwarze Loch herum. Er sah zu seinen beiden Besuchern hinüber. Jim Duffy fühlte sich in der Felduniform der US-Army, in der er an der Operation teilnehmen sollte, augenscheinlich noch ziemlich unbehaglich. Dr. Leigh Stein vom Energieministerium, der wie gewöhnlich Anzug und Krawatte trug, dagegen harrte in bequemer Haltung interessiert der Dinge, die da kommen sollten. Crowly zwinkerte den beiden zu und trat in die Mitte des imitierten Vorplatzes des leider noch blinden Stahltors.

»Okay, Leute, alle mal herhören«, begann er. »Unser Angriff wird beginnen um nulldreihundert Uhr Ortszeit, vierundzwanzig Uhr ZULU. Das Datum wird abhängen vom Ergebnis unserer Übungen hier, ist aber in spätestens zehn Tagen vorgesehen.«

Er hielt inne, um seinen Männern Gelegenheit zu geben, sich klarzumachen, daß für die Vorbereitung der Operation auf keinen Fall viel Zeit zur Verfügung stand. Die anfeuernde Rede, auf die sie ein Recht hatten, würde er seinen Leuten später halten, unmittelbar vor dem Einsatz. Jetzt war er bemüht, ihnen so viele Informationen wie irgend möglich zu vermitteln, ihnen den geplanten Ablauf der Mission so detailliert darzulegen, wie es ihm die bisher vorliegenden Informationen erlaubten.

Er wies auf die beiden iranischen Truppenunterkünfte, die, wie gesagt, hier genau an der Stelle der Zielgebietsimitation standen, die sie, den Satellitenbildern zufolge, im originalen Zielgebiet einnahmen. »Das sind Standardbauten der iranischen Armee. Solche Unterkünfte wurden nach den gleichen Plänen schon zu

Zeiten des Schahs gebaut. Blaupausen der Risse hatten wir, so daß es nicht schwierig war, die Dinger genau nachzubauen. Dieses Gebäude hier«, er wies auf das linke, »dient den neunzig Revolutionswächtern als Unterkunft, die hier Wachdienst versehen. Bewaffnet sind diese Kerle mit AK47ern und zwei zusätzlichen Ladestreifen Munition. Einige von ihnen, doch nicht alle, tragen außerdem Seitenwaffen. Darüber, wer diese Seitenwaffen trägt und warum, liegen uns keine Erkenntnisse vor.«

Er blätterte in den Papieren, die er in der Hand hielt. »Sie sind in Gruppen zu je dreißig Mann eingeteilt, und jede Gruppe hat täglich acht Stunden Dienst. Die Schichten dauern von acht bis vier, von vier bis Mitternacht und von Mitternacht bis acht Uhr früh. Die H-Stunde für unseren Angriff wurde so festgesetzt, daß die größtmögliche Zahl dieser Wächter in ihren Unterkünften schläft, wenn wir zuschlagen.«

Man hörte zustimmendes Grunzen.

»Die Schlafgelegenheiten befinden sich im Obergeschoß. Unten sind die Speise- und Aufenthaltsräume. Unser AC130-Kampfflieger Nummer eins wird zur H-Stunde den Angriff eröffnen, indem er das Zielgebiet in eintausend Fuß Höhe aus dem Nordosten auf einem Kurs von 182 Grad anfliegt. Sein Kampfauftrag wird es sein, mit seiner 20-Millimeter-Bordkanone Hackfleisch aus dieser Kaserne zu machen.«

Crowly wandte sich nun einem Stoßtrupp zu, der da mit seinem Führer seiner Instruktionen harrte. »Sie, meine Herren vom Stoßtrupp Eins, werden sich, wenn die AC130 angreift, in 2500 Fuß Höhe über dem Einsatzgebiet an Bord der V22 Nummer Eins befinden. Sobald der Pilot der Kampfmaschine Ihrem Piloten das Ende seines Einsatzes meldet, wird dieser Sie hier auf dem Vorplatz abladen.« Er wies auf einen weißen Kreis, der auf dem Asphalt des Vorplatzes in Nevada gezeichnet war. »Sobald Sie landen, werden Sie der Reihe nach das Flugzeug verlassen und das Gebäude durch den Haupteingang stürmen. Die beiden Männer an der Spitze der Kolonne werden Betäubungsgranaten durch die Tür werfen und Ihnen so den Eintritt erleichtern. Sie werden dann reingehen, und Ihr Auftrag ist es, alles zu neutralisieren, was sich da nach dem Angriff der AC130 etwa noch bewegt. Kapiert?«

Die zehn Angehörigen des Stoßtrupps Nummer Eins schienen die Aussicht, ein Gebäude zu stürmen, in dem sie schlimmstenfalls eine Übermacht von sechs zu eins erwartete, nicht tragisch zu nehmen und brummten nur zustimmend: *Roger*.

Crowly wandte seine Aufmerksamkeit nun den beiden verbleibenden Stoßtrupps zu. »Die Teams Zwei und Drei werden an Bord der V22 Nummer Zwei sein. Sie werden direkt neben der ersten V22 landen, und zwar hier.« Er wies auf einen zweiten dem Asphalt aufgezeichneten weißen Kreis. »Team Zwei wird die leichte Arbeit machen. Sie begeben sich gleich nach der Landung vor das große Stahltor, das Sie hinter mir sehen, bringen Sprengladungen an, mit denen wir es, wenn nötig, aufsprengen können und legen dann einen Verteidigungsperimeter um Ihre Stellung an.

Das dritte Team werde ich zusammen mit diesem Gentleman hier persönlich begleiten, Mr. Duffy von der Central Intelligence Agency, der sich freundlicherweise freiwillig zur Teilnahme an unseren Ausflug gemeldet hat.«

Er bedachte Duffy mit einem Lächeln, das diesem mehr als nur ein bißchen spöttisch vorkam. »Wie alle CIA-Beamten hat er die militärische Grundausbildung erhalten, wenn das auch in seinem Fall schon einige Zeit her ist.«

Mach dich ruhig über mich lustig, dachte Duffy.

»Die zweiundvierzig Mann, die in dieser zweiten Kaserne wohnen, wenn wir richtig gezählt haben«, fuhr Crowly fort, auf das Gebäude zur Rechten weisend, »scheinen die technischen und wissenschaftlichen Mitarbeiter der Einrichtung zu sein. Ihr Arbeitstag beginnt um acht Uhr früh und einige von ihnen arbeiten bis zehn oder elf Uhr abends. Zu unserer H-Stunde aber sollten sie alle schlafend in ihren Betten liegen.

Dieser«, er hielt eine Vergrößerung des von der CIA in London aufgenommenen Fotos des Professors in die Höhe, »ist der Chef der Anlage. Er heißt Kair Bollahi, aber wird allgemein ›der Professor‹ genannt. Soweit wir bisher haben ermitteln können, schläft auch er in der Gemeinschaftsunterkunft der Techniker und Wissenschaftler.«

Crowly legte eine Pause ein, um seinem Publikum den bevorstehenden Höhepunkt seiner Ausführungen anzukündigen. »Dieser Professor wird genau wissen, wo diese drei A-Babys sind und in welchem Zustand.«

Er warf einen fragenden Blick in die Höhe, als suchte er die Nachsicht des Himmels für das Verfahren, das er nun vorzuschlagen gedachte. »Wir werden unseren Professor bitten müssen, uns zu seinen Babys zu führen.«

Nun faßte er die Männer des Stoßtrupps Nummer Drei ins Auge. »Wir glauben nicht, daß sich in diesem Gebäude Waffen befinden, Sie werden also wohl dort nicht auf Widerstand stoßen. Der erste Mann, der zur Tür reinkommt, wird dem ersten Iraner, dem er begegnet, die Mündung seiner MC5 in den Bauch stoßen und ihn fragen, wo der Professor ist.«

»Und wenn er sich weigert zu antworten? Oder kein Englisch versteht?«

»Terminieren und weiter zum nächsten. Diese Leute sind Wissenschaftler, gebildete Leute, keine Fanatiker wie die Revolutionswächter. Machen Sie ihnen an Hand von ein paar Beispielen klar, was sie zu erwarten haben, wenn sie nicht reden, und es wird sich schon jemand finden, der uns zu dem Professor führt. Sie werden dann den Professor bitten, Ihre Bemühungen, die drei kleinen Bomben zu finden und zu entführen, nach Kräften zu unterstützen.«

»Und wenn er sich weigert?« fragte einer der Männer.

»Dann müssen Mr. Duffy und ich in Aktion treten.«

»Und wenn auch Sie beide ihn nicht überreden können?«

»Dann fürchte ich, wird er sich zu den anderen, die nicht geredet haben, gesellen müssen, und Mr. Duffy wird um die Meldung von Freiwilligen bitten, die bereit sind, uns dieses Stahltor aufzuschließen und uns zu führen – oder wir werden das Tor aufsprengen und uns die Bomben selber suchen.«

»Was wissen wir über den Zustand der Bomben?« fragte der Führer des dritten Stoßtrupps. »Könnten sie hochgehen bei dem Versuch, sie rauszubringen?«

Crowly wandte sich an Leigh Stein. »Ich habe Dr. Stein, einen unserer führenden Nuklearwaffendesigner, gebeten, zu solchen Fragen Stellung zu nehmen.«

Stein bestätigte diese Vorstellung mit einem kurzen Nicken. »Ich glaube, ich kann Ihnen versichern, daß diese Waffen noch nicht funktionsfähig sind. Auf Grund der Kenntnisse, die wir von den Vorgängen in jener Einrichtung haben, können wir die Möglichkeit einer Explosion innerhalb der Einrichtung oder während des Abtransports der Bomben praktisch ausschließen.«

Stein war aufmerksam genug, eine gewisse Erleichterung in der Miene des Stoßtruppführers zu lesen, neben dem Ausdruck einer gesunden Skepsis allerdings. »Das spaltbare Material in diesen Geräten ist Plutonium 239 in metallischer Gestalt. Das ist ein schweres, stabiles Metall, das Gamma- und Alphastrahlen absondert in Quantitäten, die nicht groß genug sind, Ihnen in dem Zeitrahmen, in dem Sie operieren werden, Schaden zufügen zu können. Jedenfalls werden Sie mit Kupfer ausgeschlagene Kisten für den Transport der Geräte erhalten, in denen jene Radioaktivität hinter Schloß und Riegel sein wird, sozusagen.«

Nun nahm Crowly wieder das Wort. »Okay, Rangers«, sagte er. »Sie werden mit den V22 Drei und Vier vor und hinter der Sperre am Eingang zum Zielgebiet landen, sobald die AC130 mit ihrer Arbeit fertig ist. Ihr erster Auftrag ist die Eliminierung aller etwa noch bewegungsfähigen Revolutionswächter. Sie werden dann rings um diesen Eingang einen Verteidigungsperimeter anlegen, damit niemand unsere Delta-Teams bei der Arbeit stören kann. Sobald der Stoßtrupp Nummer Drei die drei Geräte in seine V22 geladen hat, wird dessen Führer eine rot-grün-rote Leuchtkugel abschießen und über Funk allen Beteiligten melden, daß der Auftrag ausgeführt ist. Sie sind damit angewiesen, binnen fünf Minuten nach Empfang dieser Meldung zu exfiltrieren. Habe ich mich deutlich genug ausgedrückt?«

Wie immer hatte er das. Er ging nun zu den Piloten und anderen Besatzungsmitgliedern der V22er und AC130er hinüber. »Sie werden bei dieser Operation eine entscheidende Rolle spielen, Gentlemen«, erklärte er diesen. »Ich möchte, daß Sie im Rahmen des Einsatzplans, den ich eben umrissen habe, einen Flugplan erarbeiten, der jede Möglichkeit eines Unfalls Ihrer Maschinen beim Anflug auf das Zielgebiet, bei der Landung oder beim Start – durch Kollision oder sonstwie – ausschließt.«

Dann kehrte er in die Mitte der Esplanade zurück. »Nun denn, Leute«, verkündete er, »wir proben jede zwei Nacht ein-, zweimal, bis alles wie am Schnürchen klappt. Die erste Probe wird jeweils als Trockenübung durchgezogen. Bei der zweiten werden die AC130er und der Stoßtrupp Nummer Eins ebenso wie die Rangers scharfe Munition verwenden. Wir können nur jede zweite Nacht proben, weil wir den Pionieren die Zeit lassen müssen, die Kasernen wiederherzurichten, nachdem die AC130 sie in Trümmer geballert haben. Erste Übung heute abend um dreiundzwanzighundert. Wir werden auf der McCarran Air Force Base starten, als wäre es in Incirlik.«

Fünf Tage und drei Übungsnächte später nahm während des Rückflugs ihrer V22 nach McCarran Crowly Jim Duffy zur Seite. »Heute haben wir's in vierundzwanzig Minuten geschafft, ich schätze, das ist so schnell wie möglich. Leider wissen wir noch immer nicht, wie es hinter diesem Stahltor aussieht. Das ist ein großes Loch in unserer Zielaufklärung. Aber, wenn's mir auch überhaupt nicht liegt, eine Operation von Stapel zu lassen, deren Zielgebiet nicht restlos aufgeklärt ist, glaube ich, daß wir in diesem Fall keine andere Wahl haben. Ich glaube, wir müssen jetzt da rein.«

»Ich glaube das auch«, sagte Duffy zustimmend. »Was ist also der nächste Schritt?«

»Wir bringen unsere Flugzeuge, Ausrüstung und Mannschaften nach Incirlik an die Ausgangsbasis der Operation. Wenn wir erst mal da sind, wird diesen Kerlen plötzlich klar werden, worauf sie sich eingelassen haben. Und dann wird's spannend. Ich will nur hoffen, daß uns der Präsident den endgültigen Einsatzbefehl möglichst bald gibt.«

»Der Präsident scheut die Gewaltanwendung«, bemerkte Duffy. »Aber bei unserer letzten Sitzung im Weißen Haus kam er mir vor wie ein schweren Herzens zum Handeln entschlossener Mann. Am Ende wird er den Einsatzbefehl wohl doch erteilen.«

»Wahrscheinlich«, Crowly grinste. »Alle Präsidenten lieben Kommandounternehmen. Es hat noch keinen gegeben, der da anders war. Dabei gibt es immer weniger Ärger mit der Weltöffentlichkeit und weniger diplomatische Verwicklungen als bei konventionellen militärischen Operationen, einfach weil sie sozusagen weniger amtlich sind.«

»Und Sie glauben wirklich, daß Sie den Erfolg der Operation hundertprozentig garantieren können?«

»Um Himmels willen, nein. Nicht, wenn wir noch nicht mal wissen, was genau die Iraner hinter diesem Stahltor haben. Aber hören Sie, warum fliegen Sie jetzt nicht zur Andrews Air Base zurück, melden sich bei Ihren Chefs ab, kommen Donnerstag morgen wieder nach Tampa, und dann können wir nach einem Lunch im Officers Club gemeinsam in die Türkei rüberfliegen?«

»Wenn man Sie hört, könnte man glauben, wir wollten in Urlaub fahren.«

Crowly schlug Duffy aufs Knie. »Besser als das, Kumpel, wir gehen auf eine Überraschungsparty.«

»Jimbo, um Himmels willen, lassen Sie sich krankschreiben. Das ist doch nun wirklich nichts mehr für Sie, mit diesen Delta-Typen da draußen in der Wüste Indianer zu spielen«, beschwor Jack Lohnes seinen alten Freund.

Duffy, der schon die dritte Tasse Kaffee trank, obwohl es erst acht Uhr morgens war, schüttelte den Kopf. »Wie könnte ich, Jack? Colonel Crowly hat den Einsatz nur übernommen, weil ich ihm meine persönliche Versicherung gegeben habe, daß die Bomben wirklich in der Anlage sind, die sie stürmen sollen. Und wissen Sie was? Irgendwie freue ich mich darauf, mit diesen Delta-Typen da reinzugehen. Ich merke schon, wie das Adrenalin in Strömen fließt.«

»Jim, der einzige Grund, aus dem Crowly und seine Leute da reingehen, ist nicht Ihr Wort, sondern der Befehl des Präsidenten.« Das Telefon auf Lohnes' Schreibtisch klingelte, ehe er fortfahren konnte. Es war der Wachhabende, der im Lagerraum 7F27, nur wenige Türen von Lohnes' Büro entfernt, die Satellitenbilder des iranischen Objekts am Monitor beobachtete. Das Nationale Aufklärungsamt in Chantilly überspielte diese Bilder sowohl der CIA in Langley als auch dem USSOCOM-Hauptquartier in Tampa.

»Hey«, sagte der Beamte, »es sieht so aus, als versammelten sich die Iraner da draußen zu einer Gipfelkonferenz. Vielleicht wollen Sie sich das mal ansehen.«

Duffy und Lohnes waren schon unterwegs in den Lagerraum.

»Diese Typen haben keinen Besuch gehabt, seitdem ich ihren

Laden beobachte«, berichtete der Wachhabende, als sie bei ihm zur Tür hereinkamen, »und nun sind binnen weniger als einer Stunde schon drei Besucher eingetroffen, und das da ist der vierte.« Er wies auf ein Gefährt, das eben die Straßensperre passierte, mit der die Pasdaran den Zugang zur Anlage kontrollierten. Es sah aus wie ein Landrover. »Können wir etwas näher an das Fahrzeug herangehen, Chantilly?« fragte er.

Duffy sah dann den Wagen auf der Esplanade vor dem Tor zu der unterirdischen Anlage halten. Ein Empfangskomitee schwärmte aus, um den Ankömmling zu begrüßen. Duffy versuchte angestrengt, den Mann zu mustern, der aus dem Landrover stieg. Er umarmte zwei von den Männern, die ihn erwarteten, und entbot, Stirn und Herz mit der rechten Hand berührend, den übrigen einen brüderlichen islamischen Gruß.

»Ja«, flüsterte Duffy, als der Ankömmling nun auf das Tor zuschritt, »ich glaube, den Kerl kenne ich. Ich möchte wetten, daß das mein alter Kumpel Said Dschailani ist, der Gucci-Mudsch, der Typ, der ihre Drogentransitsteuer eintreibt. Der ist garantiert nur da, um sich mal anzusehen, wie das ganze Geld, das er für die gute Sache sammelt, verwendet wird.«

»Die anderen Kerle sind in Mercedes-Limousinen vorgefahren«, sagte der Mann, der den Monitor beobachtete. »Ich schätze, daß sie auf dem Flugplatz in Zabol gelandet sind.«

»Wahrscheinlich aus Teheran«, vermutete Lohnes. »Es scheint sich also tatsächlich um eine Art Gipfelkonferenz zu handeln. Aber worüber? Könnte es sein, daß ihr Programm in Schwierigkeiten geraten ist?«

»Schon möglich«, meinte Duffy. »Könnte aber auch sein, daß sie eher als erwartet fertig geworden sind. Vielleicht haben wir also gar nicht mehr zwei Wochen, ehe es zu spät ist? Wer weiß?«

Duffy konzentrierte den Blick auf die Gestalt seines alten Mudsch-Kriegers, die da über den Vorplatz schritt. Die Satellitenbilder zeigten die Szene im hellen Abendsonnenschein so deutlich, daß er sogar den langen Schatten sehen konnte, der dem Gucci-Mudsch folgte. Das erinnerte ihn an eine Redewendung, die sein Mudsch oft gebraucht hatte: »Möge dein Schatten nie verkürzt werden.«

»Es ist wirklich ein Jammer, daß wir nicht schon heute zuschlagen können. Wenn man an all die Schatten denkt, die wir verkürzen könnten.«
»Was?«
»Ach nichts. Nur ein altes iranisches Sprichwort.«

Respekt. Ehrfurcht. Furcht. Hochgefühl. Haß. Alle diese Emotionen konnte Dr. Parvis Khanlari in den Gesichtern der Angehörigen des Ausschusses für Geheimoperationen lesen, die da die erste vollständig montierte und einsatzfähige Atombombe iranischer Herstellung betrachteten. Das Ziel der langen Reise, die mit des Professors mitternächtlichem Rendezvous auf der Steppe in Kasachstan begonnen hatte, war nun zum Greifen nahe. Die Operation Khalid trat in ihre Endphase ein.

Khanlari hatte nicht die Absicht, diesen Männern eine Vorlesung über Nuklearphysik zu halten, die ohnedies keiner von ihnen verstanden hätte. Sie wollten ja auch wissen, was die Bombe für sie tun konnte, nicht wie sie funktionierte.

Die vollendete Bombe, jetzt etwa von der Größe eines Beach-Balls, lag in einem Behälter, den Khanlari eigens für sie entworfen hatte, jenem Behälter, in dem sie, unter Imad Mugniyehs wachsamen Augen, auf ihrem Weg nach Tel Aviv nach Nablus hineingeschmuggelt werden sollte. Der Kasten hatte die Größe eines kleinen Kabinenkoffers. Die Vorderseite war mit Scharnieren versehen und ließ sich wie eine Tür aufklappen. Sie war nun geöffnet, um den Besuchern die Betrachtung der Bombe zu ermöglichen. Auch der Deckel war abnehmbar und für die Besichtigung entfernt worden.

Khanlari zeigte seinem Publikum die schwarze Nadel der Antenne, die das Funksignal empfangen würde, das die Bombe zünden sollte. Sie ragte aus der Kugelform der Bombe wie der Stiel eines Apfels. Der Deckel des Behälters hatte für diesen Stiel eine kleine Öffnung. Wenn der Behälter geschlossen würde, würde von der Bombe nur noch diese Antenne noch zu sehen sein.

Dann wies Khanlari auf die Batterie hin, die das Signal des an die Antenne angeschlossenen Funkgeräts empfangen würde, und weiter auf die drei rot isolierten Drähte, die aus der Batterie zu den drei Kondensatoren und Kryotronen verliefen und die

250-Volt-Impulse aussenden würden, die die beiden Hälften der Bombe und die Neutronenbüchse zünden sollten. Schließlich machte er die Besucher noch auf das Spinnennetz der Drähte aufmerksam, die den Stromstoß aus den Kryotronen zu den jeweils fünfzehn Zündpunkten auf den beiden Hälften der Bombenkugel und auf die Neutronenbüchse weiterleiten würden.

»Könnte sie funktionieren, so wie sie da steht?« fragte ein Angehöriger des Ausschusses, dem die Vorstellung sichtlich unheimlich war. »Ich meine, könnte sie explodieren?«

»Ja, aber natürlich nur, wenn unser Fahrer ihr das verabredete Funksignal gibt.«

»Und wie stark wird die Explosion sein?« fragte Sadegh Izzaddine, der Mullah, der die Gouruhe Sarbat leitete, die Einsatzgruppe, die Tari Harmian in seinem Londoner Heim ermordet hatte, weil er es gewagt hatte, die Operation Khalid zu kritisieren.

»Ganz genau läßt sich das nicht sagen, denn wir haben natürlich bei nur drei Bomben nicht eine zu Testzwecken zünden können. Das wäre ja auch insofern Wahnsinn gewesen, als so ein Test der ganzen Welt verraten hätte, was wir haben. Doch auf Grund meiner Berechnungen kann ich Ihnen sagen, daß die Stärke der Explosion zwischen dreißig und fünfunddreißig Kilotonnen liegen wird.«

»Ja«, sagte Izzaddine, »aber was *heißt* das?«

»Das heißt, daß unsere Bombe erheblich stärker ist als diejenige, die die Amerikaner auf Nagasaki abgeworfen haben.«

»Und wird die Explosion Tel Aviv zerstören?« drängte Izzaddine.

»Tel Aviv wird nicht vollkommen von der Erdoberfläche verschwinden, aber die Wirkung der Explosion wird schrecklich sein und die ganze Stadt in Trümmer legen. Für die Israelis wird das ein zweiter Holocaust sein.«

Khanlari bemerkte ein Lächeln freudiger Erwartung auf den Zügen dreier seiner Zuhörer. Die anderen starrten ihn fast ausdruckslos staunend an, als könnten sie die Ungeheuerlichkeit der Macht, die ihnen nun an die Hand gegeben war, noch nicht begreifen.

»Wie lange brauchen Sie, um die beiden anderen Bomben

fertigzustellen?« fragte Ali Mohatarian, der Vorsitzende des Ausschusses.

»Wenn wir dabei geduldig und vorschriftsmäßig verfahren, jedes Risiko vermeiden und darauf achten, alles richtig zu machen, brauchen wir je Bombe fünf Tage«, versprach Khanlari. Wirklich erstaunlich, was wir hier geleistet haben, dachte er. Die Männer da vor ihm waren ja leider nicht imstande, diese Leistung – die Umwandlung von drei sowjetischen Nukleargranaten mit verhältnismäßig geringer Sprengkraft in drei ausgewachsene Atombomben – wirklich zu würdigen. In den USA und in England gab es Wissenschaftler, die dazu imstande wären. Die würden in ehrfürchtigem und angstvollem Staunen vor der iranischen Leistung stehen.

»Wir müssen unserer Sache so ergeben dienenden, glänzenden Wissenschaftlern die Zeit zugestehen, die sie benötigen, ihre Arbeit so zu erledigen, wie sie nach ihrer Einschätzung erledigt werden muß«, sagte der Professor. Er blickte auf seine Uhr. »Es ist schon fast fünf. Vielleicht sollten wir jetzt nach oben in mein Büro gehen und mit unseren Beratungen beginnen.«

»Washington«, murmelte ein Angehöriger des Ausschusses im Aufzug, der sie die zwei Etagen ins Erdgeschoß hinaufbeförderte, »gibt es nicht eine Möglichkeit, eine von diesen Bomben in Washington zu zünden?«

Die Angehörigen des Ausschusses für Geheimoperationen hatten kaum rund um den Schreibtisch des Professors Platz genommen, als dessen Rolex GMT Master 2 die fünfte Stunde anzeigte. Wie bei einem Mann von der Sorgfalt des Professors zu erwarten, ging seine Uhr auf den Bruchteil einer Sekunde genau.

In genau in dem gleichen Augenblick sendete der Gallium-Arsenid-Chip in dem Kryotron am Zündkreis der rechten Hemisphäre der just von Dr. Parvis Khanlari vollendeten Atombombe ein vorprogrammiertes Funkzeichen auf der Wellenlänge von 1,50012 Gigahertz. Das Signal, das erste, das dieser Chip, der nach dem von den Experten der Eagle Eye Technology ausgearbeiteten Zeitplan an die Reihe kam, aktiv zu werden und zu senden, drang natürlich aus dem unterirdischen Laboratorium nie hinaus in den Weltraum, wo ein Satellit darauf wartete, es zu empfangen.

Doch als das Signal dem in dem Kopf des Kryotrons eingebauten Chip entwich, begleiteten es sechs Streusignale, alle so schwach, daß in einer Entfernung von fünfzig Zentimetern auch das empfindlichste elektronische Gerät sie nicht hätte empfangen können. Eines von diesen ging auf der Frequenz von 1,2001 Gigahertz hinaus.

Wie das Leben so spielt, war aber das besagte Kryotron von der in Dr. Parvis Khanlaris Nukleargerät eingebauten Antenne keine fünfzig Zentimeter weit entfernt. Es befand sich auf der rechten Halbkugel der Bombe, und die Distanz zu der kleinen schwarzen Nadel, die Dr. Khanlari zum Empfang eines Signal auf der Wellenlänge von 1,2 Gigahertz justiert hatte, betrug exakt 27,5 Zentimeter. Aber 1,2001 kam der vorgegebenen Frequenz nahe genug. Die Antenne empfing das Signal und erkannte es als dasjenige, auf dessen Empfang sie programmiert war.

Was dann geschah, war das einzige Ereignis in der Kette von Ereignissen, die nun ausgelöst wurde, das noch als separates Ereignis wahrzunehmen gewesen wäre. Die Antenne informierte das Funkgerät, mit dem sie verbunden war, daß das erwartete Signal eingetroffen sei. Das Funkgerät schloß das aus der Batterie führende elektrische Relais und schickte einen Stromstoß von 250 Volt in die Kryotronen-Montagen, die dann ihrerseits den Zündern der Bombe Stromstöße von je 4000 Volt versetzten. Die Schockwellen von den explodierenden Zündern drangen nicht nach außen, sondern nach innen, so daß es anstatt zu einer Explosion zu einer Implosion kam. Mit ungeheurer Wucht drängten sie den äußeren, mit Tungsten umringten Berylliumreifen nach innen.

Als dann der Plutoniumkern der Bombe aufs äußerste komprimiert war, jagte das dritte Kryotron seinen gewaltigen Stromstoß in die Neutronenbüchse. Die Tritiumkerne in der Büchse fusionierten und gaben dabei einen Hagelschauer von Neutronen ab, die die Büchse ins Herz des Plutoniumkerns feuerte.

Das Ergebnis war eine Kettenreaktion. Plutoniumatome spalteten sich und warfen dabei jedes zwei oder drei Neutronen ab, die dann jedes mindestens noch ein weiteres Atom spalteten, so daß die Geschwindigkeit der Reaktion und die frei werdende Energie sich potenzierten. Der ganze Prozeß lief in einer halben Millionstel Sekunde ab und war längst vorbei, als der Knall der Zünder die Trommelfelle der zunächst stehenden iranischen Techniker erreichte.

Dr. Khanlari und seine Männer hatten saubere Arbeit geleistet. Als der Kernzerfall des Geräts, das sie töten sollte, das höchste Maß an Energie freisetzte, war eine Sprengkraft von fünfundzwanzig Kilotonnen erreicht, die allerdings diejenige der einst auf Nagasaki abgeworfenen Bombe weit übertraf.

Die erste Wirkung war eine Flut von Strahlung des ganzen Spektrums von Gamma- und X-Strahlen, das sich mit Lichtgeschwindigkeit ausbreitete. Dieser folgte das Licht selbst, jenes furchtbar gleißende Licht, das Dr. Robert Oppenheimer, der Vater der Atombombe, als »heller als tausend Sonnen« bezeichnet hatte. Mit diesem ging weiße Glut einher, in der die Körper der im Büro des Professors versammelten Männer förmlich verdunsteten und mit der Materie der Geräte des Laboratoriums und der natürlichen Umgebung verschmolzen. Blitzartig erfolgte der Zerfall aller Dinge zu Staub.

Jenseits des Tals fühlten die beiden Delta-Männer in ihrem Unterstand die Erde erzittern. Der Berg ihnen gegenüber schien zu schwanken. Scheiße, dachte der Führer, ein Erdbeben. Dann flogen die Stahltüren aus dem Eingang der unterirdischen Anlage wie in den Himmel steigende Kinderdrachen, und das aufgerissene Tor spie Feuer und schwarzen Rauch. Schlagartig begriffen beide Männer, was geschehen war. Für einen derartigen Fall gab es einen Fluchtplan, demzufolge sie sich nach Norden auf afghanisches Gebiet retten sollten, um dort über Funk einen Hubschrauber zu ihrer Evakuierung anzufordern.

»Wir müssen hier Leine ziehen«, erklärte der Führer. »Glaubst du, daß ein Mensch schnell genug rennen kann, um einer radioaktiven Wolke davonzulaufen?«

Angesichts der Satellitenaufnahmen am Bildschirm im Lageraum der CIA in Langley begriff auch der Beamte, der da die iranische Anlage beobachtete, sofort, was geschehen war. »Jesus Christus«, entfuhr es ihm, »denen ist eine von ihren Bomben hochgegangen.«

Jim Duffy und Jack Lohnes spurteten aus dem Büro des Direktors den Korridor entlang in den Lageraum, wo die Explosion am Bildschirm für sie wiederholt wurde.

»Kann der Satellit die durch die Explosion freigesetzte Radioaktivität für uns messen?« fragte Lohnes.

»Und was ist mit dem Präsidenten?« fragte Duffy. »Ist der schon benachrichtigt worden?«

Minuten später platzte der Nationale Sicherheitsberater in eine Sitzung, in der der Präsident mit dem Verteidigungsminister und der Außenministerin die Beschaffung von Mitteln für die von der NATO verlangte Modernisierung der polnischen Luftwaffe erörterte. Alle vier eilten dann in den Lageraum des Weißen Hauses und sahen sich dort das Satellitenvideo der Explosion an. Starr vor Staunen, entsetzt, doch zugleich erleichtert, spielten sie sich die Szene dreimal hintereinander vor.

»Wo ist Colonel Crowly?« fragte der Präsident schließlich.

»Unten im USSOCOM-Hauptquartier in Tampa, auf dem Sprung in die Türkei«, sagte der Verteidigungsminister.

»Holen Sie ihn ans Telefon«, befahl der Präsident.

»Colonel Crowly«, erklärte er, als er den Offizier am Apparat hatte, »Ihr Einsatz hat sich erübrigt.«

Selbst ein psychologischer Laie hätte die Enttäuschung in der Stimme des Colonels herausgehört. »Warum?«

Trotz des schrecklichen Ernstes dieses historischen Moments konnte sich der Präsident das Lachen nicht verkneifen, als er antwortete: »Weil soeben ein Engel den Iranern ins Musketenschloß gepißt hat.«

Später am Tag traf der Präsident infolge der Explosion bei Zabol drei Entscheidungen. Alle Seismographen in jener Weltgegend hatten ein Beben in der Stärke 5,2 auf der Richterskala registriert. Da Erdbeben in jener Gegend keine Seltenheit waren, schrieb die Regierung auch dieses der Mutter Natur zu. Glücklicherweise habe es ein dünnbesiedeltes Gebiet getroffen, es seien deswegen nur begrenzte Schäden und nur wenige Todesopfer zu beklagen, war die amtliche Verlautbarung. Nichtsdestotrotz wurde während der Rettungsarbeiten das Gebiet für Ausländer gesperrt.

Tatsächlich sollten weder die Iraner noch sonst jemand – der es nicht schon wußte – je erfahren, was die Atomexplosion herbeigeführt hatte. Der fürchterliche Brand in der unterirdischen Anlage hatte alle Spuren restlos getilgt. Angesichts dieser Tatsache beschloß der Präsident, daß die Regierung der Vereinigten Staaten mit den ihr vorliegenden Informationen über die Ursache des jüngsten iranischen Erdbebens nicht an die Öffentlichkeit gehen sollte. Statt dessen unterrichtete er die Regierungen Großbritanniens, Frankreichs, Deutschlands und Israels durch Sonderbotschafter vertraulich über den gescheiterten Versuch der Iraner, sich Atomwaffen zu beschaffen.

Dann schickte er einen fünften Sonderbotschafter zu dem saudiarabischen Kronprinzen. Er ließ diesen bitten, dem iranischen Präsidenten Khatami mündlich eine persönliche Botschaft des Präsidenten der USA zu übermitteln. Präsident Khatami sollte erfahren, was in jenem unterirdischen Laboratorium versucht worden war. In der Mitteilung hieß es weiter, der Präsident der Vereinigten Staaten betraure die Todesopfer des Unfalls und hoffe, daß sein iranischer Amtskollege nun, da er über die selbstmörderischen Pläne der Fanatiker in seinem Umfeld in Kenntnis gesetzt sei, künftig die Kraft aufbringen möge, die Macht dieser Kreise zu brechen. Er vertraue fest darauf, so ließ er ihm ausrichten, daß der iranische Präsident sein Land und den Islam auf den Pfad der Gerechtigkeit, der Mäßigung und der Weisheit zurückführen werde, auf dem beide Nationen in der Vergangenheit den Völkern so beispielhaft vorangegangen seien.

Die letzte Entscheidung des Präsidenten der USA betraf Jim Duffy. »Ich will, daß der Kerl mit der Distinguished Service Intelligence Medal ausgezeichnet wird«, befahl er dem Direktor der Agency.

»Sir, er hat schon zwei.«

»Geben Sie ihm noch eine dritte. Und ich will auch, daß Sie ihm einen neuen Job zuteilen. Er soll das Potential der Agency für verdeckte Operationen reorganisieren. Immer wenn ich euren Haufen gebraucht habe, weil was diskret erledigt werden mußte, sei es im Irak oder in Burma, in Beirut oder im Iran, habt ihr euch geweigert, weil euch angeblich dazu die Leute fehlten, oder ihr habt Scheiße gebaut. Ihr seid jämmerliche Papiertiger geworden. Und in dieser verrückten neuen Welt, in der wir leben, brauchen wir die Mittel, erfolgreich verdeckte Operationen durchzuführen, noch viel dringender als zur Zeit des kalten Krieges. Sagen Sie Duffy, daß er wieder ein bißchen mehr Zug in die Operationsabteilung bringen soll. Na ja, er wird dabei mit dem Aufsichtsausschüssen des Kongresses zusammenarbeiten müssen, aber die Arbeit muß schließlich gemacht werden, verdammt noch mal!«

Jim Duffy kam aus der Eccleston Street auf den Chester Square und bewunderte die Reihe der weißen Stuckhäuser, die da auf den Park hinausblickten. In der Hand trug er einen Strauß gelber Rosen, den er in seinem Hotel gekauft hatte. Fast unbewußt begann er im Geiste das Lied aus *My Fair Lady* zu summen, das er so liebte. »Here on the Street where you live.« Und ich sehe wahrscheinlich genauso blöd aus wie der Kerl, der das in dem Musical singt. Wie hieß er noch? Freddy Frightful? Fritzchen Furchtbar? – irgend so was.

Ah, zwei Wochen in einer anderen Stadt, dachte er. Eine schöne Belohnung für die vergangenen Monate und ein Ansporn für den neuen Job, den sie ihm gegeben hatten. Vor dem Haus Nr. 5 blieb er verwundert stehen. Am schmiedeeisernen Gitter der Gartenpforte hing ein Schild mit der Aufschrift: »Zu verkaufen.«

Nancy öffnete ihm selbst die Tür. »Jim!« sagte sie. »Welch nette Überraschung. Der gute Rat, auf den ich von Ihnen immer rechnen konnte, hat mir richtig gefehlt. Ich hatte gehofft, daß Sie mein Guru werden würden. Bezaubernd, nicht?« Sie nahm ihm den dargebotenen Rosenstrauß aus der Hand. »Sollen wir uns noch oben einen Drink genehmigen, ehe wir essen gehen?«

Während er die Drinks einschenkte, brachte Jim seine Entschuldigung vor. »Es tut mir leid, daß ich so spurlos von Ihrem Radarschirm verschwinden mußte«, sagte er. »Aber ich bin da im Norden auf was gestoßen, das mich gezwungen hat, geradewegs nach Washington zurückzukehren. So was gehört zu den Risiken meines Berufs.«

»Machen Sie sich deswegen keine Sorgen«, lachte Nancy. »Ich mag geheimnisvolle Männer.«

Sie nahm das Glas Sancerre, das er ihr reichte, und winkte ihn zu sich. »Schön, daß Sie wieder da sind. Da wir gerade über Geheimnisse sprechen – haben Sie von diesem Erdbeben im Iran gelesen?«

»Ja, darüber stand irgendwas in der Presse.«

»Einige der hiesigen Zeitungen deuteten an, daß da vielleicht mehr als nur ein Erdbeben stattgefunden hat!«

»Sie glauben doch hoffentlich nicht alles, was Sie in der Zeitung lesen, oder?«

»In London?« Nancy lachte. »Ganz bestimmt nicht.«

Duffy ging zum Fenster und blickte hinaus auf die grünen Rasenflächen der Gärten auf dem Chester Square. Eine Engländerin, aufrecht und solide wie eine Eiche im Sherwood Forest, führte auf den gepflegten Wegen einen Labrador spazieren. Auf seltsame Weise hatte der Weg nach Zabol hier in diesem Haus in jener Januarnacht vor kaum vier Monaten begonnen. Und er verdankte Nancy mindestens einen wichtigen Hinweis auf die Richtung, die er hatte nehmen müssen, um diesen Weg zu finden.

»Wissen Sie, Nancy«, sagte er und drehte sich nach ihr um, »die Kerle, die hierhergekommen sind und Ihren Mann ermordet haben, können Sie vergessen. Die sind weg. Von denen wird nie wieder jemand eine Spur finden.«

Nancy seufzte wehmütig. »Ja, ich habe mich schon damit abgefunden.«

»Ich kann Ihnen aber eines sagen«, fuhr Duffy fort. »Die Männer, die Ihnen diese Mörder ins Haus geschickt haben, sind alle tot. Sie waren finstere Typen. Und sie sind infolge einer Kette von Ereignissen gestorben, die von etwas ausging, das Ihr verstorbener Mann getan hat – oder vielleicht sollte ich richtiger sagen, nicht getan hat.«

»Danke, Jim. Das ist ein Trost, den ich dringend brauche. Ich nehme nicht an, daß Sie mir sagen können, woher Sie das wissen?«

»Nein. Jedenfalls nicht heute abend.« Duffy leerte sein Glas. »Nun erzählen Sie mir aber mal was von sich selbst. Wie geht es Ihnen, was treiben Sie?«

»Mir geht es prima, seitdem ich Ihrem Rat gefolgt bin.«

»Was, zum Teufel, soll denn das heißen?«

»Kennen Sie das Institute für Strategic Studies in Washington? An der H Street?«

»Sicher. Kennt doch jeder. Warum?«

»Ich hörte, daß sie einen Ethnologen suchten, jemanden mit meinem Spezialgebiet. Also habe ich mich beworben. Und was glauben Sie? Sie haben mich genommen.«

»Deshalb wollen Sie also das Haus verkaufen?«

»Ja. Mein armer Tari. Sein letztes Geschenk. Der Immobilienmarkt boomt hier. Dieses Haus ist inzwischen viermal mehr Wert, als er dafür bezahlt hat.«

Duffy hatte sich auf das Sofa neben sie gesetzt. So viel war in so kurzer Zeit geschehen. Was für ein Sturm von Ereignissen seit jenem bitterkalten Morgen, an dem Frank Williams in seiner Einfahrt gehalten hatte, um ihn aus seinem Versteck in den Wäldern von Maine herauszuholen.

»Das ist ja wunderbar, Nancy. Wissen Sie, ich gehöre nicht zu den Leuten, die glauben, daß unsere Geschicke uns vorherbestimmt sind oder in den Sternen stehen. Ich glaube, wir bestimmen sie selbst. Auf seltsame Weise haben mir die letzten drei oder vier Monate geholfen, mein kaputtes Leben wieder zusammenzusetzen – und doch haben diese gleichen Monate Ihr Leben fast kaputtgemacht. Ich schulde Ihnen ... Ich hoffe, Sie werden mir gestatten, Ihnen zu helfen, wenn Sie in Washington sind – ich möchte Ihnen helfen, dahin zu gelangen, wo ich jetzt schon bin.«

»Oh, das werde ich ganz bestimmt, Jim.«

Einige Minuten später sahen sie sich draußen auf dem Platz nach einem Taxi um.

»Wohin gehen wir?« fragte Nancy.

»Ich habe einen Tisch in einem Lokal namens *Daphne's* bestellt. Wie ich höre, ist da jetzt am meisten los.«

Nancy lachte herzlich und jungmädchenhaft, was Duffy, der sie so noch nie hatte lachen hören, sehr erfrischend fand. »Jim, Sie sind unglaublich. Sie steigen aus dem Flugzeug«, sagte sie und drückte ihm liebevoll die Hand, »und gleich wissen Sie, wo am meisten los ist. Wenn ich nach Washington komme, müssen Sie mich dort in Ihre Lieblingslokale führen, ja?«

»Natürlich, darauf können Sie Gift nehmen.«

»Versprochen?«

»Versprochen.«

London ist wirklich kaum noch wiederzuerkennen, dachte der bejahrte Taxichauffeur, der nun am Bordstein hielt. Zwei erwachsene Menschen, die sich mitten auf dem Chester Square wie zwei Teenager in den Armen liegen. So was hat's hier früher nicht gegeben.